HEYNE BÜCHER

Von Robert Ludlum sind
als Heyne-Taschenbücher erschienen:

Die Matlock-Affäre · Band 01/5723
Das Ostermann-Wochenende · Band 01/5803
Das Kastler-Manuskript · Band 01/5898
Der Rheinmann-Tausch · Band 01/5948
Das Jesus-Papier · Band 01/6044
Das Scarlatti-Erbe · Band 01/6136
Der Gandolfo-Anschlag · Band 01/6180
Der Malarese-Bund · Band 01/6265
Der Borowski-Betrug · Band 01/6417
Das Parsifal-Mosaik · Band 01/6577
Der Holcroft-Vertrag · Band 01/6744
Die Aquitaine-Verschwörung · Band 01/6941
Die Borowski-Herschaft · Band 01/7705
Das Omaha-Komplott · Band 01/8792
Das Borowski-Ultimatum · Band 01/8431
Der Ikarus-Plan · Band 01/9040
Genessee-Komplott · Band 01/7876
Holcroft-Vertrag · Band 01/9065

ROBERT LUDLUM

DAS SCARLATTI-ERBE

Roman

Aus dem Englischen
von Heinz Nagel

WILHELM HEYNE VERLAG
MÜNCHEN

HEYNE ALLGEMEINE REIHE
Nr. 01/9407

Titel der Originalausgabe
THE SCARLATTI INHERITANCE

Der Band erschien bereits in der Allgemeinen Reihe
mit der Band-Nr. 01/6136.

6. Auflage dieser Ausgabe

Printed in Germany 1998
Umschlagillustration: IFA-Bilderteam/Fischer, Taufkirchen
Umschlaggestaltung: Atelier Ingrid Schütz, München
Gesamtherstellung: Elsnerdruck, Berlin

ISBN 3-453-08233-8

The New York Times, 21. Mai 1926 (Seite 13)
New Yorker verschwunden

New York, 21. Mai – Der Sohn einer schwerreichen amerikanischen Industriellenfamilie, der für besondere Tapferkeit an der Argonne-Front ausgezeichnet worden war, verschwand vor mehr als fünf Wochen aus seinem Haus in Manhattan. Wie unser Reporter in Erfahrung bringen konnte, ist Mr....

The New York Times, 10. Juli 1937 (Seite 1)
Hoher Beamter Hitlers stört IG-Farben-Konferenz

Berlin, 10. Juli – Während der Konferenz über wechselseitige Handelsbeziehungen zwischen IG-Farben und einigen US-Firmen kam es heute zu einem Eklat. Ein namentlich nicht bekanntes Mitglied von Hitlers Reichswehrministerium erklärte in erregter Form, die bisher erzielten Fortschritte seien in keiner Weise akzeptabel. Er bediente sich dabei der englischen Sprache, die er offenbar, dem Gebrauch seiner Schimpfworte nach zu schließen, perfekt beherrscht. Anschließend entfernte sich der unbekannte Beobachter mit seinen Mitarbeitern.

The New York Times, 18. Februar 1948 (Seite 6)
Nazibeamter 1944 übergelaufen

Washington D.C., 18. Februar – Eine Episode aus dem Zweiten Weltkrieg, von der nur wenige Leute wußten, wurde heute bekannt. Es stellte sich heraus, daß eine bedeutende Nazipersönlichkeit, die sich des Codenamens ›Saxon‹ bediente, im Oktober 1944 zu den Alliierten übergelaufen war. Ein Unterausschuß des Senates...

The New York Times, 26. Mai 1951 (Seite 58)
Kriegsdokument aufgefunden

Kreuzlingen, Schweiz, 26. Mai – Ein in Öltuch eingeschlagenes Päckchen mit Karten und Plänen über Befestigungsanlagen in Berlin und Umgebung ist in der Nähe eines kleinen Gasthauses in Kreuzlingen, einem Schweizer Dorf am Rhein, bei Ausgrabungsarbeiten gefunden worden. Die Gaststätte wird abgerissen, um einem Ausflugshotel Platz zu machen. Irgendwelche Hinweise, die zu einer genaueren Identifizierung führen könnten, wurden nicht entdeckt. Lediglich das Wort ›Saxon‹ auf einem Klebestreifen, mit dem das Paket verschlossen war...

TEIL EINS

1.

10. Oktober 1944 – Washington D.C.

Der Brigadegeneral saß steif auf der Wartebank. Er zog die harten Fichtenbretter dem weichen Leder der Sessel vor. Es war neun Uhr zwanzig am Morgen, und er hatte nicht gut geschlafen, höchstens eine Stunde.

Aber jedesmal, wenn der Glockenschlag der kleinen Uhr auf dem Kaminsims die halbe oder volle Stunde verkündete, hatte er sich zu seiner Überraschung bei dem Wunsch ertappt, die Zeit möge schneller verstreichen.

Um halb zehn sollte er vor dem Außenminister erscheinen, vor Cordell S. Hull.

Jetzt saß er im Vorzimmer des Ministers, gegenüber der großen schwarzen Tür mit den blitzenden Messingbeschlägen, und hielt den weißen Umschlag in den Händen, den er aus der Aktentasche geholt hatte. Wenn es an der Zeit war, den Aktendeckel zu übergeben, sollte kein peinliches Schweigen entstehen, während er die Mappe öffnete, um ihn herauszunehmen. Er wollte ihn dem Außenminister, wenn nötig, selbstsicher übergeben.

Andererseits war es möglich, daß Hull die Akte nicht verlangte. Vielleicht würde er nur eine mündliche Erklärung fordern und dann die Autorität seines Amtes benutzen, um zu erklären, was er da gehört hätte, wäre für ihn nicht akzeptabel. In diesem Fall würde der Brigadier nur protestieren. Schwach protestieren. Die Information in der Akte stellte keinen Beweis dar, nur Daten, die seine Vermutungen stützen konnten oder auch nicht.

Der Brigadegeneral sah auf die Uhr. Es war neun Uhr vierundzwanzig, und er fragte sich, ob der Ruf der Pünktlichkeit, der Hull voranging, sich auch bei dieser Unterredung bestätigen würde. Er hatte sein eigenes Büro um halb acht erreicht, etwa eine halbe Stunde vor seiner normalen Ankunftszeit, an der er unbeirrbar festhielt. Nur in Krisensituationen, wenn er oft die Nacht über im Büro blieb, um neue Informationen abzuwarten, pflegte er am Morgen später zu erscheinen. Diese letzten drei Tage waren jenen Krisenperioden nicht unähnlich, aber auf eine andere Art.

Das Memorandum, das er dem Außenminister geschickt und dem er seinen Termin heute morgen zu verdanken hatte, würde vielleicht eine Belastungsprobe für ihn auslösen. Man konnte Mittel und Wege finden, um ihm jeden Einfluß zu entziehen. Man konnte es sehr wohl so hinstellen, daß er völlig unkompetent erschien. Aber er wußte, daß er recht hatte.

Er schob den Umschlag seiner Akte etwas zurück, gerade so weit, daß er die mit Maschine geschriebene Titelseite lesen konnte. ›Canfield, Matthew, Major, US Army-Reserve, Spionageabwehr.‹

Canfield, Matthew. Matthew Canfield. Das war der Beweis.

Ein Summer auf dem Schreibtisch einer Sekretärin in mittleren Jahren ertönte.

»Brigadegeneral Ellis?« Sie blickte kaum von ihren Papieren auf.

»Zur Stelle.«

»Der Minister kann Sie jetzt empfangen.«

Ellis sah auf seine Armbanduhr. Es war neun Uhr zweiunddreißig.

Er stand auf, ging auf die unheilvoll schwarz lackierte Tür zu und öffnete sie.

»Sie müssen entschuldigen, General Ellis. Ich hatte das Gefühl, daß die besondere Eigenart Ihres Memorandums die Anwesenheit eines Dritten erforderlich macht. Darf ich Ihnen Untersekretär Brayduck vorstellen?«

Der Brigadegeneral staunte. Er hatte nicht mit der Anwesenheit eines Dritten gerechnet. Er hatte ausdrücklich gebeten, der Minister möge ihn allein empfangen.

Untersekretär Brayduck stand etwa drei Meter rechts von Hulls Schreibtisch. Er war ganz offensichtlich einer jener Universitätsabsolventen, die so typisch für die Roosevelt-Administration waren und von denen es im Außenministerium eine ganze Anzahl gab. Selbst seine Kleidung – die helle graue Flanellhose und das locker geschnittene Fischgrätjakkett – bildete auf beiläufige, zurückhaltende Art so etwas wie einen Kontrapunkt zur scharfgebügelten Uniform des Brigadegenerals.

»Selbstverständlich –, Mr. Brayduck...« Der Offizier nickte.

Cordell S. Hull saß hinter dem breiten Schreibtisch. Seine vertrauten Züge – die helle Haut, fast weiß, das dünne weiße Haar, der stahlgeränderte Kneifer vor seinen blaugrünen Augen – wirkten überlebensgroß, weil sie ein wohlbekanntes Bild ergaben. Es kam nur selten vor, daß die Zeitungen oder die Wochenschauen keine Fotografien von ihm zeigten. Selbst die Wahlplakate – mit ihrer behäbigen Frage ›Wollen Sie mitten im Strom die Pferde wechseln?‹ – zeigten sein vertrauenerweckendes, intelligentes Gesicht unter dem Roosevelts, in augenfälliger Weise. Manchmal sogar noch augenfälliger als das Konterfei Harry Trumans.

Brayduck holte einen Tabaksbeutel aus der Tasche und begann seine Pfeife zu stopfen. Hull schob ein paar Papiere auf seinem Schreibtisch zurecht und klappte langsam einen Aktendeckel auf, der jenem glich, den der Brigadegeneral in der Hand hielt. Ellis erkannte ihn. Es war das vertrauliche Memorandum, das er dem Außenminister persönlich übergeben hatte.

Brayduck zündete seine Pfeife an, und der Geruch des Tabaks veranlaßte Ellis, den Mann noch einmal zu mustern. Der Geruch deutete auf eine jener fremdartigen Mixturen hin, die von den Universitätsabsolventen für originell gehalten wurden, die aber gewöhnlich auf alle anderen Leute in ihrer Umgebung widerwärtig wirkten. Brigadegeneral Ellis würde erleichtert sein, wenn der Krieg vorbei war. Dann würde Roosevelt verschwinden, ebenso wie die sogenannten Intellektuellen und ihr übelriechender Tabak.

Der Gehirntrust. Alle leicht rosa angehaucht.

Aber zuerst der Krieg.

Hull blickte auf. »Ich brauche wohl gar nicht erst zu sagen, General, daß Ihr Memorandum sehr beunruhigend ist.«

»Die Information hat mich ebenfalls beunruhigt, Sir.«

»Ohne Zweifel, ohne Zweifel... Ich frage mich nur, ob Ihre Schlüsse begründet sind. Ich meine, gibt es etwas Konkretes?«

»Ich denke schon, Sir...«

»Wie viele Leute in der Abwehr wissen sonst noch davon, Ellis?« unterbrach Brayduck, wobei dem Brigadier nicht entging, daß er das Wort ›General‹ wegließ.

»Ich habe mit niemandem gesprochen. Um ganz offen zu sein, ich hatte nicht erwartet, heute morgen noch jemanden außer dem Minister hier anzutreffen.«

»Mr. Brayduck besitzt mein Vertrauen, General Ellis. Er ist hier, um meiner Bitte zu entsprechen – meiner Anweisung, wenn Sie so wollen.«

»Ich verstehe.«

Cordell Hull lehnte sich in seinem Sessel zurück. »Ich möchte Ihnen nicht zu nahe treten und hoffe, daß Sie das auch so sehen. Sie senden ein geheimes Memorandum an dieses Büro, übergeben es unter höchster Priorität – an mich persönlich, um es genau zu sagen. Und dabei ist das, was Sie darin behaupten, in höchstem Maße unglaublich.«

»Eine lächerliche Anklage, von der Sie selbst zugeben, daß Sie sie nicht beweisen können«, warf Brayduck ein und saugte an seiner Pfeife, während er auf den Schreibtisch zuging.

»Das ist genau der Grund, weshalb wir hier sind.« Hull hatte Brayducks Anwesenheit verlangt, doch er würde sich keine unangemessenen Störungen gefallen lassen, geschweige denn Unverschämtheiten. Aber Brayduck war nicht zu bremsen. »Herr Minister, die Abwehr ist auch nicht über Fehler und Irrtümer erhaben. Diese Erkenntnis hat uns viel gekostet. Mein einziges Interesse ist es zu vermeiden, daß ein weiterer Irrtum, eine Ungenauigkeit, Folgen schlechter Informationen vielleicht, von den politischen Gegnern dieser Administration als Munition benutzt werden. Wir haben in weniger als vier Wochen Wahlen!«

Hull bewegte seinen großen Kopf nur um ein paar Zentimeter. Als er sprach, sah er Brayduck nicht an. »Sie brauchen mich an solche pragmatischen Überlegungen nicht zu erinnern... Aber ich darf vielleicht *Sie* daran erinnern, daß wir auch noch eine andere Verantwortung haben – eine Verantwortung, die über die praktische Politik hinausgeht. Habe ich mich klar ausgedrückt?«

»Selbstverständlich.« Brayduck blieb stehen.

Hull fuhr fort: »So wie ich Ihr Memorandum verstehe, General Ellis, behaupten Sie, daß ein einflußreiches Mitglied des deutschen Hohen Kommandos ein amerikanischer Bürger ist, der unter dem Decknamen – einem uns wohlbekannten Namen – Heinrich Kroeger auftritt.«

»So ist es, Sir. Allerdings habe ich in meiner Feststellung einschränkend gesagt, daß es so sein *könnte.*«

»Sie deuten ferner an, daß Heinrich Kroeger mit einer Anzahl großer Firmen in diesem Land Kontakt hat – mit Unternehmen, die Waffen an die Regierung liefern.«

»Ja, Herr Minister. Nur muß ich noch einmal darauf hinweisen, daß das in der Vergangenheit der Fall war, nicht notwendigerweise in der Gegenwart.«

»Bei solchen Anschuldigungen verschwimmen die Zeiten etwas ineinander«, meinte Cordell Hull und nahm den Kneifer ab, um ihn neben den Aktendeckel zu legen. »Besonders im Krieg.«

Untersekretär Brayduck zündete ein Streichholz an und meinte zwischen einzelnen Rauchwolken, die aus seiner Pfeife quollen: »Sie erklären auch ganz eindeutig, daß Sie über keine spezifischen Beweise verfügen.«

»Ich verfüge über etwas, das man meiner Ansicht nach als Indizienbeweise ansehen könnte. Und dieses Material ist so beschaffen, daß es mir als Pflichtverletzung erscheinen würde, wenn ich es dem Minister nicht zur Kenntnis brächte.«

Der Offizier holte tief Atem, ehe er fortfuhr. Er wußte, wenn er einmal begonnen hatte, würde er festgelegt sein.

»Ich möchte auf einige besonders wichtige Punkte in bezug auf Heinrich Kroeger hinweisen. Zunächst einmal ist seine Akte unvollständig. Er ist von der Partei, im Gegensatz zu den meisten anderen, nicht anerkannt worden. Und dennoch ist er, während andere kamen und gingen, im Zentrum der Macht geblieben. Er hat offensichtlich großen Einfluß auf Hitler.«

»Das wissen wir.« Hull mochte es nicht, wenn bekannte Informationen nur deshalb wiederholt wurden, um einen strittigen Punkt zu untermauern.

»Dann der Name selbst, Sir. ›Heinrich‹ ist in Deutschland ebenso weit verbreitet wie ›William‹ oder ›John‹ bei uns. Und Kroeger ist auch nicht ungewöhnlicher als Smith oder Jones in unserem Land.«

»Ach, kommen Sie, General.« Aus Brayducks Pfeife kräuselte sich der Rauch nach oben. »Damit würden Sie die Hälfte unserer kommandierenden Offiziere draußen im Feld verdächtigen.«

Ellis wandte sich zu Brayduck, um ihn das ganze Ausmaß seines militärischen Grolls spüren zu lassen. »Ich halte das für relevant, Herr Untersekretär.«

Hull begann sich zu fragen, ob es wirklich eine so gute Idee gewesen war, Brayduck hinzuzuziehen. »Es bringt uns nicht weiter, wenn Sie sich anfeinden, Gentlemen.«

»Es tut mir leid, wenn Sie das so empfinden, Sir.«

Brayduck schien außerstande, eine Zurechtweisung hinzunehmen. »Ich glaube, meine Funktion heute morgen ist die des Teufelsadvokaten. Keiner von uns, am allerwenigsten Sie, Herr Minister, kann es sich leisten, Zeit zu vergeuden...«

Hull blickte zu dem Untersekretär hinüber. »Dann wollen wir zusehen, daß wir Zeit gewinnen. Bitte, fahren Sie fort, General.«

»Danke, Sir. Vor einem Monat hat man uns über Lissabon zugetragen, daß Kroeger mit uns Kontakt aufnehmen wollte. Die notwendigen Kanäle wurden bereitgestellt, und wir erwarteten, daß alles auf dem üblichen Weg vonstatten gehen würde... Statt dessen wies Kroeger unser Arrangement zurück, weigerte sich, mit britischen oder französischen Einheiten in Verbindung zu treten, und bestand auf einem direkten Kontakt zu Washington.«

»Sie gestatten?« Brayducks Stimme klang höflich. »Ich bin nicht der Ansicht, daß das eine ungewöhnliche Entscheidung ist. Wir sind schließlich der wichtigste Faktor.«

»Das war ungewöhnlich, Mr. Brayduck. Insofern nämlich, als Kroeger mit keinem anderen als einem Major Canfield in Verbindung treten wollte. Major Matthew Canfield ist oder war ein tüchtiger, untergeordneter Offizier der Abwehr in Washington.«

Brayduck hielt seine Pfeife unbewegt in der Hand und sah den Brigadegeneral an. Cordell Hull beugte sich in seinem Sessel vor und stützte die Ellbogen auf den Schreibtisch.

»Sie haben davon in Ihrem Memorandum nichts erwähnt.«

»Das ist mir klar, Sir. Ich habe es für den immerhin vorstellbaren Fall weggelassen, daß das Memorandum von jemand anderem als Ihnen selbst gelesen werden könnte.«

»Ich muß mich bei Ihnen entschuldigen, General.« Das kam von Brayduck und klang ehrlich.

Ellis lächelte, sichtlich erfreut über seinen Sieg.

Hull lehnte sich in seinem Sessel zurück. »Ein bedeutendes Mitglied des Hohen Kommandos der Nazis besteht darauf, nur mit einem obskuren Major in der Abwehr zu verhandeln. Höchst ungewöhnlich!«

»Ungewöhnlich, aber nicht unerhört... Wir alle haben irgendwelche deutschen Staatsbürger gekannt. Wir nahmen einfach an, daß Major Canfield diesen Kroeger vor dem Krieg kennengelernt hatte. In Deutschland.«

Brayduck trat auf den Offizier zu. »Und doch sagen Sie, daß Kroeger vielleicht gar kein Deutscher ist. Offenbar haben Sie zwischen der Forderung Kroegers und der Niederschrift dieses Memorandums Ihre Meinung geändert. Was hat Sie dazu veranlaßt? Die Erwähnung Canfields?«

»Major Canfield ist ein tüchtiger, manchmal sogar ausgezeichneter Abwehrbeamter. Ein erfahrener Mann. Aber seit der Kanal zwischen ihm und Kroeger besteht, scheint er unter einer starken nervlichen Belastung zu stehen. Er wird außergewöhnlich nervös und verhält sich für einen Offizier seiner Herkunft und seiner Erfahrung höchst eigenartig... Außerdem, Herr Minister, hat er mich angewiesen, mit einer höchst ungewöhnlichen Bitte an den Präsidenten der Vereinigten Staaten heranzutreten.«

»Was ist das für eine Bitte?«

»Daß eine Geheimakte aus den Archiven des Außenministeriums mit intakten Siegeln an ihn übergeben werden soll, ehe er mit Heinrich Kroeger Kontakt aufnimmt.«

Brayduck nahm die Pfeife aus dem Mund, um einen Einwand vorzubringen.

»Einen Augenblick noch, Mr. Brayduck.« Mag sein, daß Brayduck brillant ist, dachte Hull, aber ob er wohl eine Ahnung hatte, was es für einen Laufbahnoffizier wie Ellis bedeutete, vor ihnen beiden zu stehen und eine Aussage zu machen? Denn seine Aussage lief auf ein Gesuch an das Weiße Haus und das Außenministerium hinaus, ernsthaft in Erwägung zu ziehen, Canfields Bitte zu erfüllen. Viele Offiziere hätten lieber diesen gesetzwidrigen Vorschlag abgelehnt, als zuzulassen, daß sie in eine solche Position gerieten. So war das Militär eben. »Gehe ich richtig in der Annahme, daß Sie die Freigabe dieser Akte an Major Canfield befürwortet haben?«

»Die Entscheidung würden Sie treffen müssen. Ich weise nur darauf hin, daß Heinrich Kroeger praktisch an jeder wesentlichen Entscheidung der Nazihierarchie seit deren Entstehung teilhatte.«

»Könnte es den Krieg abkürzen, wenn sich Heinrich Kroeger auf unsere Seite schlüge?«

»Ich weiß nicht. Die Möglichkeit, daß es so sein könnte, führt mich in Ihr Büro.«

»Was ist das für eine Akte, die dieser Major Canfield verlangt?« Brayduck war sichtlich verstimmt.

»Ich kenne nur die Nummer und die Geheimhaltungsstufe, die mir die Archivabteilung des Außenministeriums genannt hat.«

»Und die lauten?«

Wieder beugte sich Cordell Hull vor.

Ellis zögerte. Es konnte sowohl persönlich als auch beruflich höchst peinlich werden, wenn er Einzelheiten der Akte bekanntgab, ehe er Hull Daten über Canfield geliefert hatte. Er hätte das tun können, wäre Brayduck nicht zugegen gewesen.

Diese verdammten Collegeboys! Ellis fühlte sich in ihrer Gegenwart immer unsicher. Diese Burschen redeten so schnell. Verdammt, dachte er. Dann beschloß er, ganz offen zu sprechen.

»Ehe ich Ihnen Antwort gebe, würde ich Ihnen gern einiges Hintergrundmaterial vortragen, das ich für höchst relevant halte – nicht nur relevant... Es steht mit der Akte in Zusammenhang.«

»Ich bitte darum.« Hull wußte nicht recht, ob er verärgert oder fasziniert war.

»Die letzte Mitteilung von Heinrich Kroeger an Major Canfield verlangt ein vorläufiges Treffen mit jemandem, der nur als April Red identifiziert wird. Dieses Zusammentreffen soll in Bern in der Schweiz stattfinden, bevor es zu Verhandlungen zwischen Kroeger und Canfield kommt.«

»Wer ist April Red, General? Ich entnehme Ihrem Tonfall, daß Sie dazu eine Meinung haben.« Brayduck entging nur wenig, und Brigadegeneral Ellis war sich dieser Tatsache schmerzlich bewußt.

»Wir – oder um es genauer zu sagen – ich glaube es zu wissen.« Ellis klappte den weißen Aktendeckel auf, den er bisher in der Hand gehalten hatte, und blätterte die erste Seite um. »Mit Ihrer Erlaubnis, Herr Minister, habe ich folgendes aus Major Canfields Sicherheitsunterlagen entnommen.«

»Selbstverständlich, General.«

»Matthew Canfield – Eintritt in den Regierungsdienst, ins Innenministerium, im März 1917. Ausbildung – ein Jahr Universität in Oklahoma, eineinhalb Jahre Abendkurse in Washington D.C. Als Juniorbuchhalter im Betrugsdezernat des Innenministeriums tätig. 1918 zum Außenprüfer befördert. Der Gruppe Zwanzig beigeordnet, die, wie Sie wissen...«

Cordell Hull unterbrach ihn mit ruhiger Stimme. »Eine kleine, hervorragend ausgebildete Einheit, die sich mit Interessenkonflikten, Unregelmäßigkeiten et cetera während des Ersten Weltkrieges zu befassen hatte. Sehr effizient – bis sie, wie es bei solchen Einheiten häufig der Fall ist – anfing, sich selbst zu wichtig zu nehmen. 1929 oder 30 aufgelöst, glaube ich.«

»1932, Sir.« General Ellis war froh, daß er diese Fakten zur Verfügung hatte. Er blätterte die nächste Seite um und fuhr fort: »Canfield blieb zehn Jahre im Innenministerium und stieg dabei um vier Rangstufen auf. Hervorragende Leistung. Ausgezeichnete Beurteilungen. Im Mai 1927 trat er aus dem Regierungsdienst aus und nahm eine Stelle bei den Scarlatti-Firmen an.«

Als sie den Namen Scarlatti hörten, reagierten Hull und Brayduck, als hätte sie der Blitz getroffen.

»Bei welcher Scarlatti-Gesellschaft hat er gearbeitet?« erkundigte sich der Minister.

»Direktion, 525 Fifth Avenue, New York.«

Cordell Hull spielte mit dem dünnen schwarzen Band, an dem sein Kneifer hing. »Ganz schöner Sprung für unseren Mr. Canfield. Von Abendkursen in Washington in die Direktion von Scarlatti.« Er wich dem Blick des Generals aus und starrte auf seinen Schreibtisch.

»Ist Scarlatti eine der Firmen, die Sie in Ihrem Memorandum erwähnen?« fragte Brayduck ungeduldig.

Ehe der Offizier antworten konnte, erhob sich Cordell Hull. Er war groß und imposant. Viel größer als die beiden anderen.

»General Ellis, ich weise Sie hiermit an, keine weiteren Fragen des Untersekretärs zu beantworten.«

Brayduck sah aus, als hätte man ihm eine Ohrfeige versetzt. Verblüfft sah er den Minister an. Hull erwiderte seinen Blick und sagte: »Ich bitte um Entschuldigung, Mr. Brayduck. Ich kann es nicht garantieren, hoffe aber, daß ich Ihnen im Lauf des Tages eine Erklärung geben kann. Würden Sie bis dahin die Liebenswürdigkeit haben, uns allein zu lassen?«

»Natürlich.« Brayduck wußte, daß dieser gute, ehrliche alte Mann seine Gründe hatte. »Es bedarf keiner Erklärung.«

»Aber Sie verdienen eine.«

»Danke, Sir, Sie können versichert sein, daß ich diese Unterredung vertraulich behandeln werde.«

Hulls Augen folgten Brayduck, bis sich die Tür hinter ihm geschlossen hatte. Dann wanderten sie zu dem sichtlich verwirrten Brigadegeneral zurück. »Brayduck ist ein außergewöhnlicher Beamter. Daß ich ihn jetzt aus dem Zimmer geschickt habe, dürfen Sie nicht als Werturteil bezüglich seines Charakters oder seiner Arbeit auffassen.«

»Ich verstehe, Sir.«

Hull setzte sich langsam und offensichtlich unter einigen Schmerzen wieder in seinen Sessel. »Ich habe Mr. Brayduck gebeten, das Zimmer zu verlassen, weil ich etwas von dem, was Sie jetzt vortragen werden, zu wissen glaube. Wenn das zutrifft, ist es am besten, wenn wir allein sind.«

Der Offizier war verwirrt. Er hielt es für unmöglich, daß Hull etwas wußte.

»Sie brauchen nicht beunruhigt zu sein, General. Ich bin kein Gedankenleser. Ich war in der Zeit, von der Sie sprechen, im Repräsentantenhaus. Ihre Worte erinnerten mich an etwas. Sie erinnerten mich an einen sehr warmen Nachmittag im Haus... Aber vielleicht irre ich mich. Bitte, fahren Sie dort fort, wo ich Sie unterbrochen habe. Ich glaube, unser Major Canfield hatte eine Stelle bei Scarlatti angenommen... Ein höchst ungewöhnlicher Schritt, da werden Sie mir wahrscheinlich recht geben.«

»Es gibt eine logische Erklärung. Canfield hat die Witwe von Ulster Stewart Scarlett geheiratet, sechs Monate nach Scarletts Tod in Zürich im Jahr 1926. Scarlett war der jüngere der zwei überlebenden Söhne von Giovanni und Elizabeth Scarlatti, den Gründern der Scarlatti-Firmen.«

Cordell Hull schloß kurz die Augen. »Fahren Sie bitte fort.«

»Ulster Scarlett und seine Frau Janet Saxon Scarlett hatten einen Sohn, Andrew Roland, der anschließend von Matthew Canfield nach seiner Verehelichung mit Scarletts Witwe adoptiert wurde. Die Adoption besagte aber nicht, daß er am Scarlatti-Erbe keinen Anteil mehr hatte... Canfield war bis 1940 in der Direktion von Scarlatti tätig und kehrte dann in den Regierungsdienst zurück, wo er einen Posten in der Abwehr erhielt.«

General Ellis hielt inne und sah Cordell Hull über den Aktendeckel hinweg an. Er fragte sich, ob Hull anfing zu begreifen, aber das Gesicht des Ministers war ausdruckslos.

»Sie erwähnten die Akte, die Canfield aus den Archiven angefordert hat. Was ist das für eine Akte?«

»Das war meine nächste Überlegung, Sir.« Ellis blätterte eine weitere Seite um. »Für uns ist diese Akte nur eine Nummer, aber aus der Nummer kann man das Jahr entnehmen, in dem sie angelegt wurde. 1926, im vierten Quartal des Jahres 26, um genau zu sein.«

»Und wie ist sie klassifiziert?«

»Oberste Geheimhaltungsstufe. Sie kann nur auf Anweisung des Präsidenten aus Gründen der nationalen Sicherheit freigegeben werden.«

»Ich nehme an, daß einer der Signatare – der Zeugen bei der Anlage der Akte – ein Mann war, der damals im Dienst des Innenministeriums stand und den Namen Matthew Canfield trägt.«

Der Offizier war sichtlich erregt, hielt aber den weißen Aktendeckel immer noch mit Daumen und Zeigefinger fest. »Das ist richtig.«

»Und jetzt will er sie wiederhaben. Andernfalls weigert er sich, mit Kroeger Kontakt aufzunehmen.«

»Ja, Sir.«

»Ich bin sicher, daß Sie ihn darauf hingewiesen haben, daß seine Forderung ungesetzlich ist?«

»Ich habe ihm persönlich ein Kriegsgerichtsverfahren angedroht... Seine einzige Antwort darauf war, daß es ja bei uns läge, die Forderung abzulehnen.«

»Und dann gibt es keinen Kontakt mit Kroeger?«

»Nein, Sir. Meiner Ansicht nach würde Major Canfield sich eher damit abfinden, den Rest seines Lebens in einem Militärgefängnis zu verbringen, als seine Haltung zu ändern.«

Cordell Hull stand auf und sah den General an. »Würden Sie bitte zusammenfassen?«

»Meiner Ansicht nach ist der April Red, den Heinrich Kroeger erwähnt, der junge Andrew Roland. Ich glaube, daß er Kroegers Sohn ist. Die Anfangsbuchstaben sind dieselben. Der Junge ist im April 1926 geboren. Ich glaube, daß Heinrich Kroeger Ulster Scarlett ist.«

»Der ist in Zürich gestorben.« Hull beobachtete den General mit zusammengekniffenen Augen.

»Die Begleitumstände sind verdächtig. Es gibt in den Akten lediglich den Totenschein eines obskuren Gerichts in einem kleinen Dorf, dreißig Meilen außerhalb von Zürich, und nicht auffindbare Bestätigungen durch Zeugen, von denen man vorher oder nachher nie wieder gehört hat.«

Hull sah dem General scharf in die Augen. »Sie sind sich über das, was Sie sagen, im klaren? Scarlatti ist eine der bedeutendsten Firmen dieses Landes.«

»Ja, Sir. Ich behaupte ferner, daß Major Canfield Kroegers Identität kennt und die Absicht hat, die Akte zu vernichten.«

»Glauben Sie, daß es sich um eine Verschwörung handelt? Eine Verschwörung, um Kroegers Identität zu verbergen?«

»Ich weiß nicht... Ich verstehe mich nicht besonders gut darauf, die Motive einer anderen Person in Worte zu fassen. Aber Major Canfields Reaktionen scheinen so privater Natur zu sein, daß ich zu der Meinung neige, es müßte sich um eine höchst private Angelegenheit handeln.«

Hull lächelte. »Ich finde, daß Sie äußerst wortgewandt sind. Aber glauben Sie, daß die Wahrheit in der Akte zu finden ist? Und wenn ja, warum sollte Canfield uns dann darauf aufmerksam machen? Er weiß doch ganz sicher, daß wir uns diese Akte ansehen werden, wenn wir sie für ihn beschaffen. Wir wären vielleicht nie darauf aufmerksam geworden, wenn er geschwiegen hätte.«

»Wie ich schon sagte, Canfield ist ein erfahrener Mann. Ich bin sicher, daß er von der Voraussetzung ausgeht, daß wir bald Bescheid wissen werden.«

»Wie?«

»Durch Kroeger – und Canfield hat die Bedingung gestellt, daß die Siegel der Akte unversehrt sein müssen. Er ist ein Fachmann, Sir. Er würde es wissen, wenn man sie erbrochen hätte.«

Cordell Hull ging um seinen Schreibtisch herum, an dem Brigadegeneral vorbei. Er hatte die Hände auf dem Rücken verschränkt. Seine Haltung war steif, und es war ihm anzusehen, daß seine Gesundheit ihn im Stich zu lassen begann. Brayduck hat recht gehabt, dachte der Außenminister. Wenn auch nur die Andeutung einer Beziehung zwischen den mächtigen amerikanischen Industriellen und dem deutschen Hohen Kommando bekannt würde, gleichgültig, wie entfernt oder wie weit zurückliegend, so könnte dies das Land in Stücke reißen. Besonders während der nationalen Wahlen.

»Wenn wir die Akte Major Canfield aushändigen, würde er dann ein Zusammentreffen zwischen April Red und Kroeger arrangieren?«

»Ich glaube, daß er das tun würde.«

»Warum? Es ist doch grausam, einem achtzehnjährigen Jungen so etwas anzutun.«

Der General zögerte. »Ich bin nicht sicher, daß er eine Alternative hat. Es gibt nichts, was Kroeger daran hindern könnte, andere Schritte zu unternehmen.«

Hull blieb stehen und sah den Offizier an. Er hatte seine Entscheidung getroffen. »Ich werde veranlassen, daß der Präsident einen Befehl unterzeichnet, diese Akte herauszugeben. Jedoch, und ich mache dies offen gesagt zur Bedingung für seine Unterschrift, Ihre Vermutungen bleiben zwischen uns beiden.«

»Uns beiden?«

»Ich werde Präsident Roosevelt über den Inhalt unseres Gesprächs informieren, aber ich werde ihn nicht mit Annahmen belasten, die sich vielleicht als unbegründet erweisen könnten. Ihre Theorie ist möglicherweise nur auf eine Reihe von Zufällen zurückzuführen, die sich leicht erklären lassen.«

»Ich verstehe.«

»Aber wenn Sie recht haben, könnte Heinrich Kroeger den Zusammenbruch in Berlin auslösen. Deutschland befindet sich im Todeskampf. Wie Sie schon erwähnten, verfügt er über außergewöhnliches Stehvermögen. Er ist ein Angehöriger der Elitegruppe, die Hitler umgibt. Die Prätorianergarde lehnt sich gegen Cäsar auf. Wenn Sie freilich nicht recht haben sollten, dann müssen wir beide an zwei Leute denken, die bald nach Bern unterwegs sein werden. Und dann möge Gott unseren Seelen gnädig sein.«

Brigadegeneral Ellis schloß den weißen Aktendeckel, hob die Aktentasche auf, die zu seinen Füßen stand, und ging auf die große schwarze Tür zu. Als er sie hinter sich schloß, sah er, daß Hull ihm nachstarrte. Er hatte ein unangenehmes Gefühl in der Magengrube.

Aber Hull dachte nicht an den General. Er erinnerte sich an jenen warmen Nachmittag vor langer Zeit im Repräsentantenhaus. Ein Mitglied nach dem anderen war aufgestanden und hatte glühendes Lob auf einen tapferen, jungen Amerikaner gehäuft, der für tot gehalten wurde. Alle Angehörigen beider Parteien hatten erwartet, daß er, das ehrenwerte Mitglied des Staates Tennessee, seinen Kommentar hinzufügte. Immer wieder drehten sich die Köpfe zu seinem Pult.

Cordell Hull war das einzige Mitglied des Repräsentantenhauses, der die berühmte Elizabeth Scarlatti, jene Legende ihrer Zeit, mit Vornamen ansprechen durfte, die Mutter des tapferen jungen Mannes, der im Kongreß der Vereinigten Staaten für die Nachwelt verherrlicht wurde.

Denn Hull und seine Frau waren trotz ihrer politischen Differenzen jahrelang mit Elizabeth Scarlatti befreundet gewesen.

Und doch war er an jenem warmen Nachmittag stumm geblieben.

Er hatte Ulster Stewart Scarlett gekannt und ihn verachtet.

2.

Die braune Limousine mit den Insignien der US-Streitkräfte auf beiden Türen bog an der 22. Straße nach rechts und fuhr in den Gramercy Square.

Auf dem Rücksitz beugte sich Matthew Canfield nach vorn, nahm die Aktentasche von den Knien und stellte sie auf den Boden. Er zog den rechten Mantelärmel herunter, um die dicke Silberkette zu verbergen, die um sein Handgelenk geschlungen war und es mit dem Metallgriff der Tasche verband.

Er kannte den Inhalt der Aktentasche, oder genauer gesagt, daß er den Inhalt besaß, bedeutete sein Ende. Wenn alles vorbei war und er dann immer noch lebte, würden sie ihn kreuzigen, falls es ihnen gelang, Mittel und Wege zu finden, dabei das Militär von jeder Schuld freizuhalten.

Der Militärwagen bog zweimal nacheinander nach links und hielt am Eingang der Gramercy Arms Apartments. Ein Portier in Uniform ging auf den Wagen zu, und Canfield stieg aus.

»Ich brauche Sie in einer halben Stunde wieder«, sagte er zu seinem Fahrer. »Nicht später.«

Der blasse Sergeant, der sich offensichtlich den Gewohnheiten seines Vorgesetzten angepaßt hatte, antwortete: »Ich werde in zwanzig Minuten wieder hier sein, Sir.«

Der Major nickte, drehte sich um und betrat das Gebäude. Als er im Aufzug nach oben fuhr, wurde ihm bewußt, wie müde er war. Jede Ziffer schien länger als normal beleuchtet zu bleiben. Die Zeit zwischen den Stockwerken kam ihm endlos vor. Und doch hatte er keine Eile. Überhaupt keine Eile.

Achtzehn Jahre. Das Ende der Lüge, aber nicht das Ende der Furcht. Das würde erst kommen, wenn Kroeger tot war. Was dann noch übrig sein würde, war Schuld. Er konnte mit der Schuld leben, denn sie würde ganz allein die seine sein und nicht die des Jungen oder die Janets.

Und es würde auch sein Tod sein, nicht der Janets, nicht der Andrews. Wenn der Tod erforderlich war, dann würde es der seine sein. Er würde dafür sorgen.

Er würde Bern nicht verlassen, solange Kroeger nicht tot war.

Kroeger oder er.

Höchstwahrscheinlich alle beide.

Er verließ die Aufzugskabine, bog nach links und ging den kurzen Korridor entlang zu einer Tür. Er schloß sie auf und betrat ein großes, komfortables Wohnzimmer, das im italienischen Provinzstil eingerichtet war. Zwei große Erkerfenster boten einen freien Blick auf den Park, und verschiedene Türen führten in die Schlafzimmer, das Speisezimmer, die Küche und die Bibliothek. Canfield stand einen Augenblick lang reglos da und gab sich dem unvermeidbaren Gedanken hin, daß dies alles achtzehn Jahre zurückführte.

Die Tür zur Bibliothek öffnete sich, und ein junger Mann

kam herein. Er nickte Canfield ohne große Begeisterung zu. »Hallo, Dad.«

Canfield starrte den Jungen an. Es kostete ihn große Kraft, nicht auf seinen Sohn zuzulaufen und ihn an sich zu drükken.

Sein Sohn.

Und doch nicht sein Sohn.

Er wußte, wenn er eine solche Geste versuchte, würde sie zurückgewiesen werden. Der Junge war jetzt vorsichtig und hatte Angst, wenn er sich auch Mühe gab, es nicht zu zeigen.

»Hallo«, sagte der Major. »Hilfst du mir damit?« Er blickte auf die Kette an seinem Handgelenk.

Der junge Mann trat zu ihm und murmelte: »Aber sicher.«

Sie öffneten gemeinsam das Hauptschloß der Kette, und dann hielt der junge Mann die Aktentasche so, daß Canfield das zweite Kombinationsschloß betätigen konnte, das an seinem Handgelenk befestigt war. Jetzt konnten sie die Tasche entfernen. Canfield zog Hut, Mantel und Uniformjacke aus und warf sie auf einen Sessel. Der Junge hielt immer noch die Tasche in der Hand und stand reglos vor dem Major. Er sah außergewöhnlich gut aus. Er hatte hellblaue Augen unter sehr dunklen Brauen, eine gerade, aber etwas aufgestülpte Nase und schwarzes Haar, das sorgfältig nach hinten gekämmt war. Seine Hautfarbe war dunkel, als wäre er von der Sonne gebräunt. Er war knapp über sechs Fuß groß und trug graue Flanellhosen, ein blaues Hemd und eine Tweedjacke.

»Wie fühlst du dich?« fragte Canfield.

Der junge Mann zögerte einen Augenblick lang und erwiderte dann mit weicher Stimme: »Nun, an meinem zwölften Geburtstag habt ihr mir ein neues Segelboot gekauft, du und Mutter. Das hat mir besser gefallen.«

Der ältere Mann erwiderte das Lächeln des Jüngeren. »Ja, das kann ich mir denken.«

»Ist es das?« Der Junge stellte die Aktentasche auf den Tisch und strich mit dem Finger darüber.

»Alles.«

»Jetzt sollte ich mir wohl sehr privilegiert vorkommen.«

»Der Präsident mußte persönlich eine Anweisung unterzeichnen, um die Akte aus dem Außenministerium herauszubekommen.«

»Wirklich?« Der Junge blickte auf.

»Keine Sorge. Ich bezweifle, daß er weiß, was sie enthält.«

»Wieso?«

»Eine Vereinbarung.«

»Das glaube ich nicht.«

»Wenn du die Akte gelesen hast, wirst du es glauben. Höchstens zehn Leute haben sie ganz gesehen, und die meisten davon sind tot. Als wir das letzte Viertel der Akte zusammentrugen, taten wir das stückweise – damals, 1938. Es steckt in dem separaten Aktendeckel mit den Bleisiegeln. Die Seiten sind nicht in der richtigen Reihenfolge und müssen geordnet werden. Der Schlüssel ist auf der ersten Seite.«

Der Major lockerte seine Krawatte mit einer schnellen Handbewegung und fing an, sein Hemd aufzuknöpfen.

»War das alles notwendig?«

»O ja. Soweit ich mich erinnere, haben wir die Schreibkräfte immer wieder ausgewechselt.« Der Major ging auf eine Schlafzimmertür zu. »Ich schlage vor, daß du die Seiten ordnest, ehe du mit dem letzten Aktendeckel anfängst.«

Er ging ins Schlafzimmer, schlüpfte hastig aus seinem Hemd und band seine Schuhe auf. Der junge Mann folgte ihm und blieb in der Tür stehen.

»Wann reisen wir?« fragte der Junge.

»Donnerstag.«

»Wie?«

»Bomberkommando. Mit der Luftwaffe nach Neufundland, Island, Grönland und dann nach Irland. Von Irland mit einer neutralen Maschine geradewegs nach Lissabon.«

»Lissabon?«

»Die Schweizer Botschaft übernimmt dort alles Weitere. Die bringen uns nach Bern. Wir genießen vollen Schutz.«

Canfield hatte inzwischen die Hosen ausgezogen, nahm eine hellgraue Flanellhose aus dem Schrank und zog sie an.

»Was wird man Mutter sagen?« fragte der junge Mann.

Canfield ging ins Badezimmer, ohne zu antworten. Er

füllte das Waschbecken mit heißem Wasser und begann sich das Gesicht einzuseifen.

Die Augen des Jungen folgten ihm, aber er bewegte sich nicht, brach auch das Schweigen nicht. Er fühlte, daß der ältere Mann viel erregter war, als er es zeigen wollte.

»Hol mir bitte ein frisches Hemd aus der zweiten Schublade dort drüben. Leg es aufs Bett.«

»Ja, natürlich.« Er wählte ein weißes Hemd mit breitem Kragen aus dem Hemdenstapel in der Schublade.

Während Canfield sich rasierte, sagte er: »Heute ist Montag. Wir haben also drei Tage. Ich werde noch alles erledigen, und du hast inzwischen Zeit, dich mit der Akte zu befassen. Du wirst Fragen haben, und ich brauche dir nicht zu sagen, daß du *mich* fragen mußt. Ich befürchte zwar nicht, daß du mit jemandem sprechen würdest, der dir Antwort geben könnte. Aber nur für alle Fälle – wenn du plötzlich das Bedürfnis hast, zum Telefon zu greifen, tu es nicht.«

»Verstanden.«

»Übrigens, du sollst nicht das Gefühl haben, daß du dir irgend etwas einprägen müßtest, das ist nicht wichtig. Ich weiß einfach, daß du es verstehen mußt.«

War er ehrlich zu dem Jungen? War es wirklich notwendig, ihn das Gewicht der offiziellen Wahrheit fühlen zu lassen? Canfield hatte sich selbst überzeugt, daß das der Fall war, denn trotz der Jahre, trotz der Zuneigung, die zwischen ihnen bestand, war Andrew ein Scarlett. In wenigen Jahren würde er eines der größten Vermögen der Welt erben. Man mußte solchen Menschen die Verantwortung dann aufbürden, wenn es notwendig war – nicht, wenn es bequem war.

Aber mußte man das wirklich?

Oder wählte Canfield damit einfach den Weg, der für ihn der leichteste war? Sollte doch ein anderer für ihn sprechen...

Er trocknete sein Gesicht mit einem Handtuch ab, rieb sich etwas Pinaud ins Gesicht und begann sein Hemd anzuziehen.

»Falls es dich interessiert, du hast deinen Bart zum größten Teil stehenlassen.«

»Interessiert mich nicht.« Er nahm eine Krawatte von der Stange an der Innenseite der Schranktür und zog einen dunkelblauen Blazer vom Bügel. »Wenn ich gegangen bin, kannst du zu lesen anfangen. Wenn du zum Abendessen ausgehst, kannst du die Aktentasche in den Schrank rechts von der Bibliothekstür stellen. Sperr ihn ab. Hier ist der Schlüssel.« Er löste einen kleinen Schlüsel vom Ring.

Die zwei Männer verließen das Schlafzimmer, und Canfield ging auf die Halle zu.

»Entweder hast du mich nicht gehört, oder du willst keine Antwort geben – aber was ist mit Mutter?«

»Ich habe dich gehört.« Canfield drehte sich zu dem jungen Mann herum. »Janet soll nichts wissen.«

»Warum nicht? Und wenn etwas passiert?«

Canfield war sichtlich erregt. »Ich habe entschieden, daß sie nichts erfahren soll.«

»Ich bin nicht deiner Ansicht.« Der junge Mann blieb ruhig.

»Das interessiert mich nicht!«

»Vielleicht sollte es das. Ich bin jetzt ziemlich wichtig für dich. Das war nicht mein Wunsch, Dad.«

»Und du glaubst, das gibt dir das Recht, Befehle zu erteilen?«

»Ich glaube, ich habe das Recht, gehört zu werden. Ich weiß, daß du erregt bist – aber sie ist meine Mutter.«

»Und meine Frau. Vergiß das nicht, Andy.« Der Major ging ein paar Schritte auf den jungen Mann zu, aber Andrew Scarlett wandte sich ab und trat an den Tisch, wo die schwarze Ledertasche neben der Lampe lag.

»Du hast mir nie gezeigt, wie man deine Tasche öffnet.«

»Sie ist aufgeschlossen. Ich habe sie im Wagen aufgeschlossen. Man öffnet sie wie jede andere Mappe auch.«

Der junge Scarlett betastete die Schließen, und sie klappten auf.

»Ich habe dir gestern abend nicht geglaubt, weißt du«, sagte er leise, während er die Klappe der Tasche öffnete.

»Das überrascht mich nicht.«

»Nein, nicht was ihn betrifft. Das glaube ich, weil es mir

eine Menge Fragen, die dich betreffen, beantwortet hat.« Er drehte sich um und musterte den Älteren. »Nun, eigentlich waren es keine Fragen, weil ich immer schon zu wissen glaubte, warum du dich so verhalten hast. Ich dachte, du könntest einfach die Scarletts nicht leiden. Nicht mich, die Scarletts. Onkel Chancellor, Tante Allison, all die Kinder. Du und Mama, ihr habt immer über sie gelacht. Ich auch. Ich kann mich noch gut erinnern, wie schmerzhaft es für dich war, als du mir sagtest, warum mein Nachname nicht derselbe wie der deine sein konnte. Erinnerst du dich?«

»Ja, es war nicht gerade angenehm.« Canfield lächelte leicht.

»Aber die letzten paar Jahre – da hast du dich verändert. Du wurdest ziemlich böse, wenn es um die Scarletts ging. Du warst immer richtig ärgerlich, wenn jemand die Scarlatti-Firmen erwähnte. Und du gingst die Wände hoch, wenn die Scarlatti-Anwälte erklärten, daß sie mit dir und Mama über mich sprechen wollten. Mama ärgerte sich über dich und sagte, du wärst unvernünftig. Sie hatte unrecht. Ich verstehe es jetzt. Du siehst also, ich bin darauf vorbereitet, das zu glauben, was diese Mappe enthält.« Er klappte sie wieder zu.

»Es wird nicht leicht für dich sein.«

»Es ist schon jetzt nicht leicht, und ich bin gerade dabei, über den ersten Schock hinwegzukommen.« Er grinste gezwungen. »Jedenfalls werde ich lernen, damit zu leben, denke ich ... Ich habe ihn nie gekannt. Er hat mir nie etwas bedeutet. Ich habe nie sonderlich auf Onkel Chancellors Geschichten geachtet. Weißt du, ich wollte gar nichts wissen. Weißt du, warum?«

Der Major musterte den jungen Mann scharf. »Nein, das weiß ich nicht.«

»Weil ich nie zu jemand anderem als dir – und Janet gehören wollte.«

O Gott in deinem schützenden Himmel, dachte Canfield. »Ich muß jetzt gehen.« Er wandte sich wieder zur Tür.

»Bleib noch. Wir haben noch nicht alles erledigt.«

»Es gibt nichts zu erledigen.«

»Ich will dir sagen, was ich gestern abend nicht glaubte.«

Canfield drehte sich um, die Hand am Türknopf. »Was?«

»Daß Mutter – nichts von ihm weiß.«

Canfield zog die Hand vom Türknopf und blieb neben der Tür stehen. Als er sprach, war seine Stimme leise und kontrolliert. »Ich hatte gehofft, das bis später hinausschieben zu können. Bis du alles gelesen hattest.«

»Es muß jetzt sein, sonst will ich die Akte nicht haben. Falls ihr irgend etwas vorenthalten werden soll, möchte ich den Grund wissen, ehe ich das alles lese.«

Der Major kehrte ins Zimmer zurück. »Was soll ich dir sagen? Daß es sie umbringen würde, wenn sie es erführe?«

»Würde es das?«

»Wahrscheinlich nicht. Aber ich wage es nicht, die Probe aufs Exempel zu machen.«

»Seit wann weißt du es?«

Canfield trat vors Fenster. Die Kinder hatten den Park verlassen. Das Tor war jetzt geschlossen.

»Am 12. Juni 1936 habe ich eine positive Identifizierung durchgeführt. Ich habe die Akte eineinhalb Jahre später vervollständigt, am 2. Januar 1938.«

»Jesus Christus.«

»Ja, Jesus Christus.«

»Und du hast es ihr nie gesagt?«

»Nein.«

»Dad, warum nicht?«

»Ich könnte dir zwanzig, dreißig eindrucksvolle Gründe nennen«, entgegnete Canfield und blickte immer noch auf den Gramercy Park hinunter. »Aber drei davon sind in meinem Gedächtnis hängen geblieben. Zum ersten – er hat ihr schon genug angetan, er war die Hölle für sie. Zum zweiten – seit deine Großmutter tot ist, gibt es sonst keinen lebenden Menschen mehr, der ihn identifizieren könnte. Der dritte Grund – ich sagte deiner Mutter, daß ich ihn getötet hatte.«

»Du?«

Der Major wandte sich vom Fenster ab. »Ja. Ich – ich glaubte, ich hätte ihn getötet – glaubte es hinreichend, um zweiundzwanzig Zeugen zu zwingen, Erklärungen zu unterschreiben, daß er tot war. Ein korrupter Richter in einem Dorf außerhalb von Zürich ließ sich von mir dazu bestechen, einen Totenschein auszustellen. Alles ganz legal. An jenem Junimorgen im Jahr 1936, als ich die Wahrheit erfuhr, waren wir in dem Haus an der Bucht, und ich saß auf der Terrasse und trank Kaffee. Du und deine Mutter, ihr habt gerade ein Boot abgespritzt und nach mir gerufen, weil ich euch helfen sollte, es ins Wasser zu bringen. Du hast sie die ganze Zeit mit dem Schlauch angespritzt, und sie lachte und kreischte und rannte um das Boot herum, und du liefst hinterher. Sie war so glücklich. Ich sagte es ihr nicht. Ich bin nicht stolz auf mich, aber so war es.«

Der junge Mann setzte sich auf den Stuhl neben dem Tisch. Er wollte etwas sagen, aber er fand keine Worte.

Canfield fragte leise: »Bist du ganz sicher, daß du zu mir gehören willst?«

Der Junge blickte auf. »Du mußt sie sehr geliebt haben.«

»Ich liebe sie immer noch.«

»Dann – möchte ich immer noch zu dir gehören.«

Canfield hatte das Gefühl, als säße ihm ein Kloß in der Kehle. Aber er hatte beschlossen, sich nichts anmerken zu lassen, ganz gleich, was geschehen würde.

»Ich danke dir dafür.«

Er wandte sich wieder dem Fenster zu. Die Straßenlaternen waren eingeschaltet worden – nur jede zweite, wie um die Leute daran zu erinnern, daß es auch hier passieren konnte, aber wahrscheinlich nicht passieren würde, damit sie sich entspannen konnten.

»Dad?«

»Ja?«

»Warum bist du zurückgekehrt und hast die Akte abgeändert?«

Canfield schwieg eine Weile, ehe er antwortete. »Weil ich es tun mußte. Jetzt klingt das seltsam – ›weil ich es tun mußte‹. Ich brauchte achtzehn Monate, um diese Entscheidung zu treffen. Als es schließlich soweit war, brauchte ich weniger als fünf Minuten dazu, mich selbst zu überzeugen.« Er hielt inne und dachte einen Augenblick lang darüber nach, ob es notwendig war, es dem Jungen zu sagen. Aber warum nicht? »Am Neujahrstag 1938 hat mir deine Mutter einen neuen Packard Roadster gekauft. Zwölf Zylinder. Ein wunderschönes Automobil. Ich fuhr damit auf die Southampton Straße. Ich weiß nicht genau, was passierte – ich glaube, das Steuerrad blockierte. Es gab einen Unfall. Der Wagen überschlug sich zweimal, ehe ich hinausgeschleudert wurde. Er war völlig zerstört, aber mir war nichts passiert. Abgesehen von ein paar Schürfwunden fehlte mir nichts. Aber ich sagte mir, daß ich hätte tot sein können.«

»Ich erinnere mich. Du hast von irgendwo aus angerufen, und Mama und ich fuhren hinüber und holten dich ab. Du sahst schrecklich aus.«

»Stimmt. Damals entschloß ich mich, nach Washington zu fahren und die Akte zu ergänzen.«

»Ich verstehe nicht.«

Canfield setzte sich auf den Sessel vor dem Fenster. »Wenn mir irgend etwas passiert wäre, hätte Scarlett-Kroeger irgendeine Horrorgeschichte erfinden und damit seinen Zweck erreichen können. Janet war gefährdet, weil sie nichts wußte. Also mußte irgendwo die Wahrheit festgehalten werden, aber auf eine Art und Weise, daß keine der beiden Regierungen eine andere Alternative haben konnte, als Kroeger eliminieren zu lassen – sofort. Um für dieses Land zu sprechen – Kroeger hat eine Menge prominenter Männer zum Narren gehalten. Einige dieser distinguierten Herren sind heute für unsere Politik verantwortlich. Andere fabrizieren Flugzeuge, Panzer und Schiffe. Indem wir Kroeger als Scarlett identifizieren, werfen wir eine Menge neuer Fragen auf. Fragen, von denen unsere Regierung im Augenblick nichts wissen will. Oder vielleicht will sie nie mehr was davon wissen.«

Er knöpfte langsam seinen Tweedmantel auf, wollte ihn aber nicht mehr ablegen.

»Die Scarlatti-Anwälte haben einen Brief, der nach meinem Tod oder Verschwinden an das einflußreichste Kabinettsmitglied übergeben werden soll, oder welche Administration auch immer zu der Zeit in Washington an der Macht ist. Die Scarlatti-Anwälte verstehen sich auf solche Dinge. Ich wußte, daß es Krieg geben würde. Alle wußten das. Ich erinnere daran, daß es 1938 war. Der Brief führt die betreffende Person zu der Akte und damit zur Wahrheit.«

Canfield holte tief Atem und blickte zur Decke.

»Wie du sehen wirst, legte ich eine ganz bestimmte Verhaltensweise für den Fall fest, daß wir uns im Krieg befanden, und eine Variation für den Fall, daß wir uns nicht im Krieg befanden. Deine Mutter sollte nur im äußersten Notfall etwas erfahren.«

»Aber warum sollte jemand, nach dem, was du getan hast, auf dich hören?«

Andrew Scarlett konnte solche Zusammenhänge schnell erfassen. Das gefiel Canfield.

»Es gibt Zeiten, wenn Länder – selbst Länder im Kriegszustand, dieselben Ziele haben. Für solche Zwecke werden immer die Verbindungslinien offengehalten. Heinrich Kroeger ist einer dieser Fälle. Er repräsentiert zu viel Peinliches für beide Seiten, das geht klar aus der Akte hervor.«

»Ich finde das sehr zynisch.«

»Das ist es auch. Ich habe festgelegt, daß binnen achtundvierzig Stunden nach meinem Tod jemand an das Hohe Kommando des Dritten Reiches herantreten und dort erklären soll, daß einige Spitzenbeamte in der militärischen Abwehr schon lange den Argwohn hatten, Heinrich Kroeger sei ein amerikanischer Bürger.«

Andrew Scarlett beugte sich auf seinem Stuhl vor. Canfield fuhr fort, ohne die wachsende Unruhe des Jungen zu bemerken.

»Da Kroeger regelmäßige Geheimkontakte zu einer Anzahl von Amerikanern hat, nimmt man an, daß dieser Argwohn bestätigt werden wird. Aber infolge des ...« Canfield hielt inne, um sich an den genauen Wortlaut zu erinnern. »Infolge des ›Todes eines gewissen Matthew Canfield, eines ehemaligen Kollegen des Mannes, der jetzt als Heinrich Kroeger bekannt ist‹, besitzt unsere Regierung Dokumente, die unzweideutig besagen, daß Heinrich Kroeger geistesgestört ist. Wir wollen nichts mit ihm zu tun haben. Weder in seiner Eigenschaft als ehemaliger Bürger noch als Überläufer.«

Der junge Mann erhob sich aus seinem Stuhl und starrte seinen Stiefvater an. »Ist das wahr?«

»Es wäre ausreichend gewesen, und das ist wichtiger. Die Verbindung reicht aus, um eine schnelle Exekution zu garantieren. Ein Verräter und gleichzeitig ein Wahnsinniger.«

»Danach habe ich dich nicht gefragt.«

»Die Akte enthält sämtliche Informationen.«

»Ich möchte es jetzt wissen. Ist es wahr? Ist er – war er wahnsinnig? Oder ist das ein Trick?«

Canfield erhob sich. Seine Antwort war nicht lauter als ein Flüstern. »Deshalb wollte ich warten. Du willst eine einfache Antwort, und eine solche gibt es nicht.«

»Ich möchte wissen, ob mein – Vater geistesgestört war.«

»Wenn du meinst, ob wir beglaubigte ärztliche Aussagen besitzen, daß er nicht bei Verstand war... Nein, das haben wir nicht. Andererseits waren in Zürich zehn Männer zurückgeblieben, mächtige Männer – sechs leben immer noch –, die allen Anlaß hatten, Kroeger, so wie sie ihn kannten, als geistesgestört hinzustellen. Das war für sie der einzige Ausweg. Und deshalb wird der Heinrich Kroeger, auf den sich die ursprüngliche Akte bezieht, von allen zehn als Wahnsinniger bezeichnet. Ein schizophrener Verrückter. Diese gemeinsame Bemühung ließ keine Zweifel aufkommen. Sie hatten keine Wahl. Aber wenn du mich fragst... Kroeger war der geistig gesündeste Mann, den man sich vorstellen kann. Und der grausamste. Auch das wirst du lesen.«

»Warum gebrauchst du nicht seinen richtigen Namen?«

Plötzlich drehte sich Canfield ruckartig herum, als wäre die Belastung unerträglich geworden.

Andrew sah dem zornigen Mann mit dem ärgerlich geröteten Gesicht zu, wie er durch das Zimmer auf ihn zukam. Er hatte ihn stets geliebt, weil er ein Mann war, den man lieben mußte. Positiv eingestellt, tüchtig, stets zu Späßen aufgelegt und – wie war das Wort, das sein Stiefvater gebraucht hatte? – verletzbar. »Du hast nicht nur Mutter beschützt, nicht wahr? Du hast mich geschützt. Du hast getan, was in deinen Kräften stand, um mich auch zu schützen... Wenn er je zurückkäme, wäre ich für mein restliches Leben so etwas wie ein Monstrum.«

Canfield drehte sich langsam um und sah seinen Stiefsohn an. »Nicht nur du. Von der Sorte würde es dann eine ganze Menge geben. Das hatte ich miteinkalkuliert.«

»Aber für diese anderen wäre es nicht dasselbe gewesen.« Der junge Scarlett ging zu der Aktentasche zurück.

»Das stimmt. Nicht dasselbe.« Er folgte dem Jungen und stellte sich hinter ihn. »Ich hätte alles darum gegeben, es dir nicht sagen zu müssen – ich denke, das weißt du. Ich hatte keine Wahl. Indem er dich in seine Bedingungen hineinzog, ließ Kroeger mir keine andere Wahl, als dir die Wahrheit zu sagen. Das konnte ich nicht vertuschen. Er glaubt, daß du, sobald du die Wahrheit kennst, erschrecken wirst und daß ich alles tun würde, um dich davon abzuhalten, in Panik zu geraten – alles, solange ich dich nur nicht zu töten brauchte, und vielleicht sogar das. In dieser Akte befinden sich Informationen, die deine Mutter vernichten. Die mich ins Gefängnis bringen könnten. Wahrscheinlich sogar für den Rest meines Lebens. Oh, Kroeger hat sich das alles überlegt. Aber er hat sich in einem Punkt verrechnet. Er hat dich nicht gekannt.«

»Mußt du ihn wirklich sehen – mit ihm sprechen?«

»Ich werde mit dir im Zimmer sein. Dort wird der Handel abgeschlossen.«

Andrew Scarlett blickte entsetzt auf. »Dann wirst du Geschäfte mit ihm machen.«

»Wir müssen wissen, was er liefern kann. Sobald er sich überzeugt hat, daß ich meinen Teil des Handels erfüllt und ein Treffen mit dir arrangiert habe, werden wir wissen, was er anbietet. Und wofür.«

»Dann ist es überflüssig, daß ich das hier lese, nicht wahr...« Es war keine Frage, sondern eine Feststellung. »Ich muß nur dort sein. Okay, ich werde dort sein!«

»Du wirst es lesen, weil ich es dir befehle!«

»Schon gut, schon gut, Dad. Ich werde es lesen.«

»Danke... Tut mir leid, daß ich in diesem Ton mit dir reden mußte.« Er begann seinen Mantel wieder zuzuknöpfen.

»Das habe ich verdient. Übrigens, was ist, wenn Mutter

auf die Idee kommt, mich in der Schule anzurufen? Das tut sie gelegentlich, weißt du.«

»Seit heute morgen ist deine Leitung angezapft. Es funktioniert einwandfrei. Du hast einen neuen Freund namens Tom Ahrens.«

»Wer ist das?«

»Ein Lieutenant im CIC. In Boston stationiert. Er hat deinen Vorlesungsplan und wird das Telefon überwachen. Er weiß, was er sagen muß. Du bist auf ein langes Wochenende nach Smith gefahren.«

»Du denkst wirklich an alles.«

»Meistens schon.« Canfield hatte die Tür erreicht. »Vielleicht komme ich heute abend nicht zurück.«

»Wohin gehst du?«

»Ich habe zu tun. Es wäre mir lieber, wenn du nicht ausgehen würdest, aber wenn du es tust, dann denk an den Schrank. Schließ alles weg.« Er öffnete die Tür.

»Ich werde nirgends hingehen.«

»Gut. Und, Andy – dir steht eine ungeheuere Verantwortung bevor. Ich hoffe, wir haben dich so erzogen, daß du damit fertig wirst. Ich glaube, daß du es schaffen wirst.« Canfield schloß die Tür hinter sich.

Der junge Mann wußte, daß sein Stiefvater die falschen Worte gewählt hatte. Er hatte versucht, etwas anderes zu sagen. Der Junge starrte die Tür an und wußte plötzlich, was dieses andere war.

Matthew Canfield würde nicht zurückkehren.

Was hatte er gesagt? Im äußersten Notfall mußte Janet informiert werden. Seine Mutter mußte die Wahrheit erfahren. Und jetzt gab es niemand anderen, der sie ihr sagen konnte.

Andrew Scarlett sah die Aktentasche an, die auf dem Tisch lag.

Der Sohn und der Stiefvater würden nach Bern fahren, aber nur der Sohn würde zurückkehren.

Matthew Canfield würde in den Tod gehen.

Canfield schloß die Wohnungstür und lehnte sich gegen die Wand. Der Schweiß stand ihm auf der Stirn, und das rhythmische Pochen in seiner Brust war so laut, daß er dachte, man könnte es in der Wohnung hören.

Er sah auf die Uhr. Er hatte weniger als eine Stunde gebraucht, und er war bemerkenswert ruhig geblieben. Jetzt erfüllte ihn der Wunsch, sich so weit wie möglich zu entfernen. Er wußte, daß er nach allem, was Mut, Moral oder Verantwortung forderten, bei dem Jungen bleiben sollte. Aber solche Forderungen konnte man jetzt nicht an ihn stellen. Eines nach dem anderen, sonst würde er den Verstand verlieren. Es galt, einen Punkt abzuhaken und sich dann den nächsten vorzunehmen.

Was war der nächste Punkt?

Morgen.

Der Kurier nach Lissabon mit den detaillierten Vorsichtsmaßregeln. Ein Fehler, und alles konnte explodieren. Der Kurier würde erst um sieben Uhr abends abreisen.

Er konnte die Nacht und den größten Teil des Tages mit Janet verbringen. Er redete sich ein, daß er das tun mußte. Wenn Andy zusammenbrach, würde er als erstes versuchen, seine Mutter zu erreichen. Weil er es nicht ertragen konnte, bei ihm zu bleiben, mußte er bei ihr sein.

Zum Teufel mit seinem Amt! Zur Hölle mit der Army! Zur Hölle mit der Regierung der Vereinigten Staaten!

Angesichts seiner bevorstehenden Abreise unterlag er einer vierundzwanzigstündigen freiwilligen Überwachung. Der Teufel sollte sie holen!

Sie erwarteten, daß er in der Nähe des Fernschreibers blieb und ihn in spätestens zehn Minuten erreichen konnte.

Nun, genau das würde er tun.

Er würde jede noch mögliche Minute zusammen mit Janet verbringen. Sie war dabei, ihr Haus an der Oyster Bay für den Winter zu schließen. Sie würden allein sein, vielleicht sogar das letzte Mal.

Achtzehn Jahre, und die Scharade näherte sich ihrem Ende.

Zum Glück für seinen Zustand kam der Aufzug schnell. Weil er es jetzt eilig hatte. Er wollte zu Janet.

Der Sergeant hielt ihm die Wagentür auf und salutierte, so zackig er konnte. Unter normalen Umständen hätte der Major geschmunzelt und den Sergeanten daran erinnert, daß er Zivil trug. Statt dessen erwiderte er den Gruß formlos und sprang in den Wagen.

»Zum Büro, Major Canfield?«

»Nein, Sergeant. Zur Oyster Bay.«

3.

Eine amerikanische Erfolgsstory

Am 24. August 1892 wurde die gesellschaftliche Welt von Chicago und von Evanston, Illinois, in ihren Grundfesten erschüttert, die allerdings nicht übermäßig fest waren. An diesem Tag nämlich heiratete Elizabeth Royce Wyckham, die siebenundzwanzigjährige Tochter des Industriellen Albert O. Wyckham, einen verarmten sizilianischen Einwanderer namens Giovanni Merighi Scarlatti.

Elizabeth Wyckham war ein hochgewachsenes, aristokratisches Mädchen, das für ihre Eltern eine beständige Quelle der Sorgen gewesen war. Um mit Albert O. Wyckham und seiner Frau zu sprechen, hatte die alternde Elizabeth jede goldene Heiratschance in den Wind geschlagen, die sich ein Mädchen in Chicago, Illinois, wünschen konnte. Ihre Antwort war stets dieselbe gewesen: »Narrengold, Papa!«

So hatten sie mit ihr eine große Reise durch den Kontinent gemacht und viel Geld in Hoffnungen investiert. Nach vier Monaten, in denen sie die besten Partien aus England, Frankreich und Deutschland inspiziert hatten, war ihre Antwort stets dieselbe gewesen: »Narrengold, Papa. Da würde ich schon eine Reihe von Liebhabern vorziehen!«

Ihr Vater hatte die Tochter schallend geohrfeigt.

Worauf sie ihm ihrerseits einen Tritt gegen das Schienbein versetzt hatte.

Zum erstenmal sah Elizabeth ihren zukünftigen Ehemann bei einem jener Picknickausflüge, die man jährlich für verdienstvolle Mitarbeiter ihres Vaters und ihre Familien veranstaltete. Man hatte ihn ihr vorgestellt, so wie man vielleicht einen Leibeigenen der Tochter eines Barons hätte vorstellen können.

Er war ein hünenhaft wirkender Mann mit massiven und doch irgendwie zarten Händen und scharf geschnittenen italienischen Zügen. Das Englisch, das er sprach, war fast unverständlich. Aber anstatt seine gebrochene Rede mit peinlicher Unterwürfigkeit zu begleiten, strahlte er Selbstvertrauen aus und entschuldigte sich nicht. Elizabeth mochte ihn sofort. Obwohl der junge Scarlatti weder ein Büroangestellter war noch eine Familie besaß, hatte er die Direktoren von Wyckham mit seinen Kenntnissen in bezug auf Maschinen beeindruckt und sogar die Konstruktion einer Maschine vorgelegt, mit deren Hilfe man die Herstellungskosten einer Papierrolle um vielleicht sechzehn Prozent reduzieren würde. Man hatte ihn zu dem Picknick eingeladen.

Elizabeths Neugier auf den jungen Mann war bereits durch die Erzählungen ihres Vaters geweckt worden. Der Italiener verstand sich auf den Umgang mit Maschinen – absolut unglaublich. Er hatte in wenigen Wochen zwei Maschinen entdeckt, bei denen das Hinzufügen einiger weniger Hebel die Anwesenheit der jeweils zweiten Bedienungsperson überflüssig machte. Da es von jeder dieser Maschinen acht Exemplare gab, konnte die Wyckham-Gesellschaft sechzehn Männer entlassen, die offenbar keinen Wert mehr für sie hatten. Außerdem hatte Wyckham die Voraussicht besessen, einen Italiener der zweiten Generation aus Chicagos Klein-Italien einzustellen, der Giovanni Scarlatti durch die Fabrik begleiten mußte und als sein Dolmetscher auftrat. Der alte Wyckham war zwar von den acht Dollar pro Woche nicht erbaut, die er dem sprachkundigen Italiener bezahlte, rechtfertigte aber das Gehalt mit der Erwartung, daß Giovanni weitere Verbesserungen einführen würde. Hoffentlich würde er das tun. Wyckham zahlte ihm vierzehn Dollar in der Woche.

Einige Wochen nach dem Picknick verkündete Elizabeths Vater beim Abendbrot voll Schadenfreude, daß sein großer italienischer Einfaltspinsel sich die Erlaubnis erbeten hatte, sonntags in den Betrieb zu gehen. Nicht, weil er dafür zusätzliche Bezahlung erwartete, ganz gewiß nicht – einfach, weil er nichts Besseres zu tun hatte. Natürlich hatte Wyckham mit seinem Wachmann entsprechende Vorkehrungen getroffen. Schließlich war es seine Christenpflicht, einen solchen Burschen zu beschäftigen und damit von all dem Wein und Bier fernzuhalten, nach dem Italiener süchtig waren.

Am zweiten Sonntag hatte Elizabeth einen Vorwand benutzt, um ihr elegantes Haus in der Vorstadt Evanston zu verlassen und nach Chicago und dort zur Fabrik fahren zu können. Dort fand sie Giovanni, freilich nicht im Maschinensaal, sondern in einem der Rechnungsbüros. Er schrieb emsig Zahlen aus einer Akte ab, die deutlich mit der Aufschrift ›vertraulich‹ bezeichnet war. Die Schublade eines stählernen Aktenschrankes an der linken Bürowand stand offen. Aus dem kleinen Schloß hing immer noch ein langer, dünner Drahtfaden. Offensichtlich war das Schloß geschickt überlistet worden.

In diesem Augenblick, als sie in der Tür stand und ihm zusah, lächelte Elizabeth. Dieser große, schwarzhaarige italienische Einfaltspinsel war viel komplizierter, als ihr Vater dachte. Und dabei übersah sie keineswegs, daß er höchst attraktiv war.

Erschrocken blickte Giovanni auf. Im Bruchteil einer Sekunde veränderte sich seine Haltung, wurde abwehrend.

»Okay, Miß Lisbeth! Sagen Sie es Ihrem Papa! Ich will hier nicht mehr arbeiten!«

Und da bat Elizabeth liebevoll: »Holen Sie mir einen Stuhl, Mr. Scarlatti. Ich will Ihnen helfen – dann geht es schneller.«

Es ging tatsächlich schneller.

Die nächsten paar Wochen wurden damit verbracht, Giovanni mit den juristischen und sonstigen Gegebenheiten der amerikanischen Industrieorganisation vertraut zu machen. Nur mit den Fakten, ohne jede Theorie, denn Giovanni hatte seine eigene Philosophie. Dieses Land der grenzenlosen Chancen brachte nur den Leuten Glück, die eine Spur schneller waren als die anderen Opportunisten. Die Periode, in der sie lebten, war von einem ungeheuren wirtschaftlichen Wachstum geprägt, und Giovanni begriff, daß seine Position die eines Dieners sein würde, nicht die eines Mannes, dem man diente, sofern seine Maschinen ihm nicht die Möglichkeit verschafften, an jenem Wachstum teilzuhaben. Und er war ehrgeizig.

Giovanni ging mit Elizabeths Hilfe an die Arbeit. Er konstruierte ein Gerät, das Albert Wyckham und seine Direktoren für eine revolutionäre Presse hielten, die mit phänomenaler Geschwindigkeit Wellpappteile herstellen konnte, zu Kosten, die vielleicht dreißig Prozent unter denen des alten Verfahrens lagen. Wyckham war entzückt und erhöhte Giovannis Gehalt um zehn Dollar.

Während alle darauf warteten, daß die neuen Maschinen gebaut und in Betrieb genommen wurden, überzeugte Elizabeth ihren Vater davon, daß es gut wäre, Giovanni zum Abendessen einzuladen. Zuerst dachte Albert Wyckham, seine Tochter wollte sich einen Scherz mit ihm erlauben. Einen ziemlich geschmacklosen Scherz für alle Betroffenen. Wyckham mochte sich über den Italiener lustig machen, aber er empfand Respekt für ihn. Er wollte nicht, daß sein schlauer Spaghettifresser bei einer Dinnerparty irgendwelche Peinlichkeiten erleben mußte. Aber als Elizabeth ihrem Vater sagte, daß sie keineswegs Peinlichkeiten im Sinn hatte, daß sie Giovanni bei einigen Gelegenheiten seit dem fernen Picknick begegnet wäre und ihn recht amüsant fände, erklärte sich Wyckham, der plötzlich ganz andere Bedenken hatte, mit einem kleinen Familienabendessen einverstanden.

Drei Tage nach dem Abend war Wyckhams neue Maschine für Wellpappteile in Betrieb, und an jenem Morgen erschien Giovanni Scarlatti nicht zur Arbeit. Keiner der Direktoren begriff das. Dies hätte der wichtigste Morgen seines Lebens sein sollen.

Das war es auch.

Statt Giovanni traf nämlich ein Brief in Albert Wyckhams Büro ein, ein Brief, den seine Tochter auf der Maschine geschrieben hatte. Der Brief schilderte eine zweite Maschine für Wellpappteile, die Wyckhams neue Anlage völlig veraltet erscheinen ließ.

Giovanni stellte ganz klare Bedingungen. Entweder würde Wyckham ihm ein größeres Aktienpaket an der Firma sowie eine Option für weitere Aktienkäufe zum augenblicklichen

Wert zuteilen, oder er würde mit seiner zweiten Konstruktion für Wellpappteile zu Wyckhams Konkurrenz gehen. Und wer die zweite Konstruktion besäße, könnte den anderen begraben. Giovanni Scarlatti wäre es eigentlich einerlei, aber seiner Ansicht nach würde es besser sein, die Konstruktion in der Familie zu behalten, da er hiermit ganz formell um die Hand von Alberts Tochter bäte. Auch in diesem Punkt wäre Wyckhams Antwort ohne große Bedeutung, weil Elizabeth und Giovanni binnen eines Monats als Mann und Frau vereint sein würden, gleichgültig, welche Haltung Wyckham einzunehmen gedächte.

Von diesem Augenblick an war der Aufstieg Scarlattis unaufhaltsam, aber von düsteren Wolken verdunkelt. Die der Öffentlichkeit zugänglichen Fakten lassen erkennen, daß er einige Jahre lang fortfuhr, neuere und bessere Maschinen für eine Anzahl von papierproduzierenden Gesellschaften im Mittleren Westen zu konstruieren. Er tat das immer unter denselben Bedingungen – kleinere Lizenzgebühren und Aktienanteile sowie Optionen, zusätzliche Aktien zu den Preisen zu kaufen, die jeweils vor Einrichtung seiner neuen Konstruktionen gültig gewesen waren. Über die Lizenzgebühren für sämtliche Konstruktionen sollte jeweils nach fünf Jahren neu verhandelt werden. Eine vernünftige Forderung, auf die man in gutem Glauben eingehen konnte. Eine in höchstem Maße akzeptable Position, insbesondere im Licht der niedrigen Lizenzgebühren.

Inzwischen hatte sich Elizabeths Vater, den die Anspannung des Geschäftslebens und die Hochzeit seiner Tochter ›mit diesem Spaghettifresser‹ aufrieb, dazu entschlossen, in den Ruhestand zu treten. Giovanni und seine Frau erhielten das gesamte stimmberechtigte Aktienpaket an der Wyckham-Firma.

Das war alles, was Giovanni Scarlatti brauchte. Die Mathematik ist eine reine Wissenschaft, und noch nie war dies offenkundiger. Giovanni Scarlatti, der bereits Teilhaber an elf Papierfirmen in Illinois, Ohio sowie im westlichen Pennsylvania war und Patente für siebenunddreißig verschiedene Maschinen besaß, berief eine Konferenz der Firmen seines Interessenkreises ein. In einer Art und Weise, die man schlichtweg als Schlachtung der Uninformierten bezeichnen kann, schlug Giovanni vor, daß man vernünftigerweise eine Muttergesellschaft gründen sollte, deren Hauptaktionäre er und seine Frau sein sollten.

Für alle würde selbstverständlich gut gesorgt werden, und die einzige Gesellschaft würde unter seiner erfinderisch-genialen Leitung Erfolge erzielen, die ihre kühnsten Träume übersteigen würden.

Sollten sie hingegen ablehnen, so könnten sie seine Maschinen aus ihren Fabriken nehmen. Er war ein armer Einwanderer, der bei seinen ursprünglichen Verhandlungen trügerisch in die Irre geleitet worden war. Die Lizenzen, die man ihm für seine Konstruktionen bezahlt hatte, waren angesichts der Gewinne lächerlich. Außerdem waren in einigen Fällen die einzelnen Aktien in astronomische Höhen geklettert, und die betreffenden Firmen waren gemäß den ursprünglichen Vertragsbedingungen verpflichtet, ihm eine Ausübung der Option zu den ursprünglichen Aktiennotierungen zu ermöglichen. Kurz gesagt, Giovanni Scarlatti war Mehrheitsaktionär in einer Anzahl wohletablierter Papierfirmen.

In allen drei Staaten erhob sich in den Konferenzräumen Geheul. Dem arroganten Italiener wurden hitzige Herausforderungen entgegengeschleudert, die freilich bald von etwas weitsichtigeren juristischen Beratern abgemildert wurden. Besser gemeinsam überleben als isoliert zerstört werden. Vielleicht würde es in der Tat möglich sein, Scarlatti vor Gericht zu besiegen, aber ebenso bestand auch die Möglichkeit, daß es nicht dazu kam. Im letzteren Fall könnten seine Forderungen exzessiv sein, und wenn man sie zurückwies, würden die Kosten neuer Werkzeuge und die Geschäftsunterbrechung viele der Firmen in eine katastrophale finanzielle Lage treiben. Außerdem war Scarlatti ein Genie, und es war durchaus denkbar, daß sie alle Nutzen aus der Zusammenarbeit ziehen würden.

So wurden die mammuthaften Scarlatti-Firmen gebildet, und damit war das Imperium des Giovanni Merighi Scarlatti geboren.

Es glich seinem Herrn und Meister – expansiv, energisch,

unersättlich. Und in dem Maße, wie seine Neugierde sich neue Ziele suchte, wuchsen auch seine Firmen. Vom Papier war der Schritt in die Verpackungsindustrie nur ein kurzer. Aus der Verpackungsindustrie begab er sich ins Frachtgeschäft und vom Transportwesen in den Handel mit landwirtschaftlichen Produkten. Und bei jedem Kauf kam ihm eine noch bessere Idee.

Im Jahre 1904, nach zwölf Ehejahren, entschied Elizabeth Wyckham Scarlatti, daß es am besten wäre, wenn sie und ihr Mann nach dem Osten gingen. Obwohl das Vermögen ihres Mannes gesichert war und von Tag zu Tag weiter wuchs, war die Popularität, die er genoß, nicht gerade bemerkenswert. Unter den Finanzmächten Chicagos war Giovanni ein lebender Beweis der Monroe-Doktrin. Die Iren waren schon unangenehm genug, aber dies war unerträglich.

Elizabeths Eltern starben. Das wenige an gesellschaftlicher Loyalität, das man ihnen bewahrt hatte, wurde mit ihnen zu Grabe getragen.

Die übereinstimmende Ansicht in den Häusern ihrer langjährigen Freunde wurde am besten von Franklyn Fowler, dem ehemaligen Alleininhaber der Firma Fowler-Papierprodukte formuliert: »Mag sein, daß diesem schwarzhaarigen Spaghetti die Hypothek auf dem Klubgebäude gehört, aber der Teufel soll uns alle holen, wenn wir zulassen, daß er Mitglied wird!«

Auf Giovanni hatte diese allgemeine Ansicht keinen Einfluß, da er für solche Dinge ohnehin weder Zeit hatte noch Neigung verspürte. Ebensowenig Elizabeth, denn sie war nicht nur im Ehebett, sondern auch in anderen Belangen Giovannis Partnerin geworden. Sie war für ihn so etwas wie ein Zensor, der sich stets darum bemühte, ihm die Dinge zu verdeutlichen, die er vordergründig nicht begriff. Aber was die Tatsache betraf, daß sie aus dem normalen gesellschaftlichen Leben ausgeschlossen waren, teilte sie die Ansicht ihres Gatten nicht. Dabei dachte sie nicht an sich selbst, sondern an die Kinder.

Elizabeth und Giovanni waren mit drei Söhnen gesegnet – Roland Wyckham, neun Jahre – Chancellor Drew, acht, und Ulster Stewart, sieben. Und obwohl sie noch Kinder waren, sah Elizabeth doch, welche Auswirkung es auf sie hatte, daß man die Familie praktisch ächtete. Sie besuchten die exklusive Evanston School für Jungen, aber abgesehen von der in der Schule verbrachten Zeit hatten sie mit Gleichaltrigen kaum Kontakt. Man lud sie nie zu Geburtstagsfeiern ein, erzählte ihnen aber immer an den Tagen darauf davon. Die Einladungen, die sie ihren Klassenkameraden gegenüber aussprachen, wurden ausnahmslos und kühl von Gouvernanten abgelehnt. Und am beleidigendsten war vielleicht das Spottlied, mit dem man die Jungen jeden Morgen begrüßte, wenn sie in der Schule eintrafen: »Scarlatti, Spaghetti! Scarlatti, Spaghetti!«

Elizabeth entschied, daß sie alle einen neuen Anfang machen sollten. Sie wußte, daß sie es sich leisten konnten, selbst wenn es bedeutete, daß sie in sein Geburtsland Italien zurückkehren und Rom kaufen mußten.

Statt nach Rom zu reisen, fuhr Elizabeth nach New York City und entdeckte dort etwas ganz Unerwartetes.

New York war eine sehr provinzielle Stadt mit isolierten Interessen, und in der Geschäftswelt hatte das Ansehen von Giovanni Merighi Scarlatti eine recht ungewöhnliche Wendung genommen. Sie wußten nicht genau, wer er war, nur daß er ein italienischer Erfinder war, der eine Anzahl amerikanischer Gesellschaften im Mittleren Westen gekauft hatte.

Italienischer Erfinder.

Amerikanische Gesellschaften.

Elizabeth brachte auch in Erfahrung, daß einige der erfahreneren Männer an der Wall Street der Ansicht waren, Scarlattis Geld würde von einer der italienischen Schiffahrtsgesellschaften stammen. Schließlich hatte er die Tochter einer der besten Familien Chicagos geheiratet.

Also, auf nach New York.

Elizabeth besorgte eine provisorische Familienwohnstatt im ›Delmonico‹ und wußte, sobald sie sich eingelebt hatten, daß sie die richtige Entscheidung getroffen hatte. Die Kinder freuten sich auf neue Schulen und neue Freunde, und innerhalb eines Monats hatte Giovanni einen bestimmenden Anteil an zwei notleidenden, veralteten Papiermühlen am Hudson gekauft und arbeitete eifrig Pläne für ihre Sanierung aus.

Die Scarlattis blieben fast zwei Jahre in ›Delmonico‹. Es war eigentlich nicht nötig, denn das Haus in der oberen Stadt hätte viel früher fertiggestellt werden können, hätte Giovanni sich nur hinreichend darum gekümmert. Aber als Folge seiner langen Gespräche mit Architekten und Bauunternehmern entdeckte er ein neues Interesse – Land.

Eines Abends, während Elizabeth und Giovanni in ihrer Zimmerflucht ein spätes Abendessen zu sich nahmen, sagte er plötzlich: »Schreib einen Scheck über zweihundertzehntausend Dollar aus. Setz den Namen East Island-Immobilisten ein.«

»Immobilien meinst du?«

»Richtig. Gib mir das Brot, bitte.«

Elizabeth reichte es ihm. »Das ist eine Menge Geld.«

»Wir haben eine Menge Geld.«

»Nun ja, schon, aber zweihundertzehntausend Dollar... Geht es um eine neue Fabrik?«

»Gib mir einfach den Scheck, Elizabeth. Ich habe eine nette Überraschung für dich.«

Sie starrte ihn an. »Du weißt, daß ich keine Zweifel an deinen Entscheidungen habe, aber ich muß doch darauf bestehen...«

»Schon gut, schon gut«, fiel ihr Giovanni lächelnd ins Wort. »Dann wird es also keine Überraschung. Ich sage dir – ich werde ein *Barone* sein.«

»Ein was?«

»Ein *Barone*. Ein *Conte*. Du kannst eine *Contessa* sein!«

»Ich verstehe einfach nicht...«

»In Italien ist ein Mann, der ein paar Felder und vielleicht einige Schweine hat, praktisch ein *Barone*. Eine Menge Menschen wollen *Baroni* sein. Ich habe mit den Leuten in East Island gesprochen. Die werden mir Wiesen draußen auf Long Island verkaufen.«

»Giovanni, die sind wertlos! Die liegen doch am Rand der Welt!

»Frau, überleg doch! Schon heute ist kein Platz mehr da, auf dem die Pferde stehen können. Morgen gibst du mir den

Scheck. Keine Einwände, bitte. Lächle einfach und sei die Frau eines *Barone.*«

Elizabeth Scarlatti lächelte.

Don Giovanni Merighi und Elizabeth Wyckham
Scarlatti von Ferrara
Haus Ferrara Italien – Amerikanische Residenz
Delmonico – New York

Obwohl Elizabeth die Visitenkarten nicht ernst nahm, erfüllten sie doch ihren Zweck, wenn man nicht näher darauf einging. Sie waren eine Identifikation, die dem Scarlatti-Reichtum gemäß war. Obwohl niemand, der sie kannte, sie je als *Conte* und *Contessa* bezeichnete, gab es viele Leute, die sich ihrer Sache nicht sicher waren.

Immerhin war es ja möglich...

Und ein ganz spezifisches Ergebnis – obwohl der Titel nicht auf den Karten in Erscheinung trat – war, daß man Elizabeth für den Rest ihres langen Lebens mit ›Madame‹ ansprach.

Madame Elizabeth Scarlatti.

Und Giovanni konnte nicht länger über den Tisch greifen und den Suppenteller seiner Frau nehmen.

Zwei Jahre nach dem Landkauf, am 14. Juli 1908, starb Giovanni Merighi Scarlatti. Der Mann war ausgebrannt. Und Elizabeth versuchte wochenlang wie benommen, das zu verstehen. Es gab niemanden, an den sie sich wenden konnte.

Elizabeth und Giovanni waren wie ein Liebespaar gewesen, Freunde, Partner und gleichzeitig jeder das Gewissen für den anderen. Der Gedanke, ohne einander leben zu müssen, war die einzige echte Angst gewesen, die ihr Dasein belastet hatte.

Aber er war nicht mehr bei ihr, und sie wußte, daß sie sich nicht ein Imperium aufgebaut hatten, um zuzusehen, wie es nach dem Tod des einen auseinanderbrach.

Der erste Punkt auf ihrer Geschäftsordnung war es, die weitverzweigten Scarlatti-Industrien in einem einzigen Kommandoposten zu vereinigen. Die Spitzenmitarbeiter und ihre

Familien wurden im ganzen Mittleren Westen entwurzelt und nach New York gebracht. Man bereitete Graphiken für Elizabeth vor, die deutlich alle Entscheidungsebenen und Zuständigkeiten darstellten. Ein privates Telegrafennetz wurde zwischen den Büros in New York und jeder einzelnen Fabrik, jedem Hof und jedem kleinen Verkaufsbüro aufgebaut. Elizabeth war ein guter General, und ihre Armee war eine gut trainierte, selbstbewußte Organisation. Die Zeit stand auf ihrer Seite, und ihre kluge Menschenkenntnis besorgte den Rest.

Man baute ein herrliches Stadthaus auf einem Besitz, den man in Newport gekauft hatte, auch einen Zufluchtsort am Meer. In einer neuen Wohnanlage, die sich Oyster Bay nannte. Und jede Woche führte sie eine Reihe erschöpfender Konferenzen mit den Direktoren der Firmen.

Zu ihren wichtigsten Handlungen zählte auch die Entscheidung, ihren Kindern dabei zu helfen, sich völlig mit der protestantischen Demokratie zu identifizieren. Ihre Argumentation war ganz einfach. Der Name Scarlatti war in den Kreisen, in denen ihre Söhne sich bewegten und in denen sie den Rest ihres Lebens verbringen würden, deplaziert, fast grobschlächtig.

Der Familienname wurde formell in Scarlett abgeändert.

Was sie selbst anging, so blieb sie natürlich aus tiefem Respekt für Don Giovanni und in der Tradition Ferraras.

Elizabeth
Scarlatti von Ferrara.

Ein Wohnsitz wurde auf dieser Visitenkarte nicht angegeben, da es nur sehr schwer festzustellen war, in welcher Wohnung sie sich zu gegebener Zeit aufhalten würde.

Elizabeth war sich der unerfreulichen Tatsache bewußt, daß ihre zwei älteren Söhne weder mit der Phantasie Giovannis noch mit ihrem eigenen Einfühlungsvermögen begabt waren. Beim jüngsten, Ulster Stewart, war das schwer zu erkennen, denn Ulster Stewart Scarlett begann sich zum Problem zu entwickeln.

In seiner Kindheit hatte sich dies nur darin geäußert, daß er zu einer gewissen Brutalität neigte – ein Wesenszug, den Elizabeth der Tatsache zuschrieb, daß er der Jüngste und damit am meisten verwöhnt worden war. Aber als er dann zu einem jungen Mann heranwuchs, veränderte sich Ulsters Einstellung auf subtile Weise. Jetzt mußte alles nach seinem Kopf gehen. Er war der einzige der Brüder, der seinen Reichtum mit Grausamkeit einsetzte. Mit Brutalität vielleicht, und das beunruhigte Elizabeth. Zum erstenmal fiel ihr seine Haltung bei seinem dreizehnten Geburtstag auf. Wenige Tage vor diesem Ereignis schickte sein Lehrer ihr einen kurzen Brief.

Sehr verehrte Madame Scarlatti,
Ulsters Geburtstagseinladungen scheinen sich zu einem gewissen Problem entwickelt zu haben. Der liebe Junge kann sich nicht entscheiden, wer seine besten Freunde sind, – er hat so viele – und hat demzufolge eine Anzahl von Einladungen verteilt und sie zugunsten anderer Jungen wieder zurückgenommen...

Am Abend fragte Elizabeth ihren jüngsten Sohn danach.

»Ja. Ich habe einige Einladungen zurückgenommen. Ich habe es mir anders überlegt.«

»Warum? Das ist sehr unhöflich.«

»Warum nicht? Ich wollte nicht, daß sie kommen.«

»Warum hast du ihnen dann vorher die Einladungen gegeben?«

»Damit sie alle nach Hause rennen und ihren Vätern und Müttern sagen konnten, daß sie kommen dürfen.« Der Junge lachte. »Dann mußten sie noch einmal hingehen und sagen, daß sie nicht dürfen.«

»Das ist schrecklich.«

»Finde ich nicht. Die wollen ja gar nicht zu meiner Geburtstagseinladung kommen, die wollen dein Haus sehen!«

Als er dann als Student in die Princeton-Universität eintrat, zeigte Ulster Stewart Scarlett in seinem ersten Semester deutliche Tendenzen von Feindseligkeit gegenüber seinen Brüdern, seinen Klassenkollegen, seinen Lehrern und den Dienstboten, was Elizabeth am widerwärtigsten fand. Man tolerierte ihn, weil er der Sohn von Elizabeth Scarlatti war, aber aus keinem anderen Grund. Ulster war ein ungeheuer verzogener junger Mann, und Elizabeth wußte, daß sie etwas dagegen unternehmen mußte. Im Juni 1916 befahl sie ihm, auf ein Wochenende nach Hause zu kommen und sagte ihm, daß er für den Sommer eine Arbeit annehmen sollte.

»Das werde ich nicht!«

»Das *wirst du*! Du wirst mir *nicht* den Gehorsam verweigern!«

Und das tat er auch nicht. Ulster verbrachte den Sommer in der Hudsonmühle, während seine zwei Brüder in Oyster Bay die Freuden des Long Island Sound genossen.

Als der Sommer vorüber war, erkundigte sich Elizabeth bei dem betreffenden Fabrikleiter, wie es Ulster ergangen wäre.

»Wollen Sie die Wahrheit hören, Madame Scarlatti?« fragte der noch ziemlich junge Mann eines Samstagsmorgens in ihrem Arbeitszimmer.

»Natürlich will ich das.«

»Wahrscheinlich wird mich das meine Stellung kosten.«

»Das bezweifle ich.«

»Also gut, Madame. Ihr Sohn fing in der Packerei an, wie Sie es angeordnet hatten. Das ist eine harte Arbeit, aber er ist kräftig. Ich mußte ihn aus dieser Abteilung entfernen, nachdem er ein paar von den Männern verprügelt hatte.«

»Du lieber Gott! Warum hat man mir das nicht gesagt?«

»Ich kannte die näheren Umstände nicht. Ich dachte, die Männer hätten ihn vielleicht herumgeschubst. Ich wußte es nicht.«

»Was haben Sie denn herausgefunden?«

»Daß das Herumschubsen von ihm ausging. Dann habe ich ihn in die Pressenabteilung gesteckt, und das war noch schlimmer. Er hat die anderen bedroht, er würde dafür sorgen, daß sie entlassen würden, und hat sie dazu gebracht, seine Arbeit zu tun. Er hat immer wieder betont, wer er ist.«

»Das hätten Sie mir sagen müssen.«

»Ich habe es auch erst letzte Woche erfahren. Drei Männer haben gekündigt. Für einen mußten wir die Zahnarztrechnung bezahlen. Ihr Sohn hat ihm die Zähne mit einem Bleistreifen eingeschlagen.«

»Das ist ja schrecklich. Würden Sie sich dazu äußern? Bitte, seien Sie offen. Es soll nicht zu Ihrem Nachteil sein.«

»Ihr Sohn ist groß und kräftig. Ein harter junger Bursche... Aber ich bin nicht sicher, was er sonst noch ist. Ich habe nur so die Idee, daß er ganz oben anfangen möchte, und vielleicht sollte er das. Er ist Ihr Sohn. Sein Vater hat die Mühle gebaut.«

»Das gibt ihm noch lange nicht das Recht dazu, den Boß zu spielen. Sein Vater hat auch nicht oben angefangen.«

»Dann sollten Sie ihm das vielleicht erklären. Er scheint nicht viel für unseresgleichen übrig zu haben.«

»Mit alldem deuten Sie also an, daß mein Sohn ein viel zu stark ausgeprägtes Standesbewußtsein, ein heißblütiges Temperament und eine gewisse animalische Kraft besitzt. Und keine erkennbaren Talente. Habe ich recht?«

»Wenn mich das meinen Job kostet, werde ich einen anderen finden. Ja. Ich mag Ihren Sohn nicht. Ich mag ihn überhaupt nicht.«

Elizabeth musterte den Mann nachdenklich. »Ich bin nicht sicher, ob *ich* ihn mag. Sie bekommen nächste Woche eine Gehaltserhöhung.«

Elizabeth schickte Ulster im Herbst dieses Jahres nach Princeton zurück und konfrontierte ihn am Tag seiner Abreise mit den Informationen, die sie bekommen hatte.

»Dieser dreckige kleine irische Hundesohn hat es auf mich abgesehen! Das habe ich gleich gewußt.«

»Dieser dreckige, kleine irische Hundesohn ist ein ausgezeichneter Fabrikleiter.«

»Er hat gelogen! Das sind alles Lügen!«

»Es ist die Wahrheit. Er hat eine ganze Anzahl Männer daran gehindert, dich anzuzeigen. Dafür solltest du ihm dankbar sein.«

»Zum Teufel mit diesen Kerlen! Kriecherisches, kleines Pack!«

»Du hast eine abscheuliche Ausdrucksweise. Wer bist du denn, um so über sie zu reden? Was hast du denn geleistet?«

»Das habe ich nicht nötig!«

»Warum? Weil du bist, was du bist? Was bist du denn? Was für außergewöhnliche Fähigkeiten besitzt du denn? Das hätte ich gern gewußt?«

»Ich bin der Sohn meines Vaters.«

»Er war ein Genie. Er hat sich selbst ausgebildet. Was hast du denn getan? Was hast du jemals anderes getan, als von dem zu leben, was er geschaffen hat? Und nicht einmal das schaffst du auf anständige Weise!«

»Scheiße!«

Elizabeth schien zu erstarren. »Das ist es! Mein Gott, das ist es, nicht wahr? Du besitzt ein hohes Maß an Arroganz, aber du hast nichts, absolut nichts, was deine Arroganz rechtfertigen könnte. Das muß sehr schmerzhaft sein.«

Ihr Sohn rannte aus dem Zimmer, und Elizabeth saß lange Zeit da und dachte über dieses Gespräch nach. Sie hatte Angst.

Ulster war gefährlich. Er sah rings um sich die Früchte tüchtiger Leistungen, ohne selbst das Talent oder die Fähigkeit zu besitzen, irgendeinen Beitrag dazu zu leisten. Man würde ihn beobachten müssen. Und dann dachte sie über alle drei Söhne nach. Den scheuen, geschmeidigen Roland Wyckham, den eifrigen, präzisen Chancellor Drew, den arroganten Ulster Stewart.

Am 6. April 1917 bot sich die unmittelbare Lösung des Problems: Amerika trat in den Weltkrieg ein.

Der erste, den der Krieg hinraffte, war Roland Wyckham. Er unterbrach sein Abschlußsemester in Princeton und fuhr als Lieutenant Scarlett, Artilleriekorps der amerikanischen Expeditionsstreitkräfte, nach Frankreich. Er wurde am ersten Tag, den er an der Front verbrachte, getötet.

Die zwei verbleibenden Söhne schmiedeten sofort Pläne, um den Tod ihres Bruders zu rächen. Für Chancellor Drew hatte die Rache einen Sinn, für Ulster Stewart war sie ein Fluchtweg. Und Elizabeth sagte sich, daß der Krieg das Imperium, das sie zusammen mit Giovanni geschaffen hatte, nicht zerstören durfte. Ein Kind mußte diese schlimmen Jahre überleben.

Und so befahl sie Chancellor Drew, Zivilist zu bleiben. Ulster Stewart konnte in den Krieg ziehen.

Ulster Stewart Scarlett schiffte sich nach Frankreich ein, hatte in Cherbourg keine Probleme und bot angemessene Leistungen an der Front, insbesondere in Meuse-Argonne. In den letzten Kriegstagen wurde er für Tapferkeit vor dem Feind ausgezeichnet.

4.

2. November 1918

Die Argonne-Offensive befand sich in ihrer dritten Phase, dem Verfolgungsstadium in der siegreichen Schlacht, mit der die Hindenburglinie zwischen Sedan und Mézières durchbrochen wurde. Die amerikanische Erste Armee hatte zwischen Regneville und La Harasée im Argonnerwald Aufstellung genommen. Falls es gelang, die deutschen Hauptnachschublinien in diesem Sektor zu durchschneiden, würde General Ludendorff keine andere Wahl haben, als um Waffenstillstand nachzusuchen.

Am 2. November durchbrach das Dritte Armeekorps unter dem Befehl von General Robert Lee Bullard die demoralisierten deutschen Reihen an der rechten Flanke und errang damit nicht nur einen Geländesieg, sondern nahm auch noch achttausend Gefangene. Obwohl noch einige Divisionskommandeure Widerstand leisteten, signalisierte dieser Durchbruch des Dritten Korps die letzten Vorbereitungen für den eine Woche später abgeschlossenen Waffenstillstand.

Und für viele Angehörige der Kompanie B, Vierzehntes Bataillon, Siebenundzwanzigste Division, Drittes Korps, repräsentierten die Leistungen von Leutnant Ulster Scarlett in hohem Maße die Erfolge, die während jener Schreckenstage errungen wurden.

Es begann am frühen Morgen. Scarletts Kompanie hatte

ein freies Feld vor einem kleinen Kiefernwäldchen erreicht. Der Wald war voller deutscher Soldaten, die verzweifelte Versuche unternahmen, sich im Schutz des Wäldchens neu zu formieren, um sich dann geordnet zu den eigenen Linien zurückziehen zu können. Die Amerikaner hoben drei Reihen flacher Gräben aus, um dem Feind ein möglichst geringes Ziel zu bieten. Scarlett hatte für sich selbst einen etwas tieferen graben lassen.

Der Hauptmann, der Scarletts Kompanie befehligte, mochte den Leutnant nicht sehr, weil sich dieser zwar sehr gut darauf verstand, Befehle zu erteilen, hingegen keine besondere Fähigkeit an den Tag legte, selbst Befehle auszuführen. Außerdem war Scarlett nicht gerade begeistert davon, daß man ihn von einer Reservedivision an die Front versetzt hatte. Und der Kompanieführer nahm es seinem Leutnant übel, daß ihn während ihres ganzen Reserveeinsatzes – dem größten Teil ihres Aufenthalts in Frankreich – eine große Zahl höherer Offiziere aufgesucht hatte, die alle nur zu erpicht darauf waren, sich mit ihm fotografieren zu lassen. Der Hauptmann hatte das Gefühl, daß sein Leutnant sich königlich amüsierte.

An diesem Novembermorgen bereitete es ihm großes Vergnügen, ihn auf Spähtrupp zu schicken. »Scarlett! Nehmen Sie sich vier Männer, und erkunden Sie die feindlichen Positionen.«

»Sie sind verrückt«, sagte Scarlett lakonisch. »Welche Positionen? Die hauen doch ab, so schnell sie können.«

»Haben Sie mich verstanden?«

»Mir ist egal, was Sie gesagt haben. Ein Spähtrupp hat keinen Sinn.«

Einige Soldaten saßen in den Gräben und beobachteten die zwei Offiziere.

»Was ist denn los, Leutnant? Zu wenig Fotografen? Keine Landklub-Colonels, die Ihnen auf die Schulter klopfen können? Nehmen Sie sich vier Männer, und sehen Sie zu, daß Sie verschwinden.«

»Sie können mich mal, Hauptmann!«

»Verweigern Sie Ihrem vorgesetzten Offizier vor dem Feind den Gehorsam?«

Ulster Stewart musterte den kleineren Mann verächtlich. »Ich verweigere nicht den Gehorsam. Ich übe nur Insubordination. Ich beleidige Sie, wenn Sie das besser verstehen. Ich beleidige Sie, weil ich glaube, daß Sie dumm sind.«

Der Hauptmann griff nach seiner Pistolentasche, aber Scarletts Hand packte blitzschnell das Handgelenk seines Vorgesetzten.

»Wegen Insubordination erschießt man keine Leute, Hauptmann. Das steht nicht in den Vorschriften. Ich habe eine bessere Idee. Warum vier gute Männer vergeuden...« Er drehte sich um und musterte die Soldaten, die sie beobachteten. »Wenn nicht vier von euch Kandidaten für Kugeln dieser Krauts sein wollen, dann gehe ich selbst.«

Der Hauptmann war sprachlos. Er wußte keine Antwort.

Die Männer waren ähnlich verblüfft und dankbar. Scarlett ließ den Arm des Hauptmanns los.

»Ich bin in einer halben Stunde wieder hier. Wenn nicht, würde ich vorschlagen, daß Sie auf Verstärkung warten. Wir sind den anderen ein gutes Stück voraus.«

Scarlett überprüfte das Magazin seiner Pistole, kroch dann schnell um den Hauptmann herum zur Westflanke und verschwand in dem mit hohem Gras bedeckten Feld.

Die Männer murmelten halblaut vor sich hin. Sie hatten diesen überheblichen Leutnant mit all seinen aufgeblasenen Freunden falsch eingeschätzt. Der Hauptmann fluchte und hoffte insgeheim, daß sein Leutnant nicht zurückkehren würde.

Und genau das war es, was Ulster Scarlett im Sinn hatte.

Sein Plan war einfach. Er hatte zweihundert Meter vor dem Gehölz eine Gruppe großer Felsbrocken entdeckt, die von Bäumen im Herbstlaub umgeben waren. Es war eine der Stellen, wo es den Bauern zuviel Mühe bereitet hätte, die Felsen auszugraben. Deshalb hatten sie die Felder um sie herum angelegt. Da war zu wenig Platz, als daß sich eine Gruppe hätte verstecken können, aber ausreichend für ein oder zwei einzelne Personen. Dorthin würde er sich jetzt schleichen.

Während er durch das Feld kroch, stieß er auf eine Anzahl

toter Infanteristen. Die Leichen übten eine seltsame Wirkung auf ihn aus. Er ertappte sich dabei, wie er ihnen ihre persönlichen Habseligkeiten abnahm – Armbanduhren, Ringe, Erkennungsplaketten. Er riß sie herunter und ließ sie Sekunden später fallen. Er wußte nicht, weshalb er das tat. Er kam sich wie der Herrscher eines mythischen Reiches vor, und dies hier waren seine Untertanen.

Nach zehn Minuten war er nicht mehr sicher, ob er die richtige Richtung eingeschlagen hatte. Er hob den Kopf gerade hoch genug, um sich zu orientieren, sah die Wipfel einiger kleiner Bäume und wußte, daß sein Zufluchtsort vor ihm lag. Er kroch weiter, seine Ellbogen und Knie schoben ihn über den weichen Boden.

Plötzlich erreichte er ein paar große Kiefern. Er war nicht an dem kleinen Felshügel angekommen, sondern am Rand des Wäldchens, das seine Kompanie anzugreifen beabsichtigte. Er war zu sehr mit dem toten Feind beschäftigt gewesen, um sich richtig zu orientieren. Die kleinen Bäume waren in Wirklichkeit die hohen Kiefern über ihm gewesen.

Er wollte gerade ins Feld zurückkriechen, als er etwa fünf Meter zu seiner Linken ein Maschinengewehr mit einem deutschen Soldaten sah, der seine Waffe gegen einen Baumstamm gestützt hatte. Er zog die Pistole und hielt sich ganz ruhig. Entweder hatte der Deutsche ihn nicht gesehen, oder er war tot. Die Waffe war direkt auf ihn gerichtet.

Dann bewegte sich der Deutsche. Nur ganz wenig, mit dem rechten Arm. Er versuchte, seine Waffe zu erreichen, war aber zu geschwächt, um es zu schaffen.

Scarlett warf sich nach vorn und fiel auf den verwundeten Soldaten, wobei er sich bemühte, so wenig Lärm wie möglich zu machen. Er konnte nicht zulassen, daß der Deutsche schoß oder Alarm schlug. Mühsam zerrte er den Mann von dem Maschinengewehr weg und drückte ihn zu Boden. Da er seine Pistole nicht abfeuern und damit die Aufmerksamkeit des Feindes auf sich lenken wollte, begann er den Mann zu würgen. Als er Scarletts Finger an seinem Hals verspürte, versuchte der Deutsche zu sprechen.

»Amerikaner! Amerikaner! Ich ergebe mich!« Er hob verzweifelt die Hände und gestikulierte nach hinten.

Scarlett lockerte seinen Griff. Er flüsterte: »Was? Was wollen Sie?«

Er ließ zu, daß der Deutsche sich ein wenig aufrichtete. Man hatte den Mann zum Sterben zurückgelassen mit dem Auftrag, etwaige Verfolger aufzuhalten, während der Rest der Kompanie entkam.

Scarlett stieß das Maschinengewehr weg, damit der Verwundete es nicht mehr erreichen konnte, und kroch ein paar Meter in das Wäldchen hinein, wobei er sich immer wieder umsah. Ringsum waren Spuren einer Evakuierung zu sehen, Gasmasken, leere Tornister, sogar Patronengurte – alles, was schwer zu tragen war.

Sie waren alle entkommen.

Er richtete sich auf und ging zu dem deutschen Soldaten zurück. Nun begann Ulster Scarlett einiges klarzuwerden.

»Amerikaner! Der Krieg ist doch fast vorbei! Lassen Sie mich doch nach Hause gehen!«

Leutnant Scarlett hatte seine Entscheidung getroffen. Die Situation war perfekt. Mehr als perfekt – außergewöhnlich!

Der Rest des Vierzehnten Bataillons würde eine Stunde, vielleicht sogar noch länger brauchen, um diesen Punkt zu erreichen. Hauptmann Jenkins von der B-Kompanie war so fest entschlossen, ein Held zu sein, daß er sie wie der Teufel gehetzt hatte. Vorrücken! Vorrücken! Vorrücken!

Aber das war Scarletts Ausweg. Vielleicht würden sie ihn eine Rangstufe überspringen lassen und ihn zum Hauptmann befördern. Warum nicht? Er würde ein Held sein.

Nur daß er nicht da sein würde.

Scarlett zog seine Pistole und schoß dem Deutschen durch die Stirn, während dieser einen Schrei ausstieß. Dann sprang er auf das Maschinengewehr zu und begann zu feuern.

Zuerst nach hinten, dann nach rechts und links.

Das Knattern der Maschinengewehrsalve hallte durch das Wäldchen. Die Kugeln, die sich in die Baumstämme bohrten, gaben klatschende, endgültig wirkende Geräusche von sich. Der Lärm war überwältigend.

Und dann richtete Scarlett die Waffe in die Richtung, wo sich seine eigenen Leute befanden. Er drückte den Abzug nieder und hielt ihn fest, schwang die Waffe von einer Flanke zur anderen. Eine Heidenangst würde er denen einjagen, vielleicht ein paar töten.

Wem machte das schon etwas aus? Bei ihm lag die Macht über Leben und Tod.

Das genoß er.

Er hatte ein Recht darauf.

Er lachte.

Er löste den Finger vom Abzug und richtete sich auf.

Er konnte die Erdhaufen ein paar hundert Meter weiter im Westen sehen. Bald würde er über alle Berge sein.

Plötzlich hatte er das Gefühl, beobachtet zu werden. Er zog wieder seine Pistole und kauerte sich auf den Boden.

Schnapp!

Ein Zweig, ein Ästchen, ein zerdrückter Erdklumpen...

Er kroch vorsichtig, auf den Knien, in das Wäldchen.

Nichts.

Dann ließ er zu, daß seine Phantasie die Oberhand über die Vernunft errang. Das Geräusch war von einem Ast verursacht worden, den eine Maschinengewehrkugel abgerissen hatte. Ein Ast, der zu Boden gefallen war...

Nichts.

Scarlett zog sich, immer noch unsicher, an den Waldrand zurück. Schnell hob er die Überreste des Helms auf, den der tote Deutsche getragen hatte, und schlug die Richtung zu dem Feld ein, wo die Kompanie B in Stellung gegangen war.

Ulster Stewart wußte nicht, daß er tatsächlich beobachtet wurde. Sehr aufmerksam sogar – und in ungläubigem Staunen.

Ein deutscher Offizier, dem langsam das Blut auf der Stirn gerann, stand aufrecht da, den Blicken des Amerikaners hinter dem Stamm einer dicken Fichte verborgen. Er war gerade im Begriff gewesen, den Yankee-Leutnant zu töten, sobald sein Feind das Maschinengewehr loslassen würde, als er sah, wie der Mann plötzlich auf seine eigenen Männer feuerte – seine eigenen Truppen.

Auf seine eigenen Truppen!

Er hatte den Amerikaner im Visier seiner Luger, aber er wollte diesen Mann nicht töten.

Noch nicht.

Der deutsche Offizier, der letzte Mann seiner Kompanie in jenem kleinen Wäldchen, den man für tot gehalten und liegen gelassen hatte, wußte nämlich genau, was der Amerikaner tat.

Es handelte sich um ein klassisches Exempel unter optimalen Bedingungen.

Eine vorgeschobene Infanteriekompanie, ein Offizier, der die ihm zugängliche Information zu seinem eigenen Vorteil gegen seine eigenen Truppen einsetzte ... Er würde sich aus der Kampflinie entfernen und sich dabei einen Orden einhandeln.

Der deutsche Offizier würde diesem Amerikaner folgen.

Leutnant Scarlett hatte etwa die Hälfte des Weges zur Stellung der B-Kompanie zurückgelegt, als er das Geräusch hinter sich hörte. Er warf sich zu Boden und wälzte sich langsam zur Seite. Er versuchte, zwischen den hohen Grashalmen, die sich im Wind wiegten, etwas zu erkennen. Nichts.

Aber war da wirklich nichts?

Keine sechs Meter entfernt eine Leiche – mit dem Gesicht nach unten. Aber Leichen lagen hier überall.

An die hier erinnerte sich Scarlett nicht. Er erinnerte sich nur an die Gesichter. Er sah nur die Gesichter. Er erinnerte sich nicht.

Warum sollte er?

Überall Leichen. Wie konnte er sich da erinnern? Eine einzelne Leiche mit dem Gesicht nach unten. Davon mußte es hier Dutzende geben. Er bemerkte sie überhaupt nicht.

Er hatte seiner Phantasie schon wieder freien Lauf gelassen. Schließlich dämmerte schon der Morgen. Bald würden die Vögel erwachen.

Vielleicht.

Nichts regte sich.

Er stand auf und rannte auf die Erdhaufen zu, die Stellung der B-Kompanie.

»Scarlett! Mein Gott, Sie sind das!« sagte der Hauptmann, der vor dem ersten Erdloch kauerte. »Sie können von Glück reden, daß wir nicht geschossen haben. Bei dem letzten Feuerüberfall haben wir Fernald und Otis verloren. Wir konnten das Feuer nicht erwidern, weil Sie dort draußen waren.«

Ulster erinnerte sich an Fernald und Otis.

Kein Verlust – wenn man bedachte, daß er entkommen war...

Er warf den deutschen Helm, den er vom Wald herübergetragen hatte, auf den Boden. »Jetzt hören Sie mir zu. Ich habe dort drüben ein Nest ausgehoben. Aber da sind noch zwei andere. Die warten auf uns. Ich weiß, wo sie sind, und schaffe das. Aber Sie müssen hierbleiben. Feuern Sie zehn Minuten, nachdem ich weggegangen bin, nach links!«

»Wohin gehen Sie?« fragte der Hauptmann verwirrt.

»Wieder dorthin zurück, wo ich etwas ausrichten kann. Geben Sie mir zehn Minuten, und dann fangen Sie zu feuern an. Mindestens drei oder vier Minuten, aber schießen Sie um Gottes willen nach links. Daß Sie mich ja nicht treffen! Ich brauche das Ablenkungsmanöver.« Dann hielt er plötzlich inne und war wieder im hohen Gras verschwunden, ehe der Hauptmann etwas sagen konnte.

Sobald die hohen Grashalme ihm Schutz boten, sprang Scarlett von einer deutschen Leiche zur nächsten und riß die Helme von ihren leblosen Köpfen. Nachdem er fünf Helme an sich genommen hatte, legte er sich flach auf den Boden und wartete, daß das Feuer einsetzte.

Der Hauptmann erledigte seinen Teil. Man hätte glauben können, sie wären wieder in Château-Thierry gewesen. Nach vier Minuten verhallten die Schüsse.

Scarlett richtete sich auf und rannte zu den Linien seiner Kompanie zurück. Als er mit den Helmen in der Hand auftauchte, brachen die Männer in spontanen Beifall aus. Selbst der Hauptmann, bei dem die neu entdeckte Bewunderung den Ärger verdrängt hatte, schloß sich den Männern an.

»Verdammt noch mal, Scarlett! Eine so tapfere Tat habe ich im ganzen Krieg noch nicht beobachtet!«

»Nicht so schnell«, wandte Scarlett mit einer Bescheidenheit ein, wie er sie bis jetzt noch nie an den Tag gelegt hatte. »Vorn und an der linken Flanke ist alles sauber. Aber da sind noch ein paar Krauts nach rechts gerannt. Die verfolge ich jetzt.«

»Das brauchen Sie nicht. Lassen Sie sie laufen. Sie haben genug getan.« Hauptmann Jenkins beschloß, seine Meinung über Ulster Scarlett zu revidieren. Der junge Leutnant hatte sich der Herausforderung gewachsen gezeigt.

»Wenn es Ihnen nichts ausmacht – da bin ich anderer Ansicht. Die Krauts haben vor acht Monaten meinen Bruder Rolly erwischt. Erlauben Sie mir, sie zu verfolgen, und Sie rücken nach.«

Wieder verschwand Ulster Scarlett im hohen Gras. Er wußte genau, wohin er gehen würde.

Ein paar Minuten später duckte sich der amerikanische Leutnant neben einem großen Felsbrocken auf einer winzigen Insel aus Stein und Unkraut. Er wartete, daß die B-Kompanie ihren Angriff auf das Kiefernwäldchen begann. Er lehnte sich gegen das harte Felsgestein und blickte zum Himmel auf.

Und dann kam der Angriff.

Die Männer schrien, um sich ein wenig Mut zu machen, für den immerhin möglichen Fall, daß sie auf den zurückweichenden Feind stießen. Sporadisch peitschten Schüsse auf. Ein paar hatten nervöse Finger. Als die Kompanie den Wald erreichte, konnte man eine ohrenbetäubende Salve aus wenigstens zwanzig Karabinern hören.

Sie feuern auf Tote, dachte Ulster Scarlett.

Jetzt war er in Sicherheit.

Für ihn war der Krieg vorbei.

»Keine Bewegung, Amerikaner!« sagte eine Stimme mit kräftigem deutschen Akzent. »Ganz ruhig.«

Scarlett hatte nach seiner Pistole gegriffen, aber die Stimme über ihm klang sehr eindringlich. Es würde den sicheren Tod bedeuten, jetzt die Waffe zu berühren.

»Sie sprechen Englisch.« Das war alles, was Leutnant Scarlett in den Sinn kam.

»Einigermaßen. Rühren Sie sich nicht! Ich ziele auf Ihren Kopf... Auf dieselbe Kopfpartie, wo Sie den Gefreiten Kroeger getroffen haben.«

Ulster Scarlett fröstelte.

Da war also doch jemand gewesen! Er hatte etwas gehört! Die Leiche auf dem Feld...

Aber warum hatte der Deutsche ihn nicht getötet?

»Ich tat, was ich tun mußte«, sagte Scarlett.

»Da bin ich sicher. Genauso, wie ich sicher bin, daß Sie keine Alternative hatten, als auf Ihre eigenen Truppen zu feuern... Sie haben sehr sonderbare Vorstellungen von Ihrem Anteil an diesem Krieg, nicht wahr?«

Scarlett begann zu verstehen.

»Dieser Krieg – ist vorbei.«

»Ich bin Absolvent der Kaiserlichen Kriegsschule in Berlin und habe dort ein Examen in Strategie abgelegt. Mir ist unsere bevorstehende Niederlage klar. Sobald die Mézières-Linie einmal durchbrochen ist, wird Ludendorff keine Wahl mehr haben.«

»Warum töten Sie mich dann?«

Der deutsche Offizier kam hinter dem Felsbrocken hervor und blickte Ulster Scarlett an, die Pistole auf den Kopf des Amerikaners gerichtet. Scarlett sah, daß der Mann nicht viel älter als er selbst war, ein junger Bursche mit breiten Schultern – so wie er. Groß – wie er, mit einem zuversichtlichen Blick in den Augen, die in hellem Blau strahlten – wie seine eigenen.

»Wir können uns doch heraushalten, um Himmels willen! Warum, in aller Welt, sollten wir einander opfern? Oder selbst einen von uns. Ich kann Ihnen helfen.«

»Können Sie das wirklich?«

Scarlett sah den Deutschen an. Er wußte, daß er nicht bitten, keine Schwäche zeigen durfte. Er mußte ganz ruhig bleiben und logisch denken. »Hören Sie mir zu! Wenn man Sie gefangennimmt, wird man Sie mit Tausenden von anderen in ein Lager stecken. Das heißt, wenn man Sie nicht erschießt. Ich würde mich an Ihrer Stelle nicht auf irgendwelche Offiziersprivilegien verlassen. Bis Sie an der Reihe sind, bis man Sie entläßt, werden Wochen, Monate, vielleicht sogar ein Jahr vergehen.«

»Und Sie können das alles ändern?«

»Da haben Sie verdammt recht.«

»Aber warum sollten Sie das tun?«

»Weil ich raus will! Und Sie wollen das auch. Wenn Sie das nicht wollten, hätten Sie mich inzwischen schon getötet. Wir brauchen einander.«

»Was schlagen Sie vor?«

»Sie sind mein Gefangener...«

»Halten Sie mich für verrückt?«

»Behalten Sie Ihre Pistole! Nehmen Sie die Kugeln aus der meinen. Wenn jemand auf uns stößt, dann schaffe ich Sie zum Verhör nach hinten. Weit nach hinten. Bis wir Kleider für Sie beschaffen können. Wenn wir bis Paris kommen, besorge ich Ihnen Geld.«

»Wie?«

Ulster Scarlett grinste. Es war ein zuversichtliches Lächeln. Das Lächeln der Wohlhabenheit. »Das ist meine Angelegenheit. Was für eine Wahl haben Sie denn? Töten Sie mich, und Sie sind trotzdem ein Gefangener. Vielleicht sogar ein toter Mann. Und Sie haben nicht viel Zeit...«

»Stehen Sie auf! Stützen Sie sich mit den Armen gegen den Felsen!«

Scarlett gehorchte, und der deutsche Offizier zog Scarlett die Pistole aus der Tasche und entlud sie.

»Drehen Sie sich um!«

»Die rücken in weniger als einer Stunde nach. Wir waren eine vorgeschobene Kompanie, aber nicht so weit vorgeschoben.«

Der Deutsche fuchtelte mit seiner Pistole vor Scarletts Nase herum. »Etwa eineinhalb Kilometer südwestlich von hier stehen ein paar Bauernhäuser. Los jetzt, gehen wir!«

Mit der linken Hand schob er Scarlett dessen leere Pistole hin.

Die beiden Männer rannten über die Felder.

Die Artillerie im Norden begann ihr morgendliches Sperrfeuer. Die Sonne hatte inzwischen die Wolken durchdrungen, und der Nebel war jetzt hell. Etwa eine Meile südwestlich war eine Ansammlung von Häusern zu sehen, eine Scheune und zwei kleine Steinbauten. Um die eingezäunte Wiese zu erreichen, mußten sie einen breiten Feldweg überqueren. Aus dem größeren der zwei Häuser stieg Rauch auf.

Jemand hatte Feuer gemacht, und das bedeutete, daß jemand Nahrung hatte und Wärme bieten konnte.

»Gehen wir in diese Hütte«, sagte Ulster.

»Nein! Da kommen Ihre Truppen durch.«

»Um Himmels willen, wir müssen Ihnen Kleider verschaffen, verstehen Sie denn nicht?«

Der Deutsche ließ den Hammer seiner Luger klicken. »Sie sind inkonsequent. Ich dachte, Sie hätte vorgeschlagen, mich durch Ihre eigenen Linien nach hinten, weit nach hinten, zu schaffen – zum Verhör. Es könnte einfacher sein, Sie jetzt zu töten.«

»Nur bis wir Kleider für Sie haben. Wenn ich einen Krautoffizier im Schlepptau mitführe, gibt es nichts, das irgendeinen fettarschigen Hauptmann daran hindern könnte, sich das gleiche zusammenzureimen wie ich – es geht um einen Major oder einen Oberst, der hier abhauen möchte. Es wäre ja nicht das erste Mal. Die brauchen mir ja nur zu befehlen, Sie auszuliefern, und schon haben sie's geschafft. Wenn Sie in Zivilkleidung sind, kann ich Sie besser durchbringen. Hier geht doch alles völlig durcheinander.«

Der Deutsche ließ langsam die Pistole sinken und starrte den Leutnant an. »Sie wollen wohl wirklich diesen Krieg zu Ende bringen, oder?«

Im Inneren des Steinhauses saß ein alter, schwerhöriger Mann. Das seltsame Paar machte ihn konfus und ängstigte ihn. So brauchte der amerikanische Leutnant sich gar keine besondere Mühe zu geben, ihn mit der ungeladenen Pistole dazu zu zwingen, ihnen Lebensmittel und Kleider zu geben – irgendwelche Kleider für seinen ›Gefangenen‹.

Da Scarletts Französischkenntnisse nur höchst mangelhaft waren, wandte er sich an den Deutschen. »Warum sagen Sie ihm eigentlich nicht, daß wir beide Deutsche sind? Wir hängen hier fest. Wir versuchen, durch die Linien zu entkommen. Jeder Franzose weiß, daß wir überall durchbrechen.«

Der deutsche Offizier lächelte. »Das habe ich bereits getan, und das erhöht seine Verwirrung. Es wird Sie vielleicht amüsieren, daß er gesagt hat, er hätte das ohnehin angenommen. Wissen Sie, weshalb er das gesagt hat?«

»Warum?«

»Er sagte, wir würden beide wie Boches stinken.«

Der alte Mann, der sich der offenen Tür genähert hatte, verließ plötzlich das Haus und begann schwerfällig auf das Feld zuzulaufen.

»Herrgott, halten Sie ihn auf!« schrie Scarlett.

Aber der deutsche Offizier hatte bereits die Pistole gehoben. »Keine Angst. Er erspart uns eine unangenehme Entscheidung.«

Zwei Schüsse peitschten. Der alte Mann stürzte, und die jungen Feinde sahen einander an.

»Wie soll ich Sie nennen?« fragte Scarlett.

»Am besten bei meinem Namen. Strasser – Gregor Strasser.«

Die beiden Offiziere hatten keine Schwierigkeiten, durch die alliierten Linien zu kommen. Der amerikanische Vorstoß, der von Regneville ausging, war verblüffend schnell, ein unaufhaltsamer Vormarsch, aber in bezug auf die Befehlskette völlig verwirrt. So erschien es wenigstens Ulster Scarlett und Gregor Strasser.

In Reims stießen die zwei Männer auf die Überreste des Siebzehnten französischen Korps – auf verwirrte, hungrige, müde Soldaten.

In Reims hatten sie keine Probleme. Die Franzosen zuckten nur mit den Schultern, nachdem sie ein paar desinteressierte Fragen gestellt hatten.

Sie schlugen den Weg nach Westen ein, nach Villers-Cotterêts. Die Straßen nach Epernay und Meaux waren von Nachschubtransporten verstopft.

Es war Nacht, als sie Villers-Cotterêts erreichten. Sie verließen die Straße und gingen quer über ein Feld auf ein paar Bäume zu, die ihnen Schutz bieten sollten.

»Hier rasten wir ein paar Stunden«, sagte Strasser. »Machen Sie keinen Fluchtversuch. Ich werde nicht schlafen.«

»Sie sind verrückt, Sportsfreund! Ich brauche Sie genauso, wie Sie mich brauchen. Ein vereinzelter amerikanischer Offizier, vierzig Meilen von seiner Kompanie entfernt, die zufälligerweise gerade an der Front ist... Überlegen Sie doch, Mann!«

»Sie wirken sehr überzeugend, aber ich bin anders als unsere schwachsinnigen kaiserlichen Generale. Ich höre nicht auf leere, überzeugende Phrasen. Ich achte selbst auf meine Flanken.«

»Wie Sie meinen. Von Cotterêts bis Paris sind es über sechzig Meilen, und wir wissen nicht, worauf wir noch stoßen werden. Wir brauchen unseren Schlaf. Es wäre klüger, wenn wir uns abwechseln würden.«

»Jawohl!« sagte Strasser und lachte verächtlich. »Sie reden wie die jüdischen Bankiers in Berlin. ›Tun Sie das, dann tun wir dies. Was sollen wir uns streiten?‹ Danke, nein, Amerikaner. Ich werde nicht schlafen.«

»Wie Sie wünschen. Langsam begreife ich, weshalb ihr den Krieg verloren habt.« Scarlett drehte sich zur Seite. »Sie bestehen darauf, stur zu sein.«

Ein paar Minuten lang schwiegen beide. Schließlich antwortete Gregor Strasser tonlos: »Wir haben den Krieg nicht verloren. Man hat uns verraten.«

»Sicher. Man hat Ihnen Platzpatronen geliefert, und Ihre Artillerie hat nach hinten geschossen. Ich schlafe jetzt.«

Der deutsche Offizier sprach ganz leise, so als führte er ein Selbstgespräch. »Viele Kugeln steckten in Patronenhülsen ohne Pulver. Viele Waffen haben versagt. Verrat...«

Über die Straßen polterten Lastwagen aus Villers-Cotterêts, gefolgt von Pferden, die Lafetten hinter sich herzogen. Die Scheinwerfer der Lastwagen tanzten flackernd auf und ab. Die Pferde wieherten. Ein paar Soldaten schrien.

Diese armen Schweine, dachte Ulster Scarlett, während er sie von seinem Versteck aus beobachtete. »He, Strasser, was passiert jetzt?«

Scarlett wandte sich zu seinem Deserteurskollegen.

»Was ist?« Strasser war eingenickt. Er war wütend über sich selbst. »Was wollen Sie?«

»Ich wollte Ihnen nur sagen, daß ich Sie hätte anspringen können. Ich fragte, was jetzt passiert. Ich meine, was aus Ihnen wird. Ich weiß, was mit uns geschieht. Paraden, denke ich mir. Und was ist mit Ihnen?«

»Keine Paraden. Keine Feierlichkeiten. Viele Tränen, viele Vorwürfe. Und viel Trunkenheit. Viele werden verzweifelt sein – und viele werden getötet werden. Da können Sie ganz sicher sein.«

»Wer wird getötet werden?«

»Die Verräter unter uns. Man wird sie heraussuchen und ohne Gnade vernichten.«

»Sie sind verrückt! Ich habe immer schon gesagt, daß Sie verrückt sind, und jetzt weiß ich es!«

»Was sollten wir denn nach Ihrer Meinung tun? Sie sind noch nicht angesteckt worden. Aber das kommt auch noch. Die Bolschewiken stehen vor unseren Grenzen und werden uns infiltrieren. Die nagen an unserem Kern, bis alles verfault. Und die Juden! Die Juden in Berlin verdienen an diesem Krieg ein Vermögen! Die dreckigen Profitjuden! Diese Semitenschweine verkaufen heute uns und morgen euch. Die Juden, die Bolschewiken, diese stinkenden kleinen Völker! Wir sind alle ihre Opfer und wissen es nicht. Wir kämpfen gegeneinander, wo wir doch gegen sie kämpfen sollten!«

Ulster Scarlett spuckte aus. Der Sohn Scarlattis interessierte sich nicht für die Probleme gewöhnlicher Menschen. Gewöhnliche Menschen interessierten ihn nicht.

Und doch war er beunruhigt.

Strasser war kein gewöhnlicher Mann. Dieser arrogante deutsche Offizier haßte die gewöhnlichen Menschen ebenso wie er. »Was werden Sie denn tun, wenn Sie diese Leute unter die Erde schaufeln? Den König vom Berg spielen?«

»Den König vieler Berge – vieler, vieler Berge.«

Scarlett wälzte sich zur Seite, weg von dem deutschen Offizier.

Aber er schloß die Augen nicht. Der König vieler, vieler Berge...

Ulster Scarlett hatte nie an ein Reich dieser Art gedacht. Scarlatti hatte Millionen und Abermillionen verdient, aber Scarlatti herrschte nicht. Schon gar nicht die Söhne Scarlattis. Sie würden nie herrschen, das hatte Elizabeth ihnen klargemacht.

»Strasser?«

»Mhm?«

»Wer sind diese Leute? Ihre Leute?«

»Ergebene Männer. Mächtige Männer. Die Namen darf ich nicht nennen. Aber sie sind fest entschlossen, aus der Niederlage wieder aufzusteigen und die Elite Europas zu einen.«

Scarlett wandte sein Gesicht dem Himmel zu. Sterne flakkerten hinter den niedrig hängenden grauen Wolken. Grau, schwarz – und dazwischen blitzende weiße Punkte.

»Strasser?«

»Was ist?«

»Wohin werden Sie jetzt gehen? Nachdem das vorbei ist, meine ich.«

»Nach Heidenheim. Meine Familie lebt dort.«

»Wo ist das?«

»Auf halbem Weg zwischen München und Stuttgart.« Der deutsche Offizier sah den fremden, hünenhaften amerikanischen Deserteur an. Deserteur, Mörder und Helfer seines Feindes.

»Morgen abend sind wir in Paris. Ich werde Ihnen Ihr Geld geben. In Argenteuil ist ein Mann, der für mich Geld aufbewahrt.«

»Danke.«

Ulster Scarlett verlagerte sein Gewicht. Die Erde war dicht vor seinem Gesicht, und ein sauberer Geruch ging von ihr aus.

»Einfach Strasser, Heidenheim. Ist das alles?«

»Das ist alles.«

»Geben Sie mir einen Namen, Strasser.«

»Was meinen Sie damit?«

»Geben Sie mir einen Namen, damit Sie wissen, daß ich es bin, wenn ich mit Ihnen Verbindung aufnehme.«

Strasser überlegte einen Augenblick. »Also gut, Amerikaner. Wir wollen einen Namen auswählen, den Sie nicht so leicht vergessen – Kroeger.«

»Wie?«

»Kroeger – Gefreiter Heinrich Kroeger, dem Sie an der Argonne eine Kugel durch den Kopf gejagt haben.«

Am 10. November um drei Uhr nachmittags erging der Befehl zur Feuereinstellung.

Ulster Stewart Scarlett kaufte sich ein Motorrad, trat seine schnelle Reise nach La Harasée an und fuhr noch weiter. Zur Kompanie B, Vierzehntes Bataillon.

Er traf in dem Frontbereich ein, wo der größte Teil des Bataillons biwakierte, und begann seine Suche nach der Kompanie. Es war schwierig. Das Lager war angefüllt mit betrunkenen, glasig blickenden Soldaten. Alkoholisierte Massenhysterie schien das Gesetz der Stunde zu sein.

Mit Ausnahme von Kompanie B.

Kompanie B hielt einen Gottesdienst ab. Zum Gedächtnis eines gefallenen Kameraden.

Für Leutnant Ulster Stewart Scarlett, AEF.

Scarlett sah zu.

Hauptmann Jenkins las den schönen Psalm für die Toten mit halb erstickter Stimme zu Ende und stimmte dann für seine Männer das Vaterunser an.

»Vater unser, der du bist im Himmel...« Einige der Männer weinten, ohne sich zu schämen.

Es wäre wirklich jammerschade gewesen, ihnen das zu verderben, dachte Scarlett.

In seiner Verleihungsurkunde stand unter anderem: ›...nachdem er ganz allein drei feindliche Maschinengewehrnester zerstört hatte, machte er sich auf, eine vierte gefährliche Stellung ausfindig zu machen, zerstörte auch diese und rettete damit vielen alliierten Soldaten das Leben. Er kehrte vom Einsatz nicht zurück und wurde daher für tot gehalten. Dafür lieferte Leutnant Scarlett bis zum Ende der Kämpfe der B-Kompanie einen Schlachtruf. ›Für Old Rolly!‹ Das jagte dem Herzen manches Feindes Angst und Schrekken ein. Durch Gottes grenzenlose Weisheit konnte Leutnant Scarlett sich am Tag nach der Einstellung der Feindseligkeiten wieder seinem Zug anschließen. Erschöpft und geschwächt kehrte er zum Ruhm zurück. Auf Befehl des Präsidenten verleihen wir hiermit...‹

5.

Wieder nach New York zurückgekehrt, entdeckte Ulster Stewart Scarlett schnell, daß er als der Held, der er nun war, tun konnte, was er wollte. Nicht, daß er vorher eingeengt gewesen wäre, weit entfernt, aber jetzt erwartete man von ihm nicht einmal mehr Dinge wie Pünktlichkeit oder die Einhaltung routinemäßiger gesellschaftlicher Höflichkeitsformen. Er war der höchsten Prüfung menschlicher Existenz ausgesetzt gewesen – der Begegnung mit dem Tod. Zwar gab es in dieser Beziehung Tausende wie ihn, aber nur wenige wurden offiziell zum Helden erklärt, und keiner war ein Scarlett. Elizabeth, die völlig verblüfft war, überschüttete ihn mit allem, was Geld und Macht bieten konnten. Selbst Chancellor Drew beugte sich seinem jüngeren Bruder als dem männlichen Oberhaupt der Familie.

Und so trat Ulster Stewart Scarlett in die zwanziger Jahre dieses Jahrhunderts ein – oder besser gesagt, er sprang hinein.

Nicht nur die Spitzen der Gesellschaft, sondern auch die Besitzer der Flüsterkneipen betrachteten Ulster Stewart als willkommenen Freund. Er hatte weder viel Witz zu bieten noch ein besonderes Maß an Verständnis, und doch besaß er einen ganz besonderen Vorzug. Er war ein Mann, der sich in Einklang mit seiner Umgebung befand und diesen Einklang auch demonstrierte. Die Forderungen, die er an das Leben stellte, waren ganz gewiß unvernünftig, aber dies waren auch unvernünftige Zeiten. Vergnügungssucht, das Bestreben, unangenehmen Dingen auszuweichen, die von keinerlei Ehrgeiz geschmälerte Freude an der Existenz – das war alles, das er zu brauchen schien. Aber der Schein trog.

Es war keineswegs das, was Heinrich Kroeger brauchte.

Sie korrespondierten zweimal im Jahr. Strassers Briefe waren an das Hauptpostamt von Mid-Manhattan adressiert.

April 1920

Mein lieber Kroeger,
jetzt ist es offiziell. Wir haben der abgewirtschafteten Arbeiterpartei einen neuen Namen und neues Leben gegeben. Wir

sind jetzt die Nationalsozialistische Deutsche Arbeiterpartei – und, bitte, mein lieber Kroeger, nehmen Sie diese Bezeichnung nicht so ernst. Es ist ein großartiger Anfang. Wir üben eine ungeheure Anziehungskraft aus. Die Versailler Bedingungen sind vernichtend. Die legen Deutschland in Schutt und Asche, und doch ist es gut. Gut für uns. Die Leute sind zornig, sie schlagen zurück, nicht nur nach den Siegern – sondern auch nach jenen, die uns von innen heraus verraten haben.

Juni 1921

Lieber Strasser,
Ihr habt Versailles, wir die Volstead-Akte.* Und für uns ist das auch gut... Jeder kriegt ein Stück vom Kuchen ab, und ich verzichte keineswegs auf das meine – auf das unsere. Jeder möchte Gefälligkeiten, möchte bestochen werden – mit Schnaps. Man muß die richtigen Leute kennen. Bald werde ich zu den ›richtigen Leuten‹ gehören. Das Geld interessiert mich nicht – zum Teufel mit dem Geld! Das ist für die Juden und die Itaker. Ich bekomme etwas anderes. Etwas, das viel wichtiger ist...

* (Nach Andrew Volstead, der im Kongreß durchsetzte, daß der achtzehnte oder Prohibitionsnachtrag zur Verfassung der Vereinigten Staaten zum Gesetz erklärt wurde. Damit begann in den USA die Zeit des Alkoholverbots, die vom Januar 1920 bis zum Jahre 1933 andauerte. Anmerkung des Übersetzers.)

Januar 1922

Mein lieber Kroeger,
alles geht so langsam. Es tut einem richtig weh, wie langsam es geht, wo doch alles ganz anders sein könnte. Die wirtschaftliche Lage ist unglaublich schlecht und wird immer schlechter. Koffer voll Geld, die buchstäblich wertlos sind... Adolf Hitler hat Ludendorff praktisch aus dem Vorsitz der Partei verdrängt. Sie erinnern sich doch, daß ich einmal sagte, es gäbe Namen, von denen ich nicht sprechen dürfte? Ludendorff war so ein Name. Ich traue Hitler nicht. Er hat etwas Billiges an sich, etwas Opportunistisches.

Oktober 1922

Lieber Strasser,
es war ein guter Sommer, und es wird ein noch besserer Herbst kommen und ein grandioser Winter. Diese Prohibition ist ein Geschenk des Himmels. Das ist Wahnsinn! Sie brauchen nur ein klein wenig Geld, und schon sind Sie im Geschäft. Und wie! Meine Organisation wächst. Die Maschinerie ist genauso, wie sie Ihnen gefallen würde – perfekt.

Juli 1923

Mein lieber Kroeger,
ich mache mir Sorgen. Ich bin in den Norden gezogen, Sie können mich über die Adresse erreichen, die unten auf dem Brief steht. Hitler ist ein Narr. Poincarés Besetzung der Ruhr war seine Chance, ganz Bayern zu einen – politisch. Die Leute sind bereit, doch sie wollen Ordnung, nicht Chaos. Aber Hitler geifert und wütet nur. Und benutzt Ludendorff, diesen alten Narren, um sich selbst aufzubauen. Er wird etwas Verrücktes tun, das spüre ich. Ich frage mich, ob in der Partei für uns beide Platz ist. Im Norden herrscht rege Aktivität. Ein gewisser Major Buchrucker hat die Schwarze Reichswehr gegründet, eine große, bewaffnete Truppe, die vielleicht mit unserem Anliegen sympathisieren könnte. Ich werde mich bald mit Buchrucker treffen. Dann werden wir sehen.

September 1923

Lieber Strasser,
das Jahr, das wir hinter uns haben, war besser, als ich es je für möglich gehalten hätte. Es ist komisch, aber man kann in seiner Vergangenheit etwas finden, das man vielleicht haßt, und plötzlich erkennen, daß es die beste Waffe ist, die man besitzt. So ist es mir ergangen. Ich führe zwei Leben, und das eine berührt das andere nicht. Eine brillante Manipulation, wenn ich das selbst sagen darf. Ich glaube, Sie können froh sein, daß Sie Ihren Freund Kroeger in Frankreich nicht getötet haben.

Dezember 1923

Mein lieber Kroeger,
ich werde sofort nach dem Süden reisen. München war eine Katastrophe. Ich habe sie immer wieder vor einem gewaltsamen Putsch gewarnt (das muß auf politischem Weg gehen), aber sie wollten nicht hören. Hitler wird eine lange Gefängnisstrafe bekommen, trotz unserer ›Freunde‹. Der Himmel weiß, was dem armen alten Ludendorff passieren wird! Buchruckers Schwarze Reichswehr ist durch von Seeckt zerstört worden. Warum? Wir wollen alle dasselbe. Die Inflation hier ist katastrophal, und das ist noch ein schwacher Ausdruck. Es ist wohl immer so, daß die falschen Leute gegeneinander kämpfen. Den Juden und den Kommunisten macht das alles ohne Zweifel Spaß. Es ist ein verrücktes Land.

April 1924

Lieber Strasser,
jetzt bin ich zum erstenmal mit wirklichen Schwierigkeiten in Berührung geraten, aber inzwischen ist wieder alles unter Kontrolle. Erinnern Sie sich, Strasser? Kontrolle ... Das Problem ist ganz einfach: zu viele Leute, die hinter demselben her sind. Jeder möchte selbst der große Obermufti sein. Es ist für alle genug da, aber das glaubt keiner. Es ist ganz genauso, wie Sie sagen: Die Leute, die einander unterstützen sollten, tun genau das Gegenteil und bekämpfen sich. Trotzdem habe ich das, was ich mir vorgenommen habe, beinahe erreicht. Bald werde ich eine Liste mit Tausenden haben.

Januar 1925

Mein lieber Kroeger,
dies ist mein letzter Brief. Ich schreibe von Zürich aus. Hitler ist aus der Festungshaft entlassen worden und hat wieder die Führung der Partei übernommen. Ich gestehe, daß es tiefreichende Meinungsverschiedenheiten zwischen uns gibt. Vielleicht werden sie beigelegt werden. Ich habe auch meine Gefolgsleute. Aber um zur Sache zu kommen – wir werden alle scharf überwacht. Weimar hat Angst vor uns – so wie es auch sein sollte. Ich bin überzeugt, daß meine Post, mein Telefon und alle meine Aktivitäten überwacht werden. Ich muß also

vorsichtig sein. Aber die Zeit naht. Wir arbeiten an einem kühnen Plan, und ich habe mir die Freiheit genommen, Heinrich Kroeger in diesen Plan mit einzubeziehen. Es ist ein meisterhafter Plan, ein phantastischer Plan. Sie sollen mit dem Marquis Jacques Louis Bertholde von Bertholde et Fils, London, Kontakt aufnehmen. Mitte April. Der einzige Name, den er kennt, ebenso wie ich, lautet Heinrich Kroeger.

Ein grauhaariger Mann von dreiundsechzig Jahren saß an seinem Schreibtisch und blickte durch das Fenster auf die K Street in Washington hinaus. Er hieß Benjamin Reynolds und würde in zwei Jahren in Pension gehen. Bis dahin war er für die Funktion einer recht unschuldig klingenden Behörde verantwortlich, die dem Innenministerium angeschlossen war. Die Behörde nannte sich ›Äußere Dienste und Konten‹. Weniger als fünfhundert Leuten war sie einfach als ›Gruppe 20‹ bekannt.

Diese Kurzbezeichnung hatte die Behörde ihrem Ursprung zu verdanken – einer Gruppe von zwanzig Buchprüfern im Außendienst, die das Innenministerium ausgeschickt hatte, um die wachsenden Interessenskonflikte zu durchleuchten, die zwischen jenen Politikern, die Bundesmittel zuwiesen, und jenen Angehörigen der Wählerschaft, die sie empfingen, immer wieder auftraten.

Mit dem Eintritt Amerikas in den Krieg und der praktisch über Nacht erfolgten industriellen Ausweitung, die notwendig war, um den Krieg in Gang zu halten, sah sich die Gruppe 20 plötzlich einer nicht zu bewältigenden Fülle von Arbeit ausgesetzt. Die Vergabe von Munitions- und Waffenverträgen an Firmen im ganzen Land erforderte eine Überwachung rund um die Uhr, was die Möglichkeiten der beschränkten Zahl von Außenprüfern weit überstieg. Anstatt jedoch die im stillen tätige Behörde zu vergrößern, entschied man sich dafür, sie nur in besonders empfindlichen – oder peinlichen – Bereichen einzusetzen. Davon gab es genügend. Und die Außenprüfer waren Spezialisten.

Nach dem Krieg sprach man davon, die Gruppe 20 aufzulösen. Aber jedesmal, wenn man darüber diskutierte, ergaben sich Probleme, die ihre besonderen Talente erforderlich machten. Im allgemeinen handelte es sich um Probleme in Verbindung mit hochrangigen Beamten, die sich etwas zu großzügig aus den öffentlichen Quellen bedienten. Aber in einzelnen Fällen übernahm die Gruppe 20 auch Pflichten, die aus einer Vielzahl von Gründen von anderen Behörden abgelehnt wurden.

Wie zum Beispiel in bezug auf das Zögern des Schatzamtes, sich näher um ein Phantom namens Scarlatti zu kümmern.

»Warum, Glover?« fragte der grauhaarige Mann. »Die Frage ist, warum? Wenn man annimmt, daß auch nur der Schatten eines Beweises vorliegt, dann frage ich Sie – warum?«

»Warum bricht jemand Gesetze?« Ein Mann, der vielleicht zehn Jahre jünger war als Reynolds, antwortete mit einer Gegenfrage. »Um des Profits willen. Und aus der Prohibition kann man eine Menge Profite ziehen.«

»Nein! Verdammt noch mal, nein!« Reynolds fuhr in seinem Stuhl herum und schlug mit der Pfeife auf die Schreibtischunterlage. »Das stimmt nicht! Dieser Scarlatti hat mehr Geld, als wir uns in unserer wildesten Phantasie vorstellen können. Es wäre genauso, als wollte man sagen, daß die Mellons in Philadelphia ein Buchmacherbüro eröffnen würden. Das ergibt einfach keinen Sinn... Nehmen Sie einen Drink mit mir?«

Es war nach fünf, und die Angestellten der Gruppe 20 waren bereits nach Hause gegangen. Nur der Mann namens Glover und Ben Reynolds waren geblieben.

»Sie schockieren mich ja, Ben«, sagte Glover und grinste.

»Zum Teufel mit Ihnen! Dann trinke ich eben alles allein.«

»Wenn Sie das tun, zeige ich Sie an... Taugt das Zeug etwas?«

»Direkt vom Boot, von dem alten Blighty, hat man mir gesagt.« Reynolds holte eine lederüberzogene Flasche aus der obersten Schreibtischschublade, nahm zwei Gläser von einem Tablett und schenkte ein.

»Aber wenn man die Profite ausschließt, was, zum Teufel, bleibt denn dann noch, Ben?«

»Ich will verdammt sein, wenn ich das weiß«, erwiderte der Ältere und trank.

»Und was werden Sie tun? Ich kann mir denken, daß sonst keiner etwas unternehmen will.«

»Genau. Völlig richtig. Niemand will es anpacken... Oh, wenn es um Mr. Smith oder um Mr. Jones geht, können die sich erregen. Wenn irgendein armer Teufel in East Orange, New Jersey, eine Kiste Whisky im Keller hat, zerreißen die ihn in Stücke. Aber nicht den!«

»Jetzt komme ich nicht mehr mit, Ben.«

»Hier geht es um die Scarlatti-Firmen, um große, mächtige Freunde auf Capitol Hill. Vergessen Sie nicht, daß das Schatzamt auch Geld braucht. Und das bekommt es dort.«

»Was wollen Sie tun, Ben?«

»Ich will herausfinden, warum ein Mammutzahn am Vogelfutter herumpickt.«

»Wie?«

»Mit Canfield. Der hat auch mit Vogelfutter zu tun, der arme Teufel.«

»Er ist ein guter Mann, Ben.« Glover gefiel der Tonfall nicht, mit dem Reynolds über Canfield sprach. Er mochte Matthew Canfield. Er hielt ihn für talentiert. Ein junger Mann mit einer großen Zukunft, wenn er nur das Geld hätte, um seine Ausbildung abzuschließen. Zu gut für den Regierungsdienst. Viel besser als jeder einzelne von ihnen. Nun, jedenfalls besser als er, besser als ein Mann namens Glover, den nichts mehr aus der Ruhe bringen konnte. Es gab nicht viele Leute, die besser als Reynolds waren.

Benjamin Reynolds blickte zu seinem Mitarbeiter auf. Er schien seine Gedanken zu lesen. »Ja, er ist ein guter Mann. Er ist in Chicago. Rufen Sie ihn an. Irgendwo muß stehen, wie man ihn erreichen kann.«

»Ich habe seine Adresse in meinem Schreibtisch.«

»Dann schaffen Sie ihn bis morgen abend hierher.«

6.

Matthew Canfield, Außenrevisor, lag in seinem Pullman-Abteil und rauchte seine vorletzte dünne Zigarre. Auf dem New York-Chicago Limited gab es keine dünnen Zigarren, und so inhalierte er jeden einzelnen Zug mit dem Gefühl, ein Opfer zu bringen.

Am frühen Morgen würde er New York erreichen, dort in den nächsten Zug nach Süden umsteigen und so vor dem geplanten Zeitpunkt in Washington eintreffen. Das würde auf Reynolds einen besseren Eindruck machen, als wenn er abends eintraf. Es würde zeigen, daß er, Canfield, ein Problem schnell zum Abschluß bringen konnte, ohne daß irgendwelche Unstimmigkeiten zurückblieben. Natürlich war das bei dem augenblicklichen Auftrag nicht schwierig gewesen. Er hatte ihn bereits vor einigen Tagen abgeschlossen, war aber als Gast des Senators, den er wegen Lohngeldzuweisungen für nicht existente Angestellte hatte überprüfen müssen, noch in Chicago geblieben.

Er fragte sich, weshalb man ihn nach Washington zurückgerufen hatte. Er fragte sich jedesmal, weshalb man ihn zurückrief. Wahrscheinlich, weil er tief in seinem Innersten glaubte, daß es nicht nur wegen des nächsten Auftrags geschah, sondern daß Washington ihm eines Tages irgendwie auf die Schliche kommen würde. Die Gruppe 20 würde ihm auf die Schliche kommen.

Und dann würde man ihn mit Beweisen konfrontieren.

Aber das war unwahrscheinlich. Bis jetzt war es noch nicht dazu gekommen. Matthew Canfield war ein Profi, in einem niedrigen Rang zwar, räumte er ein, aber dennoch ein Profi. Und er empfand nicht die geringste Reue. Er hatte ein Recht auf jeden hölzernen Nickel, den er ausgraben konnte.

Warum nicht? Er nahm niemals zuviel. Aber er und seine Mutter hatten Anspruch auf gewisse Zuwendungen. Ein Bundesgericht in Tulsa, Oklahoma, hatte den Beschlagnahmebescheid des Sheriffs am Geschäft seines Vaters angeschlagen. Ein Bundesrichter hatte auf zwangsweisen Bankrott entschieden. Das Bundesgericht hatte keine Erklärungen hören wollen, abgesehen von der einen, daß sein Vater nicht länger über die Möglichkeit verfügte, seine Schulden zu bezahlen.

Ein Mann durfte ein Vierteljahrhundert lang arbeiten, eine Familie heranziehen, einen Sohn auf die Universität schikken, so viele Träume erfüllen, nur um dann mit dem einzigen Schlag eines hölzernen Hammers auf eine kleine Marmorplatte in einem Gerichtsraum vernichtet zu werden.

Canfield bereute nichts.

»Sie müssen in einem neuen Beruf heimisch werden, Canfield. Es ist ganz einfach.«

»Gut, Mr. Reynolds. Ich bin stets bereit.«

»Ja. Das weiß ich. Sie beginnen in drei Tagen am Pier Siebenunddreißig in New York City. Zollbehörde. Ich werde Sie so gut wie möglich informieren.«

Aber natürlich ›informierte‹ Benjamin Reynolds ihn keineswegs so gründlich, wie er das vielleicht gekonnt hätte. Er wollte, daß Canfield alles das in Erfahrung brachte, was er, Reynolds, offenließ. Der Scarlatti-*Padrone* arbeitete von den Piers an der West Side aus, so viel wußten sie. Aber jemand mußte ihn sehen, ihn identifizieren, ohne daß man ihn dazu aufforderte.

Das war sehr wichtig.

Und wenn jemand das konnte, dann würde es jemand wie Matthew Canfield sein, der sich irgendwie zur Unterwelt der Bestechung, der Schmiergelder, der Korruption hingezogen fühlte.

Und er schaffte es.

In der Nachtschicht des 3. Januar 1925.

Matthew Canfield, Zollinspektor, überprüfte die Rechnungen des Dampfers *Genoa-Stella* und bedeutete dem Vorarbeiter, die Kisten mit Wolle aus Como aus Laderaum eins zu entladen. Und dann passierte es.

Zuerst ein Streit. Und dann ein Kampf mit Ladehaken.

Die Crew der *Genoa-Stella* wollte nicht zulassen, daß die Entladeprozedur verändert wurde. Ihre Befehle kamen von jemand anderem, sicher nicht von den amerikanischen Zollbeamten.

Zwei Kisten lösten sich vom Kranhaken, und unter der Strohverpackung war der Gestank von unverschnittenem Alkohol unverkennbar.

Alle Leute am Pier erstarrten. Dann rannten ein paar Männer zu den Telefonzellen, und hundert affenähnliche Gestalten umschwärmten die Kisten, bereit, jeden Eindringling mit den stählernen Stauerhaken abzuwehren.

Die erste Auseinandersetzung war vergessen. Der Kampf ebenfalls.

Die Konterbande stellte ihren Lebensunterhalt dar, und sie würden ihr Leben einsetzen, um sie zu verteidigen.

Canfield, der die Treppe hinaufgerannt war, zu der von Glaswänden umschlossenen Kabine über dem Pier, blickte auf die zornige Menge hinunter. Ein Geschrei erhob sich, an dem die Männer vom Dock und die Matrosen der *Genoa-Stella* beteiligt waren. Fünfzehn Minuten schrien die verfeindeten Parteien sich an und begleiteten ihre Schreie mit obszönen Gesten. Aber niemand zog eine Waffe, niemand warf einen Haken oder ein Messer. Sie warteten.

Jetzt bemerkte Canfield, daß niemand im Zollbüro Anstalten machte, die Behörden zu verständigen. »Um Himmels willen! Jemand soll doch die Polizei rufen!«

Die vier Männer, die mit Canfield im Raum waren, reagierten darauf nur mit Schweigen.

»Haben Sie nicht gehört? Rufen Sie die Polizei!«

Immer noch Schweigen seitens der verängstigten Männer in den Uniformen der Zollbehörde.

Schließlich sagte einer der Männer etwas. Er stand neben Matthew Canfield und blickte durch die Glaswand auf die Gangsterarmee hinunter. »Niemand ruft die Polizei, junger Mann. Nicht, wenn Sie auch morgen hier erscheinen wollen.«

»Wenn Sie morgen überhaupt irgendwo erscheinen wollen«, fügte ein anderer Mann hinzu, setzte sich dann und griff seelenruhig nach einer Zeitung.

»Warum nicht? Dort unten könnte jemand ums Leben kommen.«

»Die regeln das selbst«, sagte der ältere Zollbeamte.

»Von welchem Hafen sind Sie gleich gekommen? Erie? Sie

müssen dort andere Regeln gehabt haben. Die Schiffahrt auf den Seen hat andere Regeln...«

»Das ist doch alles Quatsch!«

Ein dritter Mann trat neben Canfield. »Hör zu, Kleiner, du kümmerst dich jetzt um deine Angelegenheiten, ist das klar?«

»Wie zum Teufel, reden Sie denn mit mir? Ich meine, zum Teufel, so können Sie doch nicht mit mir reden!«

»Komm her, Kleiner!« Der andere, ein Mann mit einem schmalen Gesicht, dessen hagerer Körper in der lose sitzenden Uniform wie verloren wirkte, packte Canfield am Ellbogen und ging mit ihm in eine Ecke. Die anderen taten so, als merkten sie nichts, sahen aber immer wieder zu den zwei Männern hinüber. Sie waren beunruhigt, verängstigt. »Haben Sie eine Frau und Kinder?« fragte der dünne Mann leise.

»Nein – warum?«

»Aber wir. Deshalb.« Der dünne Mann schob die Hand in die Tasche und holte ein paar Scheine heraus. »Hier. Das sind sechzig Kröten. Machen Sie bloß keinen Wirbel, ja? Wenn Sie die Bullen rufen, würde das ohnehin nichts nützen. Die würden Sie verpfeifen.«

»Jesus! Sechzig Dollar!«

»Lohn für zwei Wochen, Junge. Schmeißen Sie meinetwegen eine Party.«

»Okay, okay, mach ich.«

»Jetzt kommen sie, Jesse!« rief der ältere Zollbeamte am Fenster dem Mann zu, der neben Canfield stand.

»Komm, Kleiner. Jetzt können Sie was lernen«, sagte der Dünne und führte Canfield zum Fenster.

Canfield sah, daß unten an der Straße zwei große Automobile, eines hinter dem anderen, angehalten hatten. Der erste Wagen war halb in das Gebäude hineingefahren. Ein paar Männer in dunklen Mänteln waren aus dem vorderen Wagen gestiegen und gingen auf die Schar von Dockarbeitern zu, die die beschädigten Kisten umstanden.

»Was machen die?«

»Das sind die Schläger, Junge«, antwortete der Zöllner namens Jesse. »Die schaffen jetzt Ordnung.«

»Wieso Ordnung?«

»Ha!« Der Mann, der mit der Zeitung an dem winzigen Schreibtisch saß, lachte kurz auf.

»Die schaffen eben dort Ordnung, wo es nötig ist. Schau nur zu, Junge!«

Die Männer in den Mänteln – insgesamt waren es fünf – begannen auf die Stauer zuzugehen und leise auf sie einzureden. Wange an Wange, dachte Canfield. Ein paar schubsten sie verspielt umher und tätschelten ihnen die Wangen. Sie waren wie Wärter in einem Zoo, die ihre Tiere beruhigten. Zwei der Männer gingen die Gangplanke ins Schiff hinauf. Der Anführer, der eine weiße Filzmütze trug und ganz offensichtlich unter den dreien, die am Pier zurückgeblieben waren, den Ton angab, blickte zu den Automobilen zurück und sah dann zu der Glaswand hinauf. Er nickte und steuerte auf die Treppe zu. Jesse sagte: »Das mache ich. Keiner unternimmt was.«

Er öffnete die Tür und erwartete draußen auf der kleinen Plattform den Mann mit der weißen Mütze.

Canfield konnte durch das Glas sehen, wie die beiden miteinander sprachen. Der Mann mit der weißen Mütze lächelte, es wirkte beinahe unterwürfig. Aber er hatte einen harten Blick in den Augen, hart und sehr ernst. Und dann schien er besorgt und zornig zu werden, und die zwei Männer schauten ins Büro. Sie sahen Canfield an.

Jesse öffnete die Tür. »Sie da! Cannon! Mitch Cannon! Kommen Sie her!«

Es war immer besser, einen Namen zu benutzen, der die eigenen Initialen hatte. Man konnte nie wissen, wer einem ein Weihnachtsgeschenk senden würde.

Canfield trat auf die Plattform hinaus, während der Mann mit der weißen Mütze wieder über die Stahltreppe hinunter zum Pier ging.

»Sie laufen jetzt hinunter und unterschreiben die Papiere.«

»Was Sie nicht sagen, Kumpel!«

»Ich habe gesagt, Sie sollen hinunterlaufen und unterschreiben! Die wollen wissen, daß Sie sauber sind.« Und dann lächelte Jesse. »Das sind jetzt die großen Boys. Sie kriegen noch einmal einen kleinen Bonus. Aber ich bekomme fünfzig Prozent davon ab, ist das klar?«

»Ja«, sagte Canfield widerstrebend. »Klar.« Er ging die Treppe hinunter und sah den Mann an, der ihn unten erwartete.

»Neu hier, was?«

»Ja.«

»Wo sind Sie denn her?«

»Vom Eriesee. Dort ist eine Menge los.«

»Wie arbeiten Sie denn?«

»Kanadischer Stoff. Was denn sonst? Klasse Schnaps, dieses kanadische Zeug.«

»Wir importieren Wolle! Wolle aus Como!«

»Klar, Freund. In Erie sind es kanadische Pelze und Stoffe...« Canfield zwinkerte dem Mann zu. »Hübsch weich gepackt, wie?«

»Passen Sie mal auf, Kumpel. Für Schlaumeier hat keiner was übrig.«

»Okay, ich sag es ja – Wolle.«

»Kommen Sie rüber zum Büro. Sie zeichnen die Ladung ab.«

Canfield ging mit dem breitschultrigen Mann zu der kleinen Kammer hinüber, wo ein zweiter ihm ein paar Papiere hinhielt.

»Schreiben Sie aber sauber und deutlich, und geben sie das Datum und die Zeit richtig an!« befahl der Mann in der Kammer.

Nachdem Canfield der Aufforderung nachgekommen war, sagte der erste Mann: »Okay, kommen Sie mit.« Er führte Canfield zu den Automobilen hinüber. Der Buchprüfer konnte sehen, wie sich zwei Männer auf dem Rücksitz des zweiten Fahrzeugs unterhielten. In dem vorderen Wagen saß nur noch ein Fahrer. »Warten Sie hier.«

Canfield fragte sich, warum man ihn heruntergeholt hatte. War in Washington etwas schiefgelaufen? Aber dafür wäre gar nicht genug Zeit gewesen.

Draußen auf dem Pier wurde es unruhig. Die zwei Schläger, die an Bord des Schiffes gegangen waren, führten jetzt einen Mann in Uniform die Gangplanke herunter. Canfield sah, daß es der Kapitän der *Genoa-Stella* war.

Der Mann mit der weißen Mütze beugte sich durch das

Fenster des zweiten Wagens und sprach mit den zwei Männern. Sie hatten den Lärm am Pier nicht bemerkt. Der große Mann öffnete die Wagentür, und ein kleiner, sehr dunkelhäutiger Italiener stieg aus. Er war höchstens einen Meter sechzig groß. Der kleine Mann bedeutete dem Buchprüfer, herüberzukommen. Er griff in die Manteltasche, holte eine Brieftasche heraus und entnahm ihr einige Scheine. Er sprach mit ausgeprägtem Akzent. »Sind Sie neu hier?«

»Ja, Sir.«

»Eriesee – stimmt's?«

»Ja, Sir.«

»Wie heißen Sie?«

»Cannon.«

Der Italiener sah den Mann mit der weißen Filzmütze an. Der zuckte mit den Schultern. *»Non conosco...«*

»Hier.« Er reichte Canfield zwei Fünfzig-Dollar-Scheine. »Wenn Sie ein guter Junge sind – dann geht es Ihnen gut, ja, Maggiore? Wenn nicht, dann geht es Ihnen nicht gut, *Capisce?«*

»Darauf können Sie wetten. Vielen...«

Weiter kam Canfield nicht. Die zwei Männer, die den Kapitän der *Genoa-Stella* mit sich führten, hatten inzwischen den ersten Wagen erreicht. Man konnte jetzt sehen, daß sie ihn gewaltsam festhielten und ihn gegen seinen Willen weiterschoben.

»Lascia mi! Lascia mi! Maiali!« Der Kapitän versuchte sich loszureißen. Er warf sich hin und her, aber er schaffte es nicht.

Der kleine Italiener schob Canfield beiseite, als die zwei Schläger den Kapitän zu ihm schleppten. Der Schiffsoffizier und die zwei schrien gleichzeitig los. Der Italiener hörte zu und starrte dabei den Kapitän an.

Und dann beugte sich der andere Mann, der im Fond des zweiten Wagens sitzengeblieben war, nach vorn, auf das Fenster zu, blieb aber immer noch halb im Schatten.

»Was ist denn los? Warum schreien die denn so, Vitone?«

»Dieser *Commandante* mag die Art und Weise nicht, wie wir Geschäfte machen, *Padrone*. Er sagt, er würde uns nicht weiter ausladen lassen.«

»Warum nicht?«

Der Kapitän schrie etwas, das Canfield nicht verstand.

»Er sagte, er würde hier keinen sehen, der Bescheid weiß. Er sagt, wir hätten kein Recht auf sein Schiff. Er will telefonieren.«

»Ich wette, daß er das will«, sagte der Mann im Schatten leise. »Ich weiß genau, wen er anrufen möchte.«

»Werden Sie es erlauben?« fragte der kleine Italiener.

»Seien Sie doch kein Narr, Vitone! Lächeln Sie! Winken Sie zum Schiff hinüber, alle! Das ist ein Pulverfaß dort hinten, ihr Idioten! Die sollen glauben, daß alles in Ordnung ist.«

»Sicher. Geht klar, *Padrone.*«

Alle lachten und winkten, mit Ausnahme des Kapitäns, der wütend versuchte, die Arme freizubekommen. Es wirkte ungeheuer komisch, und Canfield hätte beinahe gelacht, wenn er in diesem Augenblick nicht das Gesicht hinter dem Wagenfenster gesehen hätte. Er stellte fest, daß es ein attraktives Gesicht war. Obwohl es von einer breiten Hutkrempe beschattet wurde, konnte Canfield erkennen, daß der Mann scharfgeschnittene, raubvogelartige Züge hatte. Besonders die Augen fielen ihm auf.

Es waren blaue Augen, ganz hellblau. Und doch sprach ihn der Italiener mit *Padrone* an. Canfield vermutete, daß es Italiener mit blauen Augen gab, aber er hatte noch nie welche gesehen. Es war ungewöhnlich.

»Was machen wir, *Padrone?*« fragte der Kleine, der Canfield die hundert Dollar gegeben hatte.

»Er ist doch ein Gast in unserem Land, nicht wahr? Seien Sie höflich, Vitone. Führen Sie den Kapitän hinaus, und lassen Sie ihn – telefonieren.« Und dann senkte der Mann mit den hellblauen Augen die Stimme. »Und töten Sie ihn.«

Der kleine Italiener machte eine leichte Kopfbewegung in Richtung auf den Piereingang. Die zwei Männer, die den uniformierten Schiffsoffizier festhielten, schoben ihn nach vorn, durch die große Tür hinaus in die Dunkelheit.

»Jetzt können Sie Ihre Freunde anrufen«, sagte der Mann zur Rechten des Kapitäns.

Aber der Offizier widersetzte sich. Sie hatten den Lichtkreis der Türbeleuchtung erreicht, und Canfield konnte sehen, daß er wieder wild um sich schlug, sich dem Griff der beiden widersetzte. Jetzt verlor der Schläger zur Linken das Gleichgewicht. Sofort schlug der Kapitän mit beiden Fäusten auf den anderen Mann ein, schrie ihn in italienischer Sprache an.

Der Mann, den er weggestoßen hatte, gewann sein Gleichgewicht zurück und holte etwas aus der Tasche. Canfield konnte es nicht genau sehen.

Und dann sah er es.

Ein Messer.

Der Mann hinter dem Kapitän stieß es ihm in den ungeschützten Rücken.

Matthew Canfield zog sich seine Uniformmütze ins Gesicht und entfernte sich von dem Automobil. Er ging langsam, wirkte uninteressiert.

»He! Sie! Sie vom Zoll!« Das war der Mann mit den blauen Augen.

»Sie vom Eriesee!« schrie der kleine Italiener.

Canfield drehte sich um. »Ich habe nichts gesehen. Überhaupt nichts. Gar nichts!« Er versuchte zu lächeln, aber es gelang ihm nicht.

Der Mann mit den hellblauen Augen starrte ihn an, während Canfield die Augen zusammenkniff. Am liebsten hätte er sich unter dem Schirm seiner Mütze verkrochen. Der kleine Italiener nickte dem Fahrer des ersten Wagens zu.

Der stieg aus und trat hinter den Buchprüfer.

Der Kleine sagte etwas in Italienisch.

Der Fahrer stieß Canfield an und bugsierte ihn auf den Eingang des Piers zu.

»He, was soll das! Ich habe nichts gesehen! Was wollen Sie? He, um Himmels willen!«

Aber in Wirklichkeit brauchte Matthew Canfield keine Antwort. Er wußte ganz genau, was sie von ihm wollten. Sein unwichtiges Leben.

Der Mann hinter ihm stieß ihn wieder an, drängte ihn weiter, um das Gebäude herum, zur verlassenen Seite des Piers.

Zwei Ratten huschten ein paar Meter vor Canfield über den Weg. Hinter den Mauern konnte man ein Geräusch hören, das immer lauter wurde. Der Hudson klatschte gegen die mächtigen Poller des Docks.

Canfield blieb stehen. Er wußte nicht genau, weshalb er das tat, aber er konnte nicht einfach weitergehen. Der Druck in seiner Magengrube war der Schmerz der Angst.

»Weiter!« sagte der Mann und stieß Canfield einen Revolver in die Rippen.

»Hören Sie.« Canfield hatte jeden Versuch aufgegeben, die Sprache der Docks zu sprechen. »Ich bin von der Regierung! Wenn Sie mir etwas tun, wird man Sie schnappen. Ihre Freunde werden Sie dann nicht schützen, wenn das herauskommt...«

»Weiter!«

Aus der Flußmitte war der gedämpfte Klang einer Schiffssirene zu hören. Eine zweite antwortete.

Dann ertönte ein langes, durchdringendes Pfeifen. Es kam von der *Genoa-Stella*. Es war ein Signal, ein verzweifeltes Signal, das nicht mehr verstummen wollte, ein ohrenbetäubendes Schrillen.

Es lenkte den Mann mit dem Revolver ab.

Canfield ließ seine Handkante auf das Gelenk des Mannes heruntersausen, packte es dann und drehte es mit aller Kraft herum. Der Mann fuhr Canfield mit der anderen Hand ins Gesicht und versuchte, mit krallenförmig gebogenen Fingern nach seinen Augen zu tasten, während er ihn zu der Stahlwand des Gebäudes stieß. Canfield verstärkte seinen Griff, packte dann mit der anderen Hand den Mantel des Mannes und zog ihn auf die Mauer zu, in die gleiche Richtung, in die der Mann ihn stoßen wollte. Im letzten Augenblick trat er zur Seite, so daß der Schläger krachend gegen die Stahlwand prallte.

Die Waffe flog dem Sizilianer aus der Hand, und Canfield rammte ihm das Knie in den Unterleib.

Der Italiener stieß einen gutturalen Schmerzensschrei aus. Canfield warf ihn zu Boden, und der Mann glitt auf den Rand des Piers zu, von Schmerz verkrümmt. Canfield packte seinen Kopf und schmetterte ihn gegen das dicke Holz. Blut lief über den Schädel des Mannes.

Es war in weniger als einer Minute vorbei.

Der Mann, der Matthew Canfield hätte ermorden sollen, war tot.

Die kreischende Schiffspfeife der *Genoa-Stella* tönte immer noch. Das Geschrei, das von der Ladefläche des Piers herüberdrang, hatte eine ohrenbetäubende Lautstärke erreicht.

Canfield dachte, daß die Schiffsbesatzung in helle Aufregung geraten war, vergeblich auf Befehle ihres Kapitäns gewartet hatte und nun annahm, daß man ihn ermordet hatte oder zumindest gefangen hielt.

Ein paar Schüsse peitschten durch die Luft. Dann das Stakkato einer Maschinenpistole – wieder Schreie, Schreckensrufe...

Der Buchprüfer konnte unmöglich zurückkehren. Ohne Zweifel würde gleich jemand kommen, um nach seinem Henker Ausschau zu halten.

Er wälzte die Leiche des toten Sizilianers über den Dockrand und hörte sie klatschend ins Wasser fallen.

Die Schiffspfeife der *Genoa-Stella* verstummte. Das Geschrei wurde leiser. Jemand hatte den Aufruhr unter Kontrolle gebracht. Und dann tauchten am vorderen Ende des Piers zwei Männer auf. Sie riefen: »La Tona! He, La Tona! La Tona...«

Matthiew Canfield sprang in das schmutzige Wasser des Hudson und schwamm, so schnell er das in der schweren Zolluniform konnte, in die Flußmitte hinaus.

»Sie sind ein Glückspilz, Mann!« sagte Benjamin Reynolds.

»Ich weiß, Sir. Und ich bin froh, daß es vorbei ist.«

»Für so etwas sind wir nicht zuständig, das ist mir klar. Nehmen Sie sich eine Woche frei. Entspannen Sie sich.«

»Danke, Sir.«

»Glover wird in ein paar Minuten kommen. Es ist noch ziemlich früh.«

Das stimmte. Es war sechs Uhr fünfzehn. Canfield war erst gegen vier in Washington eingetroffen und hatte nicht gewagt, sein Apartment aufzusuchen. Er hatte Benjamin Reynolds zu Hause angerufen, und dieser hatte den Buchprüfer aufgefordert, das Büro der Gruppe 20 aufzusuchen und dort auf ihn zu warten.

Die Vorzimmertür öffnete sich, und Reynolds rief: »Glover? Sind Sie das?«

»Ja, Ben. Noch nicht einmal halb sieben – eine lausige Nacht. Die Kinder meines Sohnes sind bei uns.« Die Stimme klang müde, und als Glover die Tür erreichte, konnte man sehen, daß der Mann selbst noch müder war. »Hallo, Canfield. Was, zum Teufel, ist denn mit Ihnen los?«

Matthew Canfield, Außenprüfer, erstattete Bericht.

Als er geendet hatte, sagte Reynolds zu Glover: »Ich habe den Zoll in Erie angerufen – man hat seine Personalakte entfernt. Die Boys in New York haben sein Zimmer dort ausgeräumt. Es war unberührt. Gibt es sonst noch etwas, worum wir uns kümmern müssen?«

Glover überlegte einen Augenblick. »Ja, wahrscheinlich. Falls sich jemand nach der Akte in Erie erkundigt – und das wird vermutlich geschehen –, verbreiten Sie ein Gerücht, daß Canfield – Cannon – ein Deckname für einen Killer war. Daß man ihn in Los Angeles oder San Diego oder sonst irgendwo erwischt und ihn erschossen hat. Ich werde mich darum kümmern.«

»Gut. So, Canfield, jetzt werde ich Ihnen ein paar Fotos zeigen. Ohne irgendeinen Kommentar meinerseits. Sehen Sie, ob Sie sie identifizieren können.« Benjamin Reynolds ging zu einem Aktenschrank und öffnete ihn. Er entnahm ihm eine Mappe und kehrte an seinen Schreibtisch zurück. »Hier.« Er holte fünf Fotografien heraus, drei Vergrößerungen aus Zeitungen und zwei Gefängnisaufnahmen.

Canfield brauchte weniger als eine Sekunde, als er sie vor sich auf dem Tisch liegen sah. »Das ist er! Das ist der Itaker, den sie *Padrone* nannten!«

»Il Scarlatti Padrone«, sagte Glover leise.

»Sie identifizieren ihn ganz eindeutig?« fragte Reynolds.

»Sicher. Und wenn er blaue Augen hat, leiste ich sogar einen Eid darauf.«

»Würden Sie es vor Gericht beschwören?«

»Natürlich ...«

»He, Ben, kommen Sie!« unterbrach ihn Glover, der genau wußte, daß dies das Todesurteil für Matthew Canfield gewesen wäre.

»Ich habe ihn ja nur gefragt.«

»Wer ist es?« wollte Canfield wissen.

»Ja, wer ist es? Was ist er? Ich weiß nicht, ob ich Ihre erste Frage beantworten sollte. Aber wenn Sie es auf andere Weise herausfinden sollten, und das wäre nicht schwierig, könnte das gefährlich werden.«

Reynolds drehte die Fotos um. Auf den Rückseiten stand in dicken Lettern ein Name.

›Ulster Stewart Scarlett – ehemals Scarlatti‹, las der Buchprüfer. »Der hat im Krieg einen Orden bekommen, nicht wahr? Ein Millionär.«

»Ja, das hat er – und er ist tatsächlich Millionär«, antwortete Reynolds. »Diese Identifizierung muß geheim bleiben. Damit meine ich streng geheim! Ist das klar?«

»Natürlich.«

»Glauben Sie, es gibt sonst jemanden, der Sie von gestern abend her erkennen würde?«

»Das bezweifle ich. Das Licht war schlecht, und ich hatte mir die Mütze tief ins Gesicht gezogen und mir Mühe gegeben, im Hafenjargon zu reden. Nein, ich denke nicht.«

»Gut. Sie haben prima Arbeit geleistet. Jetzt legen Sie sich schlafen.«

»Danke.« Der Buchprüfer ging hinaus und schloß die Tür hinter sich.

Benjamin Reynolds sah die Fotos auf seinem Schreibtisch an. »Der Scarlatti-*Padrone,* Glover.«

»Jetzt können Sie es ja dem Schatzamt zurückgeben. Sie haben, was Sie brauchen.«

»Überlegen Sie doch – wir haben gar nichts, sofern wir nicht Canfield ins Grab schicken wollen. Und selbst dann – was hätten wir in der Hand? Scarlett schreibt keine Schecks aus. Man ›hat ihn in Gesellschaft von – beobachtet‹. Man ›hat gehört, wie er eine Anweisung erteilte‹. Wem? Wer sollte das bezeugen? Ein kleiner Regierungsbeamter gegen das Wort eines gefeierten Kriegshelden? Der Sohn Scarlattis... Nein, wir haben nur die Möglichkeit, eine Drohung auszusprechen, aber vielleicht genügt das schon.«

»Wer wird denn drohen?«

Benjamin Reynolds lehnte sich in seinem Sessel zurück

und preßte die Fingerspitzen gegeneinander. »Ich – ich werde mit Elizabeth Scarlatti sprechen. Ich möchte wissen, was das alles zu bedeuten hat.«

7.

Ulster Stewart Scarlett stieg an der Ecke der Fifth Avenue und der Fiftyfourth Street aus dem Taxi und ging die kurze Strecke zu seinem Haus. Er lief die Stufen bis zu der schweren Haustür hinauf und schloß sie auf. Dann warf er die Tür krachend hinter sich zu, stand einen Augenblick lang in der weitläufigen Vorhalle und stampfte mit den Füßen, um die eisige Februarkälte zu verdrängen. Er legte seinen Mantel auf einen Sessel und trat dann in ein geräumiges Wohnzimmer, wo er eine Tischlampe anknipste. Es war erst vier Uhr nachmittags, begann aber bereits dunkel zu werden.

Er ging auf den offenen Kamin zu und stellte befriedigt fest, daß die Dienstboten die Holzscheite richtig aufgeschichtet hatten. Er zündete das Feuer an und sah zu, wie die Flammen in die Höhe sprangen und den Kamin füllten. Er hielt sich am Sims fest und ließ sich von dem Feuer erwärmen. Sein Blick war auf die Silver-Star-Urkunde gerichtet, die in einem goldenen Rahmen in der Mitte der Wand hing. Er würde da noch ein paar andere Urkunden hinhängen müssen. Dafür würde die Zeit bald gekommen sein – um alle aufmerksam zu machen, die sein Haus betraten.

Dann kehrten seine Gedanken wieder zum Grund seiner Verärgerung, seiner Wut zurück.

Dieses blöde, dickschädlige Pack! Abschaum! Widerwärtig!

Vier Matrosen der *Genoa-Stella* getötet, die Leiche des Kapitäns in einem verlassenen Schleppkahn aufgefunden...

Damit hätten sie leben können. Auch mit dem Aufruhr der Mannschaft. An den Docks galten nun einmal andere Regeln, dort regierte die Gewalt.

Aber nicht mit der Leiche von La Tona, die fünfzig Meter vom Schiff entfernt an einer Boje gehangen hatte. Von einem Schiff mit Konterbande.

La Tona!

Wer hatte ihn getötet? Doch nicht dieser tölpelhafte, langsame Zollbeamte? Herrgott, nein! La Tona hätte ihm die Eier abgebissen und sie ihm lachend ins Gesicht gespuckt. La Tona war ein erfahrener Killer gewesen.

Das würde Stunk geben. Üblen Stunk. Geld allein genügte da nicht. Fünf Morde auf Pier siebenunddreißig in einer einzigen Nachtschicht.

Und der Tod La Tonas würde dazu führen, daß man Vitone hineinzog. Den kleinen Don Vitone Genovese. Dieser drekkige kleine Bastard, dachte Scarlett.

Nun, für ihn war jedenfalls die Zeit gekommen, hier auszusteigen.

Er hatte das, was er wollte. Mehr, als er brauchte. Strasser würde staunen. Alle würden sie staunen.

Ulster Scarlett zündete sich eine Zigarette an und ging auf eine kleine Tür links vom Kamin zu. Er holte einen Schlüssel heraus, schloß die Tür auf und trat ein.

Der Raum war, ebenso wie die Tür, sehr klein und hatte früher einmal als Weinlager gedient. Jetzt hatte man ein winziges Büro darin eingerichtet, mit einem Schreibtisch, einem Sessel und zwei schweren Aktenschränken aus Stahl. Jeder Aktenschrank besaß ein kreisförmiges Kombinationsschloß.

Scarlett knipste die Schreibtischlampe an und trat an den ersten Schrank. Er kauerte sich nieder, drehte an der Kombination und zog die Schublade heraus. Er entnahm ihr ein auffällig dickes, ledergebundenes Notizbuch und legte es auf den Schreibtisch, dann setzte er sich und schlug es auf.

Es war sein Meisterstück, das Produkt von fünf Jahren intensivster Arbeit.

Er überflog die Seiten – Ringbuchseiten mit Verstärkungsringen um jedes Loch. Jeder Eintrag war präzise und exakt. Hinter jedem Namen stand, soweit verfügbar, eine kurze Beschreibung und eine noch kürzere Biografie – Position, Finanzen, Familien, Zukunft.

Die Seiten waren nach Städten und Staaten geordnet. Verschiedenfarbige Indexstreifen führten rechts von oben bis unten.

Ein Meisterwerk!

Aufzeichnungen über jedes einzelne Individuum – wichtig und unwichtig, das in irgendeiner Weise Nutzen aus der Scarlatti-Organisation gezogen hatte. Angefangen bei Kongreßabgeordneten, die von seinen Untergebenen Bestechungsgelder angenommen hatten, bis zu Firmenchefs, die ›Investitionen‹ in höchst illegalen Spekulationsgeschäften vorgenommen hatten, die ihnen angeboten worden waren – wiederum niemals von Ulster Stewart Scarlett, sondern durch Mittelsmänner. Er hatte nur das Kapital geliefert. Den Honig. Und die Bienen hatten ihn umschwärmt.

Politiker, Bankiers, Anwälte, Ärzte, Architekten, Schriftsteller, Gangster, Büroangestellte, Polizei, Zollinspektoren, Feuerwehrleute, Buchmacher – die Liste der Berufe und Tätigkeiten war schier endlos.

Die Volstead-Akte war das Rückgrat der Korruption, aber es gab auch andere Unternehmungen – alles profitable Unternehmungen.

Prostitution, Abtreibung, Öl, Gold, politische Kampagnen, der Aktienmarkt, Flüsterkneipen, Wucherer – auch diese Liste war endlos lang.

Die kleinen Leute konnten ihre Habgier nie verleugnen. Dies war der letzte Beweis seiner Theorien.

Der geldgierige Abschaum!

Alles dokumentiert. Und jeder einzelne identifiziert.

Nichts blieb der Spekulation überlassen.

Das ledergebundene Ringbuch enthielt viertausendzweihundertdreiundsechzig Namen. In einundachtzig Städten und vierundzwanzig Staaten – zwölf Senatoren, achtundneunzig Kongreßabgeordnete und drei Männer in Coolidges Kabinett.

Ein Adressenverzeichnis der Korruption.

Ulster Stewart hob den Hörer des Telefons ab und wählte eine Nummer.

»Vitone... Wer anruft, geht Sie gar nichts an! Ich hätte diese Nummer nicht, wenn er nicht wollte, daß ich sie habe!«

Scarlett drückte seine Zigarette aus. Er kritzelte auf einem Blatt Papier herum, während er auf Genovese wartete. Als er sah, daß die Linien sich im Mittelpunkt trafen, wie Messer, lächelte er. Nein, nicht wie Messer. Wie Blitze.

»Vitone? Ich bin es ... Weiß ich ... Es gibt nicht viel, was wir tun können, nicht wahr? ... Wenn man Sie fragt, haben Sie eine Story. Sie waren in Westchester. Sie haben keine Ahnung, wo La Tona war ... Aber halten Sie mich heraus, verstanden? Spielen Sie bloß nicht den Schlaumeier ... Ich habe einen Vorschlag für Sie, der wird Ihnen gefallen. Das wird sehr rentabel für Sie ... Sie können alles haben. Alles! Ich steige aus.«

Am anderen Ende der Leitung herrschte Schweigen. Ulster Scarlett kritzelte einen Weihnachtsbaum auf den Block.

»Keine Haken, keine Ösen. Es gehört Ihnen. Ich will nichts. Die Organisation gehört Ihnen ... Nein, ich weiß gar nichts. Ich will nur aussteigen. Wenn es Sie nicht interessiert, kann ich woanders hingehen – in die Bronx oder nach Detroit. Ich will keinen Nickel dafür haben. Nur dies eine. Nur eines. Sie haben mich nie gesehen. Sie sind mir nie begegnet. Sie wissen nicht einmal, daß ich existiere. Das ist der Preis.«

Don Vitone Genovese begann in italienischer Sprache zu schnattern, während Scarlett den Hörer ein paar Zoll von seinem Ohr entfernt hielt. Das einzige Wort, das Scarlett wirklich verstand, war ein wiederholtes »Grazie, grazie, grazie«.

Er legte den Hörer auf und klappte das ledergebundene Buch zu. Einen Augenblick lang saß er reglos da und zog dann die oberste Schreibtischschublade auf. Er entnahm ihr den letzten Brief, den er von Gregor Strasser erhalten hatte. Er las ihn zum zwanzigsten Mal, oder, war es das hundertzwanzigste?

»Ein meisterhafter Plan, ein phantastischer Plan ... Der Marquis Jacques Louis Bertholde ... London ... Mitte April.«

War die Zeit wirklich gekommen? Endlich!

Heinrich Kroeger mußte seine eigenen Pläne für Ulster Scarlett haben. Es war nicht so sehr ein kühner als ein respektabler Plan. Höchst respektabel. In der Tat, so anständig, daß Ulster Scarlett plötzlich lauthals zu lachen anfing.

Der Sproß von Scarlatti – der charmante, gutaussehende Liebling der Cotillions, der Held der Meuse-Argonne, der begehrteste Junggeselle der New Yorker Gesellschaft würde heiraten.

8.

»Sie werden anmaßend, Mr. Reynolds.« Elizabeth Scarlatti konnte sich kaum beherrschen. Ihre Wut galt dem alten Mann, der ruhig vor ihr stand und sie über den Rand seiner Brillengläser hinweg anstarrte. »Ich ertrage anmaßende Leute nicht und dulde keine Lügner!«

»Es tut mir leid. Wirklich, es tut mir leid.«

»Sie haben sich dieses Gespräch unter falschen Voraussetzungen erschlichen. Senator Brownlee hat mir gesagt, Sie würden die Landbeschaffungsbehörde vertreten und wollten mich wegen der Transaktionen zwischen Scarlatti und dem Innenministerium sprechen.«

»Das ist es auch, was er annimmt.«

»Dann ist er ein noch größerer Narr, als ich bisher dachte. Und jetzt bedrohen Sie mich! Sie bedrohen mich mit verlogenem Klatsch aus zweiter Hand über meinen Sohn! Ich nehme an, Sie sind bereit, sich vor Gericht ins Kreuzverhör nehmen zu lassen.«

»Wollen Sie das?«

»Es könnte sein, daß Sie mich dazu zwingen. Ich kenne Ihre Position nicht, aber ich kenne eine ganze Anzahl von Leuten in Washington und habe noch nie von Ihnen gehört. Daraus kann ich gewisse Schlüsse ziehen – wenn jemand wie Sie mit solchen Geschichten herumläuft, waren diese Geschichten auch anderen zugänglich. Ja, es könnte sein, daß Sie mich zu einem Gerichtsprozeß zwingen. Ich dulde solche Verleumdungen nicht!«

»Und wenn es wahr wäre?«

»Das ist es aber nicht, und das wissen Sie genausogut wie ich. Es gibt überhaupt keinen Grund auf der Welt, weshalb mein Sohn sich mit solchen – mit solchen Aktivitäten befassen sollte. Er ist selbst wohlhabend. Meine beiden Söhne verfügen über mündelsichere Anlagen, die ihnen ein Jahreseinkommen von – wollen wir ehrlich sein – geradezu absurder Höhe einbringen.«

»Dann müssen wir wohl den Profit als Motiv eliminieren, nicht wahr?« Benjamin Reynolds runzelte die Stirn.

»Wir eliminieren gar nichts, weil es nichts gibt. Wenn mein

Sohn in schlechte Gesellschaft geraten ist, muß man ihn kritisieren – aber nicht als Verbrecher brandmarken. Und wenn Sie jetzt den Namen Scarlatti nur wegen seines Ursprungs schlechtmachen wollen, dann ist das verabscheuungswürdig, und ich werde dafür sorgen, daß man Sie entläßt.«

Benjamin Reynolds, der sich nicht leicht aus der Ruhe bringen ließ, begann nervös zu werden. Er mußte sich selbst daran erinnern, daß diese alte Frau ihre Familie zu schützen versuchte und daher schwieriger war, als sie es vielleicht unter anderen Umständen gewesen wäre.

»Ich wünschte, Sie würden mich nicht als Feind betrachten, und ich finde Ihre Anschuldigung beleidigend...«

»Jetzt werden Sie schon wieder anmaßend«, unterbrach ihn Elizabeth Scarlatti. »Ich räume Ihnen gar nicht den Status eines Feindes ein. Ich halte Sie einfach für einen kleinen Mann, der bösartige Verleumdungen ausspricht, um sich Vorteile zu verschaffen.«

»Ich kann Ihnen versichern, daß es keineswegs nur eine Verleumdung ist, wenn ich von einem Mordbefehl spreche.«

»Was haben Sie gesagt?«

»Das ist die wichtigste Anklage. Aber es gibt mildernde Umstände, falls Sie das beruhigt.«

Die alte Frau starrte Benjamin Reynolds verächtlich an. Er ignorierte ihren Blick. »Der Mann, dessen Tod Ihr Sohn befahl, war selbst ein notorischer Killer. Der Kapitän eines Frachters, der mit den schlimmsten Elementen in den Docks zusammenarbeitete. Er war für viele Morde verantwortlich.«

Elizabeth Scarlatti erhob sich aus ihrem Sessel. »Ich werde das nicht dulden«, sagte sie leise. »Sie stellen hier ungeheuerliche Behauptungen auf, und dann verstecken Sie sich hinter einer Mauer von Andeutungen.«

»Wir leben in seltsamen Zeiten, Madame Scarlatti. Wir können nicht überall sein. Offen gestanden, das wollen wir auch gar nicht. Wir beklagen uns nicht über die Gangsterkriege. Sehen wir den Dingen doch ins Auge – diese Kämpfe bewirken oft mehr, als wir jemals erreichen könnten.«

»Und in diese – diese Kategorie ordnen Sie meinen Sohn ein?«

»Ich habe ihn nirgends eingeordnet. Das hat er selbst getan.«

Elizabeth ging langsam von ihrem Schreibtisch zum Fenster und blickte auf die Straße hinab. »Wie viele Leute in Washington kennen diesen unerhörten Klatsch?«

»Alles, was ich Ihnen gesagt habe?«

»Was auch immer.«

»Im Schatzamt hat es ein paar Gerüchte gegeben. Nichts, dem irgend jemand hätte nachgehen wollen. Was den Rest betrifft – nur meine unmittelbaren Untergebenen und der Mann, der Zeuge des Ganzen war, wissen Bescheid.«

»Die Namen?«

»O nein.«

»Das kann ich leicht herausfinden.«

»Es würde Ihnen nichts nützen.«

Elizabeth drehte sich um. »Ich verstehe.«

»Ich frage mich, ob Sie das wirklich tun.«

»Was auch immer Sie annehmen, ich bin keine Idiotin. Ich glaube Ihnen kein Wort. Aber ich möchte nicht, daß der Name Scarlatti in den Schmutz gezogen wird. Wieviel, Mr. Reynolds?«

Der Direktor der Gruppe 20 erwiderte Elizabeths starren Blick, ohne mit der Wimper zu zucken. »Nichts. Keinen Cent. Vielen Dank. Ich gehe sogar noch weiter. Ich bin versucht, Anklage gegen Sie erheben zu lassen.«

»Sie dummer alter Mann!«

»Verdammt noch mal, hören Sie doch auf! Ich will doch nichts anderes als die Wahrheit! Nein, das ist nicht alles, was ich will. Ich will, daß das aufhört, ehe noch jemand verletzt wird. So viel sind wir einem hochdekorierten Kriegshelden schuldig, besonders in diesen verrückten Zeiten. Und ich möchte seine Beweggründe kennenlernen.«

»Wenn ich jetzt Spekulationen anstelle, würde ich Ihre monströsen Behauptungen bestätigen. Ich weigere mich, das zu tun!«

»Herrgott, Sie sind ein harter Brocken.«

»Viel härter, als Sie ahnen.«

»Können Sie denn nicht begreifen? Es geht nicht weiter! Es endet hier und jetzt! Das heißt, es wird enden, wenn Sie weitere – Aktivitäten, wie Sie es nennen, verhindern. Wir sind der Ansicht, daß Sie das können. Aber ich hätte gedacht, die Gründe würden Sie interessieren. Da wir beide wissen, daß Ihr Sohn reich ist – was hat ihn auf die schiefe Bahn geführt?«

Elizabeth starrte ihn nur stumm an, und Reynolds wußte, daß sie nicht antworten würde. Er hatte getan, was er konnte, gesagt, was er hatte sagen müssen. Der Rest lag bei ihr.

»Guten Tag, Madame Scarlatti. Ich sollte es Ihnen wohl sagen. Ich werde den Scarlatti-*Padrone* beobachten.«

»Wen?«

»Fragen Sie Ihren Sohn.«

Reynolds verließ niedergeschlagen und müde das Zimmer, mit langsamen Schritten. Menschen wie Elizabeth Scarlatti machten ihn müde. Wahrscheinlich, dachte er, weil sie es nicht wert sind, daß man sich ihretwegen anstrengt. Das sind diese Giganten niemals wert.

Elizabeth stand immer noch am Fenster. Sie sah dem alten Mann nach, wie er die Tür hinter sich schloß. Sie wartete, bis sie ihn die vordere Treppe hinuntersteigen und nach Westen auf die Fifth Avenue zugehen sah.

Der alte Mann schaute zu der Gestalt am Fenster auf, und ihre Augen begegneten sich.

Keiner ließ erkennen, daß er den Blick des anderen bemerkt hatte.

9.

Chancellor Drew Scarlett ging in seinem Büro (525, Fifth Avenue) auf dem dicken Orientteppich hin und her. Dabei atmete er tief durch und spannte beim Einatmen die Bauchmuskeln an – auf die richtige Art, weil der Masseur in seinem Klub ihm gesagt hatte, daß das beruhige, wenn man unter Druck stand.

Es funktionierte nicht.

Er würde sich einen anderen Masseur suchen.

Er blieb vor der mahagonigetäfelten Wand zwischen den zwei großen Fenstern stehen, die auf die Fifth Avenue hinausgingen. An der Wand hingen verschiedene gerahmte Zeitungsartikel, die sich alle mit der Scarwyck-Stiftung befaßten. In jedem war er besonders hervorgehoben, in einigen erschien sein Name sogar fett gedruckt in den Überschriften.

Immer, wenn er erregt war, was ziemlich häufig vorkam, sah er sich diese gerahmten Zeugnisse seiner Leistung an. Das hatte stets eine beruhigende Wirkung.

Chancellor Scarlett hatte die Rolle, die er als Ehemann einer langweiligen Frau spielen mußte, wie eine Selbstverständlichkeit hingenommen. Das Ehebett hatte fünf Kinder produziert. Überraschenderweise – besonders für Elizabeth – hatte er auch Interesse an den Familiengeschäften gewonnen. Als wollte er einen Gegenpol zu seinem gefeierten Bruder bilden, zog sich Chancellor in die sichere Welt des begabten Geschäftsmannes zurück. Und er hatte gute Ideen.

Weil das jährliche Einkommen der Scarlatti-Besitzungen weit die Bedürfnisse einer kleinen Nation überstieg, überzeugte Chancellor seine Mutter, daß es steuerlich klug wäre, eine philanthropische Stiftung zu gründen. Indem er Elizabeth mit unwiderlegbaren Daten beeindruckte und auf die Möglichkeit von Kartellklagen hinwies, erwirkte er ihre Erlaubnis, die Scarwyck-Stiftung zu gründen. Chancellor wurde Präsident und seine Mutter Vorsitzende des Aufsichtsrates. Möglicherweise würde Chancellor nie ein Kriegsheld werden, aber dafür würden seine Kinder einmal den Beitrag anerkennen, den er für Wirtschaft und Kultur geleistet hatte.

Die Scarwyck-Stiftung lenkte Geldströme in Kriegsgedenkstätten, unterstützte Indianerreservate, finanzierte ein ›Lexikon der großen Patrioten‹, das an ausgewählten Schulen verteilt wurde, sowie die Roland-Scarlett-Pfadfinderklubs, eine Kette episkopalkirchlicher Jugendlager, die dem Leben im Freien und hohen christlichen Prinzipien ihres demokratischen – aber episkopischen – Schutzherrn gewidmet waren. Außerdem förderte die Stiftung ein Dutzend ähnlicher Unternehmungen. Man konnte keine Zeitung in die Hand nehmen, ohne auf irgendein neues Projekt zu stoßen, das von Scarwyck finanziert wurde.

Der Anblick der Artikel stärkte Chancellors etwas angeschlagenes Selbstvertrauen. Aber die Wirkung war nur sehr kurzlebig. Durch die Bürotür konnte er das Klingeln des Telefons auf dem Schreibtisch seiner Sekretärin hören, und das erinnerte ihn an den zornigen Anruf seiner Mutter. Sie hatte seit gestern morgen versucht, Ulster zu finden.

Chancellor drückte auf den Knopf der Sprechanlage. »Versuchen Sie es noch einmal im Haus meines Bruders, Miß Nesbit.«

»Ja, Sir.«

Er mußte seinen Bruder finden. Seine Mutter ließ nicht lokker. Sie bestand darauf, Ulster noch vor dem Ende dieses Tages zu sehen.

Chancellor setzte sich auf seinen Sessel und versuchte, wieder richtig zu atmen. Der Masseur hatte ihm gesagt, daß es eine gute Übung beim Hinsetzen wäre.

Er atmete tief ein und drückte dabei den Bauch heraus so weit er konnte. Der mittlere Knopf seines Anzugjacketts sprang dabei vom Faden und fiel auf den weichen Teppich, nachdem er vorher zwischen seinen Beinen vom Stuhl gehüpft war.

»Verdammt!«

Miß Nesbit rief ihn über die Sprechanlage an.

»Ja?«

»Das Zimmermädchen im Haus Ihres Bruders sagte, er sei zu Ihnen unterwegs, Mr. Scarlett.« Miß Nesbits Stimme ließ erkennen, daß sie auf ihre Leistung stolz war.

»Sie meinen, er war die ganze Zeit dort?«

»Ich weiß nicht, Sir.« Jetzt war Miß Nesbit verletzt.

Zwanzig endlose Minuten später traf Ulster Stewart Scarlett ein.

»Du lieber Gott! Wo bist du gewesen? Mutter versucht seit gestern früh, dich zu erreichen! Wir haben überall angerufen!«

»Ich war in Oyster Bay. Hat irgend jemand dran gedacht, dort anzurufen?«

»Im Februar? Natürlich nicht. Oder vielleicht hat sie es doch versucht. Ich weiß nicht.«

»Du hättest mich ohnehin nicht erreichen können. Ich war in einer der Hütten.«

»Was, zum Teufel, hast du dort gemacht? Ich meine, im Februar!«

»Wir wollen einmal sagen, daß ich Inventur gemacht habe, lieber Bruder. Was für ein hübsches Büro, Chance. Ich kann mich gar nicht erinnern, wann ich das letztemal hier war.«

»Etwa vor drei Jahren.«

»Was sind das alles für Apparate?« fragte Ulster und deutete auf den Schreibtisch.

»Das Neueste, was es an Geräten gibt. Schau – das hier ist ein elektrischer Kalender, der an bestimmten Tagen aufleuchtet, um mich an Verabredungen zu erinnern. Das hier ist eine Sprechanlage, die mich mit achtzehn Büros im Gebäude verbindet. Hier ist meine Sonderleitung zu...«

»Laß nur! Ich bin beeindruckt. Ich habe nicht viel Zeit. Ich dachte, du würdest es gern wissen. Ich werde vielleicht heiraten.«

»Was! Ulster, Gott im Himmel! Du! Heiraten! Du wirst heiraten!«

»Das scheint der allgemeine Wunsch zu sein.«

»Wen wirst du heiraten, um Himmels willen?«

»Oh, ich habe da schon etwas ausgesiebt, Sportsfreund. Keine Angst. Sie wird akzeptabel sein.«

Chancellor musterte seinen Bruder kühl. Er war darauf vorbereitet, jetzt zu erfahren, daß Ulster sich irgendeine Hupfdohle vom Broadway aus einer Ziegfeld-Show gewählt hatte – oder vielleicht eine dieser seltsamen Schriftstellerinnen in schwarzen Pullovern und Männerhaarschnitt, die man immer auf Ulsters Partys fand.

»Akzeptabel für wen?«

»Nun, wir wollen sehen. Ich habe die meisten ausprobiert.«

»Dein Sexualleben interessiert mich nicht. Wer ist es?«

»Oh, das sollte es aber. Die meisten Freundinnen deiner Frau – verheiratet oder nicht – taugen nicht viel im Bett.«

»Sag mir einfach, wem du beabsichtigst, die Ehre zu erweisen, wenn es dir nichts ausmacht.«

»Was würdest du zu Miß Saxon sagen?«

»Janet! Janet Saxon!« rief Chancellor entzückt.

»Ich glaube, die wäre recht«, murmelte Ulster.

»Recht! Mann, die ist wunderbar! Mutter wird sich so freuen! Sie ist wirklich großartig.«

»Das müßte gehen.« Ulster war seltsam ruhig.

»Ulster, ich kann dir gar nicht sagen, wie mich das freut. Du hast sie natürlich gefragt.« Das war eine Feststellung.

»Aber Chance, wie kannst du so etwas denken? Ich war nicht sicher, daß sie die Prüfung bestehen würde.«

»Ich verstehe, was du meinst. Natürlich. Aber sie wird ganz sicher zustimmen. Hast du es Mutter schon gesagt? Ist sie deshalb so hysterisch?«

»Ich habe Mutter noch nie hysterisch gesehen. Das sollte ein interessanter Anblick sein.«

»Wirklich, du solltest sie sofort anrufen.«

»Das werde ich tun. Gib mir noch ein wenig Zeit. Ich will etwas sagen. Es ist ganz persönlich.« Ulster Scarlett ließ sich auf einen Stuhl vor dem Schreibtisch fallen.

Chancellor, der wußte, daß sein Bruder nur selten über persönliche Dinge sprach, setzte sich besorgt. »Was ist denn?«

»Ich habe dich vor ein paar Minuten hochgenommen. Ich meine, was die Freundinnen deiner Frau angeht.«

»Das erleichtert mich.«

»Versteh mich nicht falsch – ich sage nicht, daß es nicht wahr ist – nur geschmacklos von mir, darüber zu sprechen. Ich wollte dich ärgern. Beruhige dich, ich hatte einen guten Grund. Ich mußte dir den Ernst meiner Lage vor Augen führen, um dich für meine Pläne zu gewinnen.«

»Was hast du vor?«

»Das ist der Grund, weshalb ich auf die Insel fuhr – um einmal gründlich nachzudenken. Die ziellosen, verrückten Tage gehen zu Ende. Nicht über Nacht, aber sie verblassen langsam.«

Chancellor sah seinen Bruder eindringlich an. »Ich habe dich noch nie so reden hören.«

»Man denkt über eine ganze Menge nach, wenn man ganz allein in einer Hütte ist. Keine Telefone, niemand, der plötzlich hereinplatzt... Ich will keine großen Versprechungen abgeben, die ich dann nicht halten kann. Das brauche ich nicht. Aber ich will es versuchen. Ich glaube, du bist der einzige, an den ich mich wenden kann.«

Chancellor Scarlett war fast gerührt. »Was kann ich tun?«

»Ich möchte irgendeine Position haben. Zuerst ganz formlos. Nichts Geregeltes. Ich will sehen, ob ich mich für irgend etwas interessiere.«

»Natürlich! Ich werde dir hier einen Job besorgen. Es wird einfach großartig sein, mit dir zusammenzuarbeiten.«

»Nein, nicht hier. Das wäre ja wieder nur ein Geschenk. Nein, ich möchte das tun, was ich schon vor langer Zeit hätte tun sollen – das, was du getan hast. Ich will zu Hause anfangen.«

»Zu Hause? Was für eine Position ist das?«

»Bildhaft gesprochen, möchte ich alles in Erfahrung bringen, was ich über uns herausfinden kann. Die Familie. Scarlatti. Ihre Interessen, ihre Geschäfte, all die Dinge – das ist es, was du getan hat, und ich habe dich immer dafür bewundert.«

Chancellor runzelte die Stirn. »Hast du das wirklich?«

»Ja, doch. Ich habe eine Menge Papiere mit auf die Insel genommen. Berichte und Sachen, die ich aus Mutters Büro geholt habe. Wir arbeiten doch ziemlich eng mit dieser Bank in der Stadt zusammen, nicht wahr? Wie, zum Teufel, hieß sie doch gleich wieder?«

»Waterman Trust. Die erledigen alle Scarlatti-Verpflichtungen. Das ist schon seit Jahren so.«

»Vielleicht könnte ich dort anfangen. Informell. Ein paar Stunden pro Tag.«

»Gar kein Problem. Ich werde das noch heute nachmittag erledigen.«

»Noch etwas. Meinst du, du könntest Mutter anrufen? Du würdest mir einen großen Gefallen tun. Du könntest vielleicht unser Gespräch erwähnen. Und von Janet kannst du ihr auch erzählen, wenn du magst.« Ulster Scarlett stand auf und stellte sich vor seinen Bruder. Er strahlte etwas bescheiden Heroisches aus, dieser Verirrte, der sich darum bemühte, seine Wurzeln zu finden.

Diese Pose verfehlte keineswegs ihre Wirkung auf Chancellor. Er erhob sich jetzt ebenfalls und reichte Ulster die

Hand. »Willkommen zu Hause, Ulster. Für dich ist das der Anfang eines neuen Lebens. Merk dir meine Worte.«

»Ja. Ich glaube, das ist es. Ich werde es nicht über Nacht schaffen, aber es ist ein Anfang.«

Elizabeth Scarlatti schlug mit der flachen Hand auf den Schreibtisch und stand auf.

»Leid tut es dir? Leid? Keinen Augenblick lang kannst du mich damit täuschen! Du hast Angst, eine Höllenangst, und du hast auch allen Grund dazu! Du verdammter Narr! Du Esel! Was hast du dir eigentlich dabei gedacht? Daß das ein Spiel ist? Ein Zeitvertreib für kleine Jungen?«

Ulster Scarlett packte die Armlehne des Sofas, auf dem er saß, und wiederholte innerlich immer wieder *Heinrich Kroeger, Heinrich Kroeger.*

»Ich verlange eine Erklärung, Ulster!«

»Ich sage dir doch, ich habe mich gelangweilt. Einfach gelangweilt.«

»Wie tief steckst du drin?«

»Gar nicht. Ich habe doch nur für eine Lieferung gezahlt. Für eine Sendung. Das ist alles.«

»Wem hast du das Geld gegeben?«

»Ein paar Burschen, denen ich in den Klubs begegnet bin.«

»Sind das Verbrecher?«

»Ich weiß nicht. Wer ist das heutzutage nicht? Ja, wahrscheinlich sind sie das. Deshalb bin ich ausgestiegen. Ich bin da völlig raus.«

»Hast du je irgend etwas unterschrieben?«

»Du lieber Gott, nein! Hältst du mich für verrückt?«

»Nein. Nur für dumm.«

Heinrich Kroeger, Heinrich Kroeger. Ulster Scarlett erhob sich von dem Sofa und zündete sich eine Zigarette an. Er ging zum offenen Kamin und warf das Streichholz auf die knisternden Scheite.

»Ich bin nicht dumm, Mutter«, antwortete Elizabeths Sohn.

Sie ignorierte seinen Einwand ebenso wie seine gekränkte Miene. »Du hast ihnen nur Geld gegeben? Du warst nie in irgendwelche Gewalttätigkeiten verwickelt?«

»Nein! Natürlich nicht!«

»Wer war dann der Kapitän? Der Mann, der ermordet wurde?«

»Ich weiß es nicht. Schau, ich habe es dir doch gesagt. Ich gebe ja zu, daß ich dort war. Ein paar von den Boys haben gesagt, es würde mir Spaß machen, einmal zuzusehen, wie das Zeug ankommt. Aber das ist alles, das schwöre ich. Es gab Ärger. Die Crew fing an, sich zu prügeln, und ich ging weg. Ich bin verschwunden, so schnell ich konnte.«

»Und sonst war nichts? Das ist alles?«

»Ja. Was soll ich denn tun? An Händen und Füßen bluten?«

»Das würde dir kaum gelingen.« Elizabeth ging um den Schreibtisch herum, auf ihren Sohn zu. »Was ist mit dieser Hochzeit, Ulster? Machst du das auch, weil du dich langweilst?«

»Ich dachte, du würdest es billigen.«

»Mir war nicht bewußt, daß meine Billigung oder Mißbilligung dich interessiert.«

»Doch.«

»Ich billige Miß Saxon, aber wahrscheinlich nicht aus den Gründen, die Chancellor mir unterstellt. Nach allem, was ich von ihr gesehen habe, scheint sie ein reizendes Mädchen zu sein. Ich bin aber nicht sicher, daß ich dich billige ... Liebst du sie?«

Ulster Scarlett sah seine Mutter beiläufig an. »Ich glaube, sie wird mir eine gute Frau sein.«

»Da du meiner Frage ausweichst – glaubst du, daß du einen guten Ehemann abgeben wirst?«

»Aber Mutter. Ich habe in ›Vanity Fair‹ gelesen, ich sei der gefragteste Junggeselle von New York.«

»Gefragte Junggesellen müssen nicht unbedingt gute Ehemänner sein. Warum willst du heiraten?«

»Weil es Zeit wird.«

»Von deinem Bruder würde ich diese Antwort akzeptieren, aber nicht von dir.«

Scarlett trat ans Fenster. Dies war der Augenblick. Dies war der Augenblick, den er geplant hatte. Der Augenblick, den er so oft geprobt hatte. Er mußte es ganz einfach tun, es einfach sagen. Er würde es schaffen, und eines Tages würde Elizabeth begreifen, wie sehr sie sich irrte.

Er war nicht dumm – er war brillant.

»Ich habe versucht, es Chance zu erklären. Ich will es mit dir noch einmal versuchen. Ich möchte heiraten. Ich möchte mich für irgend etwas interessieren. Du hast mich gefragt, ob ich das Mädchen liebe. Ich glaube, das tue ich. Ich glaube, das werde ich. Für mich ist jetzt wichtig, daß ich mit mir ins reine komme.« Er wandte sich vom Fenster ab und sah seine Mutter an. »Ich würde gern verstehen lernen, was ihr für uns aufgebaut habt. Ich möchte wissen, was es mit der Scarlatti-Familie auf sich hat. Jeder außer mir scheint das zu wissen. Das soll ein Anfang sein, Mutter.«

»Ja, das ist es. Aber ich sollte dich vielleicht warnen. Wenn du von Scarlatti sprichst, solltest du dich keinen Illusionen hingeben, daß dein Name dir eine Stimme in der Leitung des Unternehmens garantiert. Du wirst deinen Wert unter Beweis stellen müssen, ehe wir dir eine Verantwortung übertragen – oder Autorität. Was diese Entscheidung betrifft, so bin ich Scarlatti.«

»Ja. Daran hast du nie Zweifel gelassen.«

Elizabeth Scarlatti ging um den Schreibtisch herum und setzte sich wieder. »Ich war nie mit dem Gedanken verheiratet, daß sich nichts ändern würde. Alles ändert sich. Und es ist möglich, daß du Talent besitzt. Du bist der Sohn von Giovanni Scarlatti, und vielleicht war es verdammt dumm von mir, den Namen der Familie zu ändern. Damals erschien es mir richtig. Er war ein Genie ... Mach dich an die Arbeit, Ulster. Wir werden sehen, was passiert.«

Ulster Stewart Scarlett ging die Fifth Avenue hinunter. Die Sonne schien, und er ließ den Mantel offen. Er lächelte sich selbst zu. Einige Passanten bemerkten den großen, gutaussehenden Mann mit dem offenen Mantel in der Februarkälte. Er sah auf arrogante Art gut aus, offensichtlich ein erfolgreicher Mann. Einigen Menschen wurde das in die Wiege gelegt.

Ulster Scarlett, der die neidvollen Blicke der kleinen Leute sah, pflichtete ihren unausgesprochenen Gedanken bei.

Er hatte begonnen, Heinrich Kroegers Plan zu verwirklichen.

10.

Als Horace Boutier, Präsident der Waterman Trust-Bank, von Chancellor gebeten wurde, seinen Bruder Ulster in die Feinheiten der Geschäftswelt einzuführen, wußte er sofort, wem er die Verantwortung dafür übertragen konnte.

Seinem dritten Vizepräsidenten Jefferson Cartwright.

Cartwright war schon früher in Verbindung mit Ulster Scarlett tätig geworden, und das aus gutem Grund. Er war vielleicht der einzige leitende Angestellte der Waterman Trust, der Ulster Scarlett nicht schon auf den ersten Blick reizte. Im großen und ganzen war dies Cartwrights unorthodoxer Arbeitsweise zuzuschreiben, die ganz und gar nicht nach Bankerart war.

Jefferson Cartwright, ein blonder, großer, alternder Mann, war nämlich ein Produkt der Sportplätze von der Virginia-Universität, und er hatte schon früh in seiner Laufbahn gelernt, daß die Qualitäten, die ihn auf dem Sportplatz berühmt gemacht hatten – und damit in der ganzen Universität –, ihm in seinem erwählten Beruf hochgradig nützlich waren.

Kurz ausgedrückt, diese Qualitäten bestanden darin, die Formationen und Aufstellungen so gründlich zu erfassen, daß man stets zum richtigen Zeitpunkt am richtigen Platz war und seinen Vorteil somit optimal ausnutzen konnte, unter dem Einsatz schierer Kraft.

Außerhalb des Sportplatzes ließen sich dieselben Prinzipien einsetzen. Man brauchte nur die richtigen Formeln zu lernen, dabei möglichst wenig Zeit an komplizierte Dinge verschwenden, die das Auffassungsvermögen überstiegen, und jeden mit der Größe und Attraktivität seiner physischen Persönlichkeit zu beeindrucken.

Diese Prinzipien – im Verein mit lockerem Südstaatencharme – garantierten Jefferson Cartwright eine Sinecure. Sie sorgten sogar dafür, daß sein Name auf die Briefbögen seiner Abteilung gedruckt wurde.

Obwohl Jefferson Cartwrights Kenntnisse im Bankwesen kaum über ein fachmännisches Vokabular hinausgingen, verschaffte er Waterman durch seine Gepflogenheit, mit einigen der wohlhabendsten Frauen in Manhattan, Long Island und im südlichen Connecticut das Bett zu teilen, so manches lukrative Konto. Trotzdem wußten die Aufsichtsräte der Bank, daß ihr Hauptgesellschaftslöwe nur selten relativ sicheren Ehen gefährlich werden konnte. Er sorgte eher für kurzlebige Abwechslung, für eine charmante, schnelle Affäre, um die Langeweile zu vertreiben.

Die meisten Bankinstitute führten wenigstens einen Jefferson Cartwright in den Gehaltslisten. Freilich übersah man solche Männer häufig, wenn es um Mitgliedschaften in Klubs und Einladungen zu Dinners ging. Schließlich konnte man nie sicher sein.

Ulster Scarlett akzeptierte Cartwright, weil dieser in gewissem Sinne ein Ausgestoßener war, weil ihn das amüsierte und weil der Banker – abgesehen von ein paar belanglosen Vorträgen über den Zustand seiner Konten – niemals versuchte, ihm zu sagen, was er mit seinem Geld tun sollte.

Auch das wußten die Aufsichtsräte der Bank. Es war richtig, daß Ulster Scarlett beraten wurde – und wäre es nur, um Elizabeth zu beeindrucken. Aber da niemand ihn ändern konnte, weshalb dann einen wahrhaft tüchtigen Mann vergeuden?

Bei der Sitzung, wie Cartwright sie nannte, stellte er fest, daß Ulster Stewart Scarlett nicht einmal den Unterschied zwischen Soll und Haben kannte. Deshalb wurde eine Liste von Fachausdrücken vorbereitet, um ihm zunächst einmal die Grundkenntnisse der Sprache zu vermitteln, mit der er sich würde auseinandersetzen müssen. Danach wurde ein Lexikon des Aktienmarktes für ihn zusammengestellt, und nach einiger Zeit begann er es sogar zu begreifen.

»Wenn ich das also richtig verstehe, Mr. Cartwright, dann verfüge ich über zwei völlig separate Einkommen. Ist das richtig?«

»Das ist in der Tat so, Mr. Scarlett. Der erste Treuhandfonds, der aus Aktien besteht – Industrie- und Versorgungswerte – ist für Ihre jährliche Lebenshaltung bestimmt, für Häuser, Kleidung, Auslandsreisen, Einkäufe aller Art. Wenn Sie es wünschen, könnten Sie dieses Geld natürlich auch investieren. Wenn ich mich nicht irre, haben Sie dies in den letzten paar Jahren sogar getan.« Jefferson Cartwright lächelte nachsichtig, als er sich an einige der etwas extravaganteren Abhebungen Ulsters erinnerte. »Der zweite Fonds hingegen – die Obligationen und Schuldverschreibungen – ist für Expansionszwecke bestimmt. Zur Wiederanlage. Auch zur Spekulation. Das war der Wunsch Ihres Vaters. Es gibt natürlich ein gewisses Maß an Flexibilität.«

»Was verstehen Sie unter Flexibilität?«

»Es ist kaum vorstellbar, Mr. Scarlett, aber für den Fall, daß Ihre Lebenshaltungskosten das Einkommen aus dem ersten Fonds übersteigen sollten, könnten wir mit Ihrer Vollmacht Kapital aus dem zweiten Fonds in den ersten übertragen. Aber das ist natürlich kaum vorstellbar.«

»Natürlich.«

Jefferson Cartwright lachte und zwinkerte seinem unschuldigen Schüler zu. »Jetzt habe ich Sie aber hereingelegt.«

»Was?«

»Einmal kam es dazu. Erinnern Sie sich nicht an das Luftschiff, das Sie vor einigen Jahren kauften?«

»O ja. Da waren Sie sehr verstimmt.«

»Als Banker muß ich mich vor den Scarlatti-Firmen verantworten. Schließlich bin ich Ihr Finanzberater. Wir haben den Kauf aus dem zweiten Fonds abgedeckt, aber es war nicht ganz korrekt. Man kann schließlich ein Luftschiff nicht als Investition bezeichnen.«

»Ich bitte nochmals um Entschuldigung.«

»Bitte, erinnern Sie sich, Mr. Scarlett. Ihr Vater wünschte, daß die Zinseinnahmen aus den Obligationen wieder investiert werden sollten.«

»Wie kann das denn jemand überprüfen?«

»Sie unterzeichnen jedes halbe Jahr entsprechende Bestätigungen.«

»Die hundert Unterschriften, die ich jedesmal leisten muß?«

»Ja, wir schichten das Kapital um.«

»Hm.«

»Das sind die Depotauszüge, die wir Ihnen schicken. Wir katalogisieren sämtliche Investitionen. Wir treffen die Auswahl selbst, da Sie – angesichts Ihrer vielen Verpflichtungen

– niemals unsere Briefe beantwortet haben, in denen wir uns nach Ihren Wünschen erkundigten.«

»Die habe ich nie verstanden.«

»Nun, das läßt sich ja ändern, nicht wahr?«

»Angenommen, ich würde diese Unterschriften nicht leisten?«

»Nun ja . . . In diesem unwahrscheinlichen Fall würden die Obligationen bis zum Ende des Jahres im Safe bleiben.«

»Wo?«

»Im Safe. Im Scarlatti-Safe.«

»Ich verstehe.«

»Wenn wir Umschichtungen vornehmen, müssen Sie das jedesmal genehmigen.«

»Und ohne Genehmigung geht nichts. Kein Kapital, kein Geld.«

»Genau. Sie ermöglichen es uns mit Ihrer Vollmacht, das Kapital zu investieren.«

»Nehmen wir einmal an, es gäbe Sie nicht. Es gäbe keinen Waterman Trust. Überhaupt keine Bank. Wie könnte man dann diese Papiere in Geld umwandeln?«

»Wieder durch Unterschrift. Indem man sie an irgend jemanden, den Sie benennen, zahlbar macht. Das steht wiederum ganz deutlich auf jedem einzelnen Dokument.«

»Ich verstehe.«

»Eines Tages – natürlich erst, wenn Sie weitere Fortschritte gemacht haben – sollten Sie sich die Safes einmal ansehen. Die Scarlatti-Familie hält den ganzen Ostflügel besetzt. Die zwei Söhne, Sie und Chancellor, haben ihre eigenen Kammern nebeneinander. Es ist wirklich rührend.«

Ulster überlegte. »Ja, ich würde die Safes gern sehen – natürlich erst, wenn ich weitere Fortschritte gemacht habe.«

»Um Himmels willen, bereiten die Saxons eigentlich eine Hochzeit oder eine Provinzialsynode für den Erzbischof von Canterbury vor?« Elizabeth Scarlatti hatte ihren älteren Sohn in ihr Haus geholt, um mit ihm die verschiedenen Zeitungsartikel und den Stapel Einladungen auf ihrem Schreibtisch zu besprechen.

»Du kannst ihnen das nicht verübeln. Ulster ist schließlich nicht gerade ein gewöhnlicher Fall.«

»Das weiß ich wohl. Andererseits kann ja nicht der Rest von New York zu funktionieren aufhören.« Elizabeth ging zur Tür der Bibliothek und schloß sie. Dann drehte sie sich um und sah ihren älteren Sohn an. »Chancellor, ich möchte etwas mit dir besprechen. Und wenn du ein Hirn im Kopf hast, wirst du kein Wort von dem, was ich jetzt sagen werde, weitererzählen.«

»Das verspreche ich dir.«

Elizabeth sah ihren Sohn immer noch an. Sie dachte, daß Chancellor gar nicht so übel war, wie sie ihn die meiste Zeit einschätzte. Sein Problem war, daß seine ganze Perspektive so schrecklich provinziell und doch so völlig abhängig war. Und sein ewig leerer Gesichtsausdruck bei jeder Konferenz ließ ihn wie einen Esel erscheinen.

Vielleicht hatten sie zu viele Konferenzen abgehalten und zu wenig Gespräche geführt. Vielleicht war es ihre Schuld.

»Chancellor, ich will nicht behaupten, daß ich eine besonders intime Beziehung zu den heutigen jungen Leuten habe. Da herrscht eine Leichtlebigkeit, die es in meiner Jugend nicht gab. Und das ist, weiß Gott, ein Schritt in die richtige Richtung, aber ich glaube fast, daß es etwas zu weit geht...«

»Da bin ich völlig deiner Ansicht«, fiel Chancellor Drew Scarlett ihr erregt ins Wort. »Der Genuß und die Verschwendung stehen für die meisten an erster Stelle. Und ich werde nicht zulassen, daß meine Kinder davon angesteckt werden, das schwöre ich dir.«

»Die jungen Leute sind ebenso wie die Zeit, in der wir leben, genau das, was wir aus ihnen machen – ob willentlich oder unbewußt... Aber dies ist nur die Einleitung.« Elizabeth ging zu ihrem Schreibtisch hinüber und setzte sich. »Ich habe Janet Saxon in den letzten paar Wochen beobachtet... Nein, das ist vielleicht nicht die richtige Formulierung. Ich habe sie seit dieser absurden Verlobungsparty vielleicht ein halbes dutzendmal gesehen. Ich finde, daß sie ziemlich viel trinkt. Unnötig viel. Aber sie ist wirklich ein nettes Mädchen. Ein intelligentes, aufmerksames Mädchen. Habe ich unrecht?«

Chancellor Drew Scarlett erschrak. Er hatte nie solche Überlegungen angestellt, wenn es um Janet Saxon ging. Es war ihm nie in den Sinn gekommen. Alle tranken zuviel. Das alles gehörte zu diesem genußbetonten Wohlleben, und obwohl er es mißbilligte, nahm er es nicht sonderlich ernst.

»Mir war das nie bewußt geworden, Mutter.«

»Dann habe ich offensichtlich unrecht, und wir wollen das Thema fallenlassen. Ich bin vielleicht ein wenig altmodisch.«

Elizabeth lächelte, und dann gab sie zum erstenmal seit sehr langer Zeit ihrem älteren Sohn einen liebevollen Kuß.

Und doch mußte da etwas sein, das Janet Saxon beunruhigte, und Elizabeth Scarlatti wußte es.

Janet Saxons und Ulster Stewart Scarletts Hochzeit war ein Triumph. Chancellor Drew war selbstverständlich Trauzeuge seines Bruders, und hinter der Schleppe der Braut gingen Chancellors fünf Kinder. Chancellors Frau, Allison Demerest Scarlett, konnte an der Trauung nicht teilnehmen, da sie im Presbyterianischen Krankenhaus in der Entbindungsstation lag.

Die Tatsache, daß es sich um eine Aprilhochzeit handelte, hatte zwischen Janet Saxon und ihren Eltern einige Diskussionen ausgelöst. Sie hätten Juni oder wenigstens Mai vorgezogen, aber Janet war hartnäckig. Ihr Verlobter bestand darauf, daß sie bis Mitte April in Europa sein müßten, und so würde es auch sein.

Außerdem gab es einen sehr wichtigen Grund, warum sie möglichst bald heiraten wollte.

Sie war schwanger.

Janet wußte, daß ihre Mutter etwas ahnte. Sie wußte auch, daß ihre Mutter entzückt war, daß sie sogar bewunderte, was sie für kluge weibliche Taktik hielt. Die Aussicht auf gerade diesen Bräutigam, der in die Falle gelockt worden und unwiderruflich gefangen war, genügte Marian Saxon, um sich mit dem Termin im April einverstanden zu erklären. Marion Saxon hätte sogar gestattet, daß ihre Tochter am Karfreitag in einer Synagoge heiratete, wenn ihr das den Scarlatti-Erben gesichert hätte.

Ulster Scarlett nahm Urlaub von seinen Sitzungen in der Waterman Trust-Bank. Alle erwarteten, daß er sich nach ausgedehnten Flitterwochen auf dem Kontinent mit verstärktem Einsatz in die Welt der Finanzen stürzen würde. Jefferson Cartwright rührte es gerade – und verblüffte ihn, daß Ulster ›auf seine geheiligte Liebesreise‹, wie es der Kavalier aus Virginia formulierte, eine größere Anzahl von Papieren zum Studium mitnahm. Er hatte buchstäblich Hunderte von Berichten über die Myriaden von Interessen der Scarlatti-Firmen gesammelt und Cartwright versprochen, daß er den ganzen Komplex ihrer Diversifikationsmanöver bis zu seiner Rückkehr meistern würde.

Jefferson Cartwright war von Ulsters Eifer so begeistert, daß er ihm eine handgearbeitete lederne Aktentasche schenkte.

Die erste Etappe der Hochzeitsreise wurde durch Janets scheinbare Seekrankheit beeinträchtigt. Ein leicht amüsierter Schiffsarzt vergewisserte sich, daß es sich um eine Fehlgeburt handelte, und demzufolge verbrachte die junge Ehefrau die ganze Fahrt nach Southampton in ihrer Kabine.

In England entdeckten sie, daß die englische Aristokratie inzwischen den Invasionen ihrer amerikanischen Standesgenossen recht tolerant gegenüberstand. Es war alles eine Frage des Ausmaßes. Die etwas ungehobelten, aber reichen Kolonisten warteten nur darauf, ausgenommen zu werden, und so geschah es auch. Die etwas akzeptableren – und dieser Kategorie gehörten Ulster Scarlett und seine Frau an – wurden ohne viel Federlesens einfach aufgenommen und absorbiert.

Selbst die Besitzer von Blenheim mußten von jemandem beeindruckt sein, der den Gegenwert ihres besten Jagdpferdes auf eine einzige Karte setzen konnte. Insbesondere, wenn dieser spezielle Spieler auf einen Blick sagen konnte, welches ihr bestes Jagdpferd war.

Etwa um diese Zeit, im zweiten Monat ihrer Reise, begannen die Gerüchte nach New York zu dringen, hauptsächlich durch zurückkehrende angesehene Mitglieder der Oberen Vierhundert importiert. Wie es schien, benahm sich Ulster

Stewart recht schlecht. Er hatte sich angewöhnt, manchmal für einige Tage zu verschwinden. Und einmal, so hieß es, wäre er fast zwei Wochen unauffindbar gewesen und hätte seine junge Frau in einem Zustand peinlichen Grolls allein gelassen.

Aber selbst auf so extreme Klatschnachrichten ging man nicht näher ein, denn Ulster Stewart hatte als Junggeselle schließlich das gleiche getan, und Janet Saxon hatte sich immerhin Manhattans begehrtesten Junggesellen geangelt. Sollte sie sich ruhig beklagen.

Tausend Mädchen wären mit dem Ring und der Zeremonie zufrieden gewesen und hätten ihn dann tun lassen, wozu er Lust verspürte. All die Millionen, und manche sagten sogar, eine Familie mit einem Titel obendrein ... Niemand hatte Mitleid mit Janet Saxon.

Und dann nahmen die Gerüchte eine andere Wendung.

Die Scarletts trennten sich von der Londoner Gesellschaft und unternahmen eine Reise durch den Kontinent, die man nur als verrückt und planlos bezeichnen konnte. Von den gefrorenen Seen Skandinaviens zu den warmen Küsten des Mittelmeers. Von den immer noch kalten Straßen Berlins zum heißen Pflaster Madrids. Von den Berghängen Bayerns in die schmutzigen Ghettos von Kairo. Von Paris im Sommer auf die schottischen Inseln im Herbst. Man wußte nie, wo Ulster Scarlett und seine Frau als nächstes auftauchen würden. Es ergab einfach keinen Sinn. Ihre Zielorte ließen keinerlei Logik erkennen.

Doch mehr als jeder andere war Jefferson Cartwright beunruhigt. Er wußte nicht, was er tun sollte, und beschloß daher, nichts zu tun und sorgfältig formulierte Mitteilungen an Chancellor Drew Scarlett zu senden.

Denn die Waterman Trust-Bank schickte Tausende und Abertausende von Dollars in Bankwechseln an jede vorstellbare und manche unvorstellbare Börse in Europa. Jede Anforderung, die von Ulster Scarlett kam, war exakt formuliert und enthielt eindeutige Instruktionen. Seine Bitte um Vertrauen und Schweigen war eindringlich. Sollte dieses Vertrauen gebrochen werden, so würde die Strafe im sofortigen Abzug seiner Interessen von Waterman bestehen. Dann müßte die Bank auf ein Drittel der Scarlett-Treuhandfonds verzichten, auf die Hälfte des Scarlatti-Erbes.

Es stand außer Zweifel: Ulster Scarlett hatte aus seinen Sitzungen mit Cartwright Nutzen gezogen. Er wußte genau, wie seine finanziellen Forderungen zu bewerkstelligen waren, und erteilte seine Instruktionen in der Sprache des Bankgewerbes. Trotzdem fühlte sich Jefferson Cartwright unsicher. Man würde ihn vielleicht später kritisieren. Doch noch waren zwei Drittel der Treuhandfonds und die zweite Hälfte des Erbes übrig. Er löste sein unlösbares Dilemma, indem er folgenden Brief – und später Variationen – an Ulster Scarletts Bruder schickte.

Lieber Chancellor, nur um Sie auf dem laufenden zu halten – wie wir es während der Sitzungen Ihres Bruders hier bei Waterman mit so viel Erfolg eingeführt haben: Ulster überweist beträchtliche Summen auf europäische Banken – vermutlich, um damit die herrlichsten Flitterwochen zu finanzieren, die es in der Geschichte der Ehe je gegeben hat. Nichts ist ihm für seine schöne Frau zu teuer. Es wird Sie freuen, daß seine Korrespondenz höchst geschäftsmäßig ist.

Chancellor Drew erhielt eine Anzahl solcher Briefe und lächelte nachsichtig über die Hingabe, die sein offensichtlich reformierter jüngerer Bruder seiner Frau gegenüber empfinden mußte. Und sich dabei vorzustellen, daß er wie ein Geschäftsmann korrespondierte – was für ein Fortschritt!

Jefferson Cartwright erwähnte nicht, daß die Waterman Trust-Bank auch unzählige Rechnungen erhielt, die Ulster in Hotels, Bahnhöfen, Geschäften und Leihinstituten in ganz Europa hinterlassen hatte. Was Cartwright beunruhigte, war der Umstand, daß ihn dies erneut zu der Flexibilität zwang, die er während des Zwischenfalls mit dem Luftschiff angewandt hatte.

Es war unvorstellbar, und doch traf es zu – Ulster Scarletts Ausgaben begannen das Einkommen aus den Treuhandfonds zu übersteigen. Im Lauf einiger Monate – wenn man die Rechnungen zu den Überweisungen hinzufügte – hatte Ulster Stewart Scarlett die Achthunderttausend-Dollar-Marke erreicht.

Unvorstellbar!

Und doch war es so.

Und die Waterman-Bank würde ein Drittel der Scarlatti-Interessen verlieren, wenn sie die Information preisgab.

Im August schrieb Ulster Stewart Scarlett seiner Mutter und seinem Bruder, daß Janet schwanger wäre. Sie würden mindestens noch drei weitere Monate in Europa bleiben, da die Ärzte ihr bis auf weiteres von Reisen abrieten.

Janet würde in London bleiben, während Ulster mit einigen Freunden nach Süddeutschland reisen wollte, um dort zu jagen.

Er würde einen Monat unterwegs sein. Vielleicht auch eineinhalb Monate.

Er würde telegrafieren, sobald er sich zur Heimreise entschieden hatte.

Mitte Dezember traf das Telegramm ein. Ulster und Janet würden zu den Feiertagen nach Hause zurückkehren. Janet hatte die ärztliche Anweisung, sich wenig zu bewegen, da ihre Schwangerschaft problematisch war, aber Ulster hoffte, daß Chancellor die Dekorateure überwacht hatte und daß sein Haus an der Fiftyfourth Street bequem sein würde.

Er trug Chancellor Drew auf, jemanden zu einem früheren Schiff zu schicken, um eine neue Haushälterin abholen zu lassen, die Ulster auf dem Kontinent gefunden hatte. Man hatte sie ihm in den höchsten Tönen empfohlen, und Ulster wünschte, daß sie sich in New York wie zu Hause fühlte. Sie hieß Hannah.

Die Verständigung würde keine Schwierigkeiten bereiten.

Sie sprach Englisch ebensogut wie Deutsch.

Während der restlichen drei Monate von Janets Schwangerschaft nahm Ulster seine Sitzungen in der Waterman Trust-Bank wieder auf, und seine bloße Gegenwart übte auf Jefferson Cartwright eine beruhigende Wirkung aus. Obwohl Ulster nie mehr als zwei Stunden in der Bank verbrachte, wirkte er irgendwie ruhiger und weniger reizbar als vor seinen Flitterwochen.

Er nahm sogar in seiner handgearbeiteten Aktentasche Arbeit mit nach Hause.

Als Cartwright ihn beiläufig und vertraulich nach den großen Beträgen befragte, die Waterman nach Europa überwiesen hatte, erinnerte der Scarlatti-Erbe den dritten Vizepräsidenten der Bank daran, daß dieser ihm ausdrücklich erklärt hatte, man könnte das Einkommen aus seinem Treuhandfonds für Investitionen einsetzen. Er wiederholte seine Bitte, daß all seine europäischen Transaktionen zwischen ihnen beiden vertraulich bleiben sollten.

»Natürlich. Ich verstehe voll und ganz. Aber ich muß das in den Scarlatti-Akten vermerken, für den Fall, daß wir Gelder aus dem zweiten Fonds überweisen, um Ihre Ausgaben abzudecken – was sich dieses Jahr ganz bestimmt nicht vermeiden läßt. Wir haben auf Ihre Unterschrift hin ungeheure Summen bezahlt, über ganz Europa verteilt.«

»Aber das brauchen Sie doch noch lange nicht zu tun, oder?«

»Am Ende des Geschäftsjahres, und das ist für die Scarlatti-Firmen der 30. Juni, ebenso wie bei der Regierung.«

»Nun...« Der gutaussehende junge Mann seufzte und lächelte den sichtlich besorgten Südstaatler an. »Am 30. Juni werde ich dann eben aufstehen und mich dem Publikum zeigen müssen. Das wird nicht das erstemal sein, daß meine Familie sich aufregt. Hoffentlich ist es das letztemal.«

Als Janets Entbindung näherrückte, zog eine beständige Prozession von Geschäftsleuten durch die Türen des Backsteinhauses, das sie mit Ulster Scarlett bewohnte. Ein Team von drei Ärzten kümmerte sich um die junge Frau, und ihre Familie besuchte sie zweimal täglich. Es ging in erster Linie darum, sie beschäftigt zu halten. Das lenkte sie von einer beängstigenden Tatsache ab – einer Tatsache, die so persönlicher Natur war, daß sie nicht wußte, wie sie darüber sprechen sollte. Es gab niemanden, dem sie sich nahe genug fühlte.

Ihr Mann redete nicht mehr mit ihr.

Er hatte ihr Bett im dritten Monat der Schwangerschaft verlassen. Im Süden Frankreichs, um es genau zu sagen. Er hatte sich geweigert, mit ihr zu verkehren, wobei er von der Annahme ausging, daß ihre Fehlgeburt auf Geschlechtsverkehr zurückzuführen war. Dabei hatte sie sich nach Sex gesehnt. Verzweifelt hatte sie sich danach gesehnt. Sie hatte seinen Körper auf dem ihren spüren wollen, weil sie sich ihm nur dann nahe fühlte. Das war die einzige Zeit, wo ihr Mann ihr ohne Falschheit erschien, ohne Täuschung, ohne den kalten, berechnenden Ausdruck in seinen Augen. Aber selbst dies war ihr versagt.

Und dann verließ er ihr gemeinsames Schlafzimmer.

Jetzt beantwortete er weder ihre Fragen, noch richtete er das Wort an sie.

Er ignorierte sie.

Er war stumm.

Wenn sie ehrlich zu sich selbst sein wollte, mußte sie sich eingestehen, daß er sie verachtete.

Er haßte sie.

Janet Saxon Scarlett. Ein einigermaßen intelligentes Produkt von Vassar. Absolventin der Cotillions in Pierre und Mitglied in den richtigen Jagdklubs. Eine Frau, die sich die ganze Zeit fragte, weshalb sie, gerade sie, diejenige war, die all die Privilegien genoß, die sie hatte.

Nicht daß sie je darauf verzichtet hätte. Das tat sie nicht. Vielleicht hatte sie sogar ein Recht darauf. Sie sah weiß Gott blendend aus. Alle hatten das gesagt, solange sie sich erinnern konnte. Aber sie war, und darüber hatte sich ihre Mutter stets beklagt, eine Beobachterin, eine Außenstehende.

»Du dringst nie in die Dinge ein, Janet! Du mußt versuchen, über das hinwegzukommen!«

Aber es war schwer, ›darüber hinwegzukommen‹. Sie sah ihr Leben wie die zwei Seiten einer Stereoaufnahme an – beide verschieden und doch in ein einziges Bild zusammenlaufend. Auf der einen Seite war die gutaussehende junge Dame aus untadeliger Familie, enorm reich, mit einer gesicherten Zukunft, verheiratet mit einem gutaussehenden, ungemein reichen, untadeligen Mann. Auf der anderen Seite stand ein Mädchen mit gerunzelter Stirn und fragenden Augen.

Denn dieses Mädchen dachte, die Welt wäre größer als die eingeengte Sphäre, die ihr präsentiert wurde. Größer und viel zwingender. Aber niemand hatte ihr erlaubt, jene größere Welt zu sehen.

Nur ihr Mann.

Und der Teil der Welt, den er ihr gezeigt hatte, den anzusehen er sie gezwungen hatte, war erschreckend.

Und deshalb trank sie.

Während die Vorbereitungen für die Geburt andauerten, unterstützt durch einen beständigen Strom von Janets Freunden und Familienangehörigen, die ein und aus gingen, überkam Ulster Stewart Scarlett eine seltsame Passivität. Besonders diejenigen, die ihn scharf beobachteten, stellten das fest. Aber selbst andere konnten erkennen, daß sein hektisches Tempo langsamer geworden war. Er war ruhiger, weniger sprunghaft, manchmal nachdenklich. Und dann kam es wieder häufiger vor, daß er ganz allein verschwand. Nie für lange, nur für drei oder vier Tage. Viele, wie Chancellor Drew, schrieben das seiner bevorstehenden Vaterschaft zu.

»Ich sage dir, Mutter, es ist einfach wunderbar. Er ist ein neuer Mensch. Und weißt du, ich habe ihm gesagt, daß Kinder die Lösung aller Probleme wären. Sie setzen einem Menschen ein Ziel. Du wirst schon sehen – wenn alles vorüber ist, wird er bereit sein, einen richtigen Männerberuf zu ergreifen.«

»Du besitzt die Fähigkeit, das Offensichtliche zu erkennen, Chancellor. Dein Bruder sieht sein Ziel darin, dem auszuweichen, was du einen richtigen Männerberuf nennst. Ich nehme an, seine bevorstehende Rolle als Vater langweilt ihn zu Tode. Oder er trinkt schlechten Whisky.«

»Du bist zu streng mit ihm...«

»Ganz im Gegenteil«, unterbrach Elizabeth Scarlatti ihren älteren Sohn, »ich glaube, er ist viel zu streng mit uns.«

Chancellor Drew sah sie verblüfft an. Er wechselte das Thema und begann, einen Bericht über Scarwycks neuestes Projekt vorzulesen.

Eine Woche später brachte Janet Scarlett im französischen Krankenhaus einen Jungen zur Welt. Zehn Tage später wurde er in der Kathedrale von St. John dem Göttlichen auf den Namen Andrew Roland Scarlett getauft.

Und einen Tag nach der Taufe verschwand Ulster Stewart Scarlett.

11.

Zunächst achtete niemand darauf. Ulster hatte auch schon früher das Weite gesucht, und obwohl dies nicht gerade das Verhalten war, das man von einem jungen Vater erwartete, paßte Ulster ja auch nicht in irgendwelche konventionellen Schemata. Man nahm an, daß ihm die Stammesriten im Zusammenhang mit der Geburt eines männlichen Kindes einfach zuviel gewesen waren und daß er sich daher in Aktivitäten geflüchtet hatte, die man am besten nicht näher beschrieb. Als man aber auch nach drei Wochen noch nichts von ihm gehört hatte und eine Vielzahl von Leuten keine befriedigenden Erklärungen hatte liefern können, begann die Familie unruhig zu werden. Am fünfundzwanzigsten Tag nach seinem Verschwinden bat Janet Chancellor, die Polizei zu rufen. Statt dessen rief Chancellor Elizabeth an, was sich als wesentlich sinnvoller erwies.

Elizabeth wog die ihr offenstehenden Alternativen sorgfältig ab. Die Polizei zu verständigen – das bedeutete Ermittlungen und wahrscheinlich ziemlich viel Publicity. Angesichts von Ulsters Aktivitäten im letzten Jahr war das nicht wünschenswert. Wenn Ulster sich aus freien Stücken entfernt hatte, würde man ihn nur provozieren, wenn man die Polizei einschaltete. Ihr Sohn war schon unberechenbar genug, ohne provoziert zu werden. Wenn eine Provokation hinzukam, so konnte es durchaus geschehen, daß er über die Stränge schlug. Sie beschloß, eine diskrete Detektivfirma zu engagieren, die sie in der Vergangenheit schon häufig mit der Untersuchung von Versicherungsforderungen gegen die Familienunternehmen betraut hatte. Die Eigentümer der Firma verstanden vollkommen und setzten nur ihre tüchtigsten und verläßlichsten Männer ein.

Elizabeth gab ihnen zwei Wochen Zeit, um Ulster Stewart ausfindig zu machen. Tatsächlich erwartete sie, daß er bis dahin auftauchen würde, aber wenn nicht, würde sie die Angelegenheit der Polizei übergeben.

Am Ende der ersten Woche hatten die Detektive einen umfangreichen Bericht über Ulsters Gewohnheiten zusammengestellt – über die Orte, die er am häufigsten aufsuchte –

seine Freunde (viele), seine Feinde (wenige) und, so detailliert dies möglich war, eine Rekonstruktion seiner Aktivitäten während der letzten paar Tage vor seinem Verschwinden. Diese Informationen überreichten sie Elizabeth.

Elizabeth und Chancellor Drew studierten die Berichte sorgfältig, ohne zu irgendwelchen neuen Erkenntnissen zu gelangen.

Die zweite Woche erwies sich als ebensowenig aufschlußreich, mit Ausnahme des Umstands, daß Ulsters Unternehmungen jetzt detaillierter in Tagen und Stunden aufgezeichnet wurden. Seit seiner Rückkehr aus Europa waren seine täglichen Runden rituell geworden. Die Squash-Hallen und die Dampfbäder im Sportklub – die Bank am unteren Broadway, Waterman Trust... Seine Cocktails an der Fiftythird Street zwischen halb fünf Uhr und sechs Uhr nachmittags, wobei sich fünf Flüsterkneipen in die fünf Tage der Woche teilten... Die nächtlichen Ausflüge in die Welt der Unterhaltung, wo eine Handvoll Etablissements seinem Vergnügen dienten (und von ihm finanziert wurden)... Die fast routinemäßigen Besuche in einem Supperclub an der Fiftieth Street vor seiner Heimkehr, nie später als zwei Uhr morgens...

Eine Einzelheit fiel Elizabeth ebenso auf wie dem Berichterstatter. Sie paßte nicht zum Rest des Berichtes. Sie tauchte auf dem Mittwochblatt auf.

›Verließ das Haus gegen halb elf und hielt sofort ein Taxi vor dem Haus an. Das Hausmädchen war damit beschäftigt, die Treppe zu kehren. Sie glaubt gehört zu haben, wie Mr. Scarlett den Fahrer beauftragte, ihn zu einer Station der Untergrundbahn zu bringen.‹

Elizabeth konnte sich Ulster nicht in einer Untergrundbahn vorstellen. Und doch hatte er zwei Stunden später, nach der Aussage eines ›Mr. Mascolo, Oberkellner im Venezia-Restaurant‹, einen frühen Lunch mit einer ›Miß Dempsey (siehe Bekanntschaften: Theaterkünstler)‹ eingenommen. Das Restaurant war zwei Straßen von Ulsters Haus entfernt. Natürlich konnte es dafür mehrere Erklärungen geben, und in dem Bericht stand auch sonst nichts Ungewöhnliches, abgesehen eben von Ulsters Entscheidung, zur U-Bahn-Station zu fahren. Für den Augenblick schrieb Elizabeth dies der Tatsache zu, daß er sich dort mit jemandem hatte treffen wollen, vermutlich mit Miß Dempsey.

Am Ende der Woche kapitulierte Elizabeth und befahl Chancellor Drew, mit der Polizei Verbindung aufzunehmen.

Die Zeitungen übertrafen sich gegenseitig mit Schlagzeilen. Das FBI arbeitete mit der Polizei von Manhattan zusammen und ging dabei von der Annahme aus, daß möglicherweise Bundesgesetze verletzt worden waren. Dutzende von Sensationslustigen und viele ehrliche Bürger meldeten, sie hätten Ulster während der letzten Woche vor seinem Verschwinden gesehen. Einige makabre Seelen riefen an und behaupteten zu wissen, wo er sich aufhielt, und verlangten Geld für die Information. Fünf Briefe trafen ein, in denen Lösegeld für seine Freilassung gefordert wurde. Sämtliche Hinweise wurden überprüft. Alle erwiesen sich als wertlos.

Benjamin Reynolds sah den Bericht auf der zweiten Seite des ›Washington Herald‹. Abgesehen von der Hochzeit war das die erste Nachricht, die er seit seinem Zusammentreffen mit Elizabeth Scarlatti, das über ein Jahr zurücklag, über Ulster Scarlett gelesen hatte. Trotzdem hatte er seiner Zusage gemäß in den letzten Monaten diskrete Nachforschungen über den gefeierten Kriegshelden angestellt – nur um zu erfahren, daß er wieder in die ihm gemäße Welt zurückgekehrt war. Elizabeth Scarlatti hatte ihre Sache gut gemacht. Ihr Sohn war aus dem Importgeschäft ausgestiegen, und die Gerüchte bezüglich irgendwelcher Verbindungen zu kriminellen Elementen waren verstummt. Ulster war sogar so weit gegangen, eine Stellung in einer Bank anzunehmen – bei der Waterman Trust-Bank von New York.

Alles hatte so ausgesehen, als wäre die Affäre Scarlatti für Ben Reynolds vorüber.

Und jetzt dies ...

Würde das etwa dazu führen, daß erneut Spekulationen angestellt wurden, so wie jene, mit denen er, Ben Reynolds, sich befaßt hatte? Würde die Gruppe 20 zum Handeln aufgerufen werden?

Ein Scarlatti-Sohn verschwand nicht einfach, ohne daß zumindest die Regierung informiert wurde. Zu viele Kongreßabgeordnete standen aus dem einen oder anderen Grund in Scarlattis Schuld – eine Fabrik hier, eine Zeitung dort oder ein mehrstelliger Scheck für den Wahlkampffonds. Über kurz oder lang würde sich jemand daran erinnern, daß die Gruppe 20 die Aktivitäten dieses Mannes schon einmal näher untersucht hatte.

Sie würden wiederkommen. Auf diskrete Weise.

Wenn Elizabeth Scarlatti sagte, daß es ihr recht wäre.

Reynolds legte die Zeitung beiseite, erhob sich aus seinem Sessel und ging zur Tür.

»Glover«, bat er seinen Mitarbeiter, »würden Sie für ein paar Minuten in mein Büro kommen?«

Der ältere Mann kehrte zu seinem Sessel zurück und setzte sich. »Haben Sie den Bericht über Scarlatti gelesen?«

»Heute morgen auf dem Weg zur Arbeit«, antwortete Glover, während er das Zimmer betrat.

»Was halten Sie davon?«

»Ich wußte doch, daß Sie mich danach fragen würden. Ich glaube, ein paar seiner Freunde vom letzten Jahr haben ihn erwischt.«

»Warum?«

Glover nahm auf Reynolds' Besucherstuhl Platz. »Weil mir nichts anderes einfällt und es logisch wäre... Und fragen Sie bloß nicht noch einmal, warum, weil Sie es genausogut wie ich wissen.«

»So? Da bin ich gar nicht so sicher.«

»Ach, kommen Sie schon, Ben. Der Geldmann hat es satt. Jemand braucht dringend eine Sendung und sucht ihn auf. Er lehnt ab. Sizilianische Funken fliegen, und schon ist's soweit. Entweder so etwas oder eine Erpressung. Er hat sich zum Widerstand entschlossen – und verloren.«

»An Gewalt glaube ich nicht.«

»Das sollten Sie einmal der Polizei von Chicago sagen.«

»Scarlett gab sich nicht mit den unteren Rängen ab. Deshalb glaube ich nicht an Gewalt. Dafür stand zuviel auf dem Spiel. Scarlett war zu mächtig; er hatte zu viele Freunde. Vielleicht hat man ihn benutzt, aber nicht getötet.«

»Was glauben Sie dann?«

»Ich weiß es nicht. Deshalb habe ich Sie gefragt. Sind Sie heute nachmittag beschäftigt?«

»Ja, verdammt. Immer noch die zwei gleichen Dinge. Wir haben wirklich kein Glück.«

»Der Damm in Arizona?«

»Das ist eines davon. Dieser Scheißkerl von einem Kongreßabgeordneten drückt die ganze Zeit die Bewilligungen durch, und wir wissen verdammt genau, daß er bezahlt wird. Aber wir können es nicht beweisen. Wenn wir nur irgend jemanden dazu bringen könnten, wenigstens zuzugeben, daß er jemanden kennt... Übrigens, da wir gerade von Scarlett sprechen, Canfield bearbeitet den Fall.«

»Ja, ich weiß. Wie macht er sich?«

»Oh, er tut sein Bestes.«

»Und worin besteht das andere Problem?«

»Die Pond-Akte aus Stockholm.«

»Er wird uns etwas mehr als nur Gerüchte auf den Tisch legen müssen, Glover. Er vergeudet unsere Zeit, solange er uns nichts Konkretes bringt. Das habe ich Ihnen doch schon gesagt.«

»Ich weiß, ich weiß. Aber Pond hat per Kurier Nachricht gegeben. Daß die Transaktion durchgegangen ist, das habe ich heute morgen aus dem Außenministerium erfahren.«

»Kann Pond denn keinen Namen beschaffen? Da sind Papiere im Wert von dreißig Millionen Dollar, und er kann an keinen einzigen Namen heran?«

»Offenbar ist das ein sehr straff organisiertes Syndikat. Er konnte wirklich keinen ausfindig machen.«

»Das ist mir auch ein Botschafter. Coolidge ernennt wirklich lausige Botschafter.«

»Er glaubt, Donnenfeld hätte die ganze Geschichte manipuliert.«

»Nun, da haben wir ja einen Namen! Wer, zum Teufel, ist Donnenfeld?«

»Das ist keine Person, sondern eine Firma. Eine der größten an der Stockholmer Börse.«

»Wie gelangte er zu diesem Schluß?«

»Aus zwei Gründen. Erstens könnte nur eine große Firma so etwas durchziehen. Zweitens kann man die Sache auf diese Weise leichter vertuschen. Und man wird sie vertuschen müssen. Amerikanische Obligationen, die an der Stockholmer Börse verkauft werden, sind eine recht knifflige Angelegenheit.«

»Knifflig, zum Teufel! Das geht doch gar nicht!«

»Also gut, dann werden Sie eben nicht offiziell verkauft. Aber was das Geld betrifft, so ist es dasselbe.«

»Was werden Sie unternehmen?«

»Knochenarbeit. Ich muß sämtliche Firmen mit Verbindungen in Schweden überprüfen. Soll ich Ihnen etwas sagen? Allein in Milwaukee gibt es ein paar Dutzend davon. Wie gefällt Ihnen das? Hier drüben abkassieren und dann mit ihren Vettern zu Hause Geschäfte machen...«

»Wenn Sie meine Meinung hören wollen, dann schlägt Walter Pond nur Lärm, um auf sich aufmerksam zu machen. Cal Coolidge ernennt keinen persönlichen Freund zum Botschafter im Land der Mitternachtssonne, wenn der Bursche nicht in Wirklichkeit gar kein so guter Freund ist, wie er das glaubt.«

12.

Nach zwei Monaten, in denen es nichts weiter zu schreiben oder zu senden gab, verlor Ulster Scarletts Verschwinden den Reiz der Neuheit. Denn in Wirklichkeit konnten die vereinten Bemühungen der Polizei, des Vermißtenbüros und der Bundesbehörden nur Einzelheiten über seine Person und seinen Charakter ausfindig machen, aber das führte sie nicht weiter. Es war, als hätte er sich buchstäblich in Luft aufgelöst. So, als hätte er im einen Augenblick noch existiert und wäre im nächsten zu einer farbenfrohen Erinnerung geworden.

Ulsters Leben, sein Eigentum, seine Vorurteile und Ängste wurden von Fachleuten gründlich untersucht. Und das Ergebnis dieser Bemühungen ließ ein außergewöhnliches Porträt der Sinnlosigkeit entstehen. Ein Mann, der so gut wie alles hatte, was sich ein menschliches Wesen auf dieser Erde wünschen konnte, hatte sein Leben offensichtlich in einem Vakuum gelebt. In einem ziellosen, zwecklosen Vakuum.

Elizabeth Scarlatti rätselte über die umfangreichen Berichte, die ihr die Behörden lieferten. Das war ihr zur Angewohnheit geworden, ein Ritual, eine Hoffnung. Wenn ihr Sohn getötet worden wäre, so wäre das sehr schmerzhaft gewesen. Und es gab tausend Möglichkeiten – Feuer, Wasser, Erde – um die Welt von einer Leiche zu befreien. Aber diese Erklärung konnte sie einfach nicht akzeptieren. Es war natürlich nicht auszuschließen. Er hatte die Unterwelt gekannt – aber doch nur ganz oberflächlich.

Eines Morgens stand Elizabeth am Fenster ihrer Bibliothek und schaute zu, wie die Welt draußen anfing, sich mit einem neuen Tag auseinanderzusetzen. Die Fußgänger gingen am Morgen immer so schnell. Die Automobile hatten viel mehr Fehlzündungen, wenn sie die ganze Nacht über nicht benutzt worden waren. Und dann entdeckte Elizabeth eines der Hausmädchen auf der vorderen Treppe, das gerade die Stufen fegte.

Als sie zusah, wie der Besen hin- und herschwang, erinnerte sich Elizabeth an ein anderes Mädchen, eine andere Treppe. An ein Mädchen in Ulsters Haus, ein Mädchen, das eines Morgens Ulsters Stufen gefegt und später erzählt hatte, Mr. Scarlett hätte einem Taxifahrer Anweisungen erteilt.

Was waren das für Anweisungen gewesen?

Die Untergrundbahn... Ulster hatte sich zu einer Station bringen lassen.

Ihr Sohn war eines Morgens mit der Untergrundbahn gefahren, und Elizabeth hatte das nicht verstanden.

Es war nur eine flache, flackernde Kerze in einem sehr dunklen Wald, aber es war ein Licht. Elizabeth eilte zum Telefon.

Dreißig Minuten später stand Jefferson Cartwright, dritter Vizepräsident der Waterman Trust-Bank, vor Elizabeth Scarlatti. Er war immer noch ganz außer Atem und kämpfte mit der nervlichen Belastung, seinen Tagesplan ändern zu müssen, um diesem Befehl aus den Höhen des Olymp nachzukommen.

»Ja, so ist es«, sagte der Mann aus Virginia in seiner gedehnten Redeweise. »Alle Konten wurden sofort gründlich untersucht, als uns Mr. Scarletts Verschwinden bekannt wurde. Ein wunderbarer junger Mann! Wir sind uns während seiner Sitzungen in der Bank sehr nahe gekommen.«

»In welchem Zustand befinden sich seine Konten?«

»Alles in Ordnung.«

»Ich fürchte, ich weiß nicht, was das bedeutet.«

Cartwright zögerte kurz, mimte den bedächtigen Bankier. »Die Schlußzahlen sind natürlich noch nicht vollständig, aber wir haben im Augenblick keinen Anlaß zu der Annahme, daß das jährliche Einkommen aus seinem Fonds überschritten wurde.«

»Wie hoch ist dieses Einkommen, Mr. Cartwright?«

»Nun, der Markt schwankt natürlich, zum Glück nach oben – es wäre also schwierig, Ihnen eine exakte Zahl zu nennen.«

»Eine annähernde Zahl genügt mir.«

»Lassen Sie mich nachdenken...« Jefferson Cartwright gefiel die Richtung gar nicht, die das Gespräch nahm. Plötzlich war er sehr dankbar, daß er so vorsichtig gewesen war, jene vage gehaltenen Aktenvermerke über Ulsters Ausgaben in Europa an Chancellor Drew zu senden. Sein Südstaatenakzent wurde noch stärker. »Ich könnte einige Herren anrufen, die mit Mr. Scarletts Portefeuille vertrauter sind – aber es war recht umfangreich, Madame Scarlatti.«

»Dann erwarte ich, daß Sie zumindest eine ungefähre Zahl zur Verfügung haben.« Elizabeth mochte Jefferson Cartwright nicht, und ihre Stimme klang drohend.

»Mr. Scarletts Einkommen aus dem Fonds, der für persönliche Ausgaben bestimmt war, im Gegensatz zu dem zweiten Fonds, der Investitionen dienen sollte, betrug etwas mehr als siebenhundertdreiundachtzigtausend Dollar.« Cartwright sprach jetzt ganz schnell und leise.

»Ich bin sehr erfreut, daß seine persönlichen Bedürfnisse selten diesen bescheidenen Betrag überstiegen haben.« Elizabeth setzte sich in dem geradlehnigen Stuhl auf, um Mr. Cartwright voll in den Genuß ihres starren Blicks kommen zu lassen. Jefferson Cartwright fuhr in beschleunigtem Tempo fort, verhaspelte sich, und sein Akzent war ausgeprägter denn je.

»Nun, Sie wußten doch sicher von Mr. Scarletts extravaganten Neigungen. Ich glaube, die Zeitungen haben davon berichtet. Wie ich schon sagte, ich persönlich habe mein Bestes getan, um ihn zu warnen, aber er ist sehr eigenwillig. Wenn Sie sich erinnern, Mr. Scarlett kaufte vor drei Jahren ein Luftschiff, das beinahe eine halbe Million Dollar kostete. Wir taten selbstverständlich unser Bestes, um es ihm auszureden, aber es war einfach unmöglich. Er sagte, er müßte ein Luftschiff haben. Wenn Sie die Konten Ihres Sohnes studieren, Madame, werden Sie feststellen, daß er sich zu vielen unüberlegten Käufen hinreißen ließ.« Cartwright ging in Verteidigungsstellung, obwohl er ganz genau wußte, daß Elizabeth ihn kaum verantwortlich machen konnte.

»Was hat er denn alles gekauft?«

»Nun, die übrigen Errungenschaften waren nicht ganz so extravagant wie das Luftschiff. Wir konnten ähnliche Zwischenfälle verhindern, indem wir Mr. Scarlett erklärten, daß es unkorrekt wäre, Gelder aus seinem zweiten Fonds für solche Zwecke heranzuziehen. Daß er – seine Ausgaben auf die Höhe des Einkommens aus dem ersten Fonds beschränken müsse. Bei unseren Sitzungen in der Bank hoben wir diesen Aspekt immer wieder hervor. Aber besonders im letzten Jahr, als er mit der schönen Mrs. Scarlett durch Europa reiste, waren wir in bezug auf seine persönlichen Konten ständig mit den Banken auf dem Kontinent in Verbindung. Um es vorsichtig auszudrücken, Ihr Sohn hat die europäische Wirtschaft in hohem Maße unterstützt. Es war auch notwendig, zahlreiche direkte Zahlungen aufgrund seiner Unterschrift zu leisten. Mr. Chancellor Scarlett hat Ihnen gegenüber doch ganz sicher erwähnt, daß ich ihn schriftlich über die großen Summen informierte, die wir Ihrem Sohn nach Europa überwiesen.«

Elizabeth hob die Brauen. »Nein, er hat mir nichts gesagt.«

»Nun, Madame Scarlatti, schließlich waren es die Flitterwochen Ihres Sohnes. Es gab keinen Grund...«

»Mr. Cartwright«, unterbrach ihn die alte Frau mit scharfer Stimme, »haben Sie eine exakte Aufstellung der Summen, die mein Sohn im letzten Jahr von seinem Konto abgehoben hat, hier und im Ausland?«

»Aber selbstverständlich, Madame.«

»Und auch eine Liste der Zahlungen, die Sie unmittelbar aufgrund seiner Unterschrift geleistet haben?«

»Sicherlich.«

»Ich erwarte, sie bis spätestens morgen früh in Händen zu halten.«

»Aber unsere Buchhalter würden eine ganze Woche brauchen, um das alles zusammenzutragen. Mr. Scarlett war in solchen Dingen ganz bestimmt nicht sehr exakt...«

»Mr. Cartwright, ich habe jetzt mehr als ein Vierteljahrhundert lang mit Waterman zusammengearbeitet. Die Scarlatti-Firmen bedienen sich ausschließlich Ihrer Bank, weil ich es so angeordnet habe. Ich glaube an Waterman, weil mir Ihr Institut noch nie Anlaß zu irgendwelchen Zweifeln gegeben hat. Drücke ich mich klar aus?«

»Ja, selbstverständlich, ganz sicher. Morgen früh.« Jefferson Cartwright dienerte sich aus dem Raum, wie sich sonst vielleicht ein begnadigter Sklave von einem arabischen Scheich verabschieden mochte.

»Oh, Mr. Cartwright...«

»Ja?«

»Ich glaube, ich habe Sie nicht dafür belobigt, daß Sie sich bemüht haben, die Ausgaben meines Sohnes innerhalb der Grenzen seines Einkommens zu halten.«

»Es tut mir leid...« Auf Cartwrights Stirn erschienen dicke Schweißperlen. »Es gab wenig...«

»Ich glaube, Sie verstehen nicht richtig, Mr. Cartwright. Ich meine es ehrlich. Ich lobe Sie. Guten Morgen.«

»Guten Tag, Madame Scarlatti.«

Cartwright und drei Buchhalter versuchten die ganze Nacht, Ulster Stewart Scarletts Konten auf den neuesten Stand zu bringen. Es war eine schwierige Aufgabe.

Um halb drei Uhr früh lag eine Liste der Banken, wo der Scarlatti-Erbe Konten besaß oder sie besessen hatte, auf Jefferson Cartwrights Schreibtisch. Und hinter den Bankbezeichnungen standen Zahlen und Überweisungstermine. Die Liste schien endlos zu sein. Jede einzelne Einzahlung entsprach etwa dem durchschnittlichen Jahreseinkommen der amerikanischen Mittelklasse. Aber für Ulster Stewart waren diese Summen nicht mehr als wöchentliches Taschengeld. Cartwright und die Buchhalter würden Tage brauchen, um festzustellen, was noch übriggeblieben war. Die Liste enthielt unter anderem:

THE CHEMICAL CORN EXCHANGE, *900, Madison Avenue, New York City.*

MAISON DE BANQUE, *22, rue Violette, Paris.*

LA BANQUE AMÉRICAINE, *rue Nouveau, Marseille.*

DEUTSCH-AMERIKANISCHE BANK, *Kurfürstendamm, Berlin.*

BANCO-TOURISTA, *Calle de la Sueños, Madrid.*

MAISON DE MONTE CARLO, *rue du Feuillage, Monaco.*

WIENER STÄDTISCHE SPARKASSE, *Salzburger Straße, Wien.*

BANQUE-FRANÇAISE-ALGÉRIE, *Port des Mondes, Kairo, Ägypten.*

Und so ging es weiter. Ulster und seine junge Frau hatten ganz Europa und halb Nahost gesehen.

Natürlich gab es auch eine zweite Liste mit Sollbuchungen, die dieser Liste mit mutmaßlichen Haben-Eintragungen entsprach. Diese Liste schloß Beträge ein, die Ulster durch Unterschriftsleistung Dutzenden von Hotels, Warenhäusern, Läden, Restaurants, Automobilagenturen, Schiffahrtslinien, Eisenbahnen, Stallungen, Privatklubs und Spielcasinos schuldete. Alle waren von Waterman bezahlt worden.

Jefferson Cartwright las die detaillierten Berichte.

Nach zivilisierten Begriffen waren sie eine Ansammlung von finanziellem Unsinn, aber für Ulster Stewart Scarlett war dies völlig normal. Cartwright gelangte zu demselben Schluß wie die Buchprüfer der Regierung, als sie kurz nach Ulsters Verschwinden im Auftrag des FBI ihre Nachforschungen angestellt hatten.

Natürlich würde Waterman Anfragen an die Banken hier und im Ausland richten, um sich zu vergewissern, welchen Umfang die verbliebenen Einlagen noch hatten. Es würde sehr einfach sein, diese Beträge unter Vollmacht an Waterman zurückzuübertragen. »Ja, in der Tat«, murmelte der Mann aus den Südstaaten vor sich hin, »unter diesen Umständen haben wir gute Arbeit geleistet.«

Er beschloß, ein paar Stunden zu schlafen, dann kalt zu duschen und ihr die Berichte selbst zu bringen. Insgeheim hoffte er, daß er dann müde, schrecklich müde aussehen würde, vielleicht würde sie das beeindrucken.

»Mein lieber Mr. Cartwright«, stieß Elizabeth Scarlatti hervor, »es ist Ihnen nie in den Sinn gekommen, daß Sie, während Sie Tausende und Abertausende an Banken in ganz Europa überwiesen, Schulden beglichen, die insgesamt fast eine Viertelmillion Dollar betrugen. Es ist Ihnen nie in den Sinn gekommen, daß mein Sohn durch Kombination dieser zwei Zahlen das scheinbar Unmögliche bewirkt hat. Er hat es geschafft, das gesamte Jahreseinkommen aus seinem Fonds in weniger als neun Monaten durchzubringen, fast bis auf den letzten Penny.«

»Natürlich, Madame Scarlatti, wir werden die Banken brieflich um lückenlose Informationen ersuchen. Unter unserer eigenen Vollmacht selbstverständlich. Ich bin überzeugt, daß Beträge von beträchtlicher Höhe zurücküberwiesen werden.«

»Da bin ich gar nicht sicher.«

»Wenn ich ganz offen sein darf, Madame Scarlatti, so muß ich Ihnen sagen, daß ich nicht ganz begreife, worauf Sie hinauswollen...«

Elizabeth runzelte nachdenklich die Stirn. »Um die Wahrheit zu gestehen, es ist mir auch nicht ganz klar. Nur daß ich nicht auf etwas hinauswill, sondern eher geführt werde...«

»Ich verstehe nicht.«

»Während der Sitzungen meines Sohnes in Ihrer Bank... Könnte es sein, daß er dabei – vielleicht auf etwas gestoßen ist, das ihn veranlassen könnte, solche Beträge nach Europa zu überweisen?«

»Dieselbe Frage habe ich mir auch gestellt. Als sein Berater empfand ich es als meine Pflicht, Nachforschungen anzustellen. Offensichtlich hat Mr. Scarlett auf dem Kontinent eine Anzahl von Investitionen vorgenommen.«

»Investitionen? In Europa? Das kommt mir aber höchst unwahrscheinlich vor.«

»Er hatte einen großen Freundeskreis, Madame Scarlatti.

Und diese Freunde hatten vermutlich genügend Projekte. Da Ihr Sohn einiges von Investitionen verstand...«

»Was?«

»Ich beziehe mich damit auf seine Studien der Scarlatti-Portefeuilles. Er hat sich wirklich hineingehängt und sich nicht geschont. Ich war auf seine Fortschritte sehr stolz. Er nahm unsere Sitzungen wirklich ernst, gab sich große Mühe, unsere Diversifikationsphilosophie zu verstehen. Stellen Sie sich vor, er hat Hunderte von Firmenberichten auf die Hochzeitsreise mitgenommen.«

Elizabeth erhob sich aus ihrem Sessel und ging langsam, geradezu bedächtig, zum Fenster. Ihre Gedanken konzentrierten sich ganz auf die unglaubliche Eröffnung des Südstaatlers. Wie so oft in der Vergangenheit begriff sie, daß ihre Instinkte – abstrakt und noch unklar – sie auf die Wahrheit hinwiesen.

Die Wahrheit war da, ganz nahe, aber noch nicht greifbar.

»Ich nehme an, Sie meinen damit die Aufgliederung der Scarlatti-Firmen?«

»Das auch, selbstverständlich. Aber viel, viel mehr. Er hat die Anlagefonds analysiert, seine und die Chancellors – auch die Ihren, Madame Scarlatti. Er trug sich mit dem Gedanken, einen kompletten Bericht unter besonderer Hervorhebung der Wachstumsfaktoren zu schreiben. Es war eine höchst ehrgeizige Aufgabe, und er ließ nicht locker...«

»Weit mehr als nur ehrgeizig, Mr. Cartwright«, unterbrach ihn Elizabeth. »Ohne fachliche Ausbildung unmöglich, würde ich sagen.« Sie blickte unverwandt auf die Straße hinab.

»Das war uns natürlich bewußt, liebe gnädige Frau. Wir überzeugten ihn daher, daß es zweckmäßig wäre, seine Nachforschungen auf seine eigenen Anlagen zu beschränken. Ich war der Ansicht, wir würden ihm das leichter erklären können, und ich wollte seine Begeisterung ganz bestimmt nicht dämpfen, und so...«

Elizabeth wandte sich vom Fenster ab und starrte den Banker an. Ihr Blick ließ ihn verstummen. Sie wußte, daß die Wahrheit jetzt in Reichweite war. »Bitte, erklären Sie mir das. Wie hat mein Sohn – seine Recherchen angestellt?«

»Er ging von den Anteilscheinen in seinem Treuhandfonds aus. In erster Linie von den Obligationen im zweiten Fonds – dem Investitionsfonds. Es handelt sich um viel stabileres Material. Er hat die Scheine katalogisiert und dann mit Alternativanlagen verglichen, die man beim ursprünglichen Kauf auch hätte erwerben können. Wenn ich vielleicht hinzufügen darf, er war von der getroffenen Wahl höchst beeindruckt, das hat er mir gesagt.«

»Er – hat sie katalogisiert? Was meinen Sie damit?«

»Er fertigte eine Liste sämtlicher Stücke an. Die Beträge, die sie repräsentierten, und die jeweiligen Fälligkeitstermine. Aus den Daten und Beträgen konnte er Vergleiche mit zahlreichen anderen Stücken anstellen.«

»Wo befinden sich diese Kataloge?«

»In den Safes, gnädige Frau. In den Scarlatti-Safes.«

Mein Gott, dachte Elizabeth.

Die alte Frau stützte sich mit zitternder Hand auf den Fenstersims. Sie sprach ganz ruhig, trotz der Furcht, die sie umfangen hielt. »Wie lange hat mein Sohn – seine Recherchen durchgeführt?«

»Nun, es waren einige Monate. Seit seiner Rückkehr aus Europa, um es genau zu sagen.«

»Ich verstehe. Hat ihn jemand unterstützt? Er war doch so unerfahren.«

Jefferson Cartwright erwiderte Elizabeths Blick. Er war kein Narr. »Dafür bestand keine Notwendigkeit. Das Katalogisieren noch nicht fälliger Stücke ist nicht schwierig. Man braucht dazu ja nur Namen, Zahlen und Daten aufzulisten. Und Ihr Sohn ist – war ein Scarlatti.«

»Ja – das war er.« Elizabeth wußte, daß der Banker anfing, ihre Gedanken zu lesen. Aber das war nicht wichtig. Nichts war jetzt mehr wichtig, nur die Wahrheit.

Die Safes.

»Mr. Cartwright, ich bin in zehn Minuten fertig. Ich werde meinen Wagen bestellen, und dann fahren wir beide zu Ihrem Büro.«

»Wie Sie wünschen.«

Die Fahrt in die Stadt verlief schweigend. Der Banker und die Matriarchin saßen nebeneinander im Fond, aber keiner von ihnen sagte ein Wort. Jeder war in seine eigenen Gedanken versunken.

Elizabeth dachte an die Wahrheit, Cartwright ans Überleben.

Denn wenn das stimmte, was er zu argwöhnen begann, würde er ruiniert sein. Vielleicht würde sogar Waterman ruiniert sein. Und er war derjenige, den man Ulster Stewart Scarlett als Berater zugeteilt hatte.

Der Chauffeur öffnete die Tür, als der Südstaatler aus dem Wagen stieg und Elizabeth die Hand hinstreckte. Er stellte fest, daß sie seine Hand fest ergriff, zu fest, als sie – mit einiger Schwierigkeit – aus dem Automobil stieg. Sie starrte zu Boden, ins Leere.

Der Banker führte die alte Frau schnell durch die Bank. Vorbei an den Schaltern, den Angestellten dahinter, vorbei an den Bürotüren, in den hinteren Teil des Gebäudes. Sie nahmen den Aufzug und fuhren in die riesigen Waterman-Keller. Unten angelangt, bogen sie nach links und gingen zum Ostflügel.

Die Wände waren grau, die Flächen glatt, glitzernde stählerne Stangen waren zu beiden Seiten in Beton eingelassen. Über dem Portal war eine einfache Inschrift zu sehen – ›Ostflügel, Scarlatti‹.

Elizabeth dachte wieder einmal, daß dieser Anblick an ein Grab erinnerte. Hinter den Stangen lag ein schmaler Korridor, den helle Glühbirnen an der Decke hinter Drahtgittern beleuchteten. Abgesehen von den zwei Türen auf jeder Seite wirkte der Korridor wie ein Gang zum letzten Ruheplatz irgendeines Pharaos inmitten einer ehrfurchtgebietenden Pyramide. Die Tür am Ende führte zum Safe der Scarlatti-Firmen.

Giovanni...

Die zwei Türen zu beiden Seiten führten zu Kammern für die Frau und die drei Kinder. Die Chancellors und Ulsters lagen links. Elizabeths und Rolands Türen waren rechts angeordnet, die Elizabeths lag neben der Giovannis.

Elizabeth hatte Rolands Kammer nie auflösen lassen. Sie wußte, daß die Gerichte das am Ende erledigen würden. Das war ihre einzige sentimentale Geste gegenüber dem Sohn, den sie verloren hatte. So ziemte es sich. Auch Roland war ein Teil des Imperiums.

Der uniformierte Wächter nickte – wie ein Grabwächter – und öffnete die aus stählernen Stangen bestehende Tür.

Elizabeth stand vor dem Eingang zur ersten Kammer auf der linken Seite. Auf der Namenstafel in der Mitte der Metalltür stand ›Ulster Stewart Scarlatti‹.

Der Wächter öffnete diese Tür, und Elizabeth betrat den kleinen Raum. »Sie werden die Tür wieder abschließen und draußen warten. Sie auch, Mr. Cartwright.«

»Natürlich.«

Sie war allein in dem zellenähnlichen Raum. Sie war nur ein einzigesmal in Ulsters Kammer gewesen, überlegte sie – zusammen mit Giovanni. Vor Jahren, einer Ewigkeit... Er hatte sie dazu überredet, in die Stadt zu kommen, und ihr von den Anordnungen erzählt, die er bezüglich der Safes im Ostflügel getroffen hatte. Er war so stolz gewesen. Er hatte sie durch die fünf Räume geführt, so wie ein Fremdenführer vielleicht Touristen durch ein Museum geleitet. Er hatte ihr die Feinheiten der verschiedenen Fonds erklärt. Sie erinnerte sich daran, wie er mit der flachen Hand gegen die Kästen geschlagen hatte, als wären sie preisgekrönte Rinder, die eines Tages zu riesigen Herden anwachsen würden.

Er hatte recht gehabt.

Der Raum hatte sich nicht verändert. Ebensogut hätte es gestern sein können.

An der einen Seite, in die Wand eingelassen, befanden sich die Safes mit den Industriepapieren – den Aktien, den Anteilen an Hunderten von Gesellschaften. Dies waren die Mittel für den täglichen Lebensunterhalt. Ulsters erster Fonds. An den zwei anderen Wänden standen Aktenschränke, sieben auf jeder Seite. Jede Schublade trug eine Jahreszahl, die jedes Jahr von Watermans Verwaltern geändert wurden. Jede Schublade enthielt Hunderte von Schuldverschreibungen, und jeder Schrank hatte sechs Schubladen.

Schuldverschreibungen für die nächsten vierundachtzig Jahre.

Der zweite Fonds war für die Expansion des Scarlatti-Imperiums bestimmt.

Elizabeth studierte die Karten auf den Schränken.

1926. 1927. 1928. 1929. 1930. 1931.

Diese Jahreszahlen standen auf dem ersten Schrank.

Sie sah ein Tischchen mit einem kleinen Hocker vor dem rechten Schrank. Der letzte Benutzer war zwischen dem ersten und dem zweiten Schrank gesessen. Sie sah die Karten auf dem Schrank daneben an.

1932. 1933. 1934. 1935. 1936. 1937.

Sie zog sich den Hocker vor den ersten Schrank und setzte sich. Sie sah auf die unterste Schublade.

1926.

Sie zog sie auf.

Das Jahr war in zwölf Monate geteilt, und jeder Monat hatte einen kleinen Karteireiter. Vor jedem Reiter gab es eine dünne Scheibe aus Metall mit zwei winzigen Ösen, durch die ein Draht lief, der mit Wachs bedeckt war. Auf der Wachsschicht konnte man – eingebrannt – die Initialen *W. T.* in alter englischer Schreibschrift lesen.

Das Jahr 1926 war intakt. Keiner der kleinen Kästen war geöffnet worden. Und das bedeutete, daß Ulster der Aufforderung der Bank, Anlageentscheidungen zu treffen, nicht nachgekommen war. Ende Dezember würden die Nachlaßverwalter die Verantwortung auf sich nehmen und ohne Zweifel Elizabeth konsultieren, wie sie das in der Vergangenheit bezüglich Ulsters Fonds immer getan hatten.

Sie zog das Jahr 1927 heraus.

Wiederum unberührt. Keines der Wachssiegel war erbrochen.

Elizabeth wollte den Kasten schon wieder hineinschieben, als sie innehielt. Ihr Blick fiel auf eine kleine Unsauberkeit im Wachs, die vielleicht unbemerkt geblieben wäre, wenn sie die Siegel nicht geprüft hätte.

Das *T* des *W. T.* war im Monat August ausgefranst und nach unten gezogen. Das gleiche galt für September, Oktober, November und Dezember.

Sie zog das Augustbündel heraus und schüttelte es. Dann riß sie den Draht auseinander, worauf das Wachssiegel zerbrach und herunterfiel.

Der Karton war leer.

Sie stellte ihn wieder hinein und zog die übrigen Monate des Jahres 1927 heraus.

Alle leer.

Sie stellte die Kartons wieder hinein und zog die Schublade für 1928 heraus. Auf jedem der dünnen Kartons war das *T* des Wachssiegels ausgefranst und hing etwas nach unten.

Alle leer.

Wie viele Monate lang hatte Ulster dieses außergewöhnliche Versteckspiel getrieben? Wie oft war er von einem gehetzten Banker zum nächsten geeilt, um am Ende jedesmal die Safes aufzusuchen? Dokument um Dokument, Wertpapier um Wertpapier...

Vor drei Stunden noch hätte sie es nicht geglaubt. Und das alles war nur ans Licht gekommen, weil ein Hausmädchen die Eingangsstufen gefegt hatte, so daß vor ihrem geistigen Auge die Erinnerung an ein anderes Hausmädchen aufgestiegen war, das auch Treppen gefegt hatte. Ein Mädchen, das sich an einen kurzen Befehl erinnerte, den ihr Sohn einem Taxifahrer gegeben hat...

Ulster Scarlett hatte die Untergrundbahn genommen.

An einem Vormittag hatte er das Risiko einer Taxifahrt quer durch den Verkehr nicht eingehen können. Er hätte sich für seine Sitzung in der Bank verspätet.

Gab es eine bessere Zeit als den Vormittag? Die ersten Aufträge, das Chaos des morgendlichen Börsenverkehrs...

Selbst Ulster Scarlett würde mitten am Vormittag übersehen werden.

Sie hatte die Fahrt mit der Untergrundbahn nicht verstanden.

Jetzt verstand sie es.

Als vollzöge sie ein schmerzhaftes Ritual, überprüfte sie die übrigen Monate und Jahre des ersten Schranks. Bis zum Dezember 1931.

Leer.

Sie schloß die Schublade für 1931 und begann ganz unten im zweiten Schrank. 1932.

Leer.

Sie hatte die Mitte des Schranks erreicht – 1934 – als sie hörte, wie sich die Stahltür öffnete. Sie schob die Schublade schnell zu und drehte sich verärgert um. Jefferson Cartwright trat ein und schloß die Tür.

»Ich dachte, ich hätte Ihnen gesagt, Sie sollen draußen bleiben!«

»Auf mein Wort, Madame Scarlatti, Sie sehen aus, als hätten Sie ein Dutzend Gespenster gesehen!«

»Hinaus!«

Cartwright trat schnell an den ersten Schrank und zog willkürlich eine der mittleren Schubladen heraus. Er sah die erbrochenen Siegeln auf den Schachteln, nahm eine heraus und öffnete sie. »Hier scheint einiges zu fehlen.«

»Ich werde dafür sorgen, daß man Sie entläßt!«

»Vielleicht - vielleicht werden Sie das tun.« Er zog eine weitere Schublade heraus und vergewisserte sich, daß mehrere Schachteln, deren Siegel erbrochen waren, ebenfalls leer waren.

Elizabeth stand stumm und voll Verachtung neben dem Banker. Als sie schließlich sprach, klang der ganze Ekel, den sie empfand, in ihren Worten mit. »Sie haben soeben Ihre Tätigkeit bei Waterman beendet!«

»Vielleicht habe ich das. Entschuldigen Sie bitte.« Der Virginier schob Elizabeth sachte von dem zweiten Schrank weg und setzte seine Suche fort. Er griff nach dem Jahr 1936 und wandte sich dann zu der alten Frau um. »Nicht viel übrig, nicht wahr? Ich frage mich, wie weit das geht. Sie nicht? Ich werde natürlich eine komplette Liste für Sie machen, so schnell wie möglich. Für Sie und meine Vorgesetzten.« Er schloß die Schublade des Jahres 1936 und lächelte.

»Dies sind vertrauliche Familienangelegenheiten. Sie werden nichts tun! Sie können nichts tun!«

»Ach, kommen Sie! Diese Schränke enthielten frei handelbare Papiere. Inhaberschuldverschreibungen. Besitz und Eigentum sind da identisch. Die sind so gut wie Geld. Ihr verschwundener Sohn hat sich ein ganz schönes Stück aus der New Yorker Börse geholt. Und wir haben noch gar nicht alles eingesehen. Wollen wir noch ein paar Schränke öffnen?«

»Ich werde das nicht zulassen!«

»Dann lassen Sie es bleiben. Sie gehen Ihrer Wege, und ich werde einfach meinen Vorgesetzten berichten, daß die Waterman Trust-Bank ein einziger Dunghaufen ist. Abgesehen von recht umfangreichen, der Bank zustehenden Provisionen, und ohne jetzt irgendwelche Gedanken an die Firmen zu verschwenden, die recht nervös werden könnten, wenn sie darüber nachdenken, wem jetzt was gehört - es könnte sogar einen Run auf einige Aktien geben –, verfüge ich über Kenntnisse, die ich sofort den Behörden mitteilen sollte.«

»Das können Sie nicht! Das dürfen Sie nicht!«

»Warum nicht?« Jefferson Cartwright hob beide Hände.

Elizabeth wandte sich von ihm ab und versuchte Ordnung in ihre Gedanken zu bringen. »Schätzen Sie ab, was verschwunden ist, Mr. Cartwright...«

»Ich kann das abschätzen, was wir bisher gesehen haben. Elf Jahre bei etwa dreieinhalb Millionen pro Jahr – das beläuft sich auf runde vierzig Millionen. Aber wir haben möglicherweise erst angefangen.«

»Nun, dann teilen Sie mir möglichst bald mit, wie groß der Gesamtschaden ist. Ich brauche Sie wohl nicht darauf hinzuweisen, daß ich Sie vernichten werde, wenn Sie zu irgend jemandem ein Wort sagen. Wir werden zu einer befriedigenden Einigung kommen.« Sie wandte sich langsam um und sah Jefferson Cartwright an. »Sie sollten wissen, Mr. Cartwright, daß Sie zufällig in den Besitz von Informationen gelangt sind, die Sie weit über Ihre Talente oder Fähigkeiten hinausheben. Wenn man soviel Glück hat, muß man vorsichtig sein.«

Elizabeth Scarlatti verbrachte eine schlaflose Nacht.

Jefferson Cartwright verbrachte ebenfalls eine schlaflose Nacht. Aber nicht im Bett. Er verbrachte sie auf einem Hocker vor einem kleinen Tischchen, umgeben von Papieren.

Die Zahlen wuchsen, während er sorgfältig die Berichte der Scarlatti-Fonds mit den Schubladen der Aktenschränke verglich.

Jefferson Cartwright glaubte, er müßte den Verstand verlieren. Ulster Stewart Scarlatti hatte Effekten im Wert von über zweihundertsiebzig Millionen Dollar entfernt.

Er addierte die Zahlen und addierte sie ein zweitesmal.

Ein Betrag, der eine Börsenkrise auslösen würde... Ein internationaler Skandal, der die Scarlatti-Firmen zerstören könnte, wenn er bekannt würde. Und er würde bekannt werden, wenn die Zeit kam, um die ersten der fehlenden Schuldverschreibungen einzulösen. Maximal in knapp einem Jahr.

Jefferson Cartwright faltete das letzte Blatt zusammen und schob es in die Innentasche seines Jacketts. Er drückte den Arm gegen die Brust, vergewisserte sich, daß die Papiere sicher verwahrt waren, und verließ die Stahlkammern.

Er gab dem Wachmann ein Pfeifsignal. Der Mann hatte auf einem schwarzen Ledersessel vor der Tür gedöst.

»Oh, mein Gott, Mr. Cartwright, haben Sie mich erschreckt!«

Cartwright trat auf die Straße hinaus.

Er blickte zu dem weißlich-grauen Himmel auf. Es würde gleich Morgen sein. Und das Licht war sein Signal.

Denn er - Jefferson Cartwright, fünfzig Jahre alter ehemaliger Footballspieler der Universität von Virginia, der ursprünglich Geld geheiratet und es dann verloren hatte – trug in seiner Tasche einen Blankoscheck für alles, das er sich je gewünscht hatte.

Er befand sich wieder im Stadion, und die Menge jubelte ihm zu.

Es gab jetzt nichts mehr, das ihm versagt war.

13.

Um zwanzig Minuten nach ein Uhr morgens saß Benjamin Reynolds bequem in einem Lehnsessel seiner Wohnung in Georgetown. Auf seinem Schoß lag einer der Aktenordner, die das Büro des Generalstaatsanwalts der Gruppe 20 geschickt hatte.

Insgesamt waren es sechzehn Ordner gewesen, und er hatte den Stapel gleichmäßig zwischen Glover und sich selbst aufgeteilt.

Bei dem augenblicklich herrschenden Druck seitens des Kongresses, insbesondere von Senator Brownlee aus New York, würde das Büro des Generalstaatsanwalts jeden einzelnen Stein umdrehen. Wenn der Scarlatti-Sohn sich sozusagen in Luft aufgelöst hatte, konnten die Männer der Staatsanwaltschaft wenigstens Berichte schreiben, die diese Tatsache erklärten. Und weil die Gruppe 20 sich – wenn auch nur kurz – mit dem Leben von Ulster Scarlett befaßt hatte, würde man auch von Reynolds erwarten, daß er etwas hinzufügte. Selbst wenn es unbedeutend war.

Reynolds verspürte leichte Schuldgefühle bei dem Gedanken, daß Glover sich mit demselben Unsinn befassen mußte.

Wie alle Berichte, die sich mit Nachforschungen nach verschwundenen Personen befaßten, war die Akte mit Trivialitäten gefüllt – mit Daten, Stunden, Minuten, Straßen, Häusern, Namen, Namen, Namen. Eine Aufzeichnung von Belanglosigkeiten, denen man den Anschein von Bedeutung verlieh. Und vielleicht war irgend etwas darunter sogar für irgend jemanden wichtig. Ein Teil, ein Abschnitt, eine Zeile, ein Satz, vielleicht sogar ein Wort könnte jemandem eine Tür öffnen.

Aber ganz bestimmt niemandem in der Gruppe 20.

Er würde sich später bei Glover entschuldigen.

Plötzlich klingelte das Telefon. Das Geräusch in der Stille und zu so unerwarteter Stunde ließ Reynolds aufschrecken.

»Ben? Ich bin's, Glover...«

»Jesus, haben Sie mir eine Angst eingejagt! Was ist denn? Hat sich jemand gemeldet?«

»Nein, Ben. Ich kann mir vorstellen, daß das auch bis morgen Zeit hätte. Aber ich dachte mir, ich würde Ihnen das Vergnügen verschaffen, sich in den Schlaf zu lachen, Sie altes Ekel!«

»Sie haben getrunken, Glover. Streiten Sie sich gefälligst mit Ihrer Frau und nicht mit mir. Was, zum Teufel, habe ich denn getan?«

»Sie haben mir diese acht Bibeln aus dem Büro des Generalstaatsanwalts gegeben, das haben Sie getan. Ich habe etwas gefunden!«

»Du lieber Gott! Über diese Sache in New York? Die Docks?«

»Nein. Nichts, das wir je mit Scarlett in Verbindung gebracht haben. Vielleicht ist es nichts, aber es könnte...«

»Was denn?«
»Schweden. Stockholm.«
»Stockholm? Wovon, zum Teufel, reden Sie?«
»Ich kenne die Pond-Akte auswendig.«
»Walter Pond? Die Effekten?«
»Richtig. Sein erster Aktenvermerk traf im letzten Mai ein. Der erste Hinweis auf die Papiere. Erinnern Sie sich jetzt?«
»Ja, ja, ich erinnere mich. Und?«
»Nach einem Bericht in der sechsten Akte war Ulster Scarlett letztes Jahr in Schweden. Möchten Sie raten, wann?«
Reynolds machte eine kurze Pause, ehe er antwortete. Die fast unvorstellbare Summe von dreißig Millionen Dollar stand vor seinem geistigen Auge. »Es war doch nicht Weihnachten...« Das war keine Frage, sondern eine leise ausgesprochene Feststellung. »Jetzt, wo Sie es erwähnen – nun, manche Leute hätten es vielleicht so sehen können. Vielleicht feiern die Schweden im Mai Weihnachten.«
»Sprechen wir morgen darüber.« Reynolds legte auf, ohne seinem Mitarbeiter Zeit zu lassen, ihm zu antworten oder gute Nacht zu sagen. Er ging langsam zu seinem weich gepolsterten Sessel zurück und setzte sich.
Wie üblich rasten Benjamin Reynolds' Gedanken den ihm angebotenen Informationen voraus, suchten nach Komplikationen, nach Verästelungen.
Wenn Glovers Annahme stimmte und Ulster Scarlett mit der Manipulation in Stockholm in Verbindung stand, dann mußte man daraus folgern, daß Scarlett noch lebte. Und wenn das stimmte, dann hatte er amerikanische Effekten im Wert von dreißig Millionen Dollar in illegaler Weise an der Stockholmer Börse zum Verkauf angeboten.
Keine einzelne Person, nicht einmal Ulster Stewart Scarlett, konnte Effekten im Wert von dreißig Millionen Dollar an sich bringen.
Außer es lag eine Verschwörung vor.
Aber eine Verschwörung welcher Art? Zu welchem Ziel?
Wenn Elizabeth Scarlatti selbst darin verwickelt war, und in Anbetracht der immensen Summe mußte man sie in Betracht ziehen – warum?
Hatte er sie völlig falsch eingeschätzt?

Möglich...

Und ebenso war es möglich, daß er schon vor einem Jahr recht gehabt hatte. Daß der Scarlatti-Sohn nicht nur um des Nervenkitzels willen krumme Wege beschritten hatte – oder weil er auf unappetitliche Freunde gestoßen war. Nicht, wenn Stockholm etwas zu bedeuten hatte.

Glover ging vor Reynolds' Schreibtisch auf und ab. »Da ist es. Scarletts Visum zeigt, daß er am 10. Mai nach Schweden eingereist ist. Das Pond-Papier wurde am 15. datiert.«

»Das sehe ich, Glover. Ich kann lesen.«

»Was werden Sie tun?«

»Tun? Ich kann gar nichts tun. Wir haben überhaupt nichts in der Hand. Nur einen Aktenvermerk, der unsere Aufmerksamkeit auf ein paar Gedichte lenkt, und das Datum, an dem ein amerikanischer Bürger nach Schweden gereist ist. Was sehen *Sie* denn sonst noch?«

»Angenommen, die Gerüchte sind fundiert, dann wäre die Verbindung offenkundig. Das wissen Sie genausogut wie ich. Wenn Ponds letzte Nachricht der Wahrheit entspricht, wette ich mit Ihnen zehn zu eins, daß Scarlett jetzt in Stockholm ist.«

»Vorausgesetzt, er hat etwas zu verkaufen.«

»Das habe ich doch gesagt.«

»Wenn ich mich richtig entsinne, muß jemand zuerst sagen, daß etwas gestohlen wurde, ehe jemand anderer ›Haltet den Dieb‹ schreien kann. Wenn wir Anklagen vorbringen, dann brauchen die Scarlattis nur zu sagen, sie wüßten nicht, wovon wir reden, und schon hängen wir in der Luft. Und selbst das brauchen sie nicht zu tun. Sie können es einfach ablehnen, uns einer Antwort zu würdigen – so würde die alte Dame das anpacken. Dann übernehmen die Boys auf dem Capitol Hill den Rest. Diese Agentur ist – für diejenigen, die über sie Bescheid wissen – immer ein Greuel. Das Ziel, dem wir dienen, steht im allgemeinen im Widerspruch zu ein paar anderen Zielen in dieser Stadt. Wir sind eines der Gewichte und Gegengewichte – Sie können sich heraussuchen, welches. Einige Leute in Washington würden uns keine Träne nachweinen.«

»Dann sollten wir die Information der Staatsanwaltschaft übergeben, damit die ihre eigenen Schlüsse ziehen. Ich schätze, wir haben keine andere Möglichkeit.«

Benjamin Reynolds' Sessel drehte sich langsam zum Fenster herum. »Das sollten wir tun. Das werden wir sogar tun, wenn Sie darauf bestehen.«

»Was soll das heißen?« fragte Glover und starrte auf den Hinterkopf seines Vorgesetzten.

Reynolds schwang seinen Stuhl wieder herum. »Ich glaube, wir können das selbst besser erledigen. Das Justizministerium, das Schatzamt, ja sogar das FBI – die sind einem Dutzend Ausschüsse verantwortlich. Wir nicht.«

»Damit legen wir aber unsere Vollmachten recht großzügig aus.«

»Das glaube ich nicht. Und so lange ich in diesem Stuhl sitze, ist das so ziemlich meine Entscheidung, nicht wahr?«

»Ja, das ist es. Warum wollen Sie denn, daß wir es übernehmen?«

»Weil in all dem etwas Krankhaftes steckt. Ich habe es in den Augen der alten Frau gesehen.«

»Das klingt ja nicht gerade sehr logisch.«

»Ich habe es aber gesehen.«

»Ben, wenn sich etwas entwickelt, das über unsere Kräfte hinausgeht, dann werden Sie doch zum Generalstaatsanwalt gehen?«

»Mein Wort darauf.«

»Gut. Was tun wir jetzt?«

Benjamin Reynolds stand auf. »Ist Canfield noch in Arizona?«

»In Phoenix.«

»Schaffen Sie ihn her.«

Canfield. Ein komplizierter Mann für einen komplizierten Auftrag. Reynolds mochte ihn nicht, vertraute ihm auch nicht ganz. Aber er würde schneller vorankommen als irgendein anderer.

Und falls er beschließen sollte, sie zu verkaufen, dann würde Ben Reynolds das wissen. Irgendwie würde er es bemerken. So erfahren war Canfield nicht.

Wenn das geschah, würde Reynolds den Buchprüfer unter

Druck setzen und die Wahrheit dieser Scarlatti-Angelegenheit herausfinden. Canfield war ersetzbar.

Ja, Matthew Canfield war eine gute Wahl. Wenn er sich nach den Bedingungen der Gruppe 20 auf die Fährte der Scarlattis setzte, konnten sie nicht mehr verlangen. Wenn er jedoch andere Bedingungen stellte, würde man ihn zurückrufen und vernichten.

Und sie würden die Wahrheit wissen.

Ben Reynolds setzte sich hin und wunderte sich über seinen eigenen Zynismus.

Aber daran war kein Zweifel – der schnellste Weg, das Geheimnis um die Scarlattis zu lösen, war es, Matthew Canfield zu einer Schachfigur zu machen. Zu einer Schachfigur, die sich selbst eine Falle stellte...

14.

Elizabeth fand keinen Schlaf. Immer wieder setzte sie sich im Bett auf, um sich Dinge zu notieren, die ihr in den Sinn kamen. Sie schrieb Fakten auf, Mutmaßungen, entfernte Möglichkeiten, sogar Unmöglichkeiten. Sie zeichnete kleine Quadrate, setzte Namen, Orte und Daten darin ein und versuchte, sie mit Strichen zu verbinden. Gegen drei Uhr früh stellte sich ihr die Folge der Ereignisse etwa so dar:

April 1925. Ulster und Janet nach nur dreiwöchiger Verlobung verheiratet. Warum? Ulster und Janet reisen auf einem Schiff der Cunard Line nach Southampton. Reservierungen von Ulster im Februar vorgenommen. Woher wußte er es?

Mai bis Dezember 1925. Etwa achthunderttausend Dollar durch Waterman an sechzehn verschiedene Banken in England, Frankreich, Deutschland, Österreich, Holland, Italien, Spanien und Algerien überwiesen.

Januar bis März 1926. Effekten im Wert von rund zweihundertsiebzig Millionen aus den Tresoren der Waterman-Bank entfernt. Erzielbarer Gegenwert im Notverkauf zwischen hundertfünfzig und zweihundert Millionen. Sämtliche Rechnungen und Belastungen auf Ulsters und Janets Namen im

Februar 1926 an europäische Aussteller beglichen. Im Monat März deutliche Veränderung im Verhalten Ulsters. Wirkt zurückgezogen.

April 1926. Andrew geboren. Andrew getauft. Ulster verschwindet.

Juli 1926. Vierzehn europäische Banken bestätigen, daß sämtliche Gelder abgehoben wurden. Im allgemeinen binnen vier Wochen nach der Einzahlung. Zwei Banken in London und Den Haag melden, daß Summen von sechsundzwanzigtausend beziehungsweise neunzehntausend auf Konten verblieben sind.

Dies war die chronologische Folge der Ereignisse im Zusammenhang mit Ulsters Verschwinden. Der Plan war deutlich zu erkennen. Die ganze Folge von Vorgängen war offensichtlich vorausgeplant: die Reservierungen im Februar, die kurze Verlobungszeit, die Hochzeitsreise, die dauernden Einzahlungen und prompten Abhebungen, die Entnahme der Wertpapiere und am Ende die Tatsache von Ulsters Verschwinden. Alles zwischen Februar 1925 und April 1926. Ein für vierzehn Monate aufgestellter Plan, der mit ungeheurer Präzision durchgeführt worden war, inklusive einer Schwangerschaft. War Ulster so genial? Elizabeth wußte es nicht. Sie wußte wirklich nur sehr wenig über ihn, und die endlosen Berichte hatten das Bild, das sie sich von ihm machte, eher verschleiert. Allem Anschein nach war die Person, die mittels dieser Recherchen analysiert wurde, zu nichts anderem imstande, als dazu, es sich selbst wohlergehen zu lassen.

Sie wußte, daß es nur einen Ort gab, an dem man die Suche beginnen konnte – Europa, die Banken. Nicht alle, überlegte sie, aber einige. Denn so kompliziert auch das Anlagenwachstum sein mochte und so sehr diese Anlagen auch diversifiziert worden waren – die fundamentalen Praktiken des Bankwesens waren seit der Zeit der Pharaonen gleich geblieben. Man legte Geld ein und entnahm Geld. Und ob dies nun aus Notwendigkeit oder zum Vergnügen geschah, das abgehobene Geld gelangte an einen anderen Ort. Und jener andere Ort oder jene anderen Orte waren es, die Elizabeth finden wollte. Denn auf dieses Geld kam es an, auf das Geld, das von der Waterman Trust-Bank an die sechzehn europäischen Banken überwiesen worden war, das bis zu jenem Zeitpunkt benutzt werden würde, bis möglicherweise die Wertpapiere verkauft wurden.

Um zehn Minuten vor neun öffnete der Butler dem neuesten zweiten Vizepräsidenten der Waterman Trust-Bank, Jefferson Cartwright, die Tür. Er führte den Südstaatler in die Bibliothek, wo Elizabeth mit der unvermeidlichen Tasse Kaffee hinter ihrem Schreibtisch saß.

Jefferson nahm auf dem kleinen Stuhl vor dem Schreibtisch Platz, wobei er sich bewußt war, daß dieser Stuhl seine Größe auf höchst schmeichelhafte Weise zur Geltung brachte. Er stellte die Aktentasche neben sich.

»Haben Sie die Briefe mitgebracht?«

»Hier sind sie, Madame Scarlatti«, antwortete der Banker, hob die Aktentasche auf seinen Schoß und klappte sie auf. »Darf ich Ihnen bei dieser Gelegenheit für die freundliche Fürsprache im Büro danken? Das war wirklich sehr großzügig von Ihnen.«

»Danke. Wie ich höre, hat man Sie zum zweiten Vizepräsidenten ernannt.«

»Das ist richtig, Ma'am, und ich glaube wirklich, daß diese Entscheidung hauptsächlich durch das gute Wort beeinflußt wurde, das Sie für mich eingelegt haben. Ich danke Ihnen noch einmal.« Er reichte Elizabeth die Papiere.

Sie nahm sie entgegen und begann die obersten Blätter zu überfliegen. Sie schienen in Ordnung zu sein. Sie waren sogar ausgezeichnet.

Jetzt sagte Cartwright leise: »Die Briefe autorisieren Sie, alle Informationen bezüglich jeglicher Transaktion seitens Ihres Sohnes Ulster Stewart Scarlett bei den verschiedenen Banken entgegenzunehmen. Einlagen, Abhebungen, Überweisungen. Ferner fordern diese Briefe Zugang zu allen Schließfächern, soweit es solche gibt. Sämtliche Banken erhielten einen entsprechenden Begleitbrief mit einer Fotokopie Ihrer Unterschrift. Ich habe diese Briefe in meiner Eigenschaft als Vertreter von Waterman und Generalbevollmächtigter von Mr. Scarlett unterzeichnet. Damit bin ich natürlich ein beträchtliches Risiko eingegangen.«

»Ich gratuliere Ihnen.«

»Es ist einfach unglaublich«, meinte der Banker. »Wertpapiere im Wert von über zweihundertsiebzig Millionen Dollar – verschwunden, unauffindbar. Die schweben sozusagen irgendwo. Wer weiß, wo? Selbst die größten Banksyndikate haben Schwierigkeiten, so viel Kapital aufzubringen. Oh, das ist eine Krise, Ma'am! Insbesondere auf einem hochgradig spekulativen Markt. Ich weiß ehrlich nicht, was ich tun soll.«

»Möglicherweise werden Sie, wenn Sie klug handeln, viele Jahre ein bemerkenswert hohes Gehalt für sehr wenig Mühe beziehen. Umgekehrt ist es auch möglich...«

»Ich glaube zu wissen, worin diese andere Möglichkeit besteht«, fiel Jefferson Cartwright der alten Dame ins Wort. »Wie ich die Dinge sehe, suchen Sie Informationen in Verbindung mit dem Verschwinden Ihres Sohnes. Mag sein, daß Sie diese Information finden, sofern sie existiert. Ebensogut ist es aber auch möglich, daß Sie nichts erfahren werden. In jedem Fall werden noch zwölf Monate verstreichen, ehe man die ersten Schuldverschreibungen vermissen wird. Zwölf Monate. Einige von uns befinden sich dann vielleicht gar nicht mehr auf Gottes schöner Erde. Andere könnten vor dem Ruin stehen.«

»Wollen Sie damit mein Ableben prophezeien?«

»Ganz bestimmt nicht. Aber meine eigene Position ist höchst delikat. Ich habe die Vorschriften meiner Firma und ethische Grundwerte des Bankgewerbes verletzt. Als finanzieller Berater Ihres Sohnes könnte man den Vorwurf gegen mich erheben...«

»Und Sie würden sich mit einer Ausgleichszahlung wohler fühlen, ist es das?« Elizabeth legte die Briefe auf den Schreibtisch. Sie ärgerte sich über diesen undankbaren Südstaatler. »Ich besteche Sie, und Sie erpressen mich aufgrund meiner Bestechung. Recht raffiniert. Wieviel?«

»Es tut mir leid, wenn ich einen so kläglichen Eindruck mache. Ich will keine Ausgleichszahlung. Das wäre erniedrigend.«

»Was wollen Sie dann?« Elizabeth begann jetzt sichtlich ärgerlich zu werden.

»Ich habe hier ein Schriftstück vorbereitet. In dreifacher Ausfertigung. Eine Kopie für Sie, eine für die Scarwyck-Stiftung und eine natürlich für meinen Anwalt. Ich wäre Ihnen dankbar, wenn Sie das durchlesen würden. Und dann sagen Sie mir bitte, ob Sie einverstanden sind.«

Cartwright nahm die Papiere aus der Mappe und legte sie vor Elizabeth auf den Schreibtisch. Sie nahm das oberste Blatt auf und sah, daß es sich um eine Vereinbarung handelte, an die Scarwyck-Stiftung adressiert.

›Hiermit wird die Vereinbarung zwischen Mr. Jefferson Cartwright und mir, Mrs. Elizabeth Wyckham Scarlatti, in meiner Eigenschaft als Aufsichtsratsvorsitzende der Scarwyck-Stiftung, 525 Fifth Avenue, New York, bestätigt.

Nachdem Mr. Cartwright mir und der Scarwyck-Stiftung in großzügigem Maße als fachkundiger Berater zur Verfügung gestanden hat, wird vereinbart, daß er als Berater mit einem Jahresgehalt von fünfzigtausend Dollar ($ 50000,-) in die Stiftung eintritt. Diese Position wird ihm auf die Dauer seines natürlichen Lebens garantiert, wobei die Ernennung mit obigem Datum in Kraft tritt.

Ferner wird hiermit bestätigt, daß Mr. Jefferson Cartwright häufig für mich und die Scarwyck-Stiftung gegen seine bessere Einsicht und im Gegensatz zu seinen eigenen Wünschen tätig war.

Nachdem Mr. Cartwright all diese Dienste auf die Art und Weise erfüllt hat, wie seine Klientin, ich, dies als nützlich für die Scarwyck-Stiftung betrachtete, handelte er, ohne eine solche Verantwortung auf sich zu nehmen und häufig ohne die Transaktionen im einzelnen zu kennen.

Deshalb wird vereinbart, daß, sollten zu einem beliebigen späteren Zeitpunkt irgendwelche Strafen, Bußgelder oder Urteile gegen Mr. Cartwright erlassen werden, die aus diesen Handlungen entstehen, diese im vollen Umfang aus meinem persönlichen Konto beglichen werden.

Es sei hinzugefügt, daß solche Aktionen nicht erwartet werden, aber da die Interessen der Scarwyck-Stiftung weltweit sind, die gestellten Forderungen außergewöhnlich sein könnten und die Entscheidungen häufig von meiner persönlichen Meinung abhängen, wird es für angemessen gehalten, diese Feststellung hier einzuschließen. Es sei hiermit festgehalten, daß Mr. Cartwrights außergewöhnliche Dienste für mich in den vergangenen Monaten vertraulicher Natur waren, ich aber von diesem Datum an keine Einwände dagegen habe, daß seine Position in der Scarwyck-Stiftung auch der Öffentlichkeit zur Kenntnis gebracht wird.‹

Anschließend kamen zwei Zeilen auf der rechten Seite für die Unterschriften und eine dritte Zeile auf der linken Seite für die Unterschrift eines Zeugen. Elizabeth erkannte, daß es sich um ein professionelles Dokument handelte. Es war nichtssagend, sicherte aber alles ab.

»Sie erwarten doch nicht ernsthaft von mir, daß ich das unterschreibe?«

»Doch, das erwarte ich ganz ehrlich. Denn sehen Sie, wenn Sie es nicht tun, dann würde mich mein stark ausgeprägtes Verantwortungsgefühl dazu zwingen, sofort die Behörden aufzusuchen. Ich würde ohne Zweifel unmittelbar das Büro des Staatsanwalts aufsuchen und ihm Informationen liefern, von denen ich glaube, daß sie bezüglich des Verschwindens von Mr. Scarlett relevant sind. Können Sie sich vorstellen, was für Unruhe das erzeugen würde? Nicht nur hierzulande, sondern auf der ganzen Welt... Die bloße Tatsache, daß die gefeierte Madame Scarlatti sich mit dem Gedanken trug, die Banken zu befragen, wo ihr Sohn Geschäfte machte...«

»Ich werde alles leugnen.«

»Unglücklicherweise könnten Sie nicht leugnen, daß die Wertpapiere verschwunden sind. Sie brauchen zwar erst in einem Jahr eingelöst zu werden, aber es steht fest, daß sie verschwunden sind.«

Elizabeth starrte Cartwright an. Sie wußte, daß sie geschlagen war. Sie setzte sich und griff wortlos nach einer Feder. Dann unterschrieb sie die Papiere, und er nahm ein Blatt nach dem anderen und tat es ihr gleich.

15.

Man hatte Elizabeths Schiffskoffer an Bord des britischen Liners *Calpurnia* gebracht. Ihrer Familie hatte sie gesagt, daß die Ereignisse der letzten paar Monate ihre Geduld und ihre Gesundheit angegriffen hätten und sie deshalb einen längeren Aufenthalt in Europa plante – ganz allein. Sie würde am nächsten Morgen abreisen. Chancellor Drew pflichtete ihr darin bei, daß ihr die Reise guttun würde, drängte aber seine Mutter, eine Begleiterin mitzunehmen. Schließlich wäre Elizabeth nicht mehr die Jüngste, und deshalb sollte sie jemand begleiten. Er schlug Janet vor.

Elizabeth erklärte, daß Chancellor Drew sich seine Vorschläge für die Scarwyck-Stiftung sparen sollte, aber das Thema Janet mußte trotzdem in Angriff genommen werden.

Sie bat die junge Frau zwei Tage, bevor die *Calpurnia* auslaufen sollte, in ihr Haus.

»Was du mir sagst, ist schwer zu glauben, Janet. Nicht so sehr, was meinen Sohn angeht, sondern was dich betrifft... Hast du ihn geliebt?«

»Ja. Ich glaube schon. Vielleicht war ich auch nur von ihm überwältigt. Am Anfang waren da so viele Leute, so viele Orte. Alles ging so schnell. Und dann erkannte ich allmählich, daß er mich nicht mochte. Er konnte es nicht ertragen, sich im gleichen Zimmer wie ich aufzuhalten. Ich war wie eine Notwendigkeit, die ihm auf die Nerven ging. Aber frag mich nur nicht, warum!«

Elizabeth fielen die Worte ihres Sohnes ein. ›Sie wird mir eine gute Frau sein‹, hatte er gesagt und dann erklärt, es wäre an der Zeit zu heiraten. Warum hatte er so nachdrücklich davon gesprochen? Warum war es so wichtig für ihn gewesen?

»War er dir treu?«

Die junge Frau warf den Kopf in den Nacken und lachte. »Weißt du, wie es ist, wenn man seinen Mann teilen muß mit – nun, das kann man nie so genau sagen...«

»Die neueren Erkenntnisse der Psychologie besagen, daß Männer sich oft so verhalten, um etwas zu kompensieren, Janet. Um sich zu überzeugen, daß sie – noch leistungsfähig sind.«

»Wieder falsch, Madame Scarlatti!« Janet legte eine übertriebene Betonung in Elizabeths Zunamen, und das klang leicht verächtlich. »Dein Sohn war leistungsfähig. In höchstem Maße. Wahrscheinlich sollte ich das nicht sagen, aber wir haben uns oft geliebt. Die Zeit und der Ort machten Ulster nie etwas aus. Aber ob ich gerade wollte oder nicht – das war ihm am allerunwichtigsten. Ich meine, ich war ihm am unwichtigsten.«

»Warum hast du es ertragen? Das verstehe ich nicht.«

Jane Scarlett griff in ihre Handtasche. Sie nahm ein Päckchen Zigaretten heraus und zündete sich nervös eine an. »Jetzt habe ich dir schon so viel gesagt, warum nicht auch den Rest? Ich hatte Angst.«

»Wovor?«

»Ich weiß nicht. Ich habe diesen Gedanken nie zu Ende gedacht. Warum nennen wir es nicht einfach – die Angst vor dem äußeren Schein?«

»Es macht dir hoffentlich nichts aus, wenn ich dir sage, daß ich das ziemlich dumm finde.«

»Du vergißt, daß ich Ulster Stewart Scarletts Frau war. Ich habe ihn eingefangen. Es ist nicht leicht, zuzugeben, daß ich ihn nur ein paar Monate halten konnte.«

»Ich verstehe. Wir wissen beide, daß es für dich das Beste wäre, wenn du dich wegen böswilligen Verlassens scheiden ließest, aber man würde dich unbarmherzig kritisieren. Es würde höchst geschmacklos aussehen.«

»Das weiß ich. Ich habe beschlossen, ein Jahr zu warten, ehe ich die Scheidung einreiche. Ein Jahr ist eine vernünftige Zeit. Es wäre verständlich.«

»Ich bin nicht sicher, ob das in deinem Interesse läge.«

»Warum nicht?«

»Du würdest dich völlig und dein Kind teilweise von der Scarlatti-Familie lösen. Ich will ganz offen sein. Ich vertraue Chancellor unter diesen Umständen nicht.«

»Ich begreife nicht...«

»Nachdem du den ersten Schritt gemacht hättest, würde er jede legale Waffe einsetzen, um dir das Sorgerecht für deinen Sohn zu entziehen.«

»Was!«

»Er würde sowohl das Kind als auch das Erbe kontrollieren. Zum Glück...«

»Du bist verrückt!«

Elizabeth fuhr fort, als hätte Janet sie nicht unterbrochen: »Zum Glück würde Chancellors Sinn für Etikette – der ans Lächerliche grenzt – ihn davon abhalten, irgendwelche Schritte zu unternehmen, die zu Peinlichkeiten führen könnten. Aber wenn du ihn herausfordern würdest... Nein, Janet. Eine Scheidung kommt nicht in Frage.«

»Weißt du, was du da sagst?«

»Ich versichere dir, daß ich es weiß. Wenn ich garantieren könnte, daß ich in einem Jahr noch lebe, würde ich dir meinen Segen geben. Aber das kann ich nicht. Und wenn ich ihn nicht daran hinderte, würde Chancellor zu einem raffinierten, wilden Tier werden.«

»Es gibt doch nichts, gar nichts, das Chancellor mir antun kann – oder meinem Kind!«

»Bitte, meine Liebe. Ich will dir keine Moralpredigt halten. Aber dein Verhalten war wirklich nicht untadelig.«

»Ich brauche mir das nicht anzuhören!« Janet erhob sich vom Sofa und klappte ihre Handtasche auf, legte die Zigaretten hinein und entnahm ihr die Handschuhe.

»Ich will hier kein Urteil abgeben«, sagte Elizabeth. »Du bist ein intelligentes Mädchen. Was auch immer du tust, ich bin ganz sicher, du hast deine Gründe dafür. Falls es dir hilft, ich glaube, du hast ein Jahr in der Hölle verbracht.«

»Ja. Ein Jahr in der Hölle.« Janet Scarlett begann die Handschuhe anzuziehen.

Elizabeth ging zu ihrem Schreibtisch am Fenster hinüber. »Wir wollen in aller Offenheit darüber sprechen. Wenn Ulster hier wäre oder irgendwo auffindbar, dann ließe sich eine Scheidung in aller Stille und ohne Schwierigkeiten arrangieren. Schließlich ist keiner von euch beiden ohne Makel. Aber, wie es das Gesetz ausdrückt, ist einer der Partner nicht anwesend, vielleicht verstorben, aber nicht gesetzlich für tot erklärt. Und es gibt ein Kind - Ulsters Erbe. Dies, Janet, ist das Problem.«

Elizabeth fragte sich, ob ihre Schwiegertochter anfing zu begreifen. Das Ärgerliche an den jungen reichen Leuten, entschied sie schließlich, war es nicht, daß sie ihr Geld als gottgegeben ansahen, sondern daß sie nicht erkannten, auf welch beängstigende Weise das Geld als Werkzeug der Macht fungierte.

»Sobald du den ersten Schritt getan hättest, würden sich die Raubvögel aus beiden Lagern auf dich stürzen. Am Ende würde der Name Scarlatti zu einem Witz in den Garderoben der Sportklubs werden. Und das will ich nicht zulassen!«

Elizabeth nahm eine Akte aus ihrer Schreibtischschublade und legte sie vor sich auf den Schreibtisch. Sie setzte sich und sah zu Janet hinüber.

»Verstehst du, was ich sage?«

»Ja, ich glaube schon«, sagte die junge Frau langsam und sah auf ihre behandschuhten Hände. »Du willst mich irgendwo bequem außer Sichtweite verstecken, damit deine großartigen Scarletts nicht in Mitleidenschaft gezogen werden.« Sie zögerte, dann erwiderte sie den Blick ihrer Schwiegermutter. »Und ich dachte einen Augenblick lang, du wolltest gut zu mir sein.«

»Man kann dich ja nicht gerade als einen Fall für die Wohlfahrtsbehörden bezeichnen«, entgegnete Elizabeth.

»Nein. Wahrscheinlich nicht. Aber da ich auch nicht um wohltätige Gaben bitte, hat das ja wohl nichts zu sagen. Ich nehme an, du willst auf deine Art nett sein.«

»Dann wirst du tun, was ich vorschlage?« Elizabeth nahm den Aktenordner, als wollte sie ihn in die Schublade zurücklegen.

»Nein«, antwortete Janet Saxon Scarlett im Flüsterton. »Ich werde genau das tun, was mir paßt. Und ich glaube nicht, daß man über mich in den Klubgarderoben Witze machen wird.«

»Sei dir da nicht so sicher!« Elizabeth warf die Akte wieder auf die Tischplatte.

»Ich werde warten, bis ein Jahr vergangen ist«, sagte Janet, »und dann werde ich tun, was getan werden muß. Mein Vater wird wissen, was zu geschehen hat. Ich werde seinem Rat folgen.«

»Dein Vater könnte gewisse Bedenken haben. Er ist Geschäftsmann.«

»Er ist aber auch mein Vater!«

»Ich kann das sehr gut verstehen, meine Liebe. Ich verstehe es so gut, daß ich dich um etwas bitten möchte. Darf ich dir noch ein paar Fragen stellen, ehe du gehst?«

Elizabeth stand auf und trat an die Bibliothekstür. Sie schloß sie und drehte den bronzenen Knauf herum.

Janet beobachtete die alte Frau ebenso neugierig wie ängstlich. Es war nicht die Art ihrer Schwiegermutter, irgendwelche Störungen zu befürchten. Jeder unerwünschte Eindringling wurde üblicherweise einfach aus dem Zimmer gewiesen.

»Es gibt nichts mehr zu sagen. Ich will...«

»Richtig. Du hast wenig zu sagen«, unterbrach Elizabeth ihre Schwiegertochter und kehrte zum Schreibtisch zurück. »Hat es dir in Europa gefallen, meine Liebe? Paris, Marseille, Rom? Ich glaube, daß New York dir im Vergleich dazu langweilig vorkommen muß. Unter diesen Umständen hat Europa doch viel mehr zu bieten.«

»Was meinst du damit?«

»Einfach dies. Du scheinst das Leben in Europa auf etwas unvernünftige Art genossen zu haben. Mein Sohn hat sich offenbar die richtige Spielgefährtin für seine Eskapaden ausgesucht. Aber, wenn ich das sagen darf, er war häufig diskreter als du.«

»Ich weiß nicht, wovon du sprichst.«

Elizabeth klappte die Akte auf. »Wir wollen mal sehen. Da war ein farbiger Trompeter in Paris...«

»Ein was? Wovon redest du?«

»Er hat dich um acht Uhr früh in dein Hotel – entschuldige, in dein und Ulsters Hotel gebracht. Offensichtlich warst du die ganze Nacht mit ihm zusammen.«

Janet starrte ihre Schwiegermutter ungläubig an. Obwohl sie offensichtlich verblüfft war, antwortete sie mit ruhiger Stimme. »Ja. Paris. Ja! Und ich war auch mit ihm zusammen, aber nicht so. Ich versuchte, mit Ulster mitzuhalten, versuchte die halbe Nacht, ihn zu finden.«

»Davon wird hier nichts erwähnt. Man hat dich nur gesehen, wie du, gestützt auf einen Farbigen, ins Hotel kamst.«

»Ich war erschöpft.«

»Hier steht ›betrunken‹ ...«

»Dann ist es eine Lüge!«

Die alte Frau blätterte in der Akte. »Und dann eine Woche in Südfrankreich. Erinnerst du dich an jenes Wochenende, Janet?«

»Nein«, antwortete die junge Frau zögernd. »Was machst du da? Was hast du dort?«

Elizabeth stand auf und hielt die Akte so, daß die junge Frau nicht hineinsehen konnte. »Also? Dieses Wochenende bei Madame Auriole. Wie nennt man ihr Château – la Silhouette? Was für ein dramatischer Name!«

»Sie war mit Ulster befreundet.«

»Und du hattest natürlich keine Ahnung, was Aurioles Silhouette in ganz Frankreich bedeutete – und vermutlich immer noch bedeutet.«

»Du willst doch nicht behaupten, daß ich damit etwas zu tun hatte?«

»Und was meinten die Leute, wenn sie sagten, daß sie in Aurioles Silhouette gehen?«

»Das kann nicht dein Ernst sein.«

»Was geschieht in Aurioles Silhouette?« Elizabeths Stimme klang jetzt etwas schrill.

»Ich – ich weiß nicht. Ich weiß es nicht!«

»Was geschieht dort?«

»Ich gebe dir keine Antwort!«

»Das ist sehr klug, aber ich fürchte, es genügt nicht. Es ist allgemein bekannt, daß die Höhepunkte auf Madame Aurioles Speisekarte Opium, Haschisch, Marihuana und Heroin sind. Ein Paradies für die Liebhaber aller Arten von Narkotika!«

»Das wußte ich nicht!«

»Du wußtest nichts darüber? Das ist dir ein ganzes Wochenende lang entgangen? Ausgerechnet in jenen Tagen, als die Saison ihren Höhepunkt erreichte?«

»Nein – ja, ich habe es bemerkt und bin weggegangen. Ich verließ das Haus, sobald mir klar wurde, was sie taten.«

»Orgien für Rauschgiftsüchtige, wunderbare Chancen für den kultivierten Voyeur ... Tag und Nacht. Und Mrs. Scarlett wußte überhaupt nichts.«

»Ich schwöre dir, daß ich nichts wußte.«

Elizabeths Stimme klang jetzt wieder kontrolliert und sanft, aber fest. »Ich bin sicher, daß du nichts wußtest, meine Liebe. Aber ich weiß nicht, wer dir glauben würde.« Sie hielt kurz inne. »Hier steht noch eine ganze Menge mehr.« Sie blätterte die Seiten um und setzte sich wieder hinter ihren Schreibtisch. »Berlin, Wien, Rom. Insbesondere Kairo.«

Janet rannte auf Elizabeth Scarlatti zu und beugte sich über den Schreibtisch, die Augen voller Furcht. »Ulster hat mich für fast zwei Wochen verlassen. Ich wußte nicht, wo er war. Ich hatte panische Angst.«

»Man hat dich gesehen, wie du die seltsamsten Orte aufgesucht hast, meine Liebe. Du hast sogar eines der schlimmsten internationalen Verbrechen begangen. Du hast ein anderes menschliches Wesen gekauft. Du hast einen Sklaven erworben.«

»Nein! Nein, das habe ich nicht! Das ist nicht wahr!«

»O ja. Du hast ein dreizehnjähriges Arabermädchen in deinen Besitz gebracht, das für die Zwecke der Prostitution verkauft wurde. Als amerikanische Bürgerin bist du ganz bestimmten Gesetzen unterworfen...«

»Das ist eine Lüge!« unterbrach sie Janet. »Man hat mir gesagt, wenn ich das Geld bezahlte, könnte der Araber mir sagen, wo Ulster ist! Das ist alles, was ich getan habe!«

»Nein, das ist es nicht. Du hast ihm ein Geschenk gegeben. Ein kleines, dreizehnjähriges Mädchen war dein Geschenk für ihn, und das weißt du. Ich frage mich, ob du je über sie nachgedacht hast.«

»Ich wollte nur Ulster finden! Mir war übel, als ich es schließlich herausfand. Ich verstand es nicht. Ich wußte nicht einmal, wovon sie redeten. Ich wollte doch nur Ulster finden und diesen schrecklichen Ort wieder verlassen!«

»Ich möchte dir da nicht widersprechen, aber andere würden das tun.«

»Wer?« Janet zitterte am ganzen Körper.

»Die Gerichte zum Beispiel. Oder die Zeitungen.« Elizabeth starrte die verängstigte junge Frau an. »Meine Freunde – selbst deine eigenen Freunde.«

»Und du würdest zulassen – daß jemand diese Lügen benutzt, um mir zu schaden?«

Elizabeth zuckte mit den Schultern.

»Man könnte auch deinem Enkelkind schaden«, gab Janet zu bedenken.

»Nun – dein Kind würde es nicht mehr lange sein – im juristischen Sinn, meine ich. Ich bin sicher, man würde deinen Sohn zunächst zum Mündel des Gerichts machen, bis festgelegt wäre, daß Chancellor der richtige Vormund für ihn sein würde.«

Janet setzte sich langsam auf die Stuhlkante. Sie fing zu weinen an.

»Bitte, Janet. Ich verlange nicht von dir, daß du in ein Kloster gehst. Ich verlange nicht einmal von dir, daß du auf das verzichtest, was für eine Frau deines Alters und deiner Neigungen normal ist. Du hast dich ja in den letzten paar Monaten auch nicht gerade zurückgehalten. Das erwarte ich auch nicht von dir. Ich verlange nur ein faires Maß an Diskretion, vielleicht ein wenig mehr, als du es in letzter Zeit an den Tag gelegt hast, und ein gesundes Maß an psychischer Vorsicht. Und andernfalls sofortige Abhilfe.«

Janet Saxon Scarlett wandte den Kopf ab und schloß die Augen.

»Du bist schrecklich«, flüsterte sie.

»Ich kann mir vorstellen, daß ich dir jetzt so erscheine. Eines Tages wirst du es hoffentlich anders sehen.«

Janet sprang auf. »Laß mich gehen!«

»Um Himmels willen, versuch doch zu verstehen. Chancellor und Allison werden bald hier sein. Ich brauche dich, meine Liebe.«

Die junge Frau rannte zur Tür, vergaß dabei das Schloß. Sie konnte sie nicht öffnen. Ihre Stimme klang brüchig. »Was willst du denn sonst noch?«

Elizabeth wußte, daß sie gewonnen hatte.

16.

Matthew Canfield lehnte an der Häuserwand an der Südostecke der Fifth Avenue und der Sixtythird Street, vielleicht fünfzehn Meter von dem imposanten Eingang zur Residenz der Scarlattis entfernt. Er hüllte sich in seinen Regenmantel, um die Kälte des Herbstregens abzuwehren, und sah auf die Uhr – zehn Minuten vor sechs. Er war jetzt seit über einer Stunde auf dem Posten. Die junge Frau war um Viertel vor fünf hineingegangen. Am Ende würde sie bis Mitternacht bleiben, oder, was der Himmel verbieten möge, bis zum Morgen. Er hatte für zwei Uhr eine Ablösung bestellt, falls bis dahin nichts geschehen sein sollte. Es gab keinen besonderen Grund für die Annahme, daß bis dahin etwas passieren würde, und doch sagte ihm sein Instinkt, daß es so sein würde. Nach fünf Wochen, in denen er sich mit seinen Zielpersonen vertraut gemacht hatte, gestattete er seiner Phantasie, ihm das zu liefern, was er nicht beobachten konnte. Die alte Dame würde sich übermorgen einschiffen und niemanden mitnehmen. Die Trauer, die sie für ihren verschwundenen oder toten Sohn empfand, war international bekannt und lieferte zahlreichen Zeitungen Stoff für Berichte. Aber die alte Frau verbarg ihr Leid gut und ging ihren Geschäften nach.

Bei Scarletts Frau war das anders. Wenn sie ihren verschwundenen Mann betrauerte, so war davon nichts zu bemerken. Offenkundig hingegen war, daß sie nicht an Ulster Scarletts Tod glaubte. Wie hatte sie es im Country Club von Oyster Bay ausgedrückt? Obwohl ihre Stimme damals vom Whisky schwer gewesen war, hatten ihre Worte unmißverständlich geklungen.

»Meine liebe Schwiegermutter hält sich für ganz besonders schlau. Hoffentlich sinkt ihr Schiff. Sonst würde sie ihn finden.«

Heute abend kam es zu einer Konfrontation zwischen den beiden Frauen, und Matthew Canfield wünschte, er könnte Zeuge sein.

Der leichte Regen ließ jetzt nach. Canfield beschloß, die Fifth Avenue auf die Parkseite der Straße zu überqueren. Er nahm eine Zeitung aus der Tasche seines Regenmantels, breitete sie auf der Bank vor der Mauer des Central Parks aus und setzte sich. Ein Mann und eine Frau blieben vor den Stufen zum Haus der alten Frau stehen. Es war jetzt ziemlich dunkel, und er konnte sie nicht erkennen. Die Frau sprach erregt auf den Mann ein, während er nicht zuzuhören schien und sich mehr auf die Taschenuhr konzentrierte, die er aus der Tasche geholt und aufgeklappt hatte. Canfield sah wieder auf die eigene Uhr und stellte fest, daß es zwei Minuten vor sechs Uhr war. Er stand langsam auf und begann wieder über die breite Avenue zu schlendern. Der Mann drehte sich halb herum, so daß das Licht der Straßenbeleuchtung auf das Zifferblatt seiner Uhr fallen konnte. Die Frau redete weiter.

Canfield sah ohne große Überraschung, daß es der ältere Bruder Chancellor Drew Scarlett und seine Frau Allison waren.

Canfield ging auf der Sixtythird Street weiter nach Osten, während Chancellor Scarlett nach dem Arm seiner Frau griff und sie die Stufen zur Tür der Scarlattis hinaufführte. Als Canfield die Madison Avenue erreichte, hörte er ein lautes Krachen. Er drehte sich um und sah, daß die Tür von Elizabeth Scarlattis Haus gewaltsam aufgerissen worden und krachend gegen eine unsichtbare Wand im Innern des Hauses geprallt war.

Janet Scarlett kam die Ziegelstufen heruntergerannt, stolperte und stürzte, erhob sich wieder und humpelte auf die Fifth Avenue zu. Canfield wandte sich um und folgte ihr. Sie war verletzt, das paßte vielleicht recht gut.

Der Buchprüfer war vielleicht noch dreißig Meter von Ulster Scarletts Frau entfernt, als ein Roadster, ein glänzend schwarzer Pierce-Arrow, die Straße herunterraste. Der Wagen fuhr in der Nähe der jungen Frau auf den Bürgersteig zu.

Canfield verlangsamte seine Schritte. Er konnte sehen, wie der Mann in dem Roadster sich zum rechten Wagenfenster beugte. Das Licht der Straßenlampe schien ihm direkt aufs Gesicht. Er war ein gutaussehender Mann Anfang Fünfzig, mit einem sorgfältig gestutzten Schnurrbart. Er schien der Gattung von Männern anzugehören, die Janet Scarlett vielleicht kannte. Canfield überlegte, daß der Mann vielleicht – ebenso wie er – auf Janet Scarlett gewartet hatte.

Plötzlich hielt der Mann den Wagen an, stieß die Tür auf und stieg aus. Er ging um den Wagen herum auf die junge Frau zu.

»Steigen Sie ein, Mrs. Scarlett.«

Janet Scarlett beugte sich vor und hielt sich das verletzte Knie. Sie blickte verwirrt auf, sah den Mann mit dem pomadisierten Schnurrbart an. Canfield blieb stehen. Der Schatten einer Türnische verdeckte ihn.

»Was? Sie sind kein Taxi... Nein, ich kenne Sie nicht...«

»Steigen Sie ein! Ich fahre Sie nach Hause. Schnell jetzt!« sagte der Mann hartnäckig und griff nach Janet Scarletts Arm.

»Nein! Nein, ich will nicht!« Sie versuchte sich zu befreien.

Jetzt trat Canfield aus dem Schatten hervor. »Hallo, Mrs. Scarlett! Ich dachte doch, daß Sie das sind. Kann ich Ihnen behilflich sein?«

Der gepflegte Mann ließ die junge Frau los und starrte Canfield an. Er schien verwirrt und zugleich ärgerlich zu sein. Aber statt etwas zu sagen, rannte er plötzlich auf die Straße zurück und stieg wieder in seinen Wagen.

»He, warten Sie, Mister!« Der Buchprüfer lief an den Randstein und legte die Hand auf den Türgriff. »Wir nehmen Ihr Angebot an...«

Der Motor heulte auf, und der Roadster jagte die Straße hinunter, warf Canfield zu Boden. Der Türgriff, der seiner Hand plötzlich entrissen wurde, verletzte ihn.

Er stand mühsam auf und sagte zu Janet Scarlett: »Ihr Freund ist aber verdammt unfreundlich.«

Janet Scarlett blickte dankbar zu dem Buchprüfer auf.

»Ich habe ihn noch nie gesehen – ich glaube es wenigstens nicht... Es tut mir leid, an Ihren Namen erinnere ich mich auch nicht. Es tut mir wirklich leid, und ich danke Ihnen.«

»Keine Ursache. Wir sind uns nur einmal begegnet. Im Oyster Bay Club, vor ein paar Wochen.«

»Oh!« Die junge Frau schien sich nicht an den Abend erinnern zu wollen.

»Chris Newland hat uns miteinander bekannt gemacht. Ich heiße Canfield.«

»O ja.«

»Matthew Canfield. Ich bin der aus Chicago.«

»Ja, jetzt erinnere ich mich.«

»Kommen Sie. Ich rufe uns ein Taxi.«

»Sie bluten an der Hand.«

»Und Sie am Knie.«

»Bei mir ist es nur ein Kratzer.«

»Bei mir auch. Es sieht schlimmer aus, als es ist.«

»Vielleicht sollten Sie zum Arzt gehen.«

»Ich brauche nur ein Taschentuch und etwas Eis. Ein Taschentuch für die Hand und Eis für einen Scotch.« Sie hatten inzwischen die Fifth Avenue erreicht, und Canfield winkte ein Taxi herbei. »Eine andere Behandlung brauche ich nicht, Mrs. Scarlett.«

Janet Scarlett lächelte zögernd, als sie in den Wagen stiegen. »Ich glaube, diese Wünsche kann ich Ihnen erfüllen.«

Die Eingangshalle zu dem Scarlett-Haus an der Fiftyfourth Street sah ungefähr so aus, wie Canfield sie sich vorgestellt hatte. Hohe Decken, massive Türen und eine über zwei Stockwerke reichende Freitreppe. Zu beiden Seiten der Halle antike Spiegel mit doppelten französischen Türen neben jedem Spiegel zu beiden Seiten des Foyers. Die Türen auf der rechten Seite standen offen, und Canfield konnte das Mobiliar eines formell wirkenden Speisezimmers erkennen. Die Türen auf der linken Seite waren geschlossen, wahrscheinlich führten sie in ein Wohnzimmer. Teure Orientbrücken lagen auf den Parkettböden. Das war alles so, wie es sein sollte. Aber was dem Buchprüfer einen leichten Schock versetzte, war die Farbzusammenstellung der Halle. Die Wände waren mit kräftigem – zu kräftigem – rotem Damast bespannt, und die Gardinen vor den französischen Türen waren schwarz – ein schwerer, schwarzer Samt, der überhaupt nicht zu dem zierlichen Prunk der französischen Möbel paßte.

Janet Scarlett bemerkte seine Reaktion und sagte, ehe Canfield sie verbergen konnte: »Springt einem ziemlich ins Auge, nicht wahr?«

»War mir gar nicht aufgefallen«, erwiderte er höflich.

»Mein Mann bestand auf diesem scheußlichen Rot und ersetzte dann meine rosafarbenen Seidenvorhänge gegen diesen scheußlichen schwarzen Samt. Er hat mir eine schreckliche Szene gemacht, als ich widersprach.« Sie öffnete die doppelten Türen und trat in die Finsternis, um eine Tischlampe anzuknipsen.

Canfield folgte ihr in das außergewöhnlich prunkvolle Wohnzimmer. Es war so groß wie fünf Squashhallen, und die Vielfalt der Sessel, Sofas und Stühle war atemberaubend. Die Silhouetten zahlreicher Lampen zeichneten sich über ebenso zahlreichen Tischchen ab, die neben den einzelnen Sesseln und Stühlen standen. Die Anordnung des Mobiliars ergab auf den ersten Blick kein erkennbares Muster, abgesehen von einem Halbkreis aus Diwans vor einem riesigen offenen Kamin.

Im schwachen Licht der einzigen Lampe fühlten sich Canfields Augen sofort zu einer Anordnung stumpfer Reflexe über dem Kaminsims hingezogen. Es handelte sich um Fotografien. Dutzende von Fotografien verschiedener Größe in dünnen schwarzen Rahmen. Sie waren in einer Art Blumenmuster angeordnet und betonten ihren Mittelpunkt, ein in Gold gefaßtes Pergament.

Das Mädchen bemerkte Canfields Blickrichtung, ging aber nicht darauf ein.

»Dort drüben stehen Drinks und Eis«, sagte sie und wies auf eine Bar. »Bedienen Sie sich selbst. Würden Sie mich bitte für einen Augenblick entschuldigen? Ich muß die Strümpfe wechseln...« Sie verschwand in der Halle.

Canfield trat an den kleinen Wagen mit der Glasplatte und füllte kleine Gläser mit Scotch. Er zog ein Taschentuch heraus, tauchte es in Eiswasser und verband damit seine leicht blutende Hand. Dann schaltete er eine weitere Lampe ein, um die Wand über dem Kaminsims zu beleuchten. Er blinzelte verwirrt.

Es war unglaublich. Über dem Sims war eine fotografische Darstellung von Ulster Stewart Scarletts Militärlaufbahn zu sehen. Von der Kadettenschule bis zur Einschiffung – von seiner Ankunft in Frankreich bis zu seinem Einsatz in den

Schützengräben. Einige Rahmen enthielten Landkarten mit dicken roten und blauen Strichen, die einzelne Positionen anzeigten. Auf einem Dutzend Bilder stellte Ulster den unübersehbaren Mittelpunkt dar.

Er hatte schon früher Bilder von Scarlett gesehen. Aber das waren meist nur Schnappschüsse gewesen, bei irgendwelchen Partys aufgenommen, oder Fotos, die ihn bei seinen verschiedenen sportlichen Aktivitäten darstellten, beim Polo, Tennis und Segeln – und da hatte er genauso ausgesehen, wie das Bekleidungshaus Brooks Brothers das von seinen Kunden erwartete. Doch hier befand er sich unter Soldaten, und es verstimmte Canfield, daß er fast einen halben Kopf größer als der größte Soldat seiner Umgebung war. Und Soldaten waren überall, Soldaten jeden Ranges und jeder Waffengattung. Unsichere Korporäle, deren Waffen inspiziert wurden, müde Sergeanten, die noch müdere Soldaten antreten ließen, erfahren wirkende Offiziere, die aufmerksam zuhörten – alle taten das, was sie taten, für den energisch wirkenden, schlanken Leutnant, der irgendwie ihre Aufmerksamkeit auf sich zog. Auf vielen Bildern hatte der junge Offizier seine Arme schief lächelnden Kameraden um die Schultern gelegt, als wollte er ihnen damit die beruhigende Gewißheit geben, daß bald wieder glücklichere Tage kommen würden.

Nach den Gesichtern der anderen zu schließen, gelang das Scarlett nicht sonderlich gut. Aber seine eigene Miene strahlte Optimismus aus. Kühl und ungemein selbstzufrieden, dachte Canfield. Und bei dem gerahmten Schriftstück in der Mitte handelte es sich tatsächlich um ein Pergament. Es war die Verleihungsurkunde des Silver Star für besondere Tapferkeit an der Meuse-Argonne. Dieser Ausstellung nach zu urteilen, war Ulster Scarlett der am besten angepaßte Held, der je das Glück gehabt hatte, in den Krieg zu ziehen. Der störende Aspekt des Ganzen war die Darstellung selbst. Sie wirkte auf groteske Weise deplaziert. Sie gehörte in das Arbeitszimmer eines gefeierten Kriegers, dessen Feldzüge ein halbes Jahrhundert umspannten, nicht hier an die Fifty-fourth Street, in das prunkvolle Wohnzimmer eines vergnügungssüchtigen Gesellschaftslöwen.

»Interessant, nicht wahr?« Janet hatte inzwischen das Zimmer wieder betreten.

»Zumindest eindrucksvoll.«

»Kein Einspruch. Falls jemand es vergessen haben sollte, so braucht er nur dieses Zimmer zu betreten, um daran erinnert zu werden.«

»Ich nehme an, diese – diese bildhafte Darstellung unseres Sieges war nicht gerade Ihre Idee.« Er reichte Janet ihr Glas, das sie sofort zum Mund führte.

»Das war es ganz bestimmt nicht.« Sie leerte das Glas mit einem Zug. »Setzen Sie sich doch.«

Canfield trank sein Glas ebenfalls leer. »Zuerst darf ich doch nachfüllen.« Er nahm ihr Glas. Sie setzte sich auf das große Sofa vor dem Kamin, während er zur Bar schritt. »Ich hatte nie gedacht, daß Ihr Mann an dieser Art von ...« Er hielt inne und deutete mit einer Kopfbewegung auf den Kaminsims. »... daß er an dieser Art von Kater litt.«

»Eine sehr treffende Analogie. Der Nachgeschmack eines Rausches. Sie sind ein Philosoph.«

»Das will ich gar nicht sein. Ich habe ihn nur niemals so gesehen.« Er brachte die zwei Gläser herüber, reichte ihr eines und blieb selbst stehen.

»Haben Sie seine Berichte nie gelesen? Ich dachte, die Zeitungen hätten keine Zweifel daran gelassen, wer wirklich für die Niederlage der Deutschen verantwortlich war.« Sie trank wieder.

»Ach, zum Teufel, daran sind nur die Redakteure schuld. Die müssen ja schließlich ihre Blätter verkaufen. Ich habe sie gelesen, aber nicht ernst genommen. Ich hätte nie gedacht, daß er sie ernst genommen hätte.«

»Sie sprechen ja, als hätten Sie meinen Mann gekannt.«

Canfield blickte bewußt verblüfft drein und nahm das Glas von den Lippen. »Wußten Sie das nicht?«

»Was?«

»Aber natürlich habe ich ihn gekannt. Recht gut sogar. Ich hatte einfach angenommen, daß Sie das wußten. Tut mir leid.«

Janet verbarg ihre Überraschung. »Das braucht Ihnen nicht leid zu tun. Ulster hatte einen großen Freundeskreis. Ich konnte unmöglich alle kennen. Waren Sie einer seiner New Yorker Freude? Ich erinnere mich nicht, daß er Sie erwähnt hätte.«

»Zu seiner New Yorker Clique gehöre ich eigentlich nicht. Wir sind uns hier und da begegnet, wenn ich in den Osten kam.«

»Oh, richtig, Sie sind ja aus Chicago.«

»Ja. Ich muß aus beruflichen Gründen viele Reisen unternehmen.« Und darin war er ganz sicher ehrlich.

»Was machen Sie denn?«

Canfield kam mit den Gläsern zurück und setzte sich. »Wenn man das ganze Lametta wegläßt, bin ich Handelsreisender. Aber so grob drücken wir das meistens nicht aus.«

»Was verkaufen Sie denn? Ich kenne eine Menge Leute, die etwas verkaufen. Die stört das Lametta auch nicht.«

»Nun, ich verkaufe keine Aktien oder Obligationen oder Gebäude, nicht einmal Brücken. Ich verkaufe Tennisplätze.«

Janet lachte. Es war ein hübsches Lachen. »Sie scherzen!«

»Nein, ernsthaft, ich verkaufe Tennisplätze.«

Er stellte sein Glas ab und tat so, als suchte er in seinen Taschen. »Wollen sehen, ob ich einen dabei habe. Sie sind wirklich recht nett. Perfekte Sprungelastizität. Wimbledon-Normen, abgesehen vom Gras. So heißt unsere Firma. Wimbledon. Zu Ihrer Information. Es sind ausgezeichnete Tennisplätze. Sie haben wahrscheinlich schon auf Dutzenden gespielt und nie gewußt, wem Sie dafür dankbar sein müssen.«

»Das finde ich faszinierend. Warum kaufen die Leute Ihre Tennisplätze? Können sie sich nicht selbst welche bauen?«

»Sicher. Wir ermutigen sie sogar dazu. Wir verdienen mehr Geld, wenn wir einen herausreißen und dafür einen von den unseren bauen.«

»Jetzt machen Sie sich über mich lustig. Ein Tennisplatz ist ein Tennisplatz.«

»Nur die Rasenplätze, meine Liebe. Und die sind nie fertig, wenn es Frühling wird, und im Herbst immer braun. Die unseren kann man das ganze Jahr bespielen.«

Sie lachte wieder.

»Eigentlich ist es sehr einfach«, fuhr er fort. »Meine Firma hat eine Tartanverbindung entwickelt, die dieselben Sprungcharakteristiken wie Rasen hat. Und die bei Hitze nie schmilzt. Und sich nie ausdehnt, wenn sie gefriert. Wollen Sie den kompletten Verkaufsvortrag hören? Unsere Fahrzeuge sind in drei Tagen hier, und diese drei Tage benutzen wir, um uns die erste Kiesschicht zu beschaffen. Wir machen das an Ort und Stelle. Ehe Sie es richtig bemerken, haben Sie einen wunderschönen Tennisplatz, hier an der Fiftyfourth Street.«

Sie lachten beide.

»Sie sind wahrscheinlich ein Spitzenspieler«, meinte Janet.

»Nein. Ich spiele, aber nicht sehr gut. Ich mag das Spiel nicht besonders. Natürlich haben wir ein paar international bekannte Cracks auf unserer Gehaltsliste, die sich für die Plätze verbürgen. Übrigens, wir garantieren Ihnen ein Schaumatch auf Ihrem neuen Tennisplatz, sobald wir fertig sind. Sie können Ihre Freunde einladen und eine Party veranstalten. Auf unseren Plätzen sind schon einmalige Partys gefeiert worden. Das ist übrigens der Punkt, mit dem wir meistens den Abschluß einleiten.«

»Sehr eindrucksvoll.«

»Von Atlanta bis Bar Harbor. Die besten Plätze und die besten Partys.«

»Oh, dann haben Sie Ulster einen Tennisplatz verkauft?«

»Das habe ich nie versucht. Hätte ich wahrscheinlich gekonnt. Einmal hat er sich ein Luftschiff gekauft – was ist im Vergleich dazu schon ein Tennisplatz?«

»Der ist flacher.« Sie kicherte und hielt ihm ihr Glas hin. Er stand auf, ging an die Bar, nahm dabei das Taschentuch von der Hand und steckte es in die Tasche. Sie drückte langsam ihre Zigarette in dem Aschenbecher aus, der vor ihr stand.

»Wenn Sie nicht zu der New Yorker Clique gehören, wo haben Sie dann meinen Mann kennengelernt?«

»Ursprünglich auf dem College. Kurz, ganz kurz. Ich bin in der Mitte des ersten Jahres ausgestiegen.« Canfield fragte sich, ob Washington der Princeton-Universität die richtigen Personalakten untergeschoben hatte.

»Haben Sie eine Abneigung gegenüber Büchern entwikkelt?«

»Nein, gegenüber dem Geld. Das befand sich nämlich im

falschen Zweig der Familie. Dann begegneten wir uns wieder beim Militär, wieder ganz kurz.«

»Beim Militär?«

»Ja. Aber nicht so. Ich wiederhole – nicht so!« Er deutete auf den Kaminsims und kehrte zum Sofa zurück.

»Oh?«

»Wir trennten uns nach der Ausbildung in New Jersey. Er ging nach Frankreich und auf die Straße, die zum Ruhm führte, ich nach Washington in ein langweiliges Büro. Aber vorher hatten wir eine verdammt nette Zeit zusammen.« Canfield beugte sich zu ihr hinüber und ließ die leichte Intimität in seiner Stimme mitklingen, wie sie gewöhnlich der Alkohol mit sich bringt. »Alles natürlich vor seiner Verehelichung.«

»Nicht nur vorher, Matthew Canfield.«

Er musterte sie und stellte fest, daß sie wie erwartet positiv reagierte, ohne daß sie davon besonders erbaut war. »Wenn das der Fall war, dann war er ein größerer Narr, als ich gedacht hätte.«

Sie sah ihm in die Augen, so wie man einen Brief überfliegt, wenn man versucht, nicht nur zwischen den Zeilen zu lesen, sondern mehr, als es die Worte ausdrücken.

»Sie sind ein sehr attraktiver Mann.« Sie stand schnell auf, ein wenig unsicher vielleicht, und stellte ihr Glas auf das kleine Tischchen vor dem Sofa. »Ich habe noch nicht zu Abend gegessen, und wenn ich nicht bald esse, fange ich an, zusammenhanglos zu reden. Und das mag ich nicht.«

»Dann gehen wir doch zusammen weg.«

»Damit Sie einen armen arglosen Kellner mit Blut besudeln?«

»Keine Sorge.« Canfield hielt ihr die Hand hin. »Ich würde gern mit Ihnen zu Abend essen.«

»Ja, ganz bestimmt würden Sie das.« Sie nahm ihr Glas, und als sie nach links zum Kamin ging, schwankte sie kaum merklich. »Wissen Sie, was ich gerade vorhatte?«

»Nein.« Er blieb sitzen, tief in das Sofa versunken.

»Ich wollte Sie bitten zu gehen.«

Canfield begann zu protestieren.

»Nein, warten Sie«, unterbrach sie ihn. »Ich wollte ganz allein sein und allein irgendeine Kleinigkeit essen – aber vielleicht ist das gar keine so gute Idee.«

»Ich finde, daß das eine schreckliche Idee ist.«

»Also werde ich es nicht tun.«

»Gut.«

»Aber ich will auch nicht ausgehen. Haben Sie Lust, mit mir, wie man so sagt, ein paar Reste zu essen?«

»Macht das nicht recht viel Mühe?«

Janet Scarlett zog an einer Schnur, die neben dem Kaminsims von der Decke hing. »Nur für die Haushälterin. Und sie mußte sich nicht gerade überarbeiten, seit mein Mann – wegging.«

Die Haushälterin reagierte so schnell auf die Klingel, daß der Buchprüfer sich fragte, ob sie vielleicht an der Tür gelauscht hatte. Sie war bestimmt die reizloseste Frau, die er je gesehen hatte. Ihre Hände waren riesig.

»Ja, gnädige Frau? Wir haben Sie heute abend nicht erwartet. Sie sagten uns, Sie würden mit Madame Scarlatti zu Abend essen.«

»Offenbar habe ich es mir anders überlegt, Hannah. Mr. Canfield und ich werden hier zu Abend essen. Ich habe ihm gesagt, daß es nur Reste gibt, also bringen Sie uns, was noch in der Speisekammer ist.«

»Sehr wohl, gnädige Frau.«

Ihr Akzent klingt mitteleuropäisch, vielleicht ist sie Deutsche oder Schweizerin, dachte Canfield. Ihr pausbäckiges Gesicht mit dem straff nach hinten gekämmten grauen Haar war zu einem Lächeln verzogen, das anscheinend freundlich wirken sollte. Doch dieses Ziel wurde nicht erreicht. Ihre Miene machte einen eher harten, maskulinen Eindruck.

Trotzdem sorgte sie dafür, daß die Köchin ein ausgezeichnetes Mahl bereitete.

»Wenn diese alte Hexe etwas will, dann bringt sie alle zum Zittern und Beben, bis sie es bekommt«, sagte Janet. Sie waren ins Wohnzimmer zurückgekehrt und saßen jetzt mit ihrem Brandy auf dem Sofa, wobei sich ihre Schultern berührten.

»Das ist ganz natürlich. Nach allem, was ich gehört habe,

gibt sie den Ton an. Die müssen nach ihrer Pfeife tanzen. Ich weiß, daß ich das tun würde.«

»Mein Mann hat das nie so empfunden«, erwiderte die junge Frau leise. »Und sie war immer wütend auf ihn.«

Canfield gab sich desinteressiert. »Wirklich? Ich wußte gar nicht, daß es Ärger zwischen ihnen gab.«

»Oh, nicht gerade Ärger. Ulster hat sich nie genügend für irgend jemanden oder irgend etwas interessiert, um Ärger zu verursachen. Deshalb wurde sie ja so zornig. Er war nicht bereit, sich mit ihr zu streiten. Er tat einfach, was er wollte. Er war der einzige Mensch, den sie nicht unter Kontrolle halten konnte, und das machte sie rasend.«

»Aber den Geldfluß konnte sie doch stoppen, oder?« fragte Canfield naiv.

»Er hatte sein eigenes Einkommen.«

»Das ist, weiß Gott, ärgerlich. Das hat sie wahrscheinlich verrückt gemacht.«

Die junge Frau blickte auf den Kaminsims. »Mich hat er auch verrückt gemacht. Sie ist nicht anders.«

»Nun, sie ist seine Mutter...«

»Und ich bin seine Frau.« Sie war jetzt betrunken und starrte die Fotografien haßerfüllt an. »Sie hat kein Recht, mich hier in einem Käfig zu halten wie ein Tier! Mich mit dummem Klatsch zu bedrohen! Lügen! Millionen von Lügen! Die Freunde meines Mannes, nicht die meinen! Obwohl sie ebensogut die meinen sein könnten – die sind kein Jota besser!«

»Ulsters Freundeskreis war immer ein wenig eigenartig, da muß ich Ihnen recht geben. Wenn sie Ihnen gegenüber häßlich sind, sollten Sie sie ignorieren. Sie brauchen sie nicht.«

Janet lachte. »Das werde ich auch tun. Ich werde nach Paris reisen, nach Kairo und sonstwohin und Anzeigen in die Zeitungen setzen lassen. All ihr Freunde von diesem Bastard Ulster Scarlett, ich ignoriere euch! Gezeichnet J. Saxon Scarlett, Witwe – hoffe ich!«

Jetzt oder nie, dachte Canfield. »Hat sie Informationen über Sie von – von solchen Orten?«

»Oh, die läßt sich nichts entgehen. Sie sind einfach ein Niemand, wenn die vielgerühmte Madame Scarlatti keine Akte über Sie hat. Wußten Sie das nicht?«

Und dann wurde sie ebenso plötzlich, wie vorher die Wut in ihr entflammt war, wieder ruhig und nachdenklich. »Aber das ist nicht wichtig. Soll sie doch zum Teufel gehen!«

»Weshalb fährt sie nach Europa?«

»Was interessiert Sie das?«

Canfield zuckte mit den Schultern. »Im Grunde ist es mir egal. Ich habe es nur in der Zeitung gelesen.«

»Ich habe nicht die leiseste Ahnung, was diese Reise zu bedeuten hat.«

»Hat es etwas mit all dem Klatsch zu tun, diesen Lügen, die sie in Paris aufgesammelt hat – und mit jenen anderen Orten?« Er gab sich Mühe, beim Sprechen etwas zu lallen, und es gelang ihm.

»Fragen Sie doch Madame Scarlatti! Wissen Sie, dieser Brandy ist gut.« Sie leerte ihr Glas und stellte es auf den Tisch. Sein Glas war noch fast voll. Er hielt den Atem an und trank.

»Sie haben recht. Sie ist eine Hexe.«

»Eine Hexe.« Janet drückte sich an Canfields Schulter und wandte ihm das Gesicht zu. »Sie sind keine Hexe, nicht wahr?«

»Nein, und das Geschlecht würde ohnehin nicht stimmen. Weshalb fährt sie nach Europa?«

»Das habe ich mich ein dutzendmal gefragt, aber es fällt mir keine Antwort ein, und es ist mir auch gleichgültig. Sind Sie wirklich ein netter Mensch?«

»Der netteste, den es gibt, glaube ich.«

»Ich werde Sie küssen, dann weiß ich es. Das merke ich immer.«

»So geübt sind Sie doch nicht...«

»Doch, das bin ich.« Die junge Frau legte Canfield den Arm um den Nacken und zog ihn zu sich heran. Sie zitterte.

Er reagierte erstaunt. Er spürte die Verzweiflung in Janet und hatte aus irgendeinem sinnlosen Grund das Gefühl, sie beschützen zu müssen.

Sie nahm die Hand von seiner Schulter. »Gehen wir hinauf«, sagte sie.

Oben küßten sie sich, und Janet Scarlett strich über seine Wangen.

»Sie hat gesagt – den Spaß, eine Scarlett zu sein, ohne daß ein Scarlett dabei ist... Das hat sie gesagt.«

»Wer? Wer hat das gesagt?«

»Mutter Hexe. Die hat's gesagt.«

»Seine Mutter?«

»Wenn sie ihn nicht findet – bin ich frei. Nimm mich, Matthew. Nimm mich, bitte, um Gottes willen!«

Als er sie zum Bett führte, beschloß Canfield, seinen Vorgesetzten irgendwie klarzumachen, daß er an Bord dieses Schiffes gehen mußte.

17.

Jefferson Cartwright hüllte sich in ein Handtuch und verließ das Dampfbad des Klubs. Er betrat die Duschkabine, ließ die kalten Wasserstrahlen auf sich herunterprasseln und drehte das Gesicht nach oben, bis es weh tat. Dann drehte er am Hahn, bis das Wasser langsam kälter und schließlich eisig wurde.

Er hatte sich in der vergangenen Nacht betrunken. Tatsächlich hatte er schon am frühen Nachmittag zu trinken begonnen und war um Mitternacht soweit gewesen, daß er beschlossen hatte, im Klub zu bleiben und nicht nach Hause zu gehen. Er hatte allen Grund zum Feiern. Seit seinem triumphalen Treffen mit Elizabeth Scarlatti hatte er einige Tage damit verbracht, die Angelegenheiten der Scarwyck-Stiftung, so gut er das konnte, zu analysieren. Jetzt war er bereit, sich unter seinesgleichen zu begeben. Die schriftliche Vereinbarung, die er mit Elizabeth geschlossen hatte, ging ihm nicht aus dem Sinn. Er würde sie in seiner Aktentasche behalten, bis er genug über Scarwyck wußte, so daß selbst seine eigenen Anwälte beeindruckt sein würden. Während das Wasser auf seinen Kopf herunterrann, erinnerte er sich, daß er die Aktentasche in einem Schließfach der Grand Central Station verwahrt hatte. Viele seiner Kollegen schworen, daß die

Schließfächer der Grand Central Station sicherer als Tresore waren. Ganz bestimmt waren sie sicherer als die Scarlatti-Tresore.

Er würde sich die Aktentasche nach dem Mittagessen abholen und den Vertrag zu seinen Anwälten bringen. Sie würden erstaunt sein, und er hoffte, daß sie ihm Fragen über die Scarwyck-Stiftung stellen würden. Er würde so schnell Fakten und Zahlen herunterrasseln, daß sie einen Schock erleiden würden.

Er konnte sie jetzt schon hören.

»Mein Gott, alter Jeff! Wir hatten keine Ahnung!«

Cartwright lachte laut unter der Dusche.

Er, Jefferson Cartwright, war der erste Kavalier aller Virginia-Kavaliere. Diese Nordstaatentölpel mit ihrer aufgeblasenen, herablassenden Art, die nicht einmal ihre eigenen Frauen befriedigen konnten, würden jetzt mit dem alten Jeff rechnen müssen. Er konnte jetzt die Hälfte der Klubmitglieder kaufen und wieder verkaufen. Was für ein herrlicher Tag!

Nach der Dusche zog sich Jefferson an und betrat, im Vollgefühl seiner Macht, mit elastischen Schritten die private Bar. Die meisten der Mitglieder hatten sich zum Mittagessen versammelt, und einige ließen sich von ihm mit gespielter Gutmütigkeit zu einem Drink einladen. Ihr Widerstreben schlug freilich in leichten Enthusiasmus um, als Jefferson beläufig verkündete, daß er ›die finanziellen Aufgaben von Scarwyck‹ übernommen hätte.

Zwei oder drei fanden plötzlich, daß der so tölpelhafte Jefferson Cartwright über Qualitäten verfügte, die sie vorher nicht bemerkt hatten. Wirklich, gar kein so übler Bursche, wenn man es sich einmal richtig überlegte. Er mußte doch etwas an sich haben. Bald waren die schweren Ledersessel rings um den runden Eichentisch, an den Jefferson sich zurückgezogen hatte, besetzt.

Als die Uhr auf halb drei zeigte, entschuldigten sich die Mitglieder und kehrten zu ihren Büros und ihren Telefonen zurück. Das Informationsnetz wurde in Gang gesetzt, und die überraschende Neuigkeit von Cartwrights Coup bei der Scarwyck-Stiftung verbreitete sich.

Ein Gentleman freilich ging nicht. Er blieb mit ein paar

Hartnäckigen und schloß sich dem Hofe Jefferson Cartwrights an. Er war vielleicht fünfzig Jahre alt und stellte die Essenz jenes Bildes dar, das älter werdende Gesellschaftslöwen anstrebten, bis hin zum leicht angegrauten, perfekt gestutzten Schnurrbart.

Das Seltsame war, daß niemand am Tisch seinen Namen kannte, aber das wollte niemand zugeben. Schließlich war dies ein Klub.

Der Gentleman ließ sich elegant in den Sessel neben Jefferson sinken, als dieser frei wurde. Er plauderte gelockert mit dem Mann aus den Südstaaten und bestand darauf, eine weitere Runde Getränke zu bestellen.

Als die Martinis serviert wurden, griff der gepflegte Gentleman danach und stellte sie inmitten einer Anekdote vor sich hin. Als seine Geschichte zu Ende war, reichte er eines der Gläser an Jefferson weiter.

Jefferson nahm es entgegen und trank.

Der Gentleman entschuldigte sich. Zwei Minuten später fiel Jefferson Cartwright nach vorn auf den Tisch. Seine Augen waren nicht schläfrig oder sogar geschlossen, wie es einem Mann vielleicht zukam, der die Grenzen seiner Alkoholkapazität erreicht hatte. Statt dessen waren sie weit geöffnet und traten aus ihren Höhlen hervor.

Jefferson Cartwright war tot.

Und der Gentleman kehrte nie zurück.

In der Innenstadt, in der Setzerei einer New Yorker Boulevardzeitung, tippte ein alter Setzer die einzelnen Lettern der kurzen Nachricht. Sie sollte auf Seite zehn erscheinen. ›Bankdirektor stirbt in Herrenklub.‹ Der Schriftsetzer war völlig desinteressiert.

Ein paar Maschinen von ihm entfernt betätigte ein anderer Angestellter die Tasten, um eine andere Story zu setzen. Sie sollte zwischen ein paar Einzelhandelsanzeigen auf Seite achtundvierzig eingeschoben werden. ›Grand-Central-Schließfach beraubt.‹

Und der Mann fragte sich, ob denn überhaupt nichts mehr einbruchsicher wäre.

18.

Elizabeth war einigermaßen überrascht, am Kapitänstisch im Speisesaal der Ersten Klasse der *Calpurnia* einen Mann von höchstens dreißig als ihren Tischherrn vorzufinden. Üblicherweise beschaffte ihr die Schiffahrtslinie, wenn sie allein reiste, einen älteren Diplomaten oder einen Makler im Ruhestand, einen guten Kartenspieler – jemanden, mit dem es Gemeinsamkeiten gab.

Aber sie konnte niemandem einen Vorwurf machen, weil sie die Liste des Kapitäns überprüft – darauf bestand sie immer, um peinliche geschäftliche Konflikte zu vermeiden – und dabei nur festgestellt hatte, daß es da einen Matthew Canfield gab, Vorstandsmitglied einer Sportartikelfirma, die in großem Umfang in England einzukaufen pflegte. Jemand mit gesellschaftlichen Verbindungen, hatte sie angenommen.

Jedenfalls war er sympathisch. Ein höflicher junger Mann, ziemlich oberflächlich, dachte sie, und wahrscheinlich ein guter Verkäufer, was er auch mit erfrischender Offenheit zugab.

Gegen Ende des Dinners trat ein Deckoffizier neben sie. Ein Telegramm für sie war eingetroffen.

»Sie dürfen es mir an den Tisch bringen.« Elizabeth war etwas verstimmt.

Der Offizier sagte mit leiser Stimme etwas zu Elizabeth.

»Also gut.« Sie stand auf.

»Kann ich Ihnen behilflich sein, Madame Scarlatti?« fragte Matthew Canfield, der sich wie die übrigen Herren am Tisch erhoben hatte.

»Nein, vielen Dank.«

»Ganz bestimmt nicht?«

»Ganz bestimmt nicht, vielen Dank.« Sie folgte dem Deckoffizier aus dem Salon.

In der Radiokabine führte man Elizabeth an einen Tisch hinter der Theke und überreichte ihr die Nachricht. Sie las die Instruktion in der ersten Zeile: ›Wichtig – dringend – bitte Empfängerin wegen sofortiger Beantwortung in Radiokabine holen.‹

Sie blickte zu dem Deckoffizier hinüber, der auf der anderen Seite des Tresens darauf wartete, sie wieder in den Salon zurückzuführen. »Ich bitte um Entschuldigung, Sie hatten Anweisung.«

Sie las den Rest des Telegramms. ›An Madame Elizabeth Scarlatti: H. M. S. Calpurnia, auf See. Vizepräsident Jefferson Cartwright tot stop Todesursache unsicher stop Behörden argwöhnen abnormale Umstände stop vor Tod gab Cartwright bekannt daß hochrangige Position mit Scarwyck-Stiftung übernommen stop Wir haben keine Unterlagen über solche Position erhielten jedoch Information aus verläßlichen Quellen stop Wünschen Sie angesichts dessen Kommentar abzugeben odeı uns Instruktionen irgendwelcher Art zu erteilen stop Vorgang für Waterman-Klienten höchst tragisch und peinlich stop Uns waren fragwürdige Aktivitäten von Vizepräsident Cartwright unbekannt stop Erwarten Antwort stop Horace Boutier Präsident Waterman Trust-Bank.‹

Elizabeth war erschüttert. Sie kabelte Mr. Boutier, daß sämtliche Verlautbarungen der Scarlatti-Firmen binnen einer Woche von Chancellor Drew Scarlett erfolgen würden. Bis dahin würde es keinen Kommentar geben.

Ein zweites Telegramm richtete sie an Chancellor Drew.

›C. D. Scarlett 129 East Sixty-Second Street, New York Bezüglich Jefferson Cartwright werden weder öffentlich noch privat irgendwelche Verlautbarungen wiederhole weder öffentlich noch privat gemacht bis wir von England aus in Kontakt sind stop Wiederhole keine Verlautbarungen stop In Liebe wie immer Mutter.‹

Elizabeth hatte das Gefühl, wieder am Tisch erscheinen zu müssen, und wäre es aus keinem anderen Grund, als um zu vermeiden, daß dem Zwischenfall zu viel Aufmerksamkeit beigemessen wurde. Aber während sie langsam hinter dem Deckoffizier durch die schmalen Korridore zurückging, erkannte sie mit wachsender Unruhe, daß Cartwrights Tod eine Warnung war. Die Theorie, daß die ›fragwürdigen Aktivitäten‹ des Bankers zu seiner Ermordung geführt hatten, tat sie sofort ab. Er war eine Witzfigur gewesen.

Natürlich mußte Elizabeth nun damit rechnen, daß man ihre Vereinbarung mit Cartwright entdecken würde. Es waren verschiedene Erklärungen denkbar, die sie, ohne auf Einzelheiten einzugehen, abgeben konnte. Bestimmt würde man sich, unabhängig von ihren Äußerungen, darüber einig sein, daß sie eben anfing, alt zu werden. Eine Vereinbarung dieser Art mit einem Mann wie Jefferson Cartwright bewies Exzentrik in einem Maße, das ihre Kompetenz in Zweifel zog.

Das ließ Elizabeth Scarlatti kalt. Die Meinung anderer interessierte sie nicht.

Keineswegs kalt ließ sie hingegen die Furcht, man könnte die Vereinbarung nicht finden.

Als sie wieder an der Kapitänstafel saß, erklärte sie ihre Abwesenheit mit der kurzen und aufrichtig klingenden Mitteilung, daß einer ihrer vertrautesten leitenden Angestellten, den sie sehr schätzte, gestorben war. Da sie ganz offensichtlich nicht näher auf das Thema eingehen wollte, versicherte man sie des Mitgefühls der Anwesenden und nahm nach einer angemessenen Pause die beiläufige Konversation wieder auf, wie sie bei solchen Anlässen üblich war. Der Kapitän der *Calpurnia*, ein beleibter Engländer mit buschigen Brauen und einem Doppelkinn, stellte behäbig fest, daß der Verlust eines guten leitenden Angestellten etwa mit der Versetzung eines gut ausgebildeten Maat vergleichbar sein mußte.

Der junge Mann neben Elizabeth beugte sich zu ihr hinüber und meinte leise: »Wie eine Figur aus Gilbert und Sullivan, nicht wahr?«

Die alte Frau lächelte verschwörerisch. »Ein Fürst der Meere«, antwortete sie so leise, daß sie sonst niemand hören konnte. »Stellen Sie sich doch einmal vor, wie er seine armen Matrosen mit der neunschwänzigen Katze auspeitschen läßt...«

»Ich male mir lieber aus, wie er aus seiner Badewanne steigt«, erwiderte der junge Mann. »Das ist viel komischer.«

»Sie sind ein böser Junge. Wenn wir gegen einen Eisberg prallen, werde ich Ihnen aus dem Weg gehen.«

»Das könnten Sie nicht. Ich würde im ersten Rettungsboot sitzen, und irgend jemand hier würde ganz bestimmt einen Platz für Sie reservieren.« Er lächelte entwaffnend.

Elizabeth lachte. Der junge Mann amüsierte sie, und es wirkte erfrischend auf sie, mit ein wenig gut gemeinter

Frechheit behandelt zu werden. Sie unterhielten sich angeregt über ihre Reisepläne in Europa. Es war faszinierend, weil keiner von beiden auch nur im geringsten geneigt war, dem anderen irgend etwas Bedeutsames zu verraten.

Als das Dinner vorüber war, begab man sich in den Spielsalon und bildete Gruppen für die Bridgepartien.

»Ich nehme an, Sie spielen miserabel«, sagte Canfield und lächelte Elizabeth zu. »Nachdem ich ziemlich gut bin, werde ich Sie unterstützen.«

»Es fällt schwer, eine so schmeichelhafte Einladung auszuschlagen.«

Und dann fragte er: »Wer ist denn gestorben? Könnte es sein, daß ich ihn kenne?«

»Das bezweifle ich, junger Mann.«

»Das kann man nie sagen. Wer war es denn?«

»Warum, in aller Welt, sollten Sie einen obskuren Direktor meiner Bank kennen?«

»Ich hatte den Eindruck, daß es sich um einen ziemlich wichtigen Burschen handelte.«

»Ich kann mir denken, daß ihn manche dafür hielten.«

»Nun, wenn er reich genug war, dann wäre es möglich, daß ich ihm einen Tennisplatz verkauft habe.«

»Wirklich, Mr. Canfield, Sie sind das letzte!« rief Elizabeth lachend, als sie den Salon erreichten.

Während des Spiels stellte sie fest, daß der junge Canfield zwar das Flair eines erstklassigen Spielers hatte, in Wirklichkeit aber nicht sehr gut war. Einmal machte er absichtlich und deutlich erkennbar einen Fehler, aber sie schrieb das seiner Höflichkeit zu. Er erkundigte sich beim Steward, ob eine bestimmte Zigarrensorte vorrätig wäre, und entschuldigte sich, als man ihm Ersatz anbot, mit der Bemerkung, er würde welche aus seiner Kabine holen.

Elizabeth erinnerte sich, daß der charmante Mr. Canfield, während der Kaffee im Speisesaal gereicht worden war, eine frische Packung Zigarren geöffnet hatte.

Er kehrte ein paar Minuten nach dem Ende der betreffenden Runde zurück und entschuldigte sich mit der Bemerkung, er hätte einen älteren Herrn, der etwas unter Seekrankheit litt, geholfen, zu seiner Kabine zurückzufinden.

Man murmelte ein paar höfliche Bemerkungen, aber Elizabeth sagte nichts. Sie starrte einfach den jungen Mann an und registrierte mit leichter Befriedigung, in die sich etwas Unruhe mischte, daß er ihrem Blick auswich.

Sie spielten nicht mehr lange. Das Stampfen der *Calpurnia* war inzwischen recht unangenehm geworden. Canfield begleitete Elizabeth Scarlatti zu ihrer Suite.

»Sie waren reizend«, sagte sie. »Ich entlasse Sie jetzt, damit Sie Jagd auf die jüngere Generation machen können.«

Canfield lächelte. »Wenn Sie darauf bestehen... Aber damit verurteilen Sie mich zur Langeweile. Das wissen Sie ganz genau.«

»Die Zeiten haben sich wirklich geändert – oder vielleicht die jungen Männer.«

»Vielleicht.«

Elizabeth hatte das Gefühl, daß er es eilig hatte.

»Ein gar nicht mehr so junger Mann dankt Ihnen. Gute Nacht, Madame Scarlatti.«

Sie drehte sich um. »Interessiert es Sie immer noch, wer der Mann war, der gestorben ist?«

»Ich hatte den Eindruck, daß Sie es mir nicht sagen wollen. Es ist nicht wichtig. Gute Nacht.«

»Er hieß Cartwright. Jefferson Cartwright. Haben Sie ihn gekannt?« Sie sah ihm in die Augen.

»Nein, es tut mir leid. Ich habe ihn nicht gekannt.« Unschuldig erwiderte er ihren Blick. »Gute Nacht.«

»Gute Nacht, junger Mann.« Sie betrat ihre Suite und schloß die Tür. Draußen auf dem Korridor entfernten sich seine Schritte. Offenbar war er wirklich in großer Eile.

Elizabeth nahm ihr Nerzcape ab und betrat ihr Schlafzimmer mit den schweren, im Boden verankerten Möbeln. Sie knipste eine Lampe am Nachttisch an und setzte sich auf den Bettrand. Was hatte der Kapitän der *Calpurnia* über den jungen Mann gesagt? Sie versuchte sich mit gerunzelter Stirn zu erinnern. Er hatte ihr die Gästeliste vorgelegt und sie mit besonderem Nachdruck auf Canfield hingewiesen.

»Ein jüngerer Mann, mit sehr guten Verbindungen, wie ich hinzufügen möchte.«

Elizabeth hatte der kurzen Schilderung seiner Vergangenheit und seines beruflichen Werdegangs ebensowenig Aufmerksamkeit gewidmet wie den Lebensläufen der anderen Gäste.

»Er ist für eine Sportartikelfirma tätig und macht die Überfahrt ziemlich regelmäßig. Wimbledon, glaube ich.«

Und dann hatte der Kapitän, falls Elizabeth sich richtig erinnerte, noch berichtet: »Die Reederei hat Priorität verlangt. Wahrscheinlich der Sohn von einem der alten Knaben. Die richtige Schulkrawatte und so. Ich mußte Dr. Barstow seinetwegen an einen anderen Tisch setzen.«

»Ich verstehe...«

Eine englische Reederei hatte also dafür gesorgt, daß man Canfield an den Kapitänstisch plaziert hatte. Und ein beleibter alter Kapitän, der es gewöhnt war, mit den gesellschaftlichen Größen beider Kontinente zu verkehren, hatte sich genötigt gesehen, zugunsten dieses jungen Mannes einen hochgeschätzten Arzt von seiner Tafel zu verbannen.

Um ihrer unerschöpflichen Phantasie Nahrung zu geben, nahm Elizabeth den Telefonhörer ab und ließ sich mit dem Radioraum verbinden.

»*Calpurnia* Radio, guten Abend.« Der britische Akzent ließ das Wort ›Abend‹ in einem Summen ausklingen.

»Hier spricht Elizabeth Scarlatti, Suite Doppel-A drei. Kann ich bitte den leitenden Offizier sprechen?«

»Hier spricht Deckoffizier Peters. Kann ich Ihnen behilflich sein?«

»Waren Sie der Offizier, der heute abend Dienst hatte?«

»Ja, gnädige Frau. Ihre Kabel nach New York sind sofort abgegangen. Sie müßten binnen einer Stunde zugestellt werden.«

»Vielen Dank. Aber das ist nicht der Grund meines Anrufs. Ich fürchte, ich habe jemanden verpaßt, mit dem ich mich im Radioraum hätte treffen sollen. Hat sich jemand nach mir erkundigt?« Sie lauschte sorgfältig, ob da vielleicht ein Zögern zu bemerken war. Aber da war keines.

»Nein, gnädige Frau, niemand hat sich nach Ihnen erkundigt.«

»Nun, vielleicht war er etwas verlegen. Mir ist das wirklich peinlich.«

»Tut mir leid, Madame Scarlatti. Außer Ihnen waren den ganzen Abend nur drei Passagiere da. Die erste Nacht, wissen Sie...«

»Da es nur drei waren – würde es Ihnen schrecklich viel ausmachen, Sie mir zu beschreiben?«

»Oh, ganz und gar nicht. Da war zuerst ein älteres Ehepaar aus der Touristenklasse und dann ein Herr, ein wenig angesäuselt, muß ich sagen, der die Radiotour haben wollte.«

»Die was?«

»Die Tour, gnädige Frau. Wir haben drei pro Tag für die Erste Klasse. Zehn, zwölf und zwei Uhr. Ein netter Kerl übrigens, er hat nur einen Schluck zuviel getrunken.«

»War es ein junger Mann? Ende Zwanzig vielleicht? Trug er ein Dinnerjackett?«

»Die Beschreibung paßt, gnädige Frau.«

»Vielen Dank, Mr. Peters. Eigentlich ist es ja völlig unwichtig – aber ich wäre Ihnen dankbar, wenn Sie den Inhalt unseres Gesprächs für sich behielten.«

»Selbstverständlich.«

Elizabeth stand auf und ging ins Wohnzimmer. Ihr Bridgepartner verstand vielleicht nicht besonders viel von den Karten, dafür war er aber ein ausgezeichneter Schauspieler.

19.

Matthew Canfield ging mit eiligen Schritten den Korridor hinunter. Sein Magen revoltierte. Vielleicht würden die Bar und die Leute auf dem B-Deck dafür sorgen, daß er sich besser fühlte. Am Ziel angelangt, bestellte er sich einen Brandy.

»Ganz hübsch was los, wie?«

Ein korpulenter, breitschultriger Mann vom Typ Rugby-Spieler drängte Canfield gegen seinen Barhocker.

»Kann man wohl sagen«, antwortete Canfield mit einem leeren Grinsen.

»Ich kenne Sie doch! Sie sitzen am Kapitänstisch. Wir haben Sie beim Dinner gesehen.«

»So?«

»Wissen Sie was? Ich hätte auch am Kapitänstisch sitzen können, aber ich habe gesagt, daß ich drauf scheiße.«

»Nun, das wäre vielleicht als Hors-d'œuvre ganz interessant gewesen.«

»Nein, ehrlich.« Dem Akzent nach kam der Mann aus New York, Fifth Avenue, entschied Canfield. »Ein Onkel von mir hat eine Menge Aktien. Aber ich habe gesagt, ich scheiß' drauf.«

»Sie können meinen Platz haben, wenn Sie ihn wollen.«

Der Rugbytyp taumelte einen Schritt nach hinten und hielt sich an der Theke fest. »Viel zu langweilig für uns. He, Barkeeper! Bourbon und Soda!«

Jetzt hatte er sich wieder gefangen und schwankte auf Canfield zu. Seine Augen wirkten glasig, und das strohblonde Haar fiel ihm in die Stirn. »Was machen Sie denn, Kumpel? Oder gehen Sie noch zur Schule?«

»Danke für das Kompliment. Nein, ich arbeite für Wimbledon-Sportbedarf. Und Sie?« Canfield wandte sich um und musterte die anderen Gäste.

»Godwin und Rawlins. Investmentberatung. Gehört meinem Schwiegervater. Fünftgrößte Firma in der Stadt.«

»Sehr eindrucksvoll.«

»Wo haben Sie denn Ihren Schub her?«

»Meinen was?«

»Ihren Schub. Wer hat Ihnen den Platz an der großen Tafel verschafft?«

»Oh, das meinen Sie. Die in der Firma, denke ich. Wir arbeiten mit ein paar englischen Firmen zusammen.«

»Wimbledon. Das ist in Detroit.«

»In Chicago.«

»Ah, ja. Jetzt erinnere ich mich. Abercrombie für die Hinterwäldler. Kapiert? Ein Hinterwäldler, Abercrombie.«

»Wir sind solvent.« Canfield sah den betrunkenen blonden Adonis scharf an. Sein Tonfall war nicht freundlich.

»Regen Sie sich nicht gleich auf! Wie heißen Sie?«

Canfield wollte gerade antworten, als sein Blick auf die Krawatte des Betrunkenen fiel. Er wußte nicht, weshalb. Dann fielen ihm die Manschettenknöpfe des Mannes auf. Sie waren ziemlich groß und hatten die gleichen intensiven Farben wie die Krawatte. Dunkelrot und schwarz.

»Hat Sie was gebissen?«

»Was?«

»Ich will wissen, wie Sie heißen. Ich heiße Boothroyd. Chuck Boothroyd.« Er hielt sich wieder an der mahagonivertäfelten Bar fest, um nicht umzufallen. »Für Abercrombie und... Ups, entschuldigen Sie, für Wimbledon arbeiten Sie also?« Boothroyd schien jetzt Mühe zu haben, zusammenhängend zu reden.

Der Buchprüfer kam zu dem Schluß, daß der Brandy ihm auch nicht guttat. Ihm war jetzt speiübel.

»Ja, für die arbeite ich. Hören Sie, Freund, ich fühle mich nicht besonders. Nehmen Sie mir's nicht übel, aber ich glaube, ich gehe jetzt besser, ehe was passiert. Gute Nacht, Mr. ...«

»Boothroyd.«

»Richtig. Gute Nacht.«

Mr. Boothroyd nickte seinem neuen Bekannten grinsend zu, dann griff er nach seinem Bourbon. Canfield ging schnell, aber leicht schwankend davon.

»Chuck, Süßer!« Eine dunkelhaarige Frau ließ sich gegen den angeheiterten Mr. Boothroyd fallen. »Jedesmal, wenn ich dich suche, verschwindest du!«

»Werd nicht gleich pampig, Darling.«

»Wenn du so was machst, bin ich nun mal pampig!«

Der Barkeeper stellte fest, daß er anderswo gebraucht wurde, und entfernte sich eilig.

Mr. Boothroyd sah seine Frau an, und ein paar Augenblicke lang machte er einen völlig nüchternen Eindruck. Sein Blick war jetzt nicht mehr unsicher, sondern völlig wach. Auf einen unbefangenen Beobachter hätten die zwei wie ein Mann und eine Frau gewirkt, die sich in die Haare geraten waren, weil ersterer zuviel getrunken hatte – eine Situation, die andere Leute meist davon abhält, sich einzumischen. Obwohl Chuck Boothroyd immer noch halb gebückt dastand, sprach er ganz deutlich. Er war völlig nüchtern. »Keine Sorge, Kleines.«

»Bist du sicher?«

»Ganz sicher.«

»Wer ist er?«

»Vertretertyp. Der schnuppert hier bloß nach Geschäften, schätze ich.«

»Wie kommt es dann, daß man ihn an ihren Tisch gesetzt hat?«

»Ach, hör schon auf! Du bist nervös.«

»Nur vorsichtig.«

»Ich will's dir sagen. Er arbeitet für dieses Sportgeschäft in Chicago. Wimbledon. Die importieren die Hälfte ihres Krams von ein paar englischen Firmen...« Boothroyd hielt inne, als müßte er einem Kind etwas erklären. »Das hier ist ein britisches Schiff. Die alte Dame hat eine Menge Verbindungen, und jemand hat sich abschmieren lassen. Außerdem ist er blau wie eine Haubitze und obendrein seekrank.«

»Gib mir einen Schluck.« Mrs. Boothroyd griff nach dem Glas ihres Mannes.

»Bedien dich.«

»Wann wirst du es tun?«

»In etwa zwanzig Minuten.«

»Warum ausgerechnet heute nacht?«

»Das ganze Schiff ist besoffen, und außerdem ist das Wetter miserabel. Jeder, der nicht betrunken ist, kotzt. Vielleicht sogar beides.«

»Was soll ich denn tun?«

»Schlag mich ins Gesicht, aber kräftig. Dann läßt du mich hier stehen und gehst zu den Leuten zurück, wo du warst. Du sagst ihnen, wenn es bei mir soweit ist, wäre das Ende in Sicht oder so was ähnliches. In ein paar Minuten werde ich umkippen. Sorg dafür, daß zwei von deinen Verehrern mich in die Kabine tragen, oder drei vielleicht.«

»Ich weiß nicht, ob jemand nüchtern genug ist.«

»Dann soll der Steward es tun oder der Barkeeper. Das ist sogar noch besser. Der Barkeeper. Dem hab' ich ziemlich zugesetzt.«

»In Ordnung. Hast du den Schlüssel?«

»Dein alter Herr hat ihn mir heute morgen am Pier gegeben.«

20.

Als Canfield seine Kabine erreicht hatte, glaubte er, es würde ihm jeden Augenblick übel werden. Die dauernden, inzwischen recht heftig gewordenen Schiffsbewegungen verfehlten ihre Wirkung nicht. Er fragte sich, wie es wohl kam, daß die Leute sich über die Seekrankheit lustig machten. Für ihn war sie noch nie komisch gewesen. Er brachte es nicht fertig, über diese Witze zu lachen.

Er ließ sich ins Bett fallen, wobei er nur seine Schuhe auszog. Befriedigt nahm er zur Kenntnis, daß er todmüde war. Er würde sicher bald Schlaf finden. Die letzten vierundzwanzig Stunden hatte der Druck, unter dem er stand, nie nachgelassen.

Dann fing das Klopfen an.

Zuerst leise. So leise, daß Canfield sich nur im Bett herumdrehte. Dann lauter und lauter und immer schneller. Offenbar hämmerte jemand mit dem Knöchel gegen die Tür. Es hallte durch die ganze Kabine.

Canfield rief verschlafen: »Was ist denn?«

»Ich glaube, Sie sollten besser aufmachen, Kumpel.«

»Wer ist da?« Canfield versuchte, den Raum daran zu hindern, sich um ihn zu drehen.

Das intensive Klopfen fing von neuem an.

»Schon gut, Herrgott noch mal, schon gut!«

Canfield quälte sich aus dem Bett und taumelte auf die Tür zu. Es kostete ihn weitere Qualen, den Riegel zurückzuziehen. Die uniformierte Gestalt eines Radiooffiziers sprang in seine Kabine.

Canfield blinzelte den Mann an, der jetzt an seiner Tür lehnte. »Was wollen Sie, zum Teufel?«

»Sie haben gesagt, ich soll zu Ihrer Kabine kommen, wenn ich etwas Interessantes hätte. Sie wissen schon. Wegen dem, was Sie so interessiert.«

»Und?«

»Nun, Sie erwarten doch sicher nicht, daß ein britischer Seemann sich ohne Grund über seine Vorschriften hinwegsetzt, oder?«

»Wieviel?«

»Zehn Quid.«
»Was, um Himmels willen, sind zehn Quid?«
»Für Sie fünfzig Dollar.«
»Verdammt teuer.«
»Das ist es aber wert.«
»Zwanzig.«
»Jetzt kommen Sie!« klagte der Cockney-Seemann.
»Dreißig, und das ist mein letztes Wort.« Canfield ging wieder zu seinem Bett zurück.
»Okay. Her mit dem Kies!«
Canfield zog seine Brieftasche heraus und gab dem Funker drei Zehndollarscheine. »So, und was ist jetzt dreißig Dollar wert?«
»Die hat Sie erwischt. Madame Scarlatti.« Damit verschwand er.

Canfield wusch sich mit kaltem Wasser, um wach zu werden, und grübelte über die verschiedenen Alternativen nach, die sich ihm boten.

Man hatte ihn ohne vernünftiges Alibi erwischt. Nach allen Gesetzen der Logik hatte er daher seine Nützlichkeit verloren. Man würde ihn ersetzen müssen, und das würde Zeit in Anspruch nehmen. Wenigstens konnte er die alte Dame so weit von der Spur ablenken, daß sie nicht herausfand, woher er kam.

Wenn nur Benjamin Reynolds jetzt da wäre, um ihm einen Rat zu geben... Dann fiel ihm etwas ein, was Reynolds einmal zu einem anderen Außenprüfer gesagt hatte, der unbarmherzig enttarnt worden war. »Benutzen Sie einen Teil der Wahrheit. Sehen Sie, ob es hilft. Lassen Sie sich irgendeinen Grund für das, was Sie getan haben, einfallen.«

Er verließ seine Kabine und ging die Treppe zum A-Deck hinauf. Er fand ihre Suite und klopfte an die Tür.

Charley Conaway Boothroyd, geschäftsführender Vizepräsident der Godwin & Rawlins-Investmentberatung, sank zu Boden und blieb reglos mitten in der Bar liegen.

Drei Stewards, zwei etwas angeheiterte Passagiere, seine Frau und ein zufällig anwesender Navigationsoffizier schafften es schließlich, seinen immensen Körper aus der Bar bis zu seiner Kabine zu schaffen. Lachend zogen sie dem blonden Hünen Schuhe und Hosen aus und deckten ihn mit einer Steppdecke zu.

Mrs. Boothroyd brachte zwei Flaschen Champagner zum Vorschein und füllte die Gläser der Retter. Für sich selbst schenkte sie nur Wasser ein.

Die Stewards und der Offizier der *Calpurnia* tranken nur auf eindringliches Zureden von Mrs. Boothroyd und verließen die Kabine, sobald es ging. Jedoch nicht, bevor Mrs. Boothroyd ihnen eindringlich klargemacht hatte, wie total betrunken ihr Mann war.

Mit den beiden Freiwilligen allein gelassen, sorgte Mrs. Boothroyd dafür, daß der Champagner bis auf den letzten Tropfen geleert wurde.

»Wer hat eine Kabine?« fragte sie.

Es stellte sich heraus, daß nur einer Junggeselle war, der andere hatte seine Frau in der Bar zurückgelassen.

»Soll sie sich doch besaufen, dann machen wir allein weiter!« forderte sie die beiden heraus. »Glaubt ihr Boys, daß ihr mit mir fertig werdet?«

Die Boys antworteten wie aus einem Mund und nickten wie Hamster, die Zedernspäne gewittert haben.

»Ich warne euch, ich werde für euch beide den Rock heben, und ihr werdet noch nicht genug für mich sein!« Mrs. Boothroyd schwankte leicht, als sie ihnen die Tür öffnete. »Hoffentlich macht es euch nichts aus, wenn der eine dem anderen dabei zusieht. Mir macht es Spaß!«

Die zwei Männer zerdrückten einander fast, als sie der Dame durch die Kabinentür folgten.

»Miststück!« murmelte Charles Conaway Boothroyd.

Er warf die Daunendecke ab und schlüpfte wieder in seine Hosen. Dann griff er in eine Schublade und holte einen Strumpf seiner Frau heraus. Wie um zu üben, zog er sich den Strumpf über den Kopf, richtete sich im Bett auf und musterte sich im Spiegel. Er war mit dem zufrieden, was er sah. Jetzt zog er den Strumpf wieder herunter und öffnete seinen Koffer.

Unter einigen Hemden waren ein Paar Mokassins und ein

dünnes, gummiertes Seil verstaut, das etwa vier Fuß lang war.

Charles Conaway Boothroyd schlüpfte in die Schuhe, während das Seil zu seinen Füßen lag. Dann zog er sich einen schwarzen Strickpullover über. Er lächelte. Er war jetzt glücklich.

Elizabeth Scarlatti lag bereits im Bett, als sie das Klopfen hörte. Sie griff in die Nachttischschublade und holte einen kleinen Revolver heraus.

Dann stand sie auf und ging zur Tür des Vorraums. »Wer ist da?« fragte sie mit lauter Stimme.

»Matthew Canfield. Ich würde Sie sehr gern sprechen.«

Elizabeth war verwirrt. Sie hatte ihn nicht erwartet und suchte nach Worten.

»Ich bin ganz sicher, daß Sie einen Schluck zuviel getrunken haben, Canfield. Hat das nicht bis morgen Zeit?« Damit wirkte sie nicht einmal auf sich selbst überzeugend.

»Sie wissen ganz genau, daß ich nicht betrunken bin, und es kann auch nicht bis morgen warten. Ich glaube, wir sollten jetzt miteinander reden.« Canfield vertraute darauf, daß der Wind und das Geräusch der Wellen seine Stimme dämpfen würden. Außerdem vertraute er darauf, daß er im Augenblick beschäftigt war und daß dies seinem miserablen körperlichen Befinden entgegenwirken würde.

Elizabeth ging auf die Tür zu. »Ich wüßte wirklich nicht, was wir jetzt miteinander zu besprechen hätten. Hoffentlich zwingen Sie mich nicht dazu, die Schiffspolizei zu rufen.«

»Um Himmels willen, Lady, machen Sie jetzt die Tür auf! Oder soll ich die Schiffspolizei verständigen und den Leuten mitteilen, daß wir uns beide für jemanden interessieren, der mit Wertpapieren im Wert von Millionen in Europa herumläuft – von denen ich übrigens keine einzige bekommen werde?«

»Was haben Sie gesagt?« Elizabeth stand jetzt neben der Kabinentür.

»Schauen Sie, Madame Scarlatti...« Matthew legte die Hände wie einen Trichter vor den Mund und ging ganz nahe an die Türfüllung heran. »Wenn meine Informationen auch nur annähernd richtig sind, haben Sie einen Revolver. Also gut. Öffnen Sie die Tür, und wenn ich nicht beide Hände über dem Kopf habe und jemand hinter mir steht, dann schießen Sie! Kann ich noch fairer sein?«

Sie öffnete die Tür, und da stand Canfield. Nur der Gedanke an das bevorstehende Gespräch hielt ihn aufrecht, so übel war ihm. Er schloß die Tür, und Elizabeth Scarlatti erkannte seinen Zustand. Wie stets, wußte sie auch jetzt, was als erstes zu tun war.

»Benutzen Sie mein Badezimmer, Mr. Canfield! Hier! Wenn Sie sich einigermaßen erholt haben, werden wir uns unterhalten.«

Charles Conaway Boothroyd stopfte zwei Kopfkissen unter die Steppdecke seines Bettes. Er nahm das Seil und knotete eine Lassoschlinge hinein. Das Knistern der Fasern war wie Musik in seinen Ohren. Er steckte den Seidenstrumpf seiner Frau in die Tasche und verließ lautlos die Kabine. Da er sich bereits auf Deck A auf der Steuerbordseite befand, brauchte er nur um die Bugpromenade herumzugehen, um sein Ziel zu erreichen. Er schätzte das Stampfen des Schiffes in der rauhen See ab und bestimmte die Zeit, die ein menschlicher Körper brauchen würde, um mit einem Minimum an Störung durch die Schiffaufbauten ins Wasser zu fallen. Boothroyd war durch und durch ein Profi. Bald würden alle wissen, was er wert war.

Als Canfield aus Elizabeth Scarlattis Toilette kam, fühlte er sich sehr erleichtert. Sie hatte in einem Lehnsessel neben dem Bett Platz genommen und richtete den Revolver auf ihn.

»Wenn ich mich setze, legen Sie dann das verdammte Ding weg?«

»Wahrscheinlich nicht. Aber setzen Sie sich, dann reden wir darüber.«

Canfield ließ sich auf das Bett sinken und schwang die Beine darüber, so daß er ihr gegenübersaß. Die alte Frau klappte den Hammer ihrer Waffe zurück. »Sie haben da an der Tür etwas gesagt, Mr. Canfield. Das ist der einzige

Grund, warum ich noch nicht geschossen habe. Würden Sie bitte fortfahren?«

»Ja. Zunächst möchte ich Ihnen sagen, daß ich nicht...« Canfield erstarrte.

Er hörte deutlich, wie sich der Knauf der Vorzimmertür drehte. Er gab der alten Frau ein Zeichen, worauf sie ihm instinktiv den Revolver reichte.

Canfield griff schnell nach ihrer Hand und drückte sie sachte, aber bestimmt, auf das Bett. Sein Blick war ihr Befehl genug, und sie gehorchte.

Sie streckte sich auf dem Bett aus, nur von der Tischlampe beleuchtet, während Canfield sich in die Dunkelheit hinter der offenen Schlafzimmertür zurückzog. Er bedeutete ihr, die Augen zu schließen, ein Befehl, bei dem er eigentlich nicht damit rechnete, daß sie ihn befolgen würde, aber sie tat es. Elizabeth ließ den Kopf nach links fallen, ihre Zeitung lag ein paar Zoll von ihrer rechten Hand entfernt. Sie sah so aus, als wäre sie während des Lesens eingeschlafen.

Die Kabinentür wurde schnell geöffnet und wieder geschlossen.

Canfield preßte den Rücken gegen die Wand und hielt den kleinen Revolver fest umfaßt. Zwischen Türrahmen und Tür klaffte ein schmaler Spalt, durch den Canfield hinaussehen konnte. Plötzlich wurde ihm bewußt, daß der Eindringling denselben Vorteil hatte, nur das er, Canfield, sich im Schatten befand und der andere, wie er hoffte, nicht mit ihm rechnete.

Jetzt konnte er den Besucher erkennen, und Canfield ertappte sich dabei, wie er unwillkürlich schluckte, zum Teil aus Verblüffung, zum Teil aus Angst.

Der Mann war riesengroß, einige Zoll größer als Canfield, mit einer breiten Brust und mächtigen Schultern. Er trug einen schwarzen Pullover, schwarze Handschuhe, und sein ganzer Kopf war von einem halb durchsichtigen, schleierartigen Tuch bedeckt, Seide vielleicht, die dem Riesen ein gespenstisches Aussehen verlieh und sein Gesicht völlig unkenntlich machte.

Der Eindringling kam jetzt durch die Schlafzimmertür und blieb am Fußende des Bettes stehen, knapp einen Meter von

Canfield entfernt. Er schien die alte Frau prüfend zu mustern, während er ein dünnes Seil aus der Hosentasche holte.

Jetzt trat er links neben das Bett, beugte sich leicht vor.

Canfield sprang aus seinem Versteck, schmetterte dem Mann mit aller Kraft den Revolver gegen den Schädel. Die Haut platzte unter dem Schlag auf, und Blut drang durch das Seidengewebe. Der Eindringling fiel nach vorn, stützte sich mit den Händen ab und wirbelte herum. Er war nur sekundenlang benommen.

»Sie!« Das klang, als hätte er Canfield erkannt. »Sie Hurensohn!«

Canfields Erinnerungsvermögen lief auf Hochtouren, tastete sich durch dichte Nebel an vergangene Ereignisse heran, und doch hatte er nicht die leiseste Ahnung, wer dieser hünenhafte Mensch war. Daß er ihn kennen müßte, war offensichtlich – daß er ihn nicht erkannte, möglicherweise gefährlich.

Madame Scarlatti preßte sich gegen das Kopfende ihres Bettes. Sie beobachtete die Szene voll Angst, aber ohne Panik. Eher erfüllte sie Zorn, weil dies eine Situation war, die sie unmöglich unter Kontrolle bekommen konnte.

»Ich werde die Schiffspolizei rufen«, sagte sie leise.

»Nein!« befahl Canfield. »Rühren Sie das Telefon nicht an! Bitte!«

»Sie müssen von Sinnen sein, junger Mann!«

»Wollen Sie einen Handel mit mir abschließen, Kumpel?«

Die Stimme kam ihm auf unbestimmte Weise bekannt vor. Der Buchprüfer richtete seinen Revolver auf den Kopf des Mannes.

»Kommt nicht in Frage. Runter mit dieser Karnevalsmaske!«

Der Mann hob langsam beide Arme.

»Nein, Kumpel. Eine Hand. Setzen Sie sich auf die andere. Mit der Handfläche nach oben!«

»Schlauer Junge.« Der Eindringling ließ einen Arm sinken.

»Mr. Canfield, ich muß wirklich darauf bestehen, die Polizei zu verständigen«, sagte Elizabeth. »Der Mann ist in meine Kabine eingedrungen. Weiß Gott, wahrscheinlich wollte er mich berauben oder töten. Nicht Sie! Ich muß jetzt die zuständigen Behörden rufen!«

Canfield wußte nicht recht, wie er es der alten Frau klarmachen sollte. Er war keineswegs der Heldentyp, und der Gedanke an formellen Schutz war verlockend. Aber würde es wirklich ein Schutz sein? Und selbst wenn – dieser Hüne zu seinen Füßen war die einzige Verbindung oder mögliche Verbindung, die er oder sonst jemand in der Gruppe 20 mit dem verschwundenen Ulster Scarlett besaß. Canfield war sich klar, daß der Eindringling einfach als gewöhnlicher Dieb geopfert werden würde, wenn man die Schiffsbehörden rief. Es war möglich, daß der Mann ein Dieb war, aber Canfield bezweifelte das stark.

Der maskierte Charles Boothroyd, der zu Füßen des Buchprüfers saß, gelangte in bezug auf seine Zukunft zu einem ähnlichen Schluß. Die Aussicht des Scheiterns, verbunden mit einem längeren Gefängnisaufenthalt, begann in ihm ein unkontrollierbares Gefühl der Verzweiflung auszulösen.

Canfield sagte leise zu der alten Frau: »Ich möchte darauf hinweisen, daß dieser Mann nicht eingebrochen ist. Er hat die Tür aufgeschlossen, was darauf hindeutet, daß man ihm einen Schlüssel gegeben hat.«

»Das ist richtig. Den hat man mir gegeben. Sie wollen doch keine Dummheit machen, Kumpel? Ich bin ganz sicher, daß wir uns einigen können. Sagen Sie mir, was Sie dafür kriegen, daß Sie Baseballhandschuhe verkaufen. Ich zahle Ihnen fünfzigmal so viel. Wie wäre das?«

Canfield blickte scharf auf den Mann hinunter. Das war eine neue, beunruhigende Wendung. Hatte man ihn enttarnt? Plötzlich wurde Canfield bewußt, daß es in dieser Kabine vielleicht zwei Leute gab, die geopfert werden würden.

»Nehmen Sie jetzt das verdammte Tuch ab!«

Elizabeth meldete sich wieder zu Wort. »Mr. Canfield, auf diesem Schiff sind schon Tausende von Passagieren gereist. Es kann nicht so schwierig sein, sich einen Schlüssel zu beschaffen. Ich muß darauf bestehen...«

Die rechte Hand des Eindringlings schoß vor und griff nach Canfields Fuß. Canfield feuerte auf die Schulter des

Mannes, während er nach vorn gezogen wurde. Es war ein kleinkalibriger Revolver, und der Schuß war nicht laut.

Die Hand des maskierten Fremden ließ Canfields Knöchel los und fuhr an seine Schulter, wo die Kugel steckte. Canfield stand auf und trat mit aller Kraft nach dem Kopf des Mannes. Seine Schuhspitze traf ihn an der Schläfe. Trotzdem stürzte sich der Mann auf Canfield, versuchte mit beiden Händen seinen Leib zu umklammern. Canfield feuerte ein zweitesmal. Diesmal bohrte sich die Kugel seitlich in den Körper des Hünen. Canfield drückte sich gegen die Kabinenwand, als der Mann zu seinen Füßen zusammenbrach und sich vor Schmerzen wand. Die Kugel hatte ihm den Knochen zerschmettert.

Canfield griff nach unten, um die Seidenmaske wegzuziehen, die von Blut durchtränkt war. Plötzlich schlug der Hüne, der auf dem Boden kniete, mit dem linken Arm zu und schleuderte den Buchprüfer gegen die Wand. Canfield schmetterte ihm den Revolver gegen den Schädel und versuchte gleichzeitig, den stahlharten Arm von sich zu schieben. Als er das Handgelenk des Mannes nach oben zog, riß der schwarze Pullover auf, so daß man den Ärmel eines weißen Hemdes sehen konnte – und einen großen Manschettenknopf, der rot und schwarz gestreift war.

Canfield hielt einen Augenblick lang inne und versuchte, das Gesehene in sich aufzunehmen. Der Hüne, aus zwei Wunden blutend, stöhnte vor Schmerz und Verzweiflung. Aber Canfield kannte ihn jetzt und war äußerst verwirrt. Er versuchte, seine rechte Hand ganz ruhig zu halten, und zielte sorgfältig auf die Kniescheibe des Mannes. Das war nicht leicht. Der stählerne Arm des Fremden preßte sich wie der Kolben einer Dampfmaschine gegen seinen Unterleib.

Als er gerade schießen wollte, warf sich der Eindringling nach oben und stemmte sich mit aller Kraft gegen den Kleineren. Canfield drückte ab, und das war eher ein Reflex als eine bewußte Handlung. Die Kugel fuhr in den Leib seines Gegners.

Wieder stürzte Charles Boothroyd.

Matthew Canfield sah zu der alten Frau hinüber, die gerade nach dem Telefon griff. Er sprang über den Mann hinweg und riß ihr den Hörer aus der Hand, legte ihn auf die Gabel zurück. »Bitte! Ich weiß, was ich tue!«

»Sind Sie sicher?«

»Ja. Glauben Sie mir!«

»Du lieber Gott! Passen Sie auf!«

Canfield wirbelte herum und konnte so gerade noch dem Schlag ausweichen, den der verwundete, auf ihn zutaumelnde Boothroyd ihm zugedacht hatte. Er hatte dazu beide Hände geballt.

Der Mann taumelte gegen das Fußende des Bettes und rollte herunter. Canfield zog die alte Frau weg und richtete die Waffe auf den Angreifer.

»Ich weiß nicht, wie Sie das schaffen. Aber wenn Sie jetzt nicht aufhören, dann kriegen Sie die nächste Kugel in die Stirn. Das verspreche ich Ihnen als Scharfschütze, Kumpel!«

Canfield erinnerte sich, daß er das einzige Mitglied seiner Ausbildungsgruppe war, das zweimal nacheinander bei der Prüfung mit Handfeuerwaffen durchgefallen war.

Auf dem Boden liegend, den Blick ebenso von rasendem Schmerz wie von dem blutigen Seidengewebe behindert, das sein Gesicht bedeckte, wußte Charles Boothroyd, daß er praktisch am Ende war. Sein Atem ging stockend. Blut drang ihm in die Luftröhre. Ihm blieb nur noch eine Hoffnung – er mußte seine Kabine erreichen, mußte zu seiner Frau. Sie würde wissen, was zu tun war. Sie würde dem Schiffsarzt ein Vermögen dafür bezahlen, daß er ihn wieder zusammenflickte. Und *sie* würden irgendwie begreifen. Kein Mann konnte sich so zurichten lassen und dann einem Verhör Widerstand leisten.

Mit ungeheurer Willenskraft begann er sich aufzurichten. Er murmelte etwas Unverständliches vor sich hin, während er sich auf die Matratze stützte.

»Versuchen Sie nicht, aufzustehen, Freundchen«, sagte Canfield. »Sie brauchen mir nur eine Frage zu beantworten.«

»Was – was? Hören Sie auf...«

»Wo ist Scarlett?« Canfield hatte das Gefühl, gegen die Zeit zu arbeiten. Der Mann würde jeden Augenblick zusammenbrechen.

»Weiß nicht...«

»Lebt er?«

»Wer...«

»Sie wissen verdammt genau, wer! Scarlett! Madame Scarlattis Sohn!«

Mit letzter Kraft brachte Boothroyd das scheinbar Unmögliche zustande. Er klammerte sich an der Matratze fest, taumelte nach rückwärts, als würde er zusammenbrechen. Seine Bewegung zog die schwere Matratze teilweise vom Bett, löste die Laken, und als Canfield nach vorn trat, hob Boothroyd die Matratze vom Bett und warf sie dem Buchprüfer entgegen. Als die Matratze sich aufbäumte, stemmte sich Boothroyd mit seinem ganzen Gewicht dagegen. Canfield feuerte wild in die Decke, während er ebenso wie die alte Frau von dem Aufprall umgeworfen wurde. Boothroyd stieß ein letztesmal zu, drückte die beiden gegen die Wand und den Boden und richtete sich auf. Dann drehte er sich blindlings um und taumelte aus dem Zimmer. Als er das Vorzimmer erreicht hatte, riß er sich die Strumpfmaske ab, öffnete die Tür und rannte hinaus.

Elizabeth Scarlatti stöhnte vor Schmerz und griff sich an den Knöchel. Canfield stieß die Matratze von sich und versuchte, der alten Frau auf die Beine zu helfen.

»Ich glaube, mein Knöchel ist gebrochen.«

Canfield drängte es danach, Boothroyd zu verfolgen, aber er konnte die verletzte alte Frau nicht allein lassen. Außerdem würde sie dann sofort wieder nach dem Telefon greifen, und das mußte er unter allen Umständen verhindern. »Ich trage Sie zum Bett.«

»Nehmen Sie um Himmels willen zuerst die Matratze weg!«

Canfield war zwischen dem Gedanken, den Gürtel abzunehmen, der alten Frau die Hände zu fesseln und Boothroyd zu verfolgen, und ihrer Anweisung hin- und hergerissen. Ersteres wäre verrückt gewesen – sie würde ein mörderisches Geschrei erheben. Also zog er die Matratze weg und legte sie vorsichtig aufs Bett.

»Wie fühlen Sie sich?«

»Schlimm.« Sie zuckte zusammen, während er ihr ein Kissen unter den Rücken schob.

»Ich glaube, ich rufe am besten den Schiffsarzt.« Aber Canfield machte keine Anstalten, den Telefonhörer abzuheben. Er versuchte, die richtigen Worte zu finden, damit sie ihn gewähren ließ.

»Dafür ist noch genügend Zeit. Sie wollen doch den Mann verfolgen, oder?«

Canfield sah sie überrascht an. »Ja.«

»Warum? Glauben Sie, daß er etwas mit meinem Sohn zu tun hat?«

»Jede Sekunde, die ich jetzt mit Erklärungen verbringe, verringert die Chance, daß wir das je erfahren.«

»Woher weiß ich denn, daß Sie in meinem Interesse handeln? Sie wollten nicht, daß ich die Polizei rufe – obwohl wir beide dringend Hilfe gebraucht hätten. Genauer gesagt, beinahe hätten Sie es so weit gebracht, daß wir beide getötet wurden. Ich glaube, ich habe Anspruch auf eine Erklärung.«

»Dafür ist jetzt keine Zeit. Bitte, vertrauen Sie mir.«

»Weshalb sollte ich das?«

Canfields Blick fiel auf das Seil, das Boothroyd fallen gelassen hatte. »Abgesehen von einigen anderen Gründen, die uns jetzt zuviel Zeit kosten würden, wären Sie getötet worden, wenn ich nicht hier gewesen wäre.« Er deutete auf das dünne Seil auf dem Boden. »Wenn Sie glauben, daß er Ihnen damit die Hände fesseln wollte, so bedenken Sie bitte, welchen Vorteil es bringt, wenn man zum Erdrosseln ein gummiertes Seil statt einer Wäscheleine verwendet. Zum Fesseln taugt das gar nichts.« Er hob das Seil auf und hielt es ihr hin. »Wohl aber zum Erdrosseln.«

Sie musterte ihn scharf. »Wer sind Sie? Für wen arbeiten Sie?«

Canfield erinnerte sich, mit welcher Absicht er gekommen war – um ihr einen Teil der Wahrheit zu sagen. Er hatte sich dazu entschieden, ihr zu sagen, daß er im Auftrag einer Privatfirma tätig wäre, die sich für Ulster Scarlett interessierte – eines Magazins oder irgendeines Verlags. Unter den augenblicklichen Umständen wäre das offensichtlich unklug. Boothroyd war kein Dieb – er war ein bezahlter Killer. Elizabeth Scarlatti sollte ermordet werden. Sie war kein Mitglied einer Verschwörung. Canfield brauchte jede Unterstützung, die ihm zugänglich war. »Ich vertrete die Regierung der Vereinigten Staaten.«

»Oh, mein Gott! Dieser Esel, Senator Brownlee! Ich hatte ja keine Ahnung!«

»Die hat er auch nicht, das kann ich Ihnen versichern. Er hat uns, ohne das zu wissen, in Bewegung gesetzt. Aber das ist auch schon alles.«

»Und jetzt, nehme ich an, spielt ganz Washington Detektiv und informiert mich nicht.«

»Wenn zehn Leute in ganz Washington davon wissen, würde mich das sehr überraschen. Was macht Ihr Knöchel?«

»Er wird es überleben, genauso wie ich unter den gegebenen Umständen.«

»Wenn ich den Arzt rufe, werden Sie sich irgendeine Geschichte einfallen lassen – zum Beispiel, daß Sie gestürzt sind? Nur, um mir Zeit zu verschaffen. Das ist alles, worum ich Sie bitte.«

»Ich werde noch mehr tun, Mr. Canfield. Ich werde Sie jetzt gehen lassen. Wir können später einen Arzt rufen, wenn es notwendig ist.« Sie zog die Nachttischschublade auf und reichte ihm die Schlüssel.

Canfield ging auf die Tür zu.

»Unter einer Bedingung!« rief ihm die alte Frau nach.

»Und die wäre?«

»Daß Sie einen Vorschlag ernsthaft in Erwägung ziehen, den ich Ihnen machen muß.«

Canfield drehte sich um und musterte sie verblüfft. »Was für einen Vorschlag?«

»Daß Sie für mich tätig werden.«

»Ich bin bald wieder da«, sagte er und rannte hinaus.

21.

Eine Dreiviertelstunde später sperrte Canfield leise Elizabeth Scarlattis Kabinentür auf. Als die alte Frau den Schlüssel im Schloß hörte, fragte sie besorgt: »Wer ist da?«

»Canfield.« Er trat ein.

»Haben Sie ihn gefunden?«
»Ja. Darf ich mich setzen?«
»Bitte.«
»Was ist geschehen? Wer ist der Mann?«
»Er hieß Boothroyd. Er hat für eine Maklerfirma in New York gearbeitet. Man hat ihn ganz offensichtlich dafür bezahlt oder ihn beauftragt, Sie zu ermorden. Er ist tot, und seine sterblichen Überreste sind weit hinter uns – ich schätze, etwa drei Meilen.«
»Du lieber Gott!« Die alte Frau setzte sich auf.
»Wollen wir am Anfang beginnen?«
»Junger Mann, wissen Sie, was Sie getan haben? Man wird nach ihm suchen, Nachforschungen anstellen! Es wird einen Aufruhr geben!«
»Oh, ein paar Leute werden sich ganz bestimmt aufregen. Aber ich bezweifle, daß man über eine Routineuntersuchung hinausgehen und gründliche Nachforschungen anstellen wird. Und die trauende, verwirrte Witwe wird ihre Kabine nicht verlassen dürfen.«
»Was meinen Sie?«
Canfield schilderte ihr, wie er die Leiche in der Nähe von Boothroyds eigener Kabine gefunden hatte. Dann ging er kurz auf die etwas unerfreulicheren Dinge ein, wie er die Leiche durchsucht und sie über Bord geworfen hatte, und beschrieb danach in allen Einzelheiten, wie er in die Bar zurückgekehrt war und dort erfahren hatte, daß Boothroyd scheinbar vor einigen Stunden die Besinnung verloren hatte. Der Barkeeper hatte erklärt, daß ihn ein halbes Dutzend Männer weggeschleppt und zu Bett gebracht hätten. Doch das war, wie Canfield meinte, sicher stark übertrieben gewesen.
»Sehen Sie, und dieses höchst auffällige Alibi ist die logischste Erklärung für sein – Verschwinden.«
»Man wird das Schiff durchsuchen, bevor wir den Hafen erreichen.«
»Nein, das wird man nicht.«
»Warum nicht?«
»Ich habe ihm ein Stück von seinem Pullover abgerissen und es in die Reling vor seiner Kabine gezwängt. Man wird daraus schließen, daß der betrunkene Mr. Boothroyd ver-

suchte, wieder in die Bar zurückzukehren, und dabei einen tragischen Unfall erlitt. Immerhin war die See ziemlich unruhig...« Canfield hielt inne und überlegte. »Wenn er allein operierte, dann sind wir außer Gefahr. Wenn nicht...« Canfield beschloß, nicht weiterzusprechen.

»War es notwendig, den Mann über Bord zu werfen?«

»Wäre es besser gewesen, wenn man ihn mit vier Kugeln im Leib aufgefunden hätte?«

»Drei. Eine steckt in der Schlafzimmerdecke.«

»Das ist noch schlimmer. Dann würde man eine Verbindung zu Ihnen herstellen. Wenn er einen Kollegen an Bord hat, wären Sie vor morgen früh tot.«

»Wahrscheinlich haben Sie recht. Was tun wir jetzt?«

»Wir warten ab. Wir besprechen uns und warten ab.«

»Worauf warten wir?«

»Daß jemand herauszufinden versucht, was passiert ist. Vielleicht seine Frau. Vielleicht derjenige, der ihm den Schlüssel gegeben hat.«

»Glauben Sie, daß die das tun werden?«

»Ich glaube, das müssen sie, wenn es an Bord jemanden gibt, der mit ihm zusammengearbeitet hat. Aus dem einfachen Grund, daß alles geplatzt ist.«

»Vielleicht war er ein ganz gewöhnlicher Einbrecher.«

»Das war er nicht. Er war ein Killer.«

Die alte Frau sah Canfield nachdenklich in die Augen. »Wer sind ›sie‹, Mr. Canfield?«

»Das weiß ich nicht. Deshalb müssen wir miteinander reden.«

»Sie glauben, diese Leute stehen mit dem Verschwinden meines Sohnes in Verbindung, nicht wahr?«

»Ja, das glaube ich. Sie nicht?«

Darauf antwortete sie nicht direkt. »Sie sagten, wir sollten von vorne beginnen. Was verstehen Sie darunter?«

»Wir erfuhren, daß amerikanische Wertpapiere im Wert von einigen Millionen Dollar unter der Hand an einer ausländischen Börse verkauft worden waren. Damit fing alles an.«

»Was hat das mit meinem Sohn zu tun?«

»Er war dort. Er befand sich in dem speziellen Gebiet, als

die Gerüchte entstanden. Ein Jahr später, nach seinem Verschwinden, erhielten wir verläßliche Informationen, daß der Verkauf getätigt worden war. Er war wieder dort. Auffällig, nicht wahr?«

»Oder ein Zufall.«

»Diese Theorie haben Sie vom Tisch gefegt, als Sie mir vor einer Stunde die Tür öffneten.«

Die alte Frau starrte den Buchprüfer an, der mit ausgestreckten Beinen in einem Lehnstuhl saß. Er seinerseits beobachtete sie aus halb geschlossenen Augen. Er sah, daß sie wütend war, sich aber unter Kontrolle hatte.

»Sie sind anmaßend, Mr. Canfield.«

»Das glaube ich nicht. Und da wir wissen, wer der Mann war, der Sie ermorden wollte, und für wen er arbeitete – Godwin Soundso Wall Street – glaube ich, daß das Bild ziemlich klar ist. Jemand in der fünftgrößten Maklerfirma in New York ist wütend genug auf Sie oder hat genügend Angst vor Ihnen, um Ihnen nach dem Leben zu trachten.«

»Das ist reine Spekulation.«

»Zum Teufel mit Spekulationen! Ich habe genügend Schrammen, um das zu beweisen!«

»Wie hat Washington diese – zweifelhafte Verbindung hergestellt?«

»›Washington‹ umfaßt viel zu viele Leute. Wir sind eine sehr kleine Abteilung. Üblicherweise befassen wir uns in aller Stille mit unehrlichen Regierungsbeamten in gehobenen Positionen.«

»Das klingt ja sehr geheimnisvoll, Mr. Canfield.«

»Ganz und gar nicht. Wenn ein Onkel des schwedischen Botschafters einen großen Coup in schwedischen Importen landet, dann ziehen wir es vor, das in aller Stille zu bereinigen.« Er musterte sie scharf.

»Jetzt wirken Sie wieder harmlos.«

»Ich bin weder mysteriös noch harmlos, das kann ich Ihnen versichern.«

»Und die Wertpapiere?«

»Der schwedische Botschafter...« Canfield lächelte. »Der übrigens nach meinem besten Wissen keinen Onkel im Importgeschäft hat.«

»Der schwedische Botschafter? Ich dachte, Sie hätten gesagt, Senator Brownlee wäre derjenige, welcher.«

»Das war nicht ich. Das waren Sie. Brownlee hat genügend Wirbel gemacht, so daß das Justizministerium jeden vorlud, der irgendwann einmal mit Ulster Scarlett zu tun hatte. Auf einmal lag der Fall auf unserem Tisch.«

»Sie sind bei Reynolds!«

»Das haben auch wieder Sie gesagt, nicht ich.«

»Hören Sie auf, mit mir zu spielen. Sie arbeiten für diesen Reynolds, nicht wahr?«

»Eines bin ich ganz bestimmt nicht – Ihr Gefangener. Ich werde mich nicht ins Kreuzverhör nehmen lassen.«

»Also gut. Was ist mit diesem schwedischen Botschafter?«

»Sie kennen ihn nicht? Sie wissen nichts über Stockholm?«

»Herrgott noch mal, nein, ich weiß nichts!«

Canfield glaubte ihr. »Vor vierzehn Monaten ließ Botschafter Walter Pond Washington wissen, daß ein Syndikat in Stockholm dreißig Millionen Dollar für größere amerikanische Wertpapierpakete bereitgestellt hatte, falls man sie einschmuggeln konnte. Sein Bericht war am 15. Mai datiert worden. Das Visum Ihres Sohnes zeigt, daß er am 10. Mai nach Schweden eingereist ist.«

»Schwach! Mein Sohn befand sich auf Hochzeitsreise. Eine Reise nach Schweden war dabei nichts Außergewöhnliches.«

»Er war allein. Seine Frau blieb in London. Das ist außergewöhnlich.«

Elizabeth erhob sich von ihrem Bett. »Das liegt mehr als ein Jahr zurück. Das Geld wurde nur bereitgestellt.«

»Botschafter Pond hat bestätigt, daß die Transaktion durchgeführt wurde.«

»Wann?«

»Vor zwei Monaten. Kurz nach dem Verschwinden Ihres Sohnes.«

»Ich habe Sie etwas gefragt, ehe Sie diesem Mann nachgerannt sind.«

»Ich erinnere mich. Sie haben mir einen Job angeboten.«

»Sind Sie seitens Ihrer Behörde befugt, mit mir zusammenzuarbeiten? Wir haben dasselbe Ziel. Es liegt kein Konflikt vor.«

»Was soll das bedeuten?«

»Ist es Ihnen möglich zu berichten, daß ich mich freiwillig erboten habe, mit Ihnen zusammenzuarbeiten? Sagen Sie die Wahrheit, Mr. Canfield, einfach nur die Wahrheit. Man hat mich zu töten versucht. Wenn Sie nicht eingegriffen hätten, wäre ich jetzt tot. Ich bin eine alte Frau, und ich habe Angst.«

»Man wird annehmen, Sie wüßten, daß Ihr Sohn am Leben ist.«

»Ich weiß es nicht – ich vermute es.«

»Wegen der Wertpapiere?«

»Ich weigere mich, das zuzugeben.«

»Warum dann?«

»Beantworten Sie zuerst meine Frage. Könnte ich den Einfluß Ihrer Behörde benutzen, ohne weiter befragt zu werden? Ich wäre nur Ihnen allein verantwortlich...«

»Was bedeuten würde, daß ich Ihnen verantwortlich bin.«

»Genau.«

»Das ist möglich.«

»Auch in Europa?«

»Wir haben Verträge auf Gegenseitigkeit mit den meisten Behörden...«

»Dann ist das mein Angebot«, unterbrach ihn Elizabeth. »Ich füge hinzu, daß ich nicht mit mir handeln lasse... Einhunderttausend Dollar. In zu vereinbarenden Raten zu zahlen.«

Matthew Canfield starrte die selbstbewußte alte Frau an und stellte plötzlich fest, daß sie ihm Furcht einflößte. An der Summe, die Elizabeth Scarlatti gerade genannt hatte, war etwas Beängstigendes. Er wiederholte mit kaum hörbarer Stimme: »Einhunderttausend...«

»Das ist es mir wert, Mr. Canfield. Nehmen Sie mein Angebot an, und genießen Sie Ihr Leben.«

Der Buchprüfer schwitzte, dabei war es in der Suite weder heiß noch feucht. »Sie kennen meine Antwort.«

»Ja, ich hatte damit gerechnet. Regen Sie sich nicht auf. Der Übergang erfordert nur eine geringfügige Anpassungsfähigkeit. Sie werden genug haben, um bequem leben zu können, aber nicht so viel, daß Sie wirklich Verantwortung tragen. Das wäre unbequem. So, wo waren wir?«

»Was?«

»O ja. Warum vermute ich, daß mein Sohn am Leben ist? Ganz abgesehen von den Wertpapieren, von denen Sie sprechen.«

»Ja, warum?«

»Mein Sohn hat zwischen April und Dezember letzten Jahres Hunderttausende von Dollars auf Banken in ganz Europa überweisen lassen. Ich nehme an, er hat die Absicht, von diesem Geld zu leben. Ich bin auf der Suche nach diesen Depots. Ich folge der Spur jenes Geldes.« Elizabeth sah, daß der Buchprüfer ihr nicht glaubte. »Das ist zufälligerweise die Wahrheit.«

»Diese Wertpapiere sind auch die Wahrheit, nicht wahr?«

»Da ich mit jemandem spreche, den ich bezahle, und da wir beide wissen, daß ich außerhalb dieser Kabine alles leugnen würde – ja.«

»Warum würden Sie das leugnen?«

»Eine berechtigte Frage. Ich glaube nicht, daß Sie es verstehen werden, aber ich werde Ihnen alles zu erklären versuchen. Man wird die verschwundenen Wertpapiere fast ein Jahr lang nicht entdecken. Ich habe im juristischen Sinn nicht das Recht, vor Fälligkeit der Papiere die Entscheidungen meines Sohnes in Zweifel zu ziehen. Das zu tun, hieße die Scarlatti-Familie in aller Öffentlichkeit anzuklagen. Das würde das Scarlatti-Unternehmen auseinanderreißen, alle Scarlatti-Transaktionen in jedem Bankinstitut der zivilisierten Welt verdächtig machen. Das können wir nicht verantworten. Angesichts der in Rede stehenden Beträge könnte das in Hunderten von Firmen Panik erzeugen.«

Canfield hatte die Grenzen seines Konzentrationsvermögens erreicht. »Wer war Jefferson Cartwright?«

»Der einzige Mensch außer Ihnen und mir, der von den Wertpapieren wußte.«

»Oh, mein Gott!« Canfield richtete sich in seinem Sessel auf.

»Glauben Sie wirklich, daß man ihn aus den angegebenen Gründen getötet hat?«

»Ich wußte nicht, daß es welche gab.«

»Die waren indirekt. Er war ein notorischer Schürzenjäger.«

Der Buchprüfer sah der alten Frau in die Augen. »Und Sie sagen, er sei der einzige gewesen, der außer Ihnen über die Wertpapiere informiert war.«

»Ja.«

»Dann glaube ich, daß er deshalb getötet wurde. In Ihrem Teil der Stadt wird einer nicht deshalb umgebracht, weil er eine verheiratete Frau verführt hat. Ihr Mann würde das höchstens zum Anlaß nehmen, mit der Frau des anderen zu schlafen.«

»Dann brauche ich Sie doch, oder nicht, Mr. Canfield?«

»Was hatten Sie vor zu tun, sobald wir England erreicht haben?«

»Genau das, was ich gesagt hatte. Ich will bei den Banken beginnen.«

»Was würden Sie da erfahren?«

»Das weiß ich nicht genau, aber gemessen am Üblichen waren das beträchtliche Summen. Das Geld mußte doch irgendwohin gelangen. Ganz bestimmt hat man es nicht in Papiertüten herumgetragen. Vielleicht andere Konten unter falschen Namen – vielleicht kleine Firmen, die schnell etabliert wurden – ich weiß es nicht. Aber ich weiß, daß dies das Geld ist, das benutzt werden wird, bis die Zahlungen für die Wertpapiere fällig sind.«

»Er hat dreißig Millionen Dollar in Stockholm!«

»Das muß nicht sein. Es könnte sein, daß Konten mit insgesamt dreißig Millionen schwarz eröffnet worden sind, wahrscheinlich mit Gold bezahlt, und auf beträchtliche Zeit festliegen.«

»Wie lange?«

»So lange, wie man braucht, um die Echtheit eines jeden Dokuments zu bestätigen. Da sie an einer ausländischen Börse verkauft wurden, nimmt das Monate in Anspruch.«

»Sie werden also den Konten auf den Banken nachspüren.«

»Ich finde, das ist der einzig mögliche Einstieg.« Elizabeth Scarlatti zog eine Schreibtischschublade auf und griff nach einem Kosmetiketui. Sie öffnete es und entnahm ihm ein Blatt Papier.

»Ich nehme an, Sie besitzen davon eine Kopie. Ich möchte, daß Sie das lesen und Ihr Gedächtnis auffrischen.« Sie reichte ihm das Papier.

Es war die Liste der ausländischen Banken, auf denen Waterman für Ulster Stewart Scarlett Gelder deponiert hatte. Canfield erinnerte sich daran, aufgrund des Materials, das ihm das Justizministerium geschickt hatte.

»Ja, das habe ich gesehen, aber ich besitze keine Kopien. Etwas weniger als eine Million Dollar...«

»Haben Sie die Abhebedaten bemerkt?«

»Ich erinnere mich, daß die letzte Abhebung etwa zwei Wochen vor der Rückkehr Ihres Sohnes mit seiner Frau nach New York stattfand. Ein paar Konten sind noch offen, nicht wahr? Ja, hier...«

»London und Den Haag«, unterbrach ihn die alte Frau und fuhr dann fort: »Das ist es nicht, was ich meine, aber es könnte wertvoll sein. Was ich meine, ist die geografische Folge.«

»Was für eine geografische Folge?«

»Es fängt mit London an, dann geht es nach Norden, nach Norwegen, dann wieder nach Süden, nach England, Manchester; dann nach Paris; wieder nach Norden, Dänemark; nach Süden, Marseille; nach Westen, Spanien, Portugal, dann Berlin, und dann wieder nach Süden, Nordafrika, Kairo, wieder nach Nordwesten, Italien – Rom; dann der Balkan und die Schweiz – so geht es weiter.« Die alte Dame hatte die Orte aus dem Gedächtnis aufgezählt, während Canfield versuchte, ihnen auf der Liste zu folgen.

»Worauf wollen Sie hinaus, Madame Scarlatti?«

»Kommt Ihnen nichts ungewöhnlich vor?«

»Ihr Sohn befand sich auf der Hochzeitsreise. Ich weiß nicht, wie Leute wie Sie Ihre Hochzeitsreise planen. Ich denke dabei nur an die Niagarafälle.«

»Das ist keine normale Reiseroute.«

»Das kann ich nicht sagen.«

»Lassen Sie es mich so formulieren: Sie würden doch keine Vergnügungsreise aus Washington nach New York City machen und dann nach Baltimore zurückkehren und sich als nächste Station Boston wählen.«

»Nein, ich denke nicht.«

»Mein Sohn hat sich kreuz und quer innerhalb eines Halbkreises bewegt. Sein letzter Zielort, wo er den größten Betrag abgehoben hat, war ein Punkt, den er logischerweise viele Monate früher hätte erreichen können.«

Canfield war außerstande, sich die Reiseroute auf einer Landkarte vorzustellen und zugleich den einzelnen Daten zu folgen.

»Machen Sie sich keine Mühe, Mr. Canfield. Es war Deutschland. Eine obskure Stadt in Süddeutschland. Sie nennt sich Pullach.«

TEIL ZWEI

22.

Der zweite und dritte Tag auf hoher See verlief ruhig, was das Wetter und die Stimmung in der Ersten Klasse der *Calpurnia* anging. Die Nachricht vom Tod eines Passagiers wirkte auf die Passagiere bedrückend. Mrs. Charles Boothroyd blieb in ihrer Kabine unter dauernder Aufsicht des Schiffsarztes und einer Krankenschwester. Die Nachricht vom Tod ihres Mannes hatte einen hysterischen Anfall ausgelöst, und man hatte ihr eine größere Dosis von Beruhigungsmitteln verabreichen müssen.

Am dritten Tag hatten die meisten Passagiere sich von ihrer Seekrankheit und dem Schock erholt und betrachteten die Welt wieder optimistischer.

Elizabeth Wyckham Scarlatti und ihr junger Tischherr trennten sich nach jeder Mahlzeit. Gegen halb elf Uhr abends freilich begab sich Matthew Canfield in ihre Kabine, um dort Stellung zu beziehen, falls es zu einem weiteren Mordanschlag kommen sollte. Es war ein höchst unbefriedigendes Arrangement.

»Wenn ich hundert Jahre jünger wäre, könnten Sie sich als einer dieser geschmacklosen Männer ausgeben, die sich an ältere Damen vermieten.«

»Wenn Sie Ihr Geld dazu benutzten, sich selbst einen Ozeandampfer zu kaufen, würde ich nachts ein wenig Schlaf finden.«

Aber diese nächtlichen Gespräche hatten auch einen Nutzen.

Ihre Pläne begannen, Gestalt anzunehmen. Außerdem wurden Canfields Pflichten als ein Angestellter von Elizabeth Scarlatti in diplomatischer Weise diskutiert.

»Ich würde niemals von Ihnen erwarten, daß Sie irgend etwas tun, das der Regierung schaden könnte«, sagte Elizabeth. »Etwas, das Sie nicht mit Ihrem Gewissen vereinbaren können. Ich glaube an das menschliche Gewissen.«

»Aber Sie wollen wahrscheinlich darüber entscheiden, was schädlich ist und was nicht.«

»Bis zu einem gewissen Grad, ja. Ich glaube, hier ein gewisses Urteilsvermögen zu besitzen.«

»Was geschieht, wenn ich Ihre Ansicht nicht teile?«

»Über diese Brücke wollen wir gehen, wenn wir sie erreichen.«

»Das ist ja großartig.«

Es lief darauf hinaus, daß Matthew Canfield weiterhin seine Berichte an die Gruppe 20 in Washington senden würde, mit einer einzigen Änderung – Elizabeth Scarlatti würde sie vorher zu sehen bekommen. Sie würden gemeinsam durch seine Vermittlung gewisse Forderungen an sein Büro richten, die sie beide für notwendig hielten. In allen Dingen, die ihr körperliches Wohlbefinden angingen, würde die alte Frau den Anweisungen des jungen Mannes ohne Widerspruch Folge leisten.

Matthew Canfield würde zehn Raten von je zehntausend Dollar, angefangen mit ihrem ersten Tag in London, erhalten. In kleinen amerikanischen Scheinen.

»Sie sind sich natürlich darüber im klaren, Mr. Canfield, daß man diese Übereinkunft auch noch von einer anderen Seite betrachten kann.«

»Und die wäre?«

»Ihr Büro kann meine nicht unbeträchtlichen Talente absolut gratis nutzen. Das ist für den Steuerzahler äußerst nützlich.«

»Ich werde das in meinen nächsten Bericht aufnehmen.«

Damit war freilich das eigentliche Problem ihrer Übereinkunft nicht gelöst. Damit der Buchprüfer seine Verpflichtungen gegenüber beiden Auftraggebern erfüllen konnte, galt es, einen Grund zu finden, der seine Verbindung mit der alten Frau erklärte. Im Laufe der Wochen würde diese offenkundig sein, und es wäre unsinnig gewesen, sie entweder als eine geschäftliche oder eine private Beziehung darzustellen. Beide Erklärungen würden Argwohn erwecken.

Matthew Canfield fragte, nicht ohne persönliches Interesse: »Kommen Sie gut mit Ihrer Schwiegertochter aus?«

»Ich nehme an, Sie meinen Ulsters Frau. Chancellors Gattin könnte niemand ertragen.«

»Ja.«

»Ich mag sie. Wenn Sie freilich daran denken, sie als Dritte in unseren Bund aufzunehmen, so muß ich Ihnen sagen, daß sie mich verabscheut. Dafür gibt es viele Gründe, wovon die meisten durchaus verständlich sind. Um das zu erreichen, was ich will, mußte ich sie ziemlich schlecht behandeln. Ich könnte nur ein einziges Argument zu meiner Verteidigung vorbringen, falls ich dies für nötig hielte – was keineswegs der Fall ist: Alles, was ich tat, geschah zu ihrem Nutzen.«

»Das rührt mich zutiefst, aber glauben Sie, daß wir sie veranlassen könnten, uns zu unterstützen? Ich bin ihr einige Male begegnet.«

»Besonders verantwortungsbewußt ist sie nicht gerade. Aber das wissen Sie wahrscheinlich.«

»Ja. Ich weiß noch etwas – sie nimmt an, daß Sie wegen Ihres Sohnes nach Europa reisen.«

»Das ist mir bewußt. Wahrscheinlich würde es Ihnen nützen, wenn Sie Janet einschalten könnten. Aber ich glaube nicht, daß ich das per Telegramm bewerkstelligen könnte. Und ich würde es ganz bestimmt nicht in einem Brief darlegen.«

»Ich weiß eine bessere Methode. Ich werde zurückreisen, um sie zu holen, und eine schriftliche – Erklärung von Ihnen mitnehmen. Nicht zu detailliert und nicht zu deutlich. Den Rest übernehme ich.«

»Sie müssen sie sehr gut kennen.«

»Nein. Ich glaube nur, sie wird uns helfen, wenn ich sie überzeugen kann, daß Sie und ich auf ihrer Seite stehen.«

»Vielleicht könnte sie das. Sie könnte uns zeigen, wo...«

»Sie könnte Leute erkennen...«

»Aber was werde ich tun, während Sie in Amerika sind? Ich wäre ohne Zweifel tot, wenn Sie zurückkehren.«

Daran hatte Canfield gedacht. »Sobald wir England erreichen, sollten Sie untertauchen.«

»Wie, bitte?«

»Um Ihrer unsterblichen Seele willen – und natürlich der Ihres Sohnes.«

»Ich verstehe kein Wort.«

»Ein Nonnenkonvent. Die ganze Welt weiß, welchen Verlust Sie erlitten haben. So etwas wäre völlig logisch. Wir werden eine Verlautbarung an die Presse herausgeben und darin erklären, Sie hätten sich im Norden Englands an einem nicht näher bezeichneten Ort niedergelassen. Und dann schicken wir Sie irgendwohin nach Süden. Mein Büro wird uns dabei behilflich sein.«

»Das klingt ausgesprochen lächerlich.«

»In Schwarz werden Sie hinreißend aussehen.«

Die verschleierte, trauernde Mrs. Boothroyd wurde mit der ersten Gruppe von Passagieren von Bord geleitet. Beim Zoll empfing sie ein Mann, der für sie die Formalitäten erledigte und sie zu einem Rolls-Royce brachte, der auf der Straße wartete. Canfield folgte den beiden zum Wagen.

Fünfundvierzig Minuten später hatte er sich in einem Hotelzimmer einquartiert. Er hatte seine Londoner Kontaktstelle von einer öffentlichen Telefonzelle aus angerufen, und sie waren übereingekommen, sich so schnell wie möglich zu treffen. Dann verbrachte der Buchprüfer eine halbe Stunde damit, die Stabilität eines Festlandbettes zu genießen. Der Gedanke, sogleich wieder an Bord eines Schiffes gehen zu müssen, deprimierte ihn, aber er wußte, daß es keine andere Lösung gab. Janet würde die vernünftigste Erklärung dafür bieten, daß er die alte Dame begleitete, und es war logisch, daß die Frau und die Mutter des verschwundenen Ulster Scarlett gemeinsam reisten.

Und Canfield fand die Aussicht auf die Gesellschaft Janet Scarletts nicht gerade abstoßend. Sie war ohne Zweifel nicht gerade die solideste Person, aber er begann an seiner ursprünglichen Meinung zu zweifeln, daß sie moralisch schlecht war.

Er war im Begriff einzuschlafen, als ihm ein Blick auf die Uhr sagte, daß er sich bei seiner Verabredung verspäten würde. Er griff nach dem Telefon und hörte mit Freuden, was die Stimme ihm in britischem Akzent mitteilte: »Madame

Scarlatti befindet sich in Suite fünf. Wir haben Anweisung, Besucher telefonisch anzumelden, Sir.«

»Dann tun Sie das bitte. Ich gehe gleich hinauf. Vielen Dank.«

Canfield sagte laut seinen Namen, ehe Elizabeth Scarlatti die Tür öffnete. Die alte Frau bedeutete dem jungen Mann, auf einem Stuhl Platz zu nehmen, dann setzte sie sich auf ein riesiges viktorianisches Sofa am Fenster.

»Nun, was tun wir jetzt?«

»Ich habe unseren Mann in London vor fast einer Stunde angerufen. Er sollte in Kürze hier sein.«

»Wer ist es denn?«

»Er sagte, sein Name wäre James Derek.«

»Kennen Sie ihn denn nicht?«

»Nein. Man gibt uns eine Telefonnummer und weist uns dann einen Mann zu. Das ist eine Abmachung auf Gegenseitigkeit.«

»Was wird er wissen wollen?«

»Nur, was wir ihm freiwillig sagen. Er wird keine Fragen stellen, sofern wir nicht etwas fordern, das entweder gegen die britische Regierung gerichtet oder so teuer ist, daß er sich rechtfertigen müßte. Dieser Punkt ist für ihn der wichtigste.«

»Wie amüsant!«

»Ja, das Geld der Steuerzahler...« Canfield sah auf die Uhr. »Ich habe ihn gebeten, eine Liste von Klöstern mitzubringen.«

»Damit ist es Ihnen anscheinend sehr ernst, oder?«

»Ja. Es sei denn, er hätte eine bessere Idee. Ich werde etwa zweieinhalb Wochen weg sein. Haben Sie den Brief an Ihre Schwiegertochter geschrieben?«

»Ja.« Sie reichte ihm einen Umschlag.

Auf der anderen Seite des Zimmers, auf einem Tischchen neben der Tür, klingelte das Telefon. Elizabeth ging schnell zu dem Apparat und meldete sich.

»Ist das Derek?« fragte Canfield, als sie aufgelegt hatte.

»Ja.«

»Gut. Jetzt darf ich Sie bitten, Madame Scarlatti, daß Sie mir das Reden überlassen. Aber wenn ich Sie etwas frage, dann wissen Sie, daß ich eine ehrliche Antwort haben will.«

»Oh? Wir verabreden keine Signale?«

»Nein. Er will nichts wissen. Glauben Sie mir das. Tatsächlich sind wir einander sogar etwas unsympathisch.«

»Sollte ich ihm einen Drink oder einen Tee anbieten, oder ist das nicht gestattet?«

»Ich glaube, er wäre Ihnen für einen Drink sehr dankbar.«

»Ich werde den Zimmerservice anrufen und eine Bar schikken lassen.«

»Sehr schön.«

Elizabeth Scarlatti nahm den Hörer ab und bestellte eine Auswahl an Weinen und Schnäpsen. Canfield lächelte über die Gewohnheiten der Reichen und zündete sich eine seiner dünnen Zigarren an.

James Derek war ein freundlich wirkender Mann Anfang Dreißig. Er neigte zur Korpulenz und sah wie ein erfolgreicher Geschäftsmann aus. Er war schrecklich höflich, aber dem Wesen nach kühl. Sein konstantes Lächeln hatte die Tendenz, beim Reden in eine etwas gequälte gerade Linie überzugehen.

»Wir haben das Zulassungsschild des Rolls am Pier überprüft. Es gehört einem Marquis Jacques Louis Bertholde. Franzose, hier im Land wohnhaft. Wir werden Informationen über ihn besorgen.«

»Gut. Wie steht es mit den Klöstern?«

Der Brite holte ein Blatt Papier aus der Innentasche. »Es gibt einige, die wir empfehlen könnten. Je nachdem, welche Wünsche Madame Scarlatti in bezug auf Verbindungen nach draußen hat.«

»Haben Sie welche, wo ein Kontakt völlig unmöglich ist? Von beiden Seiten?« fragte der Buchprüfer.

»Das müßte natürlich ein katholisches Kloster sein. Davon gibt es zwei oder drei...«

»Jetzt hören Sie zu!« unterbrach die selbstbewußte alte Dame.

»Was wären das für Klöster?« fragte Canfield.

»Da ist eines vom Benediktinerorden und ein Karmeliterinnenkonvent. Sie liegen übrigens im Südwesten. Das Karmeliterinnenkloster ist in der Nähe von Cardiff.«

»Es gibt gewisse Grenzen, Mr. Canfield. Ich beabsichtige, diese Grenzen festzulegen. Ich will mit solchen Leuten nichts zu tun haben!«

»Welches Kloster in England ist das berühmteste, das gesuchteste, Mr. Derek?« fragte der Buchprüfer.

»Nun, die Herzogin von Gloucester zieht sich einmal jährlich in die Abtei von York zurück. Englische Hochkirche natürlich.«

»Ausgezeichnet. Wir informieren sämtliche Presseagenturen, daß Madame Scarlatti dort einen Monat verbringen wird.«

»Das ist wesentlich akzeptabler«, sagte die alte Frau.

»Ich bin noch nicht fertig.« Canfield wandte sich an den amüsierten Londoner. »Dann melden Sie Madame Scarlatti im Karmeliterinnenkloster an. Sie werden sie morgen dorthin begleiten.«

»Wie Sie wünschen.«

»Einen Augenblick, Gentlemen!« rief Elizabeth. »Ich bin nicht einverstanden. Ich bin sicher, daß Mr. Derek meinen Wünschen Folge leisten wird.«

»Tut mir schrecklich leid, gnädige Frau. Meine Anweisungen lauten, daß ich Mr. Canfields Befehle ausführen soll.«

»Und wir haben eine schriftliche Vereinbarung, Madame Scarlatti, oder wollen Sie die aufkündigen?«

»Worüber kann man denn mit solchen Leuten reden? Ich ertrage diesen Mummenschanz aus Rom einfach nicht.«

»Die Unbequemlichkeit einer Unterhaltung wird Ihnen erspart bleiben, gnädige Frau«, sagte Mr. Derek. »Es gibt dort ein Gelübde des Schweigens.«

»Meditieren Sie«, fügte der Buchprüfer hinzu. »Das ist gut für die unsterbliche Seele.«

23.

›York, England, *12. August 1926* – In der weithin berühmten Abtei von York ereignete sich am frühen Morgen des heutigen Tages im Westflügel, dem Wohntrakt des religiösen Ordens, eine schwere Explosion. Eine unbekannte Zahl von Schwestern und Novizinnen kam bei dem tragischen Ereignis ums Leben. Man nimmt an, daß die Explosion auf einen Defekt in der Heizungsanlage zurückzuführen ist, die vor kurzem von dem Orden installiert wurde.‹

Canfield las die Notiz einen Tag vor seiner Ankunft in New York in der Schiffszeitung.

Denen entgeht nichts, dachte er. Und obwohl der Preis schmerzhaft hoch war, bewies der Zwischenfall eindeutig zwei Dinge: Die Presseberichte wurden gelesen, und jemand wünschte Madame Scarlattis Tod.

Der Buchprüfer griff in die Tasche und holte den Brief der alten Frau an Janet Scarlett heraus. Er hatte ihn häufig gelesen und hielt ihn für wirkungsvoll. Er las ihn aufs neue.

›Mein liebes Kind, ich weiß, daß Du mich nicht sonderlich magst, und finde mich mit dieser bedauerlichen Tatsache ab. Du hast allen Grund, so zu empfinden – die Scarlattis haben sich nicht als angenehme Menschen erwiesen. Aber aus welchen Gründen auch immer und ohne Rücksicht auf den Kummer, den man Dir zugefügt hat, bist Du jetzt eine Scarlatti und hast einen Scarlatti in diese Welt gesetzt. Vielleicht wirst Du es sein, die den Charakter unserer Familie verbessern wird.

Ich schreibe das nicht aus sentimentalen Gründen. Die Geschichte hat bewiesen, daß häufig gerade diejenigen unter uns, von denen man dies am wenigsten erwartet, aufgrund der schweren Verantwortung, die man ihnen auferlegt hat, besonders glanzvollen Ruhm erwerben. Ich bitte Dich, diese Möglichkeit in Betracht zu ziehen.

Ferner bitte ich Dich, gründlich über das nachzudenken, was Mr. Matthew Canfield Dir sagen wird. Ich vertraue ihm. Das tue ich, weil er mein Leben gerettet hat und dabei fast sein eigenes verloren hätte. Seine Interessen und die unseren sind unauflösbar miteinander verbunden. Er wird Dir sagen, was er tun kann, und wird sehr viel von Dir verlangen.

Ich bin eine sehr, sehr alte Frau, meine Liebe, und habe nicht mehr viel Zeit. Die Monate oder Jahre, die mir noch gewährt sind (und die vielleicht nur für mich selbst Wert haben), können sehr leicht auf eine Art abgekürzt werden, die, wie ich es gern sehen möchte, nicht im Willen Gottes liegt. Natürlich akzeptiere ich als Oberhaupt des Hauses Scarlatti dieses Risiko, und wenn ich die mir noch verbleibende Zeit damit verbringen kann, unserer Familie eine große Schande fernzuhalten, so will ich freudig und mit dankbarem Herzen zu meinem lieben Mann hinübergehen.

Ich erwarte Deine Antwort durch Mr. Canfield. Wenn sie so ausfällt, wie ich das vermute, werden wir in Kürze zusammen sein, und Du wirst mir mehr Freude machen, als ich es verdiene. Wenn nicht, kannst Du dennoch meiner Zuneigung und, glaube mir, wenn ich das sage, meines Verständnisses versichert sein. Elizabeth Wyckham Scarlatti.‹

Canfield steckte den Brief in den Umschlag zurück. Er war wirklich gut, dachte er zum wiederholten Mal. Er erklärte nichts und verlangte das Vertrauen darauf, daß die Angelegenheit, um die es hier ging, von lebenswichtiger Dringlichkeit war. Wenn er seine Aufgabe erfüllte, würde die junge Frau mit ihm nach England zurückkehren. Wenn es ihm nicht gelang, sie zu überzeugen, würde er eine andere Lösung finden müssen.

Die Backsteinvilla Ulster Scarletts an der Fiftyfourth Street wurde gerade frisch gestrichen. Am Dach waren einige Gerüste befestigt, und eine Anzahl Arbeiter waren emsig am Werk. Das schwere Checker-Taxi hielt vor dem Eingang. Matthew Canfield ging die Treppe hinauf und klingelte. Die korpulente Haushälterin öffnete die Tür.

»Guten Tag, Hannah. Ich weiß nicht, ob Sie sich erinnern, mein Name ist Canfield. Matthew Canfield. Ich möchte Mrs. Scarlett sprechen.«

Hannah war offenbar nicht gewillt, ihm Zutritt zu gewähren. »Werden Sie von Mrs. Scarlett erwartet?«

»Nein, aber ich bin sicher, daß sie mich empfangen wird.«

Er hatte keine Sekunde daran gedacht, sie anzurufen. Es wäre zu leicht für sie gewesen, ihn abzuweisen.

»Ich weiß nicht, ob die gnädige Frau zu Hause ist, Sir.«

»Dann muß ich eben warten. Soll ich das hier auf der Treppe tun?«

Hannah machte dem Buchprüfer widerstrebend Platz und ließ ihn in die Eingangshalle mit ihren scheußlichen Farben treten. Wieder wurde sich Canfield der Intensität der roten Tapete und der schwarzen Vorhänge bewußt.

»Ich werde mich erkundigen, Sir«, sagte die Haushälterin und ging auf die Treppe zu.

Einige Minuten darauf kam Janet die lange Freitreppe herunter, gefolgt von der schwerfälligen Hannah. Sie wirkte sehr gefaßt. Ihre Augen waren klar und aufmerksam und ließen die Panik vermissen, an die er sich erinnerte. Sie hatte die Situation unter Kontrolle und war ohne Zweifel eine ausnehmend schöne Frau.

Canfield empfand ein Unbehagen, das ihm seine Unterlegenheit bewußt machte.

Diese Frau gehörte einer Klasse an, von der er nur träumen konnte.

»Mr. Canfield, was für eine Überraschung!«

Sie war freundlich, aber kühl und reserviert. Janet hatte die Lektionen der Reichen gut gelernt.

»Hoffentlich keine unwillkommene, Mrs. Scarlett.«

»Aber nein.«

Hannah hatte inzwischen die unterste Treppe erreicht und ging jetzt auf die Tür des Speisezimmers zu. Canfield sprach schnell weiter: »Während meiner Reise bin ich einem jungen Mann begegnet, dessen Firma lenkbare Luftschiffe herstellt. Ich wußte, daß Sie das interessieren würde.« Canfield beobachtete Hannah aus dem Augenwinkel, ohne dabei den Kopf zu bewegen. Hannah hatte sich abrupt herumgedreht und sah den Buchprüfer an.

Janet hob verwirrt die Brauen. »Aber ich muß schon sagen, Mr. Canfield! Weshalb sollte mich das interessieren?«

»Ich bin der Ansicht, daß Ihre Freunde in Oyster Bay eines für ihren Klub kaufen möchten. Hier, ich habe Ihnen alle Informationen mitgebracht. Kaufpreis, Mietbedingungen, technische Daten, alles ... Erlauben Sie mir, Ihnen die Unterlagen zu zeigen.«

Der Buchprüfer griff nach Janet Scarletts Arm und führte sie schnell zur Tür des Wohnzimmers. Hannah zögerte kurz, zog sich aber auf einen Blick Canfields hin in das Speisezimmer zurück. Jetzt schloß Canfield die Wohnzimmertür.

»Was soll das?« fragte Janet. »Ich will kein Luftschiff kaufen.«

Der Buchprüfer blieb an der Tür stehen und gab der jungen Frau mit einer Handbewegung zu verstehen, daß sie schweigen sollte.

»Was?«

»Sei einen Augenblick still!« flüsterte er. »Bitte!«

Er wartete etwa zehn Sekunden und riß dann die Tür auf.

Auf der anderen Seite des Korridors, vor dem Speisezimmer, standen Hannah und ein Mann im weißen Overall, offensichtlich einer der Maler. Sie redeten miteinander und blickten beide auf die Wohnzimmertür. Jetzt bemerkten sie Canfields Blick und entfernten sich verlegen.

Canfield schloß die Tür und wandte sich wieder Janet Scarlett zu. »Interessant, nicht wahr?«

»Was hat das zu bedeuten?«

»Einfach interessant, daß deine Angestellten so neugierig sind.«

»Oh...« Janet drehte sich um und nahm eine Zigarette aus der Kassette auf dem niedrigen Tisch. »Dienstboten reden immer, und ich denke, du hast ihnen Anlaß dazu gegeben.«

Canfield gab ihr Feuer. »Den Malern auch?«

»Hannahs Freunde sind ihre Angelegenheit. Sie interessieren mich nicht.«

»Es kommt dir nicht seltsam vor, daß Hannah fast gestolpert wäre, als ich das Luftschiff erwähnte?«

»Ich verstehe einfach nicht...«

»Ich gebe zu, daß es etwas kompliziert ist...«

»Warum hast du nicht angerufen?«

»Hättest du mich denn empfangen, wenn ich das getan hätte?«

Janet überlegte einen Augenblick lang. »Wahrscheinlich. Die Vorwürfe, die ich mir nach deinem letzten Besuch machte, wären kein Grund gewesen, dich zu beleidigen.«

»Das Risiko wollte ich nicht eingehen.«

»Das ist sehr lieb von dir, und ich bin gerührt. Aber warum dieses seltsame Verhalten?«

Es gab keinen Grund, es weiter hinauszuzögern. Er holte den Umschlag aus der Tasche. »Man hat mich gebeten, dir das zu geben. Darf ich mich setzen, während du liest?«

Janet griff verblüfft nach dem Umschlag und erkannte sofort die Handschrift ihrer Schwiegermutter. Sie öffnete das Kuvert und las das Schreiben.

Wenn sein Inhalt sie erstaunte oder gar schockierte, so konnte sie jedenfalls ihre Gefühle gut verbergen.

Langsam setzte sie sich auf das Sofa und drückte ihre Zigarette aus. Sie blickte auf den Brief, dann auf Canfield und dann wieder auf den Brief. Schließlich fragte sie leise, ohne aufzublicken: »Wer bist du?«

»Ich bin im Auftrag der Regierung tätig. Ich bin Beamter. Ein kleiner Beamter im Innenministerium.«

»Die Regierung? Du bist also kein Vertreter?«

»Nein, das bin ich nicht.«

»Du wolltest mich kennenlernen und im Auftrag der Regierung mit mir sprechen?«

»Ja.«

»Warum hast du mir dann gesagt, daß du Tennisplätze verkaufst?«

»Manchmal erweist es sich als notwendig, unsere Position zu verbergen. So einfach ist das.«

»Ich verstehe.«

»Ich nehme an, du willst wissen, was deine Schwiegermutter mit dem Brief meint?«

»Du sollst gar nichts annehmen.« Ihre Stimme klang kalt. »Es war dein Auftrag, mich kennenzulernen und mir all diese amüsanten Fragen zu stellen?«

»Offen gestanden, ja.«

Die junge Frau stand auf, ging zu ihm und schlug ihn mit aller Kraft ins Gesicht. Es war ein scharfer, schmerzhafter Schlag. »Du Hurensohn! Verlaß dieses Haus!« Dabei wurde ihre Stimme nicht lauter. »Verschwinde, ehe ich die Polizei rufe!«

»Mein Gott, Janet, willst du damit aufhören?« Er packte sie an den Schultern, und sie versuchte, sich ihm zu entwinden. »Hör mir zu! Ich habe gesagt, du sollst mir zuhören, sonst schlage ich zurück!«

Haß blitzte in ihren Augen auf und, wie Canfield fand, eine Andeutung von Melancholie. Er ließ sie nicht los, während er weitersprach. »Ja, ich hatte Auftrag, dich kennenzulernen und mir so viele Informationen wie möglich zu beschaffen.«

Sie spuckte ihm ins Gesicht. Er verzichtete darauf, sich abzuwischen.

»Ich bekam die Information, die ich brauchte, und habe diese Information benutzt, weil man mich dafür bezahlt. Soweit meine Dienststelle Bescheid weiß, verließ ich dieses Haus um neun Uhr, nachdem du mir zwei Drinks vorgesetzt hattest. Wenn man dich wegen illegalen Alkoholbesitzes festnehmen will, reicht das dafür aus!«

»Ich glaube dir nicht!«

»Das ist mir egal. Und zu deiner weiteren Information – ich hatte dich seit Wochen überwachen lassen. Dich und den Rest deiner Spielgefährten. Vielleicht interessiert es dich zu wissen, daß ich weitere Einzelheiten über die – possierlicheren Aspekte deiner täglichen Aktivitäten in diesem Bericht verschwiegen habe.«

Die Augen der jungen Frau begannen sich mit Tränen zu füllen.

»Ich erledige meinen Auftrag, so gut ich kann«, fuhr er fort. »Ich bin gar nicht so sicher, daß du diejenige bist, die sich hier als ›verletzte Jungfrau‹ geben sollte. Vielleicht ist es dir nicht klar, aber dein Mann oder dein ehemaliger Mann – oder was zum Teufel er sonst ist, könnte noch sehr lebendig sein. Eine Menge netter Leute, die nie von ihm gehört haben, Frauen wie du und junge Mädchen, sind seinetwegen ums Leben gekommen, in einer Explosion verbrannt. Andere sind auch getötet worden, aber denen ist vielleicht recht geschehen.«

»Was redest du da?«

Er lockerte seinen Griff, ließ sie aber noch nicht los.

»Ich weiß nur, daß ich deine Schwiegermutter vor einer Woche in England verlassen habe. Die Überfahrt war die Hölle. Jemand hat sie in der ersten Nacht auf dem Schiff zu töten versucht. Oh, du kannst darauf wetten, daß es Selbstmord gewesen wäre! Man hätte gesagt, sie hätte sich aus Kummer über Bord geworfen. Vor einer Woche haben wir den Zeitungen mitgeteilt, daß sie in einem englischen Kloster Zuflucht gesucht hat. Vor zwei Tagen explodierte dort die Heizung und hat weiß Gott wie viele Leute getötet. Ein Unfall natürlich!«

»Ich weiß nicht, was ich sagen soll.«

»Willst du, daß ich weiterspreche, oder willst du immer noch, daß ich gehe?«

Ulster Scarletts Frau wirkte unsagbar traurig, als sie zu lächeln versuchte. »Ich glaube, du solltest besser bleiben und – weitersprechen.«

Sie setzten sich auf das Sofa, und Canfield redete.

Er redete, wie er noch nie zuvor geredet hatte.

24.

Benjamin Reynolds beugte sich in seinem Sessel vor und schnitt aus der Sonntagsbeilage des New York Herald einen eine Woche alten Artikel aus. Es handelte sich um ein Foto von Janet Saxon Scarlett, die von M. Canfield, Vorstandsmitglied einer Sportartikelfirma, zu einer Hundeausstellung im Madison Square Garden begleitet wurde. Reynolds lächelte, als er sich an Canfields Bemerkung am Telefon erinnerte.

›Alles kann ich ertragen, nur die verdammten Hundeausstellungen nicht. Hunde sind für die sehr Reichen oder die sehr Armen da, nicht für jemanden zwischen diesen Klassen.‹

Doch das war unwichtig, dachte der Leiter der Gruppe 20. Die Zeitungen leisteten ausgezeichnete Arbeit. Washington hatte Canfield angewiesen, weitere zehn Tage in Manhattan damit zu verbringen, seine Beziehung zu Ulster Scarletts Frau vor der Rückkehr nach England gründlich zu vertiefen.

Die Beziehung war nicht mißzuverstehen, und Benjamin Reynolds fragte sich, ob es sich wirklich nur um eine Fassade für die Öffentlichkeit handelte. Oder war da mehr? War Canfield im Begriff, selbst in die Falle zu gehen? Die Leichtigkeit, mit der er die Zusammenarbeit mit Elizabeth Scarlatti eingeleitet hatte, verdiente Bewunderung.

»Ben ...« Glover betrat munter sein Büro. »Ich glaube, jetzt haben wir das, was wir gesucht haben.« Er schloß die Tür und ging auf Reynolds' Schriebtisch zu.

»Was haben Sie denn?«

»Eine Verbindung zu der Scarlatti-Geschichte, da bin ich ganz sicher.«

»Lassen Sie sehen.«

Glover legte ein paar Blätter auf die ausgebreitete Zeitung.

»Nicht schlecht, wie?« sagte er und deutete auf das Foto mit Canfield und der jungen Frau.

»Genau das, was wir schmutzigen alten Männer befohlen haben. Die Gesellschaft wird ihm zujubeln, wenn er nicht auf den Boden spuckt.«

»Er macht seine Sache gut, Ben. Die sind jetzt wieder auf hoher See, nicht wahr?«

»Gestern abgelegt... Was haben Sie denn hier?«

»Die Statistikabteilung hat das gefunden. Aus der Schweiz, Züricher Gegend. Vierzehn Anwesen, alle innerhalb des letzten Jahres gekauft. Sehen Sie sich doch die Längen- und Breitenangaben an. Jedes Grundstück liegt genau neben dem anderen. A grenzt an B, B an C, C an D und so weiter. Hunderttausende von Morgen, das Ganze bildet ein riesiges Areal.«

«Ist Scarlatti einer der Käufer?«

»Nein. Aber eines der Anwesen wurde unter dem Namen Boothroyd gekauft. Charles Boothroyd.«

»Sind Sie sicher? Was soll das heißen – ›unter dem Namen Boothroyd‹?«

»Der Schwiegervater hat es für seine Tochter und ihren Mann gekauft. Rawlins heißt er. Thomas Rawlins. Partner der Maklerfirma Godwin und Rawlins. Seine Tochter heißt Cecily. Sie ist mit Boothroyd verheiratet.«

Reynolds nahm das Blatt mit der Namenliste. »Wer sind diese Leute? Was besagt die Liste?«

Glover griff nach den zwei restlichen Blättern. »Das steht alles hier. Vier Amerikaner, zwei Schweden, drei Engländer, zwei Franzosen und drei Deutsche. Insgesamt vierzehn.«

»Haben Sie Einzelheiten?«

»Nur über die Amerikaner. Wir haben Informationen über den Rest angefordert.«

»Wer sind sie? Außer Rawlins.«

»Ein Howard Thornton, San Francisco. Er ist im Baugewerbe tätig. Und zwei Ölleute aus Texas. Ein Louis Gibson und ein Avery Landor. Sie besitzen zusammen mehr Öltürme als fünfzig ihrer benachbarten Konkurrenten.«

»Gibt es irgendwelche Verbindungen zwischen ihnen?«

»Bis jetzt nichts. Wir überprüfen das jetzt.«

»Was ist mit den anderen? Mit den Schweden, den Franzosen, den Engländern und den Deutschen?«

»Wir haben nur die Namen.«

»Kommt Ihnen irgendeiner dieser Namen bekannt vor?«

»Einige. Da ist ein gewisser Innes-Bowen, Engländer, im Textilgeschäft, glaube ich. Und den Namen Daudet habe ich auch schon mal gehört. Ein Franzose, er hat ein paar Reedereien. Und zwei von den Deutschen. Kindorf – der ist im Ruhrgebiet tätig. Kohlen. Und von Schnitzler – IG-Farben. Die anderen kenne ich nicht.«

»In einer Hinsicht sind sie sich alle ähnlich.«

»Und ob! Die sind alle so reich wie ein Zimmer voll Astors. Man kauft solche Anwesen nicht mit Hypotheken. Soll ich mit Canfield Verbindung aufnehmen?«

»Das werden wir tun müssen. Schicken Sie ihm die Liste per Kurier. Wir kabeln ihm, daß er in London bleiben soll, bis sie eintrifft.«

»Vielleicht kennt Madame Scarlatti einige von diesen Leuten.«

»Damit rechne ich. Aber ich sehe da ein Problem.«

»Und das wäre?«

»Das wird eine große Versuchung für das alte Mädchen sein, sofort nach Zürich zu reisen. Wenn sie das tut, ist sie tot. Und Canfield und Scarletts Frau genauso.«

»Das ist ja eine ziemlich drastische Vermutung.«

»Eigentlich nicht. Wir unterstellen, daß eine Gruppe wohlhabender Männer aus einem gemeinsamen Interesse heraus vierzehn Anwesen gekauft hat, die alle aneinander angrenzen. Und Boothroyd ist – dank eines großzügigen Schwiegervaters – einer davon.«

»Was eine Verbindung zwischen Zürich und Scarlatti herstellt...«

»Das glauben wir. Wir nehmen das an, weil Boothroyd versucht hat, sie zu töten, stimmt's?«

»Natürlich.«

»Aber die Scarlatti lebt. Boothroyds Anschlag ist gescheitert.«

»Offensichtlich.«

»Und das Anwesen ist vorher gekauft worden. Wenn also Zürich mit Boothroyd in Verbindung steht, dann will Zürich, daß die Scarlatti stirbt. Die wollen sie stoppen.«

»Und jetzt ist Boothroyd verschwunden«, sagte Glover. »Zürich wird annehmen, daß die alte Frau herausgefunden hat, wer er war. Sogar noch mehr... Ben, es könnte sein, daß wir zu weit gegangen sind. Es könnte besser sein, alles abzupfeifen, einen Bericht an das Justizministerium zu schicken und Canfield zurückzuholen.«

»Noch nicht. Wir kommen da einer Sache sehr nahe. Elizabeth Scarlatti ist im Augenblick der Schlüssel. Wir werden dafür sorgen, daß sie genügend Schutz bekommt.«

»Ich will nicht im voraus ein Alibi besorgen, aber das ist Ihre Verantwortung.«

»Das ist mir klar. Sie müssen in unseren Instruktionen an Canfield eines völlig klarmachen: Er soll sich aus Zürich heraushalten. Er darf unter keinen Umständen in die Schweiz reisen.«

»Das werde ich ihm mitteilen.«

Reynolds wandte sich von seinem Schreibtisch ab und starrte zum Fenster hinaus. Dann sagte er zu seinem Mitarbeiter, ohne ihn anzusehen: »Und erhalten Sie die Verbindung zu diesem Rawlins aufrecht, zu Boothroyds Schwiegervater. Er ist derjenige, der vielleicht einen Fehler gemacht hat.«

25.

Zwanzig Meilen von den alten Stadtgrenzen Cardiffs entfernt, in einem fernen Bergtal in einem walisischen Wald, steht das Kloster der Jungfrau Maria, das Haus der Karmeliterschwestern. Es reckt sich in der Reinheit des Alabasters dem Himmel entgegen und steht da wie eine neue Braut in heiliger Erwartung, inmitten eines üppigen Paradieses ohne Schlange. Der Buchprüfer und die junge Frau fuhren am Eingang vor. Canfield stieg aus dem Wagen und ging auf einen kleinen, in die Mauer eingelassenen Eingangsbogen zu, den eine Tür mit Guckloch verschloß. Er benutzte den schwarzen eisernen Klopfer neben der Tür und wartete dann ein paar Minuten, bis eine Nonne erschien.

»Kann ich Ihnen behilflich sein?«

Der Buchprüfer zog seinen Ausweis und hielt ihn so, daß die Nonne ihn sehen konnte. »Mein Name ist Canfield, Schwester. Ich komme, um Madame Elizabeth Scarlatti abzuholen. Ihre Schwiegertochter ist bei mir.«

»Wenn Sie bitte warten würden. Darf ich?« Sie deutete an, daß sie seinen Ausweis mitnehmen wollte. Er reichte ihn ihr durch die kleine Öffnung.

»Natürlich.«

Das Guckloch wurde verschlossen und verriegelt. Canfield schlenderte zum Wagen zurück und sagte zu Janet: »Die sind sehr vorsichtig.«

»Was geschieht jetzt?«

»Sie trägt meine Karte hinein, um sich zu vergewissern, daß die Fotografie mich darstellt und nicht jemand anderen.«

»Reizend hier, nicht wahr? So ruhig.«

»Jetzt ist es ruhig. Aber warte nur ab, was passieren wird, wenn wir das alte Mädchen sehen.«

»Ihre gefühllose Gleichgültigkeit für mein Wohlbefinden, ganz zu schweigen meine Bequemlichkeit, spottet jeder Beschreibung. Hatten Sie überhaupt eine Vorstellung, worauf diese Gänse schlafen? Ich will es Ihnen sagen – auf Militärpritschen!«

»Es tut mir leid.« Canfield gab sich Mühe, nicht zu lachen.

»Und wissen Sie, was für Mist die essen? Ich will es Ihnen sagen: Ich würde nicht einmal zulassen, daß man so etwas in meinen Stallungen verfüttert!«

»Wie ich höre, züchten sie ihr eigenes Gemüse«, konterte der Buchführer.

»Sie klauben den Dünger auf und lassen die Pflanzen stehen!«

In diesem Augenblick erklangen die Glocken des Angelus.

»Das geht hier Tag und Nacht! Ich habe diese verdammte Närrin, Mutter MacCree, oder wer auch immer sonst das ist, gefragt, warum das so früh am Morgen sein muß – und wissen Sie, was sie gesagt hat?«

»Was denn, Mutter?« fragte Janet.

»›Dies ist der Weg Christi‹, hat sie gesagt. ›Aber nicht der einer guten episkopischen Christin‹, habe ich erwidert. Es war unerträglich! Warum kommen Sie so spät, Canfield? Mr. Derek sagte, Sie würden schon vor vier Tagen hier sein.«

»Ich mußte einen Kurier aus Washington abwarten. Gehen wir. Ich werde Ihnen alles sagen.«

Elizabeth saß auf dem Rücksitz des Bentley und las die Züricher Liste.

»Kennen Sie irgendwelche von diesen Leuten?« fragte Canfield.

»Nicht persönlich. Aber die meisten ihrem Ruf nach.«

»Zum Beispiel?«

»Diese Amerikaner, Louis Gibson und Avery Landor, halten sich für so etwas wie texanische Bunyans.*

Die bilden sich ein, sie hätten die Ölterritorien dort mit eigener Hand aufgebaut. Landor ist ein Schwein, wie ich höre. Harold Leacock, einer von den Engländern, ist ein mächtiger Mann an der britischen Aktienbörse. Sehr intelligent. Myrdal aus Schweden ist ebenfalls an der europäischen Börse tätig. Stockholm ...« Elizabeth blickte auf und begegnete Canfields Blick im Rückspiegel.

* (Paul Bunyan, amerikanische Legendengestalt – ein hünenhafter Holzfäller, der mit Hilfe seines blauen Ochsen Babe einige übermenschliche Taten vollbrachte.)

»Sonst noch jemand?«

»Ja. Thyssen in Deutschland, Fritz Thyssen. Stahlgesellschaften. Jeder kennt Kindorf – Ruhrkohle, und von Schnitzler. Er ist jetzt maßgebend bei den IG-Farben tätig. Einer der Franzosen, d'Almeida, kontrolliert einige Eisenbahnlinien, glaube ich. Daudet kenne ich nicht, aber der Name ist mir bekannt.«

»Er besitzt Tanker. Dampfschiffe.«

»O ja. Und Masterson. Sydney Masterson. Engländer. Fernostimporte, glaube ich. Innes-Bowen kenne ich nicht, aber den Namen habe ich auch schon gehört.«

»Sie haben Rawlins nicht erwähnt. Thomas Rawlins.«

»Das hielt ich nicht für nötig. Godwin und Rawlins. Boothroyds Schwiegervater.«

»Den vierten Amerikaner kennen Sie nicht, Howard Thornton? Er ist aus San Francisco.«

»Nie gehört.«

»Janet sagt, Ihr Sohn hätte einen Thornton aus San Francisco gekannt.«

»Überrascht mich gar nicht.«

Hinter Pontypridd, am Rand des Rhonddatals, bemerkte Canfield ein Automobil, das regelmäßig in seinem Seitenspiegel auftauchte. Es war weit hinter ihnen, kaum ein Punkt im Glas, aber er verlor es auch nie ganz aus den Augen, höchstens in den Kurven. Und jedesmal, wenn Canfield um eine der vielen Straßenbiegungen fuhr, tauchte das Automobil gleich darauf viel früher auf, als man es aufgrund seiner bisherigen Entfernung hätte annehmen müssen. Auf langen geraden Strecken blieb es weit im Hintergrund und ließ oft andere Fahrzeuge zwischen ihnen einscheren.

»Was ist denn, Mr. Canfield?« Elizabeth beobachtete den Buchprüfer, der immer wieder in den Außenspiegel sah.

»Nichts.«

»Folgt uns jemand?«

»Wahrscheinlich nicht...«

Zwanzig Minuten später sah Canfield, daß das Automobil näherrückte. Fünf Minuten darauf begann er zu begreifen. Es gab jetzt keine anderen Fahrzeuge mehr zwischen ihnen.

Nur ein Straßenstück – eine sehr lange Kurve, die an einer Seite vom Felshang begrenzt wurde, auf der anderen von einem jähen Abgrund, an dessen Fuß, fünfzehn Meter tiefer, ein walisischer See schimmerte.

Am Ende der Kurve sah Canfield eine Wiese oder ein überwuchertes Feld. Er beschleunigte den Bentley. Er wollte dieses flache Stück erreichen.

Der Wagen hinter ihnen schoß nach vorn und schloß die Lücke zwischen ihnen. Er bog nach rechts auf die Straßenseite zu, die der Felshang begrenzte. Canfield wußte, daß dieser Wagen, sobald er einmal parallel zu ihnen fuhr, ihn leicht über den steilen Hang ins Wasser drängen konnte.

Der Buchprüfer hielt das Gaspedal niedergedrückt und lenkte den Wagen auf die Mitte zu, versuchte den Verfolger abzudrängen.

»Was ist denn? Was machst du?« rief Janet erschrocken. Sie saß auf dem Beifahrersitz, während Elizabeth im Fond Platz genommen hatte.

»Festhalten! Alle beide!«

Canfield blieb in der Straßenmitte und bog jedesmal nach rechts, wenn der Wagen hinter ihm versuchte, neben ihn zu fahren. Die Wiese rückte näher. Nur noch hundert Meter...

Ein scharfes Knirschen ertönte, als der Bentley unter dem Aufprall des zweiten Wagens erbebte. Janet Scarlett schrie auf. Ihre Schwiegermutter blieb still und hielt die Schultern des Mädchens von hinten fest.

Jetzt lag die Wiese zu ihrer Linken, und Canfield riß plötzlich den Wagen herum, steuerte auf die Wiese zu, verließ die Straße und hielt sich an den Kiesstreifen neben dem Asphalt.

Der Wagen, der sie verfolgte, raste mit ungeheurer Geschwindigkeit nach vorn. Canfield heftete seinen Blick auf die sich schnell entfernende schwarz-weiße Zulassungstafel. Er schrie: »*E, B, I* oder *L!* Sieben! Sieben oder neun! Eins, eins, drei!«

Er wiederholte die Nummern mit leiser Stimme. Dann verlangsamte er die Fahrt des Bentley und kam zum Stillstand.

Janets Rücken war gegen den Sitz gepreßt. Sie hielt Elizabeths Arme mit beiden Händen fest. Die alte Frau beugte sich vor und drückte die Wange gegen den Kopf ihrer Schwiegertochter. »Die Buchstaben, die Sie gerufen haben, waren E, B, I oder L und die Ziffern sieben oder neun, eins, eins, drei«, sagte sie tonlos.

»Ich konnte die Marke des Wagens nicht ausmachen.«

Elizabeth löste die Arme von Janets Schultern. Dann sagte sie: »Es war ein Mercedes-Benz.«

26.

»Bei dem fraglichen Automobil handelt es sich um einen Mercedes-Benz Coupé. Modell neunzehnhundertfünfundzwanzig. Die Zulassungsnummer lautet EBI neun, eins, eins, drei. Das Fahrzeug ist auf den Namen Jacques Louis Bertholde zugelassen. Wieder der Marquis de Bertholde.« James Derek stand neben Canfield vor Elizabeth und Janet, die auf dem Sofa saßen. Er las aus seinem Notizbuch vor und fragte sich, ob diese neugierigen Amerikaner sich wohl darüber im klaren waren, wer der Marquis war. Auch Bertholde stieg häufig im Savoy ab und war vermutlich ebenso reich wie Elizabeth Scarlatti.

»Derselbe Mann, der Boothroyds Frau am Pier abgeholt hat?« fragte Canfield.

»Ja. Oder ich sollte sagen – nein. Wir vermuten, nach Ihrer Beschreibung, daß der Mann am Pier Bertholde war. Dieser Verfolger gestern kann er nicht gewesen sein. Wir haben verläßliche Aussagen, die bestätigen, daß er sich in London befand. Aber das Automobil ist auf ihn zugelassen.«

»Was glauben Sie, Mr. Derek?« Elizabeth strich glättend über ihr Kleid und vermied es, den Engländer anzusehen. Der Mann hatte etwas an sich, das sie beunruhigte.

»Ich weiß nicht, was ich denken soll. Aber ich habe das Gefühl, ich sollte Ihnen sagen, daß der Marquis de Bertholde ein in England ansässiger Ausländer von beträchtlichem Einfluß und Rang ist.«

»Er ist, wie ich mich erinnere, der Besitzer von Bertholde et Fils.« Elizabeth erhob sich von dem Sofa und reichte Canfield ihr leeres Sherryglas. Nicht, daß sie mehr Wein gewollt hätte.

Sie war nur zu erregt, um stillsitzen zu können. »Bertholde et Fils ist eine alteingeführte Firma.«

Der Buchprüfer ging an das Tischchen mit den Getränken und schenkte Elizabeth Sherry ein.

»Dann sind Sie dem Marquis schon einmal begegnet, Madame Scarlatti?« fragte der Engländer. »Vielleicht kennen Sie ihn?«

Elizabeth gefiel die Anspielung Dereks nicht. »Nein, ich kenne den Marquis nicht. Vielleicht bin ich seinem Vater einmal begegnet. Ich bin nicht sicher.«

Canfield reichte Elizabeth das Glas. Es war ihm bewußt, daß die alte Frau und der britische Agent ein geistiges Tennismatch gegeneinander spielten. Er schaltete sich ein. »In welcher Branche ist er tätig?«

»Mehrzahl. In Branchen. Öl aus dem Nahen Osten, Bergbau in Afrika, Importe – Australien und Südamerika...«

»Warum hat er Ausländerstatus?«

»Diese Frage kann ich beantworten«, sagte Elizabeth und kehrte zur Couch zurück. »Seine Fabriken und seine Büros liegen ohne Zweifel innerhalb der Empire-Territorien oder -Protektorate.«

»Völlig richtig, gnädige Frau«, pflichtete Derek ihr bei. »Da die Mehrzahl seiner Interessen innerhalb der Grenzen britischer Besitzungen liegt, hat er beständig mit White Hall zu tun.«

»Gibt es eine Regierungsakte über Bertholde?«

»Da er als Ausländer hier ansässig ist – selbstverständlich.«

»Können Sie sie mir beschaffen?«

»Ich würde einen sehr triftigen Grund angeben müssen. Das wissen Sie.«

»Mr. Derek«, sagte Elizabeth, »an Bord der *Calpurnia* ist ein Anschlag auf mein Leben verübt worden. Gestern versuchte in Wales ein Automobil, uns von der Straße zu drängen. Der Marquis de Bertholde ist möglicherweise in beide Vorgänge verwickelt. Das würde ich wirklich einen triftigen Grund nennen.«

»Ich fürchte, da muß ich anderer Ansicht sein. Was Sie beschreiben, sind Polizeiangelegenheiten. Sicherlich werden in beiden Fällen keine Anklagen erhoben. Ich muß zugeben, daß es sich um eine Grauzone handelt, aber Canfield weiß, wovon ich spreche.«

Der Buchprüfer sah Elizabeth an, und sie wußte, daß die Zeit gekommen war, um seine Kriegslist einzusetzen. Er hatte ihr erklärt, daß sie das am Ende wohl tun müßten. Er hatte es ›Teil der Wahrheit‹ genannt. Der Grund war einfach. Die britische Abwehr würde sich nicht als eine Art persönliche Polizeibehörde einsetzen lassen. Es mußte andere Begründungen geben. Begründungen, die Washington bestätigen würde.

Canfield sah den Engländer an und sagte leise: »Die Regierung der Vereinigten Staaten würde keine ihrer Agenturen einsetzen, wenn es nicht Gründe gäbe, die über Polizeidinge weit hinausgehen. Als Madame Scarlattis Sohn, der Ehemann von Mrs. Scarlett, letztes Jahr in Europa war, wurden größere Summen Geldes in Gestalt von Aktien einer Anzahl amerikanischer Gesellschaften an ihn übermittelt. Wir haben Grund zu der Annahme, daß sie insgeheim an den europäischen Börsen verkauft worden sind. Darunter auch an der britischen Börse.«

»Wollen Sie mir sagen, daß jemand versucht, hier ein amerikanisches Monopol aufzubauen?«

»Das Außenministerium in Washington ist der Meinung, daß die Manipulation vom Personal unserer eigenen Botschaft abgewickelt wurde. Diese Leute sind im Augenblick hier in London.«

»Ihr eigenes Botschaftspersonal! Und Sie glauben, Scarlett hatte damit zu tun?«

»Wir glauben, daß man ihn benutzt hat.« Elizabeths Stimme klang durchdringend. »Benutzt und dann ausgeschaltet.«

»Er bewegte sich in diesen Kreisen, Derek. Ebenso wie der Marquis de Bertholde.«

James Derek steckte sein kleines Notizbuch in die Brusttasche zurück. Diese Erklärung reichte offensichtlich aus. Der britische Agent war auch sehr wißbegierig. »Ich werde morgen eine Kopie für Sie haben, Canfield... Guten Abend, meine Damen.« Er ging hinaus.

»Ich gratuliere Ihnen, junger Mann«, sagte Elizabeth. »Botschaftspersonal! Wirklich sehr intelligent von Ihnen.«

»Ich finde, er war einmalig!« sagte Janet Scarlett und lächelte Canfield zu.

»Das wird funktionieren«, murmelte er und leerte seinen Scotch mit einem Zug. »Und jetzt, wenn ich den Vorschlag machen darf, brauchen wir alle etwas Entspannung. Um für mich selbst zu sprechen, ich bin es müde, nachzudenken – und ich möchte dazu eigentlich keinen Kommentar hören, Madame Scarlatti. Wie wäre es mit einem Dinner in einem dieser Lokale, wie sie die Leute aus Ihrer Oberklasse immer besuchen? Ich hasse es zu tanzen, aber ich schwöre, ich werde mit Ihnen beiden tanzen, bis Sie umfallen.«

Elizabeth und Janet lachten.

»Nein, aber ich danke Ihnen«, sagte Elizabeth. »Gehen Sie nur mit Janet aus, und amüsieren Sie sich.« Sie sah den Buchprüfer freundlich an. »Nochmals, Sie haben sich den Dank einer alten Frau verdient, Mr. Canfield.«

»Sie werden die Türen und Fenster schließen?«

»Sieben Stockwerke über der Erde? Natürlich, wenn Sie das wollen.«

»Das will ich«, bestätigte er.

27.

»Himmlisch ist das!« kreischte Janet verzückt, um das Stimmengewirr im Claridge's zu übertönen. »Komm, Matthew, schau nicht so sauer!«

»Ich bin nicht sauer. Ich kann dich nur nicht hören.«

»Doch, das bist du! Es hat dir nicht gefallen. Laß wenigstens mir meinen Spaß.«

»Es würde mir niemals einfallen, dir den Spaß zu verderben. Willst du tanzen?«

»Nein. Du magst ja nicht tanzen. Ich will nur zusehen.«

»Okay. Das ist ein guter Whisky.«

»Guter – was?«

»Ich sagte Whisky.«

»Nein, danke. Siehst du? Ich kann artig sein. Du hast mir jetzt zwei voraus, weißt du.«

»Wenn das so weitergeht, werden es sechzig.«

»Was, Liebling?«

»Ich sagte, wenn wir hier herauskommen, könnten es sechzig sein. Oh, hör doch auf! Du sollst dich entspannen!«

Canfield sah das Mädchen, das ihm gegenübersaß, an und verspürte erneut eine Aufwallung von Freude. Es gab kein anderes Wort dafür, nur Freude. Sie war ein Vergnügen, das ihn mit Freude erfüllte, mit Wärme. Ein Gefühl, wie nur die Liebe es kennt, leuchtete aus ihren Augen. Und doch gab Canfield sich solche Mühe, das eine vom anderen zu trennen, zu objektivieren, und stellte doch immer wieder fest, daß er nicht dazu imstande war.

»Ich liebe dich so sehr«, sagte er.

Sie hörte ihn trotz der Musik, des Gelächters, der Hektik ringsum.

»Ich weiß.« Sie sah ihn an, und in ihren Augen standen Tränen. »Wir lieben einander. Ist das nicht bemerkenswert?«

»Willst du jetzt tanzen?«

Sie legte den Kopf leicht in den Nacken. »O Matthew! Mein lieber, süßer Matthew! Nein, Liebling. Du brauchst nicht zu tanzen.«

»Aber ich will doch.«

Sie griff nach seiner Hand. »Wir werden nachher tanzen, ganz für uns allein, später.«

Matthew Canfield entschied, daß er diese Frau für den Rest seines Lebens haben wollte.

Aber da war auch sein Beruf, und seine Gedanken wandten sich für einen Augenblick der alten Frau im Savoy zu.

In diesem Moment war Elizabeth Wyckham Scarlatti aus dem Bett gestiegen und hatte einen Morgenrock angelegt. Sie hatte den *Manchester Guardian* gelesen. Dabei hatte sie kurz hintereinander zweimal ein scharfes, metallisches Klicken gehört, dann leise Geräusche aus dem Wohnzimmer. Zunächst war sie nicht erschrocken. Sie hatte die Tür zum Gang verriegelt und nahm an, daß ihre Schwiegertochter einen Schlüssel ins Schloß gesteckt hatte und wegen des Riegels nicht eintreten konnte. Schließlich war es zwei Uhr morgens, und Janet hätte inzwischen nach Hause zurückkehren sollen.

»Augenblick, meine Liebe, ich bin noch wach!« rief sie.

Sie hatte eine Tischlampe brennen lassen, und der Schirm bewegte sich leicht, als sie an ihm vorbeiging, so daß winzige Schatten über die Wand tanzten.

Sie erreichte die Tür und begann den Riegel aufzuziehen. Jetzt fiel ihr der Buchprüfer ein, und sie blieb einen Augenblick lang stehen. »Das bist doch du, nicht wahr, meine Liebe?«

Sie bekam keine Antwort.

Automatisch zog sie den Riegel zurück. »Janet? Mr. Canfield? Sind das Sie?«

Schweigen.

Furcht ergriff Elizabeth. Sie hatte das Geräusch deutlich gehört. Das Alter hatte ihr Gehör nicht beeinträchtigt.

Vielleicht hatte sie das Klicken mit dem ihr nicht vertrauten Rascheln der dünnen englischen Zeitung verwechselt. Diese Erklärung wäre durchaus plausibel. Aber obwohl sie es zu glauben versuchte, konnte sie es nicht.

War doch noch jemand im Raum?

Bei diesem Gedanken verspürte sie einen Schmerz in der Magengrube.

Als sie sich umdrehte, um wieder ins Schlafzimmer zurückzugehen, sah sie, daß eines der großen französischen Fenster ein Stück offenstand, höchstens ein oder zwei Zoll, aber genug, um die seidenen Gardinen leicht in der nächtlichen Brise wehen zu lassen.

In ihrer Verwirrung versuchte sie sich zu erinnern, ob sie das Fenster vorher geschlossen hatte. Sie glaubte sich daran zu erinnern, aber sie hatte es rein mechanisch getan, ohne sich zu konzentrieren – weil sie Canfields Besorgnis nicht ernst genommen hatte. Warum sollte sie? Schließlich lag ihr Zimmer sieben Stockwerke über der Erde.

Natürlich hatte sie das französische Fenster nicht geschlossen. Oder, wenn sie es geschlossen hatte, dann hatte sie den Riegel nicht vorgeschoben, und er hatte sich wieder geöffnet. Ganz und gar nicht ungewöhnlich. Sie trat ans Fenster und verriegelte es.

Und dann hörte sie die Stimme.

»Hallo, Mutter!«

Aus den Schatten trat ein großer, schwarzgekleideter Mann. Sein Kopf war glattrasiert, und er war tief gebräunt.

Ein paar Sekunden lang erkannte sie ihn nicht. Das Licht der Tischlampe war schwach, und die Gestalt blieb am Ende des Zimmers stehen. Während sich ihre Augen langsam der Dunkelheit anpaßten, erkannte sie, warum ihr der Mann wie ein Fremder vorkam. Das Gesicht hatte sich verändert. Das glänzende schwarze Haar war abrasiert worden, die Nase war verändert, kleiner, und die Nasenlöcher standen weiter auseinander. Die Ohren waren ebenfalls anders, lagen dichter am Schädel an. Selbst die Augen, deren Lider früher etwas Neapolitanisches an sich gehabt hatten, diese Augen waren jetzt ganz groß, als besäßen sie keine Lider. Um Mund und Stirn waren rötliche Flecken zu sehen. Das war kein Gesicht, das war die Maske eines Gesichts. Das war monströs. Aber es war ihr Sohn.

»Ulster! Mein Gott!«

»Wenn du jetzt an Herzversagen stirbst, stempelst du ein paar hochbezahlte Meuchelmörder zu Narren.«

Die alte Frau versuchte nachzudenken, versuchte mit ihrer ganzen Kraft der Panik Widerstand zu leisten, die in ihr aufzusteigen drohte.

Sie packte eine Stuhllehne, umklammerte sie immer fester, bis die Venen in ihren alten Händen die Haut zu sprengen schienen.

»Wenn du gekommen bist, um mich zu töten, dann gibt es jetzt wenig, was ich dagegen tun kann.«

»Es interessiert dich vielleicht zu erfahren, daß der Mann, der deine Ermordung befohlen hat, selbst bald tot sein wird. Er war dumm.«

Ihr Sohn ging auf das französische Fenster zu und überprüfte den Riegel. Er spähte vorsichtig durch das Glas und war anscheinend zufrieden. Seine Mutter bemerkte, daß die Eleganz, mit der er sich stets bewegt hatte, geblieben war. Aber da war nichts Weiches mehr, keine gelockerte Sanftheit. Jetzt lag in seinen Bewegungen etwas Hartes, Straffes, etwas, das seine Hände akzentuierten. Sie steckten in engen schwarzen Handschuhen, die Finger waren ausgestreckt und leicht gebogen.

»Weshalb bist du hierhergekommen?« fragte Elizabeth leise.

»Wegen deiner dickschädligen Neugierde.« Er ging schnell zu dem Hoteltelefon auf dem Tisch mit der eingeschalteten Lampe, betastete den Hörer, wie um sich zu vergewissern, daß er fest auf der Gabel lag. Dann kehrte er zu seiner Mutter zurück, blieb wenige Schritte vor ihr stehen. Der Anblick seines Gesichts, das jetzt deutlich zu erkennen war, veranlaßte sie, die Augen zu schließen. Als sie ihn wieder ansah, rieb er sich die rechte Braue, die leicht gerötet war. Er bemerkte ihren schmerzlichen Blick.

»Die Narben sind noch nicht ganz verheilt. Gelegentlich jucken sie. Ist das mütterliche Sorge, was dich grämt?«

»Was hast du dir angetan?«

»Ein neues Leben. Eine neue Welt für mich. Eine Welt, die nichts mit der deinen zu tun hat. Noch nicht!«

»Ich habe dich gefragt, was du getan hast.«

»Du weißt, was ich getan habe, sonst wärst du nicht hier in London. Du mußt verstehen, daß Ulster Scarlett nicht mehr existiert.«

»Wenn es das ist, was die Welt glauben soll – weshalb kommst du dann ausgerechnet zu mir?«

»Weil du mit Recht angenommen hast, daß dem nicht so sei, und weil deine Einmischung für mich lästig werden könnte.«

Die alte Frau wartete einige Augenblicke, ehe sie antwortete. »Es ist also durchaus möglich, daß es gar nicht so dumm war, mir einen Killer an den Hals zu hetzen.«

»Wie tapfer, daß du das sagst! Ich frage mich freilich, ob du auch an die anderen gedacht hast.«

»Welche anderen?«

Scarlett setzte sich auf die Couch und sagte in schneidendem italienischen Dialekt: »La Famiglia Scarlatti! So lautet der Satz doch richtig, oder? Elf Mitglieder, um genau zu sein. Zwei Eltern, eine Großmutter, ein betrunkenes Miststück von einer Frau und sieben Kinder. Das Ende des Clans. Die Scarlatti-Linie endet abrupt in einem blutigen Massaker.«

»Du bist verrückt! Ich würde dich aufhalten! Stell nur deinen lächerlichen Diebstahl nicht gegen das, was ich habe, mein Junge!«

»Du bist eine närrische alte Frau! Das geht weit über solche Beträge hinaus. Es kommt nur darauf an, wie man sie einsetzt. Das hast du mich gelehrt.«

»Ich werde sie deinem Zugriff entziehen! Ich werde dafür sorgen, daß man dich verfolgt und jagt und vernichtet!«

Er sprang mühelos von der Couch auf.

»Wir vergeuden Zeit. Du kümmerst dich um Äußerlichkeiten. Wir wollen doch deutlich werden. Ich führe ein Telefonat, und der Befehl wandert nach New York. Binnen achtundvierzig Stunden sind die Scarlattis ausgelöscht. Das wird ein teures Begräbnis. Die Stiftung wird für das Beste sorgen.«

»Dein eigener Sohn auch?«

»Er wäre der erste. Alle tot. Keine erkennbaren Gründe. Das Geheimnis der verrückten Scarlattis.«

»Du bist wahnsinnig«, flüsterte sie fast unhörbar.

»Nur raus mit der Sprache, Mutter! Oder denkst du an diese Kleinen mit ihren Lockenköpfchen am Stand von Newport, wie sie in ihren kleinen Booten auf dem Sund lachen? Tragisch, nicht wahr? Nur einer von ihnen. Einer aus der ganzen Sippe könnte durchkommen, und dann setzt der Scarlatti-Clan seinen Ruhm fort. Soll ich anrufen? Mir ist es wirklich völlig gleichgültig.«

Die alte Frau ging langsam auf einen der Sessel zu. »Ist das, was du von mir willst, so wertvoll, daß das Leben meiner Familie davon abhängt?«

»Nicht für dich. Nur für mich. Es könnte schlimmer sein, weißt du. Ich könnte zusätzliche einhundert Millionen fordern.«

»Warum tust du das nicht? Unter den gegebenen Umständen weißt du, daß ich bezahlen würde.«

Er lachte. »Sicher würdest du bezahlen. Du würdest aus einer Quelle bezahlen, die eine Panik an der Börse auslösen würde. Nein, danke. Ich brauche es nicht. Vergiß nicht, wir stehen über den Summen.«

»Was willst du dann?« Sie setzte sich und verschränkte die dünnen Arme vor der Brust.

»Zunächst einmal die Bankbriefe. Dir nützen sie nichts, also sollten sie dein Gewissen auch nicht belasten.«

Er hatte recht gehabt. Man mußte sich immer praktische Ziele setzen. Das Geld.

»Bankbriefe?«

»Die Bankbriefe, die Cartwright dir gegeben hat.«

»Du hast ihn getötet! Du wußtest über unsere Vereinbarung Bescheid?«

»Komm schon, Mutter. Ein Esel aus dem Süden wird zum Vizepräsidenten der Waterman Trust-Bank gemacht. Man überträgt ihm tatsächlich Verantwortung. Wir sind ihm drei Tage lang gefolgt. Wir haben deine schriftliche Vereinbarung. Zumindest seine Kopien. Wir wollen einander doch nichts vormachen. Die Briefe, bitte!«

Die alte Dame erhob sich aus ihrem Sessel und ging in ihr Schlafzimmer. Sie kam zurück und reichte ihm die Briefe. Er öffnete schnell die Umschläge und nahm sie heraus, breitete sie auf der Couch aus und zählte sie. »Cartwright hat sich sein Geld verdient.« Er sammelte die Briefe ein und ließ sich auf das Sofa sinken.

»Ich hatte keine Ahnung, daß diese Briefe so wichtig sind.«

»In Wirklichkeit sind sie das gar nicht. Man könnte nichts mit ihnen bewirken. Sämtliche Konten sind geschlossen, und das Geld – ist auf andere verteilt worden, wollen wir sagen.«

»Weshalb warst du dann so erpicht darauf, sie zu bekommen?« Sie blieb stehen.

»Wenn man sie den Banken vorlegte, würden die eine Menge Spekulationen anstellen. Wir wollen im Augenblick kein Gerede verursachen.«

Sie blickte in die zuversichtlichen Augen ihres Sohnes. Er wirkte gelöst, mit sich selbst zufrieden, fast entspannt.

»Wer ist ›wir‹? In was hast du dich eingelassen?«

Wieder dieses groteske Lächeln auf dem gebogenen Mund unter der unnatürlichen Nase... »Das wirst du zur rechten Zeit erfahren. Vielleicht bist du dann sogar stolz darauf, aber das wirst du nie zugeben.« Er sah auf die Armbanduhr. »Kommen wir zum Geschäft.«

»Was noch?«

»Was geschah auf der *Calpurnia?* Und lüg mich nicht an!«

Elizabeth spannte die Bauchmuskeln an, um sich keine Reaktion auf diese Frage anmerken zu lassen. Sie wußte, daß die Wahrheit vielleicht alles war, was ihr noch blieb. »Ich verstehe dich nicht.«

»Du lügst!«

»Wieso? Ein Mann namens Boutier telegrafierte mir, daß Cartwright tot ist.«

»Hör auf damit!« Er beugte sich vor. »Du hättest dir nie die Mühe gemacht, alle mit der Geschichte von diesem Nonnenkloster in York abzulenken, wenn nicht etwas passiert wäre. Ich möchte wissen, wo er ist.«

»Wo wer ist? Cartwright?«

»Ich warne dich!«

»Ich habe keine Ahnung, wovon du redest.«

»Auf diesem Schiff ist ein Mann verschwunden. Man sagt, er sei über Bord gestürzt.«

»Ja. Ich erinnere mich ... Was hat das mit mir zu tun?« Ihr Blick war die personifizierte Unschuld.

»Du weißt also nichts über den Zwischenfall?«

»Das habe ich nicht gesagt.«

»Was hast du dann gesagt?«

»Es gab Gerüchte. Verläßliche Quellen.«

»Was für Gerüchte?«

Die alte Frau überlegte. Sie wußte, daß ihre Antwort glaubhaft klingen mußte, ohne offenkundige Fehler. Andererseits mußte, was immer sie sagte, die nebelhafte Unklarheit von Klatsch widerspiegeln.

»Angeblich war der Mann betrunken und suchte Streit. Es hatte eine Auseinandersetzung in der Bar gegeben. Man mußte ihn überwältigen und in seine Kabine schleppen. Er versuchte zurückzukehren und fiel dabei über die Reling. Hast du ihn gekannt?«

Scarletts Antwort schien aus weiter Ferne zu kommen. »Nein, er hatte nichts mit uns zu tun.« Er war unzufrieden, ging aber nicht weiter auf dieses Thema ein. Zum erstenmal seit einigen Minuten wandte er den Blick von ihr ab. Er war tief in Gedanken. Schließlich sagte er: »Eines noch. Du hast dich auf den Weg gemacht, um deinen verschwundenen Sohn wiederzufinden.«

»Ich habe mich auf den Weg gemacht, um einen Dieb zu finden!« korrigierte sie ihn scharf.

»Wie du willst. Von einem anderen Standpunkt aus betrachtet könnte man sagen, daß ich einfach den Kalender ein wenig vorgestellt habe.«

»Das stimmt nicht. Du hast Scarlatti bestohlen. Was man dir zugeteilt hatte, sollte im Einklang mit den Scarlatti-Firmen investiert werden!«

»Wir vergeuden wieder Zeit.«

»Ich wollte das klären.«

»Mich interessiert nur, daß du nach Europa gekommen bist, um mich zu finden, und dabei Erfolg hattest. Sind wir uns in dem Punkt einig?«

»Ja.«

»Jetzt sage ich dir, daß du Stillschweigen bewahren, nichts tun und nach New York zurückkehren sollst. Außerdem wirst du alle Briefe oder sonstige Instruktionen vernichten, die du bezüglich meiner Person noch hast.«

»Das sind unmögliche Forderungen!«

»In dem Fall werden meine Anweisungen erteilt. Die Scarlattis sind tot!«

Ulster Scarlett sprang von der viktorianischen Couch auf und hatte den Hörer von der Gabel gerissen, ehe die Augen der alten Frau seiner Bewegung hatten folgen können. Er wartete, bis die Vermittlung sich meldete. Die alte Frau erhob sich unsicher. »Nein!«

Er drehte sich zu ihr herum. »Warum nicht?«

»Ich will tun, was du verlangst!«

Er legte den Hörer auf. »Ganz sicher?«

»Ganz sicher.« Er hatte gewonnen.

Ulster Scarlett lächelte mit seinen verquollenen Lippen. »Dann ist unser Geschäft abgeschlossen.«

»Nicht ganz.« Elizabeth Scarlett mußte es versuchen, obwohl ihr klar war, daß es sie das Leben kosten konnte.

»Oh?«

»Ich möchte gern eine Vermutung anstellen, sie dauert nur einen Augenblick.«

»Über was?«

»Nur aus Neugierde... Angenommen, ich würde beschließen, unsere Übereinkunft nicht einzuhalten?«

»Du kennst die Konsequenzen. Du könntest dich nicht vor uns verbergen, wenigstens nicht lange.«

»Aber die Zeit könnte für mich arbeiten.«

»Die Papiere sind verkauft worden. Es hat keinen Sinn, darüber nachzudenken.«

»Das hatte ich auch angenommen, sonst wärest du nicht hierhergekommen.«

»Weiter.«

»Wenn du selbst nicht darauf gekommen wärst, hätte dir sicher jemand gesagt, die einzig intelligente Methode, diese Papiere zu verkaufen, bestünde darin, sie zu einem reduzierten Kurs in Bargeld umzutauschen.«

»Das brauchte mir niemand zu sagen.«

»Jetzt möchte ich dir eine Frage stellen.«

»Nur zu.«

»Wie schwierig, glaubst du, ist es, Depots dieser Größenordnung ausfindig zu machen, Gold oder auch sonstige? Ich will zwei Fragen daraus machen. Wo sind die einzigen Banken auf der Welt, die bereit oder auch nur imstande sind, solche Depots anzunehmen?«

»Wir kennen beide die Antwort darauf. Das erfordert Codes, Nummern – unmöglich.«

»Und in welchem der großen Bankenkonzerne der Schweiz gibt es den unbestechlichen Mann?«

Ulster kniff die lidlosen Augen zusammen. »Jetzt bist du es, die verrückt ist«, antwortete er mit leiser Stimme.

»Ganz und gar nicht. Du denkst in kleinen Schritten, Ulster. Du benutzt große Summen, aber dein Denken bewegt sich in kleinen Schritten. In den Marmorhallen von Bern und Zürich spricht es sich herum, daß die Summe von einer Million amerikanischer Dollar für den vertraulichen Austausch von Informationen erhältlich ist.«

»Was würdest du damit gewinnen?«

»Wissen! Namen! Leute!«

»Da kann ich nur lachen!«

»Es wird ein kurzes Lachen sein. Es ist offensichtlich, daß

du nicht allein handelst, daß du Komplicen hast. Du brauchst sie. Deine Drohungen machen das doppelt klar. Und ich bin sicher, daß du sie gut bezahlst. Die Frage ist – sobald ich diese Leute kenne und ich ihnen bekannt bin, werden sie meinem Preis wirklich widerstehen können? Du kannst ihn ganz sicher nicht überbieten, dessen bin ich sicher!«

Das groteske Gesicht verzerrte sich noch mehr. »Ich habe Jahre darauf gewartet, dir einmal zu sagen, daß deine Rechenschiebertheorien nach Fäulnis stinken! Deine Kauf-mich-verkauf-mich-Manipulationen sind am Ende! Das ist vorbei! Tot! Erledigt! Wer bist du denn, daß du glaubst, du könntest andere manipulieren? Du mit deinen Bankiers, die immer ein Auge zudrücken! Ihr stinkenden kleinen Juden! Ihr seid erledigt! Ich habe euch beobachtet! Mit euch ist Schluß, ihr seid tot! Sprich nicht mit mir über meine Komplicen! Allein schon das Wort – Komplicen! Sie würden dich und dein Geld nicht einmal mit der Zange anfassen!« Der Mann in Schwarz kochte vor Wut.

»Das glaubst du?« fragte Elizabeth gelassen.

»Voll und ganz!« Ulster Scarletts Narben hatten sich von dem Blut gerötet, das ihm in den Kopf geschossen war. »Wir haben etwas anderes! Und du kannst uns nichts anhaben! Keinem von uns! Für uns gibt es keinen Preis!«

»Aber du wirst mir zubilligen, daß ich mich als lästig erweisen könnte. Willst du dieses Risiko eingehen?«

»Damit unterzeichnest du sieben Todesurteile! Ein Massenbegräbnis! Ist es das, was du willst, Mutter?«

»Die Antwort auf unsere beiden Fragen scheint mir nein zu sein. Das ist jetzt eine vernünftigere Übereinkunft.«

Die Menschenmaske in Schwarz hielt inne und sprach dann ganz leise und präzise: »Du bist mir nicht gleichgestellt. Glaub das keine Sekunde!«

»Was ist geschehen, Ulster? Was ist geschehen? Warum?«

»Nichts und alles! Ich tue das, wozu keiner von euch imstande ist! Das, was geschehen muß! Aber ihr könnt das nicht!«

»Würde denn ich – oder würden wir es wollen?«

»Mehr als alles in der Welt. Aber ihr habt nicht den Mumm dazu. Ihr seid schwach.«

Das Telefon klingelte schrill.

»Du kannst es dir sparen, den Hörer abzunehmen«, sagte Ulster. »Es wird nur einmal klingeln. Das ist nur ein Signal, daß meine Frau – die kleine Hure – und ihr neuester Bettgenosse das Claridge's verlassen haben.«

»Dann nehme ich an, daß unsere Zusammenkunft beendet ist.« Sie sah zu ihrer großen Erleichterung, daß er diese Feststellung akzeptierte. Sie sah auch, daß er gefährlich war. Über seinem rechten Auge zuckte ein Muskel. Wieder streckte er seine Finger in einer langsamen, überlegt wirkenden Bewegung.

»Vergiß nicht, was ich sage. Wenn du einen Fehler machst...«

Sie unterbrach ihn. »Vergiß nicht, wer ich bin, junger Mann! Du sprichst mit der Frau von Giovanni Merighi Scarlatti! Du brauchst dich nicht zu wiederholen. Du hast deine Zusage. Geh deinen schmutzigen Geschäften nach! Du interessierst mich nicht mehr.«

Der Mann in Schwarz lief zur Tür. »Ich hasse dich, Mutter.«

»Ich hoffe, du hast ebensoviel Nutzen von denen, die du weniger liebst.«

»Auf eine Art und Weise, die du nie verstehen würdest.«

Er öffnete die Tür und schlüpfte hinaus. Dann warf er sie hinter sich zu.

Elizabeth Scarlatti stand am Fenster und schob die Gardinen beiseite. Sie lehnte sich gegen das kühle Glas. London schlief, und nur einige wenige Lichter saßen wie Punkte auf der Fassade der nächtlichen Stadt.

Was hatte er getan?

Und, noch wichtiger, wer beachtete ihn?

Was bloßer Abscheu hätte sein können, verwandelte sich in Schrecken, denn er besaß die Waffe. Die Waffe der Macht – eine Waffe, die Giovanni unschuldig bereitgestellt hatte, mit ihrer Hilfe.

Das hier ging weit über bloßes Geld hinaus.

Tränen fielen aus ihren alten Augen, und jenes innere Bewußtsein, das alle menschlichen Geschöpfe peinigt, empfand so etwas wie Überraschung. Sie hatte seit mehr als dreißig Jahren nicht mehr geweint.

Elizabeth stieß sich vom Fenster ab und ging langsam im Zimmer umher. Sie mußte nachdenken, gründlich nachdenken.

28.

In einem Zimmer im Innenministerium nahm James Derek eine Akte aus dem Schrank. ›Jacques Louis Bertholde, vierter Marquis von Chatellerault‹, stand auf dem Deckel.

Der Archivar kam herein. »Hallo, James. Sie arbeiten heute spät, wie ich sehe.«

»Leider, Charles. Ich nehme mir eine Kopie. Haben Sie meine Anforderung bekommen?«

»Ja, hier ist sie. Erklären Sie es mir, dann unterschreibe ich. Aber machen Sie es bitte kurz. In meinem Büro läuft ein Kartenspiel.«

»Kurz und einfach. Die Amerikaner verdächtigen ihr Botschaftspersonal, hier drüben unter der Hand Yankee-Wertpapiere zu verkaufen. Dieser Bertholde bewegt sich in diplomatischen Kreisen. Es könnte eine Verbindung mit Scarlatti vorliegen.«

Der Archivar machte sich die entsprechenden Notizen. »Wann ist das alles passiert?«

»Vor etwa einem Jahr, soviel ich weiß.«

Der Archivar hörte zu schreiben auf und sah James Derek an. »Vor einem Jahr?«

»Ja.«

»Und dieser Amerikaner will *jetzt* sein Botschaftspersonal überprüfen? *Hier*?«

»Richtig.«

»Er befindet sich auf der falschen Seite des Atlantiks. Das gesamte amerikanische Botschaftspersonal wurde vor vier Monaten versetzt. Es gibt im Augenblick niemanden hier, der vor einem Jahr in London war, nicht einmal eine Sekretärin.«

»Das ist sehr seltsam«, sagte Derek leise.

»Ich würde sagen, Ihr amerikanischer Freund hat recht armselige Beziehungen zu seinem Außenministerium.«

»Was bedeutet, daß er lügt.«

»Genau.«

Janet und Matthew stiegen lachend im siebenten Stock aus und gingen den Korridor hinunter, zu Elizabeths Suite. Sie hatten ungefähr dreißig Meter weit zu gehen und blieben viermal stehen, um sich zu umarmen und zu küssen.

Janet nahm einen Schlüssel aus der Handtasche und reichte ihn dem Buchprüfer.

Er steckte ihn ins Schloß, und sie drehte gleichzeitig den Türknopf, ehe er den Schlüssel zur Seite bewegte. Die Tür öffnete sich, und Canfield fiel praktisch ins Zimmer.

Elizabeth Scarlatti saß auf der viktorianischen Couch, im schwachen Licht einer Stehlampe. Sie rührte sich nicht, blickte nur zu Canfield und ihrer Schwiegertochter auf.

»Ich habe Sie im Flur gehört.«

»Ich sagte Ihnen, Sie sollen die Türen absperren.«

»Tut mir leid, das hatte ich vergessen.«

»Den Teufel haben Sie! Ich habe gewartet, bis ich den Riegel und den Bolzen hörte.«

»Ich habe vom Zimmerservice Kaffee bestellt.«

»Wo ist das Tablett?«

»In meinem Schlafzimmer, von dem ich annehme, daß es privat ist.«

»Glauben Sie das nur ja nicht!« Der Buchprüfer rannte auf die Schlafzimmertür zu.

»Ich bitte noch einmal um Entschuldigung. Ich habe den Zimmerkellner telefonisch gebeten, das Tablett zu holen. Ich bin ganz verwirrt. Bitte, verzeihen Sie mir.«

»Warum? Was ist denn?«

Elizabeth Scarlatti überlegte blitzschnell und sah dann ihre Schwiegertochter an. »Ich hatte einen höchst beunruhigenden Anruf. Eine geschäftliche Angelegenheit, die überhaupt nichts mit Ihnen zu tun hat. Es geht um ziemlich viel Geld, und ich muß eine Entscheidung treffen, ehe die britische Börse öffnet.« Sie blickte den Buchprüfer an.

»Darf ich fragen, was so wichtig ist, daß Sie meinen Anweisungen nicht folgen?«

»Einige Millionen Dollar. Vielleicht möchten Sie mir helfen. Sollten die Scarlatti-Firmen den Kauf der verbleibenden Wandelschuldverschreibungen in Sheffield-Schneidwaren durchführen und durch Ausübung des Wandlungsgewinns die Kontrolle über die Gesellschaft an sich bringen oder nicht?«

Immer noch unsicher fragte der Buchprüfer: »Warum ist das so – so beunruhigend?«

»Weil die Gesellschaft dauernd Geld verliert.«

»Dann kaufen Sie nicht. Deshalb sollten Sie nicht die ganze Nacht aufbleiben.«

Die alte Frau musterte ihn kühl. »Sheffield-Schneidwaren ist eine der besten Firmen in England. Ihr Produkt ist hervorragend. Das Problem liegt weder im Management noch in den Arbeitsbedingungen, sondern in japanischen Imitationen, die ins Land fließen. Die Frage ist: Wird das Käuferpublikum das rechtzeitig zur Kenntnis nehmen, um den Trend umzukippen?«

Elizabeth Scarlatti erhob sich von der Couch und ging ins Schlafzimmer. Sie schloß die Tür hinter sich. Der Buchprüfer wandte sich Janet Scarlett zu. »Hat sie denn keine Berater?«

Aber Janet starrte die Schlafzimmertür an. Dann nahm sie ihre Stola ab und ging auf den Buchprüfer zu. Dabei sagte sie mit leiser Stimme: »Sie lügt.«

»Woher weißt du das?«

»Das habe ich in ihrem Blick gelesen – in der Art, wie sie mich ansah, während sie mit dir sprach. Sie versuchte mir etwas mitzuteilen.«

»Was zum Beispiel?«

Die junge Frau zuckte ungeduldig mit den Schultern und fuhr im Flüsterton fort: »Oh, ich weiß nicht, aber du weißt schon, was ich meine. Du bist mit einer Gruppe von Leuten zusammen und fängst an, ein wenig aufzuschneiden oder zu übertreiben. Und während du noch dabei bist, wirfst du einen Blick auf einen Freund, der es besser weiß – und sofort spürt, daß er dich nicht korrigieren darf...«

»Hat sie in bezug auf die Gesellschaft gelogen, von der sie sprach?«

»O nein, das ist schon die Wahrheit. Chancellor Drews hat schon seit Monaten versucht, sie zum Kauf dieser Firma zu überreden.«

»Woher weißt du das?«

»Sie hat bereits abgelehnt.«

»Weshalb hat sie dann gelogen?«

Als Canfield sich setzte, wurde seine Aufmerksamkeit auf das kleine Leinendeckchen am Kopfteil des Sessels gezogen. Zuerst achtete er nicht darauf, aber dann sah er ein zweitesmal hin. Das Material war zerdrückt, als hätte man es zusammengeballt. Es paßte nicht in die sonst makellose Suite. Er sah genauer hin. In den Fäden waren Risse zu sehen, und die Druckstellen von Fingern waren unverkennbar. Wer auch immer den Stuhl gepackt hatte, er hatte es mit beträchtlicher Kraft getan.

»Was ist denn, Matthew?«

»Nichts. Hol mir einen Drink, ja?«

»Natürlich, Liebling.« Sie ging zur Bar, während Canfield um den Sessel herumging und sich vor das französische Fenster stellte. Aus keinem besonderen Grund zog er die Vorhänge auseinander und inspizierte das Fenster selbst. Er drehte den Griff herum, zog die linke Seite auf und sah das, was er zu suchen begonnen hatte. Das Holz um den Beschlag herum war zerkratzt. Am Fenstersims konnte er sehen, wie ein schwerer Gegenstand die Farbe abgeschabt hatte, wahrscheinlich ein gummibesohlter Stiefel oder ein Schuh mit Kreppsohlen. Kein Leder. Am Emaille waren keine Kratzer festzustellen. Er öffnete den rechten Flügel und blickte hinaus. Unter ihm waren sechs Stockwerke, über ihm zwei Stockwerke und darüber ein steil geneigtes Dach. Er schob das Fenster zu und verschloß es.

»Was, in aller Welt, tust du denn?«

»Wir hatten Besuch. Einen ungeladenen Gast, könnte man sagen.«

Die junge Frau stand reglos da. »Mein Gott!«

»Hab keine Angst. Deine Schwiegermutter würde niemals etwas Unsinniges tun. Glaub mir das.«

»Das versuche ich ja. Was werden wir jetzt machen?«

»Wir müssen herausfinden, wer es war. Und jetzt reiß dich zusammen. Ich brauche dich.«

»Warum hat sie nichts gesagt?«

»Ich weiß nicht, aber vielleicht kriegen wir es heraus.«

»Wie?«

»Morgen früh wird sie wahrscheinlich diese geschäftliche Angelegenheit mit Sheffield aufs Tapet bringen. Wenn ja, dann sag ihr, du würdest dich erinnern, daß sie schon einmal abgelehnt hatte, die Firma für Chancellor zu kaufen. Sie wird dir wenigstens irgendeine Erklärung liefern müssen.«

»Wenn Mutter Scarlatti nicht reden will, dann redet sie einfach nicht. Das weiß ich.«

»Dann darfst du sie eben nicht bedrängen. Aber irgend etwas wird sie sagen müssen.«

Obwohl es beinahe drei Uhr war, kamen immer noch Nachzügler von ausgedehnten Partys ins Hotel zurück. Sie trugen hauptsächlich Abendkleidung, und eine ganze Anzahl kicherte und war aus dem Gleichgewicht geraten, aber alle waren vergnügt und müde.

Canfield ging zu dem Angestellten am Empfang und sagte leise und fast verschwörerisch: »Sagen Sie mal, Freund, ich habe da ein kleines Problem.«

»Ja, Sir. Können wir Ihnen helfen?«

»Nun, das ist ein bißchen schwierig. Ich reise mit Madame Elizabeth Scarlatti und ihrer Tochter...«

»Ach ja! Mr. – Canfield, nicht wahr?«

»Ja, sicher. Nun, wissen Sie, die Leute, die über dem alten Mädchen wohnen, gehen erst ziemlich spät zu Bett.«

Der Angestellte, der die Legende des Scarlatti-Reichtums kannte, zerfloß fast vor Entschuldigungen. »Das tut mir schrecklich leid, Mr. Canfield. Ich werde selbst sofort hinaufgehen. Das ist wirklich höchst peinlich.«

»O nein, bitte, jetzt ist ja alles ruhig.«

»Nun, ich kann Ihnen versichern, daß es nicht wieder passieren wird. Die Leute müssen wirklich laut sein. Wie Ihnen ja sicher bewußt ist, ist das Savoy äußerst massiv gebaut.«

»Nun, ich denke, daß Sie die Fenster offen haben. Aber

bitte sagen Sie ihnen nichts. Madame Scarlatti wäre böse auf mich, wenn sie herausfände, daß ich mit Ihnen darüber gesprochen habe.«

»Ich verstehe nicht, Sir.«

»Sagen Sie mir einfach, wer diese Leute sind, dann spreche ich selbst mit ihnen. Sie wissen schon, ganz freundschaftlich, mit einem Glas in der Hand.«

Damit war der Empfangsangestellte sofort einverstanden. Insgeheim atmete er erleichtert auf. »Wenn Sie darauf bestehen, Sir...« Er sah im Fremdenbuch nach. »In Acht West Eins wohnen der Viscount und die Viscountess Roxbury, ein charmantes Paar, und alt, wie ich glaube. Seltsam, daß sie soviel Lärm machen... Aber es könnte natürlich sein, daß sie jemanden eingeladen haben.«

»Wer wohnt über ihnen?«

»Über ihnen, Mr. Canfield? Ich glaube nicht...«

»Sagen Sie es mir bitte trotzdem.«

»Nun, in Neun West Eins ist...« Der Angestellte blätterte eine Seite des Fremdenbuchs um. »Das ist frei, Sir.«

»Frei? Das ist doch für diese Jahreszeit ungewöhnlich, nicht wahr?«

»Ich hätte sagen sollen, es steht nicht zur Verfügung, Sir. Neun West Eins ist für den ganzen Monat für geschäftliche Konferenzen vermietet.«

»Sie meinen, nachts wohnt niemand dort?«

»Oh, das Recht dazu hätten die schon, aber das war nicht der Fall.«

»Wer hat es gemietet?«

»Die Firma Bertholde et Fils.«

29.

Das Telefon neben James Dereks Bett klingelte schrill und weckte ihn.

»Hier Canfield. Ich brauche Hilfe, es ist eilig.«

»Vielleicht sehen das nur Sie so. Um was geht es denn?«

»In Madame Scarlattis Suite ist eingebrochen worden.«

»Was? Und was sagt das Hotel dazu?«

»Die wissen es nicht.«

»Ich denke, Sie sollten es ihnen sagen.«

»So einfach ist das nicht. Sie will es nicht zugeben.«

»Das ist Ihr Problem. Warum rufen Sie mich an?«

»Ich glaube, sie hat Angst. Der Einbrecher ist durch das Fenster gekommen.«

»Mein lieber Mann, die Zimmer sind im siebten Stock! Das müssen Sie geträumt haben! Oder können die fliegen?«

Der Amerikaner wartete ein paar Augenblicke, gerade lange genug, um dem Engländer zu zeigen, daß er die Bemerkung keineswegs spaßig fand. »Die haben sich gedacht, daß sie die Tür nicht öffnen würde, was für sich betrachtet schon interessant ist. Wer auch immer es war – der Betreffende hat sich aus einem der Zimmer darüber heruntergelassen und eine Klinge benutzt. Haben Sie etwas über Bertholde erfahren?«

»Eines nach dem anderen.« Derek begann Canfield ernst zu nehmen.

»Das ist es ja gerade. Ich glaube, da gibt es einen Zusammenhang. Bertholdes Firma hat die Zimmer zwei Stockwerke darüber gemietet.«

»Wie, bitte?«

»Sie haben ganz richtig gehört. Für einen Monat. Tägliche Geschäftskonferenzen, nicht mehr und nicht weniger.«

»Ich glaube, wir sollten uns unterhalten.«

»Das Mädchen weiß Bescheid, und sie hat Angst. Können Sie ein paar Leute abstellen?«

»Halten Sie das für notwendig?«

»Eigentlich nicht. Aber ich würde mich ungern irren.«

»Also gut. Ich werde zur Tarnung sagen, daß ich einen Schmuckdiebstahl befürchte. Keine uniformierten Leute natürlich. Einer im Korridor, einer auf der Straße.«

»Ich bin Ihnen sehr dankbar. Fangen Sie an, aufzuwachen?«

»Ich bin hellwach, verdammt. Ich bin in einer halben Stunde bei Ihnen. Ich bringe alles mit, was ich über Bertholde ausfindig machen kann. Und ich denke, wir sollten uns die Suite ansehen.«

Canfield verließ die Telefonzelle und machte sich auf den Rückweg zum Hotel. Der Schlafmangel begann seine Wirkung zu zeigen. Und er wünschte sich, er wäre jetzt in einer amerikanischen Stadt, wo es rund um die Uhr geöffnete Imbißstuben gab, in denen man Kaffee bekommen konnte. Die Engländer, dachte er, halten sich für so zivilisiert. Aber niemand war zivilisiert, der keine rund um die Uhr geöffneten Imbißstuben besaß.

Er betrat die prunkvolle Hotelhalle und stellte fest, daß die Uhr in der Rezeption Viertel vor vier anzeigte. Er ging auf die uralten Lifts zu.

»Oh – Mr. Canfield, Sir!« Der Angestellte kam auf ihn zu.

»Was ist denn?« Canfield dachte an Janet, und sein Herzschlag stockte.

»Gleich, nachdem Sie weggegangen waren, Sir, keine zwei Minuten, nachdem Sie weg waren – höchst ungewöhnlich um diese Nachtstunde ...«

»Wovon, zum Teufel, reden Sie?«

»Dieses Telegramm ist für Sie eingetroffen.« Der Angestellte reichte Canfield einen Umschlag.

»Danke«, sagte Canfield erleichtert, während er das Telegramm entgegennahm und die Gittertür der Liftkabine zuzog. Während er nach oben fuhr, drückte er das Kabel zwischen Daumen und Zeigefinger. Es war dick. Benjamin Reynolds hatte entweder einen langen, abstrakten Sermon geschickt, oder es stand ihm noch einige Dechiffrierarbeit bevor. Hoffentlich wurde er damit fertig, ehe Derek eintraf.

Canfield betrat sein Zimmer, setzte sich neben die Stehlampe und öffnete das Telegramm.

Ein Dechiffrieren war nicht notwendig. Es war im einfachen Geschäftsstil geschrieben und leicht zu verstehen, wenn man es im Licht der gegenwärtigen Situation betrachtete. Insgesamt waren es drei Blätter.

›Rawlins Thomas und Lillian Automobilunfall in den Pocono-Bergen stop Beide tot stop Weiß daß das ihre liebe Freundin E S beunruhigen wird stop Vorschlage Sie kümmern sich um sie in ihrem leid stop Bezüglich Wimbledon Angelegenheit stop wir haben keine Kosten gescheut bei unseren englischen Lieferanten maximale Warenquoten zu beschaffen stop Sie haben Verständnis für unsere Probleme bezüglich skandinavischer Exporte stop Sie sind bereit Ihnen bei Ihren Verhandlungen für faire Reduzierungen von Maximalkäufen behilflich zu sein stop Man hat sie über unsere Konkurrenten in der Schweiz und die betroffenen Firmen informiert stop Sie wissen von den drei in Wettbewerb stehenden britischen Firmen stop Sie werden Ihnen jede Unterstützung zuteil werden lassen und wir erwarten daß Sie sich auf unsere Interessen in England konzentrieren stop Versuchen Sie nicht unsere Konkurrenten in der Schweiz zu unterbieten stop Halten sie sich heraus stop Das bewirkt nichts stop J Hammer Wimbledon New York.‹

Canfield zündete sich eine dünne Zigarre an und legte die drei Blätter zwischen seine ausgestreckten Beine auf den Boden. Er blickte auf sie hinunter.

Hammer war Reynolds' Codebezeichnung für Nachrichten an Außenprüfer, sofern er deren Inhalt für besonders wichtig hielt. Die Rawlins... Canfield mußte einen Augenblick überlegen, ehe er sich erinnerte, daß die Rawlins die Schwiegereltern von Boothroyd waren. Man hatte sie also ermordet. Kein Unfall. Und Reynolds hatte Angst um Elizabeth Scarlattis Leben. Washington hatte mit der britischen Regierung eine Übereinkunft erzielt, die ihm eine ungewöhnliche Unterstützung sicherte – ohne Kosten zu scheuen – und hatte als Gegenleistung die Engländer von den schwedischen Wertpapieren und den Landkäufen in der Schweiz informiert, zwischen denen man einen Zusammenhang vermutete. Allerdings gab Reynolds nicht an, wer die Männer in Zürich waren, nur daß sie existierten und daß drei angesehene Engländer auf der Liste standen. Canfield erinnerte sich an die Namen – Masterson, der sich seinen Ruhm in Indien erworben hatte, Leacock von der Britischen Börse und Innes-Bowen, der Textilmagnat.

Hammer hob besonders hervor, daß Canfield die alte Madame Scarlatti schützen und sich von der Schweiz fernhalten sollte.

Es klopfte leise an seiner Tür. Canfield hob die Papiere auf und steckte sie in die Tasche. »Wer ist da?«

»Schneewittchen, verdammt! Ich suche ein Bett, in dem ich

schlafen kann.« Die Stimme mit dem britischen Akzent gehörte natürlich James Derek. Canfield öffnete die Tür, und der Engländer trat ohne weiteren Gruß ein. Er warf einen braunen Umschlag auf das Bett, legte seine Melone auf die Kommode und nahm in einem Lehnsessel Platz.

»Der Hut gefällt mir, James.«

»Ich bete darum, daß er mich davor bewahrt, verhaftet zu werden. Ein Londoner, der sich um diese Zeit im Savoy herumtreibt, muß ungeheuer respektabel wirken.«

»Das tun Sie, mein Wort darauf.«

»Als ob ich mir dafür etwas kaufen könnte, Sie Schlafwandler!«

»Haben Sie Lust auf einen Whisky?«

»Ganz bestimmt nicht. Madame Scarlatti hat Ihnen gegenüber gar nichts erwähnt?«

»Nichts. Weniger als nichts. Sie hat versucht, meine Aufmerksamkeit abzulenken. Dann verstummte sie einfach und schloß sich in ihrem Schlafzimmer ein.«

»Ich kann das einfach nicht glauben. Dabei dachte ich die ganze Zeit, daß Sie beide zusammenarbeiten.« Derek zog einen Hotelschlüssel mit dem üblichen hölzernen Anhänger heraus. »Ich habe mich ein wenig mit dem Hoteldetektiv unterhalten.«

»Können Sie ihm vertrauen?«

»Das ist nicht wichtig. Das hier ist ein Hauptschlüssel, und er glaubt, ich müßte jemanden im zweiten Stock überwachen.«

»Dann will ich mich auf den Weg machen. Warten Sie bitte auf mich. Vielleicht können Sie ein wenig schlafen.«

»Nun mal langsam. Sie stehen ganz offensichtlich mit Madame Scarlatti in Verbindung. Also sollte ich die Nachforschungen übernehmen.«

Der Buchprüfer hielt inne. Was Derek sagte, hatte etwas für sich. Vermutlich verstand sich auch der britische Agent viel besser auf diese Art von Arbeit als er. Andererseits konnte er nicht sicher sein, ob er dem Mann vertrauen durfte. Und er war nicht bereit, ihm umfassende Informationen zu geben. Nur so konnte vermieden werden, daß die britische Regierung irgendwelche Entscheidungen traf.

»Das ist sehr tapfer von Ihnen, Derek. Aber das kann ich wirklich nicht verlangen.«

»Überhaupt nicht tapfer. Es gibt genügend Erklärungen, die alle unter das Ausländergesetz fallen.«

»Trotzdem würde ich es vorziehen, selbst zu gehen. Offen gestanden, Sie haben keinen Grund, sich einzuschalten. Ich habe Sie um Hilfe gebeten, aber nicht darum, daß Sie meine Arbeit tun.«

»Schließen wir doch einen Kompromiß zu meinen Gunsten.«

»Warum?«

»Weil es sicherer ist.«

»Jetzt haben Sie einen Punkt für sich gewonnen.«

»Ich gehe als erster hinein, während Sie im Korridor neben dem Lift warten. Ich überprüfe die Zimmer und gebe Ihnen dann ein Signal, wenn Sie nachkommen können.«

»Wie?«

»So unauffällig wie möglich. Vielleicht ein kurzer Pfiff.«

Canfield hörte den kurzen, schrillen Pfiff und rannte den Korridor zu Neun West Eins hinunter.

Er schloß die Tür und ging auf den Lichtkegel der Taschenlampe zu. »Alles in Ordnung?«

»Eine sehr gepflegte Hotelsuite. Vielleicht nicht so protzig wie die amerikanische Version, aber viel wohnlicher.«

»Das ist beruhigend.«

»Allerdings. Ich mag diese Art von Arbeit wirklich nicht.«

»Ich dachte, Ihr Engländer seid dafür berühmt.«

Solche Reden leiteten ihre schnelle, aber gründliche Durchsuchung der Räume ein. Sie waren genau so angeordnet wie die Scarlatti-Suite, die zwei Stockwerke tiefer lag, aber anders eingerichtet. In der Mitte des Wohnraums stand ein langer Tisch, von einem Dutzend Stühlen umgeben.

»Vermutlich ein Konferenztisch«, sagte Derek.

»Sehen wir uns einmal das Fenster an.«

»Welches?«

Canfield überlegte. »Das hier.«

Er ging auf das französische Fenster zu, das genau über dem von Elizabeth Scarlatti lag.

Der Engländer schob Canfield zur Seite und richtete seine Taschenlampe auf den Fensterrahmen.

Er entdeckte eine Furche im Lack. An der Außenmauer war ein heller Strich in der Schmutzschicht zu sehen. Die Furche war vielleicht drei Zentimeter tief und offensichtlich von einem dicken Seil durch Reibung verursacht worden.

»Das muß eine Katze gewesen sein«, sagte Canfield.

»Sehen wir uns noch ein wenig um.«

Die zwei Männer gingen zuerst ins linke Schlafzimmer und fanden dort ein zugedecktes Doppelbett. Die Kommode war leer, und auf dem Schreibtisch lagen nur der übliche Umschlag mit Briefpapier und die mit Korken geschützten Federn. In den Kleiderschränken waren nur Bügel und Stoffsäcke für Schuhe zu finden. Das Badezimmer war makellos sauber, die Armaturen blitzten. Das zweite Schlafzimmer auf der rechten Seite glich dem ersten aufs Haar, nur daß die Bettdecke verschoben war. Jemand hatte in dem Bett geschlafen oder sich ausgeruht.

»Ein großer Mann. Wahrscheinlich sechs Fuß oder noch größer«, meinte der Engländer.

»Wie können Sie das feststellen?«

»Seine Gesäßbacken haben sich eingedrückt. Sehen Sie hier, in der unteren Betthälfte.«

»Daran hätte ich nie gedacht.«

»Kein Kommentar.«

»Vielleicht hat er gesessen.«

»Ich sagte – wahrscheinlich.«

Der Buchprüfer öffnete die Schranktüren. »He, leuchten Sie mal hierher!«

»Bitte.«

»Hier ist es!«

Auf dem Schrankboden lag ein unordentlich zusammengerolltes Seil. Am unteren Ende waren drei breite Lederstreifen zu erkennen, die mit Metallösen befestigt waren.

»Ein Bergseil«, sagte der englische Agent.

»Zum Klettern?«

»Genau. Sehr sicher. Profis würden so etwas nicht benutzen. Es gilt als unsportlich. Man setzt es hauptsächlich für Rettungsaktionen ein.«

»Es geht doch nichts über den Sportsgeist. Könnte man damit eine Wand des Savoy hinaufklettern?«

»Mit Leichtigkeit. Sehr schnell, sehr sicher. Sie hatten recht.«

»Verschwinden wir von hier«, sagte Canfield.

»Jetzt könnte ich einen Drink gebrauchen.«

»Natürlich.« Canfield erhob sich etwas schwerfällig vom Bett. »Scotch Whisky und Soda, mein Freund?«

»Bitte.«

Der Amerikaner ging zu dem Tisch am Fenster, der ihm als Bar diente, und goß reichlich Whisky in zwei Gläser. Er reichte eines davon James Derek und prostete ihm zu. »Sie leisten gute Arbeit, James.«

»Sie sind auch ganz tüchtig. Und ich habe mir überlegt, daß Sie wahrscheinlich recht haben. Wir sollten uns dieses Seil holen.«

»Jedenfalls stiftet es Verwirrung.«

»Es könnte uns helfen ... Das ist so typisch amerikanisch.«

»Ich verstehe nicht.«

»Nehmen Sie's nicht persönlich. Ich will damit nur sagen, daß ihr Amerikaner es so mit Geräten und Vorrichtungen habt – wenn Sie wissen, was ich meine. Wenn ihr nach Schottland auf Vogeljagd geht, schleppt ihr großkalibrige Kanonen mit. Wenn ihr im Flachland fischen geht, habt ihr sechshundert verschiedene Fliegen und Haken in der Schachtel. Der amerikanische Sportsgeist ist gleichzusetzen mit der Fähigkeit, den Sport mit Geräten zu meistern, nicht mit Geschicklichkeit.«

»Wenn das die ›Haßt-Amerika-Stunde‹ ist ...«

»Bitte, Matthew! Ich versuche Ihnen ja nur zu sagen, daß ich Ihnen recht gebe. Der Mann, der in die Scarlatti-Suite eingebrochen ist, war Amerikaner. Möglicherweise können wir das Seil zu jemandem in Ihrer Botschaft zurückverfolgen. Ist Ihnen das nicht in den Sinn gekommen?«

»Wie?«

»Ihre Botschaft. Vielleicht ist es jemand von Ihrer Botschaft. Jemand, der Bertholde kennt. Die Männer, die Ihrer Ansicht nach mit den Wertpapieren zu tun hatten. So ein

Kletterseil ist zwar idiotensicher, aber ich glaube trotzdem, daß nur ein erfahrener Bergsteiger damit umgehen kann. Wie viele Bergsteiger gibt es denn wohl in Ihrer Botschaft? Scotland Yard hätte das in einem Tag heraus.«

»Nein – darum kümmern wir uns selbst.«

»Reine Zeitvergeudung. Schließlich gibt es über das Botschaftspersonal ebenso Akten wie über Bertholde. Wie viele davon sind Bergsteiger?«

Canfield wandte sich von James Derek ab und schenkte sich nach. »Das riecht mir zu sehr nach Polizei. Das wollen wir nicht. Wir werden die Befragungen selbst vornehmen.«

»Wie Sie meinen. Schwierig sollte es eigentlich nicht sein. Höchstens zwanzig bis dreißig Leute. Sie müßten den Betreffenden bald haben.«

»Sicher.« Canfield ging zu seinem Bett und setzte sich.

Der Engländer leerte sein Glas. »Haben Sie eine Liste Ihres Botschaftspersonals?«

»Natürlich.«

»Und Sie sind absolut sicher, daß dieser Wertpapierschwindel letztes Jahr von Angestellten durchgeführt wurde, die jetzt in London tätig sind?«

»Ja, das sagte ich doch. Das Außenministerium ist jedenfalls dieser Meinung. Ich wollte, Sie würden aufhören, darauf herumzuhacken.«

»Das werde ich auch nicht mehr tun. Es ist schon spät, und auf meinem Schreibtisch wartet noch eine Menge Arbeit.«

Der britische Agent stand auf und ging zu der Kommode, auf die er seinen Hut gelegt hatte. »Gute Nacht, Canfield.«

»Oh, Sie gehen schon? Enthält die Bertholde-Akte irgend etwas Wichtiges? Ich will sie noch lesen, aber im Augenblick bin ich einfach zu müde.«

James Derek stand neben der Tür und blickte auf den erschöpften Buchprüfer herunter. »Eines wird Sie ganz sicher interessieren, wahrscheinlich sogar einige Stellen, aber eine fällt mir jetzt ein.«

»Und die wäre?«

»Zu den Sportarten, die der Marquis schätzt, gehört auch das Bergsteigen. Er ist sogar Mitglied des Matterhorn-Klubs. Außerdem gehört er zu den wenigen Menschen, die an der

Nordwand der Jungfrau hochgestiegen sind. Soviel ich gehört habe, ist das gar nicht so leicht.«

Canfield stand ärgerlich auf und schrie den Engländer an: »Warum haben Sie das nicht gleich gesagt?«

»Offen gestanden, weil ich dachte, daß Sie seine Verbindungen mit Ihrer Botschaft mehr interessieren würden. Danach hatte ich in erster Linie gesucht.«

Der Amerikaner starrte Derek an. »Dann war es also Bertholde. Aber warum... Es sei denn, er hat gewußt, daß sie niemandem die Tür öffnen würde.«

»Vielleicht. Das kann ich wirklich nicht wissen. Viel Spaß mit der Akte, Canfield. Eine faszinierende Lektüre. Aber ich glaube nicht, daß Sie viel darin finden werden, das sich auf die amerikanische Botschaft bezieht. Aber deshalb wollten Sie sie ja gar nicht haben, oder?«

Der Brite verließ das Zimmer und warf krachend die Tür hinter sich zu. Canfield zuckte zusammen. Er war verwirrt, aber zu müde, als daß ihm das viel ausgemacht hätte.

30.

Das Telefon weckte ihn.

»Matthew?«

»Ja, Jan?«

»Ich bin in der Halle. Ich habe Mutter Scarlatti gesagt, daß ich einige Einkäufe zu erledigen hätte.«

Canfield sah auf die Uhr. Es war halb zwölf. Er hatte den Schlaf dringend gebraucht. »Was ist geschehen?«

»Ich habe sie noch nie so gesehen, Matthew. Sie hat Angst.«

»Das ist neu. Hat sie die Sheffield-Geschichte erwähnt?«

»Nein, das mußte ich tun. Sie ist nicht darauf eingegangen und hat nur gesagt, die Lage hätte sich geändert.«

»Sonst nichts?«

»Nein. Übrigens will sie heute nachmittag mit dir sprechen. Sie sagt, es gäbe Probleme in New York, um die sie sich kümmern müßte. Ich glaube, sie wird dir sagen, daß sie sich entschlossen hätte, England zu verlassen und nach Hause zu fahren.«

»Unmöglich! Was hat sie genau gesagt?«

»Sie hat sich ziemlich unklar ausgedrückt. Nur daß Chancellor ein Narr wäre und daß es keinen Sinn hätte, Zeit damit zu vergeuden, irgendwelchen Phantomen nachzujagen.«

»Das glaubt sie doch selbst nicht!«

»Wohl kaum. Sie wirkte auch nicht sehr überzeugend. Aber es ist ihr Ernst damit. Was wirst du tun?«

»Vielleicht kann ich sie mit einem Überraschungsangriff kleinkriegen. Bleib wenigstens zwei Stunden weg, ja?«

Sie verabredeten sich zu einem späten Lunch und verabschiedeten sich dann. Dreißig Minuten später ging Canfield durch die Halle des Savoy in den Grill Room und bestellte dort sein Frühstück. Es war jetzt nicht die Zeit, auf Nahrung zu verzichten. Er brauchte die Energiezufuhr.

Er hatte die Bertholde-Akte mitgenommen. Nun legte er sie neben seinen Teller, schlug sie auf und begann zu lesen.

Jacques Louis Aumont Bertholde, vierter Marquis von Chatellerault.

Es war eine Akte, wie es so viele andere Akten über die Superreichen gab. Erschöpfende Einzelheiten über den Familienstammbaum. Die Positionen und Titel eines jeden einzelnen Familienmitglieds im Geschäftsleben der Regierung und der Gesellschaft, über mehrere Generationen hinweg – alles höchst eindrucksvoll und für jeden Außenstehenden völlig bedeutungslos. Die Bertholde-Besitzungen – gigantisch – in erster Linie, so wie Elizabeth Scarlatti gesagt hatte, innerhalb der britischen Territorien. Die Ausbildung der fraglichen Person und sein darauffolgender Aufstieg in der Geschäftswelt. Seine Klubs – alle sehr korrekt. Seine Hobbies – Automobile, Pferdezucht, Hunde – ebenfalls korrekt. Die Sportarten, in denen er sich hervorgetan hatte – Segeln, das Matterhorn und die Jungfrau – nicht nur korrekt, sondern auch reizvoll und äußerst passend. Und schließlich die Einschätzung seines Charakters. Der interessanteste Teil und doch derjenige, den die meisten zu vernachlässigen pflegten. Gewöhnlich stammten die schmeichelhaften Beiträge von Freunden oder

Geschäftspartnern, die sich davon einen Vorteil erhofften. Nicht schmeichelhafte Beiträge andererseits stammten von Feinden oder Konkurrenten, die seine Position untergraben wollten.

Canfield holte einen Bleistift heraus und machte zwei Anmerkungen in der Akte.

Die erste auf Seite 18, Absatz 5. Er tat das abgesehen davon, daß dieser Abschnitt deplaziert wirkte – unattraktiv – und den Namen einer Stadt enthielt, von der Canfield sich erinnerte, daß sie auf Ulster Scarletts europäischer Reiseroute gelegen hatte.

›Die Bertholde-Familie besitzt ausgedehnte Interessen im Ruhrgebiet, die einige Wochen vor dem Mord von Sarajewo an das deutsche Finanzministerium verkauft wurden. Die Bertholde-Büros in Stuttgart und Pullach wurden geschlossen. Der Verkauf führte in französischen Geschäftskreisen zu einigen unfreundlichen Kommentaren, und die Familie Bertholde wurde von den Generalstaaten und in zahlreichen Zeitungsartikeln kritisiert. Vorwürfe, daß irgendwelche Unregelmäßigkeiten vorgekommen seien, unterblieben auf die Erklärung hin, daß das deutsche Finanzministerium einen exorbitanten Preis bezahlt hätte. Diese Behauptung ist bewiesen. Nach dem Krieg wurden die Interessen an der Ruhr von der Weimarer Regierung zurückgekauft, die Büros in Stuttgart und Pullach wieder eröffnet.‹

Der zweite Hinweis auf Seite 23, Paragraph 2, bezog sich auf eine der erst kürzlich gegründeten Gesellschaften Bertholdes, und enthielt die folgenden Informationen: ›Die Partner des Marquis de Bertholde in der Importfirma sind Mr. Sydney Masterson und Mr. Harold Leacock...‹

Masterson und Leacock.

Beide standen auf der Züricher Liste. Jeder besaß eines der vierzehn Anwesen in der Schweiz.

Keineswegs überraschend. Das war das Bindeglied zwischen Bertholde und Zürich.

Überhaupt nicht überraschend, eher angenehm – im professionellen Sinn – zu wissen, daß ein weiteres Teil in das Puzzle paßte.

Während Canfield seinen Kaffee austrank, trat ein unbekannter Mann in der Livree des Savoy auf ihn zu. »Ich habe zwei Mitteilungen für Sie, Sir.«

Canfield war verblüfft. Er griff nach den Blättern, die ihm hingereicht wurden. »Sie hätten mich ausrufen lassen können.«

»Die beiden Herrschaften haben uns gebeten, das zu unterlassen, Sir.«

»Ich verstehe. Vielen Dank.«

Die erste Nachricht kam von Derek. ›Nehmen Sie mit mir Kontakt auf!‹

Die zweite kam von Elizabeth Scarlatti. ›Bitte, kommen Sie um halb drei in meine Suite. Es ist äußerst dringend. Vorher kann ich Sie nicht empfangen.‹

Canfield zündete sich eine seiner dünnen Zigarren an und ließ sich in den Stuhl zurücksinken. Derek konnte warten. Wahrscheinlich hatte der Engländer von Benjamin Reynolds' neuer Übereinkunft mit der britischen Regierung gehört und war entweder wütend oder empfand das Bedürfnis, sich entschuldigen zu müssen.

Madame Scarlatti hatte jedoch eine Entscheidung getroffen. Wenn Janet recht hatte, verlor die alte Dame allmählich die Fassung. Wenn er für den Augenblick den eigenen persönlichen Verlust vergaß, den er möglicherweise erleiden würde, so konnte er dennoch niemals glauben, daß sie sich wieder Reynolds oder Glover oder sonst jemandem in der Gruppe 20 zugewandt hatte. Er hatte Tausende von Dollars ausgegeben und dabei darauf gebaut, daß Elizabeth ihn unterstützen würde.

Canfield dachte über den Besucher der alten Frau nach, den vierten Marquis von Chatellerault, den Veteranen des Matterhorns und der Jungfrau, Jacques Louis Bertholde. Warum war er in die Scarlatti-Suite eingebrochen? Weil sie versperrt gewesen war und weil er gewußt hatte, daß sie versperrt bleiben würde? War es seine Absicht gewesen, Elizabeth zu erschrecken? Oder suchte er etwas?

Was konnte Bertholde gesagt haben, um ihren Willen zu brechen? Was konnte er überhaupt sagen, das einer Elizabeth Scarlatti Angst machen konnte?

Er konnte ihr den Tod ihres Sohnes in Aussicht stellen,

falls dieser noch am Leben war. Damit würde er sein Ziel möglicherweise erreichen.

Aber würde er das wirklich? Ihr Sohn hatte sie verraten – und die Scarlatti-Firmen. Canfield vermutete, daß Elizabeth ihren Sohn lieber tot sehen würde, als zuzulassen, daß er jenen Verrat fortsetzte.

Und doch war sie jetzt dabei, sich zurückzuziehen.

Wieder verspürte Canfield jenes Gefühl der Unzulänglichkeit, das er zum erstenmal an Bord der *Calpurnia* empfunden hatte. Ein Auftrag, den man als Diebstahl konzipiert hatte, war durch außergewöhnliche Vorkommnisse und ungewöhnliche Leute komplizierter geworden.

Er zwang seine Gedanken, zu Elizabeth Scarlatti zurückzukehren. Wahrscheinlich konnte sie ihn nicht vor halb drei empfangen, weil sie ihre Heimreise vorbereitete.

Nun, er hatte eine kleine Überraschung für sie in petto. Er wußte, daß sie bereits am frühen Morgen Besuch gehabt hatte. Und er hatte die Bertholde-Akte. Die Akte konnte sie möglicherweise zurückweisen. Aber das Kletterseil war unwiderlegbar.

»Ich habe Ihnen doch geschrieben, daß ich Sie vor halb drei nicht empfangen könnte! Würden Sie bitte meine Wünsche respektieren!«

»Es duldet keinen Aufschub. Lassen Sie mich schnell hinein!«

Sie öffnete widerstrebend die Tür und ließ sie einen kleinen Spalt offen. Canfield schloß sie lautstark, als sie in die Mitte des Raums ging, und schob den Riegel vor. Ehe sie sich zu ihm umdrehte, sagte er: »Ich habe die Akte gelesen, ich weiß jetzt, weshalb Ihr Besucher die Tür nicht zu öffnen brauchte.«

Es war, als hätte man vor dem alten Gesicht eine Pistole abgefeuert. Die alte Frau wandte sich ab und warf den Kopf in den Nacken. Wäre sie dreißig Jahre jünger gewesen, hätte sie sich in diesem Augenblick zweifellos wütend auf ihn gestürzt. Sie sprach mit einer Intensität, wie er sie noch nie zuvor an ihr bemerkt hatte.

»Sie gewissenloser Bastard! Ein Lügner sind Sie! Ein Dieb!

Lügner! Lügner! Ich werde dafür sorgen, daß Sie den Rest Ihres Lebens im Gefängnis verbringen!«

»Das ist sehr gut. Angriff und Gegenangriff. Das wäre nicht das erstemal, daß Sie das tun. Aber diesmal schaffen Sie es nicht. Derek war bei mir. Wir haben das Kletterseil gefunden, das Ihr Besucher außen an der Gebäudewand heruntergelassen hat.«

Die alte Frau taumelte auf ihn zu. »Um Himmels willen, regen Sie sich doch nicht so auf! Ich bin auf Ihrer Seite.« Er hielt ihre schmalen Schultern umfaßt.

»Sie müssen ihn bestechen! Oh, mein Gott! Sie müssen ihn bestechen! Schaffen Sie ihn her!«

»Warum? Wen soll ich bestechen?«

»Derek. Seit wann wissen Sie es? Mr. Canfield, ich frage Sie im Namen von allem, was Ihnen heilig ist – wie lange wissen Sie es schon?«

»Seit etwa fünf Uhr heute früh.«

»Dann hat er mit anderen gesprochen! Du lieber Himmel, er hat mit anderen gesprochen!« Sie war völlig außer sich, und Canfield begann sich Sorgen um sie zu machen.

»Ganz bestimmt hat er das. Aber nur zu seinen unmittelbaren Vorgesetzten, und ich kann mir vorstellen, daß er selbst ziemlich weit oben steht. Was haben Sie denn erwartet?«

Die alte Frau rang um Fassung. »Sie haben vielleicht den Mord an meiner ganzen Familie verursacht. Wenn Sie das getan haben, werde ich dafür sorgen, daß Sie nicht mehr lange leben!«

»Das ist eine ungeheuerliche Beschuldigung! Sie sollten mir lieber sagen, warum ihre Familie bedroht ist.«

»Ich werde Ihnen gar nichts sagen, so lange Sie nicht Derek ans Telefon geholt haben.«

Canfield ging quer durch das Zimmer zum Telefon und gab der Vermittlung Dereks Nummer. Er redete ein paar Augenblicke lang eindringlich und leise und wandte sich dann zu der alten Frau um. »Er geht in zwanzig Minuten zu einer Besprechung. Er hat einen vollständigen Bericht, und man erwartet von ihm, daß er ihn verliest.«

Die alte Frau trat schnell neben Canfield. »Geben Sie mir das Telefon!«

Er reichte ihr den Hörer. »Mr. Derek! Hier spricht Elizabeth Scarlatti. Was für eine Besprechung das auch immer ist, gehen Sie nicht hin! Ich bin es nicht gewöhnt zu betteln, Sir. Aber ich flehe Sie an, gehen Sie nicht hin! Bitte, bitte, sagen Sie keiner Menschenseele etwas über letzte Nacht! Wenn Sie es tun, tragen Sie die Verantwortung am Tod vieler unschuldiger Menschen. Ich kann jetzt nicht mehr sagen... Ja, ja, was Sie wollen... Natürlich können Sie mit mir reden. In einer Stunde. Danke. Danke.«

Sie legte den Hörer auf die Gabel und stellte mit großer Erleichterung das Telefon auf den Tisch zurück. Dann sah sie den Buchprüfer an. »Dem Himmel sei Dank!«

Canfield musterte sie scharf und ging dann auf sie zu. »Heilige Mutter Gottes! Jetzt beginne ich zu begreifen. Dieses verrückte Bergsteigerding. Diese akrobatischen Übungen um zwei Uhr morgens. Das diente nicht nur dazu, Sie zu Tode zu erschrecken – das war notwendig!«

»Wovon reden Sie?«

»Ich dachte die ganze Zeit, daß es Bertholde war! Daß er zu Ihnen gekommen war, um Ihnen Angst zu machen! Aber das ergab keinen Sinn. Er hätte damit überhaupt nichts bewirkt. Ebensogut hätte er Sie in der Halle ansprechen können – oder in einem Geschäft oder im Speisesaal. Es mußte jemand sein, der das nicht tun konnte! Jemand, der das Risiko nicht eingehen konnte!«

»Was reden Sie da? Ich verstehe kein Wort.«

»Sicher, Sie wollen jetzt das Ganze abblasen. Warum auch nicht? Sie haben das getan, was Sie sich vorgenommen hatten. Sie haben ihn gefunden. Sie haben Ihren verschwundenen Sohn gefunden, nicht wahr?«

»Das ist eine Lüge!«

»O nein. Es ist so klar, daß ich schon gestern nacht daran hätte denken sollen. Die ganze verdammte Geschichte war so verrückt, daß ich nach unsinnigen Erklärungen suchte. Ich dachte, jemand wollte Sie erschrecken und dadurch irgend etwas erreichen. Das ist in den letzten paar Jahren Mode geworden. Aber das war es ja gar nicht! Es war unser gefeierter Kriegsheld, der von den Toten auferstanden ist. Ulster Stewart Scarlett! Der einzige Mensch, der es nicht wagen konnte, in aller Öffentlichkeit Verbindung mit Ihnen aufzunehmen. Der einzige, der nicht das Risiko eingehen konnte, daß Sie den Riegel nicht öffnen würden!«

»Eine reine Mutmaßung! Das streite ich ab!«

»Streiten Sie ab, was Sie wollen. Jetzt will ich Ihnen etwas sagen: Derek wird in weniger als einer Stunde hier sein. Entweder bringen wir das vorher zwischen uns beiden in Ordnung, oder ich verlasse das Zimmer durch diese Tür und telegrafiere meinem Büro, daß wir nach meiner sehr hoch angesehenen, professionellen Ansicht Ulster Scarlett gefunden haben. Und übrigens, Ihre Schwiegertochter nehme ich mit.«

Mit zögernden Schritten ging sie auf den Buchprüfer zu. »Wenn Sie diesem Mädchen auch nur das geringste Gefühl entgegenbringen, dann tun Sie, worum ich Sie bitte. Wenn Sie das nicht tun, wird man sie töten.«

»Sparen Sie sich Ihre Ankündigungen!« schrie er wütend. »Und kommen Sie mir nicht mit Drohungen, Sie oder Ihr Bastard von einem Sohn! Ein Stück von mir können Sie kaufen, aber nicht alles von mir! Sagen Sie ihm, daß ich ihn umbringe, wenn er dieses Mädchen auch nur anrührt!«

Jetzt verlegte sich Elizabeth Scarlatti aufs Betteln. Sie versuchte, sich an seinen Arm zu klammern, aber er entzog ihn ihr. »Die Drohung geht nicht von mir aus. Bitte, in Gottes Namen, hören Sie mir zu! Versuchen Sie zu verstehen ... Ich bin hilflos, und niemand kann mir helfen!«

Jetzt sah der Buchprüfer, wie ihr die Tränen über die runzeligen Wangen rollten. Ihr Gesicht war leichenblaß, und ihre Augenhöhlen waren vor Erschöpfung geschwärzt. Er dachte völlig zusammenhanglos, daß er eine tränenüberströmte Leiche vor sich sah. Sein Zorn verebbte.

»Niemand braucht hilflos zu sein. Lassen Sie sich das von niemandem einreden.«

»Sie lieben Janet, oder?«

»Ja. Und weil ich sie liebe, brauchen Sie keine solche Angst zu haben. Ich bin ein loyaler Beamter. Aber ich bin uns viel treuer als der Öffentlichkeit.«

»Das ändert die Dinge nicht.«

»Das werden Sie erst dann wissen, wenn Sie mir sagen, was hier gespielt wird.«

»Sie lassen mir keine Wahl? Keine Alternative?«
»Keine.«
»Dann möge Gott Ihnen gnädig sein. Sie tragen eine schreckliche Verantwortung. Sie sind für unser Leben verantwortlich.«
Und dann erzählte sie ihm alles.
Matthew Canfield wußte genau, was er tun würde. Es war Zeit, dem Marquis de Bertholde gegenüberzutreten.

31.

Hundert Kilometer südöstlich von London liegt der Strandort Ramsgate. In der Nähe der Stadt, auf einem Feld etwas abseits der Hauptstraße, stand eine Holzhütte, die höchstens sechs Meter im Quadrat maß. Sie hatte zwei kleine Fenster, hinter denen man im frühen Morgennebel ein schwaches Licht erkennen konnte. Etwa hundert Meter nördlich davon stand eine ehemalige Scheune, die fünfmal so groß wie die Hütte war. Jetzt diente sie zwei kleinen Eindeckern als Hangar. Eines der Flugzeuge wurde gerade von drei Männern in grauen Overalls herausgerollt.
In der Hütte saß der Mann mit dem glattrasierten Kopf an einem Tisch, trank schwarzen Kaffee und aß ein Stück Brot. Der rötliche Fleck über seinem rechten Auge war entzündet, und er griff immer wieder an die schmerzende Stelle.
Er las die Nachricht, die vor ihm lag, und blickte dann zu dem Überbringer auf, einem Mann in Chauffeursuniform. Der Inhalt der Nachricht machte ihn wütend.
»Der Marquis ist zu weit gegangen. Die Anweisungen aus München waren ganz klar. Die Rawlins sollten *nicht* in den Staaten getötet werden. Sie sollten nach Zürich gebracht werden! Sie sollten in Zürich getötet werden!«
»Es besteht kein Anlaß zur Besorgnis. Der Tod des Mannes und seiner Frau ist so arrangiert worden, daß kein Verdacht entstehen kann. Der Marquis wollte, daß Sie das wissen. Es wirkte wie ein Unfall.«
»Auf wen? Verdammt noch mal, auf wen? Haut doch ab,

ihr alle! München will keine Risiken! In Zürich hätte es kein Risiko bedeutet!« Ulster Scarlett stand auf und lief zu dem kleinen Fenster, das auf das Feld hinausging. Sein Flugzeug war beinahe fertig. Er hoffte, daß sein Zorn sich vor dem Start legen würde. Er flog nicht gern, wenn er zornig war. Dann neigte er dazu, Fehler zu machen. In letzter Zeit war es häufig dazu gekommen, als der Druck, der auf ihm lastete, immer stärker geworden war.

Der Teufel sollte Bertholde holen. Natürlich hatte man Rawlins töten müssen. In seiner Panik über Cartwrights Entdeckung hatte Rawlins seinen Schwiegersohn beauftragt, Elizabeth Scarlatti zu töten. Ein schwerer Fehler. Komisch, dachte er. Wenn er an die alte Frau dachte, sah er gar nicht mehr seine Mutter in ihr. Einfach nur Elizabeth Scarlatti. Trotzdem war es schierer Wahnsinn, Rawlins in dreitausend Meilen Entfernung ermorden zu lassen. Woher konnten sie denn wissen, wer die Fragen stellen würde? Und wie leicht würde man den Mordbefehl zu Bertholde zurückverfolgen können?

»Unabhängig davon, was geschehen ist...«, begann Labishe.

»Was?« Scarlett wandte sich vom Fenster ab. Er hatte seine Entscheidung getroffen.

»Der Marquis wollte Ihnen auch mitteilen, daß unabhängig davon, was mit Boothroyd geschehen ist, alle Verbindungen zu ihm mit den Rawlins begraben sind.«

»Nicht ganz, Labishe, nicht ganz.« Scarlett sprach leise, aber seine Stimme war hart. »Der Marquis de Bertholde hatte aus München die Anweisung – den Befehl erhalten, die Rawlins in die Schweiz bringen zu lassen. Er hat nicht gehorcht. Das war höchst unglücklich.«

»Pardon, Monsieur?«

Scarlett griff nach seiner Fliegerjacke, die über der Stuhllehne hing. Wieder sprach er ganz leise und ausdruckslos. Nur drei Worte.

»Töten Sie ihn.«

»Monsieur!«

»Töten Sie ihn! Töten Sie den Marquis de Bertholde, und tun Sie es noch heute!«

»Monsieur! Ich traue meinen Ohren nicht...«

»Hören Sie mir zu! Ich gebe hier keine Erklärungen ab! Wenn ich München erreicht habe, möchte ich, daß mich dort ein Telegramm erwartet. Darin soll mir bestätigt werden, daß dieser dumme Hundesohn tot ist! Und, Labishe, tun Sie es so, daß es keinen Zweifel daran gibt, wer ihn getötet hat – Sie! Wir können uns jetzt keine Nachforschungen leisten. Und dann kehren Sie hierher zurück. Wir fliegen Sie aus dem Land.«

»Monsieur, ich war fünfzehn Jahre lang mit *le Marquis* zusammen. Er ist gut zu mir gewesen. Ich kann nicht...«

»Sie können was nicht?«

»Monsieur...« Der Franzose sank auf die Knie. »Verlangen Sie von mir nicht...«

»Ich verlange nicht. Ich befehle! München befiehlt!«

Das Foyer im zweiten Stock von Bertholde et Fils war riesig. Ganz hinten befanden sich zwei weiße Louis-XIV-Türen, die offensichtlich in das Allerheiligste des Marquis de Bertholde führten. Rechts standen sechs braune Ledersessel in einem Halbkreis – von der Art, wie man sie vielleicht im Arbeitszimmer eines wohlhabenden Landedelmannes erwartete – und davor ein schwerer, rechteckiger Tisch. Auf dem Tisch lagen Stapel von Magazinen – Gesellschaftsmagazine und industrielle Fachzeitschriften. Auf der linken Seite des Raums prangte ein großer weißer, mit Gold abgesetzter Schreibtisch. Hinter dem Schreibtisch saß eine höchst attraktive Brünette mit kleinen Löckchen, die ihr in die Stirn hingen. All das nahm Canfield als zweiten Eindruck auf. Er brauchte einige Augenblicke, um den ersten zu verarbeiten.

Als er nämlich die Lifttür öffnete, hatte ihn die Farbenzusammenstellung der Wände überwältigt.

Sie waren purpurrot, und an den Fenstern hingen Vorhänge aus schwerem schwarzem Samt.

Du lieber Gott, sagte er sich. Jetzt stehe ich wieder in dem Korridor, der dreitausendfünfhundert Meilen entfernt ist...

Auf den Sesseln saßen zwei Herren in mittleren Jahren, in Anzügen aus der Savile Row, und lasen Magazine. Rechts von ihnen stand ein Mann in Chauffeursuniform. Er hatte die

Mütze abgenommen und die Hände hinter dem Rücken verschränkt.

Canfield ging auf den Schreibtisch zu. Die Sekretärin mit den Löckchen begrüßte ihn, ehe er etwas sagen konnte. »Mr. Canfield?«

»Ja.«

»Der Marquis möchte, daß Sie gleich eintreten.« Sie stand auf und ging auf die breiten weißen Türen zu. Canfield sah, daß der Mann zur Linken sich ärgerte. Er brummte etwas Unverständliches und wandte sich dann wieder seinem Magazin zu.

»Guten Tag, Mr. Canfield.« Der vierte Marquis von Chatellerault stand hinter seinem wuchtigen weißen Schreibtisch und reichte ihm die Hand. »Wir sind uns natürlich noch nicht begegnet, aber ein Abgesandter von Elizabeth Scarlatti ist ein willkommener Gast. Bitte, setzen Sie sich.«

Bertholde entsprach dem Bild, das Canfield sich von ihm gemacht hatte, vollkommen, nur daß er vielleicht etwas kleiner war. Er war sehr gepflegt, sah gut aus, sehr maskulin, und seine sonore Stimme hätte vermutlich ein ganzes Opernhaus gefüllt. Dennoch war trotz seiner Männlichkeit, die ihm aus allen Poren zu quellen schien und einen an das Matterhorn und die Jungfrau erinnerte, etwas Künstliches, leicht Weibisches an ihm. Vielleicht lag es an der Kleidung. Sie war fast zu modisch.

»Wie geht es Ihnen?« Canfield schüttelte dem Franzosen die Hand. »Soll ich Sie Monsieur Bertholde nennen? Oder Monsieur le Marquis? Ich bin nicht sicher...«

»Ich könnte Ihnen ein paar wenig schmeichelhafte Namen nennen, die mir Ihre Landsleute verliehen haben.« Der Marquis lachte. »Aber bitte, halten Sie es mit dem französischen Brauch – den unsere Anglikaner so sehr verabscheuen. Ganz einfach Bertholde genügt. ›Marquis‹ klingt so altmodisch.« Der Franzose lächelte entwaffnend und wartete, bis Canfield auf dem Sessel vor seinem Schreibtisch Platz genommen hatte, ehe er sich seinerseits setzte. Jacques Louis Aumont Bertholde, vierter Marquis von Chatellerault, wirkte ungemein liebenswürdig, und Canfield war sich dieser Tatsache bewußt.

»Ich bin Ihnen dankbar, daß Sie Ihren Terminplan geändert haben.«

»Dazu sind Terminpläne da. Was für ein langweiliges Leben das sonst wäre!«

»Ich will keine Zeit vergeuden, Sir. Elizabeth Scarlatti wünscht zu verhandeln.«

Jacques Bertholde lehnte sich in seinem Sessel zurück und sah den anderen verblüfft an. »Verhandeln? Ich fürchte, ich verstehe nicht, Monsieur. Worüber will sie verhandeln?«

»Sie weiß Bescheid, Bertholde. Sie weiß so viel, wie sie zu wissen braucht. Sie möchte sich mit Ihnen treffen.«

»Ich wäre entzückt, mich mit Madame Scarlatti zu treffen – zu jeder Zeit. Aber ich kann mir nicht vorstellen, was wir zu besprechen hätten. Nicht im geschäftlichen Sinn, Monsieur, und darum geht es doch bei Ihrem – Auftrag.«

»Vielleicht ist ihr Sohn der Schlüssel. Ulster Scarlett.«

Bertholde sah den Amerikaner an. Sein Blick war eindringlich. »Das ist ein Schlüssel, für den ich kein Schloß besitze. Ich hatte nicht das Vergnügen... Ich weiß, wie die meisten Menschen, die Zeitungen lesen, daß er vor einigen Monaten verschwunden ist – aber sonst nichts.«

»Und Sie wissen nichts über Zürich?«

Jacques Bertholde richtete sich ruckartig auf. »*Quoi?* Zürich?«

»Wir wissen über Zürich Bescheid.«

»Soll das ein Scherz sein?«

»Nein. Vierzehn Menschen in Zürich. Vielleicht haben Sie den fünfzehnten – Elizabeth Scarlatti.«

Canfield konnte Bertholdes Atem hören. »Woher haben Sie diese Information? Worauf wollen Sie hinaus?«

»Es geht um Ulster Scarlett! Weshalb glauben Sie, daß ich hier bin?«

»Ich glaube Ihnen nicht. Ich weiß nicht, wovon Sie reden.« Bertholde erhob sich aus seinem Stuhl.

»Herrgott, sie ist interessiert! Nicht seinetwegen – Ihretwegen! Und wegen der anderen. Sie hat etwas anzubieten, und wenn ich Sie wäre, würde ich mir das anhören.«

»Aber Sie sind nicht ich, Monsieur. Ich muß Sie jetzt leider bitten, mein Büro zu verlassen. Es gibt keine Geschäfte zwischen Madame Scarlatti und den Bertholde-Gesellschaften.«

Canfield rührte sich nicht von der Stelle. Er blieb in dem Stuhl sitzen und sagte mit leiser Stimme: »Dann sollte ich es vielleicht anders ausdrücken. Ich glaube, Sie müssen sie sehen und mit ihr sprechen. Zu Ihrem eigenen Nutzen. Zum Nutzen von Zürich.«

»Sie drohen mir?«

»Wenn Sie ihren Wunsch nicht erfüllen, wird sie meiner Meinung nach etwas Drastisches unternehmen. Ich brauche Ihnen nicht zu sagen, daß sie eine mächtige Frau ist. Sie stehen mit ihrem Sohn in Verbindung. Und sie hat ihren Sohn letzte Nacht getroffen!«

Bertholde stand wie erstarrt da. Canfield konnte nicht erkennen, ob der ungläubige Blick des Franzosen der Enthüllung von Scarletts Besuch galt oder der Tatsache, daß sein Besucher davon wußte.

Nach ein paar Augenblicken antwortete Bertholde: »Ich weiß nichts von dem, was Sie sagen. Es hat nichts mit mir zu tun.«

»Ach, kommen Sie schon! Ich habe das Kletterseil gefunden – unten in einem Schrank, in Ihrer Konferenzsuite im Savoy.«

»Was haben Sie?«

»Sie haben gehört, was ich gesagt habe. Und jetzt wollen wir doch aufhören, einander etwas vorzumachen.«

»Sie sind in die Privaträume meiner Firma eingebrochen?«

»Ja. Und das ist nur der Anfang. Wir haben eine Liste. Vielleicht kennen Sie einige der Namen, die auf dieser Liste stehen – Daudet und d'Almeida, Landsleute, glaube ich... Olaffsen, Landor, Thyssen, von Schnitzler, Kindorf und – o ja – Mr. Masterson und Mr. Leacock, derzeit Ihre Partner, glaube ich. Da sind noch einige andere, aber ich bin sicher, daß Sie ihre Namen besser kennen als ich.«

»Genug! Genug, Monsieur!« Der Marquis de Bertholde setzte sich wieder – langsam, bedächtig. Er starrte Canfield an. »Ich muß noch ein paar Gespräche führen, und dann unterhalten wir uns weiter. Einige Leute wollen mich sehen. Ich kann sie nicht wegschicken. Warten Sie draußen. Ich werde das schnell hinter mich bringen.«

Der Amerikaner stand auf, während Bertholde nach dem Telefonhörer griff und seiner Sekretärin sagte: »Monsieur Canfield wird bleiben. Ich wünsche das, was heute nachmittag noch zu tun ist, schnell zu erledigen. Unterbrechen Sie mich bei jedem Gespräch nach fünf Minuten, wenn ich bis dahin nicht fertig bin. Was? Labishe? Sehr gut, schicken Sie ihn herein, ich gebe sie ihm.« Der Franzose griff in die Tasche und holte einen Schlüsselbund heraus.

Canfield ging auf die weißen Doppeltüren zu. Ehe seine Hand den Messingknauf berührte, öffnete sich die Tür zu seiner Linken schnell und schwungvoll.

»Tut mir leid, Monsieur«, sagte der Mann in Uniform.

»*Voici les clefs,* Labishe.«

»*Merci, Monsieur le Marquis! Je regrette. J'ai un billet...*«

Der Chauffeur schloß die Tür, und Canfield lächelte die Sekretärin an.

Er ging auf die im Halbkreis angeordneten Sessel zu und nickte den beiden Herren, die dort saßen, freundlich zu. Dann setzte er sich auf den Sessel, der Bertholdes Büro am nächsten stand, und nahm sich die London Illustrated News. Er stellte fest, daß der ihm am nächsten sitzende Mann sichtlich unruhig war und ungeduldig auf seinem Sessel umherrutschte. Er blätterte im Punch, las aber nicht. Der andere Mann war in einen Artikel im Quarterly Review vertieft.

Plötzlich fiel Canfield eine eigentlich unbedeutende Handlung des ungeduldigen Mannes auf. Der Mann schob die linke Hand vor, drehte das Handgelenk herum und sah auf die Uhr. Eine unter den gegebenen Umständen durchaus normale Handlung. Was den Amerikaner verblüffte, war der Manschettenknopf des Mannes. Er war mit Stoff überzogen und quadratisch, mit zwei diagonal verlaufenden Streifen. Die zwei Streifen waren von tiefem Rot und Schwarz. Das genaue Abbild des Manschettenknopfes, an dem er den hünenhaften maskierten Charles Boothroyd in Elizabeth Scarlattis Kabine an Bord der *Calpurnia* erkannt hatte. Die Farben waren dieselben wie die Tapete an den Wänden des Marquis und die schwarzen Samtvorhänge, die in weiten Falten von der Decke fielen.

Der ungeduldige Mann bemerkte Canfields Blick. Er zog abrupt die Hand zurück und legte den Arm auf die Sessellehne.

»Ich hatte versucht, auf Ihre Uhr zu sehen. Die meine geht vor.«

»Zwanzig nach vier.«

»Danke.«

Der ungeduldige Herr verschränkte die Arme und lehnte sich zurück. Er wirkte verärgert. Der andere Mann meinte: »Basil, wenn Sie sich nicht beruhigen, wird Sie noch der Schlag treffen.«

»Nun, das wäre doch höchst erfreulich für Sie, Arthur. Ich verspäte mich bei einer Besprechung. Ich habe Jacques gesagt, daß ich sehr beschäftigt wäre, aber er bestand darauf, daß ich herüberkomme.«

»Er kann sehr hartnäckig sein.«

»Und verdammt unhöflich.«

Dann herrschte fünf Minuten Stille, abgesehen vom Rascheln der Papiere auf dem Schreibtisch der Sekretärin.

Die linke Hälfte der weißen Doppeltüren öffnete sich, und der Chauffeur kam heraus. Er schloß die Tür, und Canfield stellte fest, daß der Chauffeur am Knauf drehte, um sich zu vergewissern, daß sie auch verschlossen war. Es war eine seltsame Bewegung.

Der uniformierte Mann ging zu der Sekretärin, beugte sich über ihren Schreibtisch und flüsterte ihr etwas zu. Sie reagierte auf das, was er ihr sagte, mit resignierter Verstimmung. Er zuckte mit den Schultern und ging schnell auf eine Tür rechts neben dem Lift zu. Canfield sah durch die Tür, die sich langsam schloß, die Treppe, die er dort vermutet hatte.

Die Sekretärin legte einige Papiere in einen Aktendeckel und sah zu den drei Männern hinüber. »Tut mir leid, meine Herren. Der Marquis de Bertholde kann heute nachmittag niemanden mehr empfangen. Wir bitten um Entschuldigung.«

»Jetzt hören Sie mal zu, junge Frau!« Der ungeduldige Herr war aufgesprungen. »Das ist ja lächerlich! Ich bin jetzt seit einer Dreiviertelstunde auf ausdrückliche Bitte des Marquis hier! Was heißt Bitte! Auf seine Anweisung!«

»Es tut mir leid, Sir, ich werde ihn Ihre Verstimmung wissen lassen.«

»Sie werden etwas ganz anderes tun! Sie werden Monsieur Bertholde wissen lassen, daß ich hier warte, bis er mich empfängt!« Er setzte sich wichtigtuerisch wieder hin.

Der Mann namens Arthur stand auf und ging auf den Lift zu.

»Um Himmels willen, Mann, Sie werden die französischen Manieren nicht ändern. Das haben schon andere Leute seit Jahrhunderten versucht. Kommen Sie, Basil, wir gehen ins Dorchester.«

»Ich bleibe, wo ich bin, Arthur.«

»Wie Sie meinen. Bis bald.«

Canfield blieb neben dem ungeduldigen Basil sitzen. Er wußte nur, daß er den Raum nicht verlassen würde, bis Bertholde herauskam. Basil war seine beste Waffe.

»Bitte, rufen Sie den Marquis noch einmal an, Miß«, sagte Basil.

Sie erfüllte seinen Wunsch. Aber er meldete sich nicht.

Der Amerikaner begann unruhig zu werden. Er stand auf, ging auf die breite Doppeltür zu und klopfte. Keine Antwort. Er versuchte beide Türen zu öffnen. Sie waren versperrt.

Basil sprang wieder auf. Die Sekretärin erhob sich hinter ihrem weißen Schreibtisch. Sie griff automatisch nach dem Telefon und drückte den Summer, nahm schließlich den Finger überhaupt nicht mehr vom Knopf.

»Sperren Sie die Tür auf!« befahl der Amerikaner.

»Oh, ich weiß nicht...«

»Aber ich weiß es! Geben Sie mir den Schlüssel!«

Das Mädchen zog die oberste Schreibtischschublade auf und sah dann den Amerikaner an. »Vielleicht sollten wir warten...«

»Verdammt noch mal, den Schlüssel!«

»Ja, Sir!« Sie nahm einen Schlüsselbund, wählte einen davon aus, zog ihn vom Ring und gab ihn Canfield. Er schloß schnell die Tür auf und öffnete die beiden Flügel.

Vor ihnen lag der Franzose, hingestreckt über seinen weißen Schreibtisch. Blut tropfte ihm aus dem Mund. Die Augen waren ihm aus den Höhlen getreten. Sein Hals war angeschwollen und unter dem Kinn aufgerissen. Man hatte ihn fachmännisch erdrosselt.

Das Mädchen begann gellend zu schreien, brach aber nicht zusammen – eine Tatsache, von der Canfield gar nicht sicher war, daß sie ihm gefiel. Basil begann zu zittern und sagte immer wieder: »Oh, mein Gott!«

Der Amerikaner ging auf den Schreibtisch zu und hob das Handgelenk des Toten am Jackettärmel. Er ließ es los, und die Hand fiel wieder herunter.

Die Schreie des Mädchens wurden lauter, und zwei Angestellte in mittleren Jahren kamen durch die Treppentür ins Vorzimmer gerannt. Die Szene, die sich ihnen durch die geöffneten Doppeltüren darbot, war eindeutig. Einer rannte zur Treppe zurück und schrie, so laut er konnte, während der andere langsam und verängstigt Bertholdes Zimmer betrat.

»Le bon Dieu!«

Binnen einer Minute war ein Strom von Angestellten die Treppe herauf und hinunter gerannt und versperrte den Eingang. In dem Gedränge waren Schreie und Flüche zu hören. Innerhalb von zwei Minuten waren fünfundzwanzig Leute in dem Raum versammelt, die nicht existenten Untergebenen Befehle zuriefen.

Canfield schüttelte die Sekretärin und versuchte, sie zum Verstummen zu bringen. Er sagte ihr immer wieder, daß sie die Polizei anrufen sollte, aber sie schien ihn nicht zu verstehen. Canfield wollte nicht selbst anrufen, weil das zusätzliche Konzentration erfordert hätte. Er wollte seine volle Aufmerksamkeit auf die im Raum versammelten Leute richten, besonders auf Basil.

Ein großer, distinguiert wirkender, grauhaariger Mann in einem zweireihigen Nadelstreifenanzug drängte sich durch die Menge und kam auf die Sekretärin und Canfield zu. »Miß Richards! Miß Richards! Was, um Gottes willen, ist hier passiert?«

»Wir haben seine Tür geöffnet und ihn so vorgefunden – das ist passiert!« schrie der Amerikaner, um das erregte Stimmengewirr zu übertönen.

Und dann sah Canfield den Frager an. Wo hatte er den Mann schon einmal gesehen? War er ihm überhaupt schon einmal begegnet? Der Mann glich so vielen Angehörigen der Scarlatti-Welt. Bis auf den perfekt gestutzten Schnurrbart.

»Haben Sie die Polizei angerufen?« fragte der Herr.

Canfield sah, wie Basil sich seinen Weg durch die hysterische Menge bahnte. »Nein, die Polizei ist noch nicht gerufen worden!« schrie der Amerikaner und beobachtete Basil. »Rufen Sie sie an. Es wäre vielleicht eine gute Idee, die Türen zu schließen.«

Er eilte hinter Basil her, als wollte er die Türflügel zudrükken. Der distinguiert aussehende Mann mit dem gut gestutzten Schnurrbart hielt ihn am Revers fest.

»Sie sagen, Sie hätten ihn gefunden?«

»Ja, lassen Sie mich los!«

»Wie ist Ihr Name, junger Mann?«

»Was?«

»Ich habe Sie nach Ihrem Namen gefragt!«

»Derek, James Derek! Und jetzt rufen Sie die Polizei!«

Canfield griff nach dem Handgelenk des Mannes und drückte auf seine Vene. Der Arm wurde zurückgezogen, und Canfield rannte hinter Basil her.

Der Mann in dem Nadelstreifenanzug zuckte zusammen und wandte sich an die Sekretärin. »Haben Sie seinen Namen verstanden? Ich konnte ihn nicht hören.«

Das Mädchen schluckte. »Ja, Sir. Darren oder Derrick. Vorname James.«

»Die Polizei, Miß Richards. Rufen Sie die Polizei an!«

»Ja, Mr. Poole.«

Der Mann namens Poole schob sich durch die Menge. Er mußte sein Büro erreichen, mußte allein sein. Sie hatten es getan. Die Männer aus Zürich hatten Jacques' Tod befohlen. Sein liebster Freund war ermordet worden, sein Mentor, der Mann, der ihm näher stand als sonst jemand auf der Welt... Der Mann, der ihm alles gegeben hatte, ihm alles möglich gemacht hatte...

Der Mann, für den er getötet hatte – bereitwillig getötet hatte.

Dafür würden sie bezahlen.

Poole hatte Bertholde im Leben nie im Stich gelassen. Er würde ihn auch im Tod nicht im Stich lassen.

Aber es gab Fragen, so viele Fragen.

Dieser Canfield, der sich gerade unter einem falschen Namen vorgestellt hatte. Die alte Frau, Elizabeth Scarlatti... Ganz besonders dieser unförmige Heinrich Kroeger. Der Mann, von dem Poole jenseits allen Zweifels wußte, daß er Elizabeth Scarlattis Sohn war. Er wußte das, weil Bertholde es ihm gesagt hatte. Ob es sonst noch jemand wußte?

Auf dem Treppenabsatz im zweiten Stockwerk, der mit Angestellten Bertholdes in verschiedenen Stadien der Hysterie angefüllt war, konnte Canfield den fliehenden Basil sehen. Der Mann war inzwischen ein Stockwerk tiefer gelaufen, und Canfield rief: »Zurücktreten! Zurücktreten! Der Arzt wartet! Ich muß ihn heraufbringen! Bitte, Platz machen!«

Seine List funktionierte in gewissem Maße, und er kam schneller voran. Als er die Halle im Erdgeschoß erreicht hatte, war Basil nicht mehr zu sehen. Canfield rannte ins Freie, auf den Bürgersteig hinaus. Da war Basil, eine Straße weiter. Er hinkte mitten in die Vauxhall Road hinaus, winkte, versuchte ein Taxi anzuhalten. Seine Hosenbeine waren am Knie beschmutzt, er mußte in seiner Hast gestürzt sein.

Aus verschiedenen Fenstern von Bertholde et Fils hallten Schreie und lockten Dutzende von Fußgängern vor den Eingang des Firmengebäudes.

Canfield drängte sich durch die Menge und folgte Basil.

Ein Taxi hielt, und Basil griff nach der Türklinke. Als er die Tür aufzog und ins Innere des Wagens stieg, hatte Canfield das Taxi erreicht und hinderte den Engländer daran, die Tür hinter sich zuzuziehen. Er schob sich neben Basil ins Wageninnere, schob ihn zur Seite, um sich Platz zu machen.

»He! Was machen Sie da?« Basil schien Angst zu haben, sprach aber mit leiser, unterdrückter Stimme. Der Fahrer blickte immer wieder nach vorn und zurück, um sich in der immer dichter werdenden Menschenmenge zu orientieren. Basil wollte ganz offensichtlich nicht die Aufmerksamkeit auf sich ziehen.

Und ehe Basil weiter überlegen konnte, packte der Amerikaner die rechte Hand des Engländers und schob ihm den Rockärmel hoch. Er drehte Basils Arm herum, so daß man den rot-schwarzen Manschettenknopf sehen konnte.

»Zürich, Basil!« flüsterte der Amerikaner.

»Wovon reden Sie?«

»Sie verdammter Narr, ich bin auf Ihrer Seite. Oder ich werde das zumindest sein, wenn man Sie leben läßt.«

»Oh, mein Gott!« jammerte Basil.

Der Amerikaner ließ Basils Hand los. Er blickte nach vorn, als interessierte ihn der Engländer überhaupt nicht. »Sie sind ein Idiot. Das ist Ihnen doch klar, oder?«

»Ich kenne Sie nicht, Sir! Ich kenne Sie nicht!« Der Engländer war dem Zusammenbruch nahe.

»Dann sollten wir das ändern. Vielleicht bin ich alles, was Ihnen noch geblieben ist.«

»Jetzt hören Sie mir zu. Ich hatte damit nichts zu tun. Ich war mit Ihnen im Vorzimmer. Ich hatte nichts damit zu tun!«

»Natürlich nicht. Es steht ja wohl fest, daß es der Chauffeur war. Aber einige Leute werden wissen wollen, weshalb Sie weggelaufen sind. Vielleicht sollten Sie sich nur vergewissern, daß der Auftrag ausgeführt wurde.«

»Das ist doch lächerlich!«

»Weshalb sind Sie dann weggerannt?«

»Ich – ich...«

»Sprechen wir jetzt nicht darüber. Wohin können wir denn gehen, wo man uns zehn oder fünfzehn Minuten lang sehen kann? Die Leute sollen nicht glauben, daß wir untergetaucht sind.«

»Wir könnten zu meinem Klub fahren.«

32.

»Was, zum Teufel, soll das heißen?« schrie James Derek ins Telefon. »Ich war nicht dort. Ich bin seit dem frühen Nachmittag hier im Savoy gewesen... Ja, natürlich. Seit etwa drei Uhr... Nein, sie ist hier bei mir.« Plötzlich schien dem Engländer der Atem zu stocken. Als er wieder sprach, klang seine Stimme ungläubig und entsetzt. »Du lieber Gott! Wie schrecklich... Ja. Ja, ich habe schon gehört.«

Elizabeth Scarlatti saß auf der anderen Seite des Zimmers auf der viktorianischen Couch und war in die Bertholde-Akte vertieft. Als sie Dereks veränderten Tonfall hörte, blickte sie auf. Er starrte sie an und sprach dann wieder in den Telefonhörer.

»Ja. Er ist gegen halb vier von hier weggegangen. Mit Ferguson aus unserem Büro. Sie sollten sich bei Tippins mit Mrs. Scarlett treffen, und er sollte von dort aus zu Bertholde gehen... Ich weiß nicht. Seine Anweisung lautete, daß sie bis zu seiner Rückkehr unter Fergusons Obhut bleiben sollte. Ferguson soll anrufen, gegen... Ich verstehe. Halten Sie mich, um Gottes willen, auf dem laufenden! Ich rufe Sie an, wenn es hier etwas Neues gibt.«

Er legte den Hörer auf die Gabel und blieb am Tisch sitzen. »Bertholde ist getötet worden.«

»Du lieber Gott! Wo ist meine Tochter?«

»Bei unserem Mann. Sie ist in Sicherheit. Er hat sich vor einer Stunde gemeldet.«

»Canfield! Wo ist Canfield?«

»Ich wünschte, ich wüßte das.«

»Wie geht es ihm?«

»Wie kann ich das beantworten, wo ich doch nicht weiß, wo er ist? Wir können davon ausgehen, daß er noch in Funktion ist. Er hat sich unter meinem Namen zu erkennen gegeben und die Szene verlassen.«

»Wie ist es geschehen?«

»Man hat ihn erdrosselt. Mit einem Draht um die Kehle.«

»Oh!« Plötzlich erinnerte sich Elizabeth lebhaft an das Bild Matthew Canfields, wie er ihr die Schnur vor die Nase hielt, nachdem Boothroyd an Bord der *Calpurnia* den Anschlag auf sie versucht hatte. »Wenn er ihn getötet hat, muß er einen Grund dafür gehabt haben. Wahrscheinlich hatte er keine andere Wahl.«

»Das ist höchst interessant.«

»Was?«

»Daß Sie annehmen, Canfield hätte ihn töten müssen.«

»Anders kann es gar nicht dazu gekommen sein. Er ist kein Mörder.«

»Er hat auch Bertholde nicht getötet, falls Sie das beruhigt.«

Sie war sichtlich erleichtert. »Weiß man, wer es getan hat?«

»Man glaubt es zu wissen. Allem Anschein nach war es Bertholdes Chauffeur.«

»Das ist seltsam.«

»Sehr. Der Mann war jahrelang bei ihm.«

»Vielleicht hat Canfield seine Verfolgung aufgenommen.«

»Das ist unwahrscheinlich. Der Mann hat das Büro verlassen, zehn oder zwölf Minuten, bevor man Bertholde fand.«

James Derek ging auf Elizabeth zu. »In Anbetracht der Geschehnisse möchte ich Ihnen eine Frage stellen. Sie brauchen natürlich keine Antwort zu geben.«

»Was wollen Sie wissen?«

»Wie – oder vielleicht auch warum – hat Mr. Canfield vom britischen Außenministerium eine volle Freigabe bekommen?«

»Ich weiß nicht, was Sie meinen.«

»Kommen Sie, Madame. Wenn Sie die Frage nicht beantworten wollen, dann würde ich das respektieren. Aber da man meinen Namen in Zusammenhang mit der Tötung eines einflußreichen Mannes benutzt hat, glaube ich, ein Recht darauf zu haben, mehr als eine weitere – Unwahrheit zu hören.«

»Eine weitere – Unwahrheit? Das ist beleidigend, Mr. Derek.«

»Wirklich? Und sind Sie und Mr. Canfield immer noch bestrebt, Botschaftsangehörigen, die vor mehr als vier Monaten in die Vereinigten Staaten zurückgekehrt sind, komplizierte Fallen zu stellen?«

»Oh!« Elizabeth setzte sich wieder auf die Couch. Die Klage des Engländers machte ihr nichts aus. Sie wünschte nur, Canfield wäre jetzt hier, um ihm Antwort zu geben. Was sie beunruhigte, war der Hinweis des Agenten auf das Außenministerium. »Eine bedauerliche Notwendigkeit.«

»Höchst bedauerlich. Ich schließe aus Ihren Worten, daß Sie meine Frage nicht beantworten möchten.«

»Im Gegenteil, ich habe sie beantwortet.« Elizabeth blickte zu dem Briten auf. »Ich würde gern verstehen, was Sie meinen. Was ist eine volle Freigabe?«

»Eine außergewöhnliche Unterstützung seitens der obersten Ränge unserer Regierung. Solche Entscheidungen des britischen Außenministeriums sind gewöhnlich größeren politischen Krisen vorbehalten, nicht Auseinandersetzungen über Wertpapiere zwischen habgierigen Millionären – oder, wenn Sie mir verzeihen, der persönlichen Tragödie eines Privatbürgers.«

Elizabeth Scarlatti erstarrte.

Was James Derek gerade gesagt hatte, erfüllte sie mit Schrecken. Sie mußte außerhalb des Zugriffs der ›obersten Ränge‹ operieren. Im Interesse der Scarlattis. Canfields Behörde war ihr da gerade richtig erschienen. Die Übereinkunft, die sie mit ihm getroffen hatte, verschaffte ihr amtliche Unterstützung, ohne daß sie irgendeiner bedeutenden Persönlichkeit verantwortlich gewesen wäre. Wenn ihre Entscheidung anders ausgefallen wäre, hätte sie eine beliebige Anzahl von Männern sowohl in der Legislative wie der Exekutive der amerikanischen Regierung einschalten können. Das wäre nicht schwierig gewesen. Jetzt, so schien es, war Canfields relativ unwichtige Abteilung an Bedeutung gewachsen. Oder ihr Sohn hatte sich vielleicht in etwas eingelassen, das viel schrecklicher war, als sie bisher geglaubt hatte.

War die Antwort auf diese Frage in der Bertholde-Akte zu finden? »Ich entnehme Ihrem Tonfall, daß diese volle Freigabe ziemlich jungen Datums ist.«

»Ich bin heute morgen darüber informiert worden.«

Dann muß es in der Bertholde-Akte stehen, dachte Elizabeth. Natürlich. Selbst Matthew Canfield hatte angefangen, das zu erkennen. Nur daß seine Erkenntnis einzig und allein auf bestimmten Worten und Namen basierte. Er hatte die Seiten markiert. Elizabeth griff nach der Akte.

›Nach dem Krieg wurden die Interessen an der Ruhr zurückgekauft... Büros in Stuttgart und Pullach...‹

Pullach.

Deutschland.

Eine Wirtschaftskrise.

Die Weimarer Republik.

Eine Folge von Wirtschaftskrisen. Eine größere andauernde politische Krise.

›... Partner in der Importfirma sind Mr. Sydney Masterson und Mr. Harold Leacock...‹

Masterson und Leacock.

Zürich!

Pullach!

»Sagt Ihnen die Stadt Pullach etwas?«

»Das ist keine Stadt. Das ist ein Außenbezirk von München. In Bayern. Warum fragen Sie?«

»Mein Sohn hat dort viel Geld ausgegeben und einige Zeit verbracht – unter anderem. Sagt Ihnen das etwas?«

»München?«

»Wahrscheinlich.«

»Ein Radikalennest. Eine Brutstätte der Unzufriedenheit.«

»Unzufriedene? Kommunisten?«

»Kaum. Die würden dort einen Roten sofort abknallen. Oder einen Juden. Die nennen sich ›Schutzstaffel‹, laufen herum und schlagen Leute nieder, halten sich für eine besondere Rasse, für besser als der Rest der Welt.«

Eine besondere Rasse.

O Gott!

Elizabeth sah auf die Akte, die sie in der Hand hielt. Sie schob sie langsam in den Umschlag zurück und stand auf. Ohne ein Wort zu dem Engländer zu sagen, ging sie zu ihrer Schlafzimmertür, betrat das Schlafzimmer und schloß die Tür hinter sich.

James Derek blieb draußen stehen und fragte sich, was sie vorhatte. Elizabeth ging an ihren Schreibtisch, auf dem mehrere Papiere lagen. Sie suchte und fand die Züricher Liste.

Sie las jeden einzelnen Namen sorgfältig.

Avery Landor, USA – *Öl*

Louis Gibson, USA – *Öl*

Thomas Rawlins, USA – *Wertpapiere*

Howard Thornton, USA – *Industriebauten*

Sydney Masterson, Großbritannien – *Importe*

David Innes-Bowen, Großbritannien – *Textilien*

Harold Leacock, Großbritannien – *Wertpapiere*
Louis François d'Almeida, Frankreich – *Eisenbahnen*
Pierre Daudet, Frankreich – *Schiffahrtslinien*
Ingmar Myrdal, Schweden – *Wertpapiere*
Christian Olaffsen, Schweden – *Stahl*
Otto von Schnitzler, Deutschland – *I.G. Farben*
Fritz Thyssen, Deutschland – *Stahl*
Erich Kindorf, Deutschland – *Kohle*

Man könnte sagen, daß die Zürich-Liste die Namen der mächtigsten Männer auf der westlichen Halbkugel enthielt.

Elizabeth legte die Liste auf den Tisch und griff nach einem ledergebundenen Notizbuch mit Telefonnummern und Adressen. Sie schlug das Register bei dem Buchstaben O auf.

›Ogilvie & Storm, Verlag, Bayswater Road, London.‹

Sie würde Thomas Ogilvie anrufen und veranlassen, daß er ihr alle ihm zugänglichen Informationen über die ›Schutzstaffel‹ schickte.

Sie wußte bereits einiges darüber. Sie erinnerte sich daran, daß es sich um eine Unterorganisation einer Vereinigung handelte, deren Mitglieder sich als Nationalsozialisten bezeichneten. Sie wurden von einem Mann namens Adolf Hitler angeführt.

33.

Der Mann hieß Basil Hawkwood, und Canfield sah sofort das Markenzeichen ›hawkwood‹ vor sich, mit kleinem Anfangsbuchstaben, wie es auf einer Vielzahl von Lederartikeln zu finden war. Hawkwood Leather war eine der größten Firmen dieser Branche in England und kam gleich hinter Mark Cross.

Der nervöse Basil führte Canfield in den riesigen Lesesaal seines Klubs, Knights. Sie wählten sich zwei Sessel am Knigthsbridge-Fenster, wo sie sicher sein konnten, von niemandem belauscht zu werden.

Basil stotterte vor Angst. Er hoffte, daß ihm der junge Mann, der ihm gegenübersaß, helfen würde.

Canfield lehnte sich in den bequemen Sessel zurück und hörte sich ungläubig Hawkwoods Geschichte an.

Der Aufsichtsratsvorsitzende von Hawkwood Leather hatte eine Sendung nach der anderen mit ›beschädigten‹ Lederartikeln an eine unbekannte Firma in München gesandt. Mehr als ein Jahr lang hatten die Direktoren von Hawkwood die Verluste aufgrund der Einstufung als ›beschädigt‹ akzeptiert. Jetzt hatten sie allerdings einen vollständigen Bericht über die ungewöhnlich hohe Schadensrate der Fabriken angefordert. Der Hawkwood-Erbe saß in der Falle. Vorläufig konnte er nichts mehr nach München schicken.

Er flehte Matthew Canfield an, ihn doch bitte zu verstehen. Er bettelte den jungen Mann darum, seine Loyalität zu bestätigen, aber jetzt würde jemand anderer die Stiefel, die Gürtel, die Halfter beschaffen müssen.

»Weshalb tragen Sie die Manschettenknöpfe?« fragte Canfield.

»Ich habe sie heute getragen, um Bertholde an meine Unterstützung zu erinnern. Er hat sie mir selbst geschenkt... Sie tragen die Ihren nicht.«

»Ich muß nicht auf meine Loyalität hinweisen.«

»Verdammt, aber ich auf die meine! Ich war niemals kleinlich und werde es auch in Zukunft nicht sein.« Hawkwood beugte sich vor. »Die augenblicklichen Umstände ändern meine Gefühle nicht. Das können Sie melden. Diese verdammten Juden! Diese Radikalen und Bolschewiken in ganz Europa! Man hat sich verschworen, um alle anständigen Prinzipien zu vernichten, nach denen gute Christen jahrhundertelang gelebt haben. In unseren Betten werden sie uns ermorden, unsere Töchter schänden, die Rassen besudeln. Daran habe ich nie gezweifelt. Ich werde der Organisation auch in Zukunft helfen. Darauf haben Sie mein Wort. Bald werden uns Millionen zur Verfügung stehen.«

Plötzlich überkam Matthew Canfield Übelkeit. Was, um Gottes willen, hatte er getan?

Er stand auf, und seine Beine drohten ihm den Dienst zu versagen.

»Ich werde melden, was Sie mir gesagt haben, Mr. Hawkwood.«

»Das ist sehr anständig. Ich wußte, daß Sie es verstehen würden.«

»Ich fange gerade erst damit an.«

Als Canfield dann unter dem Vordach des Klubs auf ein Taxi wartete, war er vor Angst wie betäubt. Er hatte nicht länger mit einer Welt zu tun, die er erfassen konnte. Das waren Giganten, das waren Vorstellungen und Loyalitäten, die sein Begriffsvermögen weit überstiegen.

34.

Elizabeth hatte die Zeitung und die Artikel aus den Magazinen auf der Couch ausgebreitet. Ogilvie & Storm hatten ausgezeichnete Arbeit geleistet. Es gab hier mehr Material, als Elizabeth oder Canfield in einer Woche durchsehen konnten.

Die Nationalsozialistische Deutsche Arbeiterpartei zeigte sich ihnen als eine Ansammlung von Fanatikern. Die ›Schutzstaffel‹ bestand aus üblen Schlägern, die niemand ernst nahm. Die Artikel, die Fotografien, selbst die kurzen Schlagzeilen waren alle so formuliert, daß sie eher operettenhaft wirkten.

›Warum im Vaterland arbeiten, wenn man sich auch herausputzen und so tun kann, als wäre man Wagner?‹

Canfield griff nach einer Sonntagsbeilage und las die Namen der Führer. Adolf Hitler, Erich von Ludendorff, Rudolf Heß, Gregor Strasser. Und am Ende des Artikels standen Ausdrücke wie:

›... Verschwörung von Juden und Kommunisten ...‹

›... Töchter von bolschewistischen Terroristen geschändet ...‹

›... Arisches Blut von ränkeschmiedenden Semiten besudelt ...‹

›... ein Plan für tausend Jahre ...‹

Canfield sah das Gesicht von Basil Hawkwood vor sich, der eines der größten Industriewerke Englands besaß und der ähnliche Worte eindringlich geflüstert hatte. Er dachte an die Ledersendungen nach München. Das Leder ohne das

Markenzeichen *›hawkwood,‹* das Leder, das zu den Uniformen auf diesen Fotografien gehörte. Er erinnerte sich an die Manipulationen des toten Bertholde, die Straßen in Wales, den Massenmord von York.

Elizabeth saß am Schreibtisch und machte sich Notizen aus einem Artikel. Langsam begann sich ein Bild vor ihrem geistigen Auge abzuzeichnen. Aber es war unvollständig, so als fehlte ein Teil des Hintergrunds. Das störte sie, aber sie hatte schon genug erfahren.

»Es nimmt einem den Atem, nicht wahr?« fragte sie und erhob sich aus ihrem Sessel.

»Was lesen Sie heraus?«

»Genug, um mich zu fürchten. Eine obskure politische Organisation wird in aller Stille von den reichsten Männern der Welt finanziert. Von der Züricher Gruppe. Und mein Sohn gehört dazu.«

»Aber weshalb?«

»Das ist mir noch nicht klar.« Elizabeth ging ans Fenster. »Es gibt noch viel zu lernen. Aber eines steht fest. Wenn diese Bande von Fanatikern in Deutschland Fortschritte erzielt – im Reichstag, dann könnten die Männer von Zürich eine unerhörte wirtschaftliche Macht unter ihre Kontrolle bringen. Das ist ein langfristig angelegtes Konzept, denke ich. Dahinter könnte eine brillante Strategie stecken.«

»Dann muß ich nach Washington zurückkehren!«

»Dort weiß man es vielleicht schon – oder man ahnt es zumindest.«

»Wir müssen etwas unternehmen.«

»Das können Sie nicht!« Elizabeth wandte sich wieder zu Canfield. »Keine Regierung hat das Recht, sich in die Innenpolitik einer anderen Regierung einzuschalten. Es gibt einen anderen Weg. Einen wesentlich wirksameren Weg. Aber darin liegt auch ein ungeheures Risiko, das ich erwägen muß.«

»Was ist das für ein Weg? Und worin besteht das Risiko?«

Aber Elizabeth hörte ihm nicht zu. Sie konzentrierte sich ganz auf ihre Gedanken. Nach einigen Minuten sagte sie: »Es gibt da eine Insel in einem abgelegenen See in Kanada. Mein

Mann hat sie vor vielen Jahren in einem unüberlegten Augenblick gekauft. Es gibt einige Wohnstätten darauf, primitiv, aber bewohnbar. Wenn ich Ihnen die notwendigen Mittel zur Verfügung stelle, können Sie dann diese Insel so bewachen lassen, daß sie absolut sicher wäre?«

»Ich glaube schon.«

»Das reicht nicht. Für Zweifel ist kein Platz. Das Leben meiner ganzen Familie würde von völliger Isolierung abhängen. Die Mittel, die ich erwähne, sind unbegrenzt.«

»Also gut. Ja, es wäre möglich.«

»Könnten Sie dafür sorgen, daß meine Familie in völliger Sicherheit dorthin gebracht wird?«

»Ja.«

»Könnten Sie das alles in einer Woche vorbereiten?«

»Ja, auch das.«

»Gut. Ich werde Ihnen erklären, was ich vorschlage. Glauben Sie mir, wenn ich Ihnen sage, daß das der einzige Weg ist.«

»Was schlagen Sie vor?«

»Ganz einfach ausgedrückt – die Scarlatti-Firmen werden jeden Investor in Zürich wirtschaftlich vernichten, in den finanziellen Ruin treiben.«

Canfield sah die anmaßende, selbstbewußte alte Frau an. Ein paar Sekunden lang sagte er nichts, holte nur tief Atem, als versuchte er eine Antwort zu formulieren.

»Sie sind verrückt«, sagte er leise. »Sie sind allein. Das sind vierzehn – nein, jetzt dreizehn stinkreiche Bonzen. Denen sind Sie nicht gewachsen.«

»Nicht das zählt, was jemand wert ist, Mr. Canfield. Jenseits einer gewissen Grenze hat das nichts mehr zu sagen. Es kommt darauf an, wie schnell man seinen Besitz bewegen kann. Im Wirtschaftsleben ist die stärkste Waffe der Zeitfaktor. Glauben Sie keinem, der das Gegenteil behauptet. In meinem Fall gilt nur ein Urteil.«

»Was soll das bedeuten?«

Elizabeth stand reglos vor Canfield. »Wenn ich die gesamten Scarlatti-Firmen liquidieren würde, dann gibt es niemanden auf der ganzen Welt, der mich daran hindern könnte.«

Der Amerikaner war nicht sicher, ob er sie richtig verstanden hatte. Er musterte sie ein paar Sekunden lang, ehe er sprach. »Oh? Und?«

»Sie Narr! Abgesehen von den Rothschilds und vielleicht ein paar indischen Maharadschahs bezweifle ich, daß es noch jemanden in meiner Position oder in unserer Zivilisation gibt, der das sagen kann.«

»Warum kann nicht einer der Männer in Zürich das gleiche tun?«

Die alte Frau hob die Brauen. »Ich habe Sie bisher für einen intelligenten Menschen gehalten. Oder ist es nur Furcht, die es Ihnen verwehrt, die größeren Zusammenhänge zu erkennen?«

»Keine Gegenfragen, bitte! Ich will eine Antwort hören!«

»Der Hauptgrund, weshalb die Gruppe in Zürich das, was ich tun kann, weder kann noch will, liegt in ihrer Angst. Diese Männer haben Angst vor den Gesetzen, die ihre Verpflichtungen binden, vor den Investitionen und den Investoren, vor außergewöhnlichen Entscheidungen, vor der Panik, die stets aus solchen Entscheidungen erwächst. Und am allerwichtigsten – sie fürchten den finanziellen Ruin.«

»Und Sie stört nichts von all dem?«

»Die Scarlatti-Firmen haben keine Verpflichtungen, an die sie sich halten müssen. Bis zu meinem Tod gibt es nur eine Stimme. Ich bin Scarlatti.«

»Und die Entscheidungen, die Panik, der Ruin?«

»Meine Entscheidungen werden wie eh und je mit Präzision und Überlegung durchgeführt werden. Man wird eine Panik vermeiden.«

»Und ebenso den finanziellen Ruin, hm? Sie sind eine verdammt selbstbewußte alte Dame!«

»Sie begreifen wiederum nicht. An diesem Punkt sehe ich den Zusammenbruch von Scarlatti als unvermeidbar voraus, sofern man mich herausfordern sollte. Es wird keine Gnade geben.«

Jetzt begriff Matthew Canfield. »Ich will verdammt sein.«

»Ich brauche riesige Summen. Beträge, die für Sie unvorstellbar sind und die auf einen einzigen Befehl hin angewiesen werden können. Gelder, die ausreichen, ungeheure Besitzungen zu erwerben, und die ganze Märkte aufblähen oder zerstören können. Sobald diese Manipulation einmal eingeleitet ist, bezweifle ich, daß alles Kapital der Welt Scarlatti wieder zusammensetzen könnte. Man würde uns nie wieder vertrauen.«

»Dann wären Sie erledigt.«

»Unwiderruflich.«

Die alte Frau trat vor Canfield. Sie sah ihn an, aber nicht auf die Art und Weise, wie er es gewohnt war. Ebensogut hätte sie eine besorgte Großmutter aus den trockenen Prärien von Kansas sein können, die den Prediger fragte, ob der Herr im Himmel es regnen lassen würde.

»Mir bleiben keine Argumente mehr. Bitte, erlauben Sie mir meinen letzten Kampf. Meine letzte Geste sozusagen.«

»Sie verlangen schrecklich viel.«

»Nicht, wenn Sie darüber nachdenken. Wenn Sie zurückkehren, werden Sie eine Woche brauchen, um nach Washington zu kommen. Danach wird es einige Zeit dauern, bis Sie alles vorbereitet haben und an die Regierungsbeamten herangekommen sind, die auf Sie hören müßten – falls Sie es überhaupt zuwege bringen, daß man Ihnen zuhört. Nach meinen Berechnungen wird das wenigstens drei bis vier Wochen in Anspruch nehmen. Geben Sie mir recht?«

Canfield kam sich wie ein Narr vor, wie er so vor Elizabeth stand. Um den Abstand zwischen ihnen zu vergrößern, ging er in die Mitte des Zimmers. »Verdammt, ich weiß nicht, was ich denken soll!«

»Geben Sie mir vier Wochen. Nur vier Wochen vom heutigen Tag an. Wenn ich es nicht schaffe, dann tun wir, was Sie wollen – ja, noch mehr. Ich werde mit Ihnen nach Washington fahren. Ich werde, wenn nötig, vor einem dieser Ausschüsse meine Aussage machen. Ich werde alles tun, was Sie und Ihre Kollegen für notwendig halten. Ferner werde ich unsere persönliche Rechnung mit dem Dreifachen des Betrages begleichen, den wir vereinbart haben.«

»Angenommen, Sie schaffen es nicht?«

»Welchen Unterschied kann das schon für irgend jemanden außer mir machen? Auf dieser Welt gibt es wenig Mitgefühl für gefallene Millionäre.«

»Und was ist mit Ihrer Familie? Schließlich kann sie nicht

den Rest ihres Lebens an einem abgelegenen See in Kanada verbringen.«

»Das wird nicht notwendig sein. Unabhängig von dem größeren Ziel werde ich meinen Sohn vernichten. Ich werde Ulster Scarlett als das darstellen, was er ist. Ich werde ihn in Zürich zum Tode verurteilen.«

Er schwieg eine Weile und sah Elizabeth an. Dann fragte er: »Haben Sie die Möglichkeit in Betracht gezogen, daß Sie getötet werden könnten?«

»Ja.«

»Das würden Sie riskieren... Sie würden die Scarlatti-Firmen verkaufen, alles zerstören, was Sie aufgebaut haben? Ist es Ihnen das wert? Hassen Sie ihn so sehr?«

»Ja. So wie man eine ansteckende Krankheit haßt. Noch mehr, weil ich die Verantwortung dafür trage, daß sie gedeiht und blüht.«

Canfield stellte sein Glas auf den Bartisch und war versucht, sich nachzuschenken. »Das geht ein wenig zu weit.«

»Ich habe nicht gesagt, daß ich die Krankheit erfunden habe. Ich sagte nur, ich sei dafür verantwortlich, daß sie sich ausgebreitet hat. Nicht nur, weil ich das Geld geliefert habe, sondern weil ich den Keim zu einer Idee gelegt habe. Zu einer Idee, die während des Reifeprozesses pervertiert wurde.«

»Das glaube ich nicht. Sie sind keine Heilige, aber Sie denken nicht so.« Er wies auf die Papiere, die auf der Couch lagen.

Die müden Augen der alten Frau schlossen sich.

»Ein klein wenig von – dem steckt in jedem von uns. Das ist alles Teil der Idee – der verdrehten Idee. Mein Mann und ich haben Jahre unseres Lebens dem Aufbau eines Industrieimperiums gewidmet. Seit seinem Tod habe ich das Spiel an der Börse weitergetrieben – verdoppelt, wieder verdoppelt, hinzugefügt, aufgebaut – immer gekauft... Es war ein anregendes, alles verzehrendes Spiel. Ich habe es gut gespielt. Und irgendwann in all den Jahren lernte mein Sohn das, was viele Beobachter nicht gelernt haben – daß es nie der Erwerb von Profit oder materieller Nutzen war, die mir etwas bedeuteten – das waren nur die Nebenprodukte. Die Macht war es. Ich wolle jene Macht, weil ich ehrlich überzeugt war, daß ich der

Verantwortung gewachsen war. Je überzeugter ich wurde, desto klarer erkannte ich, daß andere ihr nicht gewachsen waren. Das Streben nach Macht wird, glaube ich, zu einem persönlichen Kreuzzug. Je mehr Erfolg man hat, desto persönlicher wird es. Ob er es nun begriff oder nicht, das war es jedenfalls, was mein Sohn miterlebte. Vielleicht gibt es Ähnlichkeiten in der Zielsetzung, vielleicht sogar im Motiv. Aber sonst trennt uns ein großer Abgrund – meinen Sohn und mich.«

»Ich gebe Ihnen die vier Wochen. Der Herr im Himmel allein weiß, warum ich das tue. Aber Sie haben mir immer noch nicht erklärt, weshalb Sie all das riskieren wollen. Weshalb Sie alles wegwerfen.«

»Das habe ich versucht. Sie sind manchmal sehr begriffsstutzig. Wenn ich beleidigend wirke, dann nur, weil ich glaube, daß Sie in Wirklichkeit alles verstehen. Sie verlangen bewußt von mir, eine unangenehme Wahrheit auszusprechen.« Sie trug ihre Notizen zu dem Tisch neben der Schlafzimmertür. Da es inzwischen dunkel geworden war, knipste sie die Lampe an, wobei der Lampenschirm etwas zitterte. Diese Bewegung schien sie zu faszinieren. »Ich stelle mir vor, daß wir – die Bibel nennt uns die Reichen und Mächtigen – die Welt irgendwie anders verlassen wollen, als wir sie vorgefunden haben. Und in dem Maße, wie die Jahre verstreichen, wird dieser vage, nicht genau definierte Instinkt für uns überaus wichtig. Wie viele von uns haben denn mit dem Gedanken gespielt, wie unsere eigenen Nachrufe lauten könnten?« Sie wandte sich von der Lampe ab und sah Canfield an. »Wenn Sie alles in Betracht ziehen, was wir jetzt wissen, würden Sie gern Spekulationen über meinen in nicht so ferner Zukunft liegenden Nachruf anstellen?«

»Kommt nicht in Frage. Das ist etwas ganz anderes.«

»Eigentlich ist es ganz leicht, wissen Sie. Den Reichtum nimmt man als selbstverständlich hin. Jede quälende Entscheidung, jedes Risiko, das an den Nerven zerrt – das alles werden einfache Leistungen, die jeder von einem erwartet. Leistungen, die man eher verabscheut als bewundert. Weil ich eine Frau bin und eine höchst erfolgreiche Spekulantin. Eine unattraktive Kombination. Ein Sohn im Weltkrieg gefallen. Ein zweiter, der sich als aufgeblasen und unfähig erweist, dem man aus jedem nur erdenklichen falschen Grund Avancen macht und über den man, wann immer möglich, lacht. Und jetzt dies. Ein Verrückter, der eine Bande psychopathischer Unzufriedener anführt oder mindestens dieser Bande angehört... Das ist es, was ich der Nachwelt vermache. Was Scarlatti der Nachwelt hinterläßt, Mr. Canfield... Keine bewundernswerte Leistung, nicht wahr?«

»Nein.«

»Und demzufolge werde ich vor nichts halt machen, um diesen letzten Wahnsinn zu verhindern.« Elizabeth griff nach ihren Notizen und ging ins Schlafzimmer. Sie schloß die Tür hinter sich und ließ Canfield in dem großen Wohnraum allein. Einen Augenblick lang dachte er, daß die alte Frau den Tränen nahe gewesen war.

35.

Der Flug des Eindeckers über den Kanal war ohne besondere Vorkommnisse abgelaufen. Der Wind war ruhig, die Sicht ausgezeichnet. Das war günstig für Scarlett, denn der stechende Schmerz seiner Operationswunden, verbunden mit seiner Wut, hätten einen schwierigen Flug leicht zu einem katastrophalen machen können. Er war kaum imstande, sich auf den Kompaß zu konzentrieren. Und als er schließlich die Küste der Normandie erblickte, wirkte sie fremd auf ihn. Und doch war er die Strecke schon ein dutzendmal geflogen.

An dem kleinen Flughafen außerhalb von Lesieux holte ihn die Pariser Gruppe ab. Sie bestand aus zwei Deutschen und einem Gascogner, dessen kehliger Dialekt ähnlich wie die Sprechweise seiner beiden Begleiter wirkte.

Die drei Europäer rechneten damit, daß der Mann – sie kannten seinen Namen nicht – sie dazu auffordern würde, nach Paris zurückzukehren und dort weitere Befehle abzuwarten.

Aber der Mann hatte andere Absichten und bestand darauf, daß sie sich zu dritt unbequem auf den Vordersitzen zusammendrängten, während er die hintere Bank für sich allein beanspruchte. Er dirigierte den Wagen nach Vernon, wo zwei ausstiegen und angewiesen wurden, allein nach Paris zurückzureisen. Der Fahrer sollte bleiben.

Er protestierte schwach, als Scarlett ihm befahl, in westlicher Richtung nach Montbéliard weiterzufahren, einer kleinen Stadt in der Nähe der Schweizer Grenze.

»Mein Herr, das ist eine Fahrt von vierhundert Kilometern! Auf diesen schrecklichen Straßen brauchen wir dazu zehn Stunden!«

»Dann sollten wir bis zum Abendessen dort sein.«

»Es wäre vielleicht einfacher gewesen, wenn Sie wieder aufgetankt hätten und geflogen...«

»Ich fliege nicht, wenn ich müde bin. Regen Sie sich nicht auf. Ich besorge Ihnen in Montbéliard ein paar Meeresfrüchte. Sie müssen Ihre Speisekarte etwas abwechseln, Kircher. Das hält den Gaumen munter.«

»Jawohl!« Kircher grinste. Er wußte, daß der Mann in Wirklichkeit ein guter Oberführer war.

Scarlett seufzte. Dieses Pack! Eines Tages würde er sich mit diesem Pack nicht mehr herumärgern müssen.

Montbéliard war in seiner Anlage nicht viel komplizierter als ein etwas groß geratenes Dorf. Seine Bewohner lebten vorwiegend von landschaftlichen Erzeugnissen, die hauptsächlich in die Schweiz und nach Deutschland verkauft wurden. Wie in vielen Grenzstädten diente eine Mischung aus Franc, Mark und Schweizer Franken als Währung.

Scarlett und sein Fahrer erreichten ihr Ziel kurz nach neun Uhr abends. Sie hatten unterwegs einige Male angehalten, um zu tanken und um im Laufe des Nachmittags eine kleine Mahlzeit einzunehmen, sich jedoch während der ganzen Fahrt nicht unterhalten. Dieses Schweigen bewirkte, daß Scarletts Angst nachließ. Er konnte jetzt ohne Zorn denken, obwohl sein Zorn keineswegs verflogen war. Der Fahrer hatte recht gehabt, als er seinen Passagier darauf hingewiesen hatte, daß es einfacher und weniger anstrengend gewesen wäre, von Lesieux nach Montbéliard zu fliegen. Aber

Scarlett wollte nicht riskieren, daß sein Temperament mit ihm durchging. Und diese Gefahr bestand immer, wenn er erschöpft war.

Irgendwann an diesem Tag oder am Abend – der Zeitpunkt war ungewiß – würde er sich mit dem Preußen treffen, mit dem wichtigen Mann, der ihm das liefern würde, was ihm nur wenige andere beschaffen könnten. Er mußte bei diesem Zusammentreffen fit sein, und jede einzelne seiner Gehirnzellen mußte funktionieren. Er durfte nicht zulassen, daß die Probleme der jüngsten Vergangenheit seine Konzentration störten. Das Zusammentreffen mit dem Preußen war der Höhepunkt einer jahrelangen Arbeit. Angefangen bei jenem ersten makabren Zusammentreffen mit Gregor Strasser bis zur Umwandlung seiner Millionen in Schweizer Kapital. Er, Heinrich Kroeger, besaß die finanziellen Mittel, die der Nationalsozialismus so dringend benötigte. Seine Bedeutung für die Partei stand jetzt außer Zweifel.

Es gab Probleme, ärgerliche Probleme... Aber er hatte seine Entscheidungen getroffen. Er würde dafür sorgen, daß Howard Thornton isoliert, vielleicht sogar getötet wurde. Der Mann aus San Francisco hatte sie verraten. Wenn die Manipulation von Stockholm bekannt geworden war, so traf Thornton dafür die Schuld. Sie hatten seine schwedischen Kontakte benutzt, und er hatte ganz offensichtlich größere Wertpapierpakete zu niedrigen Preisen in seine eigenen Kanäle gelenkt.

Man würde sich um Thornton kümmern.

Ebenso wie um diesen französischen Dandy, Jacques Bertholde.

Thornton und Bertholde – die taugten beide nichts. Habgierige, dumme Taugenichtse!

Was war Boothroyd passiert? Offensichtlich war er auf der *Calpurnia* getötet worden. Aber wie? Warum? Doch wie dem auch sei, er hatte den Tod verdient. Ebenso wie sein Schwiegervater. Rawlins' Anweisung, Elizabeth Scarlatti zu töten, war dumm, und der Zeitpunkt verrückt gewählt gewesen. Begriff Rawlins denn wirklich nicht, daß sie Briefe hätte hinterlassen können, Dokumente? Sie war tot viel gefährlicher als lebend. Zumindest, solange man nicht an sie herangetreten war – so wie er an sie herangetreten war, mit der Bedrohung ihrer hochgeschätzten Scarlattis. Jetzt konnte sie sterben. Jetzt würde es nichts mehr ausmachen. Und wenn Bertholde tot war und Rawlins und Thornton bald sterben würden, gab es niemanden mehr, der wußte, wer er war. Niemanden. Er war Heinrich Kroeger, ein führender Mann in der neuen Bewegung.

Sie hielten an der L'Auberge des Moineaux, einem kleinen Restaurant mit Zimmern für Reisende oder Leute, die aus anderen Gründen für sich sein wollten. Für Scarlett war es der vereinbarte Treffpunkt.

»Fahren Sie den Wagen ein Stück die Straße hinunter und parken Sie ihn«, sagte er zu Kircher. »Ich werde in einem der Zimmer sein. Essen Sie zu Abend. Ich lasse Sie später rufen. Ich habe mein Versprechen nicht vergessen.«

Kircher grinste.

Ulster Scarlett stieg aus dem Wagen und streckte sich. Er fühlte sich jetzt wohler, seine Haut war nicht mehr so gereizt, und er freute sich auf die bevorstehende Konferenz. Diese Tätigkeit war ganz nach seinem Herzen, denn hier ging es um Dinge von weitreichender Bedeutung, um ungeheure Macht.

Er wartete, bis der Wagen weit genug die Straße hinuntergefahren war, so daß Kircher ihn nicht mehr im Rückspiegel sehen konnte. Dann ging er zurück, zu dem mit Kopfsteinen gepflasterten Weg. Man durfte dem Pack nie etwas sagen, das es nicht zur Erledigung seiner unmittelbaren Aufträge wissen mußte.

Er erreichte die unbeleuchtete Tür und klopfte ein paarmal.

Die Tür öffnete sich, und ein ziemlich großer Mann mit dichtem welligen Haar und ausgeprägt dunklen Brauen stand darin, als bewachte er den Eingang, statt einen Gast willkommen zu heißen. Er trug ein graues Jackett, das nach der Art der süddeutschen Trachten geschnitten war, und braune Kniehosen. Sein Gesicht war dunkel und wirkte engelhaft, seine Augen waren groß und starrten ihn an. Der Mann hieß Rudolf Heß.

»Wo waren Sie?« Heß bedeutete Scarlett einzutreten und

die Tür zu schließen. Der Raum war klein. In seiner Mitte standen ein Tisch und Stühle, an der Wand eine Anrichte und zwei Stehlampen, die den Raum beleuchteten. Ein zweiter Mann, der zum Fenster hinausgesehen hatte, offensichtlich, um den Neuankömmling zu identifizieren, nickte Scarlett zu. Er war ein schmächtiger, häßlicher Mann mit einem Vogelgesicht, zu dem auch die Adlernase paßte. Er hinkte leicht.

»Joseph?« sagte Scarlett zu ihm. »Sie habe ich hier nicht erwartet.«

Joseph Goebbels sah zu Heß hinüber. Er verstand kaum Englisch. Heß übersetzte schnell, was Scarlett gesagt hatte, und Goebbels zuckte mit den Schultern.

»Ich habe Sie gefragt, wo Sie waren«, sagte Heß.

»Ich hatte Schwierigkeiten in Lesieux. Ich konnte dort kein Flugzeug bekommen, also mußte ich fahren. Es war ein langer Tag für mich, also ärgern Sie mich bitte nicht.«

»Ach! Von Lesieux? Das ist eine lange Fahrt. Ich werde Ihnen etwas zu essen bestellen, aber Sie müssen sich beeilen. Reinhart wartet schon seit Mittag.«

Scarlett zog seine Fliegerjacke aus und warf sie auf die Anrichte. »Wie geht es ihm?«

Goebbels verstand genug, um sich einzumischen. »Reinhart? Ungeduldig!«

Er sprach das englische Wort schlecht aus, und Scarlett grinste. Goebbels fand, daß dieser Hüne schrecklich aussah, und Scarlett fand an der äußeren Erscheinung des dünnen kleinen Mannes ebensowenig Gefallen.

»Das Essen ist jetzt nicht wichtig. Reinhart hat zu lange gewartet. Wo ist er?«

»In seinem Zimmer. Nummer zwei, unten am Gang. Er ist heute nachmittag spazierengegangen, glaubt aber die ganze Zeit, jemand würde ihn erkennen, also ist er nach zehn Minuten wieder zurückgekommen. Ich glaube, er ist ziemlich verstimmt.«

»Holen Sie ihn – und bringen Sie Whisky.« Scarlett sah Goebbels an und wünschte, daß dieser unattraktive kleine Mann gehen würde. Es war nicht gut, wenn Goebbels dabei war, während er mit Heß und dem preußischen Aristokraten sprach. Goebbels wirkte wie ein unbedeutender jüdischer Buchhalter.

Aber Scarlett wußte, daß er nichts tun konnte. Hitler hielt große Stücke auf Goebbels.

Joseph Goebbels schien die Gedanken des Amerikaners lesen zu können. »Ich werde an Ihrem Gespräch teilnehmen.« Er zog einen Stuhl zur Wand und setzte sich.

Heß war hinausgegangen, und die zwei Männer waren allein im Zimmer. Sie schwiegen.

Vier Minuten später kam Heß zurück. Ein alternder, korpulenter Deutscher, der etwas kleiner als Heß war, folgte ihm. Er trug einen schwarzen Zweireiher und einen steifen Kragen. Sein Gesicht war aufgedunsen und sein weißes Haar kurz gestutzt. Er hielt sich übertrieben gerade, und Scarlett fand, daß der Mann trotz seines imposanten Äußeren eine weiche Ausstrahlung hatte, die irgendwie nicht zu ihm passen wollte. Heß schloß die Tür und sperrte sie ab.

»Meine Herren, General Reinhart.« Heß nahm Haltung an.

Goebbels stand auf und schlug die Hacken zusammen.

Reinhart musterte ihn sichtlich unbeeindruckt.

Scarlett ging auf den ältlichen General zu und streckte ihm die Hand hin.

»Herr General.«

Reinhart sah Scarlett an, und seine Reaktion auf Scarletts Aussehen war offensichtlich, wenn er sie auch gut verbarg. Die beiden Männer schüttelten sich flüchtig die Hände.

»Bitte, setzen Sie sich, Herr General.« Heß war höchst beeindruckt und ließ sich das auch anmerken. Reinhart setzte sich auf einen Stuhl am Ende des Tisches. Scarletts war einen Augenblick lang verstimmt. Er hatte sich diesen Stuhl als den ausgesucht, der offensichtlich die Szene bestimmte.

Heß fragte Reinhart, ob er Whisky, Gin oder Wein haben wolle. Der General lehnte mit einer flüchtigen Handbewegung ab.

»Für mich auch nichts«, fügte Ulster Scarlett hinzu und nahm links von Reinhart Platz. Heß ignorierte das Tablett und setzte sich ebenfalls. Goebbels hinkte zu seinem Stuhl an der Wand zurück.

Scarlett eröffnete das Gespräch. »Die Verspätung tut mir

leid. Bedauerlicherweise war das nicht zu ändern. Es gab wichtige Geschäfte mit unseren Kollegen in London...«

»Ihr Name, bitte?« unterbrach Reinhart. Sein Englisch hatte einen ausgeprägten, teutonisch wirkenden Akzent.

Scarlett sah Heß kurz an, ehe er antwortete. »Kroeger, Herr General, Heinrich Kroeger.«

Reinharts Blick ließ Scarlett nicht los. »Ich glaube nicht, daß das Ihr Name ist, Sir. Sie sind kein Deutscher.« Seine Stimme war ausdruckslos.

»Meine Sympathien gelten Deutschland«, erwiderte Scarlett. »So sehr, daß ich mich für den Namen Heinrich Kroeger entschieden habe...«

Heß unterbrach ihn. »Herr Kroeger hat uns unschätzbare Dienste erwiesen. Ohne ihn hätten wir keine so großen Fortschritte erzielen können, Sir.«

»Amerikaner... Dann sprechen wir also seinetwegen nicht deutsch.«

»Das wird zu gegebener Zeit korrigiert werden«, sagte Scarlett. Tatsächlich sprach er fast fehlerfrei deutsch, fühlte sich aber in dieser Sprache benachteiligt.

»Ich bin kein Amerikaner, General...« Scarlett erwiderte Reinharts starren Blick, ohne mit der Wimper zu zucken. »Ich bin ein Bürger der neuen Bewegung. Ich habe ebenso viel, wenn nicht mehr als jeder andere dafür gegeben, um den Wandel herbeizuführen. Bitte, erinnern Sie sich in unserem Gespräch daran.«

Reinhart zuckte mit den Schultern. »Ich bin sicher, daß Sie ebenso wie ich Ihre Gründe dafür haben, an diesem Tisch zu sitzen.«

»Dessen können Sie versichert sein.«

»Also gut, meine Herren, zur Sache. Wenn es möglich ist, möchte ich Montbéliard heute abend verlassen.« Reinhart griff in die Tasche und holte ein zusammengefaltetes Blatt Papier heraus. »Ihre Partei hat gewisse, durchaus beachtliche Fortschritte im Reichstag gemacht. Nach Ihrem Münchner Fiasko könnte man sogar sagen, bemerkenswerte Fortschritte...«

Heß unterbrach ihn enthusiastisch. »Wir haben erst angefangen! Deutschland wird sich aus der Schande der verräterischen Niederlage erheben! Wir werden die Herren ganz Europas sein!«

Reinhart hielt das zusammengefaltete Papier in der Hand und beobachtete Heß. Er antwortete leise und mit Nachdruck: »Uns würde es genügen, nur die Herren Deutschlands zu sein. Unser Land verteidigen zu können – das ist alles, was wir verlangen.«

»Das wird die geringste unserer Garantien sein, General.« Scarletts Stimme war nicht lauter als die Reinharts.

»Das ist die einzige Garantie, die wir wünschen. Wir interessieren uns nicht für die Exzesse, die Ihr Adolf Hitler predigt.«

Als Hitlers Name erwähnt wurde, beugte sich Goebbels vor. Es ärgerte ihn, daß er nicht verstehen konnte, was gesprochen wurde.

»Was ist mit Hitler? Was sagen Sie da über ihn?«

Reinhart antwortete Goebbels in deutscher Sprache: »Daß er stört.«

»Hitler ist die Hoffnung für Deutschland!«

»Vielleicht für Sie.«

Ulster Scarlett sah zu Goebbels hinüber. In den Augen des kleinen Mannes leuchtete Haß, und Scarlett vermutete, daß Reinhart eines Tages für seine Worte würde bezahlen müssen.

Der General fuhr fort, während er das Blatt auseinanderfaltete: »Die Zeiten, die unsere Nation erleben muß, verlangen ungewöhnliche Bündnisse. Ich habe mit von Schnitzler und Kindorf gesprochen. Krupp ist, wie Sie sicher wissen, nicht bereit, über das Thema zu reden. Der deutschen Industrie geht es nicht besser als der Armee. Die Alliierte Kontrollkommission kann mit uns beiden machen, was sie will. Es gibt keine Stabilität, nichts, worauf wir uns verlassen können. Wir haben ein gemeinsames Ziel, meine Herren – den Versailler Vertrag.«

»Das ist nur eines der Ziele«, warf Scarlett ein. »Es gibt noch andere.«

»Das ist das einzige Ziel, das mich nach Montbéliard geführt hat. Ebenso wie man der deutschen Industrie die Möglichkeit zum Atmen geben muß, die Möglichkeit zu uneingeschränktem Export, muß man der deutschen Armee eine angemessene Stärke zubilligen. Die Beschränkung auf einhunderttausend Soldaten bei über zweitausendfünfhundert Kilometern Grenze, die beschützt werden müssen, ist lächerlich. Man macht uns immer wieder Versprechungen, Versprechungen – und dann Drohungen. Nichts, worauf man sich verlassen kann. Keiner begreift uns. Man hindert uns am notwendigen Wachstum.«

»Man hat uns verraten! Man hat uns 1918 auf gemeine Art verraten, und dieser Verrat dauert fort! In ganz Deutschland gibt es immer noch Verräter!« Heß hätte sein Leben darum gegeben, zu den Freunden von Reinhart und seinen Offizieren zu zählen. Das verstand Reinhart, und er war keineswegs beeindruckt.

»Ja. An dieser Theorie hält Ludendorff immer noch fest. Es ist für ihn nicht leicht, mit der Erinnerung an die Niederlage in den Argonnen zu leben.«

Ulster Scarlett lächelte sein groteskes Lächeln. »Das fällt vielen von uns schwer, General.«

Reinhart sah ihn an. »Mit Ihnen will ich nicht darüber sprechen.«

»Eines Tages sollten Sie das aber tun. Denn das ist der Grund meines Hierseins – einer der Gründe.«

»Um es noch einmal zu sagen, Herr Kroeger, Sie haben Ihre Gründe, ich habe die meinen. Die Ihren interessieren mich nicht, aber Sie sind gezwungen, sich für die meinen zu interessieren.« Er schaute Heß an und blickte dann zu der teilweise im Schatten verborgenen Gestalt von Joseph Goebbels hinüber.

»Ich will rückhaltlos offen zu Ihnen sein, meine Herren. Das ist bestenfalls ein schlecht gehütetes Geheimnis. Jenseits der polnischen Grenzen, im Lande der Bolschewiken, gibt es Tausende enttäuschter deutscher Offiziere. Männer, die in ihrem eigenen Land ihren Beruf nicht ausüben dürfen. Sie bilden das russische Offizierskorps aus. Sie bringen der roten Bauernarmee Disziplin bei. Warum? Einige tun es einfach nur, um sich ihr Brot zu verdienen. Andere sehen ihre Rechtfertigung darin, daß ein paar russische Fabriken uns Kanonen und sonstiges Kriegsmaterial herüberschmuggeln, das die Alliierte Kommission verboten hat. Dieser Zustand gefällt mir nicht, meine Herren. Ich vertraue den Russen nicht. Weimar ist unfähig. Ebert konnte der Wahrheit nicht ins Auge sehen. Hindenburg ist noch schlimmer. Er lebt in der Vergangenheit, in der Deutschland eine Monarchie war. Man muß die Politiker zwingen, sich mit Versailles auseinanderzusetzen. Wir müssen von innen heraus befreit werden!«

Rudolf Heß stützte sich mit beiden Händen auf den Tisch.

»Sie haben das Ehrenwort Adolf Hitlers und derjenigen von uns, die in diesem Raum sind, daß der erste Punkt auf der politischen Tagesordnung der Nationalsozialistischen Deutschen Arbeiterpartei die bedingungslose Ablehnung des Versailler Vertrages und seiner Einschränkungen ist.«

»Davon gehe ich aus. Aber ich bezweifle, daß Sie imstande sein werden, die unterschiedlichsten politischen Lager des Reichstages wirklich zu vereinen. Ich will nicht leugnen, daß von Ihnen eine gewisse Anziehungskraft ausgeht. Viel stärker als von den anderen. Die Frage, auf die wir gern eine Antwort hätten, ebenso wie ich annehme, daß die Industrie darauf eine Antwort haben möchte, lautet ganz einfach: Besitzen Sie die Macht, das durchzustehen? Können Sie überdauern? Werden Sie überdauern? Vor ein paar Jahren hat man Sie verboten. Wir können es uns nicht leisten, mit einem politischen Kometen verbündet zu sein, der sich selbst verzehrt.«

Ulster Scarlett erhob sich aus seinem Stuhl und blickte auf den alternden deutschen General herunter. »Was würden Sie sagen, wenn ich Ihnen erklärte, daß wir über finanzielle Quellen verfügen, die das Geld aller anderen politischen Organisationen in Europa weit übersteigen?«

»Ich würde sagen, daß Sie übertreiben.«

»Oder wenn ich Ihnen sagte, daß wir über ein Territorium verfügen, das groß genug ist, um Tausende und Abertausende von Elitetruppen darin auszubilden – und zwar jenseits jeglicher Überwachung der Versailler Mächte?«

»Sie würden mir das alles beweisen müssen.«

»Genau das kann ich.«

Reinhart stand auf und sah Heinrich Kroeger an.

»Wenn Sie die Wahrheit sprechen – werden Sie die Unterstützung der deutschen kaiserlichen Generalität haben.«

36.

Janet Saxon Scarlett griff mit noch immer geschlossenen Augen unter das Laken, nach ihrem Geliebten. Er war nicht da, und so schlug sie die Augen auf und hob den Kopf. Das Zimmer drehte sich um sie. Ihre Lider waren schwer, und ihr Leib schmerzte. Sie war immer noch erschöpft, immer noch ein wenig betrunken.

Matthew Canfield saß in Unterhosen am Schreibtisch, das Kinn in die Hände gestützt. Er starrte auf ein Papier, das vor ihm lag.

Janet beobachtete ihn, sie wußte, daß er sie nicht sah, sie überhaupt nicht zur Kenntnis nahm. Sie drehte sich auf die Seite, um ihn betrachten zu können.

Er war kein gewöhnlicher Mann, dachte sie, aber andererseits war er auch nicht gerade außergewöhnlich, mit der einen Ausnahme, daß sie ihn liebte. Was, so fragte sie sich, fand sie so attraktiv an ihm? Er war nicht wie die Männer aus ihrer Welt. Die meisten , die sie kannte, waren raffiniert, elegant, übertrieben gepflegt und interessierten sich nur für Äußerlichkeiten. Aber Matthew Canfield konnte nicht in diese Welt passen. Seine Raffinesse war intuitiv und hatte nichts mit gesellschaftlichem Schliff zu tun. Und in anderer Beziehung war da eine gewisse Schwerfälligkeit. Das Maß an Selbstvertrauen, das er besaß, entsprang einem überlegten Urteil und war nicht einfach angeboren.

Andere sahen auch viel besser aus, obwohl man ihn als attraktiv bezeichnen konnte, auf eine grobschlächtige Art. Das war es, überlegte sie. Sowohl in seinem Verhalten als auch in seinem Aussehen erweckte er den Anschein sicherer Unabhängigkeit, aber wenn man mit ihm allein war, änderte sich sein Benehmen. Dann war er außergewöhnlich sanft, fast schwach. Sie fragte sich, ob er schwach war. Sie wußte, daß er zutiefst beunruhigt war, und sie argwöhnte, daß Elizabeth ihm Geld gegeben hatte, um ihre Wünsche zu erfüllen. Er wußte in Wirklichkeit nicht, wie man locker mit Geld umging. Das hatte sie in den zwei Wochen gelernt, die sie zusammen in New York verbracht hatten.

Man hatte ihm offensichtlich den Auftrag erteilt, Geld auszugeben, ohne sich darüber den Kopf zu zerbrechen, hatte ihm das aufgetragen, damit er ihre Beziehung vertiefen konnte. Das hatte er sogar angedeutet, und sie hatten beide darüber gelacht, weil das, was sie mit Regierungsmitteln taten, eigentlich die Wahrheit hinausposaunte. Sie wäre mit Freuden bereit gewesen, selbst dafür zu bezahlen. Sie hatte für andere bezahlt, und keiner davon war ihr so lieb gewesen wie Matthew Canfield. Keiner würde ihr je so lieb sein. Er gehörte nicht in ihre Welt. Er zog eine einfachere, weniger kosmopolitische Welt vor. Aber Janet Saxon Scarlett wußte, daß sie sich seiner Welt anpassen würde, falls sie ihn dadurch behalten konnte.

Vielleicht würde sie, wenn alles vorbei war, falls es je vorbei sein sollte, mit ihm gemeinsam einen Weg finden. Es mußte einen Weg für diesen guten, rauhen, sanften jungen Mann geben, der ein besserer Mann war als alle anderen, die sie zuvor gekannt hatte. Sie liebte ihn sehr, und sie ertappte sich dabei, wie sie sich um ihn sorgte. Das war bemerkenswert für eine Janet Saxon Scarlett.

Als sie am vergangenen Abend um sieben Uhr in Begleitung von Dereks Beauftragtem Ferguson zurückgekehrt war, hatte sie Canfield allein in Elizabeths Wohnzimmer angetroffen. Er war ihr angespannt, gereizt, fast zornig vorgekommen. Und sie kannte den Grund nicht. Er hatte sich nicht sehr überzeugend für seine Laune entschuldigt und sie schließlich aus dem Hotel geführt.

Sie hatten in einem kleinen Restaurant in Soho gegessen. Sie hatten beide ziemlich viel getrunken, und seine Furcht hatte sie angesteckt. Und doch wollte er ihr nicht sagen, was ihn eigentlich beunruhigte.

Sie waren mit einer Flasche Whisky in sein Zimmer zurückgekehrt. In der Stille hatten sie sich geliebt. Janet wußte, daß er ein Mann war, der sich an irgendeinem mythischen Seil festhielt und Angst hatte, es loszulassen – Angst, er könnte dann in die Tiefe stürzen.

Während sie ihn am Schreibtisch beobachtete, erkannte sie instinktiv die Wahrheit – die Wahrheit, die sie verdrängen wollte, die sie aber seit jenem schrecklichen Augenblick vor ein paar Tagen schon geahnt hatte.

Damals hatte er zu ihr gesagt: »Janet, ich fürchte, wir hatten Besuch.«

Jener Besuch war ihr Mann gewesen.

Sie stützte sich auf den Ellbogen. »Matthew?«

»Oh... Guten Morgen, Liebling.«

»Matthew... Fürchtest du dich vor ihm?«

Canfields Magenmuskeln spannten sich an.

Sie wußte Bescheid.

Selbstverständlich wußte sie Bescheid.

»Ich glaube nicht, daß ich mich fürchten werde – wenn ich ihn finde.«

»So ist es immer, nicht wahr? Wir fürchten uns vor jemandem oder etwas, das wir nicht kennen oder nicht finden können.« Janets Augen begannen zu schmerzen.

»So hat es Elizabeth auch ausgedrückt.«

Sie setzte sich auf, zog sich die Decke über die Schultern und lehnte sich an das Kopfteil des Bettes. Sie fror, und der Schmerz in ihren Augen verstärkte sich. »Hat sie es dir gesagt?«

»Ganz am Ende. Sie wollte es nicht. Aber ich ließ ihr keine andere Wahl. Sie mußte es mir sagen.«

Janet starrte vor sich hin, ins Leere. »Ich wußte es«, flüsterte sie. »Ich habe Angst.«

»Natürlich – aber dazu hast du keinen Grund. Er kann nicht an dich herankommen.«

»Warum bist du so sicher? Ich glaube nicht, daß du gestern abend so sicher warst.« Sie merkte es nicht, aber ihre Hände begannen zu zittern.

»Nein, das war ich nicht. Aber nur, weil es ihn überhaupt gab. Weil das Gespenst lebte und atmete. Ganz gleich, wie sehr wir es auch erwartet haben, es war ein Schock. Aber inzwischen ist die Sonne aufgegangen.« Er griff nach dem Bleistift und machte sich eine Notiz.

Plötzlich warf sich Janet Scarlett nach unten auf das Bett. »O Gott, Gott, Gott!« Sie vergrub das Gesicht im Kissen.

Zuerst nahm Canfield das Flehen in ihrer Stimme gar nicht wahr, weil sie nicht schrie und er sich ganz auf seine Notizen konzentrierte. Ihr erstickter Schrei klang eher schmerzlich als verzweifelt.

»Jan...«, begann er beiläufig. »Janet!« Er warf den Bleistift auf den Tisch und lief zum Bett. »Janet! Liebste, bitte nicht. Bitte nicht, Janet!« Er nahm sie in die Arme, gab sich alle Mühe, sie zu beruhigen. Und dann blickte er in ihre Augen.

Die Tränen strömten ihr unkontrolliert über das Gesicht, aber sie weinte nicht laut, sondern schnappte nur nach Luft. Was ihn beunruhigte, waren ihre Augen.

Anstatt sich im Tränenfluß zu bewegen, anstatt zu blinzeln, blieben sie weit geöffnet, als befände sie sich in Trance. Eine Trance des Schreckens.

Er sprach immer wieder ihren Namen.

»Janet, Janet, Janet...«

Sie gab keine Antwort. Sie schien tiefer und tiefer in die Furcht zu versinken, die sie gepackt hielt. Sie begann zu stöhnen, zuerst leise, dann immer lauter und lauter.

»Janet! Hör auf! Hör auf! Liebste, hör auf!«

Sie hörte ihn nicht. Vielmehr versuchte sie, ihn wegzuschieben, sich von ihm zu lösen. Ihr nackter Körper wand sich auf dem Bett – ihre Arme schlugen nach ihm.

Er verstärkte seinen Griff, hatte einen Augenblick lang Angst, er könnte ihr weh tun.

Plötzlich lag sie reglos da und sagte mit einer halberstickten Stimme, die er noch nie zuvor an ihr gehört hatte: »Verdammt sollst du sein – zum Teufel mit dir, verdammt!«

Ihre Beine spreizten sich langsam, widerstrebend.

Und mit derselben erstickten, kehligen Stimme flüsterte sie: »Du Schwein! Schwein! Schwein!«

Canfield beobachtete sie entsetzt. Sie nahm eine Haltung ein wie beim Geschlechtsverkehr, stählte sich gegen das Schreckliche, das sie umfangen hielt und das immer schlimmer werden würde.

»Janet, um Himmels willen, Jan. Nicht! Nicht! Niemand wird dir etwas tun! Bitte, Liebling!«

Sie lachte hysterisch und schrill.

»Du bist eine *Spielkarte,* Ulster! Du bist der gottverdammte Bube – der Bube in...« Sie kreuzte schnell die Beine, legte sie übereinander und schützte ihre Brüste mit den Händen. »Laß mich allein, Ulster! bitte, lieber Gott, Ulster! Laß mich allein! Wirst du mich allein lassen?« Sie kuschelte sich wie ein Kind ins Bett und begann zu schluchzen.

Canfield griff ans Fußende des Bettes und zog die Decke über Janet.

Er hatte Angst.

Daß sie es fertigbrachte, ganz plötzlich, ohne Warnung, Scarletts willenlose Hure zu werden, machte ihm Angst.

Aber es war geschehen, und er mußte es hinnehmen.

Sie brauchte Hilfe. Vielleicht viel mehr Hilfe, als er ihr bieten konnte. Er strich sanft über ihr Haar und legte sich neben sie.

Ihr Schluchzen ging über in tiefes, gleichmäßiges Atmen, und sie schloß die Augen. Er hoffte, daß sie schliefe, aber er war nicht sicher. Jedenfalls würde er sie ruhen lassen. Das würde ihm genug Zeit verschaffen, um zu überlegen, wie er ihr alles sagen konnte, was sie wissen mußte.

Die nächsten vier Wochen würden schrecklich für sie sein.

Für sie alle drei.

Aber jetzt war da etwas Neues, das es vorher nicht gegeben hatte, und Canfield war dafür dankbar. Er wußte, daß er das nicht hätte sein dürfen, weil es jedem professionellen Instinkt zuwiderlief.

Es war Haß. Sein eigener, persönlicher Haß.

Ulster Stewart Scarlett war nicht länger nur das Zielobjekt einer internationalen Jagd. Er war jetzt der Mann, den Matthew Canfield zu töten beabsichtigte.

37.

Ulster Scarlett musterte das gerötete, zornige Gesicht Adolf Hitlers. Er erkannte, daß Hitler trotz seiner Wut eine ans wunderbare grenzende Fähigkeit zur Selbstkontrolle besaß. Aber der Mann war an sich schon ein Wunder. Ein historisches Wunder, das sie in die beste aller Welten führen würde, die man sich auf Erden vorstellen konnte.

Sie waren zu dritt – Heß, Goebbels und Kroeger – die Nacht

über von Montbéliard nach München gefahren, wo Hitler und Ludendorff einen Bericht über ihre Zusammenkunft mit Reinhart erwarteten. Falls die Konferenz ein gutes Ende gefunden hatte, sollte Ludendorffs Plan durchgeführt werden. Jede Fraktion des Reichstags, die über nennenswerte Gefolgschaft verfügte, sollte darauf aufmerksam gemacht werden, daß eine Koalition bevorstand. Man würde Versprechungen machen, Drohungen andeuten. Man würde Ludendorff als einziges Mitglied des Reichstags, das der Nationalsozialistischen Partei angehörte, und als Präsidentschaftskandidaten des vergangenen Jahres ernst nehmen. Er galt als Soldat und Denker und begann langsam den Status einzunehmen, den er bei der Niederlage an der Argonne verloren hatte.

Gleichzeitig würden in zwölf verschiedenen Städten Demonstrationen gegen Versailles stattfinden. Die Polizei war reichlich dafür bezahlt worden, diese Demonstrationen nicht zu behindern. Hitler sollte nach Oldenburg im Zentrum des nordwestpreußischen Territoriums reisen, wo die großen Rittergüter langsam vor die Hunde gingen – ein Schatten vergangenen Ruhms. Eine Massenveranstaltung war geplant, und Reinhart selbst sollte auftreten. Reinhart sollte der Partei in Militärkreisen Glaubwürdigkeit verleihen. Sein Erscheinen würde ein Höhepunkt der Veranstaltung sein. Daß er Hitler anerkannte, würde bezüglich der politischen Neigungen der Generäle keine Zweifel mehr offen lassen.

Ludendorff sah darin eine politische Notwendigkeit. Hitler betrachtete seinen Auftritt als einen politischen Coup. Den österreichischen Gefreiten ließ die Billigung der Junker nie kalt. Er wußte, daß die Vorsehung ihn auserwählt hatte, daß ihm diese Zustimmung daher zustand, er forderte sie. Dennoch erfüllte sie ihn mit Stolz. Und deshalb war er jetzt wütend.

Der häßliche kleine Goebbels hatte gerade Ludendorff und Hitler über Reinharts Bemerkungen bezüglich des Österreichers informiert.

In dem großen gemieteten Büro über der Sendlinger Straße packte Hitler die Armlehnen seines Sessels und stemmte sich in die Höhe. Sekundenlang stand er da und starrte Goebbels mit funkelnden Augen an, aber der Mann mit dem Klumpfuß wußte, daß Hitlers Zorn nicht ihm, sondern seinen Nachrichten galt.

»Dieses fette Schwein! Den schicken wir in sein Bauernkaff zurück! Soll er sich doch um seine Kühe kümmern!«

Scarlett lehnte neben Heß an der Wand. Wie gewöhnlich, wenn deutsch gesprochen wurde, wandte sich der stets beflissene Heß Ulster zu und sagte mit leiser Stimme: »Er ist sehr erregt. Reinhart könnte sich als Hindernis erweisen.«

»Warum?«

»Goebbels glaubt nicht, daß Reinhart die Bewegung in der Öffentlichkeit unterstützen wird. Er möchte alle Vorteile genießen, ohne sich die Uniform schmutzig zu machen.«

»Aber Reinhart hat doch zugesagt. In Montbéliard hat er uns ein Versprechen gegeben. Wovon redet Goebbels denn?« Scarlett konnte sich nur mühsam beherrschen. Er mochte Goebbels nicht.

»Er hat gerade berichtet, was Reinhart über Hitler gesagt hat. Erinnern Sie sich?« flüsterte Heß, wobei er sich die Hand vor den Mund hielt.

Scarletts Stimme wurde lauter. »Die sollten Reinhart einfach sagen, daß ohne Hitler nichts läuft. Soll er doch abhauen!«

»Was hat er gesagt?« fragte Hitler nach einem durchdringenden Blick auf Heß und Scarlett.

»Daß Reinhart zum Teufel gehen soll!«

Ludendorff lachte mit schiefem Mund. »Das ist naiv!«

»Sagen Sie Reinhart, er soll tun, was wir verlangen, oder er ist erledigt!« stieß Scarlett hervor. »Keine Truppen, keine Waffen! Keine Uniformen! Dann gibt es eben kein Geld! Und keine Übungsplätze, wo ihm nicht die Inspektionsteams im Nacken sitzen. Dann wird er schon zuhören.« Er ignorierte Heß, der schnell jedes Wort übersetzte.

Nun schaltete sich Ludendorff ein. »Einem Mann wie Reinhart droht man nicht. Er ist in Preußen sehr einflußreich.«

Heß wandte sich zu Ulster Scarlett. »Herr Ludendorff sagt, daß man Reinhart nicht bedrohen darf. Er ist ein Junker.«

»Er ist ein aufgeblasener, verängstigter Zinnsoldat, sonst

gar nichts. Er hat Angst. Dem sitzt die Angst in den Knochen. Er braucht uns und weiß das auch ganz genau.«

Heß wiederholte Scarletts Bemerkungen. Ludendorff schnippte mit den Fingern, als wäre das, was er hörte, lächerlich.

»Lachen Sie nicht über mich!« rief Scarlett. »Ich habe schließlich mit ihm gesprochen, nicht Sie! Hier geht es um mein Geld, nicht um das Ihre!«

Heß brauchte nicht zu übersetzen. Ludendorff stand auf und war jetzt ebenso ergrimmt wie Scarlett.

»Sag dem Amerikaner, daß sein Geld ihm noch lange nicht das Recht gibt, uns Befehle zu erteilen!«

Heß zögerte. »Herr Ludendorff glaubt nicht, daß Ihre finanziellen Zuschüsse – so willkommen sie sind...«

»Sie brauchen nicht weiterzureden! Sagen Sie ihm, er soll auch zum Teufel gehen! Der benimmt sich genauso, wie Reinhart es erwartet!« Scarlett, der seinen Platz an der Wand nicht verlassen hatte, trat jetzt vor und richtete sich zu seiner ganzen Größe auf.

Einen Augenblick lang empfand der alternde Ludendorff körperliche Angst. Er vertraute den Motiven dieses neurotischen Amerikaners nicht. Ludendorff hatte Hitler und den anderen gegenüber häufig angedeutet, daß dieser Mann, der sich Heinrich Kroeger nannte, gefährlich werden könnte. Aber man hatte ihn immer wieder überstimmt, weil Kroeger nicht nur über unbeschränkte finanzielle Mittel zu verfügen schien, sondern offenbar auch imstande war, die Unterstützung oder zumindest das Interesse unglaublich einflußreicher Männer für die Partei zu gewinnen.

Trotzdem traute er ihm nicht. Vor allem, weil er glaubte, daß dieser Kroeger dumm war.

»Darf ich Sie vielleicht daran erinnern, Herr Kroeger, daß ich – die englische Sprache hinreichend beherrsche!«

»Warum gebrauchen Sie sie dann nicht?«

»Weil ich nicht der Ansicht bin, daß es notwendig ist.«

»Das ist es jetzt aber, verdammt!«

Plötzlich klatschte Hitler zweimal in die Hände, um damit alle zum Schweigen aufzufordern. Ludendorff war diese Geste unangenehm, aber sein Respekt für Hitlers Talente – ein

Respekt, der an Ehrfurcht grenzte – veranlaßte ihn, ein solches Benehmen zu dulden.

»Das reicht jetzt, alle beide!«

Hitler trat vom Tisch zurück und wandte sich ab. Er verschränkte die Hände hinter dem Rücken. Einige Augenblicke lang sagte er nichts, aber niemand brach das Schweigen. Weil es sein Schweigen war – und Goebbels mit seiner ausgeprägten Liebe für alles Theatralische beobachtete befriedigt, welche Wirkung Hitler auf die anderen ausübte.

Ludendorff andererseits war verstimmt. Der Hitler, den er so gut kannte, war auch durchaus zu unüberlegten Entschlüssen fähig. Ein Visionär vielleicht, aber in Entscheidungen, die sich auf die praktischen Realitäten des Alltags bezogen, häufig recht oberflächlich. Unglücklicherweise mochte er auch keine Auseinandersetzungen über solche Dinge. Das machte Ludendorff und Rosenberg, den wahren Architekten der neuen Ordnung, das Leben häufig schwer. Der alte Soldat hoffte, daß dies nicht wieder einer der Fälle sein würde, wo Hitler seine Meinung in den Wind schlug. Ebenso wie er selbst war Reinhart ein Junker, stolz und unbeugsam. Man mußte ihn sehr geschickt anpacken. Wer wußte dies besser als der ehemalige Feldmarschall der kaiserlichen Armee, der sich gezwungen sah, seine Würde inmitten einer tragischen Niederlage zu bewahren?

Adolf Hitler sagte mit leiser Stimme: »Wir werden tun, was Kroeger gesagt hat.«

»Herr Hitler stimmt Ihnen zu, Kroeger!« Heß lächelte Kroeger entzückt an. Der arrogante Ludendorff gab sich ihm gegenüber immer sehr herablassend, und dies war keineswegs ein kleiner Sieg über ihn. Reinhart war der Preis. Wenn Kroeger recht hatte, würde Ludendorff eine schlechte Figur abgeben.

»Warum? Das ist sehr gefährlich.« Ludendorff mußte widersprechen, obwohl er wußte, daß es keinen Sinn hatte.

»Sie sind zu vorsichtig, Ludendorff«, meinte Hitler. »Kroeger hat recht. Aber wir werden noch einen Schritt weitergehen.«

Rudolf Heß richtete sich auf, musterte Ludendorff und Goebbels und stieß Scarlett mit dem Ellbogen an. »Herr Hitler sagt, daß unser Freund Ludendorff übervorsichtig ist. Er hat recht. Ludendorff ist immer vorsichtig. Aber Hitler möchte auf Ihren Vorschlag eingehen...«

Adolf Hitler begann langsam, mit fester Stimme zu sprechen, und jeder seiner Sätze wirkte endgültig. Während er sprach, musterte er befriedigt die Gesichter seiner Zuhörer. Am Ende spie er die Worte förmlich aus: »Da ist Montbéliard!«

Für jeden bedeutete dieser Satz etwas anderes, hatte aber einen gemeinsamen Nenner – der Mann war ein Genie.

Für Heß war Hitlers Schluß mit einem Genieblitz politischer Einsicht gleichzusetzen.

Für Goebbels hatte Hitler aufs neue seine Fähigkeit unter Beweis gestellt, die fundamentale Schwäche des Gegners zu erkennen und sich selbst zunutze zu machen.

Für Ludendorff hatte der Österreicher eine mittelmäßige Idee aufgegriffen, ihr seine eigene Kühnheit hinzugefügt und daraus ein Stück brillanter Strategie gemacht.

Heinrich Kroeger – Scarlett – fragte: »Was hat er gesagt?«

Aber Rudolf Heß antwortete nicht. Vielmehr ergriff Erich Ludendorff das Wort, ohne dabei den Blick von Adolf Hitler zu wenden. »Herr Hitler hat gerade – das Militär auf unsere Seite gezogen, Kroeger. Mit einer kurzen Feststellung hat er die zögernden Preußen für uns gewonnen.«

»Was?«

Rudolf Heß wandte sich zu Scarlett. »Man wird General Reinhart sagen, daß man, sofern er nicht tut, was wir verlangen, den Behörden in Versailles mitteilen wird, daß er insgeheim über illegale Lieferungen verhandelt. Das ist die Wahrheit. Man kann Montbéliard nicht ableugnen.«

»Er ist ein Junker«, fügte Ludendorff hinzu. »Montbéliard ist der Schlüssel, weil es die Wahrheit ist. Reinhart kann das, was er getan hat, nicht leugnen. Selbst wenn er die Versuchung dazu verspüren sollte, es gibt zu viele, die Bescheid wissen – von Schnitzler, Kindorf. Selbst Krupp. Reinhart hat sein Wort gebrochen.« Und dann lachte Ludendorff heiser. »Das heilige Wort eines Junkers!«

Hitler lächelte kurz und redete dann schnell auf Heß ein, wobei er mit einer Kopfbewegung auf Ulster Scarlett wies.

»Der Führer bewundert Sie und schätzt Sie, Heinrich«, sagte Heß. »Er erkundigt sich nach unseren Freunden in Zürich.«

»Alles läuft planmäßig ab«, erwiderte Scarlett. »Einige Irrtümer sind behoben worden. Möglicherweise verlieren wir einen von den übrigen dreizehn. Das ist kein Verlust, er ist ein Dieb.«

»Wer ist das?« Jetzt sprach Ludendorff englisch, wie um seine Sprachkenntnisse unter Beweis zu stellen.

»Thornton.«

»Was ist mit seinem Land?«

Scarlett, der jetzt Kroeger geworden war, musterte den akademischen Ludendorff, den Militärintellektuellen, mit der Verachtung eines Mannes, für den Geld keine Rolle spielt. »Ich beabsichtige, es zu kaufen.«

»Ist das nicht gefährlich?« Heß beobachtete Ludendorff, der leise Scarletts Worte für Hitler übersetzt hatte. Beide Männer zeigten Anzeichen von Bestürzung.

»Überhaupt nicht.«

»Vielleicht nicht für Sie persönlich, mein kühner junger Freund.« Ludendorffs Tonfall klang deutlich beleidigend. »Wer weiß denn schon, wo Ihre Sympathie in sechs Monaten liegen wird?«

»Das verbitte ich mir!«

»Sie sind kein Deutscher. Das ist nicht Ihre Auseinandersetzung.«

»Ich brauche kein Deutscher zu sein. Ich brauche mich auch nicht vor Ihnen zu rechtfertigen. Wollen Sie, daß ich aussteige? Schön, dann steige ich aus. Und mit mir steigen ein Dutzend der reichsten Männer der ganzen Welt aus. Öl! Stahl! Die Industrie! Die Schiffahrtslinien!«

Heß gab sich keine Mühe mehr, taktvoll zu sein. Er sah Hitler an und hob erschrocken die Hände.

Hitler brauchte keinen Hinweis, denn er wußte genau, was zu tun war. Er ging schnell auf den ehemaligen General der kaiserlichen deutschen Armee zu und schlug dem alten Mann mit dem Handrücken leicht über den Mund. Es war eine sehr beleidigende Geste – gerade die Leichtigkeit des Schlages erinnerte an die Züchtigung eines kleinen Kindes.

Die beiden Männer wechselten ein paar Worte, und Scarlett wußte, daß das ein Verweis für Ludendorff war.

»Man scheint meine Motive in Frage zu ziehen, Herr Kroeger. Ich wollte Sie nur – wie sagt man? – auf die Probe stellen.« Ludendorff griff sich an den Mund. Die Erinnerung an Hitlers Beleidigung lastete schwer auf ihm. Er gab sich Mühe, diesen Gedanken zu verdrängen. »Aber was den Besitz in der Schweiz angeht – das habe ich ernst gemeint. Ihre – Ihre Arbeit für uns war höchst eindrucksvoll und ist ohne Zweifel von vielen bemerkt worden. Wenn man den Kauf mit Ihnen und damit der Partei in Verbindung brächte, würde das – wie sagt man? – die ganze Übereinkunft sinnlos machen.«

Ulster Scarlett antwortete voll gleichgültigem Selbstvertrauen. Es machte ihm Spaß, Denker auf die ihnen gebührenden Plätze zu verweisen. »Kein Problem. Die Transaktion wird in Madrid stattfinden.«

»Madrid?« Joseph Goebbels begriff nicht ganz, was Scarlett gesagt hatte, aber die Stadt Madrid hatte für ihn eine besondere Bedeutung.

Die vier Deutschen sahen einander an. Keiner schien zufrieden zu sein.

»Warum ist – Madrid geeignet?« Heß machte sich Sorgen, sein Freund könnte etwas Unüberlegtes getan haben.

»Päpstlicher Attaché. Sehr katholisch. Jenseits allen Zweifels. Zufrieden?«

Heß wiederholte Scarletts Worte automatisch in deutscher Sprache.

Hitler lächelte, während Ludendorff mit den Fingern schnippte, diesmal ein Zeichen ehrlich gemeinter Bewunderung. »Wie läßt sich das bewirken?« fragte er.

»Sehr einfach. Man wird Alfonsos Hof davon unterrichten, daß das Land mit weißrussischem Geld gekauft wird. Wenn es nicht schnell geschieht, könnte das Kapital wieder nach Moskau zurückfließen. Der Vatikan unterstützt das Ganze. Ebenso Rivera. Das wäre nicht das erstemal, das so etwas geschieht.«

Heß übersetzte diese Erklärung für Adolf Hitler, und Joseph Goebbels lauschte interessiert.

»Ich gratuliere, Herr Kroeger. Seien Sie – vorsichtig.« Ludendorff war sichtlich beeindruckt.

Plötzlich begann Goebbels hastig zu reden, wobei er übertriebene Handbewegungen machte. Die Deutschen lachten alle, und Scarlett war nicht sicher, ob der unattraktive kleine Faschist sich über ihn lustig machte oder nicht.

Heß übersetzte: »Herr Goebbels sagte, wenn Sie dem Vatikan erklären, Sie könnten vier hungrige Kommunisten daran hindern, einen Laib Brot zu besitzen, dann erlaubt Ihnen der Papst, daß Sie die Sixtinische Kapelle neu ausmalen.«

Das Gelächter verstummte, als Hitler herrisch fragte: »Was hört man aus Zürich?«

Ludendorff wandte sich Scarlett zu. »Sie erwähnten da etwas von unseren Freunden in der Schweiz?«

»Das läuft ganz planmäßig. Ende nächsten Monats – sagen wir, in fünf Wochen, werden die Gebäude fertig sein. Hier, ich zeige es Ihnen.«

Kroeger ging auf den Tisch zu, zog eine zusammengefaltete Landkarte aus der Jackettasche und breitete sie auf dem Tisch aus. »Diese dicke blaue Linie ist die Grenze des anliegenden Besitzes. Dieser Teil, hier im Süden, gehört Thornton. Unser Gebiet reicht im Westen bis hierher, im Norden bis Baden, im Osten bis zum Stadtrand von Pfäffikon. In etwa eineinviertel Meile Abstand gibt es Bauten, die fünfzig Soldaten aufnehmen können – insgesamt achtzehn Häuser. Neunhundert Mann. Die Wasserleitungen sind gelegt, die Fundamente fertig. Jedes Gebäude sieht wie eine Scheune oder wie ein Kornspeicher aus. Man kann den Unterschied nur von innen erkennen.«

»Ausgezeichnet!« Ludendorff klemmte sich ein Monokel ins linke Auge und musterte die Landkarte scharf. Er übersetzte für den interessierten Hitler und den skeptischen Goebbels, was Scarlett gesagt hatte. »Diese – Abgrenzung zwischen der Kaserne, ist das ein Zaun?«

»Zwölf Fuß hoch. Mit Generatoren in jedem Gebäude verbunden, mit Alarmanlagen versehen. Die Streifen sind vierundzwanzig Stunden täglich im Einsatz. Männer und Hunde... Ich habe für alles bezahlt.«

»Ausgezeichnet!« rief Ludendorff. »Ausgezeichnet!«

Scarlett sah zu Hitler hinüber. Er wußte, daß Ludendorff mit seinem Lob zu geizen pflegte, und es war Scarlett trotz des unangenehmen Wortwechsels vor ein paar Augenblikken bewußt, daß Hitler großen Wert auf Ludendorffs Meinung legte, vielleicht mehr als auf die aller anderen. Es kam Scarlett so vor, als wäre Hitlers durchdringender Blick, der jetzt voll auf ihn gerichtet war, von leichter Bewunderung geprägt. Er verdrängte sein Hochgefühl und fuhr schnell fort.

»Die Ausbildung wird konzentriert sein – jeweils vier Wochen mit ein paar Tagen dazwischen für den Transport und die Unterbringung. Jedes Kontingent besteht aus neunhundert Mann. Nach einem Jahr...«

Heß unterbrach ihn: »Prachtvoll! Am Ende eines Jahres stehen zehntausend ausgebildete Männer zur Verfügung!«

»Bereit, sich als Militäreinheit im ganzen Land auszubreiten. Für den Aufstand ausgebildet!« Scarlett platzte förmlich vor Energie.

»Nicht mehr ein zusammengewürfeltes Pack, sondern die Basis eines Elitekorps! Vielleicht das Elitekorps selbst!« Ludendorff wurde von der Begeisterung des Jüngeren angesteckt. »Unsere eigene private Armee!«

»Das ist es! Eine perfekte Maschine, imstande, sich schnell zu bewegen, hart zuzuschlagen und sich schnell und insgeheim neu zu gruppieren.«

Diesmal hatte Ludendorff es übernommen, Kroegers Worte für Hitler und Goebbles ins Deutsche zu übertragen.

Aber Goebbels war noch nicht überzeugt. Er sprach ganz leise, als könnte dieser Kroeger irgendwie die verborgene Bedeutung seiner Beobachtungen erkennen. Er war immer noch argwöhnisch. Dieser hünenhafte Amerikaner war zu glatt, wirkte trotz seiner Begeisterung zu gleichgültig. Trotz der Macht seines Geldes. Hitler nickte zustimmend.

Jetzt meinte Heß: »Ganz richtig, Heinrich. Herr Goebbels macht sich Sorgen. Diese Männer in Zürich – ihre Forderungen sind so – nebulös.«

»Nein, sie sind ganz eindeutig. Diese Männer sind Geschäftsleute. Und außerdem sind sie unserer Bewegung freundlich gesinnt.«

»Kroeger hat recht.« Ludendorff sah Ulster Scarlett an und

wußte, daß Heß für die anderen übersetzen würde. Er wollte nicht, daß Kroeger Zeit hatte, sich eine Antwort oder einen Kommentar zurechtzulegen. Dieser Mann sprach ihre Sprache zwar nicht fließend, verstand aber viel mehr, als er zugab. Das glaubte Ludendorff wenigstens. »Schließlich haben wir ja Verträge unterzeichnet, oder? Pakte, wenn Sie wollen, die unseren Freunden in Zürich gewisse – Prioritäten geben werden, sobald wir auf der politischen Szene Deutschlands an die Macht gelangt sind. Wirtschaftliche Prioritäten. Wir haben uns schließlich festgelegt, oder?« Aber dieses ›Oder‹ war keine Frage.

»Richtig.«

»Was geschieht denn, Herr Kroeger, wenn wir uns nicht an diese Abmachungen halten?«

Ulster Scarlett zögerte einen Augenblick lang und erwiderte Ludendorffs fragenden Blick. »Die würden ein Riesengeschrei erheben und versuchen, uns zu ruinieren.«

»Wie?«

»Mit allen Mitteln, die ihnen zur Verfügung stehen, Ludendorff. Und ihre Mittel sind beträchtlich.«

»Stört Sie das?«

»Nur wenn sie Erfolg hätten. Thornton ist nicht der einzige, das sind alles Diebe. Der Unterschied ist nur, daß die anderen schlau sind. Sie wissen, daß wir recht haben. Wir werden siegen! Jeder macht gern Geschäfte mit dem Sieger. Die wissen, was sie tun. Sie wollen mit uns zusammenarbeiten!«

»Ich glaube, Sie sind überzeugt.«

»Da haben Sie verdammt recht. Wir werden gemeinsam die Dinge so steuern, wie wir es haben wollen. Auf die richtige Art. So wie wir es wollen. Wir werden diesen Abschaum beseitigen. Die Juden, die Roten und die stinkenden, kleinen, bürgerlichen Speichellecker!«

Ludendorff musterte den selbstbewußten Amerikaner scharf. Er hatte recht, Kroeger war wirklich dumm. Seine Darstellung der geringen Rassen war emotionell und basierte nicht auf den Prinzipien der rassischen Integrität. Hitler und Goebbels gingen gelegentlich auch mit Scheuklappen durch die Welt, aber ihre Logik war immerhin nach der Art einer

Pyramide aufgebaut, ob sie das nun wollten oder nicht – sie wußten, weil sie sahen und erkannten. Sie hatten studiert, so wie Rosenberg und er studiert hatten. Dieser Kroeger hatte die Mentalität eines Kindes. In Wirklichkeit war er scheinheilig.

»An dem, was Sie sagen, ist viel Wahres. Jeder denkende Mensch wird seinesgleichen unterstützen, mit seinesgleichen Geschäfte machen.« Ludendorff würde alles, was Heinrich Kroeger tat, sorgfältig beobachten. Ein Mann, der so aufgeputscht war wie dieser Amerikaner, konnte großen Schaden anrichten. Er war wie ein Clown, den das Fieber gepackt hatte.

Aber ihr Hof brauchte einen solchen Hofnarren. Und sein Geld.

Hitler hatte recht, wie üblich. Sie durften es nicht riskieren, ihn zu verlieren.

»Ich reise morgen nach Madrid. Ich habe bereits Anweisungen bezüglich Thornton vorausgeschickt. Die ganze Geschichte sollte nicht länger als zwei oder drei Wochen in Anspruch nehmen, und dann bin ich in Zürich.«

Heß übersetzte Hitler und Goebbels, was Kroeger gesagt hatte. Der Führer stellte in seiner schnarrenden Stimme eine Frage. »Wo kann man Sie in Zürich erreichen?« dolmetschte Ludendorff. »Ihr Zeitplan wird es, wenn er weiterhin so wie bisher abläuft, erforderlich machen, daß wir mit Ihnen in Verbindung treten können.«

Heinrich Kroeger wartete eine Weile, ehe er Antwort gab. Er hatte gewußt, daß man diese Frage wieder stellen würde. Sie wurde jedesmal gestellt, wenn er nach Zürich fuhr. Aber er wich jedesmal aus. Ein Teil seiner mystischen Macht in der Partei beruhte darauf, daß er die Individuen und Firmen, mit denen er Geschäfte machte, in einen geheimnisvollen Schleier hüllte. Das hatte er klar erkannt. In letzter Zeit hatte er gelegentlich eine Telefonnummer hinterlassen, ein Postfach oder vielleicht sogar den Namen eines der vierzehn Männer in Zürich mit der Anweisung, ihn nach einem Codenamen zu fragen.

Offen war er nie gewesen.

Sie begriffen nicht, daß Identitäten und Adressen und Telefonnummern unwichtig waren. Nur die Fähigkeit, das zu liefern, was gebraucht wurde, war wichtig.

Zürich begriff das.

Diese reichen Goliaths begriffen das. Die internationalen Finanziers mit ihren ineinander verschlungenen Labyrinthen der Manipulation begriffen voll und ganz.

Er hatte die Ware geliefert.

Ihre Verträge mit den künfigen Machthabern Deutschlands sicherten ihnen Märkte, die jedes Vorstellungsvermögen überstiegen. Und keinen interessierte, wer er war, woher er kam.

Aber jetzt, in diesem Augenblick, erkannte Ulster Stewart Scarlett, daß diese Titanen der neuen Bewegung ein Symbol von Heinrich Kroegers Wichtigkeit waren.

Er würde ihnen die Wahrheit sagen.

Er würde den Namen des einen Mannes in Deutschland nennen, den alle suchten, die auf Macht aus waren. Des einen Mannes, der es ablehnte, mit irgendeiner Partei zu sprechen, der sich weigerte, sich hineinziehen zu lassen oder sich mit jemandem zu treffen.

Der einzige Mann in Deutschland, der hinter einer Mauer völliger Geheimhaltung lebte. In völliger politischer Isolierung.

Der meistgefürchtete und zugleich am höchsten geschätzte Mann in ganz Europa.

»Ich werde bei Krupp sein. Essen wird wissen, wo man uns erreichen kann.«

38.

Elizabeth Scarlatti setzte sich im Bett auf. Man hatte ihr einen Kartentisch neben das Bett gestellt, und überall waren Papiere verstreut – auf dem Bett, auf dem Tisch und dem Boden. Einige Papiere waren zu sorgfältigen Stapeln geordnet, andere bildeten ein wildes Durcheinander. Einige waren zusammengeklammert und mit Karteikarten versehen, andere zerknüllt, bereit für den Papierkorb.

Es war vier Uhr nachmittags, und sie hatte ihr Schlafzimmer nur einmal verlassen, um Janet und Matthew die Tür der Suite zu öffnen. Sie stellte fest, daß sie schrecklich aussahen, ganz krank. Sie wußte, was geschehen war. Der Druck war dem Mann aus Washington zuviel geworden, er mußte ausbrechen, sich irgendwie erleichtern. Jetzt, da er das getan hatte, würde er besser auf ihren Vorschlag vorbereitet sein.

Elizabeth warf einen letzten Blick auf die Papiere, die sie in der Hand hielt.

Das war es also. Das Bild war jetzt klarer, der Hintergrund zu erkennen.

Sie hatte gesagt, daß die Männer in Zürich möglicherweise eine außergewöhnliche Strategie geplant hatten. Jetzt wußte sie, daß dies der Fall war.

Wäre das alles nicht auf so groteske Art böse gewesen, hätte sie ihrem Sohn vielleicht beipflichten können. Vielleicht wäre sie sogar auf die Rolle stolz gewesen, die er da gespielt hatte. Unter den vorliegenden Umständen freilich empfand sie nur Entsetzen.

Sie fragte sich, ob Matthew Canfield es begreifen würde. Doch das war gleichgültig. Jetzt mußte sie sich um Zürich kümmern.

Sie erhob sich von ihrem Bett, nahm die Papiere mit und ging zur Tür.

Janet saß am Schreibtisch und schrieb Briefe. Canfield hatte auf einem Sessel Platz genommen und las nervös in einer Zeitung. Beide erschraken, als Elizabeth ins Zimmer kam.

»Kennen Sie den Versailler Vertrag?« fragte sie den jungen Mann. »Die Restriktionen, die Reparationszahlungen?«

»Ich weiß vermutlich genausoviel wie die meisten Leute.«

»Ist Ihnen der Dawes-Plan bekannt? Dieses unvollkommene Dokument?«

»Ich dachte immer, er würde die Reparationen erträglich machen.«

»Nur zeitweise. Die Politiker haben sich darum gerissen, weil sie Augenblickslösungen brauchten. Wirtschaftlich betrachtet, ist der Plan eine Katastrophe. Er enthält nirgends eine endgültige Zahl. Wenn jemals eine endgültige Zahl genannt würde, könnte die deutsche Industrie, die diese Rechnung zu bezahlen hat, zusammenbrechen.«

»Worauf wollen Sie hinaus?«

»Haben Sie noch einen Augenblick Geduld mit mir. Ich möchte, daß Sie alles begreifen. Ist Ihnen bewußt, wer dafür sorgt, daß der Versailler Vertrag eingehalten wird? Wissen Sie, wessen Stimme bei den Entscheidungen nach dem Dawes-Plan das größte Gewicht hat? Wer die Wirtschaft Deutschlands lenkt?«

Canfield legte die Zeitung auf den Boden. »Ja, irgendein Ausschuß.«

»Die Alliierte Kontrollkommission.«

»Worauf wollen Sie hinaus?« fragte Canfield noch einmal und erhob sich aus seinem Stuhl.

»Sie ahnen es bereits. Drei der Männer aus Zürich sind Mitglieder der Alliierten Kontrollkommission. Der Versailler Vertrag wird von diesen Männern in die Tat umgesetzt. Wenn sie zusammenarbeiten, können die Männer aus Zürich buchstäblich die deutsche Wirtschaft manipulieren. Führende Industrielle der Großmächte im Norden, im Westen und im Südwesten – und dazu kommen die mächtigsten Finanzleute in Deutschland selbst... Ein Wolfsrudel. Sie werden sicherstellen, daß die in Deutschland tätigen Kräfte auf Kollisionskurs bleiben. Wenn die Explosion stattfindet – und das wird sie –, werden sie bereit sein, die Bruchstücke aufzuheben. Um diesen – Meisterplan zu vervollständigen, brauchen sie nur eine politische Operationsbasis. Glauben Sie mir, wenn ich Ihnen sage, daß sie diese Basis gefunden haben. In Adolf Hitler und seinen Nazis – in meinem Sohn Ulster Scarlett.«

»Mein Gott!« Canfield starrte Elizabeth an. Er hatte die Einzelheiten ihrer Darstellung nicht völlig begriffen, aber die Schlüsse, die man daraus ziehen mußte, waren ihm klar.

»Es ist Zeit, in die Schweiz zu reisen, Mr. Canfield.«

Er würde seine Fragen unterwegs stellen.

39.

Die Telegramme waren alle in englischer Sprache abgefaßt und enthielten, abgesehen von den Namen und Adressen der Empfänger, den gleichen Wortlaut. Jedes wurde an die Firma oder Gesellschaft gerichtet, in der die betreffende Person die höchste Position innehatte. Man achtete auf Zeitzonen, jedes Telegramm sollte an seinem Bestimmungsort um zwölf Uhr mittags am Montag eintreffen, und jedes sollte persönlich gegen Empfangsquittung an den jeweiligen Empfänger ausgehändigt werden.

Elizabeth wollte, daß jene einflußreichen Firmen schriftlich identifiziert wurden. Die Empfänger ihrer Telegramme sollten wissen, daß sie es bitter ernst meinte.

Jedes Kabel lautete: ›Durch den verstorbenen Marquis de Bertholde haben die Scarlatti-Firmen über die Unterzeichnerin von Ihrer Zusammenarbeit gehört stop Als einzige Sprecherin für Scarlatti glaubt die Unterzeichnerin daß es Bereiche gemeinsamen Interesses gibt stop Die Mittel von Scarlatti könnten unter den richtigen Gegebenheiten zu Ihrer Verfügung stehen stop Die Unterzeichnete wird in zwei Wochen am Abend des 3. November um 9 Uhr in Zürich eintreffen stop Die Konferenz wird im Falkenhaus stattfinden stop Elizabeth Wyckham Scarlatti.‹ Es gab dreizehn Reaktionen, jede für sich, in vielen verschiedenen Sprachen, aber allen war eines gemeinsam – Furcht.

Es gab eine vierzehnte Reaktion, und die fand in der Zimmerflucht statt, die für Heinrich Kroeger im Hotel Emperador in Madrid reserviert war. Diese Reaktion war Wut.

»Das lasse ich nicht zu! Das darf nicht geschehen. Die sind alle tot! Man hat sie gewarnt! Sie sind tot! Jeder einzelne von ihnen ist tot! Meine Befehle gehen noch heute hinaus! Jetzt!«

Charles Pennington, den Ludendorff als Kroegers Leibwächter abgestellt hatte, stand auf der anderen Seite des Zimmers und blickte zum Balkon, auf die rötlichen, fächerförmigen Strahlen der spanischen Sonne.

»Herrlich! Einfach großartig! Seien Sie kein Esel!« Er mochte Heinrich Kroeger nicht ansehen. Dieses zusammengeflickte Gesicht war schon im Ruhezustand schlimm genug.

Im Zorn war es abstoßend. Jetzt war es vor Wut purpurrot.

»Sagen Sie mir nicht...«

»Oh, hören Sie auf!« Pennington sah, daß Kroeger das Telegramm von Howard Thornton in der Faust zerknüllte, das ihn über die Scarlatti-Konferenz in Zürich informierte. »Welchen Unterschied macht das schon für Sie? Für irgendeinen von uns?« Pennington hatte den Umschlag geöffnet und die Nachricht gelesen, weil er, wie er Kroeger erklärt hatte, keine Ahnung gehabt hatte, wann dieser von seiner Besprechung mit dem päpstlichen Attaché zurückkehren würde. Es hätte dringend sein können. Was er Kroeger nicht sagte, war, daß Ludendorff ihn instruiert hatte, alle Briefe, Telefongespräche – was auch immer – zu überprüfen, die dieses Tier erhielt. Es war ihm ein Vergnügen.

»Wir wollen sonst niemanden hineinziehen. Es darf sonst niemanden geben. Unmöglich! Zürich wird in Panik geraten! Die laufen uns weg!«

»Sie haben alle diese Telegramme bekommen. Wenn Zürich wegläuft, können Sie sie jetzt nicht aufhalten. Außerdem ist diese Scarlatti einsame Klasse, wenn es dieselbe ist, an die ich denke. Die hat Millionen... Ein verdammtes Glück für uns, wenn sie mitmachen will. Ich habe nicht viel von Bertholde gehalten – wahrscheinlich noch weniger als Sie – ein stinkender französischer Jude. Aber wenn er das durchgezogen hat, dann ziehe ich den Hut vor ihm. Außerdem – was macht es Ihnen schon aus?«

Heinrich Kroeger starrte den weibisch wirkenden, geckenhaften Engländer an, der an seinen Manschetten zog, um sicherzugehen, daß sie genügend weit unter seinen Jackettärmeln hervorsahen. Die rot-schwarzen Manschettenknöpfe waren vom weichen Leinen seines hellblauen Hemds umgeben. Kroeger wußte, daß der Schein trog. Ebenso wie Boothroyd der Gesellschaftslöwe war Pennington ein Killer, dem seine Arbeit emotionelle Labsal war. Er wurde von Hitler hoch geschätzt und noch mehr von Joseph Goebbels. Dennoch hatte Kroeger seinen Entschluß getroffen. Er durfte es nicht riskieren.

»Diese Zusammenkunft wird nicht stattfinden. Man wird sie töten. Ich werde sie töten lassen.«

»Dann muß ich Sie daran erinnern, daß eine solche Entscheidung gemeinsam getroffen werden muß. So etwas können Sie nicht allein beschließen. Und ich glaube nicht, daß Sie jemanden finden werden, der Sie unterstützt.«

»Sie sind nicht hier, um mir Vorschriften zu machen!«

»Doch, das bin ich schon. Meine Instruktionen kommen von Ludendorff. Und er ist natürlich über Ihre Nachricht von Thornton informiert. Ich habe ihm vor einigen Stunden ein Telegramm geschickt.« Pennington sah auf seine Armbanduhr. »Ich gehe jetzt zum Abendessen. Offengestanden, ich würde es vorziehen, allein zu essen, aber wenn Sie darauf bestehen, mitzukommen, werde ich Ihre Gesellschaft ertragen.«

»Sie armseliger kleiner Pinscher! Den Hals könnte ich Ihnen brechen!«

Penningtons Nackenhaare sträubten sich. Er wußte, daß Kroeger unbewaffnet war, sein Revolver lag auf der Kommode im Schlafzimmer. Und die Versuchung war groß. Er könnte ihn töten, das Telegramm als Beweis benutzen und sagen, daß Kroeger ihm den Gehorsam verweigert hätte. Aber da waren die spanischen Behörden, und Kroeger hatte einen Auftrag zu erledigen. Seltsam, daß dieser Auftrag soviel mit Howard Thornton zu tun hatte...

»Das ist natürlich möglich. Aber dann könnten wir einander auf vielfältige Art umbringen, nicht wahr?« Pennington zog eine winzige Pistole aus der Schulterhalfter. »Ich könnte Ihnen zum Beispiel in diesem Augenblick eine Kugel in den Mund schießen. Aber ich würde das trotz Ihrer Provokation nicht tun, weil die Bewegung wichtiger ist als jeder einzelne von uns. Ich würde mich verantworten müssen – man würde mich ohne Zweifel dafür exekutieren. Und wenn Sie die Dinge selbst in die Hand nehmen, wird man Sie erschießen.«

»Sie kennen diese Scarlatti nicht, Pennington. Ich kenne sie!«

Wie konnte sie von Bertholde wissen? Was konnte sie von ihm erfahren haben?

»Natürlich, Sie sind alte Freunde!« Der Engländer steckte seine Pistole wieder in die Halfter und lachte.

Wie! Wie? Sie würde nicht wagen, ihn herauszufordern.

Das einzige, worauf sie Wert legte, war der Name Scarlatti, sein Erbe, seine Zukunft. Und sie wußte zweifelsfrei, daß er diesen Namen zerstampfen würde. Wie! Warum?

»Man darf dieser Frau nicht vertrauen!«

Charles Pennington zog seinen Blazer zurecht, so daß die Schultern richtig fielen und das Tuch des Jacketts die kleine Ausbuchtung der Schulterhalfter verbarg. Er ging langsam zur Tür. »Wirklich, Heinrich? Kann man irgendeinem von uns vertrauen?«

Der Engländer schloß die Tür hinter sich und hinterließ nur einen schwachen Hauch von Yardley's.

Heinrich Kroeger glättete das Telegramm, das er in der Hand hielt.

Thornton war in Panik geraten. Jeder der restlichen dreizehn in Zürich hatte ein identisches Telegramm von Elizabeth Scarlatti erhalten. Aber keiner, mit Ausnahme Thorntons, wußte, wer er war.

Kroeger mußte schnell handeln. Pennington hatte nicht gelogen. Man würde ihn erschießen, wenn er die Tötung von Elizabeth Scarlatti befahl. Das schloß jedoch einen solchen Befehl nach Zürich nicht aus. Ja, ein solcher Befehl würde sogar obligatorisch sein.

Aber zuerst das Thornton-Land. Er hatte Thornton um seiner eigenen Sicherheit willen angewiesen, es aufzugeben. Der verängstigte Thornton hatte keinen Widerstand geleistet, und dieser Idiot von einem Attaché spielte ihm in die Hände. Zum größeren Ruhme Jesu, und um einen weiteren Schlag gegen den atheistischen Kommunismus zu führen.

Das Geld und der Besitztitel würden binnen einer Woche übertragen werden. Thornton schickte seinen Anwalt aus San Francisco, um die Verhandlungen durch Unterschrift abzuschließen.

Sobald das Land ihm gehörte, würde Heinrich Kroeger ein Todesurteil sprechen, dem sich niemand widersetzen konnte.

Und sobald jenes unwichtige Leben ausgelöscht war, würde Heinrich Kroeger frei sein. Dann würde er ein wahres Licht der neuen Ordnung sein. Niemand würde wissen, daß es einen Ulster Scarlett gab.

Mit einer Ausnahme.

Und ihr würde er in Zürich entgegentreten.

Er würde sie in Zürich töten.

40.

Die Botschaftslimousine rollte den kleinen Hügel zu dem georgianischen Haus in Fairfax, Virginia, hinauf. Es war die Residenz von Erich Reinhart, dem Attaché der Weimarer Republik, dem Neffen des einzigen kaiserlichen Generals, der die deutsche Radikalenbewegung unterstützte, der man die Bezeichnung Nazi verliehen hatte, und der seiner Philosophie nach selbst ein ausgewachsener Nazi war.

Der Mann mit dem pomadisierten Schnurrbart und dem gut sitzenden Maßanzug stieg aus dem Wagen und trat in die Einfahrt. Er blickte zu der prunkvollen Fassade auf.

»Ein herrliches Haus.«

»Das freut mich, Poole«, sagte Reinhart und lächelte dem Mann von Bertholde et Fils zu.

Die beiden Männer gingen ins Haus, und Erich Reinhart führte seinen Gast in ein Arbeitszimmer neben dem Wohnraum, dessen Wände von Bücherregalen verdeckt waren. Er wies auf einen Sessel und ging zu einem Schränkchen, dem er zwei Gläser und eine Flasche Whisky entnahm.

»Um gleich zum Geschäft zu kommen. Sie haben eine Seereise von dreitausend Meilen zu einer scheußlichen Zeit über den Nordatlantik hinter sich. Sie sagen mir, Ihr Besuch gilt meiner Person. Das ist für mich natürlich äußerst schmeichelhaft, aber was kann...«

»Wer hat den Befehl für Bertholdes Tod gegeben?« fragte Poole mit finsterer Miene.

Erich Reinhart war verblüfft. Er schob die Schultern etwas vor, stellte sein Glas auf das kleine Tischchen und hob die Hände. »Mein lieber Mann, warum glauben Sie; daß das mich betrifft? Ich meine – in aller Offenheit – Sie machen sich entweder falsche Vorstellungen in bezug auf meinen Einfluß, oder Sie sollten sich einmal längere Zeit ausruhen.«

»Labishe hätte ihn nicht getötet, wenn er keinen entsprechenden Befehl gehabt hätte. Jemand von ungeheurer Autorität mußte den Auftrag erteilt haben.«

»Nun, zunächst einmal besitze ich keine solche Autorität, und zum zweiten hätte ich auch keinen Grund. Ich mochte diesen Franzosen.«

»Sie kannten ihn kaum.«

Reinhart lachte. »Nun gut. Um so weniger Grund hätte ich...«

»Ich sagte ja auch nicht, daß Sie persönlich der Mörder sind. Ich frage Sie, wer es getan hat und warum.« Poole war weit von seiner üblichen ruhigen Gelassenheit entfernt. Dieser arrogante Preuße hielt den Schlüssel in der Hand, wenn Poole recht hatte. Er würde nicht nachgeben, bis er es erfahren hatte. Er würde sich näher an die Wahrheit heranarbeiten, sie aber nicht offenbaren dürfen.

»Wußte Bertholde etwas, das er nach dem Wunsch von Ihnen allen nicht wissen sollte?«

»Jetzt werden Sie albern.«

»Antworten Sie!«

»Jacques Bertholde war unser Londoner Kontaktmann. Er genoß eine einmalige Position in England, die nahe an diplomatische Immunität heranreichte. Sein Einfluß war in einem Dutzend Ländern in der industriellen Elite zu verspüren. Sein Tod ist ein großer Verlust für uns. Wie können Sie es wagen, auch nur anzudeuten, daß jemand von uns dafür verantwortlich war!«

»Ich finde es interessant, daß Sie meine Frage nicht beantwortet haben.« Poole war enttäuscht. »Wußte er etwas, das die Männer in München vielleicht für gefährlich halten könnten?«

»Wenn das der Fall war, so habe ich keine Ahnung, was es sein könnte.«

Aber Poole wußte es. Vielleicht war er der einzige, der es wußte. Wenn er nur sicher sein könnte...

»Ich hätte gern noch ein Glas, bitte. Verzeihen Sie mir meine Erregung.«

Reinhart lachte. »Sie sind unmöglich. Geben Sie mir Ihr Glas... Sind Sie zufrieden?« Der Deutsche trat an das

Schränkchen und füllte das Glas. »Sie reisen dreitausend Meilen für nichts. Das war eine schlimme Reise für Sie.«

Poole zuckte mit den Schultern. Er war die Reisen gewöhnt – manche waren angenehm – manche nicht. Bertholde und sein seltsamer Freund, dieser Heinrich Kroeger, hatten ihm vor knapp sechs Monaten befohlen, herüberzukommen. Damals waren seine Anweisungen ganz einfach gewesen. Schnappen Sie sich das Mädchen, und finden Sie heraus, was sie von der alten Scarlatti erfahren hat. Er hatte versagt. Dieser Canfield hatte ihn aufgehalten. Dieser aufdringliche Lakai, dieser Handelsvertreter und Gigolo hatte es verhindert. Aber bei seinen anderen Aufträgen hatte er nicht versagt. Er war dem Bankier namens Cartwright gefolgt. Er hatte ihn getötet, das Gepäckfach im Bahnhof aufgebrochen und den Vertrag des Bankers mit Elizabeth Scarlatti herausgeholt.

Damals hatte er die Wahrheit über Heinrich Kroegers Identität erfahren. Elizabeth Scarlattis Sohn hatte einen Verbündeten gebraucht, und Jacques Bertholde war jener Verbündete. Und als Gegenleistung für jene wertvolle Freundschaft hatte Ulster Scarlett Bertholdes Tod angeordnet. Der Fanatiker hatte den Tod des Mannes befohlen, der ihm alles ermöglicht hatte.

Er, Poole, würde jenen schrecklichen Mord rächen. Aber ehe er das tat, mußte er die Bestätigung für das bekommen, was er für die Wahrheit hielt. Daß nämlich weder die Naziführer noch die Männer in Zürich wußten, wer Kroeger war. Wenn das der Fall war, dann hatte Kroeger den Franzosen ermordet, um seine Identität geheimzuhalten.

Die Enthüllung würde die Bewegung vielleicht Millionen kosten. Die Münchner Nazis würden das wissen, wenn sie überhaupt etwas wußten.

Erich Reinhart stand hochaufgerichtet vor Poole. »Ein Penny für Ihre Gedanken, mein Lieber... Hier ist ein Bourbon. Sie sagen ja gar nichts.«

»Oh? Ja, es war eine schlimme Reise, Erich. Sie hatten recht.« Poole legte den Kopf in den Nacken, schloß die Augen und rieb sich die Stirn. Reinhart kehrte zu seinem Stuhl zurück.

»Sie brauchen Ruhe. Wissen Sie, was ich glaube? Ich glaube, Sie haben recht. Ich glaube, irgendein verdammter Narr hat tatsächlich diesen Befehl erteilt.« Poole öffnete die Augen, Erich Reinharts Worte hatten ihn erschreckt. »Ja! Nach meiner Ansicht haben Sie recht. Und das muß aufhören. Strasser kämpft gegen Hitler und Ludendorff. Eckhart führt sich auf wie ein Irrer. ›Greift an! Greift an!‹ Kindorf schreit sich an der Ruhr die Seele aus dem Leib. Jodl verrät die schwarze Wehrmacht in Bayern. Selbst mein eigener Onkel, der vielgerühmte Wilhelm Reinhart, macht sich zum Narren. Er spricht, und ich höre hier in Amerika, wie man hinter meinem Rücken über ihn lacht. Ich sage Ihnen, wir sind in zehn Gruppen aufgespalten – Wölfe, die einander an die Kehle gehen. So erreichen wir nichts. Nichts, wenn das nicht aufhört!«

Erich Reinhart gab sich keine Mühe, seinen Zorn zu verbergen. Es war ihm gleichgültig. Wieder erhob er sich aus seinem Stuhl. »Und am allerdümmsten ist das Offenkundigste. Wir dürfen nicht zulassen, daß wir die Männer in Zürich verlieren. Wenn wir uns schon untereinander nicht einigen können, wie lange glauben Sie denn dann, daß die bei uns bleiben? Ich sage Ihnen, diese Männer interessiert es nicht, wer in der nächsten Woche die Macht im Reichstag hat – nicht um der Macht selbst willen. Denen ist der Ruhm des neuen Deutschland egal – genauso wie der Ehrgeiz einer jeden Nation. Ihr Reichtum überwindet alle politischen Grenzen. Sie sind nur aus einem Grund auf unserer Seite – und das ist ihre eigene Macht. Wenn wir bei ihnen auch nur den geringsten Zweifel aufkommen lassen, daß wir gar nicht das sind, was wir behaupten, daß wir nicht die neue Macht in Deutschland sind, dann werden sie uns fallenlassen. Dann bleibt uns nichts. Selbst die Deutschen unter ihnen lassen uns dann fallen.«

Reinharts Zorn ließ nach. Er versuchte zu lächeln, leerte dann sein Glas und ging zu dem Schränkchen.

Wenn Poole nur sicher sein könnte... »Ich verstehe«, sagte er leise.

»Ja, ich glaube schon, daß Sie es verstehen. Sie haben lange und hart mit Bertholde zusammengearbeitet. Sie haben viel erreicht...« Er drehte sich herum und sah Poole an. »Das meine ich ja. Alles, für das wir gearbeitet haben, kann durch diese inneren Reibungen verlorengehen. Die Leistungen Funkes, Bertholdes, von Schnitzlers, Thyssens, ja selbst Kroegers werden einfach ausgelöscht werden, wenn wir uns nicht zusammenfinden. Wir müssen uns hinter einem, vielleicht zwei akzeptablen Führern vereinen...«

Das war es! Das war das Zeichen. Jetzt war Poole sicher. Reinhart hatte den Namen ausgesprochen – Kroeger!

»Vielleicht, Erich, aber wer?« Würde Reinhart den Namen noch einmal aussprechen? Das war nicht möglich, denn Kroeger war kein Deutscher. Aber konnte er Reinhart dazu bringen, den Namen zu benutzen, nur den Namen, ein einziges Mal, ohne dabei seine Besorgnis zu verraten?

»Strasser vielleicht. Er ist stark und attraktiv. Ludendorff besitzt natürlich eine Ausstrahlung von nationalem Ruhm, aber er ist jetzt zu alt. Hören Sie mir gut zu, Poole. Auf diesen Hitler müssen Sie aufpassen! Haben Sie die Berichte über den Münchner Prozeß gelesen?«

»Nein. Sollte ich das?«

»Ja! Der Mann ist elektrisierend. Höchst beredsam.«

»Er hat eine Menge Feinde. In den meisten Bezirken Deutschlands darf er nicht einmal sprechen.«

»Das sind die notwendigen Hindernisse auf dem Weg zur Macht. Diese Verbote werden aufgehoben. Dafür sorgen wir.«

Poole beobachtete Reinhart scharf.

»Hitler ist ein Freund von Kroeger, nicht wahr?«

»Ach! Wären Sie das nicht? Kroeger besitzt Millionen. Durch Kroeger bekommt Hitler seine Automobile, seinen Chauffeur und das Haus in Berchtesgaden, und weiß Gott was sonst noch! Sie glauben doch nicht, daß er sie mit seinen Tantiemen kauft, oder? Höchst amüsant. Letztes Jahr hat Hitler ein Einkommen angegeben, mit dem er sich nicht einmal zwei Reifen für seinen Mercedes kaufen könnte.« Reinhart lachte. »Zum Glück konnten wir dafür sorgen, daß die Nachforschungen in München nicht weitergeführt wurden. Ja, Kroeger ist nett zu Hitler.«

Jetzt war Poole absolut sicher. Die Männer in Zürich wußten nicht, wer Heinrich Kroeger war.

»Erich, ich muß jetzt gehen. Kann Ihr Mann mich nach Washington zurückfahren?«

»Aber selbstverständlich, mein Bester.«

Poole öffnete die Tür seines Zimmers im Ambassador-Hotel. Als er das Geräusch des Schlüssels hörte, stand der Mann drinnen auf, nahm Haltung an.

»Oh, Sie sind es, Bush.«

»Ein Telegramm aus London, Mr. Poole. Ich dachte, es wäre besser, wenn ich mit dem Zug herkomme und nicht telefoniere.« Er reichte Poole das Kabel.

Poole öffnete den Umschlag und zog das Blatt heraus. Er las. ›Herzogin hat London verlassen stop Festgestellter Zielort Genf stop Gerüchte über Züricher Konferenz stop Telegrafiert Instruktionen Pariser Büro stop.‹ Poole kniff die aristokratischen Lippen zusammen und bemühte sich krampfhaft, seinen Zorn zu unterdrücken.

›Herzogin‹ war die Codebezeichnung für Elizabeth Scarlatti. Sie fuhr also nach Genf. Und Genf war hundertzehn Meilen von Zürich entfernt... Eine Vergnügungsreise war das nicht. Das war eine weitere Etappe auf ihrer Trauerreise.

Was auch immer Jacques Bertholde gefürchtet hatte – Komplott oder Gegenkomplott – jetzt geschah es. Elizabeth Scarlatti und ihr Sohn ›Heinrich Kroeger‹ machten ihre Schachzüge. Jeder für sich oder gemeinsam, wer konnte das schon wissen?

Poole traf seine Entscheidung.

»Teilen Sie dem Pariser Büro folgendes mit: ›Herzogin vom Markt eliminieren. Ihr Angebot ist sofort von unseren Listen zu streichen. Wiederhole – Herzogin eliminieren‹.«

Poole entließ den Kurier und ging zum Telefon. Er mußte sofort eine Reservierung vornehmen. Er mußte nach Zürich fahren.

Es würde keine Konferenz geben. Das würde er verhindern. Er würde die Mutter töten und dafür sorgen, daß man den Sohn für den Mörder hielt. Kurz darauf würde Kroeger sterben.

Das war das mindeste, was er für Bertholde tun konnte.

TEIL DREI

41.

Der Zug polterte über die alte Rhône-Brücke in den Bahnhof von Genf. Elizabeth Scarlatti saß in ihrem Abteil und blickte zuerst auf die Flußschlepper, dann auf das ansteigende Ufer und schließlich auf die Gleise. Genf war eine saubere Stadt. Sie sah aus wie frischgewaschen, und das half mit, die Tatsache zu verbergen, daß Dutzende von Nationen und Tausende von Geschäftsgiganten diese neutrale Stadt dazu mißbrauchten, ihre im Konflikt liegenden Interessen zu verstärken. Während sich der Zug der Stadt näherte, dachte sie, daß jemand wie sie nach Genf gehörte. Oder daß Genf vielleicht einem Menschen wie ihr gehörte.

Sie musterte ihr Gepäck, das auf dem gegenüberliegenden Sitz aufgetürmt war. Ein Koffer enthielt die Kleider, die sie brauchte. Drei kleinere Taschen waren mit Papieren vollgestopft, mit Papieren, die tausend Schlüsse enthielten und die zusammen eine ganze Batterie von Waffen bildeten. Darunter befanden sich auch Zahlen, die detailliert den Besitz jedes einzelnen Mannes in Zürich darstellten. Zusätzliche Informationen erwartete sie in Genf, aber das war eine andere Art von Bewaffnung. Was sie nämlich in Genf erwartete, war eine komplette Darstellung sämtlicher Scarlatti-Interessen, der gesetzliche Schätzwert jedes einzelnen Besitzes, der von den Scarlatti-Firmen kontrolliert wurde. Was das Ganze so tödlich machte, war die Beweglichkeit der Firmen. Und jedem Baustein ihres Wohlstands war eine Kaufverpflichtung gegenübergestellt. Diese Kaufverpflichtungen waren einzeln aufgeführt. Und durch ein Telegramm an Elizabeths Anwälte konnte blitzschnell erreicht werden, daß man diesen Verpflichtungen nachkam.

Jedem dieser Blöcke folgten nicht etwa die üblichen zwei Spalten mit Schätzwert und Verkaufswert, sondern drei Spalten. Die dritte Spalte enthielt einen Nachlaß, der dem Käufer bei jeder Transaktion ein kleines Vermögen garantierte. In jedem einzelnen Fall handelte es sich um ein Kaufmandat, das keiner ablehnen konnte. All dies spielte sich in den höchsten Etagen der Finanz ab, und alles war infolge der Komplexität des Bankwesens auf die grundlegende Basis wirtschaftlichen Anreizes zurückgeführt, auf den Profit.

Und dann verließ sich Elizabeth noch auf einen letzten Faktor. Dabei handelte es sich um das genaue Gegenteil ihrer Instruktionen. Aber auch das war kalkuliert.

Die versiegelten Instruktionen, die sie über den Atlantik geschickt hatte, enthielten die eindringliche Festlegung, daß jeder Kontakt – um die Aufgabe zu vollenden, mußten ganze Gruppen von Verwaltern in Zwölf-Stunden-Schichten Tag und Nacht arbeiten – unter äußerster Geheimhaltung, hergestellt werden sollte, und nur mit denjenigen, deren Autorität auch große finanzielle Festlegungen erlaubte. Die garantierten Gewinne schützten alle vor irgendwelchen Anklagen, verantwortungslos gehandelt zu haben. Jeder würde als ein Held daraus hervorgehen, sei es nun für sich selbst oder gegenüber seiner Wirtschaftsgruppe. Aber der Preis bestand in höchster Sicherheit, bis das Notwendige geschehen war. Der Lohn entsprach dem Preis. Millionäre, Handelsfürsten und Banker in New York, Chicago, Los Angeles und Palm Beach fanden sich mit ihren würdigen Kollegen aus einer der berühmtesten Anwaltsfirmen New Yorks in Konferenzräumen versammelt. Die Stimmen waren gedämpft und die Blicke wissend. Hier wurden Vermögen verdient. Unterschriften wurden geleistet.

Und es mußte auf ganz natürliche Weise geschehen.

Unglaublich viel Glück führt zum Überschwang. Und Überschwang ist nicht der geeignete Partner der Geheimhaltung.

Zwei oder drei begannen zu reden. Dann vier oder fünf. Dann ein Dutzend.

Telefongespräche wurden geführt. Fast keine aus Büros, die meisten aus stillen Bibliotheken oder Studierstuben. Die meisten wurden nachts geführt, im weichen Licht einer Schreibtischlampe, mit einem guten Glas Whisky in Reichweite.

In den höchsten wirtschaftlichen Kreisen lief das Gerücht, daß etwas Ungewöhnliches bei Scarlatti geschah.

Das genügte.

Elizabeth wußte, daß das genügen würde. Schließlich war das der Preis... Und dann gelangten die Gerüchte zu den Männern in Zürich.

Matthew Canfield streckte sich in seinem Abteil aus. Er hatte die Beine auf seinen Koffer gestellt. Auch er blickte zum Fenster hinaus auf die Stadt Genf. Er hatte gerade eine seiner dünnen Zigarren geraucht, und der Rauch hing in einzelnen Schichten in der stillen Luft des kleinen Raums. Er überlegte, ob er ein Fenster öffnen sollte, war aber zu deprimiert, um sich zu bewegen.

Es waren jetzt auf den Tag genau zwei Wochen her, seit er Elizabeth Scarlatti ihren einen Monat zugebilligt hatte. Vierzehn chaotische Tage, die das Wissen um seine eigene Nutzlosigkeit nur noch schmerzhafter machten. Mehr als Nutzlosigkeit – eher persönliche Überflüssigkeit... Er konnte nichts tun, und man erwartete auch nichts von ihm. Elizabeth hatte nicht wirklich gewollt, daß er ›eng‹ mit ihr zusammenarbeitete. Sie wollte nicht, daß irgend jemand mit ihr arbeitete – weder eng noch sonstwie. Sie liebte das Solo. Hoch über dem patrizierhaften Adel bewegte sie sich allein in den Lüften. Die schwierigste Aufgabe, die ihm zugeteilt wurde, bestand darin, Büromaterial zu kaufen, stapelweise Papier, Bleistifte, Blocks und endlose Schachteln mit Büroklammern.

Selbst der Verleger Thomas Ogilvie hatte es abgelehnt, ihn zu empfangen, offensichtlich auf Elizabeths Anweisung hin.

Canfield war einfach weggeschickt worden, so wie Elizabeth ihn wegschickte. Selbst Janet behandelte ihn mit einer gewissen Herablassung, entschuldigte sich zwar stets für ihr Verhalten, aber indem sie sich entschuldigte, bestätigte sie es zugleich. Er begann zu begreifen, was geschehen war. Jetzt war er die Hure. Er hatte sich verkauft, man hatte seine Gunsterweisungen angenommen und dafür bezahlt. Jetzt hatten sie für ihn wenig Verwendung. Sie wußten, daß er wieder zu haben war, so wie man weiß, daß eine Hure zu haben ist.

Er verstand nun viel besser, was Janet empfunden hatte. Würde diese Liebe enden? Konnte sie jemals enden? Er redete sich ein, daß das unmöglich war. Sie sagte ihm dasselbe. Sie bat ihn, stark zu sein für sie beide, aber machte sie sich damit etwas vor und ließ ihn dafür bezahlen?

Er begann sich zu fragen, ob er überhaupt zu einem Urteil fähig war. Er war untätig gewesen, und das Gefühl, von innen heraus zu verfaulen, machte ihm Angst. Was hatte er getan? Konnte er es ungeschehen machen? Er bewegte sich in einer Welt, zu der er nicht den richtigen Zugang fand.

Janet gehörte auch nicht in jene Welt. Sie gehörte ihm, mußte ihm gehören.

Die Pfeife auf dem Dach des Zuges kreischte zweimal, und die mächtigen Bremsbacken an den Rädern begannen zu mahlen. Der Zug rollte in den Bahnhof von Genf, und Canfield hörte Elizabeths schnelles Klopfen an der Wand, die ihr Abteil von dem seinen trennte. Das Klopfen ärgerte ihn. Sie benahm sich wie eine ungeduldige Hausherrin, die nach einem Dienstboten ruft.

»Ich trage den hier, nehmen Sie die zwei anderen. Die Gepäckträger sollen sich um die übrigen Koffer kümmern.«

Canfield instruierte die Träger pflichtschuldig, ergriff die zwei Koffer und folgte Elizabeth aus dem Zug.

Da er sich mit den zwei Koffern abmühen mußte, war er einige Schritte hinter Elizabeth, als sie von der Metalltreppe stieg und den betonierten Bahnsteig hinunterging, auf die Mitte des Bahnhofs zu. Und diesen beiden Koffern hatten sie es zuzuschreiben, daß sie eine Minute später noch am Leben waren.

Zuerst war es nur die Andeutung einer dunklen Bewegung, die er aus dem Augenwinkel wahrnahm, dann das erschreckte Keuchen einiger Reisender hinter ihm. Dann die Schreie. Und jetzt sah er es. Von rechts kam ein schwerer Gepäckkarren auf Elizabeth zu, mit einer massiven stählernen Platte vorn, die dazu benutzt wurde, schwere Kisten aufzunehmen. Die Stahlplatte befand sich etwa vier Fuß über dem Boden und sah wie eine riesige, häßliche Schaufel aus.

Canfield sprang nach vorn, als das Monstrum direkt auf

Elizabeth zuraste. Er schlang den rechten Arm um ihre Hüfte und zog sie von dem stählernen Monstrum weg. Der Karren krachte weniger als einen Fuß von ihnen entfernt gegen die Seitenwand des Zuges.

Die Leute schrien hysterisch. Niemand war sicher, ob jemand verletzt oder getötet worden war. Träger rannten herbei.

Elizabeth hauchte atemlos an Canfields Ohr: »Die Koffer! Haben Sie die Koffer?«

Canfield stellte zu seiner Überraschung fest, daß er immer noch einen in der linken Hand hielt. Er war zwischen Elizabeths Rücken und dem Zug eingezwängt. Der Koffer, den er in der rechten Hand gehalten hatte, war verschwunden.

»Ich habe einen. Den anderen habe ich losgelassen.«

»Sie müssen ihn suchen!«

»Herrgott!«

»Suchen Sie ihn, Sie Narr!«

Canfield stemmte sich gegen die Menge, die sich vor ihnen gesammelt hatte. Er blickte nach unten und sah den Lederkoffer. Die schweren Vorderräder des Karrens waren über ihn hinweggerollt und hatten ihn zerdrückt, aber er war noch intakt. Er bahnte sich den Weg an einem Dutzend Neugieriger vorbei und griff nach unten. Im gleichen Augenblick näherte sich ein anderer Arm mit einer fleischigen, ungewöhnlich großen Hand der zerdrückten Ledermasse. Der Arm war mit einer Tweedjacke bekleidet – mit einer Frauenjacke. Canfield schob sich weiter nach vorn, berührte den Koffer mit den Fingern und begann ihn zu sich heranzuziehen. Instinktiv griff er inmitten des Panoramas aus Hosen und Mänteln nach dem Gelenk der fleischigen Hand und blickte nach oben.

Ein pausbäckiges Gesicht beugte sich herunter, die Augen voller Wut, ein Gesicht, das Canfield nie vergessen konnte. Es gehörte in jenen scheußlichen Vorraum mit den roten und schwarzen Wänden, der viertausend Meilen entfernt war. Es war Hannah, Janets Haushälterin.

Ihre Augen begegneten sich, erkannten einander. Das graue Haar der Frau war von einem dunkelgrünen Tiroler Hut bedeckt, der ihre Pausbacken noch deutlicher hervortreten ließ. Ihr mächtiger Körper wirkte geduckt, häßlich, unheilverheißend. Mit ungeheurer Stärke entriß sie ihre Hand Canfields Griff und gab ihm dabei einen Stoß, so daß er gegen den Gepäckkarren und die Leute stolperte, die ihn umgaben. Sie verschwand schnell in der Menge, eilte auf das Bahnhofsgebäude zu.

Canfield richtete sich auf, klemmte sich den zerdrückten Koffer unter den Arm. Er blickte ihr nach, aber sie war nicht mehr zu sehen. Einen Augenblick lang stand er da, umgeben von drängelnden Menschen, blickte verwirrt um sich.

Dann kämpfte er sich zu Elizabeth zurück.

»Bringen Sie mich von hier weg!« befahl sie. »Schnell!«

Sie gingen den Bahnsteig hinunter, und Elizabeth hielt seinen linken Arm fest, mit einer Kraft, die er ihr niemals zugetraut hätte. Sie tat ihm fast weh. Jetzt hatten sie die erregte Menge hinter sich gelassen.

»Es hat angefangen.« Sie blickte gerade vor sich hin, als sie das sagte.

Sie erreichten die überfüllte Bahnhofshalle. Canfield schaute sich die ganze Zeit um, versuchte, irgendeine Lücke zwischen all den Menschen zu finden, versuchte, ein Paar Augen zu erkennen, eine unbewegte Gestalt, jemanden, der wartete. Eine korpulente Frau mit einem Tirolerhut.

Sie erreichten den Südausgang und fanden eine Reihe von Taxis auf dem Bahnhofsplatz.

Canfield hinderte Elizabeth daran, das erste Taxi zu nehmen. Sie war beunruhigt und wollte möglichst schnell von hier wegkommen. »Die schicken uns unser Gepäck.«

Er gab keine Antwort. Statt dessen stieß er sie nach links, zu dem zweiten Wagen und winkte dann dem Fahrer eines dritten Fahrzeugs, was sie beunruhigte. Er zog die Taxitür zu und sah den zerdrückten teuren Mark-Cross-Koffer an. Er versuchte, sich Hannahs zorniges, aufgedunsenes Gesicht vorzustellen. Wenn es je einen weiblichen Erzengel der Finsternis gegeben hatte, dann sie. Er gab dem Fahrer den Namen ihres Hotels an.

»Il n'y a plus de bagage, monsieur?«

»Nein, das kommt nach«, antwortete Elizabeth in englischer Sprache.

Die alte Frau hatte gerade ein erschreckendes Erlebnis gehabt, und er beschloß daher, Hannah nicht zu erwähnen, bevor sie das Hotel erreicht hatten. Zuerst sollte sie sich beruhigen. Und doch fragte er sich, ob er es war oder Elizabeth, die sich beruhigen mußte. Seine Hände zitterten immer noch. Er sah zu Elizabeth hinüber. Sie starrte noch immer vor sich hin, aber sie sah nichts, das jemand anderer hätte sehen können.

»Sind Sie in Ordnung?«

Sie ließ ihn fast eine Minute lang auf die Antwort warten.

»Mr. Canfield, auf Ihnen lastet eine schreckliche Verantwortung.«

»Ich bin nicht sicher, daß ich Sie verstehe.«

Sie drehte sich herum und sah ihn an. Ihre ganze Großspurigkeit war verflogen und damit auch das Gefühl der Überlegenheit, das sie bisher an den Tag gelegt hatte.

»Lassen Sie nicht zu, daß sie mich töten, Mr. Canfield. Lassen Sie nicht zu, daß sie mich jetzt töten. Sie müssen warten bis Zürich. Nach Zürich können sie tun, was sie wollen.«

42.

Elizabeth und Canfield verbrachten drei Tage und drei Nächte in ihren Zimmern im Hotel D'Accord. Canfield war während der ganzen Zeit nur ein einzigesmal ausgegangen – und hatte zwei Männer entdeckt, die ihm folgten. Sie ließen ihn unbehelligt, und es kam ihm in den Sinn, daß sie ihn gegenüber ihrem Hauptziel Elizabeth für zweitrangig hielten. Offenbar wollten sie keinen Einsatz der Genfer Polizei riskieren, die als äußerst schlagkräftig galt – und allen Elementen gegenüber feindselig, die das empfindliche Gleichgewicht ihrer neutralen Stadt störten. Seine Erfahrung lehrte ihn, daß er in dem Augenblick, wo sie gemeinsam auftraten, mit einem nicht weniger bösartigen Angriff zu rechnen hatte als jenem, der auf dem Genfer Bahnhof auf sie verübt worden war. Wenn er jetzt nur Ben Reynolds hätte verständigen können ... Aber er wußte, daß das nicht ging. Man hatte ihm den Befehl erteilt, die Schweiz nicht zu betreten. Er hatte in seinen Berichten alle wichtigen Informationen ausgeklammert. Dafür hatte Elizabeth gesorgt. Die Gruppe 20 wußte praktisch nichts über die augenblickliche Situation und die Motive der Beteiligten. Wenn er Hilfe anforderte, würde er eine Erklärung abgeben müssen, zumindest teilweise, und eine solche Erklärung würde zu einer sofortigen Einschaltung seitens der Botschaft führen. Reynolds würde nicht auf Formalitäten warten. Er würde Canfield gewaltsam festsetzen und isoliert halten.

Die daraus erwachsenden Folgen waren leicht vorherzusehen. Wenn man ihn aus dem Spiel nahm, würde Elizabeth nicht die leiseste Chance haben, Zürich zu erreichen. Scarlett würde sie in Genf töten. Und das zweite Opfer würde dann Janet in London sein. Sie konnte nicht ewig im Savoy bleiben. Derek konnte seine Sicherheitsvorkehrungen nicht bis in alle Ewigkeit aufrechterhalten. Am Ende würde sie abreisen, oder Derek würde schließlich die Geduld verlieren und unvorsichtig werden. Dann würde auch sie getötet werden.

Schließlich waren da noch Chancellor Drew, seine Frau und sieben Kinder. Es würde hundert Gründe für sie geben, den Zufluchtsort in Kanada zu verlassen. Und dann würde es zu einem Massaker kommen. Ulster Stewart Scarlett würde gewinnen.

Bei dem Gedanken an Scarlett war Canfield fähig, das, was noch an Zorn in ihm verblieben war, heraufzubeschwören. Es reichte fast aus, um seine Furcht und seine Depressionen auszugleichen. Fast.

Er betrat das Wohnzimmer, das Elizabeth in ein Büro verwandelt hatte. Sie saß am Tisch und schrieb.

»Erinnern Sie sich an die Haushälterin im Haus Ihres Sohnes?« fragte er.

Elizabeth legte ihren Bleistift beiseite. Das war eher ein Akt momentaner Höflichkeit als eine Geste der Besorgnis. »Ich habe sie ein paarmal gesehen. Ja.«

»Woher kommt sie?«

»Soweit ich mich erinnere, hat Ulster sie aus Europa mitgebracht. Sie hat ihm den Haushalt in einer Jagdhütte in – in Süddeutschland geführt. Warum fragen Sie?«

Jahre später würde Canfield darüber nachdenken, daß er versucht hatte, die richtigen Worte zu finden, um Elizabeth Scarlatti zu erklären, daß Hannah in Genf war – und daß dies ihn dazu veranlaßte, das zu tun, was er tat. Nämlich sich in diesem Augenblick von einem Ort zu einem anderen zu begeben. Zwischen Elizabeth und das Fenster zu treten. Er würde die Erinnerung daran so lange in sich tragen, wie er lebte.

Das Klirren von zerspringendem Glas war zu hören, und gleichzeitig empfand er einen scharfen, stechenden Schmerz an der linken Schulter. Der Schmerz schien sogar zuerst zu kommen. Der Schock war so kräftig, daß er Canfield herumriß, ihn über den Tisch warf, so daß Papiere hochflogen und die Lampe krachend auf den Boden fiel. Ein zweiter und ein dritter Schuß folgten, zersplitterten das dicke Holz neben ihm, und Canfield warf sich in seiner Panik zur Seite, stieß Elizabeth dabei vom Stuhl herunter auf den Boden. Der Schmerz an seiner Schulter war überwältigend, und ein riesiger Blutflecken breitete sich auf seinem Hemd aus.

Nach fünf Sekunden war alles vorbei.

Elizabeth kauerte an der Wandvertäfelung. Sie war gleichzeitig verängstigt und dankbar. Sie sah Canfield an, der vor ihr lag, und versuchte, seine Schulter zu halten. Sie war überzeugt, daß er sich über sie geworfen hatte, um sie vor den Kugeln zu schützen. Und er erklärte ihr nie, daß es anders gewesen war.

»Sind Sie schwer verletzt?«

»Ich bin nicht sicher. Es tut höllisch weh. Ich bin noch nie zuvor angeschossen worden.« Das Reden fiel ihm schwer. »Können Sie das Telefon erreichen? Aber bleiben Sie auf dem Boden! Ich glaube, ich brauche einen Arzt – einen Arzt . . .« Er verlor die Besinnung.

Dreißig Minuten später erwachte Canfield. Er lag auf seinem Bett, und ein unbequemer Verband hüllte seine ganze linke Brustseite ein. Er konnte sich kaum bewegen. Er konnte – ganz undeutlich – eine Anzahl von Gestalten sehen, die ihn umgaben.

Als sein Blick klarer wurde, entdeckte er Elizabeth, die am Fußende des Bettes stand und auf ihn herabschaute. Rechts von ihr stand ein Mann in einem Mantel, hinter ihm ein uniformierter Polizist. Ein Mann mit strenger Miene, ohne Jakkett, mit schütterem Haar, beugte sich über ihn, offensichtlich ein Arzt. Jetzt sprach er Canfield an. Er hatte einen französischen Akzent.

»Bewegen Sie bitte die linke Hand.«

Canfield gehorchte.

»Die Füße, bitte.«

Wieder gehorchte er.

»Können Sie den Kopf zur Seite drehen?«

»Was – wieso?«

»Bewegen Sie den Kopf hin und her!« befahl Elizabeth. »Versuchen Sie bloß nicht, komisch zu sein!« Sie war vermutlich so erleichtert wie sonst niemand im Umkreis von zwanzig Meilen des Hotel D'Accord. Sie lächelte sogar.

Canfield rollte den Kopf hin und her.

»Sie sind nicht ernsthaft verletzt.« Der Arzt richtete sich auf.

»Das scheint Sie zu enttäuschen«, antwortete Canfield.

»Darf ich ihn etwas fragen, Doktor?« fragte der Schweizer, der neben Elizabeth stand.

Der Arzt antwortete in seinem gebrochenen Englisch. »Ja. Die Kugel ist durchgegangen.«

Was das eine mit dem anderen zu tun hatte, wollte Canfield nicht ganz einleuchten. Aber er hatte keine Zeit, darüber nachzudenken. Jetzt ergriff Elizabeth wieder das Wort.

»Ich habe diesem Herrn erklärt, daß Sie mich nur auf meinen Geschäftsreisen begleiten. Was hier geschehen ist, hat uns völlig verblüfft.«

»Ich wäre dankbar, wenn dieser Mann für sich selbst sprechen würde, Madame.«

»Ich will verdammt sein, wenn ich Ihnen etwas sagen kann, Mister...« Canfield hielt inne. Es hatte wenig Sinn, hier den Narr zu spielen. Er würde Hilfe brauchen. »Oder, wenn ich es mir richtig überlege, vielleicht kann ich es doch.« Er sah den Arzt an, der gerade in sein Jackett schlüpfte. Der Schweizer verstand.

»Sehr gut. Wir werden warten.«

»Mr. Canfield, was könnten Sie wohl hinzufügen?«

»Eine Passage nach Zürich.«

Elizabeth begriff.

Der Arzt ging, und Canfield stellte fest, daß er auf der rechten Seite liegen konnte. Der Schweizer Geheimpolizist trat näher.

»Setzen Sie sich, Sir«, sagte Canfield, und der Mann zog sich einen Stuhl heran. »Was ich Ihnen jetzt sagen werde, wird für jemanden wie Sie oder mich, die wir für unseren Lebensunterhalt arbeiten müssen, etwas seltsam klingen.« Der Amerikaner blinzelte. »Es handelt sich um eine private Angelegenheit – Familiengeschäfte, müssen Sie wissen, aber Sie können helfen... Spricht Ihr Begleiter hier vielleicht Englisch?«

Der Schweizer warf einen kurzen Blick auf den uniformierten Polizisten.

»Non, Monsieur.«

»Gut. Wie ich schon sagte, Sie können uns helfen. Sowohl der gute Ruf Ihrer schönen Stadt könnte uns dienlich sein – als auch Sie.«

Der Schweizer zog seinen Stuhl noch näher an das Bett. Er war entzückt.

Der Nachmittag begann. Sie hatten die Fahrpläne auf die Viertelstunde genau abgestimmt und telefonisch eine Limousine und einen Chauffeur bestellt. Das Hotel hatte ihre Eisenbahnbillets gekauft und dabei den Namen Scarlatti erwähnt, um das beste Abteil für die kurze Fahrt nach Zürich zu bekommen. Ihr Gepäck wurde eine Stunde vorher hinuntergeschickt und am Vordereingang abgestellt. Die Gepäckanhänger waren deutlich ausgefüllt, die Zugabteile angegeben, und für die Träger in Zürich war sogar der Name der Mietwagengesellschaft angegeben worden. Canfield war der Ansicht, daß selbst der größte Idiot in Europa daraus den unmittelbaren Reiseplan von Elizabeth Scarlatti ableiten konnte, wenn er das wollte.

Die Fahrt vom Hotel zum Bahnhof dauerte etwa zwölf Minuten. Eine halbe Stunde vor der Abfahrt des Zuges nach Zürich stieg eine alte Frau mit einem dichten schwarzen Schleier in Begleitung eines jüngeren Mannes mit einer nagelneuen Baskenmütze, der den linken Arm in einer weißen Schlinge trug, in eine Limousine. Sie wurden von zwei Angehörigen der Genfer Polizei begleitet, die ihre Hände die ganze Zeit an den Pistolenhalftern hatten.

Es gab keinen Zwischenfall, und die beiden Reisenden erreichten den Bahnhof und bestiegen sofort den Zug.

Als der Zug aus dem Bahnhof rollte, verließ eine weitere ältere Frau in Begleitung eines jungen Mannes den Lieferanteneingang des Hotel D'Accord. Dieser junge Mann trug einen Brooks-Brothers-Hut und hatten den linken Arm ebenfalls in der Schlinge, aber von einem Mantel verborgen. Die ältere Frau trug die Uniform eines Obersten im weiblichen Roten Kreuz inklusive Feldmütze. Der Fahrer war ebenfalls Angehöriger des Internationalen Roten Kreuzes. Die beiden Personen nahmen auf dem Rücksitz Platz, und der junge Mann schloß die Tür. Er streifte die Zellophanhülle von einer dünnen Zigarre und sagte zu dem Fahrer: »Los!«

Als der Wagen aus der engen Einfahrt rollte, meinte die alte Frau tadelnd: »Wirklich, Mr. Canfield, müssen Sie dieses schreckliche Ding rauchen?«

»Genfer Konvention, Lady. Die Gefangenen dürfen Pakete von zu Hause bekommei «

43.

Vierzig Kilometer von Zürich entfernt liegt die Ortschaft Menziken. Der Zug aus Genf hielt dort genau vier Minuten, die Zeit, die für das Einladen der Post veranschlagt war, und setzte dann seinen vorgezeichneten Weg zu seinem Bestimmungsort fort.

Fünf Minuten nach Menziken brachen zwei Männer, die Masken trugen, gleichzeitig die Abteile D 4 und D 5 der Ersten Klasse auf. Da sich in keinem der beiden Abteile Passagiere befanden und beide Toilettentüren versperrt waren, feuerten die maskierten Männer ihre Pistolen auf die dünnen

Türfüllungen ab und erwarteten beim Öffnen der Türen, die Leichen ihrer Opfer vorzufinden.

Sie fanden niemanden. Nichts.

Die beiden Maskierten rannten fast zur gleichen Sekunde in den schmalen Korridor hinaus und wären fast zusammengestoßen.

»Halt! Stehenbleiben!« Die Rufe kamen von beiden Seiten des Laufgangs des Erste-Klasse-Waggons. Die beiden Männer trugen die Uniformen der Genfer Polizei.

Die zwei maskierten Männer blieben nicht stehen, sondern feuerten blind in beide Richtungen.

Ihre Schüsse wurden erwidert, und die zwei Männer stürzten zu Boden.

Man durchsuchte sie, fand aber keinerlei Ausweispapiere. Die Polizisten aus Genf waren darüber erfreut. Sie wollten keine Komplikationen.

Aber einer der getöteten Männer hatte eine Tätowierung am Unterarm – ein Symbol, dem man erst vor kurzem die Bezeichnung Hakenkreuz verliehen hatte. Und ein dritter Mann, den keiner sah, der keine Maske trug und der nicht getötet wurde, verließ als erster den Zug in Zürich und eilte zu einem Telefon.

»Da wären wir in Aarau. Sie können sich hier eine Zeitlang ausruhen. Ihre Kleider sind in einer Wohnung im ersten Stock. Ich glaube, Ihr Wagen ist hinter dem Haus geparkt, die Schlüssel liegen unter dem linken Sitz.« Ihr Fahrer war ein Engländer, und das gefiel Canfield. Der Amerikaner zog einen großen Schein aus der Tasche und hielt ihn dem Mann hin.

»Das ist wohl nicht notwendig, Sir«, sagte der Fahrer und tat den Schein, ohne sich umzudrehen, mit einer Handbewegung ab.

Sie warteten bis Viertel nach acht. Es war eine dunkle Nacht, und der Halbmond am Himmel wurde teilweise von tiefhängenden Wolken verdeckt. Canfield hatte den Wagen ausprobiert und war eine verlassene Landstraße hinauf- und hinuntergefahren, um sich daran zu gewöhnen und etwas Übung im einhändigen Fahren zu bekommen. Die Benzinuhr zeigte *rempli*, und sie waren bereit.

Genauer gesagt, Elizabeth Scarlatti war bereit.

Sie war wie eine Gladiatorin – bereit, zu bluten und anderes Blut zu vergießen. Sie war eiskalt, aber gefaßt.

Und ihre Waffen waren Papier – ihren Widersachern unendlich gefährlicher als Dreizack oder Schlachtbeil. Und außerdem war sie, wie es sich für einen guten Gladiator gehörte, in höchstem Maße selbstsicher.

Das war mehr als ihre letzte *grande geste*, das war der Höhepunkt eines Lebens – ihres Lebens, das sie Giovanni geweiht hatte. Sie würde ihm keine Schande machen.

Canfield hatte immer wieder die Karte studiert, bis er sie auswendig kannte. Er hatte sich den Weg zum Falkenhaus eingeprägt. Sie würden Zürich rechts liegen lassen und in Richtung Kloten fahren, dann in nördlicher Richtung bis Bülach. Etwa eine Meile nach Bülach, auf der Straße nach Winterthur, würde links die Einfahrt zum Falkenhaus kommen.

Er hatte den Wagen auf hundertdreißig Stundenkilometer hochgejagt und bei neunzig scharf auf einer Strecke von fünfzehn Metern gebremst, ohne daß die Sitze sich verschoben.

Der Genfer Geheimpolizist hatte gute Arbeit geleistet. Aber er war auch gut bezahlt worden, mit fast zwei Jahresgehältern. Und der Wagen trug ein Nummernschild, das ihm überall freie Durchfahrt sicherte – eine Nummer der Züricher Polizei. Canfield hatte ihn nicht gefragt, wie er das zuwege gebracht hatte. Elizabeth meinte, mit Geld könnte man sehr viel erreichen.

»Ist das alles?« fragte Canfield, als er Elizabeth Scarlatti zum Wagen führte. Er meinte damit die eine Aktentasche, die sie trug.

»Das genügt«, sagte die alte Frau, während sie ihm den Fußweg hinunter folgte.

»Sie hatten ein paar tausend Blätter, hunderttausend Zahlen!«

»Die haben jetzt keine Bedeutung mehr.« Sie hielt die Aktentasche auf dem Schoß, als Canfield die Wagentür schloß.

»Und wenn man Ihnen Fragen stellt?« Er steckte den Schlüssel in die Zündung.

»Das wird man ohne Zweifel tun. Und dann werde ich antworten.«

Sie wollte nicht reden.

Sie fuhren zwanzig Minuten lang, und die Straßen entsprachen genau Canfields Vorstellungen. Er war sehr mit sich zufrieden. Er war ein selbstsicherer Navigator. Plötzlich begann Elizabeth zu sprechen.

»Es gibt da etwas, das ich Ihnen bis jetzt nicht gesagt habe und das Sie auch nicht erwähnten. Es ist nur fair, wenn ich Sie jetzt darauf hinweise.«

»Worauf?«

»Es ist möglich, daß keiner von uns beiden diese Konferenz überlebt. Haben Sie darüber nachgedacht?«

Natürlich hatte Canfield darüber nachgedacht. Er hatte seit dem Boothroyd-Zwischenfall ein Risiko auf sich genommen, wenn dies das richtige Wort war. Später war das Risiko zu einer Gefahr angewachsen, als ihm klargeworden war, daß Janet und er wahrscheinlich ein Leben lang zusammenbleiben würden. Seit er wußte, was ihr Mann ihr angetan hatte, war für ihn eine Verpflichtung daraus geworden.

Und seit die Kugel zwei Zoll vom Tode entfernt seine Schulter durchdrungen hatte, war Matthew Canfield auf seine Art ein Gladiator geworden, ebenso wie Elizabeth. Sein Zorn war jetzt sein wichtigstes Motiv.

»Sie kümmern sich um Ihre Probleme – und ich mich um die meinen, okay?«

»Okay. Darf ich Ihnen sagen, daß Sie mir recht lieb geworden sind ... Oh, hören Sie auf, mich wie ein kleiner Junge anzusehen! Sparen Sie sich das für die Damen! Ich bin wirklich keine. Fahren Sie weiter.«

An der Schweizer Bundesstraße 7 nach Winterthur, einen halben Kilometer vor dem Falkenhaus, verläuft die Straße schnurgerade und ist zu beiden Seiten von hochaufragenden Fichten gesäumt. Matthew Canfield drückte das Gaspedal durch und holte aus dem Wagen heraus, was er hergab. Es war fünf Minuten vor neun, und er war fest entschlossen, dafür zu sorgen, daß die Frau an seiner Seite ihre Verabredung pünktlich einhielt.

Plötzlich winkte ein Mann im Lichtkegel der Scheinwerfer. Er winkte mit beiden Händen, hielt sie hoch über dem Kopf erhoben und stand mitten auf der Straße. Er gab das weltweit bekannte Haltezeichen – Gefahr. Trotz Canfields hoher Geschwindigkeit verließ er die Straßenmitte nicht.

»Festhalten!« Canfield raste weiter, ohne auf den Menschen vor ihm zu achten.

Plötzlich knatterten zu beiden Seiten der Straße Schüsse.

»Hinunter!« schrie Canfield. Er trat das Gaspedal immer noch durch und duckte sich dabei, zog den Kopf ein und sah, so gut er konnte, auf das gerade Straßenstück hinaus. Von der anderen Seite der Straße kam ein durchdringender Schrei – ein Todesschrei. Einer der Heckenschützen war im Kreuzfeuer getroffen worden.

Jetzt hatten sie den Schauplatz des Überfalls hinter sich gelassen, und die Sitze im Wagen waren mit Glas- und Metallsplittern übersät.

»Alles in Ordnung?« Canfield hatte keine Zeit für Mitgefühl.

»Ja. Ich bin in Ordnung. Wie weit ist es noch?«

»Wir sind bald da. Wenn wir es schaffen. Vielleicht haben sie einen Reifen erwischt.«

»Könnten wir trotzdem fahren?«

»Keine Sorge! Ich habe nicht vor anzuhalten und einen Wagenheber zu suchen.«

Die Tore des Falkenhauses tauchten auf, und Canfield bog scharf von der Straße ab. Der Weg führte in sanfter Neigung zu einem riesigen runden Platz vor einer Natursteinveranda, die mit Statuetten verziert war. Der Vordereingang, eine große hölzerne Tür, war etwa sechs Meter von den Stufen entfernt. Canfield konnte nicht näher heranfahren.

Rings um den Platz stand ein Dutzend langer, schwarzer Limousinen, umgeben von Chauffeuren, die sich gelangweilt unterhielten.

Canfield überprüfte noch einmal den Revolver, den er in die rechte Tasche gesteckt hatte, und forderte Elizabeth auf, den Wagen zu verlassen. Er bestand darauf, daß sie über den Sitz rutschte und auf seiner Seite ausstieg.

Er ging knapp hinter ihr und nickte den Chauffeuren zu.

Es war eine Minute nach neun, als ein formell gekleideter Diener die große Holztür öffnete.

Sie betraten die große Halle, einen gigantischen Tabernakel architektonischer Selbstsucht. Ein zweiter Diener, ebenso formell gekleidet, geleitete sie zu einer weiteren Tür und machte sie auf.

Drinnen stand der längste Tisch, den Matthew Canfield je gesehen hatte. Er mußte mindestens fünfzehn Meter lang sein – und gute zwei bis zweieinhalb Meter breit.

Um den mächtigen Tisch saßen fünfzehn bis zwanzig Männer aller Altersstufen von vierzig bis siebzig. Alle in teure Anzüge gekleidet. Und alle sahen Elizabeth Scarlatti an. Am Kopfende der Tafel, die halbe Raumlänge entfernt, war ein leerer Stuhl. Er schrie danach, gefüllt zu werden, und Canfield fragte sich einen Augenblick lang, ob Elizabeth dort Platz nehmen sollte. Dann erkannte er, daß dem nicht so war. Ihr Stuhl befand sich am Fußende des Tisches.

Wer sollte sich dann auf den leeren Stuhl setzen? Das war unwichtig. Für ihn gab es keinen Stuhl. Er würde an der Wand stehenbleiben und alles beobachten.

Elizabeth ging auf den Tisch zu. »Guten Abend, Gentlemen. Einige von Ihnen kenne ich schon persönlich. Die übrigen kenne ich ihrem Ruf nach.«

Die ganze Versammlung erhob sich wie ein Mann.

Der Gentleman links von Elizabeths Platz rückte ihr den Stuhl zurecht.

Sie setzte sich, und die Männer ließen sich ebenfalls nieder.

»Ich danke Ihnen. Aber einer scheint zu fehlen.« Elizabeth starrte den fünfzehn Meter entfernten Sessel an. In diesem Augenblick öffnete sich die Tür am anderen Ende des Saals, und ein hochgewachsener Mann kam hereinstolziert. Er war mit der makellos gebügelten Uniform der deutschen Revolutionäre bekleidet, trug ein dunkelbraunes Hemd, glänzende schwarze Schulterriemen und Koppel, gestärkte beigefarbene Reithosen über den schweren Stiefeln, die ihm bis zu den Knien reichten.

Der Schädel des Mannes war glattrasiert. Und sein Gesicht wirkte wie eine verzerrte, fratzenhafte Maske.

»Jetzt ist der Stuhl besetzt. Befriedigt Sie das?«

»Nicht ganz. Da ich auf dem einen oder anderen Weg an diesem Tisch jeden Anwesenden von einiger Bedeutung kenne, würde ich gern wissen, wer Sie sind.«

»Kroeger. Heinrich Kroeger. Sonst noch etwas, Madame Scarlatti?«

»Nichts – Herr Kroeger.«

44.

»Im Gegensatz zu meinen Wünschen und meiner Beurteilung der Situation, Madame Scarlatti, sind meine Kollegen entschlossen, sich anzuhören, was Sie zu sagen haben.« Damit eröffnete der groteske Kroeger mit dem glattrasierten Schädel das Gespräch. »Meine Position ist Ihnen klargemacht worden. Ich vertraue darauf, daß Sie sich gut daran erinnern.«

Am Tisch wurde geflüstert. Einige wechselten Blicke. Keiner der Männer hatte gewußt, daß Heinrich Kroeger schon früher mit Elizabeth Scarlatti Kontakt gehabt hatte.

»Ich erinnere mich sehr wohl. Ihre Kollegen repräsentieren eine Ansammlung von viel Weisheit und einigen Jahrhunderten Erfahrung. Beides, wie ich vermute, in weit stärkerem Maße als Sie – kollektiv und individuell.«

Die meisten Männer senkten nur die Augen, als sie das hörten, und einige unterdrückten ein schwaches Lächeln. Elizabeth musterte langsam ein Gesicht nach dem anderen.

»Wir haben hier eine hochinteressante Versammlung, wie ich sehe. Einige von uns waren vor wenigen Jahren Feinde im Krieg, aber notwendigerweise sind Erinnerungen dieser Art von kurzer Dauer. Wir wollen sehen.«

Ohne einem Individuum besondere Aufmerksamkeit zu widmen, fuhr Elizabeth Scarlatti schnell fort, fast als bete sie eine Litanei herunter: »Mein Land hat, wie ich betrübt feststelle, zwei Mitglieder verloren, aber ich glaube nicht, daß Gebete für Boothroyd und Thornton angebracht sind. Wenn doch, so bin ich zumindest nicht diejenige, die sie vortragen wird. Aber die Vereinigten Staaten sind immer noch hervorragend von Mr. Gibson und Mr. Landor vertreten, die zusammen fast zwanzig Prozent der riesigen Ölinteressen im amerikanischen Südwesten vertreten. Ganz zu schweigen von gemeinsamen Aktivitäten in den kanadischen Nordwestterritorien. Kombinierter persönlicher Wert – zweihundertfünfundzwanzig Millionen… Unser früherer Feind Deutschland bringt uns die Herren von Schnitzler, Kindorf und Thyssen. IG-Farben – der Baron der Ruhrkohle – die großen Stahlgesellschaften. Persönlicher Wert? Wer kann das in diesen Tagen der Weimarer Republik schon sagen? Vielleicht hundertfünfundsiebzig Millionen, höchstens. Aber jemand fehlt in dieser Gruppe. Ich hoffe, man wird sich darum bemühen, ihn zu gewinnen. Ich spreche von Gustav Krupp. Er könnte den Einsatz beträchtlich erhöhen. England sendet uns Masterson, Leacock und Innes-Bowen. Wohl das mächtigste Triumvirat, das man im britischen Empire finden kann. Mr. Masterson ist für die Hälfte aller Indienimporte zuständig, und wie ich höre, jetzt auch für Ceylon. Mr. Leacock repräsentiert den größten Teil der britischen Aktienbörse. Und Mr. Innes-Bowen ist der Inhaber der größten Textilindustrien in Schottland und auf den Hebriden. Den Gesamtwert veranschlage ich auf dreihundert Millionen. Frankreich war ebenfalls großzügig. Mir ist bekannt, daß Monsieur d'Almeida der wahre Besitzer des französisch-italienischen Eisenbahnsystems ist. Ohne Zweifel ist das zum Teil auf seine italienische Herkunft zurückzuführen. Und Monsieur Daudet. Gibt es hier irgendeinen unter uns, der nicht irgendwann einmal einen Teil seiner Handelsflotte eingesetzt hat? Persönlicher Wert – einhundertfünfzig Millionen… Und zuletzt unsere Nachbarn im Norden, die Schweden. Herr Myrdal und Herr Olaffsen. Verständlicherweise…« Hier warf Elizabeth dem Mann mit dem seltsamen Gesicht am Kopfende der Tafel, ihrem Sohn, einen gezielten Blick zu. »Verständlicherweise verfügt einer dieser Herren, Herr Myrdal, über großen Einfluß auf Donnenfeld, die mächtigste Firma der Stockholmer Börse. Wohingegen die zahlreichen Gesellschaften von Herrn Olaffsen lediglich die Kontrolle über den Export des schwedischen Eisens und Stahls besitzen. Der persönliche Wert wird auf einhundertfünfundzwanzig Millionen beziffert... Übrigens, Gentlemen, unter ›persönlicher Wert‹ verstehe ich jenes Eigentum, das leicht, schnell und ohne Gefährdung der betreffenden Märkte in Geld verwandelt werden kann. Ansonsten würde ich Sie nicht beleidigen, indem ich Ihr Vermögen nur so gering einschätze.«

Elizabeth hielt inne und stellte ihre Aktentasche vor sich auf den Tisch. Die Männer waren erregt, gespannt. Einige schockiert, wie beiläufig hier Dinge ausgesprochen wurden, die sie im Schutz strenger Vertraulichkeit glaubten. Die Amerikaner Gibson und Landor hatten das kanadische Geschäft ohne Ankündigung in Angriff genommen, und ohne daß sie dafür eine juristische Sanktionierung besessen hätten, und sie hatten damit die US-kanadischen Verträge verletzt. Die Deutschen von Schnitzler und Kindorf hatten geheime Konferenzen mit Gustav Krupp abgehalten, der verzweifelt darum kämpfte, neutral zu bleiben, aus Angst, Weimar könnte eingreifen. Krupp hatte geschworen, sie zu desavouieren, wenn die Öffentlichkeit von diesen Konferenzen erfahren sollte. Der Franzose Louis François d'Almeida hütete das Wissen um das Ausmaß seines Einflusses auf das französisch-italienische Eisenbahnsystem wie sein Leben. Sollte davon etwas an die Öffentlichkeit gelangen, so bestand Gefahr, daß der Staat das System konfiszierte. Er hatte die Aktienmehrheit von der italienischen Regierung erworben und dabei vorwiegend mit Bestechungsgeldern gearbeitet.

Und Myrdal, dem korpulenten Schweden, traten die Augen ungläubig aus den Höhlen, als er erkennen mußte, wie gut Elizabeth Scarlatti über die Stockholmer Börse informiert war. Seine eigene Firma war insgeheim von Donnenfeld aufgesogen worden. Es war dies einer der kompliziertesten Firmenkäufe gewesen, die man sich vorstellen kann, und erst die illegale Transaktion mit amerikanischen Wertpapieren hatte das Ganze möglich gemacht. Wenn das an die Öffentlichkeit drang, würden sich die schwedischen Behörden einschalten, und dann würde er vollkommen ruiniert sein.

Nur die Engländer schienen völlig gelockert und auf ihre Leistungen sogar stolz zu sein. Denn Sydney Masterson, unbestrittener Erbe des Handelsimperiums von Sir Robert Clive, hatte erst vor kurzer Zeit die Ceylonverträge abgeschlossen. Sie waren in der Import-Export-Welt unbekannt, und es gab einige Verträge darunter, die noch als recht fragwürdig galten. Manche Leute hätten sogar sagen können, daß sie den Tatbestand des Betrugs erfüllten.

Rings um den Tisch wurden Köpfe zusammengesteckt, man tuschelte in vier Sprachen. Elizabeth hob ihre Stimme, um sich Gehör zu verschaffen.

»Ich kann mir vorstellen, daß einige von Ihnen jetzt mit ihren Mitarbeitern konferieren – ich nehme an, daß es sich um Ihre Mitarbeiter handelt. Wenn ich gewußt hätte, daß es bei diesem Zusammentreffen Vorkehrungen für Verhandlungen auf zweiter Ebene gäbe, hätte ich meine Anwälte mitgebracht. Dann hätten die untereinander Klatschgeschichten austauschen können, während wir unser Gespräch fortführen. Die Entscheidungen, die wir heute treffen, Gentlemen, müssen unsere eigenen sein.«

Heinrich Kroeger saß ganz vorn auf der Stuhlkante. Seine Stimme klang hart und unangenehm. »Ich wäre da in bezug auf Entscheidungen nicht so sicher. Es wird keine geben. Sie haben uns nichts mitgeteilt, was nicht auch jede größere Buchprüfungsfirma in Erfahrung bringen könnte.«

Einige der Männer am Tisch – besonders die beiden Deutschen sowie d'Almeida, Gibson, Landor, Myrdal und Masterson – vermieden es, ihn anzusehen. Denn Kroeger hatte unrecht.

»Glauben Sie?« entgegnete die alte Frau. »Vielleicht. Aber immerhin habe ich Sie übersehen, nicht wahr? Das hätte ich wohl nicht tun sollen, Sie sind offensichtlich schrecklich wichtig.« Wieder war auf den Gesichtern einiger der Anwesenden ein halb unterdrücktes Lächeln zu sehen.

»Ihr Verstand scheint mir ebenso langweilig wie Sie selbst!« stieß Kroeger hervor.

Elizabeth war sehr mit sich zufrieden. Dieser wichtigste Aspekt ihres Auftritts schien ihr zu gelingen. Sie provozierte

Ulster Stewart Scarlett. Ohne auf seine Bemerkung einzugehen, fuhr sie fort.

»Auf seltsame Weise erworbene Aktiva im Werte von zweihundertsiebzig Millionen Dollar, die unter höchst fragwürdigen Umständen verkauft wurden, müßten notwendigerweise zu einem Verlust in Höhe von wenigstens fünfzig Prozent, wahrscheinlich sogar sechzig Prozent des Marktwertes führen. Ich will davon ausgehen, daß Sie mit dem niedrigst möglichen Verlust davongekommen sind, und schätze Sie daher auf einhundertfünfunddreißig Millionen Dollar bei den gegenwärtigen Umrechnungskursen. Hundertacht, wenn Sie schlecht verhandelt haben.«

Matthew Canfield zuckte zusammen, rührte sich aber nicht von der Stelle. Die Männer an der Tafel waren verblüfft. Das Stimmengewirr wurde merklich lauter. Einige der Angestellten schüttelten die Köpfe oder nickten zustimmend, runzelten unschlüssig die Stirn. Jeder Teilnehmer glaubte, etwas von den anderen zu wissen. Aber offensichtlich wußte keiner allzuviel über Heinrich Kroeger. Sie waren nicht einmal sicher gewesen, welchen Status er an diesem Tisch einnahm. Elizabeth unterbrach das Stimmengewirr.

»Mr. Kroeger, es ist Ihnen sicher bekannt, daß Diebstahl, wenn man ihn eindeutig beweisen kann, lediglich einer Identifizierung bedarf, ehe Schritte unternommen werden können. Es gibt internationale Gerichte und Auslieferungsvereinbarungen. Es ist daher auch vorstellbar, daß man Ihren Wert auf – null schätzen könnte!«

Schweigen senkte sich über den Tisch, als die Gentlemen mit ihren Assistenten Heinrich Kroeger ihre volle Aufmerksamkeit zuwandten. Die Worte ›Diebstahl‹, ›Gerichte‹ und ›Auslieferung‹ konnte man an diesem Tisch nicht akzeptieren. Es waren gefährliche Worte. Kroeger, der Mann, den viele von ihnen auf unbestimmte Art fürchteten, und dies aus Gründen, die ausschließlich mit seinem ungeheuren Einfluß in beiden Lagern in Verbindung standen, war jetzt gewarnt.

»Drohen Sie mir nicht, alte Frau!« Kroegers Stimme klang leise, selbstbewußt. Er lehnte sich in seinem Stuhl zurück und fixierte seine Mutter am entgegengesetzten Ende des langen Tisches. »Bringen Sie hier keine Anschuldigungen vor, wenn Sie sie nicht beweisen können. Wenn Sie bereit sind, das zu versuchen, bin ich bereit zu kontern. Wenn Sie oder Ihre Kollegen bei den Verhandlungen den kürzeren gezogen haben, dann ist dies nicht der Ort, um darüber zu klagen. Hier wird man Ihnen keine Sympathie entgegenbringen. Ich könnte sogar noch weitergehen und sagen, daß Sie sich auf gefährlichem Boden bewegen.« Seine starren Augen ließen sie nicht los, bis Elizabeth den Anblick seines Gesichts nicht mehr ertragen konnte. Sie wandte sich ab.

Sie war nicht bereit, etwas zu unternehmen. Sie würde das Leben ihrer Familie nicht noch mehr gefährden, als sie es bereits getan hatte. Sie würde an diesem Tisch den Namen Scarlatti nicht aussprechen. Nicht so. Nicht jetzt. Es gab einen anderen Weg.

Kroeger hatte diese Runde für sich entschieden. Das war für alle offensichtlich, und Elizabeth mußte das Gespräch vorantreiben, damit niemand ihre Schwäche ausnutzte.

»Behalten Sie das, was Sie haben. Es ist unwesentlich.«

Die Formulierung ›unwesentlich‹ in bezug auf so viele Millionen war selbst an diesem Tisch eindrucksvoll, das wußte Elizabeth.

»Gentlemen, ehe wir unterbrochen wurden, habe ich Ihnen nach nationalen Gruppierungen jeweils auf fünf Millionen genau den Wert jeder Gruppe genannt. Ich fand, das wäre höflicher, als den genauen Wert eines jeden einzelnen zu verraten – schließlich gibt es Grenzen. Aber wie einige von Ihnen wissen, war ich recht unfair. Ich habe auf einige – wollen wir sagen delikate – Verhandlungen angespielt, von denen ich sicher bin, daß Sie sie für geheim hielten. Sehr gefährlich für Sie – um Mr. Kroegers Worte zu benützen –, wenn das in Ihren jeweiligen Ländern bekannt würde.«

Sieben der zwölf Männer aus Zürich blieben stumm. Fünf waren neugierig.

»Ich beziehe mich auf meine Mitbürger Mr. Gibson und Mr. Landor. Auf Monsieur d'Almeida, Sydney Masterson und natürlich den brillanten Herrn Myrdal. Ich sollte wohl auch zwei Drittel der Investoren aus Deutschland mit einschließen – Herrn von Schnitzler und Herrn Kindorf, aber aus ganz anderen Gründen, wie es den betreffenden Herren sicherlich bekannt ist.«

Niemand sagte etwas. Niemand wandte sich seinen Helfern zu. Alle Augen ruhten auf Elizabeth.

»Es ist nicht meine Arbeit, so unfair zu bleiben, Gentlemen. Ich habe Ihnen allen etwas anzubieten.«

Jetzt meldete sich Sydney Masterson zu Wort.

»Darf ich fragen, was das alles soll? All diese – beiläufigen Informationen? Ich bin sicher, daß Sie sehr eifrig waren – auch höchst akkurat, um für mich selbst zu sprechen, aber keiner von uns hier ist Anwärter auf einen Heiligenschein. Das wissen Sie doch.«

»Das weiß ich in der Tat. Sonst wäre ich heute abend nicht hier.«

»Warum also? Was hat das alles zu bedeuten?« Die Stimme sprach mit deutschem Akzent. Sie gehörte dem stiernackigen Baron von der Ruhr, Kindorf.

Masterson fuhr fort: »Ihr Telegramm, Madame, bezog sich ganz speziell auf gemeinsame Interessenbereiche. Ich glaube, Sie sind sogar so weit gegangen, daß Sie sagten, der Scarlatti-Besitz könnte zu unserer gemeinsamen Verfügung stehen. Höchst großzügig in der Tat... Aber jetzt muß ich Mr. Kroeger zustimmen. Was Sie hier sagen, hört sich an, als wollten Sie uns bedrohen. Ich bin gar nicht sicher, daß mir das gefällt.«

»Ach, kommen Sie, Mr. Masterson! Haben Sie niemals der Hälfte der kleineren Potentaten Indiens Versprechungen über englisches Gold gemacht? Und Herr Kindorf hat seine Gewerkschaften mit Versprechungen höherer Löhne nach dem Abzug der Franzosen von der Ruhr auch nicht zum Streik bestochen? Bitte! Sie beleidigen uns alle! Natürlich bin ich hier, um Sie zu bedrohen! Und ich kann Ihnen versichern, es wird Ihnen noch weniger gefallen, wenn ich fortfahre!«

Masterson stand auf. Auch einige andere schoben ihre Stühle zurück. Die Atmosphäre war plötzlich feindselig geworden.

»Ich werde mir das nicht länger anhören«, sagte der Engländer.

»Dann werden das Außenministerium, die britische Börse und der Aufsichtsrat des englischen Importeurskollektivs morgen mittag Einzelheiten über Ihre höchst illegalen Verträge in Ceylon erhalten. Sie sind enorme Verpflichtungen eingegangen. Die Nachricht könnte möglicherweise zu einem Run auf Ihre Aktien führen.«

Masterson blieb neben seinem Stuhl stehen.

»Verdammt!« stieß er hervor und setzte sich wieder. Jetzt herrschte Stille im Saal.

Elizabeth klappte ihre Aktentasche auf. »Ich habe hier für jeden von Ihnen einen Umschlag. Ihre Namen sind mit Maschine darauf geschrieben. In jedem Umschlag befindet sich eine Zusammenstellung Ihres persönlichen Besitzes, Ihrer Stärken, Ihrer Schwächen. Ein Umschlag fehlt. Der einflußreiche, sehr wichtige Mr. Kroeger hat keinen. Offen gestanden, das ist belanglos.«

»Ich warne Sie!« rief Scarlett.

»Es tut mir leid, Mr. Kroeger.« Jeder konzentrierte sich ganz auf Elizabeth Scarlatti und ihre Aktentasche. »Einige Umschläge sind dicker als andere, aber das hat nicht viel zu sagen. Wir alle wissen, daß breitgestreute Diversifikationen nach einem bestimmten Punkt nichts mehr zu besagen haben.«

Elizabeth griff in die Tasche.

»Sie sind eine Hexe!« Kindorfs Akzent ließ seine Worte jetzt kehlig klingen, und an seinen Schläfen traten dicke Adern hervor.

»Hier! Ich verteile die Umschläge jetzt. Während Sie alle Ihre Portefeuille überprüfen, werde ich weitersprechen, und ich bin sicher, daß es Ihnen angenehm sein wird.«

Die Kuverts wurden am Tisch verteilt. Einige wurden sofort hastig aufgerissen. Einige Männer hielten sie vorsichtig prüfend in den Händen, so wie erfahrene Pokerspieler ihre Karten.

Matthew Canfield stand an der Wand, sein linker Arm schmerzte in der Schlinge, die Rechte umfaßte in der Tasche den Revolver. Seit die alte Frau Ulster Scarlett mit den zweihundertsiebzig Millionen identifiziert hatte, konnte er den Blick nicht mehr von ihm wenden. Dieser Mann namens

Heinrich Kroeger ... Dieser häßliche, arrogante Hundesohn war der Mann, den er vernichten wollte. Dies war das Schwein, der das alles getan hatte – der Mann, der Janet die Hölle bereitet hatte.

»Ich sehe, Sie haben alle Ihre Umschläge«, fuhr Elizabeth fort. »Mit Ausnahme des allgegenwärtigen Mr. Kroeger. Gentlemen, ich habe Ihnen versprochen, ich würde nicht unfair sein, und ich werde mein Wort halten. Es gibt hier fünf unter ihnen, die nicht einmal annähernd den Einfluß von Scarlatti ahnen. Deshalb werde ich, während Sie den Inhalt Ihrer Umschläge lesen, kurz auf diese empfindlichen Bereiche eingehen.«

Einige der Männer, die bis jetzt gelesen hatten, ließen ihre Blicke zu Elizabeth wandern, ohne dabei den Kopf zu heben. Andere legten trotzig ihre Papiere beiseite. Ein paar reichten sie ihren Mitarbeitern und starrten die alte Frau an. Elizabeth sah sich nach Matthew Canfield um. Sie machte sich Sorgen um ihn. Sie wußte, daß er Ulster Scarlett endlich gegenüberstand und daß das eine ungeheure Belastung für ihn bedeutete. Sie versuchte, seinen Blick aufzufangen, ihn mit einem zuversichtlichen Lächeln zu beruhigen.

Aber er sah sie nicht an. Sie konnte nur den Haß in seinen Augen lesen, die unverwandt den Mann namens Heinrich Kroeger anstarrten.

»Ich werde es alphabetisch aufzählen, Gentlemen ... Monsieur Daudet, die Republik Frankreich würde wohl zögern, Ihre Flotte weiterhin mit Aufträgen zu berücksichtigen, wenn sie um jene Schiffe unter der Flagge Paraguays wüßte, die in Kriegszeiten die Feinde Frankreichs beliefert haben.« Daudet blieb unbewegt, aber Elizabeth registrierte amüsiert, wie die drei Engländer den Franzosen mit schmalen Augen beobachteten. Diese berechenbaren, widersprüchlichen Briten!

»Ach, kommen Sie, Mr. Innes-Bowen! Mag sein, daß Sie keine Munition geliefert haben, aber wie viele neutrale Schiffe wurden denn in derselben Zeit an wie vielen Piers in Indien mit Textilladungen für Bremerhaven und Cuxhaven beladen? Und Mr. Leacock – Sie können Ihre irische Herkunft wohl nicht vergessen, wie? Die Sinn Féin hat Ihre Ratschläge zu nutzen gewußt und daraus Vorteil gezogen. Gelder, die durch Sie den irischen Aufständischen zugeführt wurden, haben Tausenden von britischen Soldaten das Leben gekostet, als England sich das am allerwenigsten leisten konnte. Und seien Sie ganz ruhig, Herr Olaffsen. Der Kronprinz des schwedischen Stahls... Oder ist er jetzt der König? Schließlich hat ihm die schwedische Regierung ein Vermögen für kohlenstoffarme Stahlbarren bezahlt. Bloß, daß diese Barren nicht aus seinen eigenen hochqualifizierten Fabriken kamen... Sie stammten aus minderwertigen Anlagen auf der anderen Seite der Welt – aus Japan!«

Wieder griff Elizabeth in ihre Aktentasche. Die Männer rings um sie wirkten wie Leichen, unbewegt, nur ihr Verstand arbeitete fieberhaft. Für Heinrich Kroeger hatte Elizabeth Scarlatti soeben ihr eigenes Todesurteil besiegelt. Er lehnte sich zurück und entspannte sich. Elizabeth holte ein dünnes Buch aus der Tasche.

»Zu guter Letzt kommen wir zu Herrn Thyssen. Kein großer Betrug, kein Hochverrat, nur ein paar Peinlichkeiten und kleinere Unregelmäßigkeiten... Kaum der passende Tribut für das Haus August Thyssen.« Sie warf das Heft auf den Tisch. »Schmutz, Gentlemen, einfach nur Schmutz. Fritz Thyssen, Pornograph! Obszönitäten. Bücher, Pamphlete, selbst Filme. Gedruckt und gefilmt in Thyssen-Lagerhäusern in Kairo. Jede Regierung auf dem ganzen Kontinent hat diese unbekannte Quelle verurteilt. Da ist er, Gentlemen, Ihr Kollege.«

Einige Augenblicke lang sagte niemand ein Wort. Jeder war ganz auf sich selbst konzentriert. Jeder berechnete den Schaden, der aus den Enthüllungen der alten Frau erwachsen konnte. In jedem Fall kam zum Schaden die Schande, würde ein Ruf zerstört werden. Die alte Frau hatte zwölf Anklagen ausgesprochen und persönlich zwölf Schuldsprüche gefällt. Im Augenblick dachte keiner an den Dreizehnten, an Heinrich Kroeger.

Schließlich löste Sydney Masterson die feindselige Spannung, die über allen lastete, mit einem lauten, gekünstelten Husten. »Also gut, Madame Scarlatti. Sie haben mir Antwort auf die Frage gegeben, die ich vor einer Weile stellte. Aber ich glaube, ich sollte Sie daran erinnern, daß wir nicht machtlos sind. Angriff und Gegenangriff sind ein Teil unseres Lebens. Unsere Anwälte können jeden Vorwurf, den Sie hier erhoben haben, entkräften, und ich kann Ihnen versichern, daß wir Ihnen Dutzende von Verleumdungsklagen anhängen könnten. Immerhin gibt es geeignete Antworten auf Angriffe aus der Gosse. Wenn Sie glauben, daß wir Angst vor Schmähungen haben, so glauben Sie mir, daß man die öffentliche Meinung mit viel weniger Geld, als hier an diesem Tisch versammelt ist, formen kann!«

Die Züricher Gentlemen schöpften neue Hoffnung, als sie Mastersons Worte hörten. Einige nickten zustimmend.

»Ich bezweifle das keinen Augenblick, Mr. Masterson. Personalakten können verschwinden, man kann andere vorschieben – Opferlämmer sozusagen. Bitte, Gentlemen, ich behaupte ja nur, daß Sie Ärger haben würden, unwillkommenen Ärger.«

»Non, Madame.« Claude Daudet gab sich äußerlich kühl, obwohl er innerlich höchst erregt war. Vielleicht kannten seine Züricher Kollegen die Franzosen nicht. Ein Erschießungsbefehl war keineswegs undenkbar. »Sie haben recht. Man muß solche Schwierigkeiten vermeiden. Was kommt also als nächstes? Was haben Sie für uns vorbereitet, eh?«

Elizabeth zögerte kurz. Sie wußte nicht ganz, warum – sie handelte eher instinktiv, empfand das intuitive Bedürfnis, sich umzudrehen und Canfield anzuschauen.

Er hatte sich nicht von der Stelle gerührt. Er bot einen kläglichen Anblick. Sein Jackett war ihm von der linken Schulter gerutscht, so daß man die schwarze Schlinge sehen konnte, und seine rechte Hand steckte immer noch in seiner Tasche. Er schien die ganze Zeit zu schlucken, schien Mühe zu haben, seine Umgebung im Auge zu behalten. Elizabeth bemerkte, daß er es jetzt vermied, Ulster Scarlett anzusehen. Er schien seine ganze Kraft darauf zu verwenden, nicht den Verstand zu verlieren.

»Entschuldigen Sie mich, Gentlemen.« Elizabeth stand auf und ging auf Canfield zu. Sie flüsterte ihm zu: »Reißen Sie sich zusammen. Das verlange ich. Sie haben nichts zu fürchten. Nicht in diesem Raum!«

Canfield sprach ganz langsam, ohne dabei die Lippen zu bewegen. Sie konnte ihn kaum hören, aber was sie hörte, erschreckte sie. Nicht das, was er sagte, sondern wie er es sagte. Matthew Canfield hatte sich denen angeschlossen, die in diesem Raum in Zürich versammelt waren. Auch er war ein Killer geworden.

»Sagen Sie, was Sie zu sagen haben, und bringen Sie es hinter sich... Ich will ihn. Es tut mir leid, aber ich will ihn haben. Sehen Sie ihn jetzt an, Lady, denn er ist ein toter Mann.«

»Sie sollen sich zusammenreißen! Solche Reden nützen uns beiden nichts.« Sie drehte sich um und ging zu ihrem Stuhl zurück. Ohne sich zu setzen, sagte sie: »Wie Sie vermutlich bemerkt haben, Gentlemen, ist mein junger Freund ernsthaft verwundet worden. Er hat das Ihnen allen zu verdanken – oder einem von Ihnen. Damit sollte meine Ankunft in Zürich verhindert werden. Das war eine geheime Tat und höchst provozierend.«

Die Männer blickten einander an.

Daudet, dessen Phantasie nicht aufhörte, ihm Bilder nationaler Schande oder eines Erschießungskommandos vorzugaukeln, antwortete schnell: »Warum sollte einer der hier Anwesenden so etwas tun, Madame Scarlatti? Wir sind doch keine Wahnsinnigen. Wir sind Geschäftsleute. Niemand hat versucht, Ihre Reise nach Zürich zu verhindern. Sehen Sie doch, Madame, wir sind alle hier.«

Elizabeth schaute den Mann namens Kroeger an und sagte langsam:

»Einer von Ihnen hat sich dieser Konferenz widersetzt. Man hat vor weniger als einer halben Stunde auf uns geschossen.«

Die Männer wandten sich zu Heinrich Kroeger. Einige begannen zornig zu werden. Vielleicht war dieser Kroeger zu brutal.

»Nein.« Er erwiderte ihre Blicke ruhig und antwortete voll Überzeugung: »Ich war mit Ihrem Kommen einverstanden. Hätte ich Sie aufhalten wollen, dann hätte ich Sie aufgehalten.«

Zum erstenmal seit dem Beginn der Konferenz sah Heinrich Kroeger den Sportartikelverkäufer am anderen Ende des Saales an, der halb im Schatten stand. Er hatte nur mäßig überrascht reagiert, als er begriffen hatte, daß Elizabeth Scarlatti ihn nach Zürich gebracht hatte. Gemäßigt, weil er Elizabeths Neigung für das Ungewöhnliche kannte, sowohl in ihren Methoden als auch in bezug auf die Leute, die sie einsetzte, und weil sie wahrscheinlich niemand anderen in ihrer Umgebung hatte, den sie so leicht zum Schweigen bringen konnte wie diesen geldgierigen gesellschaftlichen Aufsteiger. Er wäre ein bequemer Chauffeur, ein Diener. Kroeger haßte diese Typen.

Oder war er etwas anderes?

Warum hatte der Mann ihn angestarrt? Hatte Elizabeth ihm etwas gesagt? So dumm würde sie doch ganz bestimmt nicht sein. Ein solcher Mann würde sie in der nächsten Minute erpressen.

Eines stand fest – man würde ihn töten.

Aber wer hatte vorher versucht, ihn zu töten? Wer hatte versucht, Elizabeth am Kommen zu hindern? Und warum?

Elizabeth Scarlatti beschäftigte die gleiche Frage. Sie glaubte Kroeger, als dieser das Attentat von sich wies.

»Bitte, fahren Sie fort, Madame Scarlatti«, sagte Fritz Thyssen, dessen rundes Gesicht immer noch vor Zorn über Elizabeths Enthüllung seiner Kairoer Aktivitäten gerötet war. Er hatte das Heft an sich genommen.

»Das werde ich tun.« Sie trat neben ihren Stuhl, setzte sich aber nicht, sondern griff wieder in ihre Aktentasche. »Ich habe hier noch etwas, Gentlemen. Damit können wir unsere Geschäfte abschließen und Entscheidungen treffen. Ich habe hier für jeden der zwölf restlichen Investoren eine Kopie. Sie werden sie sich mit Ihren Assistenten teilen müssen. Ich bitte um Entschuldigung, Mr. Kroeger, für Sie habe ich leider keine.« Sie verteilte zwölf dünne Umschläge. Sie waren alle zugeklebt, und während sie weitergereicht wurden und jeder der Investoren einen nahm, war es offensichtlich, daß es jedem einzelnen schwerfiel, ihn nicht sofort aufzureißen. Aber keiner wollte sich seine Ungeduld anmerken lassen.

Als schließlich jeder der zwölf seinen Umschlag vor sich

liegen hatte, begannen die Männer einer nach dem anderen, sie zu öffnen.

Fast zwei Minuten lang war nur das Rascheln von Papier zu hören, sonst herrschte Schweigen, atemloses Schweigen, wie es schien. Die Männer aus Zürich waren von dem, was sie sahen, wie hypnotisiert. Und Elizabeth sprach weiter.

»Ja, Gentlemen. Was Sie hier in Händen halten, ist die geplante Liquidation der Scarlatti-Firmen – und um Illusionen bezüglich der Echtheit dieses Dokuments zu vermeiden, können Sie feststellen, daß hinter jedem Besitztitel die Namen der Personen, Gesellschaften oder Syndikate aufgeführt sind, die als Käufer auftreten werden. Jeder von Ihnen kennt die Einzelpersonen oder die Organisationen. Sie kennen ihre Fähigkeiten und wissen ganz bestimmt auch um ihren Ehrgeiz. In den nächsten vierundzwanzig Stunden werden sie Scarlatti besitzen.«

Für die meisten der Männer aus Zürich war diese Information Bestätigung geflüsterter Gerüchte. Es war ihnen zu Ohren gekommen, daß irgend etwas Ungewöhnliches bei Scarlatti geschah, Verkäufe unter seltsamen Umständen.

Das war es also. Der Kopf Scarlattis stieg aus.

»Eine gigantische Operation, Madame Scarlatti.« Olaffsens Stimme hallte durch den Raum. »Aber um Daudets Frage zu wiederholen, was haben Sie für uns vorbereitet?«

»Bitte, sehen Sie sich die unterste Zeile auf der letzten Seite an, Gentlemen. Obwohl Sie das ganz sicher schon getan haben.« Wieder raschelte Papier. Jeder sah schnell auf die letzte Seite. »Dort steht siebenhundertfünfzehn Millionen Dollar – der vereinigte, sofort flüssig zu machende Wert aller an diesem Tisch Anwesenden beträgt höchstens eine Milliarde einhundertundzehn Millionen. Demzufolge besteht zwischen uns eine Differenz von dreihundertundfünfundneunzig Millionen. Man könnte natürlich auch von der anderen Seite zu kalkulieren beginnen. Die Liquidation der Scarlatti-Firmen wird vierundsechzig Komma vier Prozent der an diesem Tisch vertretenen Werte realisieren – falls Sie, Gentlemen, Ihre persönlichen Besitztümer auf eine Art und Weise flüssig machen könnten, um eine finanzielle Panik auszuschließen.«

Schweigen.

Einige der Männer griffen nach dem ersten Umschlag, den sie erhalten hatten, mit der Übersicht über ihren persönlichen Wert.

Einer davon war Sydney Masterson, der sich jetzt mit seinem frostigen Lächeln zu Elizabeth wandte. »Vermutlich wollen Sie uns sagen, daß diese reichlich vierundsechzig Prozent den Knüppel darstellen, mit dem Sie uns bedrohen?«

»Ganz recht, Mr. Masterson.«

»Meine liebe Lady, ich muß an Ihrem Verstand zweifeln...«

»Das würde ich an Ihrer Stelle nicht tun.«

»Dann werde ich es tun, Frau Scarlatti.« Schnitzler von den IG-Farben sprach in einem Tonfall, als hätte er es mit einer Schwachsinnigen zu tun. »Um das zu bewirken, was Sie erreicht haben, müssen Sie kostspielige Opfer gebracht haben. Ich frage mich, zu welchem Zweck? Sie können nichts kaufen, was nicht zu verkaufen ist. Wir sind keine öffentliche Firma. Sie können nicht etwas zur Niederlage zwingen, das nicht existiert.« Sein deutscher Akzent war ausgeprägt und die von ihm ausgehende Arroganz fast körperlich zu spüren. Elizabeth fand ihn abstoßend.

»Ganz richtig, von Schnitzler.«

Der Deutsche lachte. »Dann waren Sie vielleicht unklug. Ich würde nicht den Wunsch haben, Ihre Verluste hinzunehmen. Ich meine – Sie können doch nicht zu irgendeinem mythischen Herrgott gehen und ihm sagen, daß Sie mehr Mittel zur Verfügung haben als wir – und daß er uns deshalb auf die Straße jagen muß!«

Einige Männer stimmten in sein Gelächter ein.

»Das wäre natürlich am einfachsten, nicht wahr? Der Appell an ein höheres Wesen und die Verhandlung mit einer einzigen Macht. Es ist wirklich jammerschade, daß ich das nicht kann. Das wäre so viel einfacher und nicht so kostspielig... Aber ich sehe mich gezwungen, einen anderen Weg einzuschlagen, einen wesentlich teuereren... Vielleicht sollte ich das erklären. Ich habe diesen Weg eingeschlagen, Gentlemen. Ich habe das vollbracht, was ich mir vorgenommen habe. Die Zeit verrinnt.«

Einige starrten Elizabeth unverwandt an – warteten auf das leiseste Zeichen, daß ihr Selbstbewußtsein schwand, die winzigste Andeutung, daß sie bluffte. Andere fixierten leblose Gegenstände – achteten nur auf das, was sie sagte, ihren Tonfall, um so irgendeine Schwäche aufzudecken. Das hier waren Männer, die mit einer einzigen Geste, einem einzigen Wort ganze Nationen in Bewegung setzen konnten.

»Wenn morgen früh die Geschäftstätigkeit beginnt, werden je nach den einzelnen Zeitzonen in den Finanzzentren der fünf an diesem Tisch vertretenen Nationen ungeheuere Bewegungen in Scarlatti-Kapital stattgefunden haben. In Berlin, Paris, Stockholm, London und New York sind bereits Verhandlungen für umfangreiche Käufe der verfügbaren Aktien unserer Zentralgesellschaften abgeschlossen worden. Vor dem Mittag des nächsten Geschäftstages, Gentlemen, wird Scarlatti beträchtliche, wenn auch natürlich Minderheitspakete an vielen Ihrer ausgedehnten Firmen besitzen im Wert von sechshundertsiebzig Millionen Dollar! Begreifen Sie, was das bedeutet, Gentlemen?«

Kindorf brüllte: »Ja! Sie werden die Preise hochjagen und für uns ein Vermögen verdienen! Sie werden gar nichts besitzen!«

»Meine liebe Lady, Sie sind einmalig.« Innes-Bowens Textilpreise waren konservativ geblieben. Er war über die sich bietende Aussicht entzückt.

D'Almeida, der sich bewußt war, daß sie keinen Zugang zu seinen französisch-italienischen Eisenbahnen hatte, sah das anders. »Sie können keine einzige Aktie an meinem Eigentum kaufen!«

»Einige von Ihnen haben eben mehr Glück als andere, d'Almeida.«

Jetzt meldete sich Leacock, der Finanzier, mit einem ganz leicht irischen Tonfall in der Stimme zu Wort. »Angenommen, das, was Sie sagen, stimmt, Madame Scarlatti, und das wäre durchaus möglich – was ist uns dann passiert? Wir haben keine Tochter verloren, sondern einen Kollegen gewonnen, wenn auch einen unbedeutenden.« Er wandte sich den anderen zu und hoffte, daß sie seinen Vergleich spaßig finden würden.

Elizabeth hielt den Atem an, ehe sie weitersprach. Sie wartete, bis die Aufmerksamkeit aller wieder auf sie gerichtet war.

»Ich sagte, daß Scarlatti vor dem Mittag des nächsten Tages die Position einnehmen würde, die ich Ihnen geschildert habe – eine Stunde später wird sich am Kurfürstendamm in Berlin eine Flutwelle aufbauen und an der Wall Street in New York enden. Eine Stunde später wird Scarlatti sein neu erworbenes Eigentum um einen Bruchteil des bezahlten Preises wieder abgeben. Ich habe drei Cent pro Dollar geschätzt... Gleichzeitig wird jede Einzelheit, die Scarlatti über Ihre fragwürdigen Aktivitäten erfahren hat, an die wichtigsten Nachrichtenagenturen in Ihren Ländern freigegeben werden. Verleumdungen an sich könnten Sie vielleicht überstehen, Gentlemen. Aber wenn eine Börsenpanik damit Hand in Hand geht, werden Sie nicht unbehelligt bleiben. Einige von Ihnen werden es mit Mühe überwinden. Andere wird man vernichten. Die Mehrzahl von Ihnen wird einen katastrophalen Schaden erleiden.«

Nach einem kurzen Augenblick erschütterten Schweigens schien der Raum förmlich zu explodieren. Jeder redete auf jeden ein.

Heinrich Kroeger erhob sich aus seinem Stuhl und brüllte die Männer an: »Aufhören! Aufhören! Ihr verdammten Narren, hört auf! Das würde sie nie tun! Sie blufft!«

»Glauben Sie das wirklich?« schrie Elizabeth so laut, daß sie die Stimmen der anderen übertönte.

»Dann bringe ich Sie um, Sie Hexe!«

»Versuchen Sie es – Kroeger! Versuchen Sie es!« Matthew Canfield stand jetzt neben Elizabeth, und seine blutunterlaufenen Augen starrten Ulster Stewart Scarlett wütend an.

»Wer, zum Teufel sind Sie denn, Sie lausiger Krämer?« schrie der Mann namens Kroeger den Begleiter der alten Frau an und klammerte sich mit beiden Händen an der Tischplatte fest.

»Sehen Sie mich gut an! Ich bin Ihr Henker!«

»Was!«

Der Mann namens Kroeger kniff die häßlichen Augen zusammen. Er war verwirrt. Wer war dieser Schmarotzer? Aber er hatte jetzt keine Zeit, darüber nachzudenken. Die Stimmen der im Saal Versammelten waren angeschwollen. Jeder brüllte jeden an, ein unglaubliches Durcheinander herrschte im Raum.

Heinrich Kroeger schlug mit der Faust auf den Tisch. Er mußte die Versammlung wieder unter Kontrolle bekommen. Er mußte sie beruhigen. »Aufhören! Hören Sie mir zu! Wenn Sie mir zuhören, dann sage ich Ihnen, weshalb sie das nicht kann! Sie kann es nicht, das sage ich Ihnen!«

Eine Stimme nach der anderen verstummte, und schließlich herrschte wieder Stille im Raum. Die Männer aus Zürich sahen Kroeger an. Er deutete mit dem Finger auf Elizabeth Scarlatti.

»Ich kenne diese Hexe! Das ist nicht das erstemal, daß sie das tut! Sie holt Männer zusammen, mächtige Männer, und macht ihnen Angst. Dann geraten sie in Panik und verkaufen! Sie spekuliert auf eure Angst, ihr Feiglinge!«

Daudet erwiderte ruhig: »Sie haben uns nichts erklärt. Warum kann sie nicht tun, was sie sagt?«

Kroeger ließ Elizabeth Scarlatti nicht aus den Augen, während er antwortete. »Weil sie alles, wofür sie je gekämpft hat, damit vernichten würde. Scarlatti würde zusammenbrechen!«

Sydney Mastersons Stimme war nicht mehr als ein Flüstern, als er sagte: »Das ist offensichtlich. Aber die Frage bleibt unbeantwortet.«

»Sie könnte ohne diese Macht nicht leben! Glauben Sie mir! Sie könnte ohne sie nicht leben!«

»Das ist Ihre Meinung«, sagte Elizabeth Scarlatti und sah ihren Sohn am anderen Ende des Tisches durchdringend an. »Verlangen Sie, daß die Mehrzahl der an diesem Tisch Anwesenden nur aufgrund Ihrer Meinung ein so hohes Risiko eingeht?«

»Verdammt sollen Sie sein!«

»Dieser Kroeger hat recht, Madame.« Der gedehnte Texas-Tonfall war unverkennbar. »Sie werden sich ruinieren. Am

Ende haben Sie keinen Topf mehr, in den Sie pissen können.«

»Ihre Wortwahl paßt zur Primitivität Ihrer Geschäfte, Mr. Landor.«

»Für Worte gebe ich nicht einmal Schweinepisse, alte Dame. Bloß für Geld. Und davon reden wir hier. Was bezwecken Sie mit diesem Scheiß!«

»Es genügt, daß ich es tue, Mr. Landor... Gentlemen, ich sagte, daß die Zeit knapp wird. Die nächsten vierundzwanzig Stunden werden entweder ein normaler Dienstag sein oder ein Tag, den man in den Finanzhauptstädten unserer Welt nie vergessen wird. Einige der hier Anwesenden werden überleben, die meisten nicht. Wie entscheiden Sie sich, Gentlemen? Ich behaupte, daß es angesichts von allem, was ich gesagt habe, eine schlechte Entscheidung wäre, wollte man zulassen, daß die Mehrheit es der Minderheit gestattet, ihre Vernichtung zu veranlassen.«

»Was wollen Sie denn von uns?« Myrdal war ein vorsichtiger Verhandlungspartner. »Einige wenige könnten es vorziehen, Ihre Drohungen zu überleben, anstatt Ihre Forderungen zu akzeptieren. Manchmal glaube ich, daß das Ganze nur ein Spiel ist. Was fordern Sie?«

»Daß diese – Vereinigung sofort aufgelöst wird. Daß alle finanziellen und politischen Verbindungen in Deutschland zu den dortigen Parteien sofort gelöst werden. Daß diejenigen von Ihnen, denen man die Mitgliedschaft in der Alliierten Kontrollkommission anvertraut hat, sofort zurücktreten!«

»Nein! Nein! Nein! Nein!« Heinrich Kroeger tobte vor Wut. Er schmetterte seine Faust mit aller Kraft auf den Tisch. »Es hat Jahre gedauert, diese Organisation aufzubauen! Wir werden die Wirtschaft Europas kontrollieren! Ganz Europa werden wir kontrollieren!«

»Hören Sie mir zu, Gentlemen!« bat Elizabeth. »Mr. Myrdal hat gesagt, es sei ein Spiel. Natürlich ist es ein Spiel. Ein Spiel, für das wir unser Leben einsetzen. Unsere Seele. Ein Spiel, das uns verzehrt, und wir verlangen mehr und mehr, bis wir am Ende unsere eigene Vernichtung ersehnen... Herr Kroeger sagt, ich könne nicht ohne die Macht leben, die ich mir aufgebaut habe. Mag sein, daß er recht hat, Gentlemen. Vielleicht ist für mich die Zeit gekommen, jenes logische Ziel zu erreichen, das Ziel, das ich jetzt ersehne und für das ich bereit bin, den Preis zu bezahlen. Natürlich werde ich tun, was ich sage, Gentlemen. Ich begrüße den Tod!«

»Dann mag es doch der Ihre sein und nicht der unsere!« stieß Sydney Masterson hervor.

»So soll es sein, Mr. Masterson. Ich habe keine Angst davor. Ich überlasse Ihnen allen die Notwendigkeit, mit dieser seltsamen neuen Welt fertig zu werden, in die wir eingetreten sind. Glauben Sie bitte keinen Augenblick, Gentlemen, daß ich Sie nicht verstehen könnte – daß ich nicht verstehen könnte, was Sie getan haben. Und am schrecklichsten ist der Grund, weshalb Sie es getan haben. Sie sehen sich in Ihren persönlichen Königreichen um und haben Angst. Sie sehen, wie Ihre Macht bedroht wird – von Theorien, Regierungen, seltsam klingenden Konzepten, die an Ihren Wurzeln nagen. Überwältigende Angst erfaßt Sie, und Sie wollen das Feudalsystem beschützen, das Sie hervorgebracht hat. Vielleicht sollten Sie das auch ... Aber auf diese Art werden Sie es nicht tun!«

»Da Sie das so gut verstehen, weshalb halten Sie uns dann auf? Diese Unternehmung schützt uns alle. Am Ende auch Sie. Warum halten Sie uns auf?« D'Almeida würde es überstehen, daß er die französisch-italienischen Eisenbahnen verlor – wenn nur der Rest gerettet werden konnte.

»So fängt es immer an. Der größere Nutzen ... Wir wollen sagen, daß ich Sie aufhalte, weil das, was Sie tun, mehr ein Makel als eine Heilung ist. Und das ist alles, was ich darüber sagen will.«

»Aus Ihrem Mund klingt das lächerlich! Ich sage Ihnen noch einmal, sie wird es nicht tun, meine Herren!« Kroeger schlug mit der flachen Hand auf den Tisch, aber niemand schenkte ihm besondere Beachtung.

»Wenn Sie sagen, daß die Zeit zu Ende geht, Madame Scarlatti, wie meinen Sie das?« fragte Masterson. »Aus dem, was Sie sagten, schloß ich, daß die Zeit schon abgelaufen wäre, daß Sie diesen teuren Weg schon eingeschlagen hatten ...«

»Es gibt einen Mann in Genf, Mr. Masterson, der einen Telefonanruf von mir erwartet. Wenn er diesen Anruf erhält, wird ein Telegramm an meine Büros in New York abgesandt werden. Wenn jenes Telegramm eintrifft, wird die Organisation abgesagt. Wenn nicht, wird sie planmäßig durchgeführt.«

»Das ist unmöglich! Etwas so Kompliziertes – durch ein einziges Telegramm bewirkt? Ich glaube Ihnen nicht.« Monsieur Daudet sah seinen Ruin unabwendbar vor sich.

»Ich nehme beträchtlichen finanziellen Schaden dafür in Kauf.«

»Sie nehmen mehr als das auf sich, Madame«, sagte Masterson. »Man wird Ihnen nie wieder vertrauen. Scarlatti wird isoliert sein.«

»Das ist eine Möglichkeit, Mr. Masterson. Kein Schluß. Der Markt ist flexibel. Nun – Gentlemen? Was ist Ihre Antwort?«

Sydney Masterson erhob sich von seinem Sessel. »Führen Sie Ihr Telefongespräch. Es gibt keine andere Wahl, nicht wahr, Gentlemen?«

Die Männer aus Zürich sahen einander an. Langsam erhoben sie sich aus ihren Stühlen und sammelten die Papiere ein, die vor ihnen lagen.

»Es ist vorbei. Ich steige aus.« Kindorf faltete den Umschlag zusammen und steckte ihn in die Tasche.

»Sie sind ein scharfer Tiger. Ich hätte keine Lust, Ihnen in der Arena zu begegnen, und wenn ich eine ganze Armee hinter mir hätte.« Leacock stand aufrecht da.

»Vielleicht bluffen Sie, aber ich riskier's nicht!« Landor stieß Gibson an, der sich offenbar noch nicht ganz von seinem Schrecken erholt hatte.

»Wir können nicht sicher sein – das ist unser Problem«, sagte Gibson. »Wir können nicht sicher sein.«

»Halt! Warten Sie doch! Einen Augenblick!« Heinrich Kroeger begann zu schreien. »Wenn Sie das tun, wenn Sie hinausgehen, dann sind Sie tot! Jeder einzelne von euch verdammten Blutegeln ist tot! Blutegel! Feige Blutegel... Ihr saugt uns das Blut aus den Adern, ihr macht Verträge mit uns, und dann lauft ihr weg? Ihr habt Angst um eure kleinen

Geschäfte? Ihr gottverdammten Judenschweine! Wir brauchen euch nicht! Keinen von euch! Aber ihr werdet uns brauchen! In Stücke werden wir euch reißen und an die Hunde verfüttern! Ihr gottverdammten Schweine!« Kroegers Gesicht war gerötet. Die Worte überschlugen sich, Speichel rann ihm aus den Mundwinkeln.

»Hören Sie auf, Kroeger!« Masterson trat einen Schritt auf den wütenden Mann mit dem rotgefleckten Gesicht zu. »Es ist vorbei! Verstehen Sie denn nicht? Vorbei!«

»Stehenbleiben, du Dreckschwein, du schwule Engländersau!« Kroeger zog seine Pistole aus der Halfter. Canfield, der neben Elizabeth stand, sah, daß es eine langläufige Fünfundvierziger war. Ein einziger Schuß reichte, um den Kopf eines Menschen in Stücke zu reißen.

»Keiner rührt sich von der Stelle... Vorbei! Nichts ist vorbei, bis ich es sage. Ihr gottverdammten, schmutzigen Schweine! Ihr feigen Würmer! Wir sind schon zu weit gekommen! Keiner hält uns mehr auf!« Er fuchtelte mit der Pistole herum, richtete sie auf Elizabeth und Canfield. »Vorbei! Ich will euch sagen, wer erledigt ist! Sie ist erledigt... Aus dem Weg.«

Er schob sich links am Tisch vorbei, und der Franzose Daudet kreischte: »Tun Sie es nicht, Monsieur! Töten Sie sie nicht! Wenn Sie das tun, sind wir ruiniert!«

»Ich warne Sie, Kroeger!« rief Masterson. »Wenn Sie sie ermorden, werden Sie sich vor uns verantworten müssen! Wir lassen uns von Ihnen nicht einschüchtern! Wir werden uns Ihretwegen nicht selbst vernichten!« Er stand dicht neben Kroeger, so daß ihre Schultern sich fast berührten. Der Engländer rührte sich nicht von der Stelle.

Heinrich Kroeger richtete wortlos und ohne Warnung die Pistole auf Mastersons Leib und feuerte. Der Schuß hallte betäubend durch den Saal, und Sydney Masterson wurde nach hinten geworfen. Er fiel zu Boden, war sofort tot, von Blut überströmt.

Die elf Männer aus Zürich stöhnten, und einige schrien erschrocken auf, als sie die blutige Leiche sahen. Heinrich Kroeger ging weiter, alle wichen ihm aus.

Elizabeth Scarlatti blieb stehen. Ihre Augen erfaßten den

Killer, der ihr Sohn war. »Ich verfluche den Tag, an dem Sie geboren wurden. Sie besudeln das Haus Ihres Vaters. Aber das wissen Sie, Heinrich Kroeger, das wissen Sie gut!« Die Stimme der alten Frau erfüllte den weiten Saal. Die Macht, die sie ausstrahlte, war so ungeheuerlich, daß ihr Sohn einen Augenblick lang wie benommen war und sie haßerfüllt anstarrte, während sie sein Todesurteil verkündete. »Sobald ich tot bin, wird jede Zeitung in der zivilisierten Welt Ihre Identität in Schlagzeilen hinausschreien. Man wird Sie jagen! Sie sind ein Wahnsinniger, ein Mörder, ein Dieb! Und jeder Mann in diesem Raum, jeder Investor in Zürich wird als Ihr Spießgeselle gebrandmarkt sein, falls sie Sie diese Nacht überleben lassen!«

Unkontrollierte Wut wallte in Heinrich Kroegers Augen auf. Sein ganzer Körper zitterte vor Zorn, als er nach dem Stuhl vor ihm trat und ihn krachend zu Boden warf. Es reichte nicht zu töten, er mußte sie aus der Nähe töten, mußte sehen, wie das Leben und der Geist von Elizabeth Scarlatti vor seinen Augen ausgelöscht wurden.

Matthew Canfield hatte den Finger der rechten Hand am Abzug des Revolvers, der in seiner Tasche steckte. Er hatte noch nie aus der Tasche geschossen und wußte, daß er und Elizabeth sterben würden, wenn er sein Ziel verfehlte. Er war nicht sicher, wie lange er noch warten durfte. Er würde auf die Brust des herannahenden Mannes zielen, das größte Ziel, das sich ihm bot. Er wartete, bis er nicht länger warten konnte.

Der Knall des kleinen Revolvers und der Aufprall der Kugel in Scarletts Schulter waren ein solcher Schock, daß Kroegers Augen sich den Bruchteil einer Sekunde lang ungläubig weiteten. Es war genug, gerade genug für Canfield.

Mit aller ihm zur Verfügung stehenden Kraft stieß er Elizabeth mit der rechten Schulter an, stieß ihren zerbrechlichen Körper zu Boden, aus Kroegers Schußwinkel, während er, Canfield, sich nach links warf. Er zog den Revolver heraus und feuerte schnell hintereinander auf den Mann namens Heinrich Kroeger.

Kroegers schwere Waffe entlud sich, während er zusammenbrach.

Canfield taumelte nach vorn, vergaß den unerträglichen Schmerz in seinem linken Arm, der vom Gewicht seines eigenen Körpers zusammengedrückt wurde. Er sprang Ulster Stewart Scarlett an, entwand ihm die Waffe und begann mit dem Lauf auf Heinrich Kroegers Gesicht einzuschlagen. Er konnte nicht aufhören.

Er mußte das Gesicht zerstören; das scheußliche Gesicht zerstören!

Schließlich riß man ihn von seinem Opfer weg.

»*Herrgott*. Er ist tot! Halt! Aufhören! Hören Sie auf!« Der kräftige Fritz Thyssen hielt ihn fest.

Matthew Canfield versagten die Kräfte, und er sank zu Boden.

Die Männer von Zürich hatten sich um ihn gedrängt. Einige halfen Elizabeth auf die Beine, während die anderen sich über Heinrich Kroeger beugten.

Irgend jemand hämmerte gegen die Tür.

Von Schnitzler übernahm das Kommando. »Laßt sie herein!« befahl er mit seinem kehligen deutschen Akzent.

D'Almeida ging schnell auf die Tür zu und öffnete sie. Einige Chauffeure standen am Eingang. Canfield kam es in den Sinn, daß diese Männer nicht einfach nur Fahrer waren. Dazu hatte er guten Grund. Sie waren bewaffnet.

Während er vor Schmerz verkrümmt auf dem Boden lag, sah Canfield, wie ein brutal wirkender blonder Mann mit kurz geschnittenem Haar sich über Heinrich Kroegers Leiche beugte. Er schob die anderen einen Augenblick lang weg, während er ein Lid zurückzog.

Und dann fragte sich Canfield, ob die Qual der letzten Stunden ihm vielleicht den Blick verwirrt hatte – oder hatte der blonde Mann sich tatsächlich vorgebeugt und Heinrich Kroeger etwas ins Ohr geflüstert?

Lebte Heinrich Kroeger noch?

Von Schnitzler stand vor Canfield. »Man wird ihn wegschaffen. Ich habe veranlaßt, daß man ihm den Gnadenschuß gibt. Er ist tot.« Dann rief der korpulente von Schnitzler den uniformierten Chauffeuren, die Kroeger umstanden, in deutscher Sprache weitere Befehle zu. Einige schickten sich an, die leblose Gestalt aufzuheben, aber der blonde Mann mit dem kurz geschnittenen Haar hinderte sie daran. Er schob sie weg, ließ nicht zu, daß sie den Körper berührten.

Er allein hob Heinrich Kroeger auf und trug ihn zur Tür hinaus. Die anderen folgten ihm.

»Wie geht es ihr?« Canfield deutete auf Elizabeth, die auf einem Stuhl saß. Sie starrte auf die Tür, durch die man die Leiche hinausgetragen hatte, starrte den Mann an, von dem keiner wußte, daß er ihr Sohn war.

»Gut! Sie kann jetzt telefonieren!« Leacock gab sich große Mühe, entschlußkräftig zu wirken.

Canfield stand auf und ging zu Elizabeth hinüber. Er legte ihr die Hand auf die runzlige Wange. Er konnte nicht anders.

Tränen rannen ihr über das Gesicht.

Und dann blickte Matthew Canfield auf. Er konnte das Motorengeräusch eines schweren Wagens hören, der davonraste. Er war beunruhigt.

Von Schnitzler hatte gesagt, er hätte irgend jemanden veranlaßt, Kroeger den Gnadenschuß zu geben.

Aber Canfield hatte keinen Schuß gehört.

Einen Kilometer entfernt, auf der Schweizer Bundesstraße Nummer 7, schleppten zwei Männer eine Männerleiche zu einem Lastwagen. Sie wußten nicht, was sie tun sollten. Der tote Mann hatte sie bezahlt, hatte sie dafür bezahlt, den Wagen aufzuhalten, der zum Falkenhaus fuhr. Er hatte sie im voraus bezahlt, darauf hatten sie bestanden. Jetzt war er tot, von einer Kugel getötet, die für den Fahrer des Wagens bestimmt gewesen war, der vor einer Stunde vorbeigekommen war. Und während sie die Leiche über den Felshang zum Lastwagen schleppten, strömte das Blut aus seinem Mund über den perfekt gewachsten Schnurrbart.

Der Mann namens Poole war tot.

TEIL VIER

45.

Major Matthew Canfield, fünfundvierzig Jahre alt, an der Schwelle zum sechsundvierzigsten Jahr, streckte die Beine quer über den Rücksitz des Militärwagens. Sie hatten inzwischen die Ortsgrenze von Oyster Bay überquert, und der Sergeant mit dem gelben Gesicht brach das Schweigen. »Wir sind gleich da, Major. Sie sollten jetzt besser aufwachen.«

Aufwachen. Wenn es nur so einfach wäre ... Der Schweiß strömte ihm über das Gesicht. Sein Herz schlug den Rhythmus einer unbekannten Melodie.

»Danke, Sergeant.«

Der Wagen bog nach Osten und rollte in die Harbor Road, auf die Seepromenade zu. Als sie sich seinem Haus näherten, begann Major Matthew Canfield zu zittern. Er umfaßte mit der rechten Hand sein linkes Handgelenk, hielt den Atem an und biß sich auf die Zunge. Er durfte sich kein Selbstmitleid leisten. Er durfte das Janet nicht antun. Er schuldete ihr so viel.

Der Sergeant bog zügig in die Einfahrt und hielt an dem Steinplattenweg an, der zum Eingang des großen Strandgrundstücks führte. Der Sergeant fuhr gern mit seinem reichen Major nach Oyster Bay hinaus. Es gab immer gut und reichlich zu essen, trotz der Rationierung, und die alkoholischen Getränke waren die besten. Kein billiger Fusel.

Der Major stieg langsam aus dem Wagen. Der Sergeant war beunruhigt. Irgend etwas stimmte nicht mit dem Major. Hoffentlich bedeutete das nicht, daß sie nach New York zurückfahren mußten. Der Alte schien Schwierigkeiten zu haben, sich gerade zu halten.

»Alles okay, Major?«

»Okay, Sergeant. Hätten Sie Lust, heute nacht im Bootshaus zu übernachten?« Er sah den Sergeant dabei nicht an.

»Na klar. Fein, Major!« Dort pflegte er immer zu schlafen. Die kleine Wohnung im Bootshaus war mit einer kompletten

Küche ausgestattet, und es gab dort genügend zu trinken, sogar ein Telefon. Aber der Sergeant hatte noch kein Signal erhalten, daß er die Wohnung auch wirklich benutzen durfte. Er probierte es. »Werden Sie mich brauchen, Major? Dürfte ich mir ein paar Freunde einladen?«

Der Major ging den Weg hinauf. Jetzt drehte er sich halb um und rief leise: »Tun Sie, wozu Sie Lust haben, Sergeant. Nur das Radiotelefon benutzen Sie nicht, ist das klar?«

»Natürlich, Major!« Der Sergeant trat aufs Gas und fuhr zum Strand hinunter.

Major Canfield stand vor der weißen, mit Schnitzereien verzierten Tür mit den massiven Sturmlampen zu beiden Seiten.

Sein Haus.

Janet.

Die Tür ging auf – und da stand sie. Das Haar mit den grauen Strähnen, die sie nicht färben wollte. Die leicht nach oben gerichtete Nase, der zart geschnittene, sensible Mund. Die hellen, großen braunen Augen, die immer so suchend blickten. Die sanfte Lieblichkeit ihres Gesichts. Die wohltuende Besorgtheit, die von ihr ausstrahlte...

»Ich habe den Wagen gehört. Keiner fährt so zum Bootshaus wie Evans... Matthew, Matthew! Liebster! Du weinst ja!«

46.

Das Flugzeug, ein B-29-Truppentransporter, tauchte aus den Nachmittagswolken auf den Flughafen von Lissabon herunter. Ein Korporal der Air Force ging den Mittelgang hinunter.

»Bitte, die Sitzgurte befestigen! Nicht mehr rauchen! Wir landen in vier Minuten.« Er sprach mit monotoner Stimme, weil er wußte, daß seine Passagiere wichtig sein mußten. Also mußte er noch wichtiger, aber höflich wirken, wenn er ihnen etwas zu sagen hatte.

Der junge Mann neben Matthew Canfield hatte seit dem Start in Shannon sehr wenig gesagt. Ein paarmal versuchte der Major, ihm zu erklären, daß sie einen Kurs flogen, der außer Reichweite der Luftwaffe war und daß es keinen Grund zur Besorgnis gab. Andrew Scarlett hatte nur irgend etwas Zustimmendes gemurmelt und sich wieder seinen Zeitschriften zugewandt.

Der Wagen am Flughafen von Lissabon war ein gepanzerter Lincoln mit zwei Leuten vom OSS, die vorn saßen. Die Fenster waren kugelsicher, und das Automobil brachte es auf eine Geschwindigkeit von hundertzwanzig Meilen die Stunde. Sie mußten zweiunddreißig Meilen den Tejo hinauffahren, zu einem Flugplatz in Algenguer.

In Algenguer bestiegen der Mann und der Junge eine speziell gebaute tieffliegende Navy TBF ohne Hoheitszeichen, die sie nach Bern bringen sollte. Es würde keine Zwischenlandungen geben. Für die ganze Flugstrecke waren Jagdmaschinen der Engländer, der Amerikaner und der freien Franzosen eingeteilt, um sie vor feindlichen Angriffen zu schützen.

In Bern wurden sie von einem Schweizer Regierungsfahrzeug abgeholt, das von acht Motorrädern eskortiert wurde – eines vorn, eines hinten und auf jeder Seite drei. Die Fahrer waren alle bewaffnet, was im Widerspruch zur Genfer Konvention stand.

Sie fuhren zu einem Dorf, das etwa dreißig Kilometer nördlich lag, auf die deutsche Grenze zu. Nach Kreuzlingen.

Sie erreichten einen kleinen Landgasthof, der vom Rest der Zivilisation isoliert war. Der Mann und der Junge stiegen aus. Der Fahrer raste mit dem Wagen davon, und die Motorradeskorte verschwand.

Matthew Canfield führte den Jungen die Treppe hinauf zum Eingang der Gaststätte.

Im Vorraum konnte man die klagenden Laute eines Akkordeons hören, die Musik kam aus einem schwach besetzten Speisesaal. Der Eingangssaal mit seiner hohen Decke wirkte ungastlich und vermittelte das Gefühl, daß Gäste hier nicht willkommen waren.

Matthew Canfield und Andrew Scarlett gingen auf den Tresen zu, der als Empfangstisch diente.

»Bitte, sagen Sie in Zimmer sechs Bescheid, daß April Red hier ist.«

Als der Angestellte seine Leitung einstöpselte, fing der Junge plötzlich zu zittern an. Canfield packte ihn am Arm und hielt ihn fest.

Sie stiegen die Treppe hinauf. Dann standen die zwei Männer vor der Tür mit der Nummer sechs.

»Ich kann dir jetzt nichts anderes sagen, Andy, als daß wir wegen eines Menschen hier sind. Zumindest ist das der Grund, warum ich hier bin – deiner Mutter wegen. Versuch dich daran zu erinnern.«

Der Junge holte tief Atem. »Ich will es versuchen, Dad. Mach die Tür auf! Herrgott, mach die Tür auf!«

Der Raum war schwach von kleinen Lampen beleuchtet, die auf kleinen Tischchen standen. Er war so ausgestattet, wie die Schweizer Zimmer für Touristen immer ausstatteten – schwere Teppiche und massives Mobiliar, mächtige Polstersessel mit weißen Deckchen.

Am anderen Ende des Raums saß ein Mann im Halbschatten. Das Licht der Stehlampen fiel über seine Brust, beleuchtete aber sein Gesicht nicht. Er war in braunen Tweed gekleidet, und sein Jackett war mit Leder besetzt. Er sprach mit einer kehligen, unfreundlichen Stimme. »Wer sind Sie?«

»Canfield und April Red. Kroeger?«

»Schließen Sie die Tür.«

Matthew Canfield machte die Tür zu und trat vor Andrew Scarlett. Er würde dem Jungen Deckung geben. Er schob die Hand in die rechte Jackettasche.

»Ich habe einen Revolver, der auf Sie gerichtet ist, Kroeger. Es ist nicht dieselbe Tasche, aber dieselbe Waffe wie bei unserer letzten Begegnung. Diesmal werde ich mich auf gar nichts verlassen. Drücke ich mich klar aus?«

»Wenn Sie mögen, können Sie das Schießeisen aus der Tasche nehmen und mir gegen den Kopf halten. Ich kann nicht viel dagegen tun.«

Canfield ging auf die Gestalt in dem Sessel zu.

Es war schrecklich.

Der Mann war ein halber Invalide. Seine ganze linke Körperhälfte schien gelähmt zu sein, bis zum Kinn. Er hatte die

Hände vor sich gefaltet und die Finger ausgestreckt, als wären sie spastisch. Aber seine Augen blickten wach.

Seine Augen.

Sein Gesicht... Die weißen Flecken von Hautverpflanzungen unter dem grauen, kurzgestutzten Haar... Der Mann sprach.

»Was Sie hier sehen, ist aus Sebastopol herausgeschafft worden. Operation Barbarossa.«

»Was haben Sie uns zu sagen, Kroeger?«

»Zuerst April Red... Sagen Sie ihm, er soll nähertreten.«

»Komm her, Andy. Zu mir.«

»Andy!« Der Mann in dem Sessel lachte mit halb geschlossenem Mund. »Ist das nicht nett! Andy! Komm her, Andy!«

Andrew Scarlett ging auf seinen Stiefvater zu und stand neben ihm, blickte auf den mißgestalteten Mann in dem Sessel hinunter.

»Du bist also der Sohn von Ulster Scarlett?«

»Ich bin Matthew Canfields Sohn.«

Canfield beobachtete Vater und Sohn. Plötzlich hatte er das Gefühl, nicht hierher zu gehören. Er hatte das Gefühl, daß hier Riesen – alt und geschwächt, jung und hager – im Begriff waren, einen Kampf auszutragen. Und er gehörte nicht zu ihrer Familie.

»Nein, junger Mann. Du bist der Sohn von Ulster Stewart Scarlett, der Erbe von Scarlatti!«

»Ich bin genau das, was ich sein will. Ich habe nichts mit Ihnen zu tun!« Der junge Mann atmete tief durch. Die Furcht begann ihn jetzt loszulassen. Und Canfield sah, daß an ihrer Stelle eine stille Wut in dem Jungen aufstieg.

»Ruhig, Andy. Ruhig.«

»Warum? Seinetwegen? Sieh ihn dir doch an! Der ist ja praktisch tot. Er hat nicht einmal mehr ein Gesicht.«

»Aufhören!« Ulster Scarletts schrille Stimme erinnerte Canfield an jenen Saal damals in Zürich, vor langer Zeit. »Aufhören, du Narr!«

»Weshalb? Warum sollte ich? Ich kenne Sie nicht! Ich will Sie nicht kennen! Sie sind vor langer Zeit weggegangen!« Der junge Mann deutete auf Canfield. »Er ist an Ihrer Stelle eingesprungen. Auf ihn höre ich. Sie sind nichts für mich!«

»Sprich nicht so zu mir! Wage es nicht!«

Jetzt schaltete Canfield sich mit scharfer Stimme ein. »Ich habe April Red mitgebracht, Kroeger. Jetzt müssen Sie liefern. Dazu sind wir hergekommen. Bringen wir es hinter uns!«

»Zuerst muß er es begreifen!« Der verformte Schädel nickte langsam. »Man muß ihn dazu bringen, daß er es begreift!«

»Wenn es Ihnen so viel bedeutet hat, warum haben Sie es dann verborgen? Warum sind Sie Kroeger geworden?«

Das Nicken hörte auf, und die aschefarbenen Schlitzaugen starrten ihn an. Canfield erinnerte sich daran, wie Janet ihm jenen Blick geschildert hatte.

»Weil Ulster Scarlett sich nicht dafür eignete, die neue Ordnung zu verkörpern, die neue Welt! Ulster Scarlett hat seinen Zweck erfüllt, und danach war er nicht mehr notwendig. Er war ein Hindernis. Er wäre zu einem Witz geworden. Er mußte eliminiert werden.«

»Vielleicht war da noch etwas.«

»Was?«

»Elizabeth. Sie hätte Sie wieder aufgehalten – auch später, so wie sie Sie in Zürich aufgehalten hat.«

Als Elizabeths Name fiel, räusperte sich Heinrich Kroeger und spuckte auf den Boden. Es war ein häßlicher Anblick. »Diese Hexe! Aber wir haben damals, 1926, einen Fehler gemacht... Wollen wir ehrlich sein, ich habe den Fehler gemacht. Ich hätte sie bitten sollen, sich uns anzuschließen. Das hätte sie nämlich getan, wissen Sie. Sie wollte dasselbe wie wir...«

»Darin irren Sie.«

»Ha! Sie haben sie nicht gekannt!«

Der ehemalige Buchprüfer erwiderte leise und ausdruckslos: »Ich habe sie gekannt. Glauben Sie mir, sie hat alles das verachtet, was Sie verkörperten.«

Der Nazi lachte leise. »Das ist sehr komisch. Ich habe ihr gesagt, daß sie alles verkörperte, was ich verachtete.«

»Dann hatten Sie beide recht.«

»Egal. Sie ist jetzt in der Hölle.«

»Sie starb in der Meinung, daß Sie tot wären, deshalb starb sie in Frieden.«

»Ha! Sie werden nie wissen, wie oft ich in all den Jahren versucht war – besonders damals, als wir Paris einnahmen. Aber ich wartete auf London, ich wollte vor White Hall stehen und es der Welt verkünden – und zusehen, wie Scarlatti sich selbst vernichtete.«

»Sie lebte schon nicht mehr, als Paris fiel.«

»Das hatte nichts zu sagen.«

»Wahrscheinlich nicht. Sie hatten ebenso große Angst vor ihr, als sie tot war, wie damals, als sie noch lebte.«

»Ich hatte vor niemandem Angst! Vor nichts hatte ich Angst!« Heinrich Kroeger beschwor die letzten Kräfte seines gebrechlichen Körpers herauf.

»Warum haben Sie dann Ihre Drohung nicht wahrgemacht? Das Haus Scarlatti lebt.«

»Hat Sie es Ihnen nie gesagt?«

»Was?«

»Diese Hexe hat immer alle ihre Flanken abgesichert. Sie hat den Mann gefunden, den sie korrumpieren konnte. Meinen einzigen Feind im Dritten Reich. Goebbels. Sie hat nie geglaubt, daß ich in Zürich getötet wurde. Goebbels wußte, wer ich war. Nach 1933 hat sie unseren guten Ruf mit Lügen bedroht. Mit Lügen über mich. Die Partei war wichtiger als meine Rache.«

Canfield sah den zerstörten Mann an, der da vor ihm saß. Wie stets, so war Elizabeth Scarlatti ihnen auch hier voraus gewesen. Weit voraus.

»Eine letzte Frage.«

»Was?«

»Warum Janet?«

Der Mann im Sessel hob mühsam die rechte Hand. »Er – er!« Er deutete auf Andrew Scarlett.

»Warum?«

»Weil ich geglaubt habe, weil ich immer noch glaube... Heinrich Kroeger war Teil einer neuen Welt, einer neuen Ordnung, der wahren Aristokratie. Und das alles hätte einmal ihm gehört!«

»Aber warum Janet?«

Heinrich Kroeger seufzte erschöpft auf. »Eine Hure. Wer braucht schon eine Hure? Wir suchen doch nur das Gefäß...«

Canfield spürte, wie Zorn in ihm aufstieg, aber in seinem Alter und seinem Beruf hatte er gelernt, solche Emotionen zu unterdrücken. Für den Jungen war er jedoch nicht schnell genug.

Andrew Scarlett sprang vor und schlug mit der flachen Hand nach dem wehrlosen Kroeger. Es war ein harter, gut gezielter Schlag. »Sie Bastard! Sie dreckiger Bastard!«

»Andy! Zurück!« Canfield zog den Jungen weg.

»Unehelich!« Heinrich Kroegers Augen schwammen in ihren Höhlen. »Es gehört dir! Deshalb bist du hier! Du mußt es wissen! Du wirst es verstehen und uns einen neuen Anfang bringen! Denk doch! Denk an die Aristokratie! Für dich – für dich...« Er griff mit der nur schwer beweglichen Hand in die Innentasche und holte ein Stück Papier heraus. »Die gehören dir. Nimm sie!«

Canfield ergriff das Papier und gab es, ohne einen Blick darauf zu werfen, an Andrew Scarlett weiter.

»Das sind Zahlen. Nur eine Menge Zahlen.«

Matthew Canfield wußte, was die Zahlen bedeuteten, aber ehe er es erklären konnte, sprach Kroeger weiter. »Das sind Schweizer Konten, mein Sohn. Mein einziger Sohn. Sie enthalten Millionen! Millionen! Aber es gibt da bestimmte Bedingungen. Bedingungen, die du lernen und dann begreifen wirst. Wenn du älter bist, wirst du wissen, daß diese Bedingungen erfüllt werden müssen. Und du wirst sie erfüllen. Weil diese Macht die geeignete Macht ist, um die Welt zu verändern. Auf die Art, wie wir sie verändern wollten.«

Der Junge sah die deformierte Gestalt in dem Sessel an. »Erwarten Sie jetzt von mir, daß ich Ihnen danke?«

»Eines Tages wirst du das tun.«

Matthew Canfield hatte genug. »Das reicht jetzt! April Red hat seine Nachricht. Jetzt will ich es haben! Was liefern Sie?«

»Es ist draußen. Helfen Sie mir aufstehen, dann gehen wir hin.«

»Niemals! Was ist draußen? Ihre Leute in Ledermänteln?«

»Da ist niemand. Niemand außer mir.«

Canfield sah das Wrack von einem Mann vor sich an und glaubte ihm. Er machte Anstalten, Heinrich Kroeger beim Aufstehen behilflich zu sein.

»Warte hier, Andy, ich bin gleich wieder da.«

Major Matthew Canfield, in voller Uniform, half dem Krüppel im braunen Tweed die Treppe hinunter in den Vorraum. Dort brachte ein Angestellter die Krücken, die der Nazi abgelegt hatte, als er sein Zimmer erreicht hatte. Der amerikanische Major und der Nazi gingen ins Freie.

»Wohin bringen Sie mich, Kroeger?«

»Glauben Sie nicht, daß es Zeit ist, mich bei meinem richtigen Namen anzusprechen? Ich heiße Scarlett. Oder, wenn Sie wollen, Scarlatti.« Der Nazi führte ihn nach rechts, weg von der Einfahrt, ins Gras.

»Sie sind Heinrich Kroeger. Das ist alles, was Sie für mich sind.«

»Sie erkennen natürlich, daß Sie es waren, und nur Sie, der die Schuld an unserem Rückschlag in Zürich trug. Sie haben unseren Zeitplan um gute zwei Jahre zurückgeworfen. Niemand hat je etwas geahnt. Sie waren ein Esel!« Heinrich Kroeger lachte. »Vielleicht braucht es einen Esel, um das Bild eines Esels zu malen!« Er lachte wieder.

»Wohin gehen wir?«

»Nur ein paar hundert Meter. Sie können ja wieder Ihren Revolver auf mich richten, wenn Sie mögen. Da ist niemand.«

»Was werden Sie mir geben? Sie können es mir ruhig sagen.«

»Warum nicht? Sie werden sie früh genug in Händen halten.« Kroeger humpelte auf ein freies Feld zu. »Und wenn Sie sie haben, bin ich frei. Vergessen Sie das nicht.«

»Wir haben einen Handel abgeschlossen. Was ist es?«

»Die Alliierten werden sich freuen. Eisenhower wird Ihnen wahrscheinlich einen Orden verleihen. Sie werden die vollständigen Pläne der Berliner Befestigungen erhalten. Nur die Elite des deutschen Oberkommandos kennt sie... Unterirdische Bunker, Raketenbatterien, Nachschubdepots, selbst der Befehlsbunker des Führers. Sie werden ein Held sein, und ich werde nicht existieren. Wir haben gute Arbeit geleistet, Sie und ich.«

Matthew Canfield blieb stehen.

Die Pläne der Berliner Befestigungen waren schon vor Wochen von der Alliierten Abwehr beschafft worden.

Berlin wußte das.

Berlin gab es zu.

Jemand war in eine Falle gelockt worden, aber nicht er, nicht Matthew Canfield. Das Nazi-Oberkommando hatte einen der Seinen in den Rachen des Todes geführt.

»Sagen Sie mir, Kroeger, was passiert, wenn ich Ihre Pläne – das, was Sie gegen April Red eingetauscht haben – nehme und Sie nicht gehen lasse? Was passiert dann?«

»Ganz einfach. Dönitz selbst hat meine Aussage aufgenommen. Ich habe sie ihm vor zwei Wochen in Berlin gemacht. Ich habe ihm alles gesagt. Wenn ich in ein paar Tagen nicht wieder in Berlin bin, wird er sehr beunruhigt sein. Ich bin sehr wertvoll. Ich rechne damit, meinen Auftritt zu machen und dann – zu verschwinden. Wenn ich nicht erscheine, erfährt es die ganze Welt!«

Matthew Canfield dachte, was für eine seltsame Ironie des Schicksals das doch alles war. Aber es war nicht mehr, als er erwartet hatte. Er hatte das alles in der Akte aufgezeichnet, die seit Jahren versiegelt in den Archiven des Außenministeriums lag.

Und jetzt hatte ein Mann in Berlin, den er nur seinem Ruf nach kannte, der ihm sonst unbekannt war, denselben Schluß gezogen.

Heinrich Kroeger, Ulster Stewart Scarlett – war überflüssig.

Dönitz hatte es Kroeger erlaubt, mit seinen falschen Geschenken nach Bern zu kommen. Dönitz erwartete nach den ungeschriebenen Regeln des Krieges, daß Kroeger getötet wurde. Dönitz wußte, daß keine der beiden Nationen sich diesen Wahnsinnigen leisten konnte. Weder im Sieg noch in der Niederlage. Und der Feind mußte ihn exekutieren, damit keine Zweifel blieben. Dönitz war in diesen Tagen des Hasses jener seltene Feind – ein Mann, dem seine Gegner vertrauten. Dönitz war wie Rommel ein gründlicher Kämpfer. Ein bösartiger Kämpfer. Aber er war ein moralischer Mann.

Matthew Canfield zog seinen Revolver und feuerte zweimal.

Heinrich Kroeger lag tot auf dem Boden.

Ulster Stewart Scarlett existierte – endlich – nicht mehr.

Matthew Canfield ging durch das Feld zu dem kleinen Gasthof zurück. Die Nacht war klar. Der Mond schien hell auf das unbewegte Laub, das ihn umgab.

Plötzlich kam ihm in den Sinn, wie bemerkenswert es doch war, daß alles so einfach gewesen war.

Aber der Wellenkamm ist immer einfach. Täuschend einfach. Er zeigt den vielfältigen Druck darunter nicht, der den Schaum so rollen läßt, wie er rollt.

Es war vorbei.

Und da war Andrew.

Und Janet.

Über allem anderen Janet…